Fuimos canciones

Elísabet Benavent

Fuimos canciones

SUMA
de letras

Papel certificado por el Forest Stewardship Council®

Primera edición: abril de 2018
Cuarta reimpresión: noviembre de 2018

© 2018, Elísabet Benavent Ferri
© 2018, Penguin Random House Grupo Editorial, S.A.U.
Travessera de Gràcia, 47-49. 08021 Barcelona

Printed in Spain – Impreso en España

ISBN: 978-84-9129-159-6
Depósito legal: B-2986-2018

Impreso en Rodesa, Villatuerta (Navarra)

SL9159A

Penguin
Random House
Grupo Editorial

Para nosotras,
que nadie nos cambie las ganas por miedo

1. «Old days», Ingrid Michaelson

El maldito reencuentro

La felicidad era aquello. Aquella copa de cerveza helada que sostenía en la mano derecha y que cuando llegó a la mesa estaba tan fría que hizo que, al tacto, me dolieran las yemas de los dedos. Las patatas tirando a rancias cuyo exceso de aceite nos empeñábamos en limpiar con esas servilletas satinadas y rotuladas con un «Gracias por su visita» tan poco efectivas. El plato de aceitunas que nos habíamos comido, como si lleváramos dos meses sin probar bocado, en el mismo momento en el que tocó la mesa y que yacía moribundo lleno de huesecitos mordisqueados. Lo dicho…, la gloria.

Aquel sentimiento de felicidad total había comenzado con el hecho de que Moët Chandon hubiera organizado una fiesta lo suficientemente glamurosa como para que Pipa decidiera que, después de hacerle un par de (cientos de) fotos en el photocall y posados robados en la entrada acristalada del hotel Santo Mauro, podía tomarme la tarde libre. Tarde libre que empezó a las siete, un horario más que digno para salir de trabajar en una jornada normal…, pero lo normal no es normal si lo normaliza la maldita Pipa, la blogger/influencer/instagramer de moda y tendencias más importante de España…, y mi jefa. Pero, de todas maneras, yo no era una persona con mucha inclinación a quejarse…

Así que, en resumidas cuentas, la felicidad para mí en aquel momento era pasar ese ratito de jueves en la Cafetería Santander, junto a la plaza de Santa Bárbara, con mis dos mejores amigas y, de paso, presenciar la conversación que estaban teniendo que, de absurda, era deliciosa.

—¡Venga ya, Adri! —exclamó Jimena, a la que la cerveza había eliminado el controlador de volumen de voz—. ¿Me lo estás diciendo en serio?

—Claro —contestó esta indignada—. Lo que me sorprende es que tú veas tanto porno como para tener un actor preferido.

—No veo «tanto porno». Veo el normal.

—Maca. —Adriana me miró con sus ojitos de gata—. ¿A que tú también piensas como yo?

—No. —Me reí avergonzada—. Yo también veo porno.

—Youporn, Porntube, Xvideos… —enumeró Jimena.

—¡Lo estás diciendo porque te sabe mal dejarla sola en esto! —me increpó con una sonrisa.

—No, en este caso no —negué—. Te lo prometo.

—Pero… ¿como para tener un actor porno preferido?

—Uhm…, sí. —Me eché a reír—. Pero admito que hacen falta más caras bonitas en la industria del porno.

—¿En serio miras sus caras? —se burló Jimena.

—Todo puntúa. Pero, Adri, aclárame una cosa… —y se lo pregunté porque sabía que me iba a hacer mucha gracia su respuesta—, ¿por qué te resulta tan extraño lo del porno?

—Porque tiene un tomate seco por libido, ya te contesto yo.

Adri hizo volar su media melena pelirroja cuando se giró hacia Jimena con cara de pocas amigas.

—No sé qué sentido tiene llenarse la boca de libertad, igualdad y fraternidad si luego me vas a juzgar por no tener el mismo apetito sexual que tú.

—¡Ni el mismo ni distinto! ¡Es que no tienes!

—¡Sí tengo! —gritó—. Llevo casada casi cinco años con Julián y te recuerdo que es…

—«Un acróbata del sexo, la estrella del Circo del Sol de la cama» —me adelanté yo.

—Y está bastante bueno; lo dice todo el mundo —insistió Adriana.

—Si no te digo que no, pero… tú cumples, Adri, no follas —siguió diciendo Jimena.

—¿Y tú qué sabrás? ¡Me estoy cabreando!

—Calma, gladiadoras —intercedí.

—Sé lo que me cuentas. Y tampoco es que yo sea una…, ¿cómo era?

—Acróbata del sexo —puntualicé de nuevo.

—Eso. Que hago lo que puedo y cuando puedo, pero por eso mismo el porno. Me pica, me rasco y, luego…, a dormir.

—No os vais a poner de acuerdo en la vida —sentencié.

—¿Sabes en qué vamos a estar todas de acuerdo? —Jimena se apoyó en la mesa y sonrió con su cara de cría—. En pedir tres cervezas más.

—Amén. Pero las últimas —advertí—. Mañana Pipa tiene que…

—Pi-pi-pi, pa-pa-pa —canturrearon las dos. Siempre lo hacían cuando sacaba a colación el trabajo para escaquearme.

Adri nos instó a terminar las cervezas, se levantó y fue hacia la barra con las jarritas vacías.

—¡Pídele algo de tapa, que me va a dar un cólico! —renegó Jimena que después se volvió hacia mí y sonrió—. Me encanta escandalizarla.

—Un día te va a pegar.

Me miró con los ojos entrecerrados.

—Me fascinaría. Tanto o más como el hecho de que mantengas el pintalabios perfecto a estas horas.

—Me lo retoco cada vez que os giráis —me burlé.

Mis labios pintados de rojo eran, desde que cumplí los dieciocho, una de mis marcas de identidad, junto a mi melena morena (a veces rizada, a veces lisa) y mis ojos, subrayados de manera habitual por mi propensión a las ojeras. Desde hacía años, además, era fiel a un solo color de carmín que, por miedo a que la marca lo retirara del mercado, almacenaba de cinco en cinco en mi cajón de la ropa interior. Mis labios eran Ruby Woo y Ruby Woo era mis labios. A veces podía no llevar absolutamente nada más en la cara, pero sin hidratante y pintalabios, me sentía desnuda. Pero no había secretos: a fuerza de aplicarlo todos los días, ya sabía cuándo necesitaba un retoque.

—Oye. —Volví a llamar su atención—. Y aparte del porno…, ¿novedades?

—Lo del porno no es una novedad. Pero no. En el curro todo igual, es decir…, bien. Liados ya con los preparativos de la Feria del Libro. Estoy emocionada, ¿sabes?

Jimena trabaja en una pequeña editorial como editora de un sello especializado en temas paranormales. Le viene al pelo porque, a pesar de su pinta de niña buena, es la novia de la muerte. Por aquel entonces, llevaba cuatro años seguidos disfrazándose de la Novia Cadáver en Carnavales, siempre le gustaron las historias de fantasmas y tiene una relación con el Más Allá un tanto especial…

—Me refería a tu vida personal —le corté cuando ya empezaba a enumerar las razones por las que el libro que acababa de editar sobre casas embrujadas era el mejor del mercado—. ¿Te acuerdas de lo que es eso?

—¿Y tú?

—¿Yo? —Me reí—. Por partida doble, chata. Por tener, tengo dos: una con mi jefa y otra con Coque.

—Con lo de Pipa voy a darte la razón: es una relación…, una relación enfermiza.

—Qué bien…, soy polígama —bromeé mientras miraba de reojo el teléfono móvil que había dejado sobre la mesa con la esperanza de que se iluminara.

—Coque no es tu novio —apuntó cansina—. Es el señor feudal y tú, la vasalla. Lo vuestro no es un noviazgo…, es la Edad Media.

—No digas esas cosas —me quejé—. Coque y yo nos entendemos bien.

—¿En serio entiendes a ese tío? —preguntó con desdén.

—Claro que sí. Estamos en la misma onda.

—No te lo crees ni tú. —Sonrió con malicia—. Pero te hace el culo Pepsicola, así que dices a todo que sí.

—¡No es verdad! —me quejé—. ¡Hoy repartes para todo el mundo, eh!

—Yo solo digo que eso no os va a llevar a ningún lado. Lo de Pipa, sin embargo, lo veo más serio.

Levanté la mirada y la vi sonriendo burlona.

—Pipa es el amor de mi vida. —Opté por seguirle el rollo—. Me llama a todas horas para saber dónde estoy y con quién, no quiere separarse nunca de mí, me lleva de viaje a sitios en los que nunca puedo disfrutar y…, uhm…, en mi último cumpleaños me regaló un Apple Watch para que estuviera más atenta a sus correos, wasaps y llamadas que, por cierto, un día me pidió prestado y que aún no me ha devuelto.

Jimena me miró con cara de cordero degollado y fingió pegarse un tiro en la boca.

—Necesitamos divertirnos más —aseguró cuando aparecieron las cervezas seguidas de los traslúcidos bracitos de Adriana, que no podía estar más pálida.

—Hasta podríais enamoraros, fíjate tú —añadió esta.

—Dijo la mujer más apasionada de todos los tiempos.

—Fuera coñas. —Adriana se sentó junto a Jimena y nos sonrió con un toque de condescendencia—. Mucho burlaros de mí, pero yo tengo la vida solucionada, chatas: trabajo, amigas, amor…, y vosotras…

—¿Podéis dejar de ningunear a Coque, por favor? —pedí.

—Coque no cuenta —se quejó la pelirroja—. No es tu novio.

—¡Porque tú lo digas! Además… ¡qué manía de ponerle a lo que tenemos el nombre que os sale de la pepitoria! Ya sabremos él y yo lo que somos, ¿no?

—¡Venga! Lo último amoroso que habéis vivido fue el achuchón que os dio ese tío que regalaba abrazos en la calle Fuencarral.

—Es que los daba muy bien —se justificó Jimena.

—Lo que tú quieras, pero tendríais que salir más. Conocer chicos. No sé. Somos jóvenes. Sois inteligentes, divertidas…

—¿Cuándo va a decir guapas? —Me reí.

—Guapas también, pedazo de superficial. ¡Enamoraos y hagamos cenas de parejas!

—¡¡Uh!! Cena de parejas. Estoy loca de ganas —ironicé.

—El amor es para los que tienen esperanza —sentenció Jimena, de pronto muy seria—. Cuando has conocido al amor de tu vida y la muerte te lo ha arrebatado, esa palabra suena hueca.

—Oh, Dios, el ataque del amante muerto —musité acercándome la jarra helada de cerveza que volvió a simbolizar la felicidad suprema.

—¿Digo alguna mentira? ¿No conocí al amor de mi vida y se mató?

—Jime, por enésima vez: tenías dieciséis años, estabas muy enamorada y sí, el pobre Santi murió, pero… no tienes ni idea de cómo habría sido. Si te habría hecho feliz, si te hubiera seguido atrayendo físicamente, si…

—Sé perfectamente —anunció Jimena de nuevo con ese rictus que se le dibuja en la cara cuando cree que está diciendo algo trascendental y completamente cierto— que habríamos sido felices, que los tíos con los que me he cruzado…

—Los tíos con los que te has cruzado han sido desechados con mano férrea después de que decidieras que «no eran tan graciosos como Santi», «no besaban como Santi», «no te veías con ellos en el futuro, como con Santi» o… vete tú a saber qué «como Santi».

—Santi solo hubo uno y ya no está. Lo que pueda encontrar por el mundo no será más que un sucedáneo.

—O un hombre hecho y derecho al que ya le haya salido el bigote —murmuré.

—¡Maca! ¡Tú deberías entenderme! ¡Conociste a Santi! ¡Era lo más! —se quejó.

—Era lo más… a principios de los dos mil. Han pasado un porrón de años.

—¿Sabéis cuál es el problema? —intentó añadir.

—Sí. Que no han traído nada de tapa —Adriana pronunció la guinda final.

A las diez de la noche, cuando me despedí de ellas con la promesa de ser puntual a nuestra cita del día siguiente, maldije mentalmente la decisión de que otra cervecita no era mala idea. Claro que lo era. Me sabía la boca amarga, tenía el estómago un poco revuelto de tanto líquido y tan poco sólido y a la mañana siguiente tendría resaca. Y Pipa lo notaría. Y me martirizaría por ello. A no ser que se pasase bebiendo champán, se levantara tarde y me dejara el alma tranquila parte de la mañana.

Iba pensando en eso mientras cruzaba la plaza de Santa Bárbara; en eso y en lo cómodos que eran los zapatos de tacón que tuve que comprar porque mi jefa consideró, en voz alta y delante de mí, que ir siempre en zapato plano era una ordinariez (y «más con tu estatura», añadió). Desde luego, siempre tuve razones para defender que como hermana pequeña, me habían tocado los restos genéticos: mi hermano era alto, bastante fornido y muy guapetón; yo, sin embargo, no llegaba al metro sesenta, en vez de tetas tenía dos kikos y cuando no bebo suficiente agua, soy la viva imagen de la Santa Compaña. Los tacones, estuviera de acuerdo o no con la afirmación de Pipa, no me iban mal para reafirmarme.

La temperatura era agradable, así que decidí andar hasta la parada de metro de Gran Vía, desde donde podría ir directa a la de Pacífico, que quedaba cerca de mi casa, sin transbordos. Esos días de abril estaban resultando cálidos sin exceso, y Madrid siempre está precioso en esta época del año. Quizá nosotros, los que no somos de aquí, seamos más sensibles a la belleza de la ciudad cuando se despereza y se quita las prendas de frío con las que se vistió durante el invierno.

Se escuchaba el vocerío de un montón de jóvenes que, tal vez tuviesen clase por la mañana, pero estaban centrados en empezar la noche. Algunas parejas cruzaban la plaza cogidas de la mano, seguro que de camino a Lady Madonna o a Dray Martina a cenar algo rico y bien presentado. Dos chicos jóvenes, uno con una guitarra española y otro con un violín, tocaban una personalísima versión del tango de «Roxanne», de la banda sonora de la película *Moulin Rouge*, y me acordé de Coque.

Dios…, cómo me gustaba Coque. Qué loco estaba. Cuánto pasaba de mí. ¿Me gustaría tanto por eso?

Saqué el teléfono móvil y le mandé un wasap con un mensaje tonto y desenfadado. El día anterior me dijo, al despedirnos en la puerta de su casa, que me llamaría para hacer algo el viernes, pero era jueves por la noche, aún no me había escrito y yo me había acordado de que tenía una cita ineludible con las chicas al día siguiente. No es que me extrañara demasiado su falta de noticias, la verdad; con Coque las cosas solían ser así, pero… me encantaba. Todo él. Nos reíamos juntos, me hacía sentir especial (cuando se dignaba a prestarme atención) y en la cama era…, era una máquina de matar. Estaba convencida de decir la verdad cuando aseguraba que nosotros nos entendíamos. Me gustaba él y la libertad que nos regalaba aquel acuerdo tácito de relación, pero… un poco más de interés por su parte no hubiera estado mal.

Chato, mañana tengo lo del tattoo con las chicas.
Si quieres que nos veamos, tendrá que ser después.

Un coche pitó con un sonido estridente e histérico al pasar demasiado cerca de mí y me sobresalté al darme cuenta de que mientras escribía en mi teléfono móvil, me había ido aproximando demasiado a la calzada. Me separé un par de pasos y esperé para ver la notificación de recibo de mi mensaje. Pronto aparecieron los dos tics que se pusieron en azul en un segundo, pero Coque se desconectó. Me mordí el labio fastidiada (aquellos gestos siempre me hacían sentir «el rival más débil»), guardé el móvil y me acerqué al paso de peatones para cruzar hacia la otra acera.

El poco viento que barría las calles me movió el pelo, y sentí un cosquilleo en mi nuca que, poco a poco, fue descendiendo hacia mi estómago hasta convertirse en un vacío. Aquel malestar podía deberse a muchas cosas: demasiada cerveza sin apenas comer, la seguridad de que Coque contestaría cuando le saliera del pepe sin tener en cuenta que yo necesitaba programarme o… quizá algo que había visto por el rabillo del ojo, pero no había llegado a identificar. Algo que estaba a punto de destapar la caja de Pandora de unos recuerdos antiguos.

Me giré hacia la izquierda, hacia las terrazas que se extendían por toda la plaza: un par de franquicias de comida rápida atestadas de gente; la entrada del hotel Petit Palace; la puerta de El Junco, donde me encanta ir a escuchar música en directo; la terraza del Boulevard, donde nunca me atendieron demasiado bien y, de pronto…, el perfil de una cara conocida y su larga melena castaña. Raquel…, una compañera de profesión de Pipa, mi jefa, a la que apreciaba con sinceridad, estaba sentada en una de las mesas de la terraza. Y es que cuando hablo de Pipa, hablo exclusivamente de ella, no de su profesión. Su trabajo era joven y a veces incomprendido, pero ella era tonta perdida; ninguna de las dos cosas era extensible a la otra.

Diría que Raquel y yo nos movíamos continuamente sobre la estrecha línea que separa «ser conocidas que se caen bien» de ser «colegas», de modo que me alegré de verla allí sentada y, tan ingenua como siempre, me dirigí hacia ella para saludarla.

Me faltaban apenas seis o siete pasos para llegar hasta Raquel cuando choqué con una barrera invisible, que me hizo parar en seco y lanzó un peso imaginario hacia el centro de mi pecho. Mi cuerpo se negó a seguir andando. Si hubiera podido reaccionar, habría dado media vuelta y corrido hacia el metro, pero además de estar paralizada, no tenía escapatoria. Raquel me había visto y me saludaba con la mano, sonriente. Vi que movía la boca, pero no escuché lo que me decía. Estábamos lo suficientemente cerca como para que pudiera escucharla, pero… no oía nada. Ni a ella ni a Madrid. Era como si todos contuvieran la respiración conmigo. Se había roto el tango de «Roxanne» y las cuerdas de los instrumentos que la tocaban. No crepitaba el asfalto bajo las ruedas de los coches porque ni siquiera había coches. Solo existía mi respiración, como si llevara puesta una escafandra. Hasta Raquel dejó de estar allí, sentada frente a él, en aquella mesa. ÉL. Eso era lo único que veía. ÉL y nada más.

Pelo castaño desordenado, esas arruguitas de expresión junto a su boca, el cuello esbelto pero fuerte, su postura elegantemente relajada en la silla donde, incluso sentado, llamaba la atención su altura. ÉL. Era ÉL. Allí. Recién sacado del pasado y dejado caer sobre un presente en el que no lo esperaba y no pegaba nada.

Un flash. Una cascada de imágenes sin orden ni concierto chorreándome por dentro, hasta calarme. El último verano que pasamos juntos. Su pelo entre mis dedos, de noche, con la luz de una farola naranja que se colaba entre las rendijas de la persiana como única iluminación. El verano en el que me enseñó a nadar, cuando yo tenía seis años y él, ocho. La bronca. Las broncas. Su piel suave y color canela después de tanto sol cuando era adolescente. Sus mejillas rasposas cuando creció. Su boca pegada a la mía, demandante, soberbia, nunca tan mía como suya. Mis manos subiendo su camiseta la primera vez que desnudé a un chico. Los recuerdos, en tropel, acudiendo a mi garganta.

No recordaba cuándo fue la última vez que lo vi. Miento. Lo recordaba perfectamente. El 11 de junio de 2014. La enésima pelea. La última, me prometió cuando me volví completamente loca y le empujé entre lágrimas y gritos. Aquella noche él llevaba un polo negro y unos vaqueros oscuros. No se había peinado con demasiado esmero. Yo tampoco me arreglé. No era una cita. Él dijo: «Sube un momento a mi casa», y yo lo hice al volver de mi trabajo en la perfumería. Llevaba puesto mi vestido verde, ese que tanto me gustaba y que tiré dos días después de aquella noche. La noche en que me jodió la vida y me partió el futuro en dos.

La lengua me acarició el paladar, como si quisiera decir su nombre, pero no me atreví porque una vez dicho no se podía desdecir; porque una vez me tocaba, tardaba en irse la huella; porque una vez me besaba, no tenía nada de lo que fue Macarena, pero sí todo lo que fuimos. Todo lo que pudimos ser.

Raquel se levantó para saludarme y él lo hizo también con un ademán educado mientras se abrochaba el botón de la americana. No sé cuándo me vio. Estaba tan paralizada que ni siquiera me di cuenta, pero no había duda de que me había reconocido; sus ojos color miel estaban fijos en mí y mordía con disimulo su labio inferior, que siempre fue un poco más grueso que el superior. Lo hacía cuando estaba incómodo. Socialmente, siempre fue mucho más hábil que yo, más… «polite», pero era fácil adivinar que en aquel momento nuestras cabezas se hacían la misma pregunta: «¿Qué coño hace aquí?».

Los detalles. En los detalles espera agazapada siempre la verdad. En la mesa había un botellín de cerveza y una copa de vino blanco. Los teléfonos móviles debían estar guardados en el bolsillo y el bolso. Nada que reclamara su atención. Solo ellos dos. Cara a cara. Era… ¿una cita? ¿De qué se conocían? ¿Por qué?

—¡Maca! —exclamó Raquel en un intento de traerme de vuelta del viaje cósmico que estaba viviendo y se echó a reír.

Claro. Seguro que se fijó en su preciosa melena castaña, brillante, y en la seguridad con la que se movía. Raquel era guapa y carismática; sabía lo que quería, y a él le encantaban las chicas así…, las que no tiran de su falda hacia abajo cuando se han puesto una minifalda. Creo que soy la única morena en su historial de conquistas porque, quizá, nunca fui eso mismo…, una conquista. Nosotros siempre fuimos una batalla perdida de antemano. El talón de Aquiles del otro; la debilidad y la fortaleza entrelazadas. Algo que uno no busca poder repetir.

Di unos pasos más sin poder mirarlo y cogí aire.

—Hola, Raquel.

—¿Qué haces por aquí? Te hacía en la fiesta de Möet —comentó sin poder evitar echar un vistazo hacia ÉL, que seguía de pie, con las manos en los bolsillos de su pantalón.

—Qué va. Hoy Pipa se valía sola. Mucho glamour para mí, me temo. ¿Y tú? Pensaba que irías.

—No. —Sonrió—. Tenía plan…

—Ya… —Venga, había llegado el momento de lo difícil—. Hola.

—Hola, Macarena.

No lo esperaba, pero su voz me dolió, certera y afilada, como una puñalada. Se me secó la garganta y me obligué a humedecerme los labios.

—¿Qué tal? —respondí con un hilo de voz.

—Bien. ¿Y tú? Cuánto tiempo.

—¡No me lo puedo creer! ¿Os conocéis? —se sorprendió Raquel.

—Sí. De… hace un millón de años —añadió ÉL.

—De… otra vida.

Quise sonar despreocupada, pero creo que me quedé en eso, en desearlo. Raquel nos miró con el ceño levemente fruncido.

—Fuimos vecinos —aclaró ÉL.

—Sí. —Me quedé mirándolo sin poder evitar reprocharle en silencio que hubiera escogido la palabra «vecinos» de entre todas las que contenía el currículo de nuestro pasado—. Vecinos.

—¿Quieres sentarte? —me ofreció ella—. Estábamos a punto de pedir otra.

—Qué va. Voy con un poco de prisa. Pero gracias.

—¿Seguro?

Claro que estaba segura, pero aun así me atreví a mirarlo otra vez. Me pareció que suplicaba en silencio que no lo hiciera y casi me dieron ganas de reír.

—Seguro. De todas formas tenemos el mes cargadito de eventos; tendremos mil oportunidades de tomarnos algo.

—Sí. A ver si Pipa te da cuartelillo y podemos comer juntas un día. Oye, vas a Milán, ¿verdad? Tu jefa me estuvo preguntando qué vuelo cogía, pero al final fue imposible cuadrarlo. Vosotras voláis por la mañana, ¿no?

—El viernes que viene a primera hora —confirmé.

Silencio tenso. Tenía que irme. Si me quedaba unos minutos más presenciaría alguna mirada entre los dos…, vería cómo se miraban y me terminaría de quedar claro que aquella era una cita y que los recuerdos también pasaban de moda. Así que sonreí y me acerqué a darle dos besos a Raquel, que me dio una suerte de apretón en los hombros.

—Descansa, guapa —me dijo.

—Adiós, Maca.

—Adiós.

Me di la vuelta mirando mis zapatos y reanudé el paso con prisas, a trompicones, tropezándome con mis propios pies; a punto estuve de derribar una silla vacía. «Sigue andando, sigue andando, sigue andando. Y no te gires, por el amor de Dios, Macarena. No te gires», me decía a mí misma. Podía justificar todo cuanto hice por él en el pasado…, incluso para olvidarlo, pero en aquella casilla ya no cabían más palabras. Se había terminado.

«NO TE GIRES».

«NO TE GIRES».

«NO-TE-GI-RES».

Mierda, me giré.

Allí estaba, mirándome, como si los últimos tres años no hubieran existido, y estuviera viendo cómo me alejaba por primera vez. Tal y como pasó aquella noche de hacía ya un tiempo, su gesto no demostró ni una pizca de emoción. Era duro. Y bueno fingiendo serlo cuando no lo conseguía. Así que, a pesar de lo cerca que estuve de él toda mi vida y el tiempo que tuve para conocerlo, me fue imposible adivinar si su piel era ya impermeable a mi nombre o solo fingía.

En realidad… ¿importaba?

Me volví de nuevo hacia la calle Hortaleza, respiré profundamente y puse el piloto automático. Puto Leo. Cuánto lo odiaba. Cuánto lo quise.

2. «La piedra invisible», Izal
Mi debilidad

Hay cosas que, sinceramente, uno tiene que hacer cuando es joven. Más joven, entiéndeme. Con treinta y dos años aún tenía por delante mucho tiempo hasta encontrarme en ese día en el que eres demasiado viejo para morir joven. Me refiero a cuando eres un crío. Como dormir en un coche en verano y despertarte con el sol clavándose entre ceja y ceja. Agarrarte una borrachera lamentable de la que, además, alguien ha hecho fotos. Cambiar cien veces de grupo preferido. Besar a chicas en las que te fijaste por el corto de su falda. Y enamorarte. Pero de verdad. Como uno solo puede enamorarse cuando tiene dieciséis años. Hasta que te falta el aire si el sol hace brillar su pelo. Hasta creer que te mueres cuando ella no para tu mano después de decidir que a la mierda, que quieres recorrerla hasta aprenderte cada centímetro de su piel. La gente normal supera esa etapa..., crece, se desencanta, aprende. A mí me costó un poco más que a la media. Pasé muchos años besando a chicas en las que me fijaba por el corto de su falda porque no podía permitirme besar a la única que había hecho que me faltara el aire. ELLA.

Romántico, ¿verdad? Claro. Esa es la parte más sensiblera del asunto. La parte funcional es que llevábamos tres años sin vernos porque terminamos fatal. Y no nos soportábamos. A pesar de habernos querido tanto. A pesar de que nadie en el mundo me pusiera tan cachondo. A pesar de que sonreír con ella llegó a ser un acto reflejo.

No nos soportábamos. Para mí era una prueba con patas de mi debilidad y yo para ella…, un cabrón de mierda. Y probablemente estoy siendo benigno.

Había bajado la guardia, la verdad…, y allí estaba. Cuando menos la esperaba.

Hacía tres años que no la veía. La última noche que quedamos, ELLA llevaba un vestido verde con un escote en la espalda que me enloquecía. «La que con verde se atreve, por guapa se tiene», le susurraba yo en el oído a la mínima ocasión cada vez que se lo ponía, y ELLA solía girarse hacia mí y sonreír con esos labios eternamente pintados de rojo. Pero aquella noche no se lo dije porque la situación era tensa; quizá todo hubiera cambiado si le hubiera susurrado aquella broma; no lo hice y la conversación subió tanto de tono que terminó empujándome. Y gritó. Mucho. Qué mujer. Yo también grité aquella noche, lo sé. Le prometí que sería la última vez que discutiríamos y juré que me iba y que no pensaba volver.

—¡Pues vete! ¡¡Vete!! ¡No puedo creerme que pensara que esta vez ibas a quedarte!

No le faltaba razón. Desde los dieciséis años entré y salí de su vida periódicamente, pero prometí que no lo haría nunca más. No es que fuera un cabrón sin escrúpulos ni sentimientos (no hace falta que nadie pregunte a ninguna otra chica de las que, de una u otra manera, pasaron por mi vida). Es que con ELLA las cosas fueron siempre complicadas. O demasiado sencillas. Lo que quiero decir es que la cosa fluía como un coche a toda velocidad sobre un pavimento mojado. ¿Fluía? Sí. ¿Tenía el control? No. Y siempre acababa mal porque la inseguridad, el miedo y la chulería nos hacían no soportarnos durante mucho tiempo. Dos trenes circulando por la misma vía…, eso éramos.

Perdí muchas cosas con nuestra última ruptura: a ella, el futuro que planeamos juntos e incluso a mi mejor amigo, su hermano. El motivo principal de que rompiéramos definitivamente fue que con ella era o todo o nada y si me quedaba era para comprometerme de verdad, y… volvemos al símil del coche circulando por carreteras resbaladizas. Me conocía. No estaba hecho para eso. No podía darle lo que necesitaba. No era… fiable. Hubiéramos durado nueve meses…, máximo un año. Y vuelta a lo de no soportarse.

—¿Pasa algo?

La voz de Raquel me devolvió al presente de golpe. Creo que hasta me dolió el impacto contra la realidad.

Aparté los ojos de la espalda de ELLA y miré a Raquel. Era guapa y llevaba siempre faldas cortas que dejaban a la vista sus bonitas y bronceadas piernas. Había muchas razones por las que no iba a contarle que Macarena era mi ex y… la única mujer capaz de hacerme sentir como si acabaran de masticarme el corazón y escupirlo a mis pies a pesar de ser tan ingenua, amable y afectuosa la mayor parte de las veces… con todos excepto conmigo. Una de ellas era que la conocía poco, otra que eso me haría sentir vulnerable…, la última, que Raquel me ponía. Y a alguien que te gusta no se le debe hablar de un antiguo amor, si no estás seguro de que lo superará con creces. Y yo estaba seguro de todo lo contrario: nada ni nadie superaría aquello. De modo que me limité a asentir y agarrar el botellín de cerveza vacío.

—Te has quedado como… pasmado.

—Me pasa a veces —me excusé.

—Será de tanto libro. Te has vuelto loco como Don Quijote. No solo de estudiar vive el hombre…, también hay que divertirse, ¿no?

Bueno…, eso fue lo que pensé la primera vez que le escribí un mensaje para invitarla a tomar algo: debía divertirme un poco. La había conocido en la universidad, después de una charla para los alumnos de cuarto sobre nuevas profesiones, y no dudé en pedirle el teléfono después de hablar un rato con ella. Divertirme estaba en mis planes…, verla a ELLA no. Debía darme un segundo para volver a centrarme.

Iba a contestarle alguna sandez para conseguir un poco de tiempo, pero cedí a la tentación de volver a mirar cómo ELLA se marchaba. Deseé con todas mis fuerzas que volviera a girarse, no sé por qué; que lo hiciera no iba a cambiar nada…, yo seguiría prefiriendo andar en dirección contraria a la suya y es muy probable que compartiera mi parecer. Qué barbaridad..., cómo manipula el tiempo los recuerdos. Creo que me he pasado años convenciéndome de que no era justamente como es. Morena, pequeña, preciosa, torpe, risueña, segura, fiable, cálida, húmeda, dulce... porque la realidad que más pesaba era que siempre fue la mujer de una vida que no estaba preparado para tener. Un ascua encendida. Y yo un almacén de pólvora. Un problema sin solución.

Volví los ojos a la mesa.

«Lo que vas a hacer, Leo», me dije despacio, «es disfrutar de la vida. Demostrarte lo maravillosa que es sin complicaciones».

Me aclaré la garganta, dispuesto a hacerme caso, pero Raquel interrumpió mi intento.

—Debió de ser gordo.

—¿Cómo? —le pregunté extrañado.

—Lo vuestro. Nunca había visto a Maca tan nerviosa y te prometo que lidiar con su jefa la ha puesto en muchas situaciones tensas. Y a ti se te ha ido hasta el color de la cara.

Me froté la cara con las dos manos y después me reí.

—No creas.

—«No creas» es lo que contestaría un chulito con el corazón roto.

—No es eso —le aseguré sinceramente—. Es una historia vieja. Ni pasada ni lejana ni antigua: vieja. Cosas de las que es mejor no hablar porque...

—¿... porque cobran vida?

Percibí un leve levantamiento de cejas y aunque no pudiera escuchar sus pensamientos, estaba seguro de que una señal de «warning» parpadeaba en su cabeza. Las tías listas saben cuándo algo es un problema... independientemente de que quieran o no implicarse con él.

—Es tu ex —afirmó.

—Sí. Y no tenía ni idea de que estaba en Madrid. De ahí la cara de póquer. No esperaba encontrármela aquí ni, por supuesto, que la conocieras.

—¿Y cuánto hacía que no os veíais?

—Casi tres años.

Raquel cogió la copa de vino y se bebió el último trago.

—¿Quieres que nos vayamos? —me preguntó.

Me pasaron muchas respuestas por la cabeza: «¿A mi casa?», era una. Otra: «Sí, mejor lo dejamos para otro día». Macarena me descolocaba como un chute de algo muy fuerte.

Raquel cogió el bolso de mano que había dejado sobre la mesa y lo colocó en su regazo, a la espera de una respuesta por mi parte que empezaba a demorarse demasiado.

—Voy a pedir otra —dije mientras hacía un gesto al camarero, que pasaba convenientemente por allí, y pedía una ronda más.

—¿Puedo preguntarte algo, Leo?

—Claro.

—¿Esto... me va a traer problemas?

—¿Por qué te iba a acarrear a ti ningún problema? —Arqueé mi ceja.

—No te hagas el tonto, no te pega nada. —Sus labios pintados se curvaron en una sonrisa—. Aprecio a Macarena y tú me gustas..., lo que estoy intentando preguntarte es si esas dos cosas son incompatibles.

Me reí con tristeza y me rasqué una ceja. Cuánto debemos aprender de las mujeres listas...

—Macarena y yo llevábamos mucho tiempo sin hablar porque... no teníamos ningún interés en hacerlo. Eso debería decirte suficiente, ¿no?

—Fue una ruptura fea, entiendo.

—Bah..., es mejor no hablar de esas cosas.

—¿Porque temes que se despierten las emociones, porque te portaste como un hijo de perra o...?

Le corté de pronto con un gesto rotundo de mi mano y los ojos cerrados. Se me atragantaban todas y cada una de las letras que iba diciendo, como si quisieran entrar por mi garganta a la fuerza para que admitiera la realidad. Porque era mejor no hablar de ello a causa de todas esas emociones que podían despertar..., y que no eran buenas. Y porque me porté como un hijo de puta. Eso también.

Abrí los ojos, pasé el pulgar derecho por mi ceja y suspiré.

—Todos tenemos derecho a enamorarnos de quien no debemos una vez en la vida —le aclaré—. Y derecho a aprender de ello en silencio.

Raquel acercó la copa de vino blanco en cuanto el camarero la dejó sobre la mesa y dibujó una sonrisa que dejaba entender que abandonaba el tema.

—¿Cómo eras hace tres años? —preguntó.

—Más rápido, menos paciente y más terco.

—Tampoco suena mal.

—No me has entendido.

Agarré la cerveza por el cuello y di un trago. Raquel parecía estar haciendo unos cálculos complicadísimos en silencio y me reí. Ella también.

—¿De qué narices estás hablando, Leo?

—Estoy deseando explicártelo.

Acompañé a Raquel hasta el portal de su casa, como en las tres anteriores ocasiones. Macarena seguía rondando en mi cabeza como una sensación molesta, pero no estaba pensando precisamente en ella. No me preocupaba. En aquel momento solo era el recordatorio de que hay trenes en la vida que es mejor dejar pasar. Yo estaba pensando en algo mucho más prosaico.

En cuanto llegamos, Raquel sacó las llaves de su bolso y forcejeó con la cerradura hasta que el pesado metal cedió y la puerta se abrió. Sujeté la puerta con el brazo extendido y Raquel se volvió a mirarme. El silencio de Madrid, siempre sonoro, nos sobrevoló y nos mantuvimos la mirada hasta que a ella le dio la risa. Mis intenciones estaban más que claras. Tercera cita. No sé si me entiendes.

—Te invitaría a subir pero...

—¿Pero? —pregunté con sorna.

—Es tarde, mañana trabajo y para serte completamente sincera lo de Macarena me ha dejado un poco...

¿Macarena? ¿Cómo era posible que una mujer tan pequeña me tocara tanto los cojones incluso sin querer? Suspiré. Pretendía repetir, de un modo mucho más persuasivo, que Macarena y yo no cabíamos en la misma frase, pero Raquel tiró un poco de mi camisa hacia ella y hacia el interior del portal.

—¿En qué quedamos? —le pregunté bajo la luz medio moribunda del plafón del techo que se encendió a nuestro paso.

—Te invitaré a subir otro día.

—¿Y hoy qué? ¿Bajas tú?

Raquel lanzó un par de carcajadas y rodeé sus caderas con mis manos de manera aún galante mientras la acercaba hasta la pared. Me incliné hacia su boca.

—Soy un caballero —susurré—. Te daré las buenas noches y me iré.

—No eres un caballero. Eres cantor, eres embustero, te gusta el juego y el vino y tienes alma de marinero —me devolvió el susurro con los ojos puestos en mi boca.

—Ah, Serrat, ¿eh?

—Eres el prototipo de hombre mediterráneo.

—¿Bronceado y risueño?

—Comerciante y seductor. Medio poeta, medio señor.

—Voy a callarte antes de que te creas lo que dices. Buenas noches.

No contestó. Al menos no con palabras. Lo hizo con los labios húmedos sobre los míos, abriendo la boca en respuesta a mi lengua y enredando los dedos entre los mechones de mi pelo. No pude evitar pegar mi cadera a su estómago para que sintiera cómo iba endureciéndome. Tercera cita.

Besar es genial. Seguro que todo el mundo está de acuerdo conmigo. Pero hay cosas más placenteras. Cuando uno piensa en ellas, los besos se quedan cortos. Son… agradables, pero no tanto como la sensación de tensión antes de dejar escapar todo… encima de un cuerpo húmedo. Con eso quiero decir que…, que me perdone todo el mundo por tener las manos largas aquella noche.

Envolví sus nalgas y la pegué más a mí con un jadeo, separando su boca de la mía lo suficiente como para intentar averiguar cuántas ganas tenía. Miré su mirada turbia, sus labios entreabiertos y bajé los ojos hasta sus pechos, cuyos pezones se marcaban tímidamente en la ropa, llamándome.

Abandoné su culo y metí las dos manos por debajo de la blusa y del sujetador. No me paró. Solo inclinó la cabeza hacia atrás, hasta apoyarla en la pared. La luz del portal, de esas que responde al movimiento, se apagó y nos dejó un poco de intimidad.

Tenía los pezones duros, como mi polla. Me moví hasta clavarla en su cadera y su mano derecha la buscó sobre el vaquero.

—Estás duro —gimió cuando, sin soltar sus pechos, me abalancé sobre su cuello.

—¿Qué esperabas?

—No me lo pongas tan difícil.

—¿No te he demostrado ya que soy un buen chico? Déjame subir.

Dudó. Sé que dudó, pero finalmente dijo que no. Que no podía.

—Hoy no —aclaró.

Apoyé mi frente en su hombro, derrotado. No iba a insistir más, así que solté despacio sus pechos, besé por última vez su piel y cogiendo aire me erguí. Raquel se mordía nerviosa el labio inferior, sobre el que el pintalabios era solamente un borrón. No quise ni imaginar qué pinta tendría yo en aquel momento. Ay…, el carmín. A veces me daba por pensar que me paso media vida limpiándomelo de la boca.

—Te llamo —me prometió.

—Claro.

La luz volvió a activarse con un «clac» seco en cuanto nos movimos y una especie de «tic tac» en el que no había deparado antes nos acompañó de nuevo hasta la puerta. Raquel se puso de puntillas para besarme cuando nos despedimos.

De camino hacia la avenida principal, donde pensaba coger un taxi, me limpié la boca con el dorso de la mano, que dejé perdida con un rastro de color borgoña.

Cuando llegué a casa, ni siquiera me molestaron las cajas de la mudanza que aún no había abierto y que seguían junto al recibidor ni el olor a especias que entraba por Dios sabe dónde en todo el edificio, proveniente del restaurante indio de abajo. Me encontraba francamente mal. Una sensación rancia se había instalado en la boca de mi estómago y no alcanzaba a deshacerme de ella.

No sé en qué momento la frustración de una polla dura obligada a abandonar su entusiasmo dio paso a cómo me sentía de verdad. Hacía rato que había vuelto a cruzar mi cabeza. Después de alardear para mis adentros de que todo estaba superado y olvidado... solo podía pensar en ELLA. En las tardes de verano, a principios de los años dos mil, cuando la miraba tendida al sol, junto a la piscina, con todo el disimulo del que era capaz. En la euforia que siguió a todos y cada uno de nuestros primeros besos. En sus labios siempre rojos. En sus pechos pequeños endureciéndose bajo la palma de mi mano. En todas las veces que, queriendo arreglarlo, lo rompí más.

Pero no..., no sonrías. El recuerdo romántico, dorado, envuelto en una bruma dulce, se evaporó hacía ya muchos años. Y de ELLA, de esas tardes de verano, de la euforia y la pasión, solo quedaba la sensación de haber sido un idiota, de haberme cegado, de no haber entendido. ELLA me jodía la vida. Siempre me jodía la vida. Y yo se la jodía a ELLA.

Me senté en el sofá y resoplé. Puta Macarena.

3. «Sexual healing», Marvin Gaye
La vida sexual del tomate seco

Adriana se fue de la Cafetería Santander perjudicadita. Mucha cerveza para un cuerpo tan chiquitito y demasiada conversación sobre cosas que, en realidad, le preocupaban un poco. Porque, por más que se defendiera con uñas y dientes, era la primera que se preguntaba si tanta apatía sexual sería normal.

La cosa no era novedad. Nunca se había sentido presa de las hormonas o con un calentón de narices. Bueno, eso último sí, porque era humana y de vez en cuando se alineaban los astros y tenía ganas de un asalto sexual. Y Julián, su marido, encantado, claro. Porque él también se quejaba, entre bromas para quitarle importancia, de que les hacía falta más sal.

Estaba frustrada, la verdad. Le cabreaba no sentirse parte de la conversación cuando Jimena y yo comentábamos, como dos camioneros, cómo nos ponía el último videoclip de Maluma o la visión de un tío bueno en traje bajando de una moto. Se sentía rara, como un perro verde, porque ella podía ver el vídeo de Maluma sin que pasara nada que no fuera que se le pegase la melodía y se pasase tres días tarareándola y al tío bueno en traje siempre le encontraba algún defecto.

Julián era guapo. El más guapo del mundo para ella. Tan magnético le pareció cuando lo conoció, que no se preguntó nada más. Ni sobre ella ni sobre el nosotros que serían en poco tiempo.

Él le sacaba seis años y cuando le preguntó si quería casarse antes de irse a vivir juntos o si le daba igual, se dijo que había encontrado al hombre de su vida, para el que nada era tortuoso ni complicado. Tenían la relación perfecta… si no fuera por el problemilla de desequilibrio en sus apetitos sexuales.

Julián, alto, fibroso, de sonrisa gamberra, pelo oscuro y ojos claros, era un fiera. Como ella se empeñaba en decir, era un «trapecista del sexo». Siempre tenía ganas de probar algo nuevo: hacerlo en sitios públicos, comprar algún juguete, una postura nueva…, y ella…, pse. Adriana se hacía la remolona y luego se dejaba llevar pero siempre con la misma conclusión: el sexo estaba completamente sobrevalorado. Eso o ella iba con alguna tarita de fábrica que le hacía disfrutarlo menos. A lo mejor tenía que esforzarse más. O a lo mejor todo el mundo exageraba y nadie hablaba con honestidad.

Cuando entró en casa arrastrando los pies, se encontró a Julián tirado en el sofá viendo una película, pero se incorporó cuando la vio entrar.

—¿Qué tal las cervezas? ¿Vienes pedo como una rata?

—Algo así.

—¿Has cenado? Hay sobras en el microondas.

Pasó de las sobras, del microondas, de la cocina y de todo. No estaba para salchichas recalentadas…, nunca mejor dicho. Se dejó caer a su lado y se quedó mirándolo fijamente. Él sonrió.

—¿Qué pasa? ¿Por qué me miras así?

—Por nada.

—¿Qué pasa? —insistió Julián con una sonrisa.

Adri se acercó un poco más a él, tanto que podía ver cómo nacía la barba de tres días de su piel también pálida. Si tenían hijos, serían la familia que más protector solar consumiría del mundo. Quizá hasta ponían una placa en la fábrica en su honor.

—Adri… —volvió a llamar su atención.

—¿Quieres que follemos en el balcón?

—Mejor bajamos a la calle y lo hacemos en la parada del Circular. —Adriana lo miró sorprendida y él cambió el tono de voz a uno mucho más agudo—. Pero ¿¡qué dices, loca!?

—¡Oye! ¡Me había creído lo de la parada de autobús!

—¿Quieres? —le preguntó él.

—¡No!

—¿Y a qué viene lo del balcón?

Adri hizo una mueca y un puchero de frustración. Iba a dejarse de tonterías.

—¿Crees que tengo el mismo apetito sexual que un tomate seco?

Julián lanzó una carcajada, escudriñó su cara intentando averiguar si iba en serio y cuando vio que ella no se reía, le pasó el brazo por encima del hombro y la acercó a él.

—Eso viene de Jimena seguro.

—Sí, ha sido Jimena, pero contéstame.

—No puedes dar crédito a todo lo que te diga. ¡Cree que la única manera de volver a enamorarse es que su novio de dieciséis años muerto se reencarne en otra persona!

—No es exactamente así. Y no me has contestado. ¿Tengo el mismo apetito sexual que un tomate seco?

—No. —Pero puso boquita de piñón después de contestar.

—¿No?

—No. —Suspiró, viendo la necesidad de matizar su respuesta—. A ver…, no eres una loba, pero…, no sé, yo creo que… se nos da bien, ¿no?

—Sí. —Miró la alfombra y jugueteó con sus zapatillas peinando el tejido de esta—. Pero a ti mejor que a mí.

—Siempre hay una parte en la pareja más sexual que la otra. En todas las parejas, me refiero. Y a veces va por épocas.

—¿Crees que estoy pasando por una fase asexual de veintinueve años?

—A lo mejor al cumplir los treinta emerges como una diosa del sexo.

Adri le dio un puñetazo en el costado que lo hizo estallar en carcajadas.

—Pero ¡no te cabrees! —Se descojonó.

—¡Yo también quiero ser una diosa del sexo! ¡Es super-frustrante!

—¿Qué es frustrante?

—Pues…, eso.

—¿Y qué es «eso»?

—¡Julián, cojones, no hagas de psicólogo conmigo, por favor! Déjate el trabajo fuera de nuestras discusiones.

—¿Esto es una discusión? Esto es una pareja hablando. Venga. Cuéntamelo. No voy a psicoanalizarte. Solo quiero que mi mujer se sienta mejor.

Se quedó mirándolo con la boquita torcida y expresión de disgusto. No podía decirle mucho más. Abrirse del todo en cuanto al tema podía dejar a Julián con la sensación de que no conseguía hacerla disfrutar, y esa no era la verdad. Es que… estaba harta de pensar que era rara. No podía ser que algo que movía el mundo como el sexo lo hacía, fuera para ella poco más que un trámite. Disfrutaba, sí, pero también lo hacía echándose unas risas en una cena.

—Me frustra que en mi ranking de prioridades el sexo esté tan abajo. Y sentirme tan poco hábil.

—Pero, Adri, cariño… —contestó él con aire condescendiente—. Cada uno tiene las prioridades que tiene y… si eso supusiera un problema para mí, pues oye, tendríamos que hablarlo, pero, al final, nos coordinamos bien.

—¿Sí? ¿Tú crees?

—Claro. —Una sonrisa gamberra y de lado se dibujó en su cara—. Me encantas. Me río contigo como no me río con nadie más. Me encanta tu pelo y… tus tetitas.

Ella puso los ojos en blanco mientras una sonrisa tiraba de sus labios y Julián la agarró de la cintura y la llevó hasta su regazo.

—Me encanta ver cómo te apasiona tu trabajo. Eres la mejor vendedora de vestidos de novia de España. ¿Qué digo? ¿De España? ¡No! Del mundo. Eres la mejor y te flipa hacerlo —siguió diciendo—. Y me encanta cuando vienes a casa y me ofreces hacerlo en el balcón porque eres la pirada más guapa que he conocido en mi vida y te quiero.

Le dio un beso en los labios y le sonrió.

—¿Más tranquila?

—Puede.

—Podemos hacer terapia de choque si quieres. Igual te hace sentir mejor.

—¿Qué tipo de terapia?

—¿Follamos como animales un rato?

Adri se echó a reír y Julián lo hizo también, pero con una mano en el culo de su mujer y la nariz navegando por los mechones de su pelo, intentando llegar hasta el cuello.

—Lo digo en serio —le susurró.

—Lo sé. ¿Alfombra?

—Rasca —se burló él—. Se me pelan las rodillas.

—¿Entonces?

—¿Y si cedemos a un clásico?

Julián medía un metro ochenta y Adri no pesaría mucho más de cincuenta kilos, por lo que no le costó levantarla al vuelo cuando se incorporó.

Cuando llegaron a la cama, él ya tenía el pantalón desabrochado y estaba tratando de entrar en ella. Si en algo estaban de acuerdo es que les gustaba el sexo…, uhm…, duro. No se deshacían en caricias ni besos y tampoco les gustaban demasiado los preliminares. Se desnudaban y se ponían manos a la obra. A Adriana le gustaba cómo Julián entraba en ella cuando aún no estaba húmeda del todo porque era la única forma de sentirlo con intensidad. La brutalidad de los empellones dentro de ella y sus dedos clavados en la piel de él hasta hacerle heridas.

—Más fuerte —gimió.

—Voy a hacerte daño.

—Más fuerte.

Él dobló la intensidad y fuerza de las penetraciones y Adri… se dejó. Con la mente en blanco, con toda la atención puesta en su sexo, concentrada en disfrutar…, como quien tiene cinco minutos extra en la ducha y quiere masturbarse con diligencia.

Como siempre con Julián, antes de terminar, cambiaron al menos dos veces de postura y al correrse, él dejó en el aire un gemido grave y masculino que ella aspiró en el más profundo silencio.

Pues ya estaba. Hecho. Doble tic en la tarea de intimar con su marido y correrse. ¿Cuál sería la frecuencia normal? ¿Una vez a la semana? ¿Dos? Quizá debía preguntárnoslo. O no. Sin necesidad de preguntar nada a nadie, fue consciente de estar haciéndolo otra vez: teorizar el sexo en lugar de disfrutarlo. Como siempre… no había estado mal. Pero ¿de dónde salía todo aquel revuelo? No era para tanto. Una comezón que se eliminaba con placer si rascabas, como una pequeña picadura de mosquito. Pero… sin más.

Miró al techo y suspiró escuchando a Julián farfullar. «Qué bueno». «Tenemos que hacerlo más». «Qué gusto, por Dios». Y ella allí, dándose cuenta de que tenía que desmontar la lámpara del techo para quitar la capa de polvo y mosquitos muertos que se acumulaban en el plafón. Pero… ¿por qué no se quitaba de encima la sensación de mediocridad después de hacerlo? ¿Y si para Julián no era suficiente, pero era incapaz de decírselo por no dañarla?

Cuando Julián se levantó completamente desnudo para ir al baño, Adri recuperó la ropa interior y pensó que, le gustase o no, tenía que hacer algo. Algo nuevo. Algo grande. Y esta vez no pensaba teorizar.

4. «Tattoo», Jason Derulo
Entre el estudio de tatuajes y el Más Allá

Pipa entró en nuestra oficina con unas enormes gafas de sol de Prada que yo misma había ido a comprarle unos días antes, cuando olvidó coger las suyas de casa. Diría que eran fabulosas, pero no soy de esas personas que usan dicho término. Pero lo eran, que conste. En los dos años que llevaba trabajando para ella había aprendido el mínimo que no sabía sobre estilo cuando empecé y, además de poder trabajar con más soltura hablando sobre prendas, shootings y campañas de publicidad en redes sociales, había aplicado algo sobre mi propia persona, pero nunca llegaría al nivel de mi jefa. Creo que por eso me contrató, porque sabía que esta chica morena, bajita, con pecho pequeño, ojos demasiado grandes, pelo moreno y propensión a las ojeras, nunca le haría sombra. Soy coqueta, pero a veces ni siquiera me echo maquillaje. Mi madre me enseñó que el minimalismo puede ser sinónimo de estilo y siendo tan pequeña como soy…, nunca me vi demasiado bien recargada. Sin embargo, Pipa podía permitirse ponerse encima todo Bollywood si quería. Siempre estaba absolutamente perfecta. Era una puta diosa. La típica chica tan guapa, estilosa y forrada de pasta que solo puedes odiar en silencio. Pero no le tenía manía por ello, es que además, aunque tratara de disimularlo, era odiosa. No por ser guapa, eh. Eran conceptos independientes. Jimena siempre me pareció de una belleza apabullante y era más maja que las pesetas. Y rara. Pero no estamos hablando de eso.

Se quitó las gafas de sol frente a mi mesa, mientras yo revisaba entre mis papeles el programa para el viaje que tendríamos la semana siguiente a Milán. Antes de todas nuestras salidas por trabajo, Pipa exigía un dosier donde se explicase cada paso que fuéramos a dar y toda la información pormenorizada…, cosa que no me parecería mal si no fuera porque al final el programa servía como posavasos y nada más. Se la sudaba un mundo. Y yo, además, nunca conseguía cumplir porque sus «ideas de última hora» convertían el viaje en una especie de concurso a lo *Humor Amarillo*.

Y en ello estaba cuando se paró frente a mi mesa y me clavó la mirada.

—Qué desastre —murmuró.

—Lo sé. Tengo la mesa un poco desordenada. Pero es el despunte de caos antes del orden —intenté sonreírle.

—Me refería a tu cara. ¿No te has maquillado?

Me mordí el labio superior con saña para no contestarle. Llevaba mi pintalabios intacto (porque me lo había retocado hacía un segundo, después de tomar café) y en un alarde de buenas intenciones hacia mi cara de muerta, me apliqué rímel antes de salir de casa. Me había visto favorecida al mirarme en el espejo a pesar de la resaca, pero estaba visto que me equivocaba. Me imaginé volcando la mesa al más puro estilo western, pero levanté la mirada hacia ella, dócil.

Aunque al principio de nuestra relación profesional Pipa jugó a ser mi amiga, hacía ya mucho tiempo que parecía que yo no le interesaba más de lo que lo hacía la chica que planchaba sus camisas de Ermenegildo Zegna, así que no iba a contarle que no había pegado ojo por culpa de todo lo que había desencadenado volver a ver a Leo. A Leo con Raquel. Me hubiera encantado, que conste. Que se sentase a mi lado, nos tomáramos un cappuccino juntas y compartiéramos algo cuqui, como unos macarons, mientras nos dábamos un descanso y hablábamos de hombres; pero ella no comía, yo no tenía permitido tomarme un descanso y no era de esas personas dignas de tu confianza. Ya le conté algo sobre él cuando fingía que era mi amiga y no quería darle más información con la que pudiera martirizarme después, como la experiencia me decía que terminaría haciendo.

—He pasado mala noche —me excusé.

—Ya. Se nota. Te he dicho mil veces que deberías tener en tu mesa un kit de maquillaje. Y deberías cuidarte la piel, Macarena. No vas a tener veinte años toda la vida.

—Tengo casi treinta.

Me miró como si no me entendiese, supongo que porque: a) no le interesaba lo más mínimo mi edad y b) no comprendía que alguien no se restase años. Me toqué la mejilla disimuladamente. Estaba suave e hidratada, pero… desnuda. ¿Tendría que empezar a aplicarme fondo de maquillaje a diario?

—¿Qué tal la fiesta? —Cambié de tema.

—Fabulosa. —Ella sí era de esas personas que dicen «fabulosa», claro—. Llama a la *community manager* de Möet y que te pase todas las fotos que hicieron, ¿vale? Elige las mejores, pásamelas para que les dé el ok y escribe algo para el blog.

—¿Meto también información sobre el look y el maquillaje y peluquería?

—El look, sí. El maquillaje y la peluquería, no.

—Pero te lo hicieron gratis… —le recordé.

—Esa mención en mis redes cuesta ochocientos euros. No voy a regalarles publicidad por un semirecogido y un poco de pintalabios.

¿Un poco de pintalabios? Por el amor de Dios. ¡Si hasta le pusieron una mascarilla con oro de 24 quilates! Probablemente la hora de desmaquillarse fue como emprender la tarea de restaurar una obra del Renacimiento.

—¿Y si los menciono en un *stories* de Instagram? —le propuse con las cejitas levantadas, segura de que era una gran idea.

—¿Qué tal si velas por los intereses económicos de la persona que te paga?

Me callé. Ya me tocaría lidiar con ellos para dar explicaciones...

—Oh... —se quejó al dejarse caer en su mesa y encender un ordenador que solo iba a usar para hacer «cosas cuquis»—. Tía, qué mala cara tengo. Qué mal me sienta trasnochar.

Le eché un vistazo, allá, reclinada en su cómoda silla de mil euros, peinada y maquillada como una estrella de cine, tan guapa que se merecía que la matase haciéndole tragar todo mi bote de clips.

—No digas tonterías —murmuré.

—Yo nunca digo tonterías.

«Coge aire. Suelta el aire. Despacio. Calma. Estás bien pagada. Tienes seguro privado. Viajas mucho. Estás haciendo muchos contactos. Si todo el mundo considera que tienes un trabajo genial... será porque es genial y tú un poquito negada para verlo. En un momento dado conocerás a alguien en una fiesta que necesitará a una persona con tu formación y experiencia como gestora de eventos, *community manager*, *personal assistant* y te dará un trabajo serio. Y un abrazo. Eso también lo necesitas».

—Maca..., ¿puedes ir a buscarme un zumo? Estoy seca.

«Seca te dejaba yo de un zapatazo».

Estuve a punto de sonrojarme por la violencia de mi pensamiento. Juro que me vi a mí misma asestándole zapatazos.

—Claro. Dame un segundo que termine de repasar esto.

—Por supuesto. Total, ¿qué más da que me dé una lipotimia mientras espero?

Cogí el ratón con tanta fuerza que temí clavármelo en la palma de la mano. Respiré hondo de nuevo y recordé que debía convencerla para salir al menos a las siete y media. No iba a tener el atrevimiento de pedir salir a mi hora oficial (las seis de la tarde) para poder tomarme un vino con las chicas antes de nuestra cita, pero al menos… no perdérmela. No era un plan improvisado como las cervezas de la tarde anterior. Habíamos pedido cita en aquel estudio de tatuajes hacía un par de meses y estábamos muy ilusionadas con poder hacer aquello juntas por segunda vez. Esta vez me había tocado a mí elegir el dibujo. La siguiente sería Jimena y, con ella, se cerraría la ronda.

—Voy a por tu zumo. —Me puse en pie—. Por cierto…, no sé si te acuerdas pero a las ocho tengo cita con mis amigas para hacernos un tatuaje…

—Me acuerdo. —Se colocó sus gafas de Pucci preciosas y carísimas que no necesitaba y me miró con una sonrisa—. No te preocupes, Maca. Sé que es importante. Estarás allí a las ocho en punto.

Cuando bajaba en el ascensor del señorial edificio de más de cien años de antigüedad, donde Pipa tenía alquilada nuestra oficina, me reprendí por mi actitud con ella. Nos iba bien juntas. No era mala chica…, a lo mejor lo que tenía era envidia de ella y su vida de cine.

A las ocho y veinte mis tacones repiqueteaban sobre la acera con un sonido de precipitación. Llegaba tarde… para no variar. En los últimos dos años llegaba tarde a todas partes para mi total horror y nunca exactamente por mi culpa. Había terminado mis tareas del día a buena hora y había recogido y apagado el ordenador cuando tenía que hacerlo para llegar a tiempo donde había quedado con las chicas, pero Pipa necesitó que revisara con ella algunas cosas que «no había encontrado tiempo para mirar antes». Para echar un vistazo al Instagram del resto de influencers, sí, claro. Para el programa del viaje, no. Me hubiera gustado preguntarle qué coño había hecho mientras yo actualizaba su blog, mandaba propuestas económicas a varias marcas, colgaba sus últimos looks en 21 Buttons, publicaba algo ingenioso en sus demás redes sociales y cerraba los flecos de lo de Milán, donde iba a tener más citas que la Reina de Inglaterra en un viaje oficial. De lo único personal que había tenido tiempo yo, fue de mandar un mensaje a Coque preguntándole qué tal el día y cuándo quedábamos para «tomar algo» o «ver una peli»…, mensaje que, cuando llegué jadeante al lugar donde había quedado con las chicas, aún no había respondido, como el de la noche anterior. *As usual…*

—Y recién salida del infierno tenemos a la tercera concursante…, ¡Macarena! —se burló Jimena cuando me vio aparecer—. Dinos, Macarena, ¿qué tipo de tortura medieval has experimentado hoy en tu trabajo? Porque tienes una pinta terrible.

—Todas, incluyendo la bola de acero candente en el recto.

—¿Eso existía? —preguntó asqueada Adriana.

—No sé, pero es justo como me hace sentir Pipa. ¿Entramos? Nos van a cerrar.

—¡¡Ay, Dios!! ¡¡Vamos a hacerlo!! ¡Otra vez! —gritó Jimena emocionada.

—¿Cuántos vinos os habéis tomado?

—Tres por cabeza. Vamos a sangrar como cerdas.

—¿Por? —pregunté confusa.

—El alcohol tiene cierto efecto anticoagulante. Lo hemos buscado por Internet.

Yo también quería sangrar como una cerda con ellas.

—Odio estar sobria. Y a Pipa —me recordé en voz alta.

—Sobre todo cuando estás a punto de tatuarte, ¿no?

—Sobre todo.

Adriana abrió teatralmente la puerta del estudio y Jimena entró como salen los niños del colegio.

—¡Cuánto ímpetu! —exclamé.

—Lo tiene todo ella. Yo no estoy segura de querer hacer esto —lloriqueó Adriana—. He estado a punto de rajarme cinco veces del bar a aquí.

—Pero si no duele…

—¿Y si me arrepiento mañana? Los tatuajes se borran fatal…

Entré ignorándola. No había tenido tantas dudas cuando impuso su diseño en nuestro primer tatuaje. Todas llevábamos un triángulo equilátero en el costado y ahora añadiríamos un pequeño corazón en un lateral de nuestras muñecas. Nos llaman riesgo.

—Entra, cobarde —le pedí.

—¡¡Qué emoción!! —Escuchamos decir a Jimena, que se adentraba sin permiso de nadie en el pasillo que llevaba hasta las cabinas.

—Retén a esa loca —me pidió Adriana.

—Retenla tú, que a mí me da ardor —respondí.

—A mí no me hace ni puto caso —se quejó—. Es una tarea para Maca, la mujer que susurraba a las dementes.

Resoplé.

—Toma mi DNI, empieza con el papeleo. ¡Y no escapes! —Me giré hacia el pasillo—. ¡Jime! ¡¿Puedes esperar un segundo?!

La chica de la recepción nos fulminó con la mirada y, disculpándome a media voz, salí escopeteada detrás para retenerla.

—¡Jime! —la llamé en un susurro.

Escuché su risita mientras aceleraba el paso y se escaqueaba, pero se tropezó con sus propios pies y pude retenerla por el codo antes de que embistiera una puerta con la cabeza.

—Tú estás tarada —le reproché.

—¿¡Por qué!? —se quejó.

—Sal, tenemos que rellenar la hoja.

—Que la rellene Adri. Yo quiero echar un vistazo para ver si encuentro algo que inspire nuestro siguiente tatuaje.

Miré a un lado, donde la fotografía enmarcada de una espalda mostraba un tatuaje que representaba un dragón horrendo que vomitaba fuego.

—Sal de aquí. Ya.

—Pues un dragón japonés mola que te cagas —dijo en una especie de trance hipnótico.

—Tú estás loca del higo.

—Lo digo completamente en serio. Es sexi. —Me lanzó una mirada que quería ser seductora pero que le dejó con cara de estar sospechando algo.

—En eso ya no te apoyo.

—Lo haré yo sola. Y molaré más que vosotras.

—Seguro. Pues ale, sal a ver si tienen catálogos de dragones japoneses o tigres rampantes.

Estaba a punto de arrastrarla hacia la recepción cuando una puerta se abrió y el chico que nos tatuó unos meses antes salió del cubículo. Diría que se sorprendió al vernos, pero… reconoció a Jimena al instante. Nuestra anterior visita había sido… amena.

—¡Por Dios, niña! ¿Estáis tan impacientes que no sois capaces de esperar fuera? —se burló—. Fuera… ¡venga!

—Jime, venga, ya le has oído.

¿Oído? Jimena no había escuchado nada. Allá donde estaba, los sonidos llegaban probablemente amortiguados por los latidos de su corazón que, entre emocionado y consternado, haría más ruido que un martillo hidráulico. Seguí sus ojos abiertos de par en par hasta el interior de la cabina, donde un chico se abrochaba una camisa a cuadros con la mirada fija en Jimena y un rictus que no se parecía en nada a una sonrisa. Aunque, ¿por qué llamarle «chico» si podía decir «pedazo de macho»? Alto, pelo agradecido, castaño y algo greñudo, barba, expresión de intenso y pinta de preocuparse por la moda exactamente igual que yo de la polinización. En resumen: el prototipo exacto de hombre que volvía loca a Jimena…, al menos durante un par de meses, antes de que decidiera que Santi, desde el Más Allá, le lanzaba señales para que lo dejara. Casi podía notar las glándulas salivares de Jimena en un estallido de actividad.

—Dios nos ampare —musité.

—Hola —lo saludó con una sonrisa dulce, esa que solamente ella sabe fingir—. ¿Qué tal?

—Bien.

—Ya lo veo. —Tiré de su brazo disimuladamente, pero se zafó—. Quiero decir… que ya has terminado, ¿no?

—Sí.

—¿Qué te has tatuado?

Su ceño se frunció un poco más y temí que le arrancara la cabeza con la mirada.

—Jime, eso es privado —la reñí.

—Ah —asintió aparentemente arrepentida—. Es verdad. Lo siento. ¿Quieres que entre y cierre la puerta?

—Sal de aquí…, YA —la instó el tatuador.

El desconocido cogió una bolsa de mano desgastada de piel y disimuló la sonrisa que la desvergüenza de Jimena le había dibujado.

—No te preocupes. Yo ya me voy. Gracias, tío. —Chocó la mano brevemente con el tatuador, y Jimena y yo nos apartamos del vano para que saliera. Era… muy grande.

—Gracias a ti, Samuel.

Jimena le siguió con la mirada hasta que él giró el codo del pasillo y se despidió con un alzamiento de cejas. Después, se llevó la mano al pecho.

—Dios mío de mi vida y de mi corazón.

—Jimena, eres lo peor —me quejé—. Qué vergüenza.

—¿Qué vergüenza ni que tío en la Habana? ¿Tú has visto eso?

—¿El qué? —preguntó Adriana, que se acercaba a nosotras con un corazoncito impreso en un folio.

—¡¡Al tío que acaba de salir!!

—Sí. ¿Qué pasa?

—¿Es que no tienes ojos en la cara?

—Dos. —Se señaló sus enormes ojos de gata con una sonrisa—. Como los tuyos, pero menos saltones.

—Hija de la gran puta, me dan igual tus insultos. Ese tío es...

«Un dios», «el tío más bueno que he visto nunca», «el futuro padre de mi centenar de hijos imaginarios», «mi próxima conquista», «el dueño del nombre que gritaré cuando me corra durante el resto de mi vida», «testosterona con piernas»... Había muchas posibilidades...

—... la viva imagen de Santiago si hubiera cumplido los treinta.

¿Ves? Esa no la esperaba.

5. «Maps», Maroon 5
Un puñado de problemas
y una botella de vino

—Y una botella de vino… ¿Tienes «El novio perfecto»? Si no tengo uno, al menos puedo bebérmelo.

Adriana y yo nos tapamos la cara con la carta cerrada de My Veg, el restaurante en el que solíamos acabar cuando nos movíamos por aquella zona. El camarero sonrió mientras tomaba nota.

—Vale. Entonces… las alcachofas fritas, la coca con huevo, el tartar de salmón y una botellita de «El novio perfecto».

—Y una botella de agua fría —pedí detrás de la carta.

Las dos me miraron amenazantes y yo me asomé para aclarar la situación.

—Si bebes un poco de agua entre copa y copa se supone que tienes menos resaca.

—Como esta noche Jimena y yo terminemos como un maldito koala y tú sobria, te rajo y te relleno con tampones —amenazó en voz baja Adriana, mientras sonreía como una sádica.

—Te preguntaría qué coño pinta un koala en esa frase, pero me lo voy a ahorrar porque seguro que surge alguna teoría con la que argumentarlo —le respondí antes de volverme hacia el camarero y pedirle—: No nos escupas en la comida por raras, por favor.

—Nunca. Pero igual transcribo vuestras conversaciones y las publico anónimamente en Twitter.

El camarero recogió las cartas y se marchó. Adriana y Jimena frente a mí apoyaron sus coditos en la mesa y se miraron satisfechas el tatuaje cubierto por un pedacito de papel film. Yo eché un vistazo a mi móvil, que seguía sin tener noticias de Coque, y tras un suspiro, llamé la atención de mis amigas.

—Chicas…

—¿Qué? —respondieron sin mirarme a la vez.

—Ehm…, yo… tengo que contaros una cosa.

Levantaron la mirada hasta mí despacio y con cautela.

—Ese tono no me gusta nada —anunció Adri.

—¿Qué pasa? ¿Quién se ha muerto? —Y Jimena se llevó dramáticamente la mano hasta la garganta.

—Nada, nada grave, de verdad. Nadie ha muerto.

—Santi, sí, tía, hace catorce años. Muy fuerte —dijo consternada Jime—. Te juro que aún me cuesta creerlo.

Apoyé la frente en el plato frío y vacío un segundo armándome de paciencia.

—Anoche… —Me incorporé, me quité el pelo de la cara y suspiré—. Vi a Leo.

Silencio. Los ojos verdes de Jimena buscando los pardos de Adriana. Mi saliva bajó espesa por mi garganta.

—Cómo tarda el puto vino, ¿no? —me quejé.

—Concreta un poco más. Viste a Leo… ¿por Facebook?

—¿Por Facebook, Jimena? —pregunté indignada—. Lo vi sentado en una puta terraza de la plaza de Santa Bárbara, allí, con todo su cuajo.

—¿Y no crees que el hecho de encontrarte al cuatro veces campeón mundial en romperte el corazón es un tema para tratarlo al principio de la tarde y no dos horas después? —preguntó Adri alucinada.

—Igual hasta merece una llamada en plena madrugada —insistió Jimena.

—Pues me habría venido genial porque —resoplé—… estaba sentado tomando algo con Raquel, la colega de Pipa que me cae bien, y… no he pegado ojo dándole vueltas a… qué hace aquí y por qué estaba con ella.

—¿Con quién dices que estaba? —preguntó Adriana.

—Con Raquel. La del blog *Cajón desastre*. Una tía con un pelo precioso, brillante…, de las de anuncio de Pantene. Muy guapa. Estilazo. Cultísima. Más maja que las pesetas.

—Gracias por la puntualización, Jimena —agradecí de mala gana.

—Da igual con quién esté, Maca —sentenció muy seria Adri—. Te conocí justo después de romper con él y eras una bolsa de basura de tamaño comunidad con restos humanos. No hagas el gilipollas. Digo yo que con cuatro versiones de lo vuestro tenéis suficiente.

—No he dicho que quiera llamarle ni nada…, ni a él ni a Raquel para ver qué… — carraspeé—, qué relación les une.

—Quizá era una reunión profesional.

—Entre un especialista en literatura del siglo xix y una blogger de moda y lifestyle…, claro.

—Da igual lo que fuera. Es Leo. Su sola imagen provoca en ti la muerte de cientos de miles de neuronas encargadas de la salud emocional —apuntó Jimena esta vez.

Rebufé.

—Que lo viera no significa nada más que…, que está en Madrid. No sé si de paso o no, pero no pienso averiguarlo.

—¿Él te vio? —consultó Adri.

—Sí —asentí.

—¿Y?

—Nos saludamos.

—¿¡¡Y!!? —respondieron las dos al unísono.

—Pues puso esa cara suya.

—¿Qué cara? —preguntó Adri, que solo había visto un par de fotos de él antes de que decidiéramos quemarlas en un aquelarre años atrás.

—Creo que se refiere a una que ponía siempre como de «intenso y sexi». Es muy guapo, el muy hijo de puta —dijo Jimena—. Lo que más me gustaba de él eran esos hoyuelos casi verticales que le salían en las mejillas cuando sonreía. Qué tío…, diabólicamente guapo. Esa es la verdad.

—Para. Por favor —pedí—. La cuestión es que…, bueno, que no quiero hablar más del tema y que no pasa nada. He pasado mala noche y tal, pero porque remueve un poco encontrarte con…, con «el que no debe ser nombrado». Quería contároslo, pero ya está.

—¿Y no vas a preguntarle a Raquel?

—No. Está superadísimo.

—Mentirosa —rumió Jimena.

—A lo mejor le pregunto. Pero… por curiosidad, no por nada más. Es una cosa anecdótica. Mi ex está con otra…, ya ves tú qué cosa.

—Pero es tu EX —dijo Adri dándole énfasis a la palabra— y esa otra… es colega tuya.

—Me cae bien, sí —asentí mientras me miraba el anillo antiguo que llevaba adornando uno de mis dedos.

—¿Eso no te… cabrea?

Levanté la mirada y negué con la cabeza.

—Eso no. Me cabrea él. Él y su cara de no haber roto un plato en la vida, de tío legal y elegante… cuando es un psicópata sin emociones.

—Quizá deberías avisar a esa Raquel —musitó de nuevo Adriana.

—Yo ahí no me meto. No se me ha perdido nada.

—Ya veremos —murmuró Jimena mirándose las uñas pintadas de negro—. Pero entiendo que quieras dejarlo aquí. Ya está. Eso sí…, déjame decir una cosa ahora. Y luego ya me callo para siempre.

—Adelante —Le di paso con un ademán.

—Leo… nunca ha sido un mal tío. Ni un cabronazo.

—¿Perdona? —le pregunté con un gallito en la voz.

—No, Maca… El final de lo vuestro fue horrible, lo admito, y no lo hizo bien, pero que algo no salga bien con alguien no lo convierte inmediatamente en un cerdo, lo que tampoco significa que sea bueno para ti. Ni tú buena para él. Quédate con eso. Sus doce mil encantos no son una mentira con la que hayas querido autoconvencerte de que merece ser querido. Lo merece…, pero por otra, porque sus pequeños defectos, a ti en concreto, te destrozan.

Puse los ojos en blanco. Jimena siempre había tenido cierta debilidad por Leo, porque se caían bien y, además, escribió una tesis doctoral sobre el suicidio por amor en la literatura durante los siglos XVIII y XIX. En algunas cosas estaban en sintonía.

—Me parece bien lo que dices y lo respeto. —Posé mi mano sobre el pecho en un ejercicio suprahumano de control de mis emociones…, lo que me apetecía era gritarle que no justificara a ese engreído, pero gritar tampoco era algo que se me diera bien siempre y cuando Leo no fuera partícipe—. Pero tendrás que respetar que a mí, la implicada, me parezca un psicópata.

—La implicada ahora es otra, cielo —apuntó cruelmente.

—Me la suda.

—Lo veo negro —añadió Adriana poco convencida.

—Como el sobaco de un grillo —afirmó Jimena mientras se miraba la muñeca, donde el corazoncito tatuado sangraba un poco bajo el film transparente—. Pero mirad qué bonito es nuestro tatuaje.

Todas nos miramos el nuestro con una sonrisa.

—Lo próximo, una daga sanguinolenta en el brazo —le dije.

—No le des ideas —terció Adriana.

Una cubitera apareció junto a la mesa y el camarero, sonriente, descorchó la botella de ese vino tan rico y en menos de nada llenó las copas que entrechocamos entre nosotras.

—Por nosotras —dije sonriente—. Quien no apoya no folla, quien no recorre no se corre y por la virgen de Guadalupe que si no foll…

—Oye, chicas —Adriana interrumpió nuestro clásico brindis—, antes de que estemos pedo y cualquier cosa nos parezca buena idea…, ¿puedo cambiar de tema?

—Por favor —supliqué.

—Es que… se me ha ocurrido una cosa para el regalo de aniversario, a ver qué os parece.

—¿Al final te decides por la pluma con la que puedas asesinar a tu cuñada en un futuro e inculpar a tu marido o por el paracaidismo? —consulté.

—Nah —negó—. Anoche estuve dándole vueltas… y son cinco años casados ya. Eso debería celebrarse como Dios manda, ¿no?

—¿Un viaje? —añadió Jimena sin soltar la copa—. ¿Adónde te ibas tú, Maca, la semana que viene con Pipa?

—A Milán.

—Qué trabajo tan duro tienes —frivolizó.

—Preferiría estar en mi casa quitándome pelos de las piernas con las pinzas de depilar mientras veo una serie y como cualquier cosa salida de una bolsa.

—Sí, sí…, lo de ir a la mina a picar es jodidísimo. Entonces, Adri, ¿un viaje?

—No. Más emocionante. A ver si lo adivináis.

—Conducción peligrosa en el Circuito del Jarama —dije yo.

—No.

—Puenting —añadió Jimena.

—No.

—Viaje con tu suegra. —Me reí.

—Eso no es emocionante…, es peligroso. Tampoco.

—*Body painting.*

—Qué ideas de mierda —se carcajeó.

—Un paseo en globo.

—¡¡¡Uhhh!!! —Agitó sus manitas—. ¡¡Qué emocionante, joder!! ¿Tienes un valium a mano? Creo que estoy teniendo palpitaciones.

—Eres idiota. —Me reí.

—¿Entonces? —insistió Jimena.

—¿No se os ocurre nada más?

—Sí. Un piercing en el ciruelo —se descojonó.

—O un trío.

Jimena y yo nos echamos a reír a carcajadas como dos idiotas…, pero Adriana no. Cerré la boca y la miré asustada.

—¿¡Qué!? —exclamé.

—Un trío —asintió ella tan pichi—. Minipunto para ti.

—Estás de coña.

—¿Me ves cara de estar de coña? —Se señaló la carita con un dedo.

No parecía estar de coña, pero con ella nunca se sabía.

—Adri, estás de coña —insistí.

—Maca, por Dios. Claro que está de coña. Te está tomando el pelo como una campeona.

—¿Ah, sí, listilla? ¿Y eso? —preguntó Adriana indignada.

—Pues porque tienes el mismo apetito sexual que este pan. —Desenvolvió la porción de pan del papel de estraza donde suelen servirlo en My Veg y lo olió—. ¿Será de centeno? El de centeno no me termina de gustar. Tiene regusto amargo.

—Es integral. Y tienes la misma gracia que un calcetín.

—Adri… —Me incliné sobre la mesa—. ¿En serio me estás diciendo que le quieres regalar a tu marido un trío?

—Sí —asintió poniendo morritos—. No se me ocurre algo que fuera a gustarle más.

Jimena le dio un bocado al pan y se la quedó mirando unos segundos con cara de sospecha.

—Estás vacilándonos.

—Pues no. Estoy hablando en serio.

—Estás loca —sentencié abriendo el paquetito con mi pan y pellizcando un trozo—. Pero loca, loca, loca…

—¿Por qué?

—¿No decías ayer que…? —apuntó Jimena.

—¡Por eso mismo!

—¿Con otro tío o con una tía? —pregunté yo.

—¿Te imaginas a Julián haciendo duelo de espadas con otro tío? —Arqueó sus cejas pelirrojas—. Eso terminaría fatal. Con una tía.

—Hostias, está hablando en serio —me anunció Jimena con mil restos de pan baboseado en la boca.

—Pero…

—Pero ¿qué? ¡Por Dios! ¡Qué mojigatas sois! —se quejó Adriana.

—¿No te pone celosa imaginarlo con otra?

—¿A mí? No —negó con vehemencia—. Y creo que nos vendría fenomenal para avivar nuestra vida sexual, la verdad. Porque él es como…

—Un acróbata del Circo del Sol del sexo —terminamos de decir por ella las dos a coro.

—Exacto. Y yo… me quedé en primero de misionero.

—¿Tú te lo has pensado bien? —pregunté.

—¡Claro que no se lo ha pensado bien! ¡Estás delirando, maricona! —exclamó Jimena—. ¡Un trío, dice la tía loca!

—¡¡Baja la voz!! Una cosa es que quiera hacer un trío y otra que se entere toda la puta Malasaña.

—Pero a ver… —Apoyé mi frente en mis dedos y agradecí que estuvieran fríos—. Vas a regalarle un trío, vale. Me imagino que porque él ha comentado alguna vez que le pondría.

—Obvio.

—Ya…, pero ¿sabes que muchas fantasías son solo… fantasías?

—Maca, yo quiero a Julián con todo mi corazón, pero no es el tipo de tío que se rayaría por esto. ¡Es psicólogo, por Dios! No es como si…, no sé, como si fuéramos a joderlo todo por una noche loca. Es solo… como quien compra un vibrador y lo incorpora al juego.

—¡Pues cómprate un vibrador e incorpóralo al juego! —volvió a exclamar Jimena.

—Jime, come pan, hija —le pidió Adriana antes de meterle un trozo de miga en la boca—. Ya compré un vibrador. Y me aburro igual.

—Estoy empezando a pensar que nos han puesto peyote en el tatuaje o algo así —murmuré—. Escúchame… pero ¿tú no decías que el sexo está sobrevalorado y que te interesa lo justo para pasar el día?

—Sí —asintió—. Para mí sí. Para mí follar es como rascarse si te pica. O rascar al otro. Pero para Julián es importante. Y si algo me ha dejado claro el paso del tiempo es que las relaciones son una balanza de equilibrio, un toma y daca. Yo te rasco, tú me rascas.

—¿Y cómo has pasado de esa idea a la de incorporar otra mano que rasque?

—Pues asumiendo que no tengo las uñas lo suficientemente largas como para que a él deje de picarle de verdad.

Jimena tragó pan, suspiró y se metió de lleno en un monólogo sobre los peligros de un trío en una pareja: celos posteriores, arrepentimiento, intimidad profanada..., pero la corté cuando vi que Adriana empezaba a mostrarse realmente incómoda y afectada.

—Adri..., ¿te lo has pensado bien?

—¡Que sí!

—¿Has sopesado los pros y los contras? ¿Lo has consultado con la almohada? ¿Te has esforzado por imaginar gráficamente cómo será?

Sí a todo, pesada. Además no va a ser mañana mismo. Tendré que buscar con quién y...

—Pues entonces —miré a Jimena—, nada que decir. Punto en boca. Y todo nuestro apoyo, amiga.

—Yo flipo —se quejó Jimena—. Y luego soy yo la que tiene problemas mentales.

—Es mi cama, mi marido y mi... vida sexual. —Adriana se encogió de hombros—. Y la verdad no solo lo hago porque quiero a Julián, lo hago también por mí. Pienso probar todo lo que pueda antes de decidir que, efectivamente, soy una acelga de cintura para abajo.

Jimena fingió cerrarse la boca con una cremallera, pero... solo hasta que llegaron las alcachofas fritas con parmesano, que recibió con esta abierta de nuevo de par en par. Olían de miedo, pero no tanto como para dejar así el tema.

—Adri... —dije cogiendo el tenedor.

—¿Qué?

—¿Nos lo contarás todo?

—¿¡¡Por quién me tomas!!? ¡Pues claro!

Poco imaginábamos por aquel entonces lo muchísimo que tendríamos para contar en unas semanas...

6. «Hiding», Florence and The Machine
Oda a la resignación

Me gustan las mañanas de los sábados por lo mismo que le gustan a todos los mortales a los que no les toca currar el fin de semana: tiempo sin obligaciones para retozar en la cama y muchas horas de fin de semana aún por delante. Trabajar con Pipa, sin embargo, había oscurecido esa sensación y rara era la ocasión en la que disfrutaba del momento. Pipa tenía la capacidad de convertir hasta la mañana del sábado en un «ay» constante, porque no sabías cuándo narices te iba a llamar para pedirte polvos de cuerno de unicornio para mantenerse eternamente resplandeciente, por decir algo. Sin embargo, aquella mañana, el «ay» se quedó tan solo como queja de la luz que entraba por las rendijas de mi persiana y que iluminaba débilmente el dormitorio.

La cena del día anterior… se había alargado. Habían caído dos botellas de vino cenando, no porque estuviera muy bueno y nos apeteciera ponernos piripis para olvidar la rutina y las obligaciones, qué va, sino porque «teníamos muchas chorradas por las que brindar». A estas les siguieron unos chupitos de limoncello. El amable camarero cometió el error de dejar la botella en nuestra mesa y cuando volvió a por ella…, no quedaba. Fuimos después a tomar algo a las terrazas de la plaza de San Ildefonso…, y cayeron dos combinados: Jimena, gintonic, y Adri y yo, vodka con limón, como en los viejos tiempos. Resultado: terminamos en un garito digno de aparecer en la guía de los peores baños de Madrid cantando a gritos una canción de Los Planetas que nos sabíamos pichí pichá, cerveza en mano. Lo habíamos hecho bien. Lo de mezclar muchos tipos de alcohol de los que dan resaca…, me refiero.

Así que el hecho de que mi teléfono móvil estuviera vibrando constante y molesto sobre la mesita de noche, no me estaba haciendo gracia. Si le sumas que su vibración hacía que el platito de cerámica donde dejaba mis «alhajas» emitiera una suerte de tintineo, lo elevamos a la categoría de terrible. Ni siquiera pensé que podría ser Pipa a punto de exigir mi cabeza por no coger a la primera. Solo volví del mundo de los muertos, lo agarré sin cuidado y me lo coloqué en la oreja.

—¡¡¿Qué pasa?!! —respondí ronca.

—Perdona, pensaba que estaba llamando a Macarena, pero, bueno, al menos esta llamada está sirviendo para corroborar que el Yeti existe.

La voz de Coque me devolvió de golpe y porrazo a la realidad de la noche anterior. Le había dejado un mensaje bastante subido de tono en WhatsApp que… él no contestó. Y eso, querida, es humillante.

—Tengo resaca —me justifiqué—. Ayer bebí de todo menos agua y té.

—¡No me digas! Pero si en tu nota de voz de cuatro minutos sonabas de lo más sobria. —Me echó en cara con sorna.

—Bah, no te quejes tanto, Coque. ¿Quién va a creerse que tú, Coque Segarra, escuchaste una nota de voz de cuatro minutos? Yo no.

Oí una risa grave abrirse paso en su garganta y sonreí mientras me pasaba los dedos entre los mechones de pelo para aliviar el dolor de cabeza.

—¿Qué haces? —me preguntó.

—Estaba durmiendo.

—¿Te vienes a casa?

Miré la hora. Eran las doce… y Coque a las doce de un sábado solía estar durmiendo también.

—¿Qué haces despierto a estas horas?

—He tenido que acercarme al curro esta mañana para solucionar un envío —carraspeó—. Algunos trabajamos en cosas serias.

Me tocó el turno a mí de reírme. Llevaba un año y medio viéndome con Coque y aún no estaba demasiado segura de a qué se dedicaba exactamente. Sabía que tenía, junto a un colega, una empresa que había ideado una página web que servía de intermediaria para servicios de mensajería, pero ni él se había esforzado nunca por explicármelo bien ni yo había mostrado demasiado interés. Eso sí…, tampoco es que ellos hicieran girar el mundo en una dirección mejor.

—Ven a casa tú —le pedí—. Tengo resaquita.

—No voy a ir hasta tu casa ni de coña. Vives en el quinto coño.

Fruncí el ceño. Coque era muy mal hablado, tanto como solo pueden serlo los marineros de hace doscientos años o los pijos muy pijos que se sienten independizados de las fortunas de sus padres porque emprendieron un negocio propio… con el dinero de estos.

—Coque, vivo igual de lejos de ti que tú de mí. Siempre me toca ir a mí. Ven tú hoy, tengo resaca.

—Desde mi casa son quince transbordos.

—Diecisiete —me quejé de su exageración—. Coque, pilla la moto, que para algo la tienes.

Rumió algo ininteligible, pero enseguida intuí que había vuelto a olvidarse de poner gasolina y su scooter lo habría dejado tirado, con el consiguiente problemita en el motor. No ganaba para arreglos.

—Si no te apetece, tampoco pasa nada —me dijo enfurruñado—. Pensaba cocinar pasta con calabaza…, esa que te gusta. Después ver una peli en el sofá con una mantita comiendo chuches. Dormir la siesta…

Suspiré.

—Voy. Me ducho, me arreglo y salgo para allá.

—Te veo en un rato. —Iba a colgar cuando llamó mi atención de nuevo—. ¡Maca!

—Dime.

—¿Puedes pasar por el súper y pillar pasta, calabaza, nata y chuches?

Miré incrédula hacia el techo.

—¿Algo más? —le contesté con ironía.

—Sal. Y cervezas. Y si me traes un palo de escoba, te como a besos.

—¿Un palo de escoba?

—Ayer rompí el nuestro imitando a Gandalf y no sabes cómo está la casa. Temo por tu seguridad. No quiero que las pelusas de debajo de la cama te secuestren.

Coque tenía tres puntos fuertes en su haber. El primero entraba por los ojos…, era muy guapo…, guapo al estilo Kurt Cobain si este hubiera sido un niño de papá. Llevaba el pelo un poco largo, había experimentado con el look…, barba larga, bigote daliniano y perilla de chivo, y todo le sentaba bien al muy maldito. El segundo regalo que le hizo el cosmos era caer en gracia. Tenía un sentido del humor bastante infantil pero efectivo. Sabía cómo hacer que me riera aunque no me estuviera haciendo gracia y eso… debía admitírselo. Partir un palo de escoba mientras le gritas a un amigo en el pasillo «no puedes pasar», como si fuese el Balrog y tú el mago gris… es absurdo. Pero me parecía… ¿tierno? No sé la palabra, pero era sin duda perdonable.

La tercera de sus virtudes era mucho más… sexual. Follaba como un campeón, sabía hacer cosas con los dedos que no me explicaba y tenía un buen armamento…, recio, gordo…, de los que te hacen sentir vacía desde el punto de vista más físico, cuando ya no están dentro de ti.

Así que… puedo disfrazarlo como quiera, pero si me levanté de la cama y me dirigí a la ducha fue porque sus tres atributos equilibraban para mí la balanza que a otra chica le hubiera dejado clarísimo que era uno de esos tíos…, uno de esos que no se enamora y que solo quiere pasárselo bien. Uno de esos hacia los que nos sentimos irremediablemente atraídas. Pero a mí… me encantaba ese aire de rebelde sin causa y niño consentido y los pocos mimos que le arrancaba me sabían a miel.

Meses antes me hubiera cruzado con mi compañera de piso al salir hacia el baño. Tenía un radar, la muy maldita. En cuanto me escuchaba salir con prisa del dormitorio, aparecía con su albornoz con flores (que juraría haberlo visto anunciado en la teletienda a las tantas) y su botella de gel de ducha bajo el brazo. No se fiaba de nadie, y mucho menos de mí, por lo que guardaba todo lo de su propiedad en el armario de su habitación, incluyendo las latas de atún en aceite. ¿Cómo lo sabía? Porque había entrado a sisarle champú tantas veces que ni siquiera las recordaba. Y porque una vez me cabreó lo suficiente como para inyectar vinagre en su tarro de perfume. Bueno…, no fui yo. Fue Jimena. Lo hizo a mis espaldas mientras yo estaba en la ducha y luego no pude hacer nada por remediarlo.

Pero, claro, tener que compartir piso con alguien tan melindroso, tocapelotas y asocial como «Finita de Córdoba», como la habían apodado absurdamente mis amigas, me hizo plantearme todas las soluciones de vivienda posibles en Madrid para alguien como yo. Y decidí que… podía vivir sola siempre y cuando el piso no costase más de seiscientos euros al mes, incluyendo los gastos. Y eso, querida, fue lo que me llevó a vivir en un piso del tamaño de un armario empotrado en la Avenida Ciudad de Barcelona. ¿Pequeño? Sí. ¿Monísimo? Mi esfuerzo me había costado.

Me puse una falda vintage, una camisa vaquera y unas bailarinas sobre la única ropa interior limpia medio decente que encontré en mi cajón y aseé mi pequeño pisito de cuento, antes de salir hacia el que Coque compartía con un par de amigos de la facultad cerca de Cea Bermúdez.

Cuando llamé a la puerta, cargada como una mula con la compra que me había pedido (y el palo para la escoba), temí lo que me encontraría al entrar. Lo primero que vi me alivió: Coque con una camiseta blanca decente, unos vaqueros no demasiado rotos y más o menos peinado. Sin embargo, después del beso de saludo, cuando se hizo a un lado para dejarme pasar, el paisaje fue desolador y me volví a preguntar por qué había salido de mi casa.

Había platos sucios en el fregadero, pelusas por el suelo, manchas nuevas en las paredes y bolsas de patatas vacías por cualquier superficie sobre la que posaras tu vista. Respiré hondo al dejar la bolsa en el banco de la cocina y me volví para mirar a Coque.

—¿Hay ropa interior sucia en tu dormitorio?

—Hay ropa sucia en mi dormitorio.

—¿Interior? —insistí.

—Es posible. —Sonrió canalla.

—Ve a ocuparte de eso. Yo empiezo por aquí.

Coque tardó cinco minutos en esconder diligentemente la suciedad y el desorden en su dormitorio. Yo veinte minutos en asear la cocina el mínimo egoísta que permitiera poder preparar algo para comer sin morir de tifus y veinte más en… preparar la comida. Coque, el capitán araña, especialista en embarcarte en planes de los que luego se bajaba para disfrutar desde el pasaje, fingiendo no haber sido nunca parte de la tripulación.

Me recompensó. Claro que me recompensó. Hasta los chicos más caóticos saben hasta dónde pueden tirar antes de que la manta les deje con los pies al aire. Y Coque era una especie de niño bien despistado, pero no era tonto. Así que después de comer, abandonó los platos sucios en el fregadero, junto a los que no me había dado la gana fregar a mí antes, y me ofreció ver una película mientras me hacía un masaje…, lo que en lenguaje de un ligue es: te voy a echar un polvo de los que te van a dejar tonta durante un par de días.

Hay hombres románticos, elegantes, disfrutones, entendidos, aventureros… en cuanto al sexo. Hay tantos librillos como maestrillos. El de Coque era la eficacia. Era eficaz y… me atrevería a decir que intrépido. No le importaba enterrar la cabeza entre tus piernas durante quince minutos y darte placer solo a ti, si eso te humedecía, te ponía cachonda y te dejaba accesible para él y sus proezas. Así que, por si te lo preguntas, ese fue su masaje…, un cunnilingus eficaz e intrépido.

Lo hicimos. Lo digo así porque tampoco sé decir muy bien qué hicimos. Tuvimos sexo, eso seguro, pero no hicimos el amor ni follamos, al menos no como yo entendía uno y otro término. Follar, para mí, era lo que hacíamos cuando nos bebíamos una copita de más y se nos iba de las manos. A cuatro patas, sin mirarnos a la cara, sin decirnos nada más que «más rápido» o «ya me corro». Eso era follar para mí. Satisfacer una necesidad puramente carnal. Pero no había sido eso. Tampoco amor. Si hubiéramos hecho el amor, yo me hubiera sentido embargada por una emoción extracorpórea, ¿no? Al mirarlo encima de mí, sostenido por sus brazos fuertes, haciendo oscilar por última vez su cadera para correrse, habría pensado que lo amaba. Pero no pensé eso. Cuando lo miré, sonreí y tuve… un poco de miedo. Siempre me pasaba con él. Al terminar tenía miedo de haberme dejado llevar, de que pensase que era una suelta, que podría hacer lo que le viniera en gana conmigo y de que… se cansase de mí y dejase de llamarme o cogerme el teléfono las pocas veces que lo hacía. Coque me gustaba mucho, pero creo que porque me mantenía siempre en vilo, sin saber si había un territorio en su vida al que él querría ponerle mi nombre, sin interés ninguno en dotar a lo nuestro de un título. Coque me hacía sentir tan emocionada, excitada e insegura como ese chico del que te colgaste cuando tenías quince años… con la diferencia de que en mi caso no era aplicable. El chico del que me colgué a los quince años me rompió el corazón diez años después y ahora salía con Raquel. Porque… esos dos salían, ¿no?

Cuando Coque se dejó caer a mi lado y aplastó contra la mesita de noche el condón usado, busqué su mirada. Quería, necesitaba, sentir algún tipo de vínculo que inclinara la balanza hacia una de las dos partes…, el amor o el apetito sexual vacío. Porque Coque me gustaba, pero… Jimena y Adriana tenían razón al asegurar que no era mi novio. Y a veces eso, no puedo mentir, me inquietaba. Necesitaba saber en qué casilla colocarlo.

—Qué bien, ¿eh? —Me sonrió.

—Sí.

Me apoyé en su pecho y él me rodeó con su brazo mientras recuperaba el aliento. Disfruté de la calidez de su cuerpo y del gesto mientras jugueteaba con los cuatro pelillos que tenía en el pecho.

—Me has salvado el sábado. —Me besó el pelo—. Estaba solo y aburrido como un mono.

—Podías haber venido tú a casa. Está limpia.

—La próxima vez voy yo —accedió.

Levanté la cara hacia él y le regalé una sonrisa espléndida como respuesta.

—Cuando quieres puedes llegar a ser transigente y todo.

—Ya ves. A las Macarenas del mundo hay que cuidarlas.

—¿Las Macarenas?

—Sí —asintió—. A las monaditas pequeñitas, buenas y se-xis que nos regalan sus horas aunque seamos el asno de Shrek.

—Sabes que no eres el asno de Shrek.

—Soy más guapo. —Colocó el brazo con el que no me rodeaba debajo de su cabeza y me guiñó un ojo—. Pero no soy el príncipe azul. Ni el hada madrina. No convertiré la calabaza en una carroza ni te llevaré al altar.

Ahí estaba, el Coque de siempre, dejando claro qué no se-ríamos nunca.

—¿Y quién quiere que me lleves? —respondí de mala gana.

—Eso digo yo.

Se recostó de nuevo mirando al techo y froté la punta de mi nariz sobre su piel. No quería casarme con él ni harta de vino, pero… qué narices, quería que fuese mi novio. Las caricias postcoitales quedaron suspendidas en la sensación de vacío que se generaba entre nosotros en esas situaciones. Supongo que lo notó…, notó que me quedaba mohína.

—Maca… —musitó.

—Dime.

—Yo sé que no soy muy comunicativo, pero… ya sabes cuánto te… —pausa para provocar que casi se me saliera el co-razón por la boca— aprecio. Yo no soy de los que se atan y te llaman «novia» porque entiendo eso como un convencionalismo puro y duro…, pero estoy muy a gusto con esto.

Debía decirle que él me gustaba, que llevábamos un año y medio así y que empezaba a pensar que mis amigas tenían razón cuando señalaban que aquello no nos llevaba a ninguna parte, pero no podía evitar preguntarme para mis adentros… dónde quería llegar. Sin saber la respuesta a aquello…, ¿cómo iba a exigirle yo algún tipo de compromiso? Así era mejor. Me incor-poré para mirarlo y me acerqué a su boca. Compartimos un beso lento que se volvió húmedo enseguida pero que cortó de pron-to para señalar:

—Vale. Hemos tenido sexo y conversación…, ahora toca siesta.

Unos raviolis de calabaza, dos cervezas de importación y sexo oral que te prepara para el orgasmo. Después una siesta. El romanticismo del siglo XXI.

Pero… ¿de qué servía exactamente el romanticismo en una relación? De nada.

Leo tenía la típica sonrisa de engañamadres que solo usaba cuando le convenía. Conmigo nunca, he de decir. No le hacía falta. A mí me miraba serio, con los ojos clavados en los míos, y se dejaba observar. Y yo miraba sus cejas algo irregulares y castañas, sus pestañas, sus bonitos ojos de un color indefinible por otra palabra que no fuera miel y sus labios, que nunca fueron demasiado gruesos pero siempre supieron besarme como yo deseaba. Entonces, cuando yo ya me había empapado de esa imagen y del silencio, sonreía. Solo entonces. Sonreía. Y decía aquello:

—Solo cuando me miras, soy.

Y yo lo creía. Siempre. A mis catorce, diecisiete, veinte y veinticinco. Me creía que él solo era conmigo, pero… después nunca resultaba ser verdad. El puto Leo. El de la boca envenenada con palabras preciosas que aprendía en los libros para dejarlas prendidas después en mi pelo, en mis labios, en mis pechos, en mis dedos. El puto Leo y ese pánico a dejar de ser libre. El que escribía notas que dejaba caer a mi balcón desde la ventana de su dormitorio, diciéndome que todo le olía a mi pelo y que ya no podía ni comer si no me comía a mí. El maldito Leo, que siempre terminaba mirándome como si no sintiera nada cuando me rompía el corazón.

Ni su sonrisa sincera ni la sonrisa trampa para quien creyera en su inocencia…, yo ya no quería nada de él. Ni del romanticismo. Que se lo diera a otra que pudiera creerle aún.

No entendí en aquel momento que odiarlo tampoco servía de nada ni lo que significaba acordarme de todo aquello entonces.

7. «Thinking 'bout you», Dua Lipa
En todas partes, ella

Cuando entré en el aula, casi todos los alumnos, que se conocían de otras asignaturas, formaban grupitos de pie frente a los bancos y en los pasillos del aula. Se escuchaba jaleo, conversaciones animadas y de vez en cuando una palabra más alta que la otra que te ayudaba a comprender que hablaban sobre el plan para aquella noche. Lo malo de dar un seminario con créditos de libre elección en sábado era que la gente solía estar a otras cosas y que acudía «por cumplir». Casi todos los alumnos estaban ya en el último curso de su grado y buscaban rascar los créditos que les faltaban para cumplir su programa. Estaba seguro de que de los treinta inscritos en aquel «curso» de dieciséis horas lectivas (partidas en cuatro jornadas), solo uno lo había escogido por gusto. Yo era un recién llegado; el profesor nuevo y joven, ese que había empezado en el segundo cuatrimestre sustituyendo a un señor que se había esforzado mucho en que sus asignaturas fueran sinónimo de coñazo profundo. Así que... no lo tenía fácil.

Carraspeé y cerré la puerta. Las conversaciones se convirtieron en un rumor que se fue extendiendo y bajando de volumen conforme cada uno ocupó su sitio. Me quedé mirando a los presentes apoyado en la mesa del profesor, con los brazos cruzados sobre el pecho. Tenía dos opciones: escurrir el bulto, cumplir y punto o... intentar al menos que la inversión de horas en aquella aula no fuera a parar completamente en saco roto. Opté por la segunda y por probar con un truquito cuya eficacia ya había comprobado en la asignatura que impartía para los grados de Ciencias de la Información sobre Literatura aplicada, porque... no había ninguno de ellos presente en aquel seminario y no me pillarían repitiendo estratagema.

Sonreí. Un par de alumnas me devolvieron la sonrisa solícitas y agaché la mirada, incapaz de controlar que mi gesto se ensanchara. Joder con las veinteañeras..., qué monadas.

—Buenos días. —Unas cuantas personas respondieron repitiendo la fórmula—. Mi nombre es Leo Sáez. Es sábado por la mañana y supongo que la mayoría, en la que me incluyo, ha dormido poco. Soy el primero al que le gustaría estar ahora mismo metido en la cama, pero hemos tenido la buenísima suerte —dije con sorna— de ser los escogidos para dedicarle a la literatura contemporánea nuestras primeras horas del fin de semana. Las que no le dedicamos a la cerveza anoche, quiero decir.

Un par de sonrisas recorrieron las caras de los presentes y yo seguí.

—Esto podría ser el típico seminario en el que vosotros fingís escuchar mientras lucháis por no dormiros y yo hablo sobre literatura siguiendo un orden cronológico hasta aborrecer mi propia voz, pero... creo que lo mejor para todos es que no lo sea. Hay treinta matriculados, de los cuales os habéis presentado veintiocho. Os he contado al entrar. Por favor, haced cuatro grupos de siete personas.

Se miraron entre ellos con expresión aburrida, y yo sonreí.

—Venga. Cuatro grupos de siete personas.

Los alumnos se fueron moviendo con la lentitud de un perezoso para recolocarse de siete en siete y me miraron esperando instrucciones.

—Me voy a por un café. Cuando vuelva, cada uno de los grupos me hará una pregunta de cualquier índole. Cualquier tema, cualquier dato. Lo que queráis. Yo estaré obligado a responderos. Eso sí, ponedlas en común para que no se repitan. ¿Alguna duda?

Dos manos se levantaron y atendí primero a la rubia solícita que jugueteaba con las llaves de su coche.

—¿Podemos preguntar cualquier cosa? Quiero decir... ¿también sobre... usted?

—Lo que queráis, pero tutéame, por favor.

Hice un gesto a otro alumno, que me miraba con expresión belicosa.

—¿Y qué tiene esto que ver con la literatura?

—¿Es esa la pregunta que escoge tu grupo?

Un par de manos le tiraron de la camiseta desde atrás para que se callara y yo me encaminé hacia la puerta del aula.

—¿Alguien quiere un café? —pregunté antes de salir.

Nadie se atrevió a pedir nada. Lástima. Se lo hubiera traído.

Paseé tranquilo hasta la cafetería y, una vez allí, me apoyé en la barra para clavar la mirada en la espalda de una de las camareras, que pareció sentir mi presencia y se volvió hacia mí.

—Ya está aquí el juglar.

—La semana pasada era solo un cantamañanas..., creo que me has subido de nivel. Gracias, Flor. ¿Te he dicho ya que me encanta tu nombre?

—¿Con leche, solo, americano? —me preguntó—. Antes de que deje a mi marido para fugarme contigo.

—Como tú quieras, reina. —Le guiñé el ojo—. Pero me gusta fuerte.

No pude evitar que se me escapara un amago de risa cuando las mejillas de aquella mujerona, que podría ser mi madre, se colorearon hasta llegar al bermellón. Mientras ella se afanaba en prepararme el café, me apoyé en la barra, saqué mi móvil y lo consulté. Las nueve y veinte; les daría diez minutos. De paso respondería al mensaje que Raquel me envió anoche preguntándome si me apetecía acompañarla a la presentación de un libro sobre protocolo y moda el miércoles por la tarde. Creo que no tengo que entrar en detalles de lo poco que me interesaba a mí el tema y lo mucho que me apetecía finiquitar con Raquel de una vez por todas. Se me estaba resistiendo.

Buenos días, morena. Por supuesto. Me encantará fingir que me interesa el protocolo y la moda mientras bebo vino (si no sirven vino, avísame para llevarme la bota) e intento convencerte para cenar conmigo. Dime hora y lugar.

—Tu café. —Un vaso de polietileno humeante apareció frente a mí—. Invita la casa.

Subí soplando el brebaje que se empeñaban en llamar café y al entrar en el aula me recibió un súbito silencio y algunas risitas. Me senté en la mesa y di un trago.

—¿Quién quiere empezar? —Nadie se atrevió a levantar la mano y yo señalé a un grupo de cuatro chicas y tres chicos—. Vosotros mismos. El portavoz, por favor…

Una chica carraspeó y yo la miré expectante.

—Nuestra pregunta es… ¿qué esperabas del mundo cuando tenías veintidós años?

—¿Quién os ha dicho que no tengo veintidós años? —Sonreí. Ellos se rieron—. Dejadme pensar un segundo… ¿Qué esperaba del mundo? Pues… siendo sincero no sé si tenía muy claro lo que esperaba de él. Tenía la idea soñadora de que podía mejorar. Supongo que creía que podía ayudar a cambiarlo. A los veintidós seguía teniendo fe en que el mundo aprendiera de los errores del pasado para no repetirlos, pero hoy… —Suspiré—. No sé si con todo lo que pasa en el mundo no estaré a un paso de perder la fe en él y en el ser humano. Tropezamos siempre con la misma piedra en una especie de «zasca» cósmico. En realidad no huyes de las cosas…, las llamas con tu pasividad.

¿Y a Macarena? ¿No la estaría llamando también mi subconsciente? ¿No sería yo quien buscaba patear piedras hasta dar siempre con la misma que me hiciera tropezar? Me froté los ojos.

—Siguiente grupo. —Señalé a los que se sentaban a la otra parte del pasillo—. Portavoz.

—¿A qué temes? ¿Qué es lo que más miedo te da?

Levanté las cejas, fingiendo sorpresa. Es lo que buscaban con aquella pregunta.

—La idea de la muerte no me hace precisamente feliz, pero tengo fe en asumir pronto su inevitabilidad. Lo que más temo es estar haciendo las cosas mal, perder el tiempo y algún tren y encontrarme en la vejez sentado en un sillón, amargado, solo y demasiado cansado para leer.

Y a Macarena. Más que a la muerte. Macarena, que me jodía la existencia siempre. Maldita hija de…, el pestañeo soñador de un par de alumnas llamó mi atención y sonreí.

—Venga, que no decaiga. Siguiente grupo.

—¿Cuál es su situación sentimental? —se adelantó una chica muy decidida sin rubor en las mejillas.

Enseñé las manos sin anillos.

—Soltero. En todos los sentidos. Esta era previsible. Venga, la cuarta y última.

Ay, Macarena de los cojones. Presente también en la ausencia de compromiso en mi vida. Acerqué el café a mis labios y di otro trago, mirando al grupo que faltaba por lanzar su cuestión. Era un grupito de cinco chicas y dos chicos.

—¿Cuándo fue la última vez que tuviste sexo?

Coño. Me atraganté con el café y por poco me salió como un borbotón por la nariz. Tosí levantando la barbilla y todos se echaron a reír. Escuché un «no va a contestar ni de coña», un «menudo bajabragas» y un «es un fantasma». Respiré hondo, me aclaré la garganta y parpadeé.

—Esta no la esperaba. Respuesta rápida: anoche. Conmigo mismo. En la ducha. Suele infravalorarse la importancia del amor propio. Hay que hacerlo más. —Me callé el consejo de no hacerlo nunca pensando en una ex montándote mientras sonríe con sus labios pintados de rojo—. Dicho esto…

Di otro trago al café, me levanté y cogí un trozo de tiza. La mitad de la pizarra era una de esas pantallas táctiles donde se podía conectar cualquier dispositivo móvil, pero yo era de la vieja escuela. Un romántico, puede ser. Dibujé cuatro círculos.

—Qué esperaba del mundo hace diez años...: política, problemática social, solidaridad... En definitiva: preocupación social. —Escribí dentro de un círculo «preocupación social»—. A qué temo...: miedo, muerte, idea de Dios... —Escribí Dios en otro—. Situación sentimental... Amor. —Dibujé sus letras casi con desidia y me acerqué al cuarto círculo—. Sexo: pulsión física, necesidad, deseo... La génesis de la naturaleza humana.

Me giré a mirarlos.

—Esto es de lo que hablamos. Nosotros y la literatura universal. Si alguien piensa que la literatura le es ajena, le diré que alguien escribió ya en alguna parte la respuesta a alguna de sus preguntas. Preocupación social, Dios, amor y naturaleza humana: he aquí los cuatro temas principales tratados a lo largo de los siglos en los libros. Y de esto hemos venido a hablar: de la reivindicación, de la creencia o el adoctrinamiento, del amor, la pasión, el pecado, el cuerpo... y todos, TODOS somos literatura.

Incluida Macarena.

8. «La temperatura», Maluma & Eli Palacios

Decide y ejecuta antes de perder la fe en tu idea

Julián estaba en el salón hablando por teléfono con su hermana. Era un secreto a voces que Adriana necesitaba tomar un antiácido para soportar con una sonrisa a la familia política, pero no se sentía mal porque ni la madre ni el padre ni la hermana de Julián habían ocultado nunca que ella les parecía poquita cosa para él. Así que, aunque cumplían religiosamente con las obligaciones familiares dignas de personas educadas, no solían mezclarse mucho. Juntos pero no revueltos. De ahí que él estuviese en el salón y ella en la pequeña habitación que hacía de despacho para los dos. Y le venía fenomenal, claro, porque no podía usar para aquello el ordenador de la tienda y Julián siempre estaba en casa cuando ella andaba por allí. Así no había manera de investigar el tema del trío con calma y discreción.

Debía admitir, al menos para ella misma, que había tomado la decisión en caliente. Quizá debía haberle dado un par de pensadas más antes de anunciar que iba a regalarle a su marido otro par de piernas entre las que meterse. Pero si compartió aquella idea en ese momento con nosotras, fue porque no quería echarse atrás y sabía que así… se sentiría mínimamente obligada. En realidad no lo hacía obligada, pero lo hacía acobardada. Una cosa es dejar que te aten al cabecero de la cama con un sujetador y un calcetín y otra muy distinta meter una tercera persona en el dormitorio.

No sabía por dónde empezar, la verdad, pero iba a aprovechar el ratito que Julián empleara en hablar con la estirada de su hermana y regar las plantas de la «terraza» (balcón de un metro y medio por un metro) para trastear. Y, siguiendo su intuición y la poca experiencia chateando cuando era adolescente, decidió… buscar en foros. Foros…, ese pozo de sabiduría.

Lo primero que descubrió fue… mucha publicidad. Banners y banners de señoritas ofreciendo compañía pero que, al pinchar (alma de cántaro, qué inocente es), te llevaban a webs de pago y cosas raras. Eso no le interesaba. Hombre…, existía la posibilidad de contratar a una profesional que llevara la batuta del asunto para quitarse problemas porque… quien paga manda, ¿no? Pero en el fondo no podía dejar de preferir encontrarse con una tercera persona en la misma situación: con dudas, risa floja, bastantes tabús y a la que le excitara lo nuevo y diferente.

—¿Lunes? ¿No os vendría mejor el viernes? Entre semana Adri madruga bastante… —escuchó decir a Julián desde el comedor.

¿Ahora qué quería celebrar la pesada de su cuñada? ¿El día que concibió a su primogénito? Por Dios…, así no había quien organizara un trío.

Siguió investigando y descubrió los salones de intercambio de pareja. Había uno con buenas referencias en Madrid y estuvo indagando, pero… ni le apetecía ser la única mujer entre un montón de hombres ni le seducía la idea de estar con otro mientras su marido empujaba encima de una desconocida, a su lado. Ese no era el concepto. ¿Se estaría equivocando? ¿Tendría que plantearse poner un anuncio por palabras en el periódico? ¿Aún existían esas cosas?

Cuando ya empezaba a cansarse de la búsqueda y la conversación de Julián había pasado a ser solamente ruidos de asentimiento, dio con un foro que servía como tablón de anuncios de este tipo. Estuvo echando un vistazo a los hilos de conversación que había publicados y… decidió crear una nueva dirección de *e-mail*: queremossertres@gmail.com.

Después, con el corazón en la garganta, escribió su propio anuncio:

> Pareja de 29 y 35 años, residente en Madrid, busca chica de edad similar con la que probar cosas nuevas. Interesadas, contactad por mail.

—Adri… —La puerta de la habitación se abrió y Julián se asomó con el teléfono inalámbrico pegado al hombro—. Cumpleaños de mi hermana el lunes. ¿Unas cervecitas después del curro?

—Claro. —Sonrió como una bendita a la vez que bajaba la pantalla del portátil—. Yo me encargo del regalo en cuanto salga de la tienda.

Julián frunció el ceño.

—Tanta amabilidad me confunde —susurró.

—Nada, nada. Tendrás que compensarme. Me apetece pollo asado con patatas panaderas. —Sonrió—. ¿Bajas tú al Corte Inglés a comprarlo?

—Ya decía yo. —Se colocó el teléfono en la oreja de nuevo—. Genial entonces, Rosana. Nos tomamos unas cañas el martes para celebrarlo, así en plan informal. ¡Claro, mujer! Así no tienes que preocuparte de la cena ni de nada y acostáis al niño pronto.

Sí. Exacto. Y así Adriana no tendría que pasarse todo el fin de semana quejándose por tener que ver a su cuñada. Se quejaría, claro, pero solo lo justo, porque era mejor un rato del lunes que fastidiarse medio fin de semana.

En cuanto Julián colgó el teléfono, cogió la cartera y bajó a por el pollo, un capricho inventado sobre la marcha como cualquier otro, Adri se dio tiempo para borrar las cookies del ordenador y el historial de búsqueda del navegador. No quería dejar ningún rastro, no estaba segura de si lo hacía por si fastidiaba la sorpresa o por si Julián la descubría y la tomaba por loca. Tenía que hacerlo bien. Tenía que… pensárselo bien. Porque… ¿por qué un trío? Quizá podría haber empezado por unas entradas para algún espectáculo erótico que les diese tanta vergüenza ajena como calentón. O quizá, un poco de porno con el que tantear. Pero es que el porno no le ponía demasiado. Siempre tenía la sensación de que los cuerpos bronceados de los actores y actrices eran como pollos desplumados y sudorosos y terminaba dándole un poco de asco imaginar a qué olería el set de rodaje cuando todo terminara. Pero… un trío con una chica era diferente. Porque podría escoger con quién (y lo escogería ella) y compartiría un momento de piel con alguien suave, dulce y nada agresivo. Que viviera el sexo con calma. Que suspirara con contención sin gemidos estridentes. Que acariciara con cuidado. Que quisiera compartir el cuerpo de Julián y atreverse a descubrir el suyo propio. Alguien sedoso, que oliera bien, que se riera con ellos si la cosa salía torpe. ¿Y qué harían? Se tomarían una copa… en un hotel. Nada de meterla en casa, por si era suave, mona pero una loca. Sí. Y después de la copa, que beberían nerviosos y rápido, seguro que Julián quería ver cómo se besaban. Nunca había besado a una chica. A lo mejor le daba asco. Pero lo probaría. ¿Cómo sería acariciar a otra mujer? ¿Y dejarse tocar? ¿Y que Julián empujase dentro de su cuerpo con unos labios colocados justo en ese punto que…?

—Adri…, no había patatas panaderas. He comprado fritas.

Adriana salió del cuarto del ordenador como una bala y se le echó encima en cuanto vio que dejaba la bolsa de la comida sobre el banco de la cocina.

—¿¿Qué pasa?? —le preguntó él asustado.

—Quiero que me folles contra la nevera, YA.

A media tarde, con el calentón ya satisfecho y el estómago lleno de pollo con patatas y vino tinto, Adriana se preguntó a sí misma qué falta le hacía a ella meterse en un berenjenal como el del trío. Si con fantasear era suficiente, ¿no? Si con un poco de juego mental era suficiente. A ver…, no es que el resultado la dejase cerca del nirvana, como las demás definíamos el momento postcoital, pero al menos había reactivado el picorcito ella sola y sin necesidad de cumplir por cumplir…

Dejó dormido en la cama, echado sobre las sábanas desordenadas, a Julián y volvió a la habitación donde había planeado la fantasía, dispuesta a borrar la cuenta de correo electrónico y olvidarse del asunto. Seguro que la entendíamos cuando nos lo explicara, se dijo. No recibiría presiones por nuestra parte. Si no puedes confiar en tus amigas para estas cosas… ¿con quién vas a hablarlo?

Pero… seguro que imaginas lo que pasó entonces. Por lo que no borró la cuenta, me refiero. Por lo que decidió que… tenerla ahí no era un pecado. Por lo que la fantasía entornó la puerta de la realidad y asomó la patita.

Cuando abrió la bandeja de entrada de su mail nuevo, tenía cuatro mensajes: uno de bienvenida, otro de una chalada que adjuntaba foto y decía cosas raras y otros dos mucho más normales. Pero fue uno…, uno en concreto el que guardó y el que, señores y señoras, estaba a punto de complicarle la vida:

Hola. Me llamo Julia. Tengo veintinueve años y vivo en Madrid. Nunca he hecho esto. En realidad…, no sé por qué estoy escribiendo este mail, pero… ¿os apetece que charlemos?

9. «Waiting game», Banks
Señales

A Jimena le estaba encantando el manuscrito sobre casas malditas que estaba leyendo, tanto, que a ratos se le olvidaba que debía editarlo y tenía que volver atrás muchas páginas para revisar si se le había pasado por alto alguna corrección. Sin embargo, aquel lunes tenía la cabeza en otra parte. En el estudio de tatuajes, para más señas. En el pelo desgreñado de un desconocido con camisa a cuadros, concretamente. Había pasado todo el fin de semana reviviendo el momento del encuentro. O debía decir «reencuentro», porque algo en el aire se había agitado cuando los dos se miraron, estaba segura. Eran partículas de magia, de ese algo que nos hace diferentes y místicos. Era la señal…, ¿la que estaba esperando?

—Jime, ¿cómo vas?

Una voz la sacó de su ensimismamiento y, cuando levantó los ojos del ordenador, se encontró con su jefe de pie frente a su mesa.

—¿Crees en la reencarnación? —le soltó a bocajarro.

—Uhm…, desarrolla.

—Imagínate que alguien murió cuando era muy joven. ¿Crees que su espíritu, o parte de él, puede habitar en el cuerpo de otra persona?

—Es posible. El concepto del alma es muy complicado.

Jimena asintió.

—¿Es por algún manuscrito que has leído? —le preguntó interesado.

—No. Por un tío con el que me crucé el otro día.

—Pues muy bien —respondió su jefe tan normal. Las rarezas de Jimena no vienen siendo discretas, de modo que todos sus compañeros ya estaban acostumbrados a esas cosas—. ¿Cómo vas con «las casas malditas»?

—Reenvío el texto editado al autor para las últimas modificaciones hoy, como tarde mañana. La semana que viene podemos mandárselo al corrector.

—Genial. Necesitamos las galeradas* terminadas, como mucho, el día quince.

Sí, genial, tenía que concentrarse en ello. Pero para eso… tenía que hacer una cosa antes.

Cuando llamó al estudio de tatuajes no quisieron, por supuesto, desvelar el apellido del cliente con el que se había cruzado el viernes anterior, así que no podía investigar sobre él en ninguna red social. Solo sabía que se llamaba Samuel y que era la viva imagen de cómo había imaginado a Santi a los treinta. Llegados a este punto, tenía dos opciones: dejarlo estar o tomar las riendas de la investigación como merecía. Y el tío estaba muy bueno… No le quedaba otra: tuvo que invertir su hora de comer en pasarse por el estudio para hacerse la encontradiza con el tatuador. Está muy loca.

Le costó un rato de conversación, sentada en la camilla, con las piernas colgando, sonsacarle información sobre Samuel. Le daba la sensación de que quería ligar con ella y que por eso

---

* Según la RAE: prueba de la composición, sin ajustar, que se saca para corregirla.

no soltaba prenda; no tenía nada que ver con el secreto profesional o la ley de protección de datos. Era una cosa más prosaica aún. Sin embargo, ella, que es muy hábil, fue tirando del hilo, dejándole hablar y alimentando los silencios hasta que averiguó a qué se dedicaba su nuevo Santi reencarnado.

—¿Samuel? Es fisioterapeuta. Tiene el gabinete por aquí cerca. Yo voy de vez en cuando. Me quitó una contractura enorme que tenía aquí, en el brazo.

Se subió la camiseta y le enseñó su hombro haciendo una fuerza sobrehumana para que se le notaran los músculos en su brazo cubierto por el dibujo de un cocodrilo.

De vuelta a la oficina, Jimena se compró un kebab, buscó en Internet y en menos de lo que canta un gallo, no solo tenía la dirección y el teléfono del gabinete de fisioterapia de Samuel Hernández…, tenía, además, el teclado lleno de salsa de yogur y una cita para aquella misma tarde. Ahora ya podía concentrarse en su manuscrito. Y buscar algo con lo que limpiar su mesa.

A las siete y media y después de subir tres pisos sin ascensor, se encontraba frente a la puerta del negocio de Samuel. Estaba un poco nerviosa porque era levemente consciente de que, a pesar de lo impulsiva que es a veces, esta estratagema se llevaba la palma. Ni siquiera sabía qué ropa interior se había puesto esa mañana pero estaba casi segura de que no era de la que le quieres enseñar a nadie a quien te quieras ligar porque crees que tiene un poco del alma de tu primer amor. Dios, ¿por qué todo lo de Jimena suena siempre así?

Llamó con los nudillos, pero nadie le abrió, así que pulsó el timbre. Después de unos pasos lentos, un chico alto, desgreñado, ceñudo y vestido con una camiseta azul marino y un pantalón del mismo color le abrió la puerta. Era él. Estaba aún más bueno de lo que recordaba. Pero no iba por eso. Iba por la chispa de su amante muerto.

—Hola —dijo sonriente.

—Eh…, ¿eres Jimena?

—Sí. ¡Qué coincidencia! ¿Tú no eres el del estudio de tatuajes del otro día?

—Sí. Pasa.

El piso era pequeño y oscuro, olía a la cera caliente de unas velas y a alguna hierba aromática…, ¿romero quizá? Cerró la puerta y el pasillo se sumió en una oscuridad aún mayor. Olvídate, el piso no era oscuro, era una madriguera.

—La primera puerta a la derecha.

Diría que estaba tan nerviosa por la cercanía que se confundió, pero la verdad es que aprovechó para abrir la primera puerta a la izquierda para ver qué había, así, haciéndose la despistada. Se encontró con un dormitorio también oscuro con una cama grande, un armario, dos mesitas de noche y unas cortinas verde pálido que habían vivido tiempos mejores hacía dos o tres décadas. No le dio tiempo a ver más porque una mano grande y fuerte se cernió sobre la suya, que aún sujetaba el pomo, y cerró de un firme tirón.

—Derecha —recalcó con voz grave.

—Ah, perdón. Soy disléxica espacial —se inventó.

Él mismo abrió la puerta correcta y la dejó pasar. Dentro, a oscuras como no, había una camilla cubierta de una sábana desechable, una lámpara de calor, una silla, un perchero y un mueble sencillo con algunos útiles y envases.

—¿Dónde tienes el dolor? —le preguntó.

—Ennnnnnn… —Se lo pensó. ¿Qué zona sería más sexi para tratar? ¿El culo? ¿Decía el culo? Venga, el culo—. Toda la espalda. De arriba abajo. Estoy retorcida.

No había que pasarse.

—¿De cuello a nalgas? —Samuel torció el gesto, como si no se la creyera.

—Totalmente.

—Vale. —Suspiró—. Pues te lo quitas todo de cintura para arriba, menos el sujetador, te desabrochas el pantalón y te tumbas boca abajo, ¿vale?

—Vale.

Se quitó el jersey.

—Pero espera a que salga de la habitación —gruñó él.

Este iba a ser duro de roer…, lo veía venir.

Un par de minutos después llamó a la puerta y esperó a que ella le diese permiso para entrar. Jimena se sentía un filete de pollo allí tendida, con la cabeza metida en ese hueco tan tan tan poco sexi. Escuchó cómo se acercaba y encendía un par de velas con un mechero. Mientras tanto, Jimena miró sus pies enfundados en unas Adidas clásicas con un par de rayitas de color azul y rojo a los lados que le gustaron. Eran del estilo hacia el que habría evolucionado Santi con toda seguridad. Y también le gustaba que con el uniforme de trabajo no llevase zuecos ni nada por el estilo.

Cuando la tímida luz de unas velitas tiritaba iluminando la habitación, se acercó a ella y carraspeó.

—Te voy a desabrochar el sujetador, ¿vale?

—Sírvete tú mismo.

No contestó…, solo hizo saltar el broche del sujetador con un solo movimiento de dos dedos. Madre del amor hermoso.

Con cuidado y avisándola de antemano de nuevo, bajó la cinturilla del pantalón hasta dejarle la rabadilla al aire. Podía parecer que la cosa se ponía interesante…, pero dobló una toalla y la colocó sobre su culo.

—No soy pudorosa —respondió ella.

—Yo sí.

—¿Y si tengo calor?

—No lo vas a tener. ¿Lista?

—Yo siempre estoy lista.

Después de unos tediosos minutos con una lámpara de calor enfocándole la espalda, escuchó cómo se ponía algo en las manos y después estudiaba su espalda de arriba abajo para volver al cuello. Tenía las palmas calientes, grandes, resbaladizas y suaves y el deslizar de estas sobre la superficie de su espalda le estaba dando un gusto más allá del normal…, más allá de la ropa interior, quiero decir.

Vale. Pues ya estaba. Estaba tumbada en una camilla, medio desnuda, con sus manos aceitosas sobre la espalda. A oscuras. Con velas. Solos. Eh…, ¿y ahora qué? ¿Por qué no pensaba en este tipo de cosas cuando planeaba sus estrategias? Bueno…, podía entablar conversación con él para acercar posiciones.

—¿Te dedicas a esto desde hace mucho?

—Sí.

—¿Puedo preguntar cuántos años tienes?

Una palma grande y caliente se extendió sobre su espalda cubriendo casi toda su superficie y ella se calló.

—Mejor no hables, ¿vale?

Un hilito de voz salió a regañadientes de su garganta. Qué borde. Cómo le ponía. Le ponía salvaje. Santi también tenía ese punto cortante a veces, sobre todo con los desconocidos. Con ella no. Seguro que cuando Samuel la conociera dejaría de ser así. Mientras tanto…, bueno…, pues fantasearía en silencio y pensaría en el modo de congraciarse con él. Al menos ese era el plan… hasta que los dedos de Samuel toparon con algo a la altura del omoplato de Jimena, y esta aulló como una hiena.

—¡Me cago en *to's* tus muertos! —masculló.

—Me alegro de no tener ninguno reciente —respondió Samuel templado.

—Perdón, perdón. Es que… me has hecho mucho daño.

—Cielo… —sintió cómo se acercaba un poco a ella—, es que te va a doler.

Se alejó de nuevo. Maldita sea. ¿Dónde cojones se había metido? ¿En la casa de un sádico (guapo) borde que (estaba buenísimo) disfrutaba martirizando a unas cuantas chicas? Pasó los dedos por encima de nuevo y volvió a aullar. Ni un lo siento, ni un amago de mayor suavidad.

—Dios… —gruñó cuando él siguió intentando deshacerle el nudo.

Apretó los dientes y se clavó las uñas en la palma de la mano, desesperada. Cuando pensaba que iba a tener que volver a gritar y que ningún tío bueno merecía tanto dolor físico, notó un clac y un alivio inmediato del dolor, pero no solo del que le estaba provocando él con la yema de sus dedos. Algo se desató en sus hombros y sintió que le quitaban un peso de encima. Gimió.

—Esto ya es otra cosa. —Lo escuchó murmurar.

Sí. Hasta que encontró otro nudo. Y luego otro. Y otro. Jimena, que había ido por un impulso romántico y sexual, justificado con el tema de su amante perdido años atrás, era en realidad una pulsera de macramé, llena de nudos. Y aunque fue quitándose tensión de encima, fue sintiéndose más dolorida y desanimada.

Allí, tendida, se preguntó un momento si no sería inútil buscar a Santi allí. Si no hubiera muerto y se hubiera convertido en un fornido fisioterapeuta con greñas, dudaba que la coraza del «chico cortante» le durara tanto rato. Haría bromas, sonreiría de esa manera tan sexi suya, de lado, y estaría intentando ligar con ella, porque el hilo que los unió no se había roto. Estaba segura.

«Santi, por Dios, si estás ahí, manifiéstate», pensó para sus adentros. Pero nada se movió, ningún tarro se cayó misteriosamente de la estantería ni se apagaron las velas.

—Voy a dejarte por hoy —suspiró Samuel—. Mañana vas a estar dolorida, ¿vale? Tómate un antiinflamatorio si te encuentras muy mal. Y… si puedes, ven el viernes, que estarás menos inflamada. Así te acabo.

—Dirás «así acabo contigo».

Fue a levantarse, pero él volvió a posar la palma caliente en su espalda, parándola. Sin mediar palabra, le abrochó el sujetador.

—Gírate. Boca arriba —ordenó.

Ella obedeció a regañadientes. Allí estaba él. Dios. Qué guapo. Sí, pero había sido mucho dolor. Sin Santi mediante, por cierto.

—Cruza los brazos y cógete el hombro contrario con la mano. —Ella lo hizo y él cambió un poco su postura—. Así, un poco más abajo.

Pasó un brazo por debajo de la espalda de ella y se inclinó. «Pero… ¡¿qué coño?!», pensó Jimena con el corazón latiendo a todo trapo. ¿Cómo había pasado de «soy un fisioterapeuta serio» a abalanzarse sobre ella de aquella manera? No sabía si sentirse halagada, ofendida, cachonda o triste. ¿Santi haría las cosas así si tuviese treinta años? El pelo de Samuel cosquilleaba en su frente y el aire que salía de sus pulmones endulzaba su boca. Estaban tan cerca…

—Coge aire —le pidió—. Y ahora, expúlsalo.

Cuando empezó a exhalar, él hizo un movimiento y toda su espalda, incluyendo cuello y esternón, crujió provocándole un alivio que no conocía.

—Ah… —gimió dejando que los párpados, pesados, se cerraran un segundo.

—Sí, ¿eh?

Al escuchar su tono, más relajado, abrió los ojos de nuevo y quiso ver una sonrisa satisfecha en su boca. ¿Era así como reaccionaría al orgasmo de una mujer bajo su cuerpo? ¿Sería aquella su expresión de complacencia? ¿Por qué olía tan bien? Al aceite de romero que usaba en los masajes y a piel.

—Vístete. Te espero fuera.

Y la magia, el alma y el cosquilleo en la nuca desaparecieron de aquella habitación con él, siguiéndole los pasos.

Jimena se incorporó y se quedó sentada en la camilla, sola en la habitación. Tenía un nudo de vergüenza presionándole el estómago. Siempre le pasaba; cuando se precipitaba hacia algún destino, segura de que al final del camino le esperaría algo similar a lo que tuvo con Santi, sentía una alarma en forma de vergüenza. Quizá porque sabía que detrás de tanto plan urdido a toda prisa, existía una pena, una añoranza y una necesidad. Pero no valía la pena, se dijo en cuanto se estiró en busca de la ropa y sintió los tendones apaleados. Decidió, allí y en ese preciso momento, que por más bueno que estuviera ese chico, no volvería. El parecido físico con el que imaginaba que sería Santi hoy en día no era más que una coincidencia. No habían nacido para conocerse, el destino no había intercedido, no estaban predestinados, Santi no estaba mediando desde el más allá para que conociera a alguien con quien ser feliz…, se acabaron los dolores y las decisiones impulsivas.

Sin más, se vistió, cogió el bolso, se puso los zapatos y salió al pasillo, donde él esperaba apoyado en la pared, con los brazos cruzados sobre el pecho.

—Eran treinta euros, ¿verdad? —le preguntó.

—Sí. ¿A qué hora te viene bien el viernes?

—Pues es que no sé si me viene bien.

—Míralo y si te parece, tienes mi número.

—Vale.

Le dio los billetes y se colgó el bolso del hombro.

—Te diría que ha sido un placer, Samuel, pero… no sé hasta qué punto no estaría mintiendo.

Las comisuras de los labios de Samuel se arquearon y se desordenó el pelo.

—La primera sesión es normal. Estabas dura como una piedra. Deberías modificar tu postura delante del ordenador.

—Me tragaré un palo a ver si mejoro —contestó ella, mohína.

Se dirigieron hacia la salida, pero Jimena tropezó con algo y trastabilló. En un intento por no clavar los dientes en el suelo, se agarró a la pared y al brazo de Samuel a la desesperada.

—Pero ¿qué mierdas? —se quejó.

—Joder. No te has hecho daño, ¿verdad?

—No, pero de milagro. ¿Qué tienes ahí en medio?

—El monopatín. Pero… creía que lo tenía guardado en el armario. Lo siento.

Jimena se giró hacia él con urgencia y lo miró con los ojos abiertos de par en par.

—¿Monopatín?

—Sí.

—¿Vas en monopatín?

—No habitualmente. Solo… lo tengo ahí. Por los viejos tiempos. De vez en cuando me doy una vuelta.

A Santi el viento le revolvía el pelo cuando se deslizaba sobre el monopatín negro que llevaba a todas partes. Tenía unas pegatinas de RipCurl en la parte de abajo y las ruedas eran de color naranja chillón. Daba igual las veces que se cayera intentándolo, estaba decidido a aprender a saltar con él por la escalinata del parque amarillo, donde solían verse después de clase. Nunca llegó a hacerlo.

—¿Me dejas verlo?

—Eh…, claro. ¿Te gustan?

—Me gustaban —contestó como en trance.

Él lo acercó con el pie y con un gesto lo hizo saltar hasta su mano, para tendérselo después a Jimena. Era viejo, pero se notaba que su dueño lo mimaba, y pesaba más de lo que parecía. Jimena sonrió antes de devolvérselo.

—Bonito. Oye…, ¿te viene bien el viernes a las siete y media? —propuso con su voz de muñeca.

—Sí —asintió.

—A lo mejor te estoy jodiendo alguna cita.

—Yo no tengo citas.

A pesar de lo cortante de su tono y de que aquel chico necesitaba librarse de más de un peso imaginario y relajarse, Jimena volvió a esbozar una gran sonrisa. Antes de salir del piso, echó un último vistazo al monopatín… negro, con restos de pegatinas desgastadas y con las ruedas de un naranja chillón.

10. «Malibu», Miley Cyrus

La única respuesta a un día duro…, ELLAS

—Tú estás loca —le dije a Jimena que, sentada en su sofá, comía patatas fritas sonriente.

—Los escépticos siempre decís lo mismo. Pero yo estuve allí. Y yo vi el monopatín. Era ¡exactito!

—Han pasado por lo menos quince años desde la última vez que viste ese monopatín, Jimena. No digo que te lo inventes, que conste, pero… a lo mejor has visto lo que has querido ver.

—Sabía que dirías algo así…

Alcanzó una caja de latón de debajo de la mesa de centro y de dentro sacó unas cuantas fotos de nuestros años adolescentes. En ella Leo y yo posábamos apoyados en la barandilla pintada de amarillo de un parque, y Jimena y Santi se miraban cómplices. Junto a ellos, apoyado en el murete, el monopatín de este. Y sí, era tal cuál lo recordaba.

Joder. No me vino bien ver aquella foto. Esa foto me recordaba lo bien que estábamos cuando estábamos bien. Y lo mal que estuve cuando… no estuvimos más.

Cogí la foto y me la acerqué con la excusa de examinar el monopatín de cerca, pero en realidad mis ojos fueron hasta nosotros dos. Qué parejita hacíamos…, yo tan pequeña y sonriente y él tan… Leo. Siempre fue muy mono. No tuvo ese bigotillo horrendo preadolescente ni el acné le salpicó la cara. Pasó de ser un niño adorable a un chico guapo. Y de ahí al hombre que quita el aliento, no iba nada.

—¿Lo ves? —insistió Jimena señalando el maldito monopatín.

—Coincidencia —le dije antes de devolverle la foto.

—Un cojón de mono. Maca, reina, deberías hacer examen de conciencia y preguntarte por qué te cuesta tanto creer en las fuerzas que rigen el cosmos. No somos más que polvo de estrellas, ¿sabes? Todo esto nos viene enorme. No podemos entenderlo, pero tenemos que…

—Pareces Esperanza Gracia, por Dios. Déjalo estar —la corté a propósito, consultando la hora en mi teléfono móvil—. Cómo tarda Adri, ¿no? Mañana tengo el día completito y quiero acostarme pronto.

—No seas aguafiestas. Estará buscando amante para su trío. ¿Dónde mierdas se buscarán estas cosas?

—En Internet —dije resuelta—. Todo se encuentra en Internet. Menos horas de sueño.

—Si no salieras tan tarde de trabajar —se quejó—, no tendríamos que vernos por las noches, ciclo.

—Si no te enamoraras del rastro fantasmagórico de tu primer amante muerto, no tendríamos que hacer reuniones de urgencia un lunes.

En ese momento llamaron al timbre y Jimena se levantó corriendo, contenta de no tener que contestar a mi acusación. Sinceramente, yo estaba encantada de que aquella reunión de urgencia hubiera mejorado mi día de mierda. Pipa había tenido el día tocacojones y no había hecho más que pedir cosas absurdas, como un zumo de apio y limón (que luego no se bebió porque era asqueroso), una lima de uñas de cristal de no sé qué y que llevara sus maletas de Louis Vuitton a que grabaran sus iniciales en dorado antes de nuestro viaje a Milán.

Cuando Jimena volvió, iba acompañada de una Adriana despeinada, sonriente pero necesitada de cerveza. Esas cosas se leen en los ojos.

—Una birra —suplicó.

—¿Día duro? —le pregunté cuando se dejó caer en el sofá a mi lado.

—He tenido ocho citas con novias histéricas hoy. Y ha llegado el muestrario de la nueva temporada. Todo horrible. Y con lazos.

—Pero no vendrás a estas horas de la tienda, ¿no? —pregunté extrañada.

—No. Esta semana tengo el turno de mañana. Vengo de tomar algo con mi cuñada. No sabes lo bien que me ha venido tu llamadita a filas: he escapado por patas. Por cierto, Jimena, si te pregunta Julián, tu jefe te ha amenazado con despedirte.

—Genial. ¿Cómo va tu trío? —soltó Jimena, llegando de la «cocina» (entrecomillado porque en realidad era una especie de armario empotrado con fregadero y un par de fogones) con la boca llena de patatas y una lata de cerveza para Adriana.

—Pues va bien. —Sonrió contenta—. He localizado a dos chicas que podrían valer, pero prefiero tomármelo con calma. Imagínate que me lanzo con una de ellas y luego es una loca que nos quiere matar o algo así.

—No suena muy realista —apunté.

—La realidad suele superar a la ficción. Ahora el tema es cómo decírselo porque tampoco quiero que sea sorpresa y matarlo de un infarto.

—Es increíble. —Me reí.

—¿¡Verdad!? ¡Voy a hacer un trío! —Se rio por lo bajini—. ¿Lo habéis apuntado en la lista? Eso son al menos tres puntos.

Jimena se limpió los dedos aceitosos en el pantalón y alcanzó su móvil, donde llevaba anotado los tantos que nos marcábamos cada una para «ser la más guay».

—Tres puntos para Adri por hacer un trío. Aún vas a la cola.

—¡Imposible! Déjame verlo.

—Mira. Macarena, 32 puntos. Jimena, 45. Adriana, 30. Maca, aún eres más guay que Adri.

—Va a hacer un trío. Es cuestión de tiempo que se haga un piercing en un pezón y pete el molómetro. Y yo, mientras tanto… —Miré de reojo el móvil que había dejado sobre la mesa y que no se había iluminado aún con la contestación de Coque al mensaje que le había mandado un ratito antes.

—Mientras tanto tú, ¿qué?

—Aquí estoy.

—Aquí estás, ya te veo. ¿Cuál es el problema? —preguntó Adri.

—Ninguno. Nada puede compararse a la «molabilidad» de la que va a hacer un trío.

—Escupe. —Adri me miró, cerveza en mano, y me animó con un ademán rápido—. Que escupas te he dicho.

—¿Qué quieres que escupa?

—Joder, Adri, vas lanzada. Primero el trío y ahora te mola que te escupan —se burló Jimena.

—¿Qué te pasa? —Sus ojillos de gata seguían mirándome fijamente—. Y no digas que nada que algo pasa.

Chasqueé la lengua y me aparté el pelo de la cara a la vez que apoyaba la espalda en el respaldo del sofá.

—Esta esconde algo —murmuró Jimena.

—No escondo nada. He tenido un día de estos… que se hacen cuesta arriba. Me da por pensar si lo estoy haciendo bien. Ya sabéis; trabajar con Pipa es complicado, no tengo tiempo para mí y el que tengo…, no sé. Solo es una sensación. Como que… algo no va bien.

—¿No será gastroenteritis? —señaló Jimena—. O que es lunes. Los lunes son terribles.

—Sí. Y una fístula —respondí molesta.

—Y… digo yo… que a lo mejor me equivoco, ¿eh? Pero… ¿no puede ser que tenga que ver con el hecho de haber visto a Leo? —sentenció Adriana mucho más seria—. Para ti ese tío es como mentar a la muerte.

—¿Como cuando…? —empezó a preguntar Jimena.

—¿Vas a hablar de la muerte? —la interrumpió Adri.

—Sí.

—Pues no, no es como eso. Sigue, Maca.

—Es que no sé cómo explicarlo.

—¿Y no será por Coque? —sentenció Jimena.

—¿Por qué va a ser por Coque?

—Quizá tu subconsciente está mandando oleadas de información emocional a tu cerebro para que entiendas que estás invirtiendo tiempo en algo que no te lleva a ningún sitio.

—Me lleva adonde quiero —aseguré—. Me encanta que seamos «no-novios». Tengo pareja y espacio personal para seguir creciendo.

—Y tanto espacio. ¡Te da tanto espacio que entre vosotros cabe la mitad de Canadá!

—Da igual —sentencié—. No lo entendéis.

El móvil se iluminó de pronto y con él, mi cara. Cogí el aparato con aire triunfal y se lo enseñé.

—Mira, el aludido, enviándome un mensajito.

—Superromántico, seguro —ironizó Jime.

—Pues sí.

—Léelo a ver.

—Es privado.

—¿No dices que no lo entendemos? Pues léenoslo y así nos ilustras.

Miré el mensaje de reojo. Cabía entero en la previsualización que aparecía en la pantalla bloqueada.

Cuqui, me acuerdo del otro día y me pongo malo.

Sé que es tarde, pero… ¿tienes plan? Porque a mí se

me ocurren unos cuantos.

Mi cara dibujó una mueca.

—Año y medio —señaló Jimena—, y aún no te ha dicho que te quiere.

—A lo mejor es que no nos queremos así. ¿Por qué todas las relaciones tienen que ir bajo el mismo código?

—Porque una relación sin amor es una pérdida de tiempo vital. Y la vida es muy corta como para ir regalándosela a cualquiera.

Le lancé una mirada poco amable y emití una suerte de gruñido que no dejaba claro si aceptaba o no el comentario.

—Me quedaría toda la noche escuchando vuestras teorías sobre cómo me siento, pero voy a bajar al chino a por más cerveza. Si espero un poco más, Jimena sacará alcohol del duro y yo mañana tengo un día redondo. El viernes volamos a Milán y Pipa tiene programadas mil formas muy creativas de maltratarme antes.

—¿Te has enfadado? —me preguntó Adri, cogiéndome la mano.

—¡Qué va! Quiero más cerveza fría.

Enfadada no, molesta sí. Que Jimena disfrazara de consejos a lo Dalai Lama lo mal que le caía Coque me repateaba, pero prefería bajar a comprar algo de beber y más patatas antes de enzarzarme en una discusión con ella de la que ninguna sacaría una conclusión válida.

Me levanté y cogí mi bolso y la chaqueta.

—Pero ¡si acabo de llegar! ¡Ya me lo podríais haber pedido a mí! —se quejó Adri—. ¿Ya no quedan cervezas?

—¡Calentorras! —anunció Jimena risueña.

—Ah, pues no…, baja, Maca. He tenido un día duro y necesito ese brebaje.

—¡Y no sabes lo que te espera! Anda, Jime, cuéntale a Adri lo de que tu amante muerto se manifestó en casa del fisioterapeuta en forma de monopatín, por favor.

—¿¡¡Qué!!!? —exclamó la pelirroja muerta de risa.

Cuando abrí la puerta del ascensor, mientras respondía el mensaje, las carcajadas de Adriana traspasaban ya todas las paredes del edificio. Me costó no hacer una bomba de humo y marcharme a ver a Coque, pero… hay momentos en los que un orgasmo no es tan importante.

Iba a liarme con toda seguridad y no iba a dormir suficientes horas, pero mi semana de mierda se haría mucho más llevadera después de esos minutos extra de vida.

11. «Una estrella en mi jardín», Mari Trini

¿Por qué a mí?

Pipa parecía tener un radar para localizar mis noches alegres con el fin de darme mañanitas especialmente tristes. Aquella era de esas, por supuesto. Creo que le jodía que yo tuviera amigas con las que trasnochar. Ya, sí, lo sé. Ella también tenía amigas…, amigas de esas que cuando las etiquetaba en Instagram en la foto de una cena veraniega en la terraza de moda en Marbella, todo el mundo conocía. Bronceadas, copando los mejores puestos de trabajo, con estilo… Pero era gente que no llamaba a Pipa para ofrecerle una noche de cerveza y patatas sabor «Jamón Jamón». Creo que hasta la más glamurosa de las chicas ansía un poco de normalidad. O quizá es que le fastidiaba que yo fuera feliz con tan poco…, ¿quién sabe?

Pero la cuestión es que me estaba dando por saco. El infierno, estoy segura, es un sitio abarrotado de Pipas que te piden muchas cosas a la vez, que siempre tienen frío y que consideran que nunca has hecho nada bien. Era uno de esos días…

Había comido un sándwich envasado delante del ordenador y tenía ardor y hambre, dos sensaciones que no combinaban nada entre sí, ni con todo el trabajo con el que Pipa me había cargado. Quería un antiácido, una quesadilla y dos o tres margaritas. ¿Qué tipo de trabajo me tenía dos horas buscando un jersey amarillo de pelo de alpaca por Internet? Uno que no era serio. O que no era el que me tocaba…, una de dos.

A las siete de la tarde ya no me apetecían ni las margaritas. Solo quería entrar en mi casa, pasar por la cocina para hacerme con provisiones y meterme en la cama. Lo que no tenía claro era lo que haría una vez dentro de la cama. Dudaba entre ponerme una mascarilla de Sephora en la cara para cuidar esa piel que a Pipa nunca le parecía lo suficientemente sana, ver una comedia romántica del tipo *La boda de mi mejor amiga* que me diera fe en que mi vida daría un giro dramático de 180 grados del que saldría fortalecida y pletórica o… masturbarme. Masturbarme pensando en algo que no debía, pero que mantenía en mi mente como un «placer culpable» recurrente que se había avivado de alguna manera desde el jueves pasado: el movimiento estrella de las caderas de Leo cuando no podía más, yo ya estaba en el séptimo cielo y él estaba a punto de dejarse ir. Suena bien, ¿verdad? Pues aún se sentía mejor cuando él estaba encima.

Y en esas estábamos cuando Raquel empujó la puerta que mi jefa había dejado entreabierta antes de irse y entró en la oficina. Así. Sin mensajes que te ponen sobre aviso, ni humo que acompaña a una entrada teatral ni mayordomos anunciando visita. Maldije que Pipa no me hubiera confinado en un cuartucho oscuro y minúsculo. Odié la preciosa oficina diáfana de paredes blancas, papel pintado tropical y mucho cristal en la que, cuando mi jefa no andaba dando por saco, me sentía tan cómoda. Y todo porque tenía una conversación pendiente con Raquel que no quería tener. Y ambas lo sabíamos.

—¡Morenaza! —me saludó.

—Manda cojones que me saludes así midiendo lo que mido y teniendo estas tetitas de colegiala.

—Eres idiota. —Se rio mientras se inclinaba sobre la mesa para darme un beso—. ¿Dónde está la jefa?

—Se fue hace una hora. Tenía manicura.

—Y te dejó la puerta abierta por… ¿por qué?

—Porque la puerta cierra mal, hay que darle fuerte, y palabras exactas: «Dar portazos es una ordinariez».

—Mira…, como llevar zapatos planos.

—Llevar zapatos planos más de tres veces por semana si no eres Chiara Ferragni — puntualicé—. ¿Qué haces por aquí?

—Pues… pasaba por el barrio y se me ha ocurrido venir a secuestrarte. —Sonrió—. Nos debemos una copa, ¿no?

Por fuera sonreí, pero por dentro canté varias estrofas de una canción de Mari Trini…, en concreto, «¿por qué a mí…?» de «Una estrella en mi jardín».

—Vale. —Guardé el documento con el que estaba, marqué como favoritas las páginas en las que había encontrado algo que Pipa quería y puse el ordenador en reposo—. Vamos a por esa copa.

Tenía la suerte de tener muy cerca de la oficina La Lupita, un mexicano donde se toman unas margaritas increíbles, y decidí que dadas las circunstancias casi no me hacía falta ni el antiácido. Eso sí…, junto al *frozen* margarita de lima («con solo una gotita de tequila», supliqué), pedí unos nachos para tener con qué empapar el tequila cuando llegara al estómago.

—¿Tú no quieres? —le pregunté a Raquel cuando la vi abrir los ojos sorprendida.

—¿Meriendas nachos?

—He comido un sándwich que decía ser de pollo pero que sabía a goma Eva. Déjame darme un capricho. Sobre todo adivinando la conversación que se me viene encima.

Raquel sonrió con vergüenza y yo me acomodé en la silla. No teníamos una relación muy estrecha, pero sí fluida. De alguna manera nos habíamos convertido en confidentes eventuales… Dos personas que se caen bien dentro de un mundo laboral en el que no nos fiábamos de mucha gente. Siempre supe que Raquel era de verdad, sin dobleces y por eso fue la primera persona de fuera de mi círculo íntimo que supo que Pipa me llevaba de cabeza. Nos habíamos tomado copas juntas después del trabajo ya bastantes veces y nos buscábamos en las fiestas de curro a las que acudíamos, pero nunca nos habíamos sentido tan cortadas ante una conversación.

—¿Puedo empezar o necesitas tener el cóctel de margarita a mano? —me preguntó.

—A pelo. Suéltalo.

—Lo del otro día fue raro —suspiró—. No me di cuenta hasta que te fuiste.

—¿De qué?

—De que Leo y tú…

—Leo y yo nada —intenté pararla.

—Ahora no, pero… salisteis juntos.

Me pasé los dedos por el pelo y suspiré, colocando los codos en la mesa con muy poco protocolo. Diosito…, sácame de aquí.

—Sí —acerté a decir.

—¿Durante cuánto tiempo?

—No sé responderte a esa pregunta, Raquel.

—¿No sabes o no quieres?

Apoyé la espalda en la silla y evité su mirada y sus bonitos ojos oscuros, redondos, vivos. No quería ver las cosas que estaba segura que le habían gustado a Leo la primera vez que la vio.

—¿Te molesta que quede con Leo? —volvió a preguntar.

Aquello no era, ni de lejos, lo que esperaba escuchar. Creía que me daría alguna vaga explicación sobre su relación con Leo y que yo me sentiría muy incómoda al saber que, aunque sonreía y fingía que no me importaba para nada lo que Leo hiciera con su (perfecto) pene, momentos antes había estado fantaseando con la idea de masturbarme recordándonos en la cama. No esperaba algo tan… directo y sincero. No esperaba que ella también se sintiera cohibida.

—Es… extraño —le respondí. Cuando vi su cara, me apresuré a explicarme—. Quiero decir que es raro volver a verlo después de tanto tiempo. No es raro que esté… contigo.

—No está conmigo como creo que tú te imaginas.

—No quiero imaginar de más en este caso en concreto —intenté sonar burlona y despreocupada—. Es mi ex y no…

—De verdad que no estamos saliendo en serio.

«No estamos saliendo en serio» significaba «estamos saliendo de algún modo», y… escocía.

—Raquel, no tienes que darme ninguna explicación, de verdad —traté de pararla.

—Bueno, vale, pero es que quiero dártela.

Contuve el aliento. Ahí venía.

—Hemos quedado un par de veces, pero… no ha pasado nada.

La miré con las cejas arqueadas. Conozco a Leo desde que nací…, «no ha pasado nada» en la misma frase que él y en el contexto «cita» no era una posibilidad.

—Raquel, no quiero explicaciones, pero si me la vas a dar ten en cuenta que la policía no es tonta. Ve una colilla y piensa: «Aquí han fumado» —le respondí.

—Está bueno —asumió en voz alta. Seguí con la mirada clavada en su cara y chasqueó la lengua—. Muy bueno. ¡¡Vale!! Me encanta. Me… gusta mucho. Pero me preocupa lo vuestro.

Lo nuestro. Bonita definición para algo indefinible. Algo insano, a ratos enfermizo y muy tóxico.

—Eso no es precisamente lo que debería preocuparte. Lo nuestro no fue tan determinante en mi vida —le mentí

—Pues para no serlo se os quedó una cara al veros…

—Ni siquiera sabía que vivía aquí. —Me encogí de hombros—. La relación no es muy fluida, como habrás podido comprobar.

—¿Me estoy pasando si te pido que me cuentes por qué?

—No quiero condicionarte. No quiero meterme ahí. No se me ha perdido nada.

—¿Te hizo daño? ¿Es un mal tío? Mira, Maca…, te conozco desde hace ya un par de años y te he visto en situaciones peliagudas pero nunca con esa expresión. Fue como encontrarte a la muerte.

Me mordí el labio superior. Si yo fuera ella, estaría pidiendo la misma información, pero no podía dársela. No podía dársela tal y como me pasaba por la cabeza porque estaba mediada por unas emociones sobre las que hacía años que no reflexionaba y que eran mías. Solamente mías.

—A nosotros nos fue mal, lo que no significa que Leo sea un cerdo. —Tomé prestadas las palabras de Jimena e intenté sonreír—. Nosotros nos somos buenos el uno para el otro, pero eso no le convierte en un mal tío. Es —busqué una palabra suave—… epicúreo. Un hedonista. En todo excepto en el trabajo, donde se desloma. Ha nacido para disfrutar… lo que, en ocasiones, conmigo significó un problema. Conmigo, insisto.

Raquel me miró fijamente y suspiró. Llegaron las margaritas y las dos agarramos la copa mientras agradecíamos al camarero su llegada. Brindamos en silencio, bebimos y pensamos.

—¿Cuánto tiempo estuvisteis juntos? —volvió a insistir.

—¿En total?

—¿Cómo que «en total»?

—Cuatro intentonas. —Levanté cuatro dedos de mi mano izquierda sin soltar la copa de la derecha—. De mis quince a mis diecisiete; de los dieciocho a los veinte; de los veintidós a los veintitrés, y de los veinticuatro a los veintiséis.

Me miró alucinada y yo asentí.

—Era mi vecino de toda la vida. El mejor amigo de mi hermano.

Y mi talón de Aquiles. Pero eso me lo callé.

—¿Por qué rompíais tanto?

—Porque no nos soportamos.

Raquel levantó las cejas y bebió otro trago.

—En serio… —le prometí—. No nos podemos soportar. No puedo aguantar su forma de plantearse la vida. Saca lo peor de mí…, sacaba lo peor de mí. Y yo de él.

—Y… fue una ruptura muy…

—Fue una ruptura como todas. Cuando aún hay amor, la ruptura siempre es fea. —Y después de decir (y asumir) aquello, tuve que carraspear para quitarme el nudo que se había instalado en mi garganta.

—¿Lo quieres?

Levanté la mirada de mis manos bastante horrorizada. ¡¿Cómo iba a querer aún a ese psicópata después de lo que me costó desembarazarme de los recuerdos!?

—No —dije resuelta—. Nada. Ese es el problema.

—¿Cuál es el problema? No te entiendo.

Me eché a reír nerviosa y me aparté el pelo de la cara.

—Ya no hay nada —sentencié—. Es lo único que te puedo decir.

Leo callado, mirándome imperturbable mientras yo lloraba y gritaba. Leo exigiendo, con voz tensa pero serena, que me tranquilizara. Leo viendo cómo me marchaba con las manos en los bolsillos, como si no le importase nada.

—Vale…, entonces…

Aterricé de golpe desde los recuerdos y parpadeé. Me asustó verla tan nerviosa.

—¿Te molesta si lo sigo viendo?

¿Viendo? ¿En qué sentido? ¿Mirarlo? Todo suyo. Que lo mirara como y cuanto quisiera. Imaginaba que si los asistentes a sus conferencias (en concreto todos aquellos a los que les gustasen los hombres) no lo habían desgastado de tanto mirar, no había peligro. Pero… me daba que ese «verse» era un eufemismo educado que se refería a mirarlo a los ojos mientras se lo montaba. Ay, Dios…, me rasqué el cuero cabelludo, como siempre que me ponía nerviosa.

—Sé sincera —me pidió.

—Pues debería darme igual —insistí—. Debería decirte: «Todo tuyo, sed muy felices» pero…

—¿Pero…?

«Pero me prometió tantas cosas que me es imposible no echar de menos aquello que nunca tuve. Pero es un tío de los que duelen, Raquel, una no puede dejarlo entrar en su vida y no sufrir si no sale bien. Leo es intenso, es de los que queman; te estás jugando más de lo que crees. Leo no es de nadie…, ni un poco. Te puede destrozar la vida. A mí siempre me la destroza. Siempre».

Chasqueé la lengua contra el paladar. No podía decirle aquello. No era de mi incumbencia y no quería darle alas a la idea de lo que fuimos, así que cambié de expresión, sonreí y me quedé a medio camino entre lo que creía y debía.

—Está superado. No queda nada entre nosotros.

Raquel frunció el ceño.

—¿Pero?

—No hay pero. De verdad. No me hagas caso. Es que se me atragantan ciertos recuerdos, pero es un tema personal. Malas experiencias mías.

—Y… ¿por qué rompisteis la última vez?

Sonreí con tanta tristeza que la boca me supo amarga. Aspiré aire, después lo solté despacio por la nariz y le cogí la mano, aunque era yo la que necesitaba aquel apretón y la calidez del gesto.

—Eso, Raquel, tendrás que preguntárselo a él.

Creí que iba a insistir, pero no lo hizo. Cuando me miró de nuevo a los ojos supe que… Leo le gustaba mucho. Y la entendía. Es de esos.

—Supongo que después de una relación siempre quedan flecos dolorosos difíciles de solucionar —me dijo.

—Para solucionarlo necesitaría una lobotomía y un bidón de gasolina, cielo.

Las dos nos reímos y cogimos de nuevo nuestras copas para brindar, esta vez, por algo. Ella, seguramente, por haberlo aclarado; yo deseando que el tequila me borrara todos y cada uno de los buenos recuerdos con Leo: los de la niñez, adolescencia y mejores instantes de una relación reincidente que cuando era buena era la mejor, pero que cuando era mala… era diabólica.

—Algún día podríamos quedar los tres y tomarnos algo —dijo después de darle un trago—. Así normalizamos un poco las cosas.

Bebí más margarita para no tener que contestar.

—Tres amigos que salen a cenar por Madrid. Y ya está.

Pobre. No nos había visto juntos más de unos minutos…, si lo hubiera hecho, sabría que Leo y yo podíamos ser de todo, menos dos amigos que salen a cenar por Madrid. Y ya está.

12. «Find what you're looking for», Olivia O'Brien

Y ahí estaba

—¿Entonces? —escuché que preguntaba la voz de Jimena a través del hilo telefónico invisible que unía nuestros dos móviles.

—Entonces nada. Ajo, agua y resina.

—¿Cómo?

—A joderse, aguantarse y resignarse —le aclaré.

—Ah, qué susto. Pensaba que estabas enumerando los ingredientes de un brebaje con el que matar a Raquel.

Gruñí. Las dos nos callamos un segundo y el sonido de nuestros dedos tecleando sustituyó la conversación. Solíamos hacer aquello a veces. Si nuestros jefes no estaban en la oficina, nos llamábamos para ponernos al día. No dejábamos de trabajar, pero era casi como ser compañeras de oficina y poder cotillear un rato mientras hacíamos tareas mecánicas.

—Joder, los miércoles son el peor día de la semana —farfulló—. Ríete tú de los lunes. El lunes al menos tienes el fin de semana reciente.

—No hay nada peor que un lunes. Los domingos por la noche suelo fantasear con fingir mi propia muerte.

—¿Has pensado alguna vez en quién irá a tu entierro?

Hice una mueca y despegué la mirada de la pantalla un momento.

—Tía…, tú estás fatal —gruñí—. Claro que no.

—Has sacado tú el tema.

—Estábamos hablando de Raquel… y Leo. —Me centré—. No de quién lloraría más si yo me muriese.

—Esa construcción gramatical no está muy allá… Sería más correcto decir: «quién llorará más cuando yo muera» porque, hasta donde yo sé…, eres mortal. Pero dejémoslo correr…, tu tanatofobia empieza a ser molesta —carraspeó y la imaginé apoyando los codos en su mesa llena de manuscritos y post-it amarillos—. ¿Crees que son más que amigos?

—¿Tú imaginas a Leo quedando con una chica como Raquel para tomar té con pastas? Estos dos follan. Y si no follan, van a hacerlo hasta que alguno de los dos termine demente.

—O tú.

—O yo…, ¿qué?

—O tú termines demente de tanto imaginarlo. Si ellos dicen que no son amantes, ¿por qué dar por hecho lo contrario?

—Lo dice ella. Con él no tengo ganas de hablar del asunto. Bueno…, ni de esto ni de nada. Que hagan lo que les salga del pepe. Yo de este no quiero ni que me dé la hora.

—En realidad, Maca…, tendrías que empezar a superarlo, ¿sabes?

—Está superado —volví a gruñir.

—Escúchame…, es tu vecino de toda la vida. Crecisteis juntos. Está claro que es tu ex…, cuatro veces ex, y… ya sé, pero ¿hasta qué punto es maduro ignorarle sabiendo que vive en Madrid y que sale con una colega tuya? No veo tan descabellada la idea de quedar los tres y normalizarlo. Yo si quieres me presento voluntaria para hacer de comodín.

—Antes me rapo el pelo.

—En serio, ¿por qué no puedes hablar con él como una persona adulta?

¿Por qué? Por algo que era muy complicado de explicar. Era una sensación completamente subjetiva que podría solamente comparar con una llamarada. A veces de rabia y odio, otras de cariño y nostalgia y las más de (perdona las palabras que voy a usar) deseo y lujuria salvaje, culpables de todas las veces que habíamos vuelto a intentarlo. No sé qué cojones tenía Leo. Quizá era su manera de mirarme o lo conocido y a la vez nuevo que era cada centímetro de su piel cuando lo recorría. No. Miento. Estoy siendo educada. Era el recuerdo de lo fuerte que follábamos. Y lo fuerte que nos quisimos. Y lo fuertemente que lo tenía aborrecido. Eso también.

—No puedo. Y ya está. Es mejor dejarlo así.

—¿Tienes miedo a seguir teniendo la llama de la pasión a tope de *power* si lo haces?

Eso es lo malo de las mejores amigas, esas con las que te crías como si fueran tus hermanas…, que lo saben todo de ti y es muy complicado mentirles.

—Vete a cagar.

La puerta del despacho se abrió con un «clic» casi imperceptible, y Pipa apareció con el manojo de llaves en la mano y arregladísima. Traía el pelo recogido y apartado de la cara, pero con un estilo falsamente despreocupado. En sus orejas, dos pendientes redondos muy brillantes que vete tú a saber cuánto costaban. Llevaba una blusa blanca con la pechera negra y unos pantalones de traje capri del mismo color. A los pies, unos stilettos de tacón imposible.

—¡Maca! ¡¡Llevo esperándote abajo diez minutos!!

La miré confusa y después consulté como quien no quiere la cosa nuestro calendario, donde no teníamos nada programado.

—Disculpa un segundo. —Me aparté el teléfono de la oreja—. ¿Teníamos algo? El calendar me aparece limpio.

—Te he mandado un mensaje hace veinte minutos. ¿Cuánto rato llevas colgada al teléfono?

—Estoy hablando con… los de Twitter. A ver si te verifican la cuenta de una vez… — me inventé.

—Ya… —respondió poco convencida—. Pues inténtalo mañana. Nos tenemos que ir.

—Pero… ¿adónde?

—A mariscar. ¡Pues a un evento! Una amiga presenta un libro sobre protocolo y moda y me tienes que hacer unas fotos allí. Y no…, no está en el calendario porque al parecer mi invitación «se extravió».

—¿Y quieres ir? —insistí. Pipa era bastante suya para estas cosas. Si no era invitada con todo el bombo y platillo, solía declinar la invitación.

—Va todo el mundo. Como no vaya, van a creer que no me han invitado y que soy una paria.

Me pegué el teléfono a la oreja otra vez.

—Disculpa. Me ha surgido un imprevisto y tendremos que aplazar esta conversación para más tarde. Mañana, por ejemplo.

—Mañana vas a tener que ir a hacerle la maleta a esa tirana rubia que tienes por jefa —susurró Jimena para que no pudiera escucharla Pipa a través del teléfono…, nunca se sabía lo cerca que podía estar.

—Vaya. Es verdad. Pues… iremos viéndolo.

—Dile que si no la tengo verificada la semana que viene, me cierro la cuenta —musitó Pipa mientras pasaba los dedos sobre su pelo sin llegar a tocarlo.

—Solo alguien tan guapa como ella podría ser tan insoportable —suspiró Jimena—. Hablamos. Tengo que ponerte al día sobre mis avances con mi Santi reencarnado. He vuelto a quedar con él el viernes. Y tengo un plan.

No pude evitar sonreír y Pipa me miró muy mal.

Cogimos un Cabify de lujo, aunque estaba claro que nadie iba a estar esperando en la puerta para ver con qué coche llegábamos.

Pero Pipa era así. Al parecer, llegábamos bastante tarde, lo que no era novedad viniendo de mi jefa, que consideraba que llegar la primera a un evento la haría parecer «hambrienta de atención» que, si alguien me pregunta, es justamente el término que definía su estado.

La presentación se celebraba en uno de los salones del restaurante Thai Garden en Arturo Soria, y su suelo de madera fue crujiendo bajo los implacables tacones de Pipa conforme fuimos acercándonos a la sala atestada de gente. Junto a esta, una barra donde unos camareros elegantemente uniformados servían copas de vino y combinados.

—¿Me traes un vino? —me pidió Pipa—. Y mira a ver si llevas tarjetas. Creo que se me han olvidado.

—Llevo cinco o seis —le dije. Lo había revisado en el coche, de camino, mientras ella se hacía fotos con el móvil para Instagram Stories.

—Estupendo.

Intenté buscar alguna cara conocida entre los asistentes, pero Pipa me dio un codazo.

—Vino —me recordó—. Hoy estás como pasmada, tía.

Tía. Odiaba cuando escondía sus insultos detrás de una conversación falsamente coloquial.

Me apoyé en la barra esperando mi turno y aproveché para echar un vistazo a mi vestimenta: vaqueros ceñidos rotos, camisa a rayas blancas y negras y zapatos de tacón bajo rojos. Todo barato, incluso el bolso negro que llevaba colgado a un lado. Rodeada de lujo y bolsos de Chanel…, en fin.

—Disculpe —llamé a un camarero que parecía haber terminado—. ¿Disculpe? ¡Oiga! ¡Aquí!

El chico buscó mi voz, pero un tiarrón de unos dos metros me tapaba. Salté un poquito con el brazo levantado, pero otra se adelantó y me robó la atención del camarero.

—Joder.

Me apoyé en la barra, convencida de que terminaría pasando la noche acampada allí a la espera del vino para Pipa, cuando una mano cálida y fuerte se apoyó en mi cintura.

—Déjame a mí —la acompañó una voz—. Perdone…

Otro camarero, que acababa de servir una consumición, se giró.

—Dígame. ¿Qué le sirvo?

—¿Qué quieres? —Se agachó un poco para que su voz llegara a mi oído—. ¿Vino?

—Dos copas de vino tinto —contesté, aunque lo que me apetecía era una Coca Cola.

—Que sean tres. Y una de blanco…, Godello a poder ser.

Claro. Me reí para mis adentros. A Raquel le gustaba el vino blanco, no demasiado seco, y le importaba menos y nada que engordara más que el tinto.

Me giré, y Leo me guiñó un ojo cuando el camarero colocó las copas en la barra y comenzó a servir.

—Pides con miedo —me dijo levantando sus cejas.

Me moví incómoda y su mano, que seguía posada en mi cintura, se apoyó en la barra.

—No nos vemos en años y ahora parece que estás en todas partes —comenté con cierta amargura.

—Cualquiera diría que te molesta.

Me giré y fingí la sonrisa más falsa de mi repertorio que él contestó con una carcajada. Una de las suyas. Despreocupada, algo ronca. Por eso susurraba en los eventos, porque su voz reverberaba en todas partes como un eco grave que se sentía hasta en el pecho. Llevaba puesta una camisa blanca con unas rayitas azules con dos botones del cuello desabrochados, que permitían ver su piel por debajo de la depresión que se creaba en la base de su garganta. Mierda. Qué guapo. Qué asco me daba. Dediqué un segundo a fantasear con follármelo a la vez que le daba bofetadas. Me repateaba pensar que físicamente seguía pareciéndome lo suficientemente sexi como para calentar algo dentro de mi vientre. Escuché su voz lejana y desenfocada y volví a la barra, a la realidad y al mundo cruel que me hacía coincidir con él (y probablemente también con «su chica») en un evento.

—¿Decías? —le pregunté.

—Gracias —le dijo al camarero antes de coger dos copas y acercarme otras dos a mí—. Te decía que el otro día saliste por piernas.

—Tenía prisa.

—Y pocas ganas de verme —añadió con sorna.

—Eso significaría que aún me importas, y nada más lejos de la realidad.

—Fue muy frío para dos amigos de la niñez, ¿no?

No te dejes engañar…, no sonó nostálgico, sino sarcástico. Y me sentó fatal el hecho de que se burlara de lo poco agradable que quedaba en los recuerdos sobre «nosotros». La infancia.

—¿Eso somos? —Cogí las dos copas y lo miré de reojo—. ¿Dulces amigos de la niñez? ¿O vecinos?

Sonrió canalla.

—Somos muchas cosas, Maca. Lo importante es… ¿cuánto nos importa lo que fuimos?

«Lo suficiente como para saber que verte no es buena idea», tendría que haber contestado. Pero me puse nerviosa y atisbé a Pipa entre la gente buscándome con la mirada.

—Estoy trabajando y tengo que llevarle la copa a mi jefa. Ya nos veremos.

—Cuando te vea, Raquel querrá ir a tomar algo al terminar.

Me giré y me quedé mirándolo con cierto desprecio. Maldito cabrón, ¿qué hacía? ¿Restregarme por la cara su nueva conquista? Como si no estuviera ya sumamente mentalizada de que en esos años su (perfecto) pene había estado en más mujeres de las que poblaban la Comunidad de Madrid. Siempre fue así.

A él nunca le faltaron almohadas sobre las que recuperarse de un orgasmo. Y de una ruptura.

—Pues muy bien —respondí.

—No me has entendido. Te lo digo porque… será violento.

—¿Más? —pregunté hostil.

—Contigo siempre puede ser más violento —suspiró.

—Buscaré una excusa para escaquearme, no te preocupes. Tampoco es que me parezca precisamente un planazo.

—Sigues sin entenderme —y lo dijo fastidiado. Leo ya se había convertido en ese tipo de profesores a los que les molesta tener que repetirse y explicarse demasiado—. Será mejor que tengamos nuestra primera conversación solos. Conociéndote…, prefiero que no haya testigos.

Volvió a coger las dos copas, miró a lo lejos, sonrió y desapareció con un escueto: «Si me disculpas…», al que hubiera contestado de buen grado con una zancadilla que lo tirase al suelo.

Pipa cambiaba constantemente el peso de un pie al otro, como impaciente. No le gustan los eventos «culturales». Ella es más de photocall que de una rueda de prensa sobre un libro, así que lo más probable es que estuviera cepillándose el pelo mentalmente mientras fingía interés y sostenía, glamurosa, una copa de vino en la mano. A su lado… yo, con los ojos fijos en el punto donde había localizado a Leo y la copa permanentemente en los labios sin llegar a darle ni siquiera un trago, mientras buscaba fuerza para emprender el siguiente paso…, decidir si quería tener esa conversación en privado con Leo. Ya me imaginaba saliendo de allí esposada, montando un numerito y, por supuesto, despedida.

Cuando me cansé de pasear el vino, me deshice de la copa y saqué disimuladamente el teléfono móvil para abrir el grupo de WhatsApp de la pandilla: «Antes muertas que sin birras».

Jimena había mandado una foto de su tatuaje, que había empezado a pelarse y tenía un aspecto asqueroso, y Adriana le había contestado que se lo tapase si no quería que el fisioterapeuta/reencarnación de Santi creyera que tenía lepra. Escribí.

> ¿Cómo algo tan pequeño puede dar tanto asco?
> Ponte la crema, haz el favor. Por cierto, estoy en
> la presentación de un libro y… ¿adivináis quién
> ha venido acompañando a Raquel?

> Adriana escribiendo…
> ¡¡Aquel que no se puede nombrar!!
> ¡No me lo puedo creer! Foto YA.

> Jimena escribiendo…
> Me apuesto dos rondas de vino a que termináis
> a hostias o follando contra la puerta del baño.

Escalofrío recorriéndome entera en tres, dos, uno…

> Yo:
> Ni una cosa ni otra. Soy una mujer civilizada que
> LO HA SUPERADO. Además, la belleza está sobrevalorada.
> Lo miro a la cara y solo veo el guantazo que le daría.
> Luego os cuento. Pd: Jimena, ponte la crema.

Un aplauso estalló en la sala e imaginé que la presentación había terminado. A mi lado, Pipa aplaudía con la copa en la mano, una habilidad que nunca seré capaz de imitarle.

—Voy a acercarme a saludar —dijo atusándose la camisa.

—¿Voy contigo?

—¿Para llevarme la cola del vestido? No hace falta. Date una vuelta. Yo te llamo cuando necesite un par de fotos.

Se armó cierto revuelo alrededor de la mesa donde se encontraba la autora, pero unos camareros sirviendo aperitivos tailandeses focalizaron parte de la atención. La gente se arremolinó en grupitos y se extendió el murmullo de las charlas sociales y las risitas. Vi a Raquel entre la gente, hablando con la protagonista de la noche, sonriendo, tan natural y guapa…, labios pintados de rojo, vestido negro sobrio y elegante y, aunque no los viera desde donde estaba, seguro que iba subida a unos stilettos impresionantes. Hay gente que nace con estilo. Y luego estaba yo, plantada como un pasmarote, sin saber qué hacer con mis brazos, que si no estuvieran pegados a mi cuerpo a veces me parecerían un coñazo. Decidí dejar de mirarla, dejar de preguntarme qué estaría pensando Leo… e ir a por mi refresco.

En la barra, más de lo mismo de antes…, un guirigay de voces y un montón de gente mucho más alta que yo bloqueándome, hasta que agarré la manga de uno de los camareros por un hueco y le supliqué con ojitos de pena que me sirviera una maldita Coca Cola.

Mientras esperaba mi bebida, vi a Leo por el rabillo del ojo pasar por detrás, solo, hacia una de las salidas del jardín. Antes de fundirse entre la gente, nuestras miradas coincidieron y, de pronto…, decidir si quería o no esa conversación estuvo de más. La íbamos a tener quisiera o no. Es lo que pasa cuando arrastras un peso a través de los años…, tu yo consciente decide pocas cosas.

Cuando conseguí salir me corrían gotas de sudor por el cuello y probablemente del maquillaje de la mañana solo quedaba el pintalabios que acababa de retocarme, pero tampoco me importó demasiado. Leo y yo nos habíamos visto en peores circunstancias. Una vez estuvimos de acampada en un festival y aun así nos quisimos a manos llenas. Si hasta arriba de barro, con el pelo sucio y borracha, te dice que eres preciosa… es amor. O está muy drogado. Pero Leo no se drogaba.

Además, si iba a compararme con su actual «chica» iba a salir mal parada estando maquillada, sin maquillar o tocada por la mano de Dios. Raquel era horrorosamente guapa y, sobre todo, magnética. Y yo…, pues poquita cosa.

Lo encontré apoyado en una especie de pozo que hacía las veces de jardinera. Tenía una copa de vino en la mano y la mirada perdida en los setos que rodeaban el jardín. Me volví para comprobar que Raquel no pululaba por allí cerca porque, efectivamente, no quería testigos de la conversación que íbamos a tener. Cuando me cercioré de que seguía con la autora, me acerqué.

Sin decir nada, me apoyé a su lado, lo suficientemente cerca como para que me sintiera pero sin tocarle. Sonrió sin tener que volver la cara hacia mí. Él ya sabía que era yo.

—¿Te diviertes? —le pregunté.

—No me gustan estas fiestas.

—Pues te veo muy integrado.

—Te iba a decir lo mismo. —Sonrió tirante, girándose discretamente hacia mí—. ¿Cómo has terminado trabajando en esto?

—Lo dices como si regentara un club de carretera llamado Chocho's o algo así.

—Es una pregunta sin juicios ni dobles sentidos. —Me miró por encima de su copa de vino y le dio un trago.

—Avatares del destino. Lo curioso es que te hayas echado una novia bloguera y tú también estés aquí.

—Ya ves. —Se encogió de hombros.

Abrí la boca para responderle algo ocurrente, pero no pude. ¿Acababa de confirmarme que Raquel y él salían tan en serio como para poner etiquetas?

—¿Qué haces en Madrid? —le pregunté bastante más seca de lo que pretendía sonar.

—Dar clase.

—Siempre pensé que lo tuyo era un ambiente tipo Oxford o algo por el estilo.

—Pues ya ves que no.

—Tampoco pensé que fueras a sentar la cabeza con una blogger.

—Si no supiera que os lleváis bien, pensaría que detrás de esa afirmación hay un juicio de valor en el que ella sale bastante mal parada.

—Por Dios, qué despliegue léxico para defender a tu novia.

—Déjalo ya, Maca. —Me miró serio—. Sabes de sobra que no es mi novia.

—Ah, no sé. Tampoco es que me importe. Como te paseas con ella por todo Madrid...

—¿He pisado un territorio que era tuyo por derecho? ¿Tendría que haber llamado a la embajada de Macarenaland para pedir un visado antes de venir?

—Vaya..., cuánta hostilidad —le respondí.

—Iba a decirte lo mismo.

¡Dios, cuánto me irritaba! Chasqueé la lengua contra el paladar y miré al cielo, que empezaba a oscurecerse por encima de la línea anaranjada en la que se había convertido el horizonte. Leo bebió un par de tragos de vino y dejó la copa en el borde de piedra en el que estábamos apoyados, antes de frotarse la frente.

—Vamos a intentar al menos ser civilizados —pidió.

—¿Por si nos ve tu novia?

Leo se incorporó y se irguió delante de mí para, con el ceño fruncido, buscar mi mirada.

—Porque somos adultos —respondió muy serio.

Bajé los ojos hasta el suelo, hasta sus bonitos zapatos. Tenía razón, éramos ya adultos... con un pasado en el que no tenía ganas de rebuscar y que ya no interesaba. ¿Por qué narices teníamos que tener una conversación? En los últimos años, en ese curioso proceso de «hacerse mayor», había aprendido a no quedarme en sitios en los que no me apetecía estar, así que levanté la mirada, le di un trago a mi refresco, lo dejé en el borde del pozo ornamental en el que estábamos apoyados y decidí… que me iba. No tenía ninguna necesidad ni obligación de estar allí, mirando a la cara al tío que más daño me había hecho… y al que más había querido. Un recordatorio con patas de lo que no supe hacer, de lo que aguanté sin merecer y de los planes que ya no existían.

Me había dado ya la vuelta, y estaba a punto de dar un paso en dirección contraria, cuando Leo me cogió de la muñeca y me acercó, firme pero con suavidad.

—Solo necesito hablar en serio contigo un segundo, Macarena. No te voy a pedir mucho. Por lo que fuimos, hazme este favor.

—Por norma no me quedo en sitios en los que no estoy a gusto. —Lo miré sin llegar a volverme del todo.

—A nadie le interesa lo que vivimos —irrumpió de pronto—. Lo que peleamos o ganamos… es solo nuestro. Responsabilidad única de quienes fuimos.

Pestañeé confusa y él se acercó un paso, con las cejas arqueadas y expresión taciturna.

—¿Tienes miedo de que le cuente a Raquel cómo era lo nuestro o cómo terminó? ¿Es eso? ¿Temes tener mala fama entre las chicas casaderas por si se te acaba el chollo?

—Sé que no soy tu persona favorita en el mundo, pero si aún nos apreciamos un mínimo, sabremos sonreírnos si nos encontramos, aunque no nos apetezca. No estoy orgulloso de cómo lo hicimos, Maca. No estoy orgulloso de haber mantenido algo que nos hizo daño, pero estoy soltero y no le debo nada a nadie.

Me repateó. ¿No le debía nada a nadie? ¿De verdad? Porque para mí era inevitable seguir esperando ciertas explicaciones. O mejor dicho: una disculpa. Era tan fácil como entonar un mea culpa. Sencillo, sin giros ni poesía: «Maca, lo siento. Siento lo que nos pasó y lo que no nos pasó». Pero no. Mis ganas de perdonarlo seguirían guardadas en aquella cajita y en una funda de tela al fondo de un armario, junto a la rabia y a la decepción, porque Leo no era de los que pedían perdón.

Debería haberme ido. Haberle dejado esperando una contestación. Pero hablé:

—No. No le debes nada a nadie porque, después de conocerte a fondo, no creo que nadie espere ni lo más mínimo de ti.

—Qué bonito. —Sonrió con ironía—. Siempre tan romántica.

—Qué va. Tuve un novio asqueroso que me quitó toda fe en el amor.

Recuperó su copa airado y dejó salir de entre sus labios un resoplido.

—Tu discurso preferido: «Todo lo que no he conseguido en la vida es por culpa de Leo Sáez» —imitó mi tono de voz.

—¿Qué quieres? —le increpé—. ¿Tirártela? ¿Follártela? ¿Hacerle creer que eres un buen tipo? A lo mejor hasta quieres ir en serio con ella, ¿quién sabe? Pues relájate, cielo, por mí no debes preocuparte —le aseguré—. Lo que tenga que descubrir de ti, que lo haga sola.

—No me preocupas, Macarena.

—Ya te veo.

—¿Es tan difícil entender que a mí también me escuece?

Abrí la boca para responderle, pero…:

—¡Hola!

La voz de Raquel nos sobresaltó; supongo que los dos nos preguntamos si habría escuchado algo, pero a juzgar por su expresión, no. Cuando nos volvimos hacia ella, nos miraba a dos pasos de distancia con una sonrisa en los labios pintados de rojo. Nuestra cara, sin embargo, debía ser un poema. Me dio rabia que siempre termináramos así, que después de tres años siguiera consiguiendo sacarme de mis casillas. Y me dio rabia que sacara también lo peor de mí misma; yo apreciaba a Raquel y no tenía intención ninguna de criticarla. Así que, no sin esfuerzo, mudé mi expresión y le devolví la sonrisa, alejándome un poco de Leo.

—¿Eso que llevas en la mano es una caipiriña? —le pregunté, lanzando una mirada rápida.

—Sí. —Ensanchó su sonrisa—. El vino se llamaba acidez de apellido…

—Pedí Godello —se excusó Leo con una sonrisa solamente para ella.

—Eso está por demostrar.

Los vi mirarse y tragué saliva. Ella se acercó y él rodeó su cintura con un brazo. Durante dos segundos me quedé pasmada mirando cómo los dedos de él se mantenían en la cadera de Raquel. Cuando estuvimos juntos, solía caminar a mi lado con sus dedos posados en mi nuca y el pulgar acariciando el nacimiento del pelo. Crucé una mirada con él. Después con ella. Y cuando me vi a mí misma, la ex, mirando como una gilipollas, necesité hablar, moverme, marcharme.

—Mira que eres marrana —bromeé—. Me he pasado veinte minutos en la barra para conseguir una Coca Cola y tú llegas, vences y caipiriña. Y mejor no te pregunto por esos zapatos, porque fijo que los pillaste en rebajas.

—Liquidación de fin de temporada. —Me guiñó un ojo—. Tendrías unos iguales si hubieras querido acompañarme.

—Definitivamente tenemos una tarde de compras pendiente.

El bolso empezó a vibrar y a emitir la musiquilla de la Marcha Imperial en aquel mismo momento. Pipa. A veces llegaba justo cuando la necesitaba.

—Bueno, chicos, pasadlo bien.

—¿Te vas? —me preguntó Raquel con las cejas arqueadas.

—El deber me llama.

—Despídete de Pipa por mí, por fi. —Hizo un mohín.

—Cómo te escaqueas… —Le lancé una sonrisa—. Adiós, pareja.

Adiós, pareja. Se me quedó tal regusto en la garganta después de decirlo como si, en lugar de pronunciarlas, hubiera vomitado las palabras. Entre el gentío, el rumor de las conversaciones y el entrechocar de copas, escuché la voz de Leo despidiéndose también. Me abrí paso como pude entre los invitados y, al llegar al interior, volví la cabeza. Leo y Raquel se miraban desde cerca con una sonrisa. La de Leo era la suya, la clásica, la de engañamadres. Una sonrisa espléndida y aparentemente natural, pícara, húmeda y relajada. La de Raquel también la conocía bien: era la típica sonrisa que esboza la chica que está a punto de morder el polvo por culpa de un tío como él.

Llegué hasta Pipa flotando en una especie de nube negra mística que, si pisaba demasiado fuerte, me llevaba en caída libre a mis veintiséis años.

No sé a qué hora terminó la fiesta, pero Pipa se largó a las nueve y media. Digo «se largó» porque lo hizo a la francesa, en una bomba de humo que me cegó hasta a mí. Nunca se quedaba demasiado en ningún sarao porque decía que estar en un sitio cuando el ambiente empieza a decaer es lamentable.

—No querrás que piensen que decae por ti, ¿verdad? Siempre hay que comportarse como si tuvieras un sitio mejor al que ir.

Fiel a su idea, me dejó plantada cuando fui al baño. Al salir, no estaba donde la dejé y cuando le pregunté a la chica con la que estaba hablando, me dijo que se había ido en un Cabify…, que tendría que haber pedido cuando aún estaba conmigo… la muy hija de perra. Lo raro es que no me hubiese exigido que lo hiciera por ella.

Salí a la calle, donde encima refrescaba, me envolví en mis brazos y fui andando hacia el metro más cercano mientras echaba mano del móvil.

Dio tres tonos hasta que contestaron.

—Voy hacia tu casa —dije—. No te duermas. Estoy cachonda.

Cuarenta minutos más tarde estaba desnuda encima de Coque, sentados en su cama. Sus manos se aferraban a mis caderas mientras me movía arriba y abajo a un ritmo constante y rápido. Tenía los ojos cerrados y los dedos enredados en los mechones de su pelo suave. No hablábamos; mi boca estaba ocupada en gemir bajito y la suya apoyada en mi clavícula, condensando su aliento sobre mi piel.

Busqué el orgasmo con constancia hasta encontrarlo en un rinconcito entre mis pliegues, y solo abrí los ojos cuando se desvaneció la sensación placentera y volví de lleno a la habitación, con alma y cuerpo.

Cuando Coque se corrió, me quedé encima de él, con la frente apoyada en la suya, sin moverme ni hablar.

13. «She's like the wind», Calum Scott
Orgasmos

Estuve algo distraído en la cena, pero no sabría decir el motivo. Creo que temía haber sido demasiado duro con Macarena en nuestra conversación. Desde hacía ya bastante tiempo, medía mucho más mis palabras; es posible que dar clase me hubiera hecho más reflexivo. Pero con ella no podía. Lograba sacarme de mis casillas. Me hervía la sangre y se desbordaba por mi boca en forma de palabras hirientes. No podía evitarlo. Con ella, era un cabrón. Y ella conmigo, una puta bruja.

Raquel estaba animada… o nerviosa. Hablaba rápido, sonriente, y alargaba la mano para tocar la mía a menudo, mientras charlaba. Es posible que buscara llamar mi atención y devolverme al restaurante. Me costó trabajo, pero lo conseguí. Me centré en disfrutar y pasarlo bien. ¿No era ese el motivo de que Raquel y yo nos viéramos? Estaba muy guapa aquella noche. Llevaba un vestido negro vaporoso. Los zapatos de tacón la hacían contonearse más de lo habitual. Leí en algún sitio que a los tíos nos gustan las mujeres con tacón alto porque, de alguna manera, nuestro subconsciente relaciona la imagen con la de un pene erecto y nos recuerda nuestra propia excitación. Vaya chorrada. A mí lo que me gustaba era lo largas que parecían sus piernas y ese movimiento…, el de su culo.

—¿Dónde estás? —me preguntó Raquel mientras se acariciaba el pelo.

—Aquí. Contigo. En este restaurante de moda en el que todo lo sirven con la misma salsa.

Raquel se echó a reír y yo me acomodé en la silla con la copa en la mano.

—Es que hoy me ha pasado una cosa en clase.

—Entonces, ¿no tiene nada que ver con Maca? —preguntó intrigada.

—¿Qué? ¿Con Maca? No, claro que no.

—A ver…, ¿qué te ha pasado? —pareció aliviada.

—Te vas a reír de mí. —Me froté los ojos—. Lo veo venir.

—Venga, cuéntamelo. ¿Qué le ha pasado a Leo, doctor en literatura?

—Mucha guasa tienes tú. —Chasqueé la lengua—. Pues estaba dando clase y… me han hecho una foto.

Arqueó la ceja.

—¿Cómo?

—Una chica de la primera fila. Me había parecido verla trastear con el móvil en el regazo, pero vamos… que tampoco es novedad. Toman apuntes con el móvil en la mano, como si fuese un apéndice externo de su cuerpo sin el que no pudieran vivir. Pero el caso es que… ha empezado a hacer movimientos extraños y, en un momento dado… me ha hecho una foto. Y ha sonado. El típico sonido como de obturador. La muy pánfila estaba tan preocupada en encuadrar la foto que no le ha quitado el sonido.

—Pero… ¿a ti?

—Creo que sí

—¿Y qué le has dicho?

—Pues… ¿qué le iba a decir? ¿Fotos no? Imagínate que se estaba haciendo un selfie. Hubiera quedado como el tío más cretino del mundo. Le he dicho que por favor apagara el móvil o al menos lo pusiera en vibración.

—Pero ¿tú crees que te ha hecho la foto a ti?

—No sé. —Me removí incómodo. ¿Por qué le estaba contando aquello?—. Creo que sí.

Cruzó las piernas debajo de la mesa y se acomodó para mirarme fijamente durante unos segundos.

—¿Qué? —Le sonreí.

—¿Qué llevabas puesto?

—¿Cómo? —Me tocó el turno de reírme a mí.

—¿Qué llevabas puesto?

—Pues… esto. —Me señalé—. No me dio tiempo a pasar por casa para cambiarme. ¿Por?

—Curiosidad femenina. Y, dime, ¿vas a hacer algo al respecto?

—No me veo recogiendo los móviles de mis alumnos en una cesta antes de cada clase, la verdad. No estamos en un colegio de primaria. Son tíos y tías de veintipico años. Si quieren entretenerse con mierdas, ellos verán. El examen va a ser el mismo, atiendan o no.

—Qué duro. —Fingió un gruñido que pareció más bien un ronroneo y después sonrió al camarero que se acercó para retirar nuestros platos semivacíos—. Oye, ¿tienes prisa? ¿O te apetece que tomemos una copa?

—Claro.

—¿Claro que tienes prisa o claro a la copa?

Sonreí descarado.

—A la copa, reina —aclaré.

—¿Aquí o en mi casa?

Estábamos cenando en uno de esos restaurantes de moda, completamente sobrevalorados, que alternan comida con cócteles, y se escuchaba ya barullo en la planta de abajo, donde se servían las copas. Eché un vistazo al ambiente, como si estuviera planteándomelo, pero volví a mirarla al tiempo que hacía una mueca.

—Creo que he visto a alguien bailando el «Despacito» ahí abajo —musité.

—¿Qué problema tienes con el «Despacito»? ¿No será que no sabes bailar?

—Por eso no te preocupes. Tengo ritmo. De cadera para abajo. —Dibujé una raya invisible en mi cintura con la mano y ella se echó a reír.

Vi pasar a otro camarero y le pedí la cuenta con un gesto, pero en lugar de ir a buscarla, se acercó.

—Está todo bien —me dijo.

Me quedé mirándolo con el ceño fruncido. Claro que estaba todo bien. Nadie había llamado a la policía, ¿no?

—¿Cómo?

—Que la cena corre a cuenta de la casa, caballero. Gracias por visitarnos.

Miré a Raquel y ella me sonrió a la vez que metía el móvil dentro de su cartera de mano.

—¿Has pagado?

—No. Colgué una foto en Instagram nada más entrar —me aclaró.

—¿Y?

—Que nos invitan a cambio de esa foto.

Abrí los ojos exageradamente.

—Creo que vas a tener que explicarme un poco más sobre tu trabajo. No estuve muy atento a tu charla.

—Pues parecías muy interesado. —Se levantó de la mesa y colocó la chaqueta de cuero sobre sus hombros, sin llegar a meter los brazos en las mangas.

—En ti. —Sonreí—. No en tu charla.

—Creo que debería ofenderme.

Me levanté de la silla también y eché mano de la cartera. Ella me paró con sus dedos fríos.

—Que está pagado ya, cabezón.

—Voy a dejar propina. Qué menos... ¿Llevas una tarjeta?

—Sí.

—Pues aprende a ser agradecida, niña.

Le guiñé un ojo, saqué un billete y lo dejé sobre la mesa antes de pasarle el bolígrafo que llevaba en el bolsillo interior de la americana. Raquel garabateó un «Gracias, la cena ha sido estupenda» en una tarjeta suya y lo dejamos todo bajo el pie de una de las copas vacías antes de marcharnos.

Una vez que bajamos las escaleras, su mano me acarició la cintura al pasar por mi lado. Me volví y se inclinó hacia mi oído.

—La culpa de que te hagan fotos en clase es de esos pantalones que llevas. Te hacen un culo de muerte.

—Me la hicieron de frente —le aclaré con una sonrisa descarada.

—Nada más que añadir. Eres un tío listo..., sabrás sacar las conclusiones pertinentes.

Me eché un vistazo. No eran ceñidos. Tampoco anchos. Unos vaqueros cualquiera, algo roídos ya, sujetos de la cadera por un cinturón marrón desgastado.

—No provoques. Las veinteañeras son muy impresionables —añadió.

—Definitivamente, no entiendo a las mujeres.

Raquel olía a perfume caro y maquillaje. La calle a primavera avanzada. Yo a ganas. Cuando salimos, paré el primer taxi que pasó por delante de nosotros.

—¿Dónde vamos? —me preguntó Raquel.

—A tu casa, ¿no?

En cuanto se puso en marcha, me acerqué a su cuello, donde la besé.

Tenía la casa llena de cajas de envío vacías, prendas de ropa dejadas sobre sillas, sofás y demás muebles y algún que otro zapato abandonado en un rincón.

—Perdona el desorden —me pidió apartando con el pie un par de sandalias de tacón alto—. La verdad es que no esperaba visita.

—Que conste que me has invitado tú.

—Esperaba que me ofrecieras ir a tu casa.

Raquel dejó la chaqueta en la silla que teníamos al lado y después lanzó sus brazos alrededor de mi cuello.

—La primera noche —susurró frente a mis labios sin que yo tuviera que preguntarle—… es mejor en casa del otro. Así, si no estás cómoda, puedes irte al terminar.

—Vaya. Yo había escuchado que si el chico te gusta, es mejor invitarlo a tu casa, para comprobar si se va nada más terminar y medir su interés.

—Es una teoría interesante.

—¿Me voy al terminar? —pregunté con las manos deslizándose hacia el final de su espalda—. Por si no estás cómoda…

—No. Mejor mediré tu interés.

Llevaba una ropa interior… cargadita. De esa que no te pones si no esperas que alguien te la quite. No creo que mintiera cuando dijo que había estado esperando a que la invitase a mi casa. Negra. Encaje fino. Transparencias. No quedó mucho de ella por descubrir con solo quitarle el vestido.

Fuimos directos al grano. Bueno…, nos tocamos un poco antes, mientras nos besábamos, pero dejamos los preliminares allí.

Me preguntó si me importaba usar condón y me sorprendió. ¿No debería importarle a ella que no lo usara? No nos conocíamos tanto. Yo solo follaba a pelo con Macarena. Quiero decir…, yo solo follé a pelo con ella.

Una vez, hacía muchos años, me pudo el momento con Macarena y tuve que parar justo antes de correrme. Cuando se dio cuenta de que no me había puesto el condón, me dio un rodillazo en las costillas.

—¡En mi cuerpo decido yo!

Y yo, aunque tenía toda la razón, me eché a reír, porque esa era una de las cosas que más me gustaba de ella: tan pequeña y siempre peleando. Y también era una de las cosas que más odiaba, por cierto. Unos meses después le recetaron la píldora.

Eché mano del condón que llevaba en la cartera, pero intenté ignorar el secreto que guardaba dentro de ella. Raquel se puso encima. Y lo demás... fue algo que supongo que no tengo que describir porque... no inventamos la rueda. La maquinaria del sexo seguro que te es conocida. Era nuestra cuarta cita. Duramos quince minutos. Y me quedé a dormir, pero...

Me marché a las seis y media de la mañana, sin despedirme. No tenía nada que ver con Macarena, que conste. Era una cuestión de comodidad y expectativas..., una comodidad que no sentí en una cama que no era la mía y las expectativas que me formé de nuestro encuentro no es que no quedaran satisfechas pero..., bueno..., no fue nada del otro mundo. Le dejé una nota garabateada en una servilleta, no obstante:

«Tengo clase temprano, morena. Buenos días».

No pensé mucho más. Me di una ducha en casa. Preparé sobre el escritorio lo que debía llevarme para mis clases del día en la facultad y me tomé un café, mientras revisaba algunas anotaciones. Pero... me manché la camisa y por eso..., a media mañana, le mandé un mensaje a Raquel, pidiéndole disculpas por desaparecer y diciéndole que estaba deseando volver a verla.

¿Cómo una cosa lleva a otra? ¿Qué tiene que ver el tocino con la velocidad? Muy fácil. Una cadena de pensamientos que me llevaron a un recuerdo que me fastidiaba seguir albergando. Alguien que siempre estaba molestando en todo lo que emprendía, como si quisiera decirme que con ella fue mejor. Y no lo fue. O sí, pero yo no.

Macarena se manchó una vez con salsa barbacoa un camisón que le encantaba. Estábamos comiendo alitas de pollo en la cama. Sí..., alitas de pollo en la cama. El camisón no era nada especial..., solo una pieza de tejido elástico de color azul marino con una blonda en el borde, pero aunque la mancha no salió del todo, ella no lo tiró.

—Maca, por Dios..., ¿eso es aún salsa barbacoa? —me quejé riéndome cuando la vi con él puesto en otra ocasión.

—Sí. —Hizo un mohín—. Lo he lavado dos veces ya. Y mi madre frotó con eso que anuncian en la tele y que dicen que quita más de cien manchas. La de salsa barbacoa no está entre ellas, tenlo en cuenta.

—¿Y por qué no lo tiras?

—¿Tirarlo? Ni de coña. Llevé este camisón a nuestro primer viaje juntos. Tiene valor sentimental.

Me manché. Me cambié la camisa. Me pregunté si seguiría guardando aquel camisón. Y después me acordé de lo mal que me hacía sentir la basura en la que convertimos nuestra relación. Y cómo la terminé. Así que mandé un mensaje a Raquel y a Macarena mentalmente al carajo.

14. «Somebody that I used to know», Gotye
Maleta de recuerdos y angustias

¿Qué meter en una maleta de fin de semana cuando el destino es años luz más glamuroso que tú? Y cuando tu acompañante sabe de moda como si la hubiera inventado ella. Y cuando sabes que jamás vas a llegarle ni a la altura del betún (ni lo pretendes), pero no quieres quedar como alguien recién sacada del cubo de reciclaje. Misterio.

Acababa de llegar de casa de Pipa, de ayudarle a hacer su maleta con el nivel de paciencia bajo mínimos y el de odio alcanzando cuotas jamás imaginadas. Si hacer la maleta para uno mismo es odioso…, imagínate tener que hacerla a menudo para otra persona especialmente insoportable y después, además, tener que enfrentarte a la tuya. Había llamado a mi madre para lloriquearle (es consabido que las hijas echamos mano a menudo del comodín de la llamada para ejercer el derecho a pataleta), pero solo había conseguido escuchar las ocho mil razones por las que el mío era el trabajo de los sueños de muchas «jovencitas» de mi edad. Ergo… yo era una desagradecida que, además, no sabía qué narices meter en la maleta. Y las chicas tampoco ayudaron porque solo querían saber con pelos y señales qué dijo Leo, qué contesté yo, qué llevábamos puesto, qué haría si volvía a verlo y por qué no nos hicimos una foto para que Adriana pudiera verlo. «Porque lo odio, Adri, es un ser deleznable», le contesté. Agotador y divertido a partes iguales.

Ya estábamos a jueves y al día siguiente volaríamos a Milán hasta el lunes por la mañana. Viajar siempre fue la parte que más me gustaba de mi trabajo, pero nunca llegaba a disfrutar realmente de los lugares que visitábamos, y la previa, la preparación, me traía de cabeza. En mi armario no había miles de prendas entre las que elegir, de esas que sabes que quedarán bien en cualquier ocasión. Tenía cinco o seis cosas que me encantaban y que usaba sin fin combinadas entre ellas, intentando que no se notase demasiado que siempre me ponía lo mismo. Ahora está muy de moda…, armario cápsula, le llaman.

Habrá quien piense que de este modo preparar el equipaje era mucho más sencillo, pero… para mí no. Para mí, una persona a la que su jefa recordaba en público en cuántas ocasiones había llevado una falda en concreto, no era más fácil. Si Jimena y Adriana hubieran tenido la misma talla que yo, hubiera planeado un golpe de estado amiguil para que el armario de las tres fuera en usufructo y cualquiera de nosotras pudiera echar mano del de las demás. Pero ni la misma talla ni el mismo estilo. Jimena estaba espectacular con un vestidito negro de gasa con cuello victoriano, pero yo parecería recién sacada de mi propio velatorio. No hay que olvidar mis ojeras. Mis hondas, amoratadas y fieles ojeras que soportaban bastante mal los cuellos altos de colores oscuros.

Pipa había llenado la maleta diligentemente (bueno, lo había hecho yo mientras ella jugueteaba con su móvil sentada en el tocador) con vestidos de Dolce & Gabanna, sandalias de Miu Miu y Prada, blusas vaporosas compradas en boutiques de L.A, París y la propia Milán y vaqueros favorecedores de Liu Jo y otras firmas caras. Y bolsos, claro. Bolsos de la exclusiva marca que iba a inaugurar tienda y que aprovechaba para enseñar su próxima colección en la ciudad italiana. No repetiría ni una prenda, siempre iría perfecta y nunca le faltaría detalle. Y luego estaba yo.

Mi maleta vacía y mi armario abierto eran un paisaje desolador y mis ganas de empaquetar ropa, complementos, maquillaje y una sonrisa postiza… ni te cuento. Lo peor…, que la cabeza estaba dividida entre las obligaciones del viaje y los recuerdos. ¿A quién voy a mentir? Maldito Leo de los cojones. Era lo único en lo que podía pensar. En él, en cómo se reía, en esos susurros que vertía en mi oído cuando nadie lo veía, en el vello de su pecho y en ese movimiento de cadera que me ponía mala…, ese que me llevaba siempre al final cuando se ponía encima con un gruñido de exigencia. Pero no se quedaba ahí, claro…, porque en esos recuerdos venían adheridos otros…, las peleas, la vez que le eché de mi coche, el día que él me dijo que no quería volver a verme, las mentiras que nos gritábamos cuando discutíamos y el reproche continuo con el que culpábamos al otro por convertir lo mucho que nos queríamos en dependencia, celos e inquietud. Y el final. El horrible final.

Pero no podía seguir así. Daba igual que hubiera reaparecido mejorado por el tiempo. Por Leo había tomado algunas de las peores decisiones de mi vida e intentando huir de él, el resto. Así que la maleta era el menor de mis problemas, porque me llegaba a la nariz el tufillo de una insurrección emocional en mis adentros. Una neurona que apoya a otra y otras dos que se suman para terminar pensando que no fue para tanto, y que podía perdonar lo que estuvimos a punto de ser y no fuimos. No, *mon amour*, otra vez no.

¿Por qué cojones tuve yo que cruzar la plaza de Santa Bárbara la semana anterior? Tendría que haber cogido un taxi, como Pipa, que nunca pisaba más de cien metros de calle con sus vertiginosos tacones de diosa. Pero es que a Pipa aquello jamás le pasaría porque a ella los tíos no le hacían lo que Leo siempre me hacía a mí. Dejarme tirada, con todas sus variantes y versiones; sacarme de mis casillas; hacer que le odiara mientras me lo comía con ganas porque ni contigo ni sin ti tienen mis males remedio. Pero ¿qué tío podría decir que no a Pipa, a su sonrisa impecable, a sus eternas piernas y a esa melena color dorado, suave, larga y bien cuidada? Ninguno. No podrían decir que no a sus estudiadas maneras, a la picardía de la que hacía gala delante de machos humanos y a esa simpatía que regalaba a todos los que la conocían poco y no tenían que soportarla en toda su intensidad. Estaba segura de que ningún hombre tendría que aguantar lo que yo…, a ellos no les haría doblarle las bragas dentro de la maleta de Louis Vuitton. ¡Cuántas veces soñé con hincárselas en la garganta y ahogarla con su lencería preciosa y cara! ¡Con lo pacífica que era yo antes de conocerla! Excepto con Leo, claro.

Me senté en la alfombra peluda que Pipa me endosó, y que guardé solo por pena de tirarla (se la mandaron como regalo, pero, después de colgar la pertinente foto en redes, no quiso verla ni en pintura), y apoyé la frente en las rodillas flexionadas. Odiaba odiar. Y últimamente me sentía un saco de frustración relleno de odio. Tener constantemente frente a mí un recordatorio humano del éxito, no ayudaba. No la odiaba por eso, la odiaba porque me martirizaba para sentirse más poderosa y porque en el fondo quería que me quisiera y que fuera mi amiga. Pero a pesar de que esa no fuera la razón de mi animadversión hacia mi jefa, era odioso verla cada mañana pasearse por el despacho con la manicura perfecta, la melena perfecta, el maquillaje perfecto, el look perfecto, la sonrisa perfecta hablando a través del teléfono perfecto con sus amigas perfectas sobre la cita perfecta de la noche anterior con el tío perfecto. Y no es un decir…, es que todos los tíos con los que se había relacionado a Pipa desde que había saltado a la palestra de las redes sociales eran como recién sacados de todos los sueños adolescentes del mundo. Y mientras tanto… yo allí, con mis ojeras sempiternas y genéticamente inevitables, mi metro cincuenta y nueve, mi 85A de sujetador y mi talón de Aquiles emocional en la ciudad, soplándome en la nuca. No literalmente, claro. Era más como una nube negra que me repetía en el oído que Raquel y yo no éramos tan amigas como para tener que aguantar a su novio.

Me cago en mi sangre.

—La maleta, Macarena, piensa en la maleta —me dije a media voz—. Ni Pipa ni Raquel ni Leo. Maleta.

Cuando mi cabeza deformó esta frase hasta convertirla en una historia rocambolesca en la que Pipa me despedía, Raquel se casaba con Leo y yo les hacía la maleta para la luna de miel, me vi obligada a levantarme de un salto y ponerme manos a la obra.

Mientras oteaba el horizonte de mi armario con cara de acelga, no pude evitar acordarme de… aquel viaje que Leo y yo hicimos juntos a los veintidós. Mis padres no querían que fuésemos solos y a punto estuvimos de no ir cuando descubrieron que eso de que viajábamos toda la pandilla era una trola. Al final Rosi, la madre de Leo, bajó a mi casa con el paño de cocina aún en las manos y su característico olor a cocina casera y le preguntó a mi madre si se acababa de caer de un árbol.

—¿De qué tienes miedo? ¿Tú te crees que estos no han hecho ya lo que tuvieran que hacer? ¡¡Llevamos así media vida!! Y los niños no vienen de Roma sino de París.

Nos dejaron ir, qué lastima, porque frente a la Fontana di Trevi protagonizamos una de nuestras peleas de película y volvimos por separado al hostal, donde nos acostamos sin hablar, de espaldas. En mitad de la noche follamos como animales, pero rompimos nada más volver de Roma porque él estaba harto de mis celos y mis inseguridades, y yo harta de estar celosa e insegura con él. Ese fue el fin de la tercera intentona. La cuarta dolió más, claro, porque ya no eran dos añitos de relación posadolescente lo que rompimos. Fue como tirarme a las vías, emocionalmente, y dejar que él me atropellara con todo lo suyo, con lo bueno y con lo malo: con sus «me ahogo con tus mierdas, Maca», con sus «cuando me miras, soy», con mis «cuando te pones así, no te soporto» y los eternos «te quiero tanto que me duele». Si duele, no es bueno. Te lo aseguro.

Descolgué del armario mi americana entallada, el top lencero y los pantalones de pinzas tobilleros, todo de Zara y negro. Mi madre siempre decía que el negro me quedaba bien. Era mejor empezar por lo fácil. Tiré de unos vaqueros modelo «cigarrette» con vuelta en el bajo, agarré bien doblado un jersey de punto suave un poco transparente negro y los metí también en la maleta. Mis zapatitos rojos con tacón bajo de Bershka y mis salones negros de tacón alto, esos que me parecían cómodos y que me compré en Carolina Herrera rebajados por ciento veinte euros, completaron los looks. Una camiseta blanca y otra negra que combinaban con la americana y un par de Levi's viejos, pero que me salvaban de cualquier ocasión, y... andando. Era impensable querer eclipsar a Pipa, así que con escurrir el bulto sería suficiente.

Leo siempre decía que tenía el don de parecer elegante con cualquier vaquero y una blusa blanca barata. ¿Habría tenido esa impresión al verme el día anterior? Quizá había pasado demasiado tiempo. Siempre me lo decía cuando me quejaba porque no me hubiera avisado de que debía arreglarme para algún evento y aparecía hecho un pincel. Él siempre iba perfecto, hasta cuando era su madre la que le compraba la ropa. No como yo, que llevé vestidos de nido de abeja hasta cuando ya tenía edad de empezar a pintarme los labios. A mí me halagaba que pensase eso de mi aspecto, la verdad, porque siempre he sido torpona con eso de arreglarme. Me gusta demasiado el color negro y no arriesgar nada. No aguanto sufrir para presumir, repito que soy bajita y no tengo pecho. Hay muchas cosas que, cuando salía con él, soñaba con cambiar de mí, quizá porque pensaba que así me querría más y yo no me sentiría tan insulsa a su lado. Mentiras y patrañas para estar bien, concentrada en un futuro que sabía que no tendríamos. Con el tiempo entendí que él no debía quererme más sino bien, y yo me sentía insulsa porque aún no había hecho las paces con la «realidad vs expectativa» de lo que «sería de mayor».

Daba igual. Ya no importaba.

Metí en la maleta un par de sujetadores básicos, blanco y negro, de Intimissimi y Etam y unas braguitas a juego. Conté las noches y añadí dos braguitas más. Coloqué mi neceser básico (mi único neceser) de cosméticos y me eché en la cama a apuntar en una alarma en el móvil lo que debía coger por la mañana antes de salir de casa: la carpeta con los billetes y el programa del viaje, el bolso bueno, dinerico en metálico, la plancha del pelo y mi agenda. Y lo que debía dejar: el recuerdo de un Leo que no podía acompañarme más.

Después me quedé mirando la pantalla fijamente y abrí nuestro grupo de WhatsApp.

> ¿Alguien despierto? Mañana me voy a Milán con Pipa y que me maten si tengo ganas. ¿Qué planes tenéis? ¿Voy a perderme algo chulo? Jimena, ¿se ha vuelto a manifestar el fantasma de Santi en otro objeto inanimado? Adri, ¿ya tienes moza para el trío? Dios mío. ¿Os dais cuenta? No somos normales.

Me quedé con el móvil en la mano, esperando respuesta, pero cuando diez minutos más tarde los dos tics de la notificación no se habían puesto en azul, tuve que asumir que no, no había nadie despierto en el grupo más que yo, y... que

Coque, al final, no me había llamado a media tarde, como dijo que haría.

> Mañana me voy a Milán hasta el lunes. Espero que ninguna de las pelusas de debajo de tu cama te coman de noche. Querré verte cuando vuelva.

Tampoco contestó. Y lo que temía, en el fondo, no es que se lo comieran las pelusas, sino que otra se lo comiera mientras yo no estaba.

15. «Grandes despedidas», Pastora
Cuando nada encaja

Estarás de acuerdo conmigo en que levantarse a las seis de la mañana para marcharse de viaje con una jefa a la que no soportas no es el peor escenario posible para comenzar uno de tus días. En peores plazas hemos toreado, ¿verdad? Eso pensé cuando me sonó el despertador y quise fingir mi propia muerte y darme a la fuga hacia algún destino en el que sobrevivir, gracias a la venta ambulante de pendientes hechos con corteza de coco. Era un día más. ¿A cuántas personas de este mundo les apasiona tanto su trabajo como para que el despertador les suene a arpas celestiales? A ninguna. El despertador es una marranada. Un invento diabólico. Y ya está. Y si todo el mundo opinaba que mi trabajo era la leche…, debía serlo. Un día más, un viaje más, solo era eso…

Pipa nunca volaba con compañías low cost, por norma. Como era ella o la marca con la que colaborábamos en cada situación la que se hacía cargo del coste de los billetes, me daba igual, pero la tía se gastaba un dineral en avión todos los meses porque, además, no le gustaba viajar en turista. «El gallinero», como ella llamaba a la clase más económica, le producía jaqueca y calambres en las piernas porque no podía estirarse. No había nada que decir porque… solía llevarme con ella en *business* casi siempre. Solo era debido a que necesitaba que durante el trayecto la pusiera al día de lo que tenía que hacer o decir con tal o cual cliente y alguna mierda similar. En ocasiones también lo hacía por el simple placer de tenerme controladita y porque creo que no le gustaba volar sola. Ni tan mal.

Iba pensando en todo aquello cuando me acerqué al mostrador de facturación con el equipaje de Pipa. Era incapaz de viajar con lo justo y tampoco era buena siguiendo mis consejos, con lo que jamás conseguíamos meterlo todo en una maleta de cabina, por lo que siempre nos tocaba llegar antes para facturar. Ella, unos dos o tres metros a mi izquierda y con las gafas de sol (esta vez de Fendi) puestas, hacía rulitos con su pelo alrededor de uno de sus dedos y hablaba con su padre o con su chico, nunca se sabía, porque prácticamente les hablaba igual.

—Señorita Bartual.

Miré de nuevo a la chica del mostrador, que sonreía con apuro, tendiéndome las tarjetas de embarque.

—Sí, perdone.

—Aquí tiene. Y el resguardo de su maleta.

Estudié los billetes y fruncí el labio.

—Disculpe, la señorita De Segovia tiene por costumbre viajar en ventanilla. ¿No sería posible que nos cambiase los asientos?

—No. Lo siento mucho. —Hizo un mohín—. Debido a un problema informático, hemos tenido que reasignar asiento hoy a todos los pasajeros y no queda ninguno de ventanilla libre.

Miré de reojo a Pipa, que había colgado el teléfono y me miraba interrogante. Empezaba mi viaje…

Después de un café americano de tamaño industrial y un latte con leche de coco para Pipa, llegamos (llegó ella y yo asentí) al acuerdo de que como «por mi culpa» no podría sentarse en ventanilla («No es que sea tu culpa, cielo, es que…, ya sabes, te organizas regulín y si no estoy encima de ti… pues eso»), yo me sentaría en medio. Y ella en pasillo.

—No me gusta que un desconocido me toque el brazo cada vez que se acomoda —sentenció con cara de asco.

Si la estupidez fuera tiña, se habría quedado calva hace mucho…

Así que, quitando ese pequeño imprevisto, todo iba según lo acordado. Como siempre, esperaba un tranquilo vuelo de dos horas y cinco minutos hasta el aeropuerto de Linate, donde nos recogería un chófer privado en un Mercedes negro con lunas tintadas, como a ella le gustaba. Pipa, que iría un par de pasos por delante de mí, entraría en el coche con las gafas de sol puestas, como siempre, y yo miraría con ojos de cordero degollado al conductor, pidiéndole en silencio que me cerrara la puerta en la cabeza y terminara con aquel sufrimiento tan *fashion*. Todo normalidad, coñazo y sarna a gusto que no pica pero mortifica. Es completamente natural que no viera venir que aquel viaje, de alguna manera, cambiaría el rumbo de mi vida.

El picorcito.

El picorcito me avisó, pero lo ignoré. Y no. No voy a recomendar ningún jabón para las zonas íntimas. Me refiero a otro picorcito. A uno muy característico, en la nuca, que te pone sobre aviso cuando se cierne sobre ti el destino.

Como siempre, llamaron primero a los pasajeros del grupo *priority* y con asiento en *business*, así que me puse en pie, agarré mi bolso y mi maleta de mano y le di a Pipa su billete.

—El DNI —le recordé.

Picorcito. Me rasqué la nuca despejada gracias a mi coleta.

—No hagas eso, Maca. Parece que tienes pulgas.

El picorcito otra vez. Como si alguien estuviese soplando en mi cuello. Me giré. Un señor de unos sesenta años, tripa prominente, pelo blanco y maletín de negocios, me sonrió. Le devolví la sonrisa.

—No hagas eso, Maca. Parece que estás ligando con ese viejo. No eres una *escort*.

—El DNI, Pipa —repetí.

—Deberías llevar una copia de mi DNI. Llevo el bolso hasta los topes. ¡A ver quién encuentra ahora la cartera!

Iba a decirle a Pipa que una copia de su DNI no servía para volar pero…, psss, psss, psss. De vuelta la sensación de picor, cosquilleo, escalofrío.

—Pipa, ¿me estás soplando? —le pregunté.

—Ay, Maca, por Dios. Mira que eres rara…

Me volví de nuevo, sorteando al señor de pelo blanco que trataba de adelantarnos por la derecha para pasar antes el control de embarque, pero Pipa tiró de la manga de mi blusa para que me girara. Me recibió una cara de pocos amigos con gafas de sol de marca.

—Maca, no encuentro la cartera.

No sé cuántas señales más tenía que hacerme el cosmos para que no cogiera aquel avión.

Al parecer, el hecho de que se hubiera dejado su cartera de Prada sobre la cómoda de su dormitorio también era culpa mía, pero acordarme de coger su pasaporte (que sí guardaba yo entre mis pertenencias) no contaba como tanto en mi marcador. Para cuando sacamos su documentación, sepultada por ropa perfectamente doblada, cuatro potingues de maquillaje y un arsenal de bragas, ya había embarcado todo el mundo y solo quedábamos nosotras: una Pipa muy digna que entró en el avión con la cabeza bien alta y yo…, una tonta del nabo que pidió disculpas a todo con el que se cruzó.

Cuando nos sentamos, pensé que todas mis desgracias habían terminado, al menos durante el rato que durara el vuelo. Me tocó sentarme junto a una señora de unos cincuenta años sonriente, amable, con el pelo cano y ojos jóvenes, de las que no da codazos, se saca mocos ni huele mal. Una de las que quieres que te sienten al lado.

—¿Quién nos recoge en el aeropuerto? —me preguntó Pipa.

—El chófer de siempre.

—¿Necesitamos revisar algo?

—No. Lo llevo todo controlado. ¿Por qué no… escuchas un poco de música y descansas?

Me volví hacia ella para descubrirla mirándome extrañada. Normalmente era yo la que insistía para que revisáramos el timming del viaje porque a Pipa siempre le surgían mil ideas que trastocaban cualquier cosa planeada: comida con otras bloggers, ir a hacerse una foto en la puerta de una heladería con un cono chorreando vainilla en la mano que después tendría que comerme yo, una siesta… y, claro, había que encajarlo en el programa. Pero, sinceramente, me la sudaba. Cualquier cosa que surgiera…, ya surgiría. Ahora solo quería pensar en mis cosas…, cosas que no tuvieran que ver con Pipa De Segovia y Salvatierra.

No abrió la boca. Agarró su bolso, buscó los auriculares y se los colocó, para quitárselos en seguida y pedirme que le hiciera una foto «mona» con el antifaz de dormir puesto. Después… solo un «plácido» vuelo por delante.

No sé si has hecho alguna vez el vuelo Madrid-Milán, pero si no lo has hecho puedo adelantarte que, si el día está ventoso, es una experiencia incómoda. No sé si es por la altura a la que todavía vuela cuando, abajo, el paisaje cambia de tierra a mar o si es porque recorre la costa. Quizá solo es una coincidencia y yo haya tenido algún que otro vuelo incómodo. Suelo tener mala suerte para este tipo de cosas, la verdad. El hecho es que cuando el avión empezó a agitarse por culpa de las turbulencias, me resigné a que ese sería otro de esos vuelos de los que bajaba con el estómago revuelto y en la garganta. No tenía ni idea de lo que ese vuelo iba a suponer en mi vida.

Las turbulencias me cabrearon un poco, pero intenté aislarme. Quería pensar un poco con calma sobre por qué la simple aparición de Leo removía tanto dentro de mi cabeza; desde que lo había visto estaba intranquila, incómoda en una vida que yo misma edifiqué a mi alrededor y aguantando el chaparrón de unos recuerdos que estaba convencida de haber descatalogado hacía tiempo. No podía permitírmelo, sobre todo porque Coque me gustaba mucho y había empezado a notar que el solo hecho de ver a Leo dos veces ya había afectado incluso a eso. ¿Cómo era posible que hasta hacía nada mi única preocupación fuera conseguir saber dibujar dónde estaban los límites de mi relación con Coque, y ahora no me importase demasiado que no contestara a mi mensaje?

Quise pedir un café para concentrarme, pero cuando vi a las azafatas replegándose a toda prisa, empujando el carro por el pasillo, supe que tampoco tendría el descanso del guerrero gracias a un buen chute de cafeína.

—Estimados pasajeros; al habla el comandante Martínez. Estamos sobrevolando una zona de turbulencias que nos va a obligar a modificar nuestra altura de crucero. Es incómodo, pero no afecta a la seguridad de nuestro viaje. Lamentamos las molestias.

Pipa se quitó un auricular y se subió lo suficiente el antifaz como para clavar su pupila azul sobre mi cara.

—¿Qué pasa?

—Zona de turbulencias.

—¿Algo más?

—Que van a modificar la altura de crucero, pero que no es peligroso.

—Por Dios. ¿Habrá retrasos en la llegada?

—No creo.

—¿Puedes pedirme un café?

—Las azafatas han recogido el servicio de bebidas, Pipa. No creo que sea seguro con estas turbulencias.

—Pero ¿no acabas de decirme que no era peligroso?

—Una cosa es que el avión no vaya a caerse al mar. Y otra que no sea muy seguro pasearse con un carro de metal lleno de acabados puntiagudos.

—Pídeme un café —sentenció.

Alargué el brazo y pulsé la llamada a la tripulación. Unos segundos más tarde una amable señorita acudía, agarrándose a todos los asientos.

—¿En qué puedo ayudarle?

—¿Pueden traer un café para mi acompañante? —La señalé a ella. Que todo el mundo tuviera claro que era cosa suya.

—Ahora mismo no podemos, lo siento mucho. En cuanto pasemos esta zona de turbulencias reanudaremos el servicio.

—Muy bien, gracias.

En cuanto la chica se alejó unos pasos, Pipa me lanzó una mirada de odio.

—A nadie le importa si el café lo pides para ti o para otra persona. Y un poco más y le ofreces ir tú a hacérselo a ella.

—Si no puede, no puede, Pipa —le respondí en el tono más manso posible.

—Vuelve a llamarla…

Levantó el brazo para darle ella misma al botón, pero se quedó a medio camino cuando el avión descendió de golpe unas cuántas decenas de metros, arrancando algún que otro grito entre los pasajeros.

—Pero ¡¿qué pasa?! —se asustó.

—Que estamos pasando por una zona de turbulencias —insistí.

—¡Pues que pare ya!

—Perdone, pero no creo que eso sea una cuestión que se solucione con pedirlo —interrumpió la amable señora que tenía sentada al lado y que seguramente se sentía molesta por la manera con la que Pipa se dirigía a todo el mundo. Despierta esa clase de antipatía en todos los aviones en los que se monta.

—Muchas gracias por su información —le respondió esta con retintín.

—Al habla el comandante de nuevo. Debido a las fuertes rachas de viento y las nubes que estamos encontrando en el camino, vamos a volver a variar la altura de crucero. Por favor, no se levanten de su asiento y no se desabrochen sus cinturones hasta que la señal luminosa no se haya apagado.

La siguiente sacudida me robó una exclamación también a mí. Una cosa son las turbulencias y otra muy distinta que el aparato se convierta en una especie de coctelera.

Miré de reojo a la señora que tenía al lado y sonreí con cierta timidez.

—No me gusta demasiado volar —le dije en voz baja.

—No es nada. Ya verás.

De nuevo, el aparato descendió unos metros de golpe. Y luego unos cuantos más. Un par de pasajeros gritaron y se escuchó a una chica rezar en voz alta, lo cual no ayudó demasiado a que el pasaje se tranquilizara. Se empezó a extender un murmullo continuo, salpicado de vez en cuando por grititos y exclamaciones cuando el avión se bamboleaba exageradamente. Y se hubiera quedado allí, en un vuelo horrible en el que alguien, con total seguridad, vomitaría, pero…

Primero se nos taponaron los oídos. Estoy segura de que no fui la única que tuvo que obligarse a tragar saliva para quitarse la molesta sensación. Después, sentimos que nos pegábamos al asiento cuando el avión intentó alcanzar mayor altura. Por último… pareció que le cortaban las alas.

Como si hubiéramos estado haciendo pequeños ensayos desde el momento del despegue y por fin tocara tomárselo en serio, el avión, de pronto, descendió de golpe. Pero de verdad. Todos los bolsos y chaquetas que no estaban colocados bajo los asientos, volaron. Flotaron. Y en décimas de segundo todos entendimos que nos precipitábamos sobre el mar.

No sé cuánto duró. Creo que fueron segundos, no lo sé. Sé que me parecieron una eternidad y que me dio tiempo a pensar poco y rápido pero de verdad. Cuando crees que estás a punto de morir, todo tiene una claridad apabullante. Pensé en mis padres, en mi hermano y mi cuñada, en mis chicas, Jimena y Adriana, y hasta en Coque. Tuve una revelación sobre cada una de estas personas. Meses más tarde, me daría cuenta de que todo lo que de pronto se me vino a la cabeza era verdad. Y también pensé en él. En Leo. Y estaba segura de que, sin habérmelo encontrado días antes, también hubiera sido el protagonista de mis últimos pensamientos.

El sonido del aparato precipitándose era ensordecedor. Supongo que por el esfuerzo de los motores. Sin embargo, tal y como me pasó cuando vi a Leo en medio de la plaza de Santa Bárbara, lo único que conseguía escuchar con nitidez eran los latidos de mi corazón. Desbocado. Completamente fuera de control.

No sé si fue la señora o fui yo, pero de pronto nuestros dedos estaban entrelazados y teníamos las puntas enrojecidas por la fuerza ejercida. La miré con pánico. Iba a morir en un puto viaje de trabajo junto a Pipa. Sin haberme librado del odio, sin haber perdonado a Leo, sin haberme vaciado de lo malo, dándome la oportunidad de llenarme con cosas buenas y sanas. Odié no haber aprovechado cada minuto que pasé con él la tarde del miércoles para perdonarnos y odié no haber hablado con Jimena sobre quién lloraría más en mi entierro. Joder. Siento el drama, pero creí que me mataba y, aunque estuve muy tentada, decidí que prefería cerrar los ojos y pensar en lo que pudo haber sido que morir tirándole del pelo a Pipa.

El error de mi relación con Leo fue una mezcla entre ego, ira y vergüenza, concluí para mis adentros. Siempre fue por eso. Porque ninguno daba su brazo a torcer, odiábamos al otro por no hacerlo y alargábamos cualquier problema porque nos avergonzaba entonar el mea culpa. Eso y que lo intentamos siendo demasiado jóvenes. ¿Qué idea iba a tener yo a los quince de querer bien al hombre de mi vida? ¿Sabía lo que significaba «el hombre de mi vida»? Qué va. Pero ahora, en ese momento tan determinante cuando uno sabe que en unos minutos dejará de existir, supe que lo había sido, aunque no sirviera de nada porque juntos no servíamos. La primera vez fuimos demasiado críos y las siguientes cometimos el error de tratarlo de la misma manera.

Volví mentalmente al jardín del Thai Garden y le cogí la mano.

—Quiero perdonarte por aquello —le dije—. Y si tuviera tiempo, arreglaría esto. Te lo juro. Nos merecemos ser algo más que viejos desconocidos que se odian.

Y cuando todo mi ser aceptó la verdad que había en aquello, cuando asumí mis equivocaciones, celebré mis aciertos y me perdoné, cuando acepté que podríamos habernos librado de la culpa y el asco…, el avión se enderezó, los bolsos rodaron por el suelo y el silencio se hizo dueño del aparato por completo. No iba a matarme allí. No era el final; solo… acababa de empezar.

16. «Me equivocaría otra vez», Fito y Fitipaldis
Cambiar lo pendiente por lo futuro

—Entonces me giro y me veo a Macarena —pausa para carcajadita cuqui—, cogiéndose de la mano con la desconocida que tenía al lado, rezando a media voz y con dos lagrimones corriéndole por las mejillas. ¡Tendríais que haberla visto!

Risas generales.

Quería matar. En serio. Quería matar. Ni morirme ni abrir un agujero en la tierra y meterme dentro. Nada de eso. Quería agarrar a Pipa del pelo y arrastrar su cara por el asfalto caliente de Milán y después hacerle tragar, uno a uno, todos sus zapatos de tacón. Pero no podía, claro. Porque no se puede ir matando gente como si nada y porque ¿a quién quiero engañar? Mide como quince centímetros más que yo. Me tendría nocaut en el suelo con un meneo de sus extensiones de pestañas. Así que solo me quedaba aguantar con una sonrisa avergonzada de las que se traducen en «ya ves las humillaciones por las que me hace pasar esta zorra a cambio de un plato de arroz», y la esperanza de que me dejara en paz para poder correr de vuelta al hotel a hablar por fin con mis amigas y contarles que: 1. Había estado a punto de morir en un avión. 2. No había ni luces al final del túnel ni la película de mi vida pasando ante mis ojos con una banda sonora emotiva; a Jimena le iba a gustar saberlo. 3. Había tenido una revelación sobre Leo, Coque, mi futuro y yo misma. Tenía que solucionar esa relación de mierda y convertir una asignatura suspendida en algo que me hiciera crecer. Si Marie Kondo defendía en su libro *La magia del orden* que hasta a las prendas que no nos quedan bien, debemos agradecerles que nos enseñaran lo que no va con nosotros…, ¿cómo no iba yo a aprender de lo sucedido con Leo?

Pero no. Estaba allí… aguantando que mi jefa, que no tenía idea de nada, se burlara de mí.

Las colegas de Pipa me miraban con cara de estupefacción y de apuro. Las colegas de Pipa, entre las que para mi total y absoluta desgracia también estaba la actual chica de mi ex. Y su expresión era un poema de los tristes. La única que se reía junto a Pipa era la imbécil de *Mis zapatos son los tuyos*, que casi me caía peor que mi jefa, que le preguntaba si lo podía grabar para el vídeo diario que iba a colgar en YouTube sobre el viaje.

—Agradecería que no lo hicieras —me atreví a decir, aunque no me había preguntado a mí.

—¡Uy! ¿Por qué? ¡No seas así! Si es supergracioso. Te pondré en el vídeo unas gotitas en la sien, como a los dibujos japoneses.

Las dos estallaron en carcajadas. Vuelta a mi plan de matar a Pipa con sus propios zapatos de tacón.

—Os estáis pasando —musitó otra de las presentes.

—¿Sabes qué creo? —dijo Raquel—. Que la reacción de Macarena es la de una persona normal. Lo que no es normal es vivir una experiencia como esa y preocuparse solo de reírse de la de al lado. Yo que tú le daría una pensada y aprendería algo de esto.

—Sí…, que Macarena es una llorona.

Otra vez risitas entre Pipa y su amiguita.

—Me marcho al hotel —anuncié tras un suspiro—. Voy a volcar las fotos y los vídeos al portátil. Nos vemos en el hall a las seis.

—A las siete.

—La fiesta empieza a las seis y media —le recordé a Pipa.

—Por eso mismo. Y pasa antes por mi habitación para ayudarme con el pelo.

Crucé otra mirada con Raquel y después asentí. Tenía que buscar otro trabajo que no me quitara las ganas de vivir, pero lo cierto es que este se me daba bien, no estaba mal pagado, sufría Síndrome de Estocolmo a ratos y… todo el mundo me tachaba de loca cuando mencionaba la posibilidad de dejarlo.

—¿No comes con nosotras? —ofreció Raquel.

—Ella come por ahí —contestó por mí Pipa—. Así no la aburrimos con nuestra frivolidad, ¿verdad, Maca?

—Tengo plan —mentí.

—Ha quedado con la del avión para ponerle una velita a la virgen.

Pipa y la gilipollas de los zapatitos se echaron a reír otra vez, y no pude evitar lanzarle una mirada destructora a mi jefa, que se quedó cortada al instante. Me asusté, claro. Estos gestos de valentía siempre venían seguidos de apretar el culo y poner tierra de por medio porque… soy cobarde y no quería quedarme en el paro. Y por norma general siempre he odiado los conflictos…, excepto con Leo, que salían solos.

Y hablando de Leo y todo lo que siempre pivotaba a su alrededor, antes de que me alejara demasiado, Raquel me llamó en voz alta y se separó del grupo.

—Ahora voy —les dijo.

La esperé como quien espera la muerte: con resignación.

—Ey, ni caso, ¿eh? —me aconsejó.

—Si aparece muerta en la bañera, no he sido yo —intenté bromear.

—No tiene ni idea.

—Ya. —Desvié la mirada cuando noté que me sonrojaba.

—Oye…, si tienes un hueco, me encantaría comer contigo mañana y así… charlamos un poco.

—No sé si podré. Pipa me lleva de cabeza en estos viajes.

—Inténtalo, por fi. Es importante.

Es importante. Esos dos ya habían follado.

No sé lo que sería importante para Raquel en aquel momento de su vida en el que todo parecía sonreírle. No soy de las que piensan que el césped del vecino siempre parece más verde, pero tenía que ser un poco crítica con mi vida, sobre todo después de una revelación tras la experiencia cercana a la muerte. Vale, lo sé. Estoy exagerando. Lo que quiero decir es que lo importante para mí después de creer que me iba a la mierda dejando un montón de cosas sin arreglar detrás de mí, era ordenar mi vida.

Por partes. Mi trabajo…, me conozco y, aunque no estuviera precisamente feliz con él, no iba a tomar una decisión drástica y dejarlo después de darle un par de voces a Pipa. Eso me pasaría si…, si un oso estuviera a punto de atacarme y fuera el único modo de librarme de una muerte segura. O al menos eso creía. Pero… debía pararle los pies en la medida de lo posible porque parecía seguir encontrando nuevos y creativos modos de humillarme continuamente. Solo debía… ponerme en valor. Aunque odiase los enfrentamientos y me temblasen las piernas solo de pensarlo. Debía hacerlo o acabaría odiándome a mí misma.

El otro punto flaco que encontré en mi examen mental, fue mi vida sentimental, con dos flancos. Coque y Leo. Llevaba un año y medio manteniendo una relación amorfa con un chico que me gustaba mucho, pero que, como decían las chicas, no llevaba a nada. No éramos novios, pero no dejábamos de serlo. No habíamos hablado claramente de los términos de «nuestro acuerdo» y eso me hacía sentir… insegura. No sabía a qué atenerme. No sabía si teníamos una relación en exclusiva (aunque me comportara como si así fuera). Ni siquiera me había preguntado si lo que teníamos me hacía feliz. Y si algo no te hace feliz de algún modo… ¿por qué tenerlo en tu vida? Y ojo, no es simplista; siendo sinceras con nosotras mismas, incluso cosas que nos suponen un esfuerzo, que traen algún que otro disgusto, nos hacen felices. Pero otras…, otras las mantenemos porque decidimos que dejarse llevar por la corriente es mucho más cómodo que tomar decisiones.

Así que… objetivo: pensar en Coque, en qué quería de lo nuestro y hablar con él. Suena sencillo, pero decirle a alguien «me gustas mucho, necesito que me des más» no suele ser el primer punto de un listado de «cosas que me encanta hacer».

Y Leo… ¿dónde encajaba Leo? O más bien, ¿qué pieza de mi vida desencajaba? El perdón. Aprender. Dejar pasar. Dejar de agarrar la rabia para tener al menos un jirón de algo dentro del puño que me hiciera sentir que sirvió de algo. Tenía que comerme mi orgullo y hablar con él, al menos para ser sincera y decirle que seguía enfadada por cómo terminó y por haber sufrido tanto. Al menos sabíamos que por mucho esfuerzo que invirtiéramos en nosotros, ese nosotros nunca funcionaría, ¿no? Algo es algo.

En cuanto llegué, pillé el wifi del hotel y me tumbé en la cama mientras me comía un trozo de pizza que compré de camino, móvil en mano. Nadie lo dice, pero… creer que te matas en un accidente de avión da mucha hambre.

Empecé a escribir sin saber muy bien cómo contar todo aquello. Probé con ser breve.

> Si empiezo a contaros mi día, no termino hasta mañana.
> Titulares: Casi me mato en el vuelo de hoy. No va de coña. Creo que el piloto perdió el control durante un momento. He mirado a la muerte a los ojos y ahora… quiero hacer cambios en mi vida.

Los dos ticks azules aparecieron en el acto y Jimena no tardó en responder.

Claro. Yo he estado tomando café con Elvis, Michael
Jackson y la Madre Teresa de Calcuta hace un rato.

Yo:
Eres idiota. Te lo estoy diciendo
completamente en serio.

Adriana:
¿EN SERIOOOOOO?

Yo:
¡Cojones! ¡Pues claro!.

Jimena:
Qué broma tan mala, Maca. Si hubieras intentado
convencernos de que te tocó sentarte al lado de
Nacho Vidal al menos me hubiera hecho gracia.

Adriana:
Calla, Jimena, tía, que tienes la sensibilidad
en el pie izquierdo. ¿Estás bien, Maca?

Yo:
Pues sí, pero ha sido como un viaje psicotrópico
y de pronto he visto la verdad del cosmos.

Escribiendo. Escribiendo. Escribiendo.

Jimena:
Deberíamos plantearnos abrir un blog anónimo
y contar todas estas mierdas que nos pasan. Triunfaríamos
como la Coca Cola. Pero sin censura. Que todo el mundo
vea lo absurdas que somos. Si a alguna se le escapa

un pedo delante del chico que le gusta,
lo confiesa y punto.

Adriana:

Jimena, ¿se te ha escapado un pedo delante
del fisioterapeuta/amante reencarnado?

Jimena:

No, pero vivo con ese miedo desde que lo conocí.
Imaginaos. Yo intentando seducirlo y se me escapa un
pedo que le apaga las velas de la habitación.

Adriana:

Para, que me meo encima.

Yo:

Me encanta sentirme tan apoyada y escuchada.
Os digo que he tenido una revelación vital y os
ponéis a hablar de pedos.

Jimena:

Lo siento, nadie puede competir contra los pedos.
Es el tema preferido de los españoles según un estudio
reciente que me acabo de inventar. Ya me contarás lo
de la revelación esta noche. O mañana, porque es viernes
y yo tengo una cita con mi Santi reencarnado de manos
fuertes, y... quién sabe. (No me veis, pero estoy
levantando las cejas en plan sugerente). Hoy llevo las
bragas adecuadas.

Adriana:

Quizá, lo adecuado para tu plan sería no llevarlas.

Jimena:

Dijo ella, mientras hacía castings a mujeres
que le comieran el cimbel a su marido.

Adriana:

Ojalá se te escape un pedo.

Jimena:

Apretaré el culo. Soy de glúteos fuertes.

Yo:

Pero si no tienes culo.

Jimena:

Voy a ignorar ese comentario sobre mis nalgas
de diosa griega. Tengo que volver al trabajo antes de
ir a seducir al cuerpo en el que habita el alma de
mi amante muerto. Maca: carpe diem.

Adriana:

Yo tengo una novia llorando en el probador.
Maca: carpe diem. Cómete un helado.
Pd: Jimena, eres idiota.

Dejé el teléfono en la mesita de noche con un gruñido, frustrada por no poder compartir con nadie aquel maremágnum de ideas y verdades universales, pero bastó un momento para darme cuenta de que, si lo hubiera hecho, lo que vendría después no me hubiera gustado un pelo: «Eso va a salir mal, Maca»; «Lo que tendrías que hacer es…»; «Lo tuyo roza el masoquismo»; «Tienes un ojo pésimo para los hombres»; «Si quiere algo que se acerque él» y… el clásico «Te lo dije, Maca». No. Mejor no compartirlo… por el momento.

Me chuperreteé los dedos de la mano con la que me estaba comiendo la pizza y cogí el móvil de nuevo. No tenía guardado su número de teléfono, pero borrarlo no había servido de nada porque seguía sabiéndomelo de memoria, así que lo metí en la agenda de nuevo, con los dedos temblorosos. Después, busqué su contacto en WhatsApp, evitando maximizar su foto y estudiarla detalle a detalle, y abrí una conversación con él. Me costó veinte minutos dar con un texto que me satisficiera, pero al final... con la sinceridad bastó:

> Hola, Leo. Supongo que te sorprenderá recibir este mensaje; yo tampoco esperaba mandártelo, pero debo hacerlo. Esta mañana me pasó algo que me hizo pensar en mi vida y, entre otras muchas cosas, tu nombre apareció por mi cabeza. Quizá el hecho de que nos hayamos encontrado de nuevo en este momento no es casualidad. Quizá debemos aprender de lo que nos pasó para poder seguir creciendo y avanzando. Y, siendo sincera, me encantaría quitarme esta mochila llena de piedras a la que podría llamar «recuerdos» o «cuánto te odio, Leo». Estoy segura de que tú llevas a cuestas una igual. Si te parece, podríamos quedar para tomar algo y hablar de esto con honestidad por primera y última vez. Dejarlo zanjado. Seguro que todo lo demás empieza a rodar con mayor facilidad en cuanto lo hayamos hecho. Ahora mismo estoy fuera de Madrid por trabajo, pero podemos ir cuadrándolo para cuando vuelva si quieres. Macarena.

Cuando lo envié, no esperé para comprobar si lo recibía y leía en aquel momento, como tenía por costumbre. Salí de la aplicación y me tumbé mirando al techo con un suspiro de alivio. Si había podido hacer aquello..., podría con todo lo demás.

17. «Man! I feel like a woman!», Shania Twain

Para esto no hay tarifa

El piso de Samuel estaba tan oscuro como ella lo recordaba, pero a Jimena ya le daba igual. Estaba dolorida, sí, pero muy ilusionada con aquella nueva «cita». Porque para ella, aquello era una cita. Y llevaba las bragas adecuadas.

Samuel, por su parte, no sé si llevaba bragas y no sé si serían adecuadas, pero por lo que se podía ver a primera vista, llevaba su uniforme de trabajo y las mismas Adidas que la anterior vez. Llevaba sus greñas algo más arregladas que el lunes y eso, para Jimena, era una confirmación como un castillo de que para él aquello también era mucho más que trabajo.

—¡¿Qué tal?! —le preguntó ella jovial.

—Estupendo.

Sin mediar más palabra, la hizo pasar a su cuarto de trabajo, donde ya bailaba la llama de alguna que otra vela. Y a pesar de que seguía siendo cortante y que nunca imaginó a Santi convertido en un treintañero gruñón, se dijo a sí misma que no todo podía ser perfecto en lo que a reencarnaciones se refería.

—Quítate la parte de arriba y túmbate boca abajo como el otro día, ¿vale? —le dijo él.

—Uy. —Jimena fingió estar muy apurada—. Llevo vestido. Ni lo pensé esta mañana.

Samuel se giró hacia ella y le mantuvo la mirada. «Sí, nene, vas a verme en ropa interior te guste o no».

—Vale. —Suspiró—. Pues quítate el vestido y échate esta toalla por encima. Ya me encargo yo del resto.

Le pasó una toalla gris. Su gozo en un pozo. Pero al menos la toalla olía fenomenal. Como a sándalo.

Otra vez el ritual del sujetador que desabrocha una mano hábil (¡una mano!) y otra vez la dichosa lámpara de calor enfocada a la espalda. Pero… Samuel habló.

—¿Te ha dolido mucho esta semana?

—He estado un poco molesta. —«Por tu falta de atención, cabe destacar», pensó.

—Es normal. Dime dónde te duele más.

—Ya. Pues… la verdad es que… el dolor se ha movido un poco, ¿sabes?

—¿Ah, sí?

Jimena, a pesar de tener la cabeza metida en el agujero infernal de la camilla, sonrió al identificar cierta condescendencia irónica en la voz de Samuel.

—¿Hacia dónde?

—Hacia abajo —respondió ella ufana.

Samuel puso la palma abierta de su mano en su gemelo.

—¿Aquí?

—Un poco más arriba.

Jimena alcanzando el clímax malévolo de ver cumplidas sus expectativas en 3, 2, 1…

—¿Aquí? —La mano de Samuel se colocó en la parte baja de su espalda.

—Vas a tener que meter la mano por debajo de la toalla, me temo.

Samuel cogió la toalla y, cuando ella pensaba que iba a mandarla a tomar por culo de un tirón, la dobló un poco y la dejó sobre sus nalgas. Después, escuchó cómo se untaba las manos con algo y deslizaba el pulgar, con fuerza, por la parte baja de su espalda.

—Si te doliera más abajo —le dijo con voz serena—, sería cuestión del nervio ciático. Yo por aquí lo veo todo bien.

—Es un poco más abajo.

—Jimena, ¿te duele el culo?

—Sí —respondió esta con un hilo de voz emocionada.

—Pues… —La toalla volvió adonde se encontraba al principio y las manos resbaladizas de Samuel volvieron a sus hombros—… creo que tendrías que ponerte un cojín en tu silla de trabajo.

—Ah, qué bien. Es mucho más barato que tus sesiones.

Jimena escuchó una suerte de risa grave salir de entre los labios de Samuel y sonrió.

—No estoy seguro de poder prestarte el servicio que buscas —le respondió.

—Ya. Yo tampoco. Hasta donde yo sé, un fisioterapeuta te soluciona los dolores de espalda…, no te los crea.

—Creo que te falla la experiencia.

—Ah, no, querido. De experiencia no me quejo.

—Cállate.

Pero se lo dijo un punto más risueño de lo que se hubiera imaginado. Le jodió perderse su expresión. Seguro que lo dijo con una sonrisa de medio lado. Minipunto para el equipo de Jimena, que estaba resquebrajando la armadura de «borde redomado» con la que se había vestido él. Si es que… ninguno es tan fiero como pinta.

Las manos fuertes de Samuel se concentraron en hacer su trabajo. Jimena debía admitir que, ahora que estaba menos tensa, menos contracturada y menos dolorida, era placentero. O quizá la palabra no fuera placentero, pero se sentía bien. Era bueno en lo suyo, se imaginaba. No tenía mucha experiencia en fisioterapia, por mucho que intentara echarse el mocarro con él, dejando abierta a la interpretación cada uno de sus comentarios. Al menos había dado con un buen profesional que además alegraba la vista, se dijo. Si todo se quedaba ahí…

¡No! ¡No podía pensar así! Si Santi estaba lanzándole señales desde el más allá, como creía, en dirección a Samuel, ella no podía resignarse. Tenía que dejar a la vista todos sus encantos, tenía que demostrarle que entre ellos había una tensión sexual irrefrenable porque lo suyo era un futuro amor (atracción pura y dura, si me preguntaba a mí) escrito en los astros.

Cuando Jimena habla así, me la imagino con una baraja del tarot en las manos, protagonizando uno de esos shows esotéricos que echan en las teles malas a las tantas de la madrugada.

Después de una sesión de sobe profesional de cuello, hombros, omoplatos y todo lo que rodeaba a su columna, Jimena pensó que terminaba la sesión y se preparó para intentar que la tarde no se quedara ahí. Tenía pensado invitarle a tomar algo en alguna de las terrazas que habían emergido como caracoles después de una tormenta alrededor de la calle la Palma a aquellas alturas del año. Pero cuando ya abría la boca para proponérselo (preparada para la negativa, por otro lado), se quedó como un pez, boqueando, al notar que la toalla desaparecía y sus preciosas bragas negras con lazos y encaje quedaban a la vista.

Los dos pulgares de Samuel recorrieron sus muslos en dirección ascendente hasta coronar sus nalgas, apartando un poco la tela, de paso, dejándole la braguita mucho más «brasileña» de lo que era. Jime movió la boca como si estuviera gritando de emoción, pero sin emitir sonido alguno. Y él siguió con el resto de sus dedos, recorriendo las nalgas en un masaje que no sabía si sería «descontracturante», pero que la estaba poniendo muy tensa.

Pensó en susurrar algo como «justo ahí es donde duele, querido», pero prefirió callarse, por si la «magia» del momento se desvanecía. Notaba los dedos resbaladizos sobre la piel, patinando, deslizándose y estaba en estado de éxtasis. Eso sí que era placentero. Porque el músculo estaba tenso, porque nunca nadie le había dedicado ese tipo de «caricias» y porque un cosquilleo emergente se hacía fuerte, dueño y señor de lo que palpitaba bajo las braguitas negras.

Solo se escuchaba silencio, porque el silencio también suena si te paras a escuchar. Eso y el sonido de piel con piel separada solo por una capa de aceite de masaje. Y dos respiraciones: la suya, que escuchaba como si fuera un tren a todo trapo, y la de él, sosegada, profunda y algo áspera, como si de vez en cuando olvidara respirar por la nariz y tuviera que hacerlo a través de sus labios entreabiertos.

De ahí a quitarle las bragas, pensó, no había nada. ¿Aguantaría la camilla si él se subía encima? ¿O querría hacerlo en el suelo? Ay, Dios.

El último contacto entre las manos de Samuel y sus nalgas fue algo rudo. Una especie de amasado casi rabioso, como quien quiere llenarse las manos de una carne que termina por no poder poseer. Y las respiraciones, después, le parecieron una sola.

Notó cómo, tras una pequeña pausa, le abrochaba el sujetador y su voz le pidió que se diera la vuelta. Fue una orden, algo ruda, poco simpática, sexi…, y ella obedeció pensando, deseando con todas sus fuerzas, que fuera seguida de un beso brutal y demandante. Pero no fue así.

Se quedaron los dos mirándose, manteniéndose la mirada. El pecho de Samuel subía y bajaba con cada respiración, y ella tenía ganas de retorcerse del gusto, como una gata deseosa de que la montasen. Cogerle de la camiseta, tirar hacia ella y llevárselo a la boca. Imaginó muy gráficamente cómo sería el calor de su cuerpo, las respiraciones calientes fundiéndose entre los labios, las manos preparándose para aferrarse a la carne…, pero se contuvo. Tenía curiosidad por averiguar cómo lo haría él…

Y él… se inclinó hacia ella despacio. (¡¡Dios!! ¡Dios! ¡¡¡Dios!!! ¡Iba a suceder!). Vio su nuez viajar arriba y abajo cuando tragó saliva y sus manos se posaban en sus brazos desnudos, deslizándose unos centímetros sobre la piel, dejándole una huella brillante gracias al aceite.

—Jimena… —susurró con voz grave.

—¿Sí?

Los dedos de Samuel se cernieron alrededor de sus brazos y se los cruzó sobre el pecho para pasar uno de los suyos por debajo de su espalda después. Momento de suspense. Se acercó un poco más y los ojos se le perdieron hasta posarse en sus labios. No eran imaginaciones suyas. Los miró muy fijamente. Y cuando estaba muy cerca de ellos, cuando casi notaba el sabor de su respiración…, respondió:

—Eso último no te lo cobro. Me temo que para esto… no hay tarifa.

En un movimiento crujió toda su espalda, como en la anterior sesión y, casi sin aire, Jimena decidió que aquello, con tarifa o no, en aquella ocasión o en las sucesivas…, terminaría pasando.

18. «Under the bridge», All Saints
La pausa entre acción y reacción

Cuando subí a la habitación de Pipa, lo hice decidida. Si de algo me había servido todo el asunto del accidentado vuelo era para darme cuenta de que la vida no iba de resignarse, sino de pelear por lo que uno cree que merece. No iba a soportar más cosas que me hicieran daño: ni el ego vapuleado de la veinteañera que fui ni una jefa tirana que disfrutaba señalando todas aquellas cosas que me hacían absurda, humana o diana perfecta para sus burlas. Lo haría con educación pero también con firmeza… y mantendría las manos en los bolsillos para que no se diera cuenta de que me temblaban.

Pipa me abrió con una bata preciosa de satén que recordaba haber recibido en la oficina, procedente de un envío especial para grandes influencers de L'Agent Provocateur. Valía más que mi alquiler mensual. Y estaba increíble con ella puesta.

—Menos mal —me dijo sin el tono de impaciencia que esperaba.

—¿Menos mal? —contesté confusa.

Me dejó pasar, cerró la puerta y puso su cara de arrepentimiento…, esa que ya me conocía muy bien…

—No me mires así —le pedí.

—Ya sé lo que vienes a decirme. —Hizo un mohín.

—Claro que lo sabes, Pipa, pero por mucho que me cueste, tengo que decírtelo.

—Es que…

—Estoy disgustada —confesé—. Mucho. Y lo peor es que si sabes qué vengo a decirte es porque te has dado cuenta.

—Claro que me he dado cuenta. —Agachó la cabeza en un gesto muy poco habitual en ella.

—Pues no puedes seguir haciendo… eso que haces. Humillarme, hacer bromas de lo que se te antoja sin pararte a pensar si me hará daño.

—Macarena…

—No, déjame hablar. Lo haces muy a menudo. Soy consciente de por qué me pagas y por eso voy sin rechistar a hacer tus recados y jamás me quejo, pero alargas mis jornadas de trabajo casi por placer y aprovechas la mínima ocasión para burlarte de mí. Y eso es… —Levanté las palmas de las manos y, después de unos segundos de no encontrar palabras que lo suavizaran, las dejé caer—. Eso es horrible, Pipa.

Se quedó mirándome con sus cejitas castañas clara arqueadas, pero no por sorpresa, sino por pesar. Asintió y me indicó el sofá de su «fabulosa» suite para que tomara asiento y se abrazó a sí misma a la altura de la cintura.

—Lo siento —musitó.

—¿Qué?

No estaba preparada para escucharla admitir su culpa, más bien para tener que defenderme y añadir una lista de datos empíricamente demostrables a mi favor con la voz temblorosa.

—Que tienes razón, Maca. Y lo siento. Sé que no es justificación, pero… no tengo muchas amigas. Casi todas las chicas con las que salgo y eso no son mis amigas. Se acercan a mí por si pueden sacar algo. Y al resto… no sé trataros.

Me quedé mirándola sorprendida y chasqueó la lengua contra el paladar, como si le faltaran las palabras.

—Me haces daño —respondí con un hilito de voz.

—Lo siento mucho. No me dejes.

Arqueé las cejas. No, si cuando yo decía que lo nuestro rozaba la relación sentimental era por algo.

—Así no podemos seguir —me envalentoné.

—Lo sé, pero no puedo decirte otra cosa. Que lo siento y que intentaré tratarte como mereces.

Hice una mueca. En el fondo no me la creía mucho pero…

—¿Qué puedo hacer para que me creas?

—Tratarme bien —le aseguré.

—Vale. —Miró alrededor—. Déjame empezar esta nueva etapa con… un regalo.

—No quiero regalos. —Negué con la cabeza.

—Uno con el que hacer las paces.

Puso en marcha sus eternas piernas, cruzó con tres zancadas la enorme habitación hasta coger algo y volvió con una bolsa de Marc Jacobs, que me tendió con cierta cara de culpabilidad.

—Es para ti. Cuando te fuiste me sentí fatal y… al terminar la comida me fui a pasear para poder pensar. Pasé por delante de la tienda, lo vi y me pareció que te vendría genial. Combina con casi todo, es grande y…

Cogí la bolsa y ella me animó con un gesto a que la abriera. Dentro, un precioso bolso negro de piel. Lo miré con ojitos y luego miré a Pipa, que esperaba ansiosa mi veredicto.

—Es muy bonito —dije un poco triste—. Y muy caro.

—Hay regalos a los que no hay que mirar el precio.

—Ahora me siento mal.

—No te sientas triste. Estas cosas hay que hablarlas. —Se sentó a mi lado y me palmeó la rodilla.

Nos miramos y me sonrió. Vaya mierda. Ella paseando (¡Pipa paseando!) por todo Milán, devanándose los sesos sobre cómo podía pedirme disculpas, y yo maldiciéndola y soñando con hacerle tragar todos sus zapatos de tacón de aguja. ¿Serían imaginaciones mías que Pipa resultara odiosa? ¿Me podía la envidia cochina? ¿No era una superficial de tomo y lomo que disfrutaba sádicamente haciéndolo pasar mal a los «del servicio»?

—¿En paz? —me preguntó.

Parte de mí quería decirle que los regalos caros no lo eran todo, que necesitaba por su parte un compromiso y la promesa de que no me faltaría más al respeto, pero eso me recordó a Leo y a todas las cosas que siempre le pedí que me jurara y que nunca cumplía porque…, seamos sinceros, cuando alguien te obliga a prometer algo que no sientes, es mucho más complicado no faltar a tu palabra. Así que solo asentí.

—Vale. —Volvió a sonreír—. ¿Me peinas?

Dejé el bolso dentro de su funda con cierta pena por tener que desprenderme de él un momento (estaba segura de querer dormir abrazada a su suave piel) y me dirigí hacia el tocador, donde ella ya estaba sentada.

—Pásame la pinza —le pedí— ¿Onda rota?

—No sé qué haría sin ti.

«Morirte», dijo una voz en mi cabeza. La parte de Macarena que seguía acariciando el bolso me reprendió. Y yo la peiné en silencio.

La fiesta ya había empezado cuando llegamos, por supuesto. Se celebraba en una enorme boutique que una marca afincada en Italia había remodelado recientemente. La inauguración coincidía con el lanzamiento de su nueva línea de bolsos para el verano que, aunque ya fue presentada con la colección primavera/verano anteriormente, llenaba las estanterías de cristal bien iluminadas de la tienda. Y Pipa era una de las invitadas estrella.

Cuando entró, una veintena de flashes se concentraron en ella, que posó con gracia ante las peticiones de los periodistas de medios especializados y el fotógrafo del evento, de manera que bolso, look al completo y sonrisa compartieran protagonismo. Podía parecerle frívolo a mucha gente, pero hacía muy bien su labor. Estaba cómoda con su cuerpo, con su apariencia al completo; era una mujer segura de sí misma que personificaba todo lo que muchas marcas querían que los compradores vieran en sus productos. Era… una máquina de crear marca y de vender.

Raquel ya estaba dentro cuando llegamos, vestida con una falda lápiz de lentejuelas color vino (a conjunto de su labial) y una camiseta de algodón negra. Impresionante. No le hacían falta zapatos de marca ni bolsos joya. Su melena y su sonrisa vestían lo suficiente. Aprovechando que mi jefa estaba saludando al responsable de relaciones públicas de la marca, me acerqué a saludarla haciendo de tripas corazón porque no podía evitar pensar en que le había mandado un mensaje a su chico del que NO iba a contarle nada.

—Morenaza. —Me sonrió.

—Que no me oiga mi jefa, pero estás increíble.

—Gracias. —Se rio—. Así que Pipa es una novia celosa.

—No lo sabes tú bien. —Puse los ojos en blanco.

—¿Podremos comer mañana juntas? —me preguntó mientras metía un mechón de pelo detrás de la oreja.

—Ni idea. Te voy diciendo. —Fingí un suspiro de fastidio y miré por enésima vez mi móvil, en busca de algún mensaje sin leer.

Raquel percibió el movimiento e interés de mis ojos en la pantalla y me palmeó el brazo antes de decir:

—No te molesto más. Te dejo trabajar, que no quiero problemas con tu jefa.

Le lancé un beso junto a un guiño de ojos y me alejé hacia donde había dejado a Pipa.

Mi labor en aquel tipo de eventos era la de asistente invisible para todo. Llevaba colgada al cuello la cámara de fotos que tuve que aprender a usar a la fuerza y con la que ya me apañaba bastante bien. No es que estuviera preparada para exponer para PhotoEspaña, pero solía conseguir buenas fotos para el blog y las redes sociales de Pipa. Así que me dedicaba a fotografiarla a ella hablando con el diseñador, con otras influencers y modelos; sacaba fotos detalle de la colección, del lugar del evento y del look de Pipa. Aquella tarde llevaba un minivestido joya de Miu Miu en blanco y dorado que la hacía resplandecer. Era tan guapa, tan elegante…, que todas palidecíamos a su lado. Y yo desaparecía hasta ser invisible lo que, al contrario de lo que alguien pueda pensar, me hacía sentir muy reconfortada. Era mi trabajo. Y en esos eventos, solo cuando nadie me veía, me sentía libre.

También servía como porta bolsos. En un momento dado de las veladas, Pipa siempre se cansaba de llevar su bolso de mano debajo del brazo, con lo que yo cargaba con él. Además, me acercaba de tanto en tanto a preguntarle si todo estaba bien, si necesitaba algo y para confirmar a qué hora quería que la sacara de allí con alguna excusa. En los eventos aburridos siempre aparecía yo como la mala para tirar falsamente de su brazo y llevármela a otro lado, mientras ella sonreía y pedía disculpas. En los divertidos, terminaba sentada en un rincón o en la calle, tomando el aire y esperando a que ella… se cansara. Aunque nunca le dolían los pies ni necesitaba bajarse de los tacones o comer. Creo que se alimentaba de aire. O de algodones empapados en jugo de frutas, como cuentan las malas lenguas que hacen algunas modelos

En esta ocasión, se trataba de un evento divertido donde, además, tenía muchas colegas con las que se llevaba bien. Contaban que la mismísima Chiara Ferragni iba a pasarse por allí, y la influencer que consiguiera caerle lo suficientemente bien como para que la sacara en un Instagram Stories o, mejor aún, en su blog o perfil de Instagram ganaría cientos de followers con un pestañeo. Pipa y ella habían coincidido en un par de ocasiones, y su parecido físico y la simpatía que mi jefa conseguía desplegar la habían maravillado. Así que… no nos iríamos de allí hasta que Chiara apareciera y Pipa tuviera su foto. Y yo tendría mucho tiempo para aburrirme, pudiendo estar tomándome algo en alguna cafetería cuca cercana al Duomo, donde me cobrarían millón y medio de euros por un espresso macchiato. Pero tenía un bolso de Marc Jacobs como premio a la fidelidad, así que no podía quejarme. Y Pipa no me estaba dando mala vida, así que asumí que POR FIN nos habíamos entendido…

… ilusa de mí.

A las nueve y media una nube de paparazzis se unieron a los fotógrafos que seguían apostados en la puerta, avisando de la llegada de la *it girl* mundial. Chiara venía acompañada de su prometido hipertatuado, Fedez, y no tardaron en acercarse, ambos, a saludar a una Pipa que fingía, copa de champán en mano, no haberse percatado de su entrada. Cuando me aproximé para hacerles una foto juntas, riéndose, escuché cómo la invitaban a cenar. Y diez minutos después Pipa me llamó para que le devolviera el bolso de mano que completaba el look, preguntarme si llevaba bien el pintalabios e informarme de que cenaría con Chiara, su chico y unos amigos y que debía cancelar todo lo que tuviera programado para aquella noche. Era a lo que estaba acostumbrada, pero supongo que la Macarena que tenía esperanzas en que la cosa entre las dos cambiara de verdad, dibujó cierta expresión de decepción.

—Oye… —dijo al darse cuenta, pero nada convencida—. Puedo decirle que voy acompañada si te apetece unirte.

Jimena me hubiera abofeteado si hubiese estado allí y me escuchara decir que no, pero tuve que declinar la invitación porque no iba a sentirme cómoda y porque… ¿qué pintaba yo en aquel plan?

—Si no te importa, mejor me voy al hotel —respondí—. Mañana tenemos programada la sesión de fotos y quiero estar espabilada.

—Como tú quieras, Maca, pero no planeo llegar muy tarde al hotel.

—De verdad, prefiero marcharme.

—Vale. ¿Cómo llamo a un taxi cuando quiera volver?

Dios…, qué inutilita era.

—Tienes el número memorizado en tu móvil. Toma: te dejo una batería portátil pequeña por si se te termina la tuya. De todas formas, por la calle hay paradas de taxi y tienes la dirección del hotel en la tarjeta de la habitación. ¿Llevas dinero en metálico?

—Me dejé la cartera en España, Maca —explicó, como si yo fuera víctima de alguna enfermedad que me borrara la memoria a medio plazo.

—Toma. —Saqué mi cartera y le di todo lo que llevaba encima—. Habrá ochenta euros o así. —Estudié su cara de fastidio y añadí una tarjeta que usaba para los viajes—. Saca lo que necesites de aquí. El pin es el día y el mes de mi cumpleaños.

—Maca, ¿me vas a hacer buscarlo en Facebook?

—Uno, siete, cero, seis —rebufé.

—Genial. Te llamo si necesito algo.

—Claro. —«Como comerte a mi primogénito», pensé. «Calma, tienes un bolso precioso y carísimo gracias a su "generosidad"».

—Pues… ¡diviértete! Llama a la del avión a ver si quiere enseñarte Milán. —Me guiñó un ojo.

—Esa es una de esas bromas que no deberías hacer —me atreví a decirle.

—¿Por qué?

Dios…

Me acerqué a Raquel antes de irme para despedirme de ella y demostrar, de paso, que no me sentía absurdamente dolida por su relación con Leo. Me recibió con una sonrisa.

—¿Te vas?

—Me voy.

Esta vez Raquel se quedó mirando mi bolso y yo desvié los ojos también hacia él antes de volver a mirarla a ella.

—Regalo de Pipa —mencioné—. Para pedirme disculpas.

Con las cejas arqueadas abrió la boca para decirme algo, pero pareció arrepentirse y cambió de semblante para esbozar otra sonrisa.

—Disfruta de Milán.

—Lo intentaré.

La tienda estaba a un paso del Duomo, así que decidí que quizá era buen momento para acercarme a verlo de noche. Había pasado por allí un par de veces, pero siempre con prisas, sorteando a turistas y palomas, sin poder pararme a disfrutarlo. A aquella hora seguro que tendría más plaza para mí y unas vistas increíbles de la catedral iluminada.

La calle estaba más vacía de lo que imaginaba, quizá porque el viento era frío y cortaba la cara y los labios. Subida a mis únicos zapatos de tacón «buenos», paseé despacio, desviándome para cruzar la galería de Víctor Manuel II, uno de esos lugares preciosos que respiran… lujo. Ese tipo de lujo romántico que no hace falta alcanzar en la cartera para poder admirarlo.

Mis pasos resonaban bajo las bóvedas acristaladas; las tiendas ya estaban cerradas pero sus escaparates relucían iluminados, llenos de cosas bonitas. Era un paseo agradable. Además, había leído sobre uno de los mosaicos que cubren el suelo de la galería, uno que representaba un toro y en el que, según la tradición, tenías que dar tres vueltas en la dirección opuesta a la de las manecillas del reloj para tener suerte. El único requisito era que el tacón de tus zapatos tenía que colocarse en… los cojones del toro, que de tanta vueltecita no eran más que un agujero en el suelo. Nunca había podido pararme a hacerlo así que… para allá que fui.

Le hice una foto con el móvil antes de colocarme encima, por no sacar la cámara réflex de la funda. Me quedaba un 10 por ciento de batería, pero en nada llegaría al hotel para poder cargarlo. Después de guardarlo de nuevo en mi precioso bolso nuevo, me quedé mirando el mosaico. Al pobre toro «de Turín», como se le conoce, lo habían castrado con tanta superstición, pero yo no iba a ser menos. Estaba, de pronto, embargada por una especie de pedo mental de optimismo vital. Había podido mandarle un mensaje tajante (y hasta amable) a Leo, había conseguido hablar con Pipa, que me daba un miedo horrible…, ¡conque era eso a lo que se referían con coger las riendas de tu vida!

Pediría aquel deseo y cuando llegase a Madrid me pondría manos a la obra para ser la tía más feliz del universo. Pero feliz, feliz. De esas tan felices que resultan odiosas, de las que se ríen si se caen, que no lloran por pena sino por alegría y que, aunque son odiosas, tienen un millón de amigos. Sin mochilas emocionales, sin frustraciones que me frenaran, sin castigarme por mis equivocaciones ni lastres de ningún tipo. Puse el tacón en el hueco formado en el suelo con cuidado, di mis vueltas, pedí mi deseo y puse rumbo al hotel, donde coloqué la guinda del pastel de mis intenciones renovadas con un wasap:

Vuelvo el lunes…, ¿crees que podríamos vernos?

Coque contestó bastante rápido para ser él:

Claro, reina. El lunes te hago cosquillitas.

19. «Felices los 4», Maluma

Vamos a hacerlo

—Me encanta el culo que me hace. Y el escote. Es supersexi. Pero no sé si es mi vestido. No siento mariposas en el estómago.

Adri se humedeció los labios buscando paciencia. Le dolían las piernas. Llevaba más horas en la tienda de las que era capaz de contar y le parecía que la mayor parte del día se lo había regalado a aquella novia que… no se aclaraba.

Pasaba a veces. Hay novias que están encantadas con el momento de atención que supone ir en busca del vestido. Otras, sin embargo, están deseosas de encontrar el adecuado y dejar de buscar. Ella fue una de estas. De las últimas. Se ilusionó con el primero con el que se sintió cómoda y no esperó mariposas ni diplodocus en el estómago. Solo verse favorecida. Así que cuando le tocaba una chica de las que quiere probarse todos los vestidos de la tienda, sin ninguna preferencia en concreto y que se ve estupenda con todos pero no se decide, ella perdía unas pocas ganas de vivir. Y así estaban. Casi hora de cierre y ella allí… con un millón de vestidos por guardar y aquella chica mirándose en el espejo ensimismada.

—Cielo —le dijo suave—, puedes pensártelo. Consultarlo con la almohada. Agendamos otra cita para dentro de unos días y así tienes tiempo de reflexionar sobre con qué silueta te ves mejor.

La chica se giró hacia ella.

—Es que con este me veo genial, pero… ¿tú qué opinas?

Adri miró de reojo a la madre de la criatura, a la que le iba a dar un colapso. En el ratito que habían tenido al principio de la cita para hablar, le habían contado que era una boda por la iglesia y que ambas familias eran muy tradicionales. Podía imaginarse a la suegra cayéndose de culo en el altar cuando la viera entrar con aquel precioso modelo de espalda al aire y escote corazón de tirantes casi invisibles. ¿Bonito? Sí. ¿Indicado para una iglesia? Poquito.

—Creo que a tu madre no le termina de encajar —le dijo.

—Pero mi madre no es la novia. ¿Tú qué opinas?

—Pues que… —la miró detenidamente y le ajustó un poco la tela a las caderas—, que te queda muy bien, pero es demasiado osado para una ceremonia tradicional.

—Estoy de acuerdo —contestó la madre.

—Pues a mí me gusta.

—Quizá, si tuvieras en mente llevar dos vestidos diferentes, uno para la ceremonia y otro para la cena…, podrías plantearte este. Para la iglesia veo más adecuado un modelo más recatado. Quizá el primero que te probaste. ¿Quieres volver a probártelo?

La novia se miró desde todos los ángulos posibles y después de arrugar la nariz negó con la cabeza.

—No. Me lo voy a pensar. Llamaré en unos días para concertar otra cita.

Cuando las despidió y se dirigió al probador para guardar los vestidos, lo hizo arrastrando los pies. Esa novia no volvía. Se lo decía la experiencia. Así que había perdido la tarde y la comisión por venta. Una compañera le palmeó la espalda.

—Novia a la fuga.

—Sí, señora —resopló—. Me encanta este trabajo, pero hay días que ahogaría a alguna con un cancán.

—Espera, te ayudo a guardar los trajes.

—No. No te preocupes. Si está hecho el cierre, ya termino yo.

Llevaba años trabajando en aquella tienda y estaba encantada con las compañeras, la responsabilidad que la cadena estaba dejando en sus manos, la zona… Sabía que las cosas le irían bien y que en cuanto se jubilara la encargada, ella la sustituiría, pero había días y días. Y aquel era uno de esos mohínos.

Le gustó, sin embargo, pasar aquel ratito a puerta cerrada y con casi todas las luces apagadas, guardando cuidadosamente vestidos. Cuando terminó, se sentó un momento detrás del mostrador y revisó sus citas para el día siguiente. Antes de levantarse, echó un vistazo al móvil con la idea de avisar a Julián de que salía en aquel momento, pero cuando vio la notificación de un mail nuevo en su bandeja de entrada, se le olvidó.

Hacía unos días había configurado su nueva cuenta de correo electrónico, queremosertres@gmail.com, para que le llegaran directamente a la aplicación móvil. Y lo hizo porque así era más cómodo hablar con Julia.

Sí. Hablar con Julia.

Dos días después de recibir aquel mail por su parte, se animó y, con el corazón en la boca, decidió responderle. Fue muy breve. Le dijo que también era la primera vez para ellos, que estaban algo nerviosos y que les alegraba haber encontrado a alguien para quien también fuera una experiencia nueva. Abría la posibilidad a ir conociéndose por mail, si a ella le parecía bien. Y debió parecerle bien porque, desde entonces, se mandaban un correo electrónico por día.

Queridos «queremossertres»:
En el capítulo de hoy de «vamos a conocernos un poco antes de hacer esto tan loco» me toca confesar que soy un poco más joven de lo que os dije en el primer *e-mail*. Tengo

veinticinco años, aunque en tres meses cumpliré los veintiséis. ¿Supone algún problema para vosotros? Quizá estáis buscando a alguien con más... experiencia.

Por cierto... sería genial saber vuestros nombres..., si lo veis apropiado.

Besos,

Julia.

Adriana sonrió. Estaba siendo muy cauta. No le había contado casi nada sobre ellos, más que la edad, alguna descripción física no demasiado comprometedora y lo que andaban buscando..., pero aún no había confesado que su marido no sabía nada. Ni sus nombres. Y Julia ya le había contado que era veterinaria, que siempre soñó con especializarse en grandes felinos, pero que después de una mala experiencia en el extranjero, decidió volver y trabajar en la clínica de una conocida donde atendía a muchos gatos. También que no tenía pareja desde hacía un par de años y que llevaba una época de muchas decepciones en el terreno sexual.

Estaba a punto de resignarme cuando me planteé esta locura. Quizá salga mal, regular o bien, aunque no sé muy bien qué significa cualquiera de las opciones. Pero ¿sabes? Tengo edad de probar, no de contentarme con cualquier cosa.

Y esa confesión, a Adriana, le tocó la patatilla.
Dio a responder y empezó a escribir:

Querida Julia:

Mi nombre es Adriana. Yo también debo confesar algo... En todo momento has hablado solamente conmigo. Supongo que te parecerá una locura, pero mi marido aún no sabe nada de esto. Se me ocurrió que sería buena idea porque, como me dijiste en uno de tus mails, tenemos edad de probar, no de resignarnos. Lo de tu edad, me parece bien. No es ningún impedimento para conocernos. Quizá nos veamos y no surja la chispa, pero puede quedarse en una experiencia curiosa. No estamos obligados a nada. En realidad, estoy un poco asustada con todo esto pero creo que ha llegado el momento de comentarlo con mi marido. Seguiremos informando.

Le dio a enviar después de releerlo y entonces sí que avisó a Julián de que salía de la tienda y le ofreció encontrarse en la terraza del bar de debajo de su casa. Si se ponía como un loco por su atrevimiento, no podría montarle ninguna escena en público. Había llegado el momento de compartirlo.

Cuando llegó, Julián estaba sentado en la terraza con una cerveza en la mano y el móvil en la otra. Le dio un beso en la mejilla, logrando sorprenderlo, y se sentó sonriente pero nerviosa a su lado.

—Qué tarde has salido hoy —le dijo él a modo de saludo.

—Sí. Me ha tocado una de esas novias encantadas de probarse vestidos. De las que se lo prueban todo y no vuelven, me refiero.

—Vaya por Dios.

Julián guardó el móvil y levantó el brazo para llamar la atención del camarero.

—¿Qué quieres?

—Un vino. Y contarte una cosa.

Inmediatamente bajó el brazo, cuando todavía el camarero no lo había visto. Conocía a su mujer. Y alguna había armado.

—¿Qué has hecho? —preguntó asustado.

—Nada. Aún.

—Adri, ¿qué has hecho?

—Nada. —Se rio ella nerviosa—. Pero tengo que contarte una cosa.

—¿Necesito beber antes de escucharla?

—¿Cuántas cervezas llevas?

—Media. —Levantó las cejas con una sonrisita—. No me asustes.

—Bébete lo que queda de un trago. Voy dentro a pedir.

Se levantó, vestida aún con el «uniforme» de la tienda que consistía en un pantalón negro y un jersey fino del mismo color, y corrió a guarecerse dentro del bar con el corazón desbocado.

—Adri, estás loca —se dijo a sí misma.

—¿Qué dices, guapa? —preguntó el de la barra.

—Un tercio y una copita de tinto para la terraza. ¡Ah! Y una de patatas bravas.

Los nervios le abrían el estómago.

Cuando volvió a sentarse, Julián empezaba a impacientarse. Juraría que le había cambiado hasta el color de la cara.

—Tranquilo —le dijo.

—Coño, Adri, que te conozco y si me lo dices así tan mansa es que la has liado muy parda. ¿Has vendido la casa?

—No he vendido la casa.

—¿La has puesto en venta?

—Noooo. —Se rio—. Es sobre mi regalo para nuestro aniversario.

Julián se frotó la cara.

—Dios, me habías asustado.

—No te relajes tan pronto. Sigo queriendo contarte algo.

—¿Has pagado algo muy caro con la tarjeta de crédito?

—¿Cuándo te he regalado yo algo muy caro?

—También tienes razón —se burló él—. ¿Qué pasa?

—¿Te acuerdas lo que hablamos hace unos días? Bueno, una semana larga ya. Cuando volví de tomarme unas cervezas con las chicas.

Julián frunció el ceño. No era un hombre con demasiada retentiva.

—No —contestó con la boquita pequeña.

—Sí. Cuando te pregunté si opinabas que en lugar de libido tengo un tomate seco.

—¡Ah! Ya, sí. ¿Qué pasa con eso?

—Que lo estuve pensando. Y… —Cogió aire—. No quiero darle muchas vueltas. Solo que, pues eso, que lo estuve pensando y… soy demasiado joven para resignarme —explicó, cogiendo prestadas las palabras de Julia—. Pensé en que hay cosas que me apetece probar. Cosas que a ti también te gustarían y…

—Ay, Dios. —Julián se tapó la cara.

—No, no. No te asustes. No he hecho nada. Solo… he pensado que…, quizá, podríamos…

Su marido apartó las manos de la cara y la miró con miedo.

—No hay manera correcta de decir esto —bromeó Adri—. No me preguntes cómo, ¿vale? Pero he encontrado una chica con la que, quizá, si te apetece…, podríamos hacer un trío.

Si hubiera grabado la cara de Julián, hubiera podido comprobar, a cámara lenta, cómo le cambiaba la expresión en décimas de segundo del susto al estupor, del estupor a la vergüenza y de ahí, a la risa. Lo resumió todo en una carcajada seca.

—Estás de coña.

—No —respondió muy segura.

—Pero… —Julián cogió la cerveza, se bebió lo que quedaba de un trago y después de dejar la botella vacía sobre la mesa, se inclinó sobre ella—. ¿Tú estás loca?

—No. ¿Qué hay de malo?

—Pues que…, ehm…, yo… no es que…

—Céntrate. Tranquilo.

Adri se notó tan dueña de la situación que, de pronto, tenía menos dudas.

—A ver… —Julián se frotó las sienes—. ¿Cómo has contactado con esa tía?

—Por un foro.

—Adri, ¿te das cuenta de la cantidad de pirados que hay en Internet?

—Claro. Por eso llevo hablando con ella unos días. Y es de lo más normal.

—¿Cómo se llama? ¿A qué se dedica? ¿Quién te dice que no está loca? ¿Y si es un tío haciéndose pasar por una tía?

—Se llama Julia. Y tú Julián, eso debe ser una señal. Es veterinaria. Parece una chica normal y si es un tío lo vamos a saber en breve porque quiero pedirle una foto.

—¡¡¿Ni siquiera has visto una foto suya y te estás planteando un trío con ella?!!

—Julián, por Dios, que eres psicólogo, haz el favor de controlar tus emociones.

El camarero llegó a la mesa y dejó la copa de vino, la cerveza y unas bravas, que Adri se preparó para abordar.

Cuando echó un vistazo hacia Julián, la miraba alucinado.

—En serio, Adri, estás de coña, ¿verdad?

—¿Sabes lo que más me sorprende? Que en ningún momento has dicho: «Cariño, es una locura, yo no quiero acostarme contigo y otra tía». Solo estás poniendo en duda que haya hecho bien el casting. No parece que me haya equivocado de regalo.

Julián esbozó una sonrisa.

—Estás loca, ¿lo sabes?

—La pregunta es esta, ¿te gustaría que siguiera buscando alguien con quien probáramos esto?

—Las fantasías sexuales son excitantes porque, en muchos casos, no se van a cumplir jamás.

—Hay muchas fantasías que no vas a cumplir jamás. No puedes volver al pasado y tirarte a Winona Ryder antes de que se chalara. Pero podemos probar a ver si surge la química con otra chica. Una noche.

La miró como si no la comprendiera.

—Aclárame una cosa. ¿Estás hablando completamente en serio?

—¡Que sí! ¡Qué pesado!

—¿Soportarías verme en la cama con otra?

—Si abro la puerta de casa después del trabajo y te encuentro en la cama con otra, aparecemos en las noticias y no porque monte una fiesta.

—Me quieres decir que… estás dispuesta a que quedemos con una desconocida, nos sentemos a tomar algo los tres y…

—Veamos si surge la chispa.

—¿Y si surge? —insistió él.

—Nos la follamos.

Julián boqueó. Como un pez.

—¿Qué pasa? ¿Por qué estás tan sorprendido?

—¿Has dicho «nos la follamos»?

—Claro. Los dos. Como el matrimonio feliz y unido que somos, nos la tiramos. Y le enseñamos lo que es un buen meneo.

Las carcajadas de Julián llamaron la atención de todas las personas sentadas en la terraza, y Adriana le lanzó un manotazo para que se callara.

—¡¡Estás loca!!

Alargó la mano por debajo de la mesa y le tocó la entrepierna que, debajo de la cremallera, anunciaba una tímida erección.

—Se te ha puesto dura.

—Porque no soy de piedra. Y tengo una imaginación muy gráfica.

—Yo también y quiero hacerlo.

—Pero, Adri, si hace nada estabas quejándote de que el sexo no estuviera entre tus prioridades.

—Pues ahora me apetece hacerlo. Quiero probar.

—¿Por mí? —le preguntó Julián con cara de preocupación.

—No. Por mí. Por conocer mis límites. Y por nosotros. Porque un poco de sol en un momento dado, te puede mantener caliente durante un buen tiempo.

Era evidente que Julián empezaba a planteárselo en serio, pero era justo lo que ella quería. No había montado ninguna escena y las dudas que estaba expresando eran más que lógicas. Nada que ella no hubiera previsto. Era el momento de la verdad. Era el paso en firme o el paso hacia atrás.

—¿Qué me dices? —le preguntó—. ¿Le pido una foto?

Tardó en contestar. Adriana se imaginaba todas sus conexiones neuronales fundiéndose al intentar trabajar a todo trapo y la picha tomando el control del cuerpo al grito de «¡¡¡Ahora o nunca!!!». Sonrió. Y él también.

—Con normas.

—Tú dirás. —Adri cogió el tenedor de nuevo y pinchó unas cuantas patatas.

—Si vemos la foto y nos gusta, antes de quedar con ella, haremos una vídeollamada para asegurarnos de que no estamos dejándonos tomar el pelo por un tío aburrido. Lo haremos una sola noche, aunque nos guste. Ninguno de los dos mantendrá el contacto con ella. Y no habrá ataques de celos posteriores.

—Vale. ¿Algo más?

—No se me ocurre.

—Si hay algo que no nos gusta ver hacer al otro, se dice y se para.

—Perfecto.

—Vale.

Adriana masticó las patatas con placer y sacó el móvil de dentro del bolso. Julia aún no había respondido a su mail, pero envió otro:

Hola Julia:

A mi marido y a mí nos gustaría mucho que nos enviaras una fotografía tuya. Aquí va una nuestra.

—¿Le envío una foto de nuestra boda? —le preguntó.

—Ni de coña. Envíale una de…, de las vacaciones del año pasado.

—¿En bañador?

—Pero que no se vea mucho.

Escogió de entre su biblioteca de fotos una en la que le parecía que salían guapetones y la adjuntó. Antes de darle a enviar, miró a Julián.

—Lo envío.

—Envía.

Una de las manos de su marido estaba ya debajo de la mesa, acariciándole suavemente el muslo. Dejó el móvil junto a las bravas y se inclinó hacia él.

—Te has puesto tonto.

—Muy tonto. —Sonrió él.

—¿Es o no es el mejor regalo que te he hecho nunca?

—No. —Se acercó a ella—. El mejor regalo eres tú.

Se inclinó para besarla con una sonrisa enorme en los labios, y cuando casi sentía ya el calor de su saliva en la boca, sonó la notificación de llegada de un correo electrónico.

—Dios…, qué rápida.

Querida Adriana:

Aquí estoy, muerta de vergüenza. No puedo creer que vayamos a hacer esto.

Pd: Estoy impaciente por conoceros en persona.

Julia

Cuando la foto adjunta se abrió, a los dos les entró la risa. Quizá de nervios. Quizá por vergüenza. Quizá porque les gustaba mucho lo que veían.

En un selfie, una chica joven, risueña, guapísima y con una boca perfecta, sonreía. Llevaba puesta una camiseta de tirantes de color granate que parecía de pijama y que, además de mostrar un sugerente canalillo, llamaba más la atención sobre su media melena de color rosa pálido. En la mano, un folio en el que se podía leer: «Encantada de conoceros, Adriana».

Empezaba la aventura. Ni idea tenían de la que estaba a punto de armarse.

20. «No scrubs», TLC
Tú te lo has buscado

A las siete de la mañana Leo aún no había respondido a mi wasap a pesar de que lo había leído y había estado en línea unas ochocientas veces desde el día anterior. Quizá debía meditar su respuesta. Y yo hacer un ejercicio de paciencia y dejar de vigilar su perfil. A esas horas ya me sabía de memoria cada detalle de su foto: rostro casi de perfil, expresión rozando la sorpresa, flequillo despeinado hacia arriba, ojos clarísimos reflejando la luz de lo que parecía el atardecer, barba de tres días, camiseta blanca y americana negra. Sin palabras. Pero eso debía darme igual, porque el motivo principal por el que quería que me respondiera era para cerrar la puerta a todo lo que tuviera que ver con él. Perdonarle y dejarle ir por completo.

Dejé el móvil y me animé a empezar el día con la misma alegría con la que había agradecido la vida el día anterior, pero hasta meterme en la ducha me costó un poquito. Me puse mis vaqueros rectos, mis bailarinas negras, mi jersey del mismo color y la americana y, con los labios pintados con mi tono de siempre, subí a la suite de Pipa para despertarla, dispuesta a hacerlo de buena gana y sin odiarla por levantarse sin parecer un sapo como yo, pero nadie me abrió la puerta. Pensé que habría llegado tarde y que se le habrían pegado las sábanas, así que volví a mi habitación para darle unos minutos más, me maquillé un poco y volví a subir con la copia de su llave que siempre pedíamos para mí. Cuál fue mi sorpresa al encontrar la habitación vacía y la cama hecha.

Eché mano del móvil enseguida, pero… «El teléfono móvil al que llama se encuentra apagado o fuera de cobertura».

Bajé a desayunar…, estaba preocupada, pero tenía mucha hambre. Ya me imaginaba los artículos de las webs de cotilleos apuntando a lo raro que era que, al descubrir su desaparición, la asistente personal de Pipa de Segovia y Salvatierra se zampara medio bufé. Aun así… engullí dos tostadas, unos huevos revueltos y un par de bollos…, mientras seguía llamando al teléfono apagado de Pipa, claro. Si no entré en pánico fue porque, seamos sinceros, Pipa me tenía acostumbrada a cierta impuntualidad. Teníamos un mínimo margen.

A las once teníamos que estar en el set en el que una famosa revista femenina iba a hacerle unas fotos para un artículo, y en nada llegaría la gente de vestuario y maquillaje para prepararla en su suite, pero podría entretenerlos un poco. La revista había cubierto la inauguración de la tarde anterior y quería aprovechar el viaje para que el reportaje que tenía pendiente con mi jefa, sobre «la *it girl* española», tuviera un marco romántico y glamuroso.

A las diez menos cuarto, por fin, el teléfono de Pipa me dio tono y su voz respondió de mala gana.

—¡Pipa! ¿Dónde estás?

—Eh…, ¿qué? ¿Qué hora es?

—Son casi las diez. En nada estarán aquí los estilistas y en una hora es la sesión.

—¿Dónde es la sesión? —preguntó con la voz perezosa de quien acaba de levantarse.

—En la vía Brera. Pero tienes que estar aquí en quince minutos. ¿Dónde estás?

—Pues… ahora mismo no lo sé exactamente. Ayer… me lié un poco.

—¿Dónde vive Chiara? ¿Te envío un taxi?

—No estoy en casa de Chiara.

—¿Entonces?

Un carraspeo incómodo me contestó.

—Conocí a alguien anoche y… se me fue de las manos. Cuento con tu discreción, Maca.

Joder. Joder. Joder.

—Dime la dirección y te mando un taxi.

—No te preocupes. Me lleva Eduardo. —Se escuchó una risita tonta y supuse que el tal Eduardo estaba a su lado, probablemente en la cama.

—Date prisa —le pedí.

—Llegaré cuando llegue, Macarena —dijo con el tono que le conocía muy bien—. Y si tienen que esperar, que esperen.

Pipa de Segovia y Salvatierra haciendo acto de presencia y plantando el chocho donde le daba la gana. Esa era ella.

Apareció a las diez y media. La vi bajarse de una moto con todo el maquillaje del día anterior corrido y un maromo muy tatuado (y de muy buen ver) besándole la mano antes de despedirse. La jodida Pipa se creía Chiara Ferragni y estaba intentando emular su vida o algo así, pero mis nuevas buenas intenciones para con ella me impidieron juzgarla en aquel momento. Juzgar está muy feo, de todas maneras.

Los de maquillaje y vestuario estaban en la habitación de Pipa tomando un café al que les invité, pero lucían un morro hasta el suelo y cara de no tener ganas de aguantar a una niñata impresentable que hacía lo que le salía del mondongo, pero como no podían ponerse bordes con ella, se pusieron bordes conmigo.

La estilista principal llegó a decirme que era mi obligación asegurarme de que «mi cliente» llegaba a sus citas puntual porque por eso me pagaba. Si no terminaba con una úlcera, sería un milagro. Pero oye, con una sonrisa. No debía olvidar que estaba a un paso de hacer de mi vida algo de lo que sentirme orgullosa.

La sesión empezó una hora más tarde de lo previsto, con lo que tuve que mover todas las citas del día y sacar hueco para una cena que, de pronto, le había surgido a la adúltera de mi jefa, que solo pareció acordarse de su novio cuando este le llamó para ver qué tal y ella adoptó un tono mimoso y jovial. Si yo hubiera estado en su lugar…, habría sospechado. Los mimos y Pipa no iban de la mano.

No paré ni un segundo…, solo para contestar un mensaje de Raquel que me preguntaba si finalmente podíamos comer juntas.

Se nos ha complicado el día, no creo que pueda.

Me contestó al momento. Parece que lo que quería que «charláramos» era importante para ella.

Me amoldo a tu horario.

A las cinco de la tarde dejé a Pipa descansando en el hotel un ratito y me marché corriendo a la terraza de una pizzería para turistas que quedaba cerca y donde no cerraban cocina. Estaba hambrienta y muerta de sueño. Y no tenía ganas de hablar con Raquel, fuera lo que fuera que quisiera saber. Porque quería saber…, se olía a kilómetros.

La encontré sentada en una mesita para dos, en la terraza, fumando un cigarrillo con las piernas cruzadas con elegancia y el móvil en la mano, mientras revisaba sus redes sociales. Aún lo hacía todo ella, sin necesitar a nadie que hiciera lo que yo hacía para Pipa: suplantar su personalidad y subirle las bragas.

—Perdón por las horas —le dije antes de dejarme caer en mi silla.

—¡Por Dios! —exclamó soltando el móvil—. ¿Estás bien?

—¿Tengo mala cara?

—Mala cara es quedarse corta. ¿Tú has dormido algo esta noche?

—Algo he dormido. —Me pasé los dos dedos índice por debajo de los ojos y traté de sonreír—. Esta jefa mía me da muy mal vivir.

—Luego me cuentas lo de Pipa.

—Me temo que no puedo entrar en detalles. Forma parte del pacto de confidencialidad profesional que cerré el día que vendí mi alma al diablo. Debí desconfiar cuando vi mi contrato laboral redactado en piel de cabra.

Raquel llamó al camarero y pidió un café para ella y otro para mí, como sabía que me gustaba. Mi jefa no sabía ni mi apellido y Raquel memorizaba el puto detalle de cómo me gustaba el café, pero... tampoco era tan importante, ¿no? Lo esencial es que mi relación con Pipa iba a mejorar de ahí en adelante...

—Y un plato de tallarines boloñesa —supliqué al camarero, sin necesidad de mirar la carta.

—¿Vas a beber café con la comida?

—Es uno de los más deliciosos placeres de mi vida.

Cuando el camarero se marchó sin que ella pidiese nada para comer, entendí que el resto de la humanidad seguía unos horarios normales y que mi vida, por más que todos me hicieran creer que estaba en el buen camino, seguía siendo el mismo caos que cuando me marché de Valencia sin saber muy bien qué iba a hacer conmigo misma y mi «carrera». Pero deseché el pensamiento porque, ya sabes, todo iba a mejorar.

—Tú ya has comido, claro —le dije.

—Sí. Hace como cuatro horas o así.

—¿Comiste con las chicas?

—Sí. En un sitio supermono. Tendrías que haber venido. Iba a decirte de quedar allí, pero cerró la cocina hace hora y media.

—Así es el trabajo con Pipa. —Sonreí con vergüenza—. Siempre al filo de lo imposible.

El camarero trajo los cafés raudo y veloz y prometió tener mi pasta en unos minutos. Seguro que recalentada y algo reseca, pero, oye…, algo es algo.

—Maca…, lo siento mucho —musitó sin mirarme.

—¿Qué vas a sentir? Como si fueses responsable de que coma tarde. —Me reí—. Pero me podrías haber llevado a un sitio con menos mierda añeja. Eres blogger. Esperaba más de ti.

Raquel abrió la boca para seguir hablando, pero el teléfono móvil empezó a vibrarme encima de la mesa en aquel preciso momento. Era Pipa…, cómo no.

—Perdona, Raquel. —Desbloqueé el teléfono y me lo llevé a la oreja—. Dime, Pipa.

—¿Puedes buscar un Starbucks? Quiero un frappuccino. Sin nata y con leche desnatada.

—Creo que aún no hay Starbucks en Milán.

—Pues un batido. Tengo la peor resaca de todos los tiempos.

Me encomendé a Dios y todos los santos. Pipa con resaca.

—Dame media hora o así.

—Y…, otra cosa…, creo que he perdido tu tarjeta de crédito.

—¿Crees o la has perdido?

—La he perdido.

Apoyé la frente en la mano y suspiré.

—Vale. No te preocupes. Ahora mismo la cancelo.

—Gracias, Maca. Eres la mejor.

«Eres la mejor siendo idiota», me dije a mí misma. Colgué y me quedé mirando cómo el camarero traía mi plato de pasta.

—Espero que no te den asco los concursos de «a ver quién come más rápido» porque pienso tragarme ese plato de tallarines sin masticar —le dije mientras entraba en la aplicación móvil del banco, desde donde se pueden cancelar las tarjetas por pérdida.

—¿Qué quería?

—Un batido. Cuando parece que el cosmos no puede ponerme más obstáculos, Pipa tiene resaca. Y, por cierto, me ha perdido la tarjeta de crédito. Fiesta.

—Oye…, quería comentarte algo sobre Pipa.

—Ya sé que no tengo que dejar que me trate como le dé la gana. Tuve una conversación con ella ayer y… ya viste el bolso. Hasta ella tiene remordimientos de conciencia. Poco a poco irá mejor.

—Es justo sobre lo que quería hablar. —Hizo una mueca—. Bueno…, una de las cosas de las que quería hablar contigo. Es que si no te lo cuento reviento…, no quiero que te haga sentir en deuda con ella por lo del bolso.

—¿Qué pasa? —Agarré el plato de pasta y me armé con el tenedor.

—No sé qué te dijo, pero… no lo compró para ti. Se lo regalaron en un showroom al que fuimos después de comer y dijo que no le gustaba. Al parecer, le da «asco» llevar cosas de showroom por si las ha tocado mucha gente antes que ella.

Me quedé con el tenedor a medio camino entre el plato y mi boca. Pero…, pero…, pero… ¡maldita hija de la gran fruta tropical! Intenté ganar unos segundos para pensar en mi contestación comiendo, pero el nudo de tallarines que me metí en la boca se me quedó atascado en la garganta y tuve que dar un trago de café para que bajara. Nota mental: comer con café, vale…; mezclarlo en la boca con comida…, no vale.

—Lo siento —se disculpó de nuevo Raquel—. Sé que es lo último que te apetecía escuchar ahora, pero… tenía que decírtelo. Quiero que sepas la verdad.

Claro que sí, idiota. ¿Con qué dinero iba a comprarlo, pazcuata? ¡¡Si se dejó la cartera en Madrid!! Si es que eres una crédula. Si es que estás hambrienta de cariño. Si es que…

Stop. Rueda infernal de autocastigo, párate ahí.

—Bien. Vale. —Enrollé unos cuantos tallarines más en el tenedor y me los llevé a la boca para farfullar después—. En mi anterior vida fui Goebbels. Nada que no se arregle con un pedo lamentable en cuanto llegue a Madrid.

—Te estoy jodiendo la vida, ¿verdad?

—Estás siendo un poco *porculera* —me burlé.

—Olvida la idea de que Pipa y tú podéis ser amigas, Maca. Es unaególatra y una loca.

—No te preocupes. Lo de ahogarla en la bañera es coña. No tengo suficiente fuerza. Además, he decidido que quiero tomarme la vida de otra manera, ¿sabes? Puede parecer una tontería, pero el susto que me llevé ayer en el avión me valió de aviso. La vida son dos días y no quiero escudarme en el clásico «ya lo arreglaré mañana». Las cosas no se arreglan solas.

—Vale. ¿Y por qué no buscas otro trabajo? —me preguntó.

—Pues porque… ¿dónde voy a encontrar algo mejor? Todos los trabajos tienen su cara b. ¿Sabes la cantidad de chicas que desearían estar en mi lugar?

Raquel me miró fijamente durante unos segundos y después chasqueó la lengua contra el paladar.

—No creas siempre que lo que opinan los demás es más importante que tu propio bienestar. Cuando algo no nos gusta…, hay que cambiarlo. O al menos pelear un poco, intentarlo.

—Lo sé.

—¿Entonces?

—Paso a paso, Raquel —le pedí una tregua—. Intentaré mejorar mis condiciones con Pipa primero. Para tomar decisiones radicales siempre estoy a tiempo, ¿no?

Asintió y se abstrajo unos segundos viéndome masticar. Después me miró de nuevo, sin beberse el café y sin dejar de mordisquear su labio inferior.

—Entonces… —tragué, me limpié la boca con la servilleta y la abordé—, era eso de lo que querías hablar conmigo, ¿no?

—Una de las cosas, sí.

—¿Y la otra?

Abrió la boca para contestar, pero mi móvil volvió a vibrar encima de la mesa.

—Dios, qué pesada es. Dame un segundo —me quejé.

Si he tardado en contestar este mensaje es porque quería darte una respuesta reflexiva, no una impulsiva, y, de paso, enfriarme. No sé si lo he conseguido porque sigo pensando lo mismo que cuando te leí y, siendo sincero, estoy molesto. Miento. No estoy molesto. Estoy cabreado.

No, no quiero quedar para charlar con honestidad por primera y última vez porque siempre te hablé con honestidad; al parecer en tu caso no fue así. Me lo apunto.

No, no voy a quedar para zanjar algo que ya está zanjado. Que me odies es tu problema, no el mío. Si nuestros recuerdos suponen una carga para ti, me parece fenomenal, pero no voy a perder el tiempo en psicoanalizarte. Aprender de lo que nos pasó, por cierto, ya lo hice y la moraleja, por si te sirve de algo, es que tú y yo cuanto más lejos del otro, mejor. Ahora, por favor, déjame seguir adelante.

Leo ya había contestado.

Levanté la cara del móvil lentamente. Delante de mí, con las manos alrededor de la taza y nerviosa, Raquel. La chica con la que Leo quería seguir adelante.

—¿Pasa algo?

—No. —Negué con la cabeza.

—Te has quedado blanca.

—No es nada.

—¿Seguro?

—Seguro. Pero me tengo que ir. —Me levanté torpe y dejé encima de la mesa un billete que encontré arrugado en el monedero. No sé ni de cuánto.

—Pero…, Maca, ¿estás bien?

—Sí. —Evité parpadear—. Estoy bien.

«Si la vida te da limones, ¡haz limonada!». Lo había leído una vez en el tablón de Pinterest de Adriana. ¿Limonada? ¿En serio? Porque lo que menos me apetecía a mí en aquel momento era hacer limonada. Me apetecía mucho más exprimir el limón sobre las córneas de mis enemigos. ¡A tomar por culo! A la mierda la limonada, hacer las cosas bien y ser feliz y buena persona. A la mierda dejar de odiarlo. A la mierda las ganas de convertir los recuerdos en solo niebla. A la mierda Leo, Pipa y hasta Raquel. A la mierda.

Cogí el bolso de la discordia y metí dentro el móvil del mal.

—No te preocupes, Raquel —añadí con un hilo de voz—. Si querías hablar conmigo sobre Leo, no tienes por qué hacerlo. En realidad, agradeceré que no lo hagas. —La voz se me quebró un poco al final de la frase, pero ensanché una sonrisa falsa y me repuse.

—Pero…

—No —negué sin tener ni idea de lo que quería añadir—. Raquel, te deseo toda la suerte del mundo con él. A lo mejor contigo no es un hijo de puta orgulloso, manipulador, y hasta vuelve a tener emociones y deja de ser un maldito sociópata.

Raquel parpadeó alucinada. Como no sabía qué hacer, le deseé buena tarde, empecé a andar por la calle en la primera dirección que me pareció y al volver la esquina me eché a llorar.

Me costó diez minutos tranquilizarme. Diez minutos largos que pasé sentada en un portal, con la mirada en los adoquines del suelo, preguntándome muchas cosas, diciéndome otras, prometiéndome el resto. Los recuerdos se vertieron dentro de mí sin poder evitarlo y salieron a mi encuentro un montón de detalles que creía ya olvidados. El momento, la decisión, la ilusión brillando en sus ojos, cómo incidía el sol en su pelo, creando un calidoscopio de marrones, cobrizos y amarillos. Mi boca pegada a la suya mientras repetíamos sin parar lo locos de amor que estábamos. No. Después de cómo acabó también aquello, nada de lo que me hiciera Leo podría superarlo. Ya no podía hacerme más daño. Ya no.

Me levanté del escalón, me sequé las lágrimas con la manga y me repuse convencida. Después, pasé por un cajero, saqué dinero y le llevé a Pipa su puto batido, pero antes escupí dentro.

21. «Truthfully», DNCE
Looser

Si el sábado había sido un mal día…, el domingo aún fue peor. El domingo apestó. Tanto que solo pude mandar un mensaje breve a las chicas diciéndoles que era una maldita desgraciada que había perdido la fe en hacer las cosas bien, pero que ya les contaría al volver.

Pipa fue de brunch con la responsable de una marca italiana, merendó con una amiga modelo y cenó con «alguien»…, o sea, que se dio un meneo en el toro mecánico del italiano tatuado que conoció el viernes. ¿Y yo qué hice? Hacerle fotos (hasta su cita, claro, lo de fotógrafa erótica era lo que me faltaba), editarlas, montar un vídeo, escribir un par de posts para su web, subir sus modelitos del fin de semana a 21 Buttons, redactar un presupuesto detallado para una marca para el día siguiente (a Pipa se le había olvidado anotarlo en nuestro calendario común y trató de echarme la culpa a mí) y actualizar todas sus redes sociales. Caí muerta de cansancio a las nueve de la noche sin cenar, mientras Pipa cenaba pepino. Todo esto sabiendo que mi ex era una persona deleznable que se había tomado su tiempo para escribir el mensaje más envenenado que jamás nadie recibió. Aunque podía haber sido peor…, ah, no, espera…, no podría haber sido peor a no ser que el avión de vuelta sí que se estrellara. Si me quedaba algún deseo por pedir, por favor, que fuera sobre su facultad, mientras él daba clase. Sin víctimas entre el estudiantado, por supuesto.

Pero no. El avión ni siquiera sufrió turbulencias. Cuando llegué a Madrid el lunes por la mañana, cansada como una mula y con medio día libre por delante (gracias, Pipa, por entender que el ser humano tiene que dormir para vivir), decidí coger el móvil, ese aparato infernal a través del cual solo parecían llegar mensajes del inframundo, y convocar a «Antes muertas que sin birras» para esa misma tarde. No había tenido cuerpo para contarles aquello por teléfono porque hubiera necesitado dos llamadas. Y no era algo que pudiera compartirse en un wasap. Si mi ex era un hijo de puta asqueroso, se tenía que decir con la boca bien llena.

Jimena, que es una de las personas más prácticas que conozco en todo lo que tenga que ver con conseguir dormir un poco más, vivía en una lata de sardinas bastante deprimente cerca de Ópera. Era lo más cercano que había encontrado de su trabajo por el precio que podía pagar, así que no se lo pensó, lo alquiló y ya llevaba viviendo allí dos años. Y allí me presenté, litrona en mano, dispuesta a vomitar mi rabia que ya no era explosiva, pero sí ardía en la garganta.

Fui la primera en llegar. Como bienvenida, Jimena, que acababa de volver del trabajo y aún llevaba las gafas puestas, arrugó el morro después de darme un repaso de arriba abajo. Nosotras, en eso del estilo, no nos poníamos nunca de acuerdo.

—¿Qué llevas puesto? —preguntó.

—No me toques la moral, te lo pido por favor.

Jimena se apartó, me dejó entrar y murmuró un «vaya por Dios» mucho más conciliador.

—Vale, ¿qué ha pasado? Porque primero nos dijiste que habías tenido una revelación fruto de una experiencia cercana a la muerte, de la que te preguntaré intensamente más tarde, y luego que eras una desgraciada y que a la mierda las buenas intenciones.

—Espera a que venga Adri —gruñí—. Sácame un vaso para la cerveza, por favor.

—¿Te puedo preguntar ya por lo de la muerte? —Cerró la puerta mientras me dejaba caer en el sofá y una nube de polvo, migas y partículas de algo no identificable volaban a mi alrededor.

—¿Y yo te puedo preguntar cuándo fue la última vez que aspiraste este sofá?

—No lo he aspirado nunca. ¿Quién coño aspira el sofá? Tú estás chalada.

—Está lleno de mierda —la acusé con cara de asco.

—Vivo ahí, chata. Lo raro es que no encuentres ningún resto biológico. Creo que en los dos años que llevo aquí, he dormido en mi cama solo los días que he venido con alguien.

—¿Por qué? —le pregunté asqueada.

—¿Por qué no?

Llamaron al timbre y aprovechó para desaparecer, abrirle la puerta a Adri y volver con dos vasos en la mano, que me apresuré en llenar.

Adriana venía aún con el uniforme de la tienda. Estaba muy mona vestida de negro, aunque a ella no le gustaba porque consideraba que resaltaba demasiado el tono pálido de su piel y el naranja natural de su pelo.

—¡Zanahoria! —la saludó Jimena para picarla—. ¿Qué tal? ¿Has vendido muchos vestidos de repollo hoy?

—Hoy hubieras disfrutado, cielo —me saludó con un beso y una sonrisa, y después de coger el vaso de cerveza que le tendía, se enderezó—. Ha venido una chica preguntando si teníamos vestidos de novia negros.

—Sublime —respondió esta.

—Qué asco…, ¿lo que hay en el sofá son risketos? —Adriana miró a su alrededor asqueada—. Pero si podría llenarse una bolsa de patatas con las migas que hay por aquí.

—Al lío. ¿Quién empieza? —terció Jimena, a la que iba a ser imposible convencer para que aspirara el sofá… probablemente porque ni siquiera tenía aspiradora—. ¿Empiezo yo? —Abrí la boca para intentar desahogarme con premura, pero Jimena siguió hablando muy ufana, con la cerveza casi en los labios—: Santi resucitado me tocó el culo.

—¿Cómo? —Se rio Adriana.

—Que me tocó el culo en plan lascivo y luego me dijo que era un masaje de regalo…

—Eso no tiene sentido —le pidió Adri—. Cuenta las cosas bien, haz el favor. Nos estás ocultando información.

Se sentó en la esquina que quedaba libre en su amado sofá y bufó. Estaba claro que no quería ahondar demasiado en la versión oficial de los hechos.

—Le dije que me dolía el culo. Le dejé entender que tenía una contractura. —Se encogió de hombros—. Quería aprovechar lo de las bragas de lazos. El caso es que cuando ya pensaba que iba a pasar de mí y que me largaba a casa sin mi sesión de sobeteos eróticos…, apartó la toalla, me masajeó el culo y me dijo que era de regalo, que para eso no había tarifa.

—Dios… —Me coloqué la mano en la frente.

—¿Qué pasa?

—Pues que suena a que estás a dos sesiones de que uno de los dos denuncie por acoso al otro —explicó Adriana—. ¿Por qué no quedas con él fuera de su trabajo? Mezclarlo con el curro… no mola.

—¿Sí? ¿Y qué hago? ¿Compro por Amazon una botella de cloroformo y lo arrastro por toda Chueca hasta sentarlo en algún garito que me guste? ¡Por Dios! ¡Que mide como tres metros! Su trabajo es mi única opción para acercarme a él. Y voy a seguir haciéndolo porque me está dando resultados —dijo muy segura de sí misma.

—Pero ¿qué perra te ha dado ahora con este chico, Jimena? ¡Si no lo conoces de nada! —se quejó Adriana.

—¿Cómo no lo voy a conocer? ¡Es Santi!

—¡Santi está muerto! —Y lo siento, no estaba yo para andarme con tacto.

—Ya lo sé, idiota. Por eso mismo. Porque hay algo en el brillo de los ojos de ese chico que solo puede ser… suyo.

Adriana y yo cruzamos una mirada de preocupación.

—Bueno, Jime… —tercíó Adriana—. Ándate con cuidado. Y no le metas mano. Lo digo en serio…, te puede denunciar. Y es acoso. Y asqueroso, si me permites la opinión. ¿Cuándo vuelves a verlo?

—El miércoles.

—Acosadora reincidente —murmuró como contestación la pelirroja.

—Cambiemos de tema, pesadas —pidió.

Abrí la boca de nuevo, pero Jimena señaló a nuestra amiga sin deparar en mí.

—Adri…, ¿novedades con tu trío?

—¡Ay! ¡¡¡Sí!!! —Se aplaudió a sí misma a la vez que daba un brinco y vertía parte de la espuma de cerveza sobre su regazo—. ¡¡Ya se lo he dicho a Julián!! ¡¡Y le ha encantado la idea!!

Cogí un cojín y me tapé la cara con él con fuerza. Si ahogaba un grito en el relleno…, ¿me estaría pasando?

Adriana se apresuró a aclararlo.

—No quiere decir que no flipara en colores cuando se lo dije, pero… es que estoy convencidísima. Y… ¡¡ya tenemos chica!! Se llama Julia. Y es muy mona.

—¿La has visto?

—Nos mandó esta foto.

Aparté el cojín de mi cara y me asomé a tiempo de ver que sostenía el móvil frente a nosotras, orgullosa.

—¿No será un *catfish?*—preguntó Jimena—. Es muy guapa.

—Qué va. Mira…, está sosteniendo un cartel con un mensaje para nosotros. —Sonrió.

—Esto es un *catfish* —sentenció Jimena.

—¡Que no! ¡Qué mal pensada!

—Creo que deberías quedar con ella antes de hacer el trío y asegurarte —le aconsejó.

—¿En serio? Pero ¿cuándo perdiste la fe en la humanidad, Jimena?

—Cuando pillé a mis padres jodiendo. Nadie se recupera de eso.

No pude hacer otra cosa que echarme a reír. Sí, a pesar de todo, me reí. Durmió en mi casa una semana después de aquello.

—En serio, queda con ella en un sitio público antes de darle la llave de tu vida sexual, anda —insistió Jimena.

—¿Tú opinas lo mismo? —me preguntó Adriana.

Las dos me miraron a mí, pero fui incapaz de dar mi opinión sobre el asunto. Por el contrario, cogí mi móvil del bolsillo, abrí el mensaje de Leo que había leído unas tres mil veces y lo tiré en el regazo de Jimena.

—¿Y esto qué es? Yo quiero que me cuentes lo de mirar a la muerte a los ojos.

Señalé el móvil, incapaz de decir nada más, y ellas lo sostuvieron entre las dos para leer los mensajes que aparecían en la pantalla.

La primera en reaccionar fue Adriana, que se tapó la boca con la mano. Jimena me miró después, con sus ojos redondos y claros fuera de sus órbitas.

—¿Cómo no nos cuentas esto antes?

—Llevo día y medio sin poder construir frases coherentes —conseguí responder—. Me llevan los demonios.

—Maca, escúchame… —Adri se acercó a mí, me cogió una mano y me obligó a mirarla—. Este mensaje es un montón de…

—… mierda —terminé yo por ella.

—No. Bueno, sí, pero lo que quiero decir es que este mensaje es rabia pura. Y… nadie tiene tanta rabia dentro por alguien que le da igual.

Jimena, que estaba releyendo el mensaje, alzó los ojos hacia nosotras.

—Adri, no lo alimentes, por favor —le pidió—. Olvídalo. Ya está. No le contestes e ignora su existencia.

—Anoche estaba tan cabreada que pensé en pagar a alguien para que…

—¿Para que lo matara? ¡¡Macarena, por Dios!! —gritó Jimena.

—¡No! Que lo matara no, joder. Un par de piernas rotas hubiera bastado.

—¿Hay gente que hace eso por dinero? —se preguntó Adriana en voz alta.

—A ver, pirada, psicópata. —Jimena llamó mi atención—. Explícame por qué mierdas le mandaste tú el mensaje primero. ¿No habíamos quedado en que estaba superado y…?

—Me dio un viaje astral. —Me eché hacia atrás en el sofá y más objetos no identificados salieron volando de la funda del sofá—. Cuando pensé que me mataba en el avión…, me dio un viaje de la hostia. Y pensé en todo lo que dejaría pendiente y en toda la mierda que he ido arrastrando desde hace años y quise hacer limpieza. Empezar de cero. Solucionar las cosas. Perdonarle aquello de una vez.

Me miraron en silencio y me tapé la cara con las manos, para dejarlas caer después de unos segundos.

—Pensé que saldría bien. Cuando hablé con Pipa y le dije que no podía seguir tratándome mal, creí que saldría bien. Pero Pipa se cree que soy gilipollas y Leo es un hijo de la gran puta.

—Si te escuchara Rosi... —murmuró Jimena, haciendo referencia a la madre de Leo.

—¿Qué hiciste? —se interesó Adri—. Porque veo que no le contestaste.

—Claro que no. ¿Qué se le contesta a eso? Hasta donde yo sé, las maldiciones hay que echarlas en persona. Además, estaba con Raquel cuando lo recibí y... me explayé con ella. Le dije algo como que esperaba que con ella no fuera un psicópata y me fui a llorar a un portal.

Tocó el turno de que se miraran entre ellas y yo volví a taparme la cara con un cojín. Con las manos no bastaba.

—Le escupí en el batido —murmuré.

—¿Qué?

—Le escupí en el batido —volví a susurrar.

Jimena me arrancó el cojín de la cara con mala leche y yo puse cara de pena.

—Le escupí en el batido. Y se lo bebió.

—¿Leo? —me interrogó Jimena muy extrañada.

—Pipa —aclaré.

Una sonrisa se dibujó en sus caras y pronto se convirtió en una carcajada que me contagió.

—¡Así se hace! —gritó Jimena a la vez que alargaba la mano para intentar chocarla con la mía.

—¡No la animes! —Adriana la apartó sin poder dejar de esbozar una sonrisa—. Las venganzas no solucionan nada. ¿Es que no has leído *El Conde de Montecristo?* Las venganzas le destrozan a uno la vida porque, mientras se dedica a planearlas..., olvida vivir.

Arrugué el labio en un gesto de inconformismo.

—¿Y Coque?

—Coque, ¿qué?

—¿No entraba Coque en tus planes de limpieza cósmica? —insistió Jimena.

Hostia, Coque. Me había olvidado de él. ¿No habíamos quedado?

—Pues… —Moví la cabeza—. Sí. Le envié un mensaje también. Pensaba hablar con él hoy, la verdad. Aclarar los límites de lo nuestro para saber a qué atenerme exactamente.

—Pensaba que estabas a gusto con vuestra relación.

—Y lo estoy —asentí—. Estoy genial. Pero un poco más de atención por su parte…

Jimena fingió un pedorreo que le costó que me saliera un rayo mortal de los ojos e intentase quemarle el pelo con unos poderes mentales que no tengo.

—¿No te das cuenta? Tienes un lío de pelotas. Ni estás bien con Coque ni lo que intentabas con Leo iba a funcionar. Tú quieres que Coque sea alguien que no es. Quieres cosas de él que no te va a dar nunca.

—¿Por qué?

—¡¡Porque no es así!! A Coque no vas a convertirlo en un novio de comedia romántica, Maca —dijo muy seria—. No lo va a ser nunca. Es un follamigo despistado, un crío bastante egoísta, un seductor nato y si algún día sienta suficientemente la cabeza como para ser padre, sus hijos vendrán con un talonario para horas de psicoanálisis debajo del brazo. ¿Qué es lo que no tienes claro?

—¡Yo estoy bien así! —me quejé—. Me gusta mucho, lo entiendo, estamos en la misma onda…

—No lo estáis. Tú quieres más.

—Te digo que estoy bien así.

—Tú eres tonta —rumió Jimena.

—Jime, cállate —le pidió Adriana.

—No me callo. Si le sirve de funda para la polla a un vividor que nunca la querrá, que al menos lo asuma en voz alta. —Jimena se giró hacia mí y me señaló con el dedo—. Es más, ¿sabes lo que te pasa? ¿Sabes lo que quieres? Quieres que Coque sea lo que Leo nunca fue y, amiga, eso pinta mal.

Me quedé mirando a Jimena con los ojos abiertos de par en par y abrí la boca para contestarle que era una imbécil, que estaba juzgando a su mejor amiga a la ligera y que lo suyo con Samuel tampoco es que sonara a cuento de hadas, pero… me quedé en la intención, porque lo único que salió de mi boca fue un sollozo. Un sollozo iracundo; rabia mal canalizada. La rabia acumulada en los últimos dos días había salido a borbotones cuando bajé la guardia.

No odiaba a Jimena, claro; ella solo era el mensajero y aunque hubiera disfrutado haciéndole comer el relleno de alguno de sus cojines, no tenía la culpa. La culpa era mía y de toda mi buena intención con la gente. La culpa era mía por no haberle retorcido las pelotas a Leo cuando las tuve en la mano. La culpa era mía por tener la absurda creencia de que si me portaba muy bien con Pipa, terminaría por quererme. Hay gente que no nos quiere y no pasa nada. Pero, oiga, qué agobio, frustración y rabia me comieron por dentro en aquel momento. Solo pude llorar, porque ponerme frente a la ventana con el puño en alto y jurar a contraluz, frente a un atardecer, que «nunca volvería a pasar hambre» a lo Escarlata O'Hara, no se me ocurrió. Pero por dentro era justamente lo que pensaba. Que allí se acababa. Que ya me habían vacilado suficiente en la vida. Que si hacer las cosas como creía que se debían hacer no funcionaba…, habría que intentarlo de otra manera.

A Jimena, por supuesto, le perdoné la verborrea como solo se puede hacer con una mejor amiga, sobre todo cuando me abrazó pidiéndome disculpas, pero no olvidé lo que dijo. Dicen que en las bromas, burlas y enfados, hay más verdad que en las confesiones. Y seguro que a Escarlata O'Hara esas cosas no se le olvidaban.

22. «Torn», Natalie Imbruglia

A tomar por...

No sé si te ha pasado alguna vez, pero cuando me llevo un buen chasco, mi primera reacción es decirme a mí misma que ha llegado el momento de ser mala. Pero mala de verdad. Decirle a la teleoperadora que «tu madre» no está en casa y que tú no tienes edad para decidir sobre las tarifas de telefonía... no es ser mala. Intentar colar tu carnet de estudiante caducado para pagar menos en un museo, tampoco. Mala en plan..., malmeter y dedicar energía y tiempo en joder la marrana. Pero, ¿sabes qué me pasaba? Que nunca lo hacía porque al poco me desmoronaba. Y ya no servía para el mal. Quizá fue «culpa» de mi educación en un colegio de monjas. O de que siempre fui un poco *flower power* y pensaba que debemos dejar una huella amable en el mundo.

Pero a la mierda todo.

Cuando salí de casa de Jimena arrastraba los pies; iba dándole vueltas a lo que Adriana dijo sobre ese tipo de planes. Las venganzas consumen energía. Sonaba sensato, pero... no todo en la vida es sensatez. Si pensase con sensatez todo lo que hago, me habría perdido muchas grandes cosas. Dejar mi curro en la perfumería y marcharme a Madrid a emprender esa aventura a la que llaman independencia, por ejemplo. Romper con todo después de romper con Leo. Y a Leo. A Leo también me lo hubiera perdido, porque siempre fue mala idea. Poco sensato.

Como las ganas que tenía de pisarle un cojón con un zapato de tacón de aguja.

Paseé por el bonito Madrid de los Austrias aprovechando la buena temperatura de los días primaverales, mirando a la gente, intentando calmarme y retrasando el momento de volver a casa. Se cuentan muchas leyendas sobre vivir sola, querida. Creemos que será como en las sitcoms y que nuestro pisito será una guarida cuca en la que tomaremos baños de espuma con un libro de Kerouac en una mano y una copa de buen vino en la otra, pero es solo un lugar en el que, al cerrar la puerta, no hay nadie más que nosotros mismos. ¿Qué quiere decir eso? Que la guarida depende del estado del animal que se resguarda en ella. Además, seamos sinceras: encontrar un piso con bañera en Madrid es prácticamente imposible, acabamos dedicando nuestro tiempo a ver vídeos de gatos asustándose con pepinos en YouTube y nunca terminamos de aprender de vinos. Ni de amor. ¿No bastaba ya de buenas intenciones?

Invertir mi energía en la parte oscura del mundo no me iba a hacer sentir bien y, probablemente, el karma me lo devolvería con creces, pero... empecé a pensar si no llevaba ya a cuestas esa parte. ¿Qué iba a pasarme si me dedicaba a hacer un poco el mal? Ya tenía una jefa insufrible, un trabajo que hacía bien y por el que no recibía más que un sueldecito medio decente que no me daba para mucho. Tenía un ligue, que me vacilaba más que mimarme y que siempre hacía lo que le salía de las pelotas, y un ex que siempre conseguía hacerme sentir un moco pegado en un kleenex desechable. Había sido «buena» la mayor parte de mi vida y... ¿cuál era el resultado? Ninguna recompensa cósmica en mi haber. Había sido demasiado amable en mi vida. Facilitadora. Quería ser una *problem solver*, nunca una *trouble maker*. Y, ¿cómo me iba? Mal. Fatal de los fatales. Se me acababan de subir a la chepa mis dos archienemigos, y hay un momento en la vida para parar la rueda, dejar de lloriquear y coger el timón de verdad. Ojo por ojo. Tú me jodes…, yo te jodo. No iba a buscarlo para hacerle la vida imposible, pero… si no se mantenía alejado de mí, iba a ser muy feliz complicándole la existencia.

En líneas generales, Leo y yo fuimos felices un cuarenta por ciento de nuestro tiempo juntos. El sesenta restante lo pasamos peleando, gritando, dejándonos, volviendo y angustiándonos por un futuro que aún no había llegado. La primera vez lo dejamos porque él iba a solicitar una beca Erasmus. Sin saber si se la concedían o no, rompimos. Casi igual que el final de nuestra cuarta intentona.

Mi madre nos llamaba Calisto y Melibea, como los protagonistas de *La Celestina*, y solía decirme que terminaríamos matándola del disgusto, como a la madre de ella en la obra. Siempre regañando.

—Si hay que pelearlo tanto, reina, a lo mejor es que no puede ser.

Recuerdo la bronca que siguió a ese consejo. Me puse histérica. Tenía diecinueve años…, espero que me haya perdonado.

Leo siempre tuvo dos caras: la del amor y la del futuro. El amor lo vivía así, en presente. No podíamos hablar de dónde viviríamos cuando nos casáramos o de cuántos hijos queríamos tener, como otras tantas parejas de la edad que, llegaran a cumplirlo o no, tonteaban con el tema. Si le sacaba el tema, Leo me sonreía con condescendencia y me pedía que dejara en el futuro las cosas que no se pueden solucionar en el presente. Era una frase de su padre, me imagino. Luego me besaba. Y a mí se me olvidaba de qué demonios estaba hablando.

El futuro para él era territorio de trabajo, logros y hazañas. El futuro hablaba de vocación, de otro tipo de amor: del amor por lo que uno hace, por las letras, por los sueños que aún quedan por alcanzar. Y eso a veces no es entendible para la persona que comparte tu vida.

¿Me sentí dejada de lado? A veces. ¿Fue ese el problema de lo nuestro? No. Yo quería que él fuese quien soñaba ser. Me hacía feliz verlo feliz. Si tenía que posponer alguna celebración porque él andaba de exámenes, lo hacía sin problemas. Por más ocupados que estuviéramos, todas las noches nos dábamos unos besos encendidos en la oscuridad de la escalera que conectaba el piso donde estaba la casa de mis padres con la de los suyos. Él quería leer tantos libros como pudiera, ser doctor en literatura, escribir ensayos, dar clases, seguir estudiando…, y yo soñaba con ser galerista. Pero al final me di cuenta de que había nacido sin una vocación clara y duradera en lo profesional. En lo vital, quería que mi existencia fuera solo mía, interesante y feliz. Quería tener a Leo a mi lado. Y ni mía ni interesante ni feliz. De Leo mejor ni hablemos.

Y en este punto me paré. Mental y físicamente. Estaba a punto de llegar a la Puerta de Alcalá y ya se intuía el frescor de El Retiro, donde de noche siempre hace un par de grados menos. Los coches dibujaban estelas de luz al pasar a toda velocidad y del pub irlandés The James Joyce salía el sonido de las conversaciones, las risas y las pintas. Y yo me paré con decisión, como una loca, mirando al infinito.

Puede que en el pasado hubiera sido amable y hubiera carecido de una vocación clara pero…, oye, de todo se aprende. Ahora había aprendido. Porque de pronto tenía un plan, un propósito y una intención: olvidar a Leo. Borrarlo de mi vida. Ignorar su existencia. A mí no me iba a vacilar nadie más. Una nueva Macarena estaba en ciernes. Una a la que se le olvidó completamente que había medio quedado con Coque para hablar.

23. «Pretending», HIM
Hacerse el valiente

Tardé exactamente veinticuatro horas en arrepentirme del mensaje que le envié. Veinticuatro horas exactas en las que me dio tiempo a ser muy imbécil. Quizá fue el tiempo que necesité para reponerme. Porque, seamos sinceros, su mensaje me había hecho daño.

¿Por qué? Si lo hubiera sabido no me hubiera puesto como un loco. No hubiera puntuado con tanta mala leche los trabajos de mis alumnos. No le hubiera colgado el teléfono a mi madre con el pretexto de que estaba demasiado ocupado y no tenía tiempo para que me pusiera al día de lo que pasaba en el barrio. Ni hubiera escrito a Raquel para pedirle que viniera a mi casa nada más aterrizara en Madrid, claro está.

Raquel vino ilusionada, después de dejar la maleta en su piso, el mismo domingo por la tarde. Cuando le abrí la puerta, ya me había arrepentido de llamarla y me apetecía estar solo, pero... admito que su presencia iluminó un poco mi casa y mi día. Venía tan contenta y era una persona tan entusiasta y positiva que era difícil no verse arrastrado.

Le encantó mi apartamento. A lo que yo llamaba «casa sin paredes», ella lo renombró como un *loft*. Al olor de especias que llenaba el aire, le sacó algo positivo: en realidad parecía el aroma de algún ambientador con aire oriental. Y mi cama mal hecha en el último momento... le pareció sexi.

Raquel estaba ilusionada conmigo y con lo nuestro. Yo... estaba siendo cínico. Me gustaba, pero a la vez me agobiaba que no me gustara tanto como me imaginaba.

La dejé fumar junto a la ventana y cuando me dije a mí mismo: «Si Macarena te viera, con la guerra que le diste con lo del tabaco», me di cuenta. Los recuerdos. Eso era lo que había sentido al leer su mensaje, que esos recuerdos a los que aún les guardaba cariño, que habían servido para acompañarme en el camino muchas noches..., no le servían para nada. No los quería. Le pesaban. Y me sentí dolido, ultrajado y decepcionado. A pesar de lo que nos hice.

Yo quería avanzar, pero sus recuerdos no me pesaban. Su pelo, que era en realidad rizado, enredándose en mis dedos gracias al viento que entraba por la ventanilla del coche. Su sonrisa infantil, que no crecía ni envejecía, maduraba. Sus ojos llenos de vida cuando me preguntaba dónde querría vivir, si quería casarme y cómo llamaríamos a nuestro primer hijo... aunque yo nunca le respondiera. Y no solo eso. El momento en el que me animó a rechazar el trabajo como profesor en un colegio privado, para seguir centrándome en mi tesis. Todas las noches que recité en su boca algún párrafo aprendido de memoria a fuerza de analizarlo en mi trabajo. La cartera de piel que me regaló en nuestras últimas Navidades juntos... «para cuando seas profesor universitario y yo la mujer más envidiada de tu facultad».

Lo malo seguía rondando su nombre pero de manera difusa. Lo malo se resumía en la convicción de que Macarena siempre acababa complicándome la existencia. Pero lo bueno era físico, tangible. Suena absurdo, ¿verdad? Así son los sentimientos, me temo. Un maremágnum difícilmente clasificable.

En resumen: no quería verla ni en pintura, pero que no me tocara los recuerdos, porque allí sí que quería tenerla siempre.

Cuando intuí que Raquel quería hablar, me esforcé por seducirla. Físicamente, quiero decir: acorralarla contra una pared, morder su cuello, sobar sus nalgas..., y ella se entregó en cuerpo y alma a pagarme con la misma moneda. Aún estábamos de pie cuando le quité la ropa interior. Lo hicimos encima del sillón donde solía sentarme a corregir.

Si mis alumnos supieran. Follamos sin motivo aparente pero cargados de razones. Las suyas no las sé con seguridad. Las mías se revelaron con el tiempo: estaba cabreado, cabreado por estar cabreado, y el sexo siempre fue un lugar cómodo en el que refugiarse cuando no me sentía bien. Si me sentía solo: follaba. Si añoraba: follaba. Si estaba preocupado: follaba. Si estaba cansado: follaba. Si estaba triste... ¿adivinas? Y si no..., perdónenme las señoritas de la sala, me la pelaba.

No estuvo mal, pero podría haber sido mejor si hubiera puesto más que mi cuerpo al servicio del sexo y mi cabeza hubiera estado con ella y no envuelta en la bruma de una rabia mal gestionada.

Dejé el orgasmo contenido en un gruñido junto a su cuello y atrapado en el condón y me quedé quieto, mientras ella sofocaba unos gemidos suaves junto a mi oreja. Pasados unos segundos, nos miramos. Yo esperaba que ella se levantara y me dejara ir al baño. No me gustan los mimos postcoitales. No me gusta el sexo que viene con todos sus actos predefinidos: primero besos, luego preliminares, más tarde quince minutos de mete-saca y para terminar, caricias, risas y conversación. No, gracias. La vida ya era lo suficientemente previsible como para asumir una rutina también en la cama. El sexo tenía que ser siempre espontáneo. Por eso me gustó tanto siempre la intimidad con Macarena, porque una vez se normalizaba nuestra respiración, me miraba y me hacía preguntas como: «¿Tú crees que los dinosaurios se extinguieron por la colisión de un meteorito?». Maldita. Sabía hacerme reír con la misma intensidad que me sacaba de mis casillas.

Pero al parecer, Raquel no pensaba como yo. Ella quería hablar de algo trascendente. ¿De qué hablaría Macarena después de follar con otros?

—Leo...

—¿Mmm? —pregunté abandonando mis pensamientos.

—¿Podemos hablar de una cosa?

Salí de ella, me quité el condón y la aparté con amabilidad para levantarme. No respondí, y ella me siguió con la mirada hasta la cocina mientras me abrochaba el pantalón..., claro, no había paredes, podía verme.

—¿Eso es un «no»? —quiso asegurarse.

—Eso es un «dame un momento para que solucione cuestiones prosaicas» con un poco de «algo me dice que para esta conversación necesitaré vino».

Y no me equivocaba.

Ya vestidos, con un metro de distancia entre nuestros cuerpos y armados con una copa de algo que poder beber para ganar tiempo si las preguntas o las respuestas nos incomodaban, fingimos que no nos preocupaba lo que íbamos a hablar. Pero nos preocupaba, claro..., a cada uno por un motivo diferente.

—¿Te ha pasado algo con Macarena este fin de semana? —soltó Raquel a bocajarro, porque si le das muchas vueltas a las cosas, parece que te importan más.

—Sí —respondí con sinceridad—. Le contesté un mensaje con muy mala hostia.

—¿Puedo preguntar más?

—No. —Negué también con la cabeza—. Son cosas que no tienen nada que ver con quien soy ahora. Pero ¿cómo lo sabes?

—¿El qué?

—Eso..., que ha pasado algo.

—Creo que estaba con ella cuando lo recibió.

Me humedecí los labios y me peiné las cejas.

—¿Y?

—Pues me dijo que me deseaba suerte contigo y que a lo mejor tenía suerte y ya no eras un hijo de puta manipulador y sociópata.

Casi me entró la risa. Macarena siempre fue muy vehemente.

—Pues... no sé por dónde empezar —le respondí.

—¿Eres un hijo de puta manipulador y sociópata? Estaría bien saberlo.

—Si lo soy, el polvo te lo llevas ya puesto, ¿no?

Raquel silbó y me di cuenta de que había respondido como si echara mano a mi revolver.

—Perdón —le dije—. Es Macarena, que saca lo peor de mí. No soy un sociópata, pero creía que eso quedaba bastante claro. Tendré que revisar mis habilidades sociales —carraspeé—. Ella lo dice porque soy... reacio a mostrar mis emociones en público. Lo de hijo de puta puede ser. Cuando quiero. Lo de manipulador no lo creo y es posible que lo dijera porque siempre consideró que tengo mucha facilidad para tergiversar comentarios.

Me miraba sin saber qué cara poner y no pude hacer otra cosa que sonreír, pero ella no me respondió al gesto.

—¿Tenéis temas pendientes?

—Tenemos una historia detrás, es diferente. Tenemos que aprender a interactuar sin querer matarnos.

Asintió y cogió aire mientras se acercaba la copa a la boca. Después de un trago de vino, se mordió el labio y lanzó la pregunta que más le preocupaba.

—¿Yo te gusto, Leo?

—Sí —asentí—. Pero me siento en la obligación de decirte que soy de esos...

—¿De qué «esos»?

—De los que no cuidan los detalles, de los que están casados con su trabajo, de los que no hacen declaraciones de amor y de los que están a duras penas preparados para algo que les ate.

—¿Y eso qué quiere decir?

—Que no soy el indicado. Nunca lo soy.

—¿Ahora mismo o...?

—No te puedo contestar a esa pregunta. Dejemos en el futuro lo que no podamos solucionar ahora mismo —respondí automáticamente.

—¿Qué seremos tú y yo entonces?

—¿A quién le importa? —Arqueé las cejas—. Seamos y ya está.

Raquel volvió a beber bajo mi atenta mirada. Iba a mandarme a cagar, lo sabía…, lo sabía y casi lo esperaba. No sé si era lo que quería o si, por el contrario, me estaba tomando tantas molestias solo para empezar con buen pie y con todo claro, por si en el futuro aquello crecía. No tenía ni idea y después del mensaje de Macarena, y todo lo que desencadenaba su jodida presencia en mi vida, mucho menos.

Tras unos segundos de incertidumbre me animé a añadir algo porque quería limpiar un poco mi nombre. Ese nombre que Maca había ensuciado.

—No soy un cabrón, Raquel, pero solo puedo prometerte que cuando estemos juntos, lo pasaremos bien. Disfrutemos. Sin atarnos. Sin pensar qué somos. Y cuando deje de ser divertido…, démonos un beso y digámonos adiós.

Raquel contestó:

—Eso no suena a salir en exclusiva —respondió.

—Es que no lo es. —Me sentí en la obligación de aclarar—. No me gusta comerme las babas de nadie pero, oye, ¿quién soy yo para obligarte a dejar de buscar lo que quieres? Búscalo. Claro que sí. Yo no te lo puedo dar.

Me echó una mirada que no sabría traducir en palabras. Supongo que estaba planteándose si las normas del juego valían para ella. Al final, asintió:

—A mí me vale.

—Nos vale a los dos, entonces.

—Pero… deberías solucionar ese mensaje que le mandaste a Macarena. Si no eres un cabrón, lo mejor es que lo demuestres con actos y no con las palabras que quepan en un mensaje de texto.

Mierda. Qué listas son las mujeres.

24. «Apologize», One Republic
Qué tarde llegas...

No pienses en un elefante rosa. No pienses en esos botines que sabes que no te debes comprar. No pienses en lo mucho que te cabrea tu jefa. No te rayes, tía. No te preocupes por si tu amiga sonó un poco seca en vuestra última conversación. No le dediques un pensamiento de más a ese bollo relleno de crema que te comiste antes de acostarte... ni en lo prietos que terminarán yéndote los pantalones si repites el episodio. Olvida la canción de moda..., no la repitas para tus adentros. No pienses en sexo si estás en sequía. Olvida el sabor de un cigarrillo, si lo has dejado.

¿A alguien le ha servido alguna vez algo de esto? A mí no. A mí decidir no pensar en algo, me convierte en una obsesión con piernas. Cortitas, pero piernas al fin y al cabo. Para mí, intentar olvidar, añade colores a los recuerdos y hasta banda sonora. Pero eso no fue el problema. El problema es que cuando tratas de evitar algo, el cosmos te lo pone delante. Para que aprendas. Para que tomes decisiones. Para que asumas.

Pipa había estado mandando mensajitos en su iPhone durante toda la mañana, mientras lanzaba risitas sordas de vez en cuando. Era fácil adivinar lo que estaba haciendo. Una pista: no estaba encargándose de sus redes, de su agenda, de buscar los «clones del mes» para la sección de su blog: «Viste como VIP por muy poco». No. Todo eso lo estaba haciendo yo. Ella estaba mandándose mensajes (con total seguridad guarros) con el italiano tatuado.

Pensé que la nueva Macarena debería decirle algo, pero lo único a lo que me atreví fue a indicarle que estaba muy ocupada cuando me sugirió que bajara a comprar algo de comer para las dos.

—Tengo muchas cosas ahora encima de la mesa —y lo dije mientras me repetía a mí misma arengas de empoderamiento acompañadas de un cántico a lo «estadio de fútbol».

—Mujer, pero tendremos que comer.

Solté el ratón, desvié la mirada del ordenador y respondí.

—No tengo hambre, Pipa, pero gracias. A lo mejor deberías bajar a comer algo tú, mientras me quedo adelantando esto.

Llegado a ese punto solo podía hacer dos cosas: obligarme a ir a buscar su maldita ensalada de kale, quinoa y salmón o marcharse a tomársela mientras leía una revista. Se lo puse fácil: había pasado por el kiosko antes de llegar y me había hecho con todas las publicaciones de moda del mes.

—Ahí tienes *Elle, Vogue, InStyle...* y *Cosmo, Glamour, Woman...*

—Gracias. Sí. Quizá necesito un descanso.

Sí, porque ser tan vaga hija de la gran puta debía ser agotador.

No volvió después de comer. Me mandó un mensaje diciéndome que iba a pasarse a hacer unas compras. Otra pista: al supermercado no iba a ir.

Ni tan mal. A la nueva Macarena no se le daba tan mal ser sutilmente hostil.

La tarde, tranquilita en el despacho, fue productiva. Me quité de encima mucho trabajo acumulado, aunque no me dio tiempo a atacar el montón de cajas con regalos provenientes de grandes marcas que acumulábamos sin abrir en un rincón de la oficina. Pipa nunca las abría ella. Lo hacía yo: ella me indicaba el día en que debía hacerlo y yo, después de abrir uno por uno todos los presentes, les hacía una foto, los metía en un Excel y se lo mandaba con una indicación sobre qué veía interesante sacar en redes ese mes o el siguiente y qué no. A todos, no obstante, se les devolvía una tarjeta, escrita de (mi) puño y letra, agradeciéndoles el detalle. Pipa insistía en que a las grandes marcas debíamos cuidarlas…, pero ese plural mayestático parecía referirse solo a mí.

A las ocho de la tarde alguien llamó al telefonillo. Estaba pensando en ir recogiendo para marcharme y no esperaba a nadie, así que pensé con alegría que quizá Jimena había pasado por el barrio y venía a recogerme para tomar algo. Pero no.

No pienses en un elefante rosa.

Que no te apetezca un cigarrillo.

Olvida la canción de moda.

—¿Sí? —respondí supercontenta.

—Macarena, ¿puedo subir un momento?

Colgué el telefonillo de golpe y porrazo, sin responder ni abrir. Pero… ¿qué coño? El elefante rosa en el que no debía pensar había venido a mi oficina y pedía subir. ¿Cómo había averiguado dónde trabajaba? ¡¡Maldita Raquel!!

Volvió a sonar el timbre. Lo ignoré, plantada como una idiota delante del interfono. Insistió, al principio con toques tenaces pero educados; pasados dos minutos (que se le debieron hacer muy largos) empezó a aporrear el timbre, amenazando con fundirlo. Y, ¿sabes a quién le tocaría encargarse después de la reparación?

—¿¡Qué quieres!? —rugí.

—¡Deja de portarte como una cría y ábreme la puta puerta, hostia!

Abrí los ojos de par en par.

—Estás un poco nervioso, Leo. Creo que es mejor que no subas.

El gruñido me hizo sonreír. En el fondo, siempre disfruté un poco de sacarlo de sus casillas. Era… tan facilón.

—Abre. Por favor. Solo quiero intercambiar un par de frases.

—¿Qué tiene de malo el interfono?

—Por mí no hay problema. Total, ¿qué más da que todos los desconocidos que están pasando por la calle se enteren de que te mandé un mensaje diciéndote que…?

Abrí el portal. Solo me faltaba ser la diana de todos los cotilleos de las porteras de la acera de enfrente.

Leo subió por las escaleras. Es de esos. De los que te rompen el corazón «por tu bien» y de los que nunca usan un ascensor. Así tiene el culo… de cabrón desalmado y muy bien puesto.

Le esperé en la puerta, apoyada en el quicio, pero cuando lo vi aparecer, me aparté para dejarlo pasar. No sé por qué. Quizá porque dediqué más tiempo del pertinente en pensar en lo sexi que me parecía que subiera sin resollar a pesar de los cuatro pisos. O porque llevaba una camisa blanca y… esa prenda es criptonita para mí.

—¿Te pongo algo? —le ofrecí.

—De los nervios me pones —balbuceó pasando de largo a mi lado.

—De beber, ¿quieres algo o no?

—¿Escupirás dentro?

—Es posible.

—Bah, ¿qué más da? No será la primera vez que compartimos fluidos. Un vaso de agua estará bien.

—Siéntate en el sofá.

Fui hacia la neverita Smeg rosa que quedaba en nuestra «zona privada» (sinónimo de «esconde la nevera y la cafetera,

Maca, esto parece un bar de carretera»… ¿Para qué hostias se gasta alguien 4.000 euros en una nevera rosa si no quiere verla?), cogí un botellín de agua Fiji y me preparé un café. Hacerle esperar porque sí podría llevarme al clímax, pero no me pasé. En cuanto el líquido humeante llenó la taza, salí de nuevo para encontrármelo sentado en el sillón chester color rosa palo.

¿Cómo puede estar un hombre tan increíblemente sexi sentado en un mueble rosa? Por su vaquero oscuro, el pedazo de tobillo que se le intuía al final de este, los zapatos marrones informales, la camisa blanca, el vello entreviéndose a través de los botones desabrochados de la misma y por los antebrazos que las mangas subidas de la misma dejaban a la vista.

Me miró.

Lo miré.

Recordé cómo me envolvía las caderas para dirigirme a su regazo, donde me sentaba y desde donde dominaba el mundo. Era mi trono, pero el que mandó siempre fue él.

Me humedecí los labios, descrucé la pierna y se apoyó en sus rodillas. Mantuvimos la mirada unos segundos más.

—Sin protocolo —dijo.

—Por supuesto.

—Viéndolo con perspectiva…, no estoy muy seguro de que mi mensaje fuera el correcto.

A Leo solía dársele fatal pedir perdón…, sobre todo por las cosas graves, las que dolían. El mensaje, dentro de nuestra historia, no era nada. Una gotita de nada que desbordaba y caía fuera, pero… el problema no es la gota que desborda el vaso…, es la pasividad con la que no te importó ver cómo este se llenaba. Y con él, solía ser así. Con un «lo siento» gruñido, yo perdonaba cualquier ofensa.

Negué con la cabeza.

—No, ¿qué? —preguntó confuso.

—¿Esa es tu manera de pedir perdón? Métetela por el culo —me escuché decir.

—Vaya. Cuánta pasión. —Arqueó las cejas.

—Vete, Leo.

—Es un mensaje —se excusó sin excusarse—. Creo que podemos dejarlo atrás.

—Claro, como todo lo demás. Lárgate. No te preocupes por Raquel, no le diré que eres un cobarde de mierda.

—Oye, ¿por qué cojones me estás hablando así?

Resoplé y me agarré el puente de la nariz. Mi café olía de vicio, pero ya ni me apetecía.

El arco de su labio superior. Ese arco. Ese que atrapaba entre mis dientes y que deslizaba hasta soltar después de dejar en él la huella húmeda de mi lengua. El sabor. El sabor de su respiración entrando en mi boca cuando gemía encima de mí con los ojos clavados en los míos.

—No, no los cierres. Mírame. Mira cómo me corro dentro de ti.

Pestañeé.

El arco de su labio, que acompañaba el movimiento de su boca, cuando te prometía que se alejaba por tu bien.

—Si no me voy será peor, Macarena. Tomémoslo como una oportunidad para ser felices y mejores.

Lejos, porque juntos no servía. Nunca le importó como para esforzarse un mínimo.

No fui yo quien contestó; fue la Macarena ahogada por los recuerdos:

—¿Quieres saber por qué te estoy hablando así? Porque ahora soy yo la que no quiere verte ni en pintura —le aclaré—. Vienes aquí con tu palabrería de mierda, convencido de que yo diré «bueno, no pasa nada», y... no. En tu mensaje escribiste un montón de gilipolleces, había una ira y una rabia que no entiendo, pero es a lo que me tienes acostumbrada. No sé qué fibra te toqué, pero ¿sabes qué? Que no quiero perdonarte, ni por ese mensaje ni por nada. Lo que quiero es que desaparezcas de mi vida de una puta vez.

Leo frunció el ceño y asintió, como si en el fondo supiera que íbamos a terminar así, enganchados como gatos en un callejón…, y no me refiero a cuando están en celo.

—¿Sabes qué, Maca? Que no hay Dios que te entienda. Tampoco es novedad, ¿sabes? Eres de esas.

—¿De «esas»? ¿Tú te atreves a decirme a mí que soy de «esas»?

—De esas que llevan la ofensa como bandera. Lo nuestro no funcionó, pero no hagas de ello una forma de vida. Nadie va a compadecerse de ti. Las cosas son así.

No le tiré el café encima porque tengo mala puntería. Mentira. No se lo tiré porque entre él y yo había una alfombra de Missoni que costaba una fortuna.

—Te tengo un asco… —Suspiré mirando al suelo.

—Si tanto asco me tienes, ¿por qué me mandaste un mensaje pidiéndome que nos viéramos y que habláramos honestamente? ¡¡Nunca has soportado la honestidad!! —gritó.

—No tienes vergüenza —y lo dije en un tono de voz bajo y cargado de odio—. En serio. Cuando pienso: «Ya está, Leo no puede ser peor», siempre consigues mejorarlo. ¿Yo nunca he soportado la honestidad? ¡¡¡Siempre fui sincera contigo, Leo!!! Con lo que sentía, con lo que necesitaba, con lo que quería y hasta con lo que soñaba.

—No has contestado a mi pregunta —insistió repipi—. ¿Por qué me mandaste ese mensaje si tanto me odias?

—Porque no quiero cargar con nada que tenga que ver contigo. —Me froté la cara y proseguí, dejando caer las manos sonoramente sobre los muslos—. Quiero empaquetar toda la mierda de recuerdos que tenemos juntos y mandarlos a tomar por culo. Pero, ¿sabes qué? Que ese mensaje fue fruto de un momento de debilidad. Ahora lo único que quiero es seguir con mi vida y fingir que estás muerto.

«Ualá…, cómo te has pasado, Macarena». Callé a mi conciencia y me mantuve en mis trece, mirándolo decidida. Leo mantenía los ojos clavados encima de mi cara con una expresión que, sorpresa…, no le conocía. Esbozó la sonrisa más decepcionada de su repertorio y se levantó.

—Deberías superarlo, Maca —sentenció muy seguro de sí mismo—. Un día tendrás que volver a tener vida propia y no esta mierda de odio e ira hacia ti misma.

—Tú estás chalado. Te odio a ti, no a mí. A muerte. Y como no pienso perdonarte en la vida lo que me hiciste, es mejor que no vuelva a dirigirte la palabra.

—Nos lo hicimos los dos, querida. Nos lo hicimos los dos.

Me dio la espalda, caminando despacio hacia la puerta de salida. Me pregunté si acertaría con la taza en su cabeza desde donde estaba, pero decidí que a veces las palabras duelen más que un montón de cerámica (con dibujos de corazones) estallándote en el cráneo. Cogí un puñado de ellas y las organicé sobre mi lengua de la manera más doliente posible; después las empujé fuera con el aliento que me quedaba:

—Qué lástima, Leo, que después de tantos años tu seguridad en ti mismo siga basándose en tu creencia de que no podré olvidarte.

Picó. Se volvió hacia mí.

—Yo seguí mi vida —continué—. Y lo mejor…, seguí intentándolo. Tú, mientras tanto, ¿qué hiciste? Bajarte los pantalones hasta los tobillos y empujar.

—Es de lo más liberador, cielo. —Me lanzó una mirada de desprecio—. Deberías probarlo de vez en cuando. A lo mejor un buen polvo te quitaba esa cara de amargada.

En otra época de nuestras vidas hubiera lanzado la taza en su dirección, pero me imaginé haciéndolo, imaginé el café chorreando por la pared de papel pintado, mis dedos crispados, el temblor envolviendo mi columna vertebral, el calor detrás de mis ojos y su expresión dibujando primero un gesto de alarma que se convertiría a continuación en uno de triunfo. Y no.

El teléfono empezó a sonar encima de la mesa de mi escritorio y le eché un vistazo a la pantalla, donde brillaba el nombre de Coque.

—Cierra la puerta al salir. Tengo que cogerle el teléfono al tío con el que follo y, por cierto, que lo hace bastante mejor que tú.

«Mentira. Da igual, cállate».

Como contestación solo un portazo. Dejé que el teléfono sonara, aunque fuera Coque, porque no quería que me escuchase en ese momento. Respiré, quise seguir fumando para ahogar todo aquello en una bocanada de humo, y cerré los ojos.

Cuando el teléfono dejó de sonar, me sentí decepcionada y pensé en devolverle la llamada, pero no tuve que hacerlo porque se me adelantó.

—¿Sí?

—Cuqui... —Coque sonaba divertido—. ¿Qué te parece si te invito a cenar?

Tendría que haberle llamado el día anterior. Habíamos quedado así, pero... ninguno de los dos se había acordado.

Rodeé la mesa y me dejé caer en mi silla.

—Me invitas a cenar, ¿eh? Suena sospechosamente a que no tienes nada en la nevera —dije con cierta amargura.

—Y no lo tengo. —Se rio.

—¿Y qué vas a hacer al respecto?

—Pilla un poco de sushi de camino y andando. Tampoco tengo mucha hambre.

Bufé. Comprar sushi de mi bolsillo y cenarlo en el salón de su casa, que siempre estaba atestado de gente y donde me sentía incómoda; tenía la sensación de que todos aquellos tíos me puntuaban en silencio. Tendrían un ranking de ligues de Coque del que yo no quería formar parte. El suelo estaría sucio. La habitación no pintaría mejor. Y después de quince minutos de sexo precipitado aunque satisfactorio, me sentiría insegura, aterrorizada y... juzgada. No. No me apetecía demasiado jugar a ese juego. No aquella noche.

—Tengo lío, Coque. Mejor lo dejamos para otro día.

Sé que debería haberle dicho que resultaba ofensivo que mi papel en su vida siempre implicara llevar comida a su casa, fregar algún plato y bajarme las bragas, pero dejarle fuera de juego con mi negativa bastó por el momento.

Al colgar, la rabia contenida por la visita de Leo se había disipado y no me arrepentía de haberle dicho que no a Coque. Darme cuenta de lo que no me apetecía aquella tarde solo dejó una certeza: lo que sí. Y solo tenía ganas de una cosa.

De camino a casa pasé por una bodega que quedaba cerca de la oficina, una de las pijas, y me gasté veinte euros en una botella de vino PARA MÍ. Me di una ducha al llegar. Me depilé entera por el simple placer de acariciar una pierna contra la otra bajo las sábanas y notar su suavidad. Pedí comida tailandesa (gambas al curry verde de mi amor) y mientras esperaba que llegase, me puse una mascarilla de Sephora en la cara, en las manos y en los pies, me serví una copa de vino y me puse un DVD de *Sexo en Nueva York*. Antes de dormir saqué el vibrador de su escondite, en el fondo del cajón de la ropa interior, y me di un homenaje.

Que les follaran a los hombres, al menos ese día, porque ya me follaba yo a mí misma.

25. «Last kiss», Pearl Jam
¿Casualidad o señal?

Jimena se sorprendió cuando Samuel le abrió la puerta de casa vestido de calle. Ni rastro del «uniforme». Llevaba unos vaqueros muy desgastados de un color azul viejo y una camiseta gris oscura con un par de botoncitos en el cuello, desabrochados por cierto, que dejaba ver una buena cantidad de pelo del pecho. Despeinado, con la barba sin arreglar. No podía ser más de su estilo y no podía estar más guapo.

—Perdona, Jimena. —La dejó pasar y cerró la puerta—. Me ha pillado el toro y no me ha dado tiempo a cambiarme. Ve pasando.

—Puedo acompañarte, por si necesitas ayuda para quitarte el corsé.

—No tienes vergüenza.

—Si cuela, cuela.

Escuchó una risa escurridiza salir de entre sus labios y se giró en el quicio de la puerta de la habitación que Samuel usaba como estudio.

—¿Vestidito, eh? —Sonrió él de medio lado.

—Se me ha vuelto a olvidar que venía a verte —mintió.

—O eres una exhibicionista que no tiene vergüenza.

—Tengo un montón de ropa interior bonita que no disfruta nadie. Cualquier ocasión es buena.

—Me alegra que lo hagas por ti porque lo que es a mí…, no me va la lencería fina.

La mandó con un gesto de cabeza hacia el interior de la habitación y después cerró la puerta. Mientras se quitaba su vestidito de Miércoles Adams, Jimena no podía dejar de pensar en Samuel, el resucitado, desvistiéndose en la habitación de enfrente.

Unos minutos después abrió la puerta sin avisar, pero la pilló ya tumbada, con la toalla tapándole la ropa interior.

—Buena chica —le escuchó susurrar.

—Es que soy buena chica.

—Pues tienes pinta de ser de esas que le complican a uno la existencia.

Jimena apoyó la mejilla en la camilla y lo miró sorprendida.

—¿En serio?

—Es mi impresión.

—¿Por qué?

—¿Por qué no?

—A ti alguna tía te ha complicado la existencia y hablas por experiencia, ¿no?

—Date la vuelta —le pidió—. Voy a ponerte calor.

«Caliente ya me tienes», pensó Jimena, pero se calló, metió la cabeza en el hueco de la camilla y se concentró en sentir cómo los dedos largos de Samuel le desabrochaban el sujetador.

—¿Qué tal te has notado estos días? ¿Dolorida? —Y sus dedos resbalaron por su espalda, repasando con suavidad sus músculos.

—A ratos.

—¿Y el… culo? ¿Ya no te duele?

—Bueno…, sigue un poco dolorido. Va y viene, ¿sabes?

—Un misterio lo de ese dolor tuyo en el culo. Cualquiera diría que quieres que te sobe.

—Estás especialmente hablador hoy —le respondió—. ¿Has tenido un buen día?

—Hoy ha sido de los buenos, sí —le respondió.

—Y… ¿novia? ¿Tienes novia?

—Voy a poner música. Creo que va a ser la única manera de que te calles.

Jimena escuchó los pasos de Samuel acercarse hacia una de las estanterías y apoyó de nuevo la mejilla en la camilla para mirarlo. Lo vio sacarse un móvil del bolsillo del pantalón de su uniforme y conectarlo a unos altavoces que, pronto, empezaron a emitir el sonido de una batería, unas guitarras y una voz rasgada que se preguntaba dónde estaría su «nena». Conocía aquella canción. La conocía muy bien. Era «Last Kiss», de Pearl Jam, y durante años fue su canción de cabecera porque la letra hablaba, en un tono mucho más afable del esperado, de alguien cuya novia había muerto entre sus brazos y que deseaba ser muy bueno para ir al cielo a reencontrarse con ella. El corazón le dio un latigazo. Otra señal. Una muy grande.

—Me encanta esta canción —le dijo con un hilo de voz—. Pero es triste.

—Mete la cabeza en el hueco —contestó él.

—¿Crees que si pierdes al amor de tu vida ya no podrás volver a enamorarte?

—Dios…, no te callas nunca —le escuchó decir riéndose.

—Y… si vuelves a enamorarte, cuando te mueres…, ¿quién te espera en el cielo? ¿El primero o el definitivo? Porque vaya chocho…

—Los dos. Y te montas un trío. Cállate ya.

—Esa idea me gusta. ¿Quieres casarte conmigo?

—No. No tengo ninguna intención de casarme contigo. Voy a empezar ya. Grita si te duele…, aunque no voy a parar.

Había habido avances, pensó cuando él empezó a deshacer nudos que no tenía ni idea de cómo se volvían a formar en sus hombros y omoplatos. Samuel estaba más hablador, más… ¿simpático? Bueno, a lo mejor la palabra no era simpático, pero lo notaba mucho más sociable. Y le gustaba. Le gustaba esa manera de ser esquivo, como si supiera que era parte de su atractivo. Le gustaba también el tono de su voz, bajo y siempre desganado, y esa manera que tenía de apartarse el pelo de la cara y que era responsable de que siempre oliera a aceite de romero para dar masajes. Manos fuertes. Pelo en pecho. Sonrisa de medio lado. Nariz imponente. Alto. Grande. Seguro que tenía el pito como una garrafa de agua de cinco litros.

Siguió sonando Pearl Jam en el reproductor con «Sirens», otra de sus canciones preferidas, y Jimena se imaginó, con aquella banda sonora, la película de sus vidas. Pero película tipo «estoy a punto de convertirme en diabética si todo sigue siendo tan ñoño». Porque sería ideal. Pasearían de la mano y se reirían de la diferencia de altura inventándose apodos para uno y para el otro. Jugarían a mancharse mientras pintaban las paredes de aquel piso oscuro, antes de que ella se mudara a vivir con él. Follarían todas las noches rodeados de velas, escuchando The Cure. Llevarían flores a la tumba de Santi todos los años, para agradecerle haberlos juntado. Sería tan bonito… Iba a ser tan bonito…, que le pudo la impaciencia. Y pensó que tenía que hacer algo y lo tenía que hacer ya. Para darle pie, para animarlo a hacer algo que ella sabía que también deseaba. Para ir de cabeza hacia su destino y agradecerle a Santi las señales con una sesión de sexo maratoniana que les abriera la puerta al amor. O al menos dejando claras sus intenciones. No es lo mismo insinuarse que dejarlo claro. Y ella lo tenía muy claro.

Cuando intuyó que el masaje estaba acabando, Jimena decidió actuar. Sacó sigilosamente una mano de la camilla y cuando Samuel pasó por su lado, le acarició el muslo lo más amorosamente que supo. Notó la tela de algodón fina y suave, el vello que había debajo, cubriendo la piel, el músculo de unos muslos de hombre, poderosos. Clavó ligeramente la yema de los dedos en la carne y contuvo una suerte de gorjeo de placer en su garganta. Él no se apartó. Solo le abrochó el sujetador y le pidió que se diera la vuelta. Y cuando lo hizo, creyó que se le saldría el corazón por la boca.

Allí estaba él, mirándola, con una expresión indescifrable. El pelo le caía sobre la frente creando más claroscuros de los que la luz de las velas ya creaban. Le cruzó los brazos sobre el pecho, como siempre, y se acercó para crujirle la espalda. Una vez allí, antes de moverse, cerca de su boca, abrió la suya.

—Jimena…

—Dime.

—Si vuelves a tocarme…, vas a tener que buscar otro fisioterapeuta.

El crujido de su columna le dio placer…, pero no tanto como la expresión que se dibujó en la boca de Samuel…, una sonrisa canalla. ¿Amenaza o promesa de algo más?

26. «Sincericidio», Leiva
Preparadas, listas…, aquí viene la vida

Adriana miró alrededor, entre el bosque de mesas abarrotadas que se extendía sobre la plaza del Dos de Mayo, tratando de localizar a la persona con la que había quedado. Tenía el estómago hecho un nudo y, por primera vez desde que empezó con toda esta historia del trío, se sintió asustada e insegura. Iba a conocer a Julia y su marido no tenía ni idea.

No las tenía todas con ella de que se presentara a la cita; al fin y al cabo no la conocía de nada. Había contactado con ella a través de un foro en busca de aventuras sexuales y había tenido un par de charlas divertidas por mail y privado de Instagram, pero ¿qué era eso? ¿Así eran las relaciones en la era 3.0?

No solía arreglarse en exceso en muchas ocasiones, pero era coqueta, así que aquel día, antes de salir de casa corriendo con la excusa de haber quedado con nosotras a cenar, se puso un vestidito negro de H&M con el escote y las manguitas cortas de gasa y unas sandalias de cuña que alargaban sus piernas. Se vio mona antes de salir de casa, pero plantada allí en medio de la calle, le parecía que su piel era demasiado pálida y que el negro resaltaría su blancura, sus pecas y su pelo naranja.

Estaba a punto de marcharse cuando le pareció que alguien le hacía señas a lo lejos. Frunció el ceño intentando vislumbrar algo y, efectivamente, vio a una chica agarrada a la silla como Rose a la madera sobre la que sobrevivió al naufragio del Titanic, saludándola. Media melena rosa claro. Era Julia.

Se acercó respirando profundamente y con una presión extraña en el pecho. Pero ¿qué estaba haciendo? Necesitaba saber que no le estaban tomando el pelo.

Conforme se fue aproximando, la cara de Julia fue haciéndose más nítida: una chica joven, muy mona y con el pelo cantarín, como su sonrisa. No. No era un *catfish*. Nadie había robado las fotos de otra persona y suplantado su identidad. Julia existía. Y estaba allí esperándola.

—Hola —le dijo tímidamente.

—Hola, Adri…, ¿te puedo llamar Adri? He pedido dos cervezas. ¿Te gusta la cerveza? —Se desordenó el pelo con una mano y después se rio—. Vas a tener que perdonarme. No suelo hacer estas cosas y estoy un poco nerviosa.

Adriana se sentó, le sonrió y le dijo:

—Puedes llamarme Adri, me encanta la cerveza y yo también estoy nerviosa.

Cuando giré la esquina del paseo de Recoletos hacia la calle Génova, Jimena ya estaba en la puerta de Habanera, mirando a su alrededor con cierta precaución. Miró el reloj y, al localizarme entre la gente, esbozó una sonrisa de alivio.

—Llegas puntual. Creo que esto solo está ocurriendo en mi cabeza.

—Pipa me ha dejado salir antes. —Puse mala cara—. Por remordimientos.

—¿Tiene de eso?

—He empezado una era de glaciación en el despacho. Esta ya no me vacila —dije con seguridad—. Me hizo creer que me había comprado un bolso para pedirme perdón y en realidad era uno que le habían regalado y que no quería usar, y en su noche loca en Italia me perdió la tarjeta de crédito después de gastarse un «no me acuerdo de cuánto» en copas. Si no tiene remordimientos después de eso…

—¿Noche loca en Italia?

—No debería hablar de eso. —Miré dentro de mi bolso de mano enorme tipo sobre y saqué el móvil—. Lo que no es normal es que Adri no esté ya aquí, ¿no?

En la pantalla de mi móvil aparecía la notificación de un par de mails (déjame adivinar el remitente… ¿Pipa?), algo de Instagram y unos wasaps de Raquel que, evidentemente, no me apetecía atender (déjame adivinar el tema…, ¿Leo?)

—¿Vamos entrando y nos tomamos algo en la barra? —escuché decir a Jimena—. Ese señor que pasea el perro ha pasado tres veces ya. Creo que piensa que soy prostituta y se está armando de valor para preguntarme la tarifa.

Guardé el móvil en el bolso, miré al señor al que se refería Jimena y después a ella, que llevaba una falda skater negra con calcetines hasta la rodilla, botines con cordones de tacón y plataforma (todo negro) y una camiseta. Encima, una chaqueta de cuero.

—Jimena…, ¿vas así a trabajar?

—Claro. ¿Qué tiene de malo?

—Que pareces una emo enganchada al crack y enamorada de su chulo.

—Y tú una ama de casa norteamericana aburrida y alcohólica.

Me miré un segundo y volví los ojos hacia ella. Pantalón de traje tobillero algo holgado, camiseta a rayas blancas y negras y complementos en negro.

—¿En qué mundo mi look es un problema y el tuyo un acierto…? ¿En High School Musical?

Irguió elegantemente el dedo corazón de su mano derecha y me empujó hacia la puerta.

Cuando nos acomodamos en la barra y pedimos una copa de vino, ambas nos dijimos, casi a la vez y como si la otra no acabara de decirlo, que no podíamos desmelenarnos demasiado.

—Mañana tengo mucho trabajo —dijimos las dos.

Y las dos asentimos. Teníamos muchas conversaciones de este tipo. Considerábamos que si una había dicho algo que la otra también estaba pensando, se decía dos veces y punto.

—¿Sigues flotando después de tu superenfrentamiento con Leo?

Dejé el bolso en la barra y me acomodé en la banqueta, buscando tiempo para enfocar correctamente el tema con Jimena. Le había avanzado algo por teléfono, pero poca cosa y sin mojarme demasiado.

—No fue un enfrentamiento. Fue el desencuentro final…

—¿Final?

—Cuéntame lo del fisioterapeuta, anda —la apremié.

—¿Por qué no quieres hablar de Leo conmigo?

—Porque no. Venga…, ¿le metiste mano?

—La respuesta es sorprendente y te va a gustar escucharla, pero… contéstame antes a mí: ¿por qué no quieres contarme lo de Leo?

—Ya te lo conté por teléfono —me excusé.

—Pero ¡sin detalles! Me contaste que le dijiste dos cosas bien dichas sobre dónde podía meterse sus rodeos para no pedir disculpas y que después te sentiste bien. Esperaba un poco más de… ¿emoción?

—¿Para qué? ¿Para juzgar lo que sucedió?

—Va, Maca, es mi obligación de amiga juzgar cada palabra que digas sobre Leo.

Arqueé una ceja con sarcasmo.

—¿Tú crees?

—Es lo que hacen las amigas de verdad con los tíos que hacen daño a otra amiga. Juzgamos a muerte cada encuentro.

—Leo te cae bien.

—Mucho. Es buen tío.

Levanté las manos en un gesto de exasperación.

—Pero ¿tú de qué parte estás?

—Es buen tío…, menos contigo.

—¿Y eso no puntúa para ti?

—Hay personas que no están preparadas para ver la realidad…, querida. Es mejor contarles el cuento de Caperucita y el lobo feroz para que no se acerquen al bosque.

—¿De qué coño me estás hablando?

—¿Sabes por qué no quieres contarme lo de Leo? —me dijo con aire confidente—. Porque no quieres escuchar la verdad: que no vas a olvidarte de él por más que te lo repitas.

—¿Quieres que haga lo mismo con tu historia con Samuel?

—Claro. —Se encogió de hombros.

—Estupendo: estás pirada. Ves cosas donde no las hay. Esto va a terminar fatal. Muy probablemente contigo denunciada por acoso sexual.

Sonrió con condescendencia.

—Eso es justo lo que le diría yo a alguien que no estuviera preparado para ver la otra verdad de la realidad. Gracias, Maca.

Cogí la copa y le di dos buenos tragos. Jimena es, con diferencia, la persona menos convencional que conozco. Tampoco podía culparla por vestirse como tal.

—Por ahí viene la zanahoria.

—No la llames zanahoria, le molesta —musité.

Adriana se acercó a nosotras con una sonrisa enorme en los labios.

—¿Qué tal, bebés? ¡Qué sitio tan chulo! ¿Sabéis lo que iba pensando de camino? ¡Que deberíamos hacer más cenas así! Menos cervezas en la Cafetería Santander y más ponernos monas para salir.

Las dos la miramos con extrañeza.

—¿Hola, bebés? ¿Quién eres? ¿Aless Gibaja? ¡¡Cero dramas, siempre *smile!!* —se quejó Jimena—. El sitio es superpijo y no paran de mirarme rarísimo. La próxima vez elijo yo.

—O también puedes vestirte como una adulta y no como una emo enganchada al crack y enamorada de su chulo —respondió Adriana.

—¡Tía, le acabo de decir lo mismo!

Nos dieron una mesa mala en un rincón en el que el camarero no nos veía ni si encendiéramos un fuego encima del mantel, pero teníamos vistas a la plaza de Colón, así que no nos quejamos demasiado. Adriana y yo al menos. Jimena se quejó un poco.

—En serio, este sitio está completamente sobrevalorado —gruñó.

—Pues a Pipa le gusta.

Me miró por encima de la carta con una ceja arqueada. Mantenía una relación de amor-odio con mi jefa: por un lado le parecía una tirana déspota y medio loca, pero por el otro… admiraba de manera enfebrecida su estilo y esa forma de vida tan glamurosa.

—¿Sí?

—Le encanta. Y no aprobaría tu look, por cierto.

—Ah, pero eso me da igual. Es que no es su estilo. Es el mío. —Se encogió de hombros con gracia.

—¿Te pones eso para trabajar? —le preguntó Adriana, que no le quitaba ojo de encima.

—Qué pesaditas sois. ¿Es que no le vas a decir a Maca que va vestida de…? Es que no sé ni de qué vas vestida. Me dejas sin palabras.

—Vas vestida de blogger —me dijo Adri con cariño—. Deja de intentar impresionar a tu jefa. No vale la pena perder tu estilo personal por su aprobación.

—¡No voy vestida de blogger! ¡Y no busco su aprobación! ¡Busco que me pague lo que gastó con mi tarjeta de crédito! —me quejé.

—A ver, ¿y tú de dónde vienes tan tarde? —le preguntó Jimena a Adriana.

—¿Yo? Ah…, pues de casa. De arreglarme. No me salía el eyeliner. Maca, ¿qué tal la bronca con Leo? —Subió repetidas veces las cejas.

—Eso, Maca…, ¿qué tal la bronca con Leo? —insistió Jimena.

—Muy bien. —Sonreí con cinismo—. Como en los viejos tiempos.

—¡¿Follasteis?!

—¡¡No!! Pero tampoco hace falta que se entere todo el restaurante —musité.

—Entonces ¿qué significa «como en los viejos tiempos»?

—Pues… tensa, estúpida y llena de gritos. Pero, vamos, que me da igual. Es la última vez que veo a ese tío. Para mí no existe —dije mientras me miraba las puntas del pelo.

Cuando no escuché ninguna contestación, levanté la mirada para echar un vistazo a sus expresiones. Adri sonreía y Jimena levantaba las cejas como quien dice: «¿Lo ves?».

—Estás entrando al trapo otra vez —dijo esta.

—No. Para nada. ¿Es que una mujer no puede poner punto y final a algo aunque sea a gritos? Me sentí bien. Cuando me recuperé de la rabia que me da su simple existencia, quiero decir.

—Uy, uy, uy. —Se rieron.

—Ni «uy, uy, uy» ni «ay, ay, ay». Me sentí…, ¿cómo es esa palabra que se usa ahora? —Pensé un segundo—. ¡Empoderada! Me sentí empoderada. Después me di un homenaje con vino bueno, mascarillas y una serie. ¡Si hasta dejé plantado a Coque por pasar un rato conmigo misma!

Bueno. A lo mejor «dejar plantado a Coque» no era la expresión acertada, pero me sentó bien decirlo.

—¿Dejaste plantado a Coque o te diste cuenta de que te ofrecía un plan de mierda? —preguntó Jimena—. Porque ese tío tiene la capacidad de hacerte creer que limpiar su cuarto es una cita.

—Nunca le he limpiado el dormitorio —me defendí…, aunque alguna vez había hecho algo parecido.

—Mira, si esa discusión con Leo te ha ayudado a poner un poco de distancia y ver que Coque es un mierdas, bienvenida sea la penúltima «última discusión» con Leo.

—Eres un poquito gilipollas —gruñí—. Es la última discusión con Leo. Y con Coque voy a quedar siempre que me apetezca y punto.

—Siempre te apetece —contestó—. Ese es el problema. Serías capaz de plantarnos a nosotras por ese tonto del culo.

—Eso no es verdad —aclaré—. Además, de qué te quejas. ¿No fui a la presentación del libro aquel sobre los cementerios indios en lugar de quedar con él?

—Sí, pero porque el tema era irresistible.

Adriana se echó a reír a carcajadas y me contagió. Jimena no esperó a que dejáramos de reírnos para empezar a hablar.

—Por cierto, estabais superequivocadas con lo de Samuel. Le metí mano y no pasó nada malo.

—¡¿Follasteis?! —volvió a gritar Adriana.

—Pero ¿a ti qué cojones te pasa? ¡Si parece que hasta tienes órganos reproductivos!

—Ja-ja-ja —contestó—. ¿Pasó o no?

—No. Le toqué la pierna en plan lascivo, y él… me dijo muy sexi que si volvía a hacerlo tendría que buscarme otro fisioterapeuta.

—¿Dónde están las buenas noticias? —le pregunté.

—¿Dónde están las…? Macarena, de verdad, que hay que explicártelo todo. Si me dijo que me tendría que buscar otro fisio fue porque no quiere mezclar lo personal y lo profesional. Ya he pillado por dónde va.

—Ay, Dios. —Adri se tapó la cara.

—Jimena…, no suena a seducción. Suena a: «Me ofende que me toques como si fuera…». Es que no sé ni terminar la frase. En serio. Si escucharas esta historia en boca de un tío te partirías la camisa como Camarón.

—Sí, claro que sí. Y si fuera una tía la que me lo contara también. Pero es que este caso es especial. Es que hay… polvo de hadas. Es el destino. Es… ¡un milagro! ¡Santi está allí!

—Claro, bendiciendo la unión. Jime, en serio, deja de hacerlo. Estoy a dos minutos de tu historia de morirme de vergüenza ajena —le pidió Adri—. Cuando te llegue la notificación de la denuncia no creo que puedas esgrimir lo del amante muerto como defensa.

—Soy una incomprendida. —Volvió a mirar la carta con desgana—. Yo sé que hay algo. Lo noto. Se palpa. Lo que pasa es que Samuel es…, no es como los tíos que he conocido hasta ahora. Es gruñón y un poco rancio, pero se está abriendo. Le hago gracia, lo sé. Y no solo quiero decir que se ría, que se ríe con disimulo, es que creo que me mira…, ya sabes…, con deseo.

—Suenas tan a acosador que estoy asustada. —Me llevé la mano al pecho.

—Adri, cuenta tú lo de la tía que te está tomando el pelo por Internet, por favor —suspiró Jimena.

—Nadie me está tomando el pelo, Jime. Deberías ser un poquito menos cínica. Hemos…, uhm…, hemos hablado por Skype. Y es muy maja.

—Yo tengo una pregunta. —Levanté discretamente la mano, como si pidiera el turno en clase—. ¿Has pensado ya… cómo va a ser?

—¿A qué te refieres?

—Pues a… qué vais a hacer, qué no, qué puede que sí…

—Ah. Pues no sé. Pienso dejarme llevar —confesó muy ufana—. Estas cosas no se planean.

Jimena y yo cruzamos una mirada.

—¿Qué?

—Planéalo un poco —le sugerí—. Piensa en el asunto.

—Ponte vídeos de tríos o algo —propuso Jimena.

—Pero eso adulteraría el momento. Yo lo que quiero es… probarme. Comprobar que soy capaz de disfrutar en esa situación. Que mi marido goce, que Julia goce y que yo goce. Cómo…, ya se verá. A bote pronto ya me ha pasado un certificado médico para que comprobemos que no tiene ninguna enfermedad de transmisión sexual.

—A ratos pienso que eres un geniecito despistado más adelantado que el resto y otros ratos… que estás como una regadera.

—Es recíproco —me respondió con una sonrisa gamberra.

—Vamos a pedir. Tengo hambre —exigió Jimena.

—En resumen: Jimena, sé sensata. —La señaló la pelirroja para después volver el dedo hacia ella misma—. Adri, estudia el caso. Macarena…

—Macarena, ¿qué? —pregunté incómoda.

—Sé sincera: ni Coque va a darte lo que quieres ni Leo va a desaparecer hasta que no se lo perdones. Y, por cierto, sale con una amiga tuya, por si se te ha olvidado.

El camarero interrumpió el tenso silencio que se instaló después en la mesa. Viva la sinceridad de las mejores amigas sin tacto.

27. «Y quisiera», Ella baila sola
¿No querías caldo? Toma dos tazas

No pienses en elefantes rosas, capítulo dos. El drama de las redes sociales. El triunfo de la democracia total. El reino de las opiniones libres, del pueblo soberano y de las modas pasajeras. De los virales. Internet. Mi infierno personal al alcance de mi Smartphone.

La cena estuvo bien. Pudimos reconducir la cuestión hacia temas menos trascendentales. Normalmente la gente toma unas copas mientras habla de frivolidades y cuando el vino ha hecho efecto, sacan a colación algo que les perturba, pero que normalmente no tienen coraje de comentar. Nosotras, no. Nosotras hablábamos de lo que más nos dolía, aterraba o excitaba sin necesidad de parapetarnos detrás de una copa, no porque seamos más valientes que el resto, sino porque siempre fuimos unas kamikazes. Creo que pensamos que decirlo en voz alta hará que pese menos dentro del pecho. Compartir es empezar a vivir, ¿no? Bueno, eso es lo que nos decían a mi hermano y a mí cuando íbamos de campamento.

Si hubiera sido una cita de las que salen bien, hubiera vuelto andando a casa. Desde la plaza de Colón hasta mi calle habría un paseo de unos cuarenta minutos, pero en compañía de alguien que te gusta… no es lo mismo. Como diría la Vecina Rubia en Twitter: «Pasear es de guapas». Iríamos contándonos la vida, riéndonos como tontos en la parte musical de una película romántica y pensando en terminar la noche «tomándonos la última» en mi sofá. Conmigo abajo. Pero no. Mi vida no era una película. Y casi mejor, porque si hubiera sido un film hubiera sido escrito por un guionista sádico y amante del drama.

Como estaba sola, era tarde y a la mañana siguiente trabajaba, decidí coger el autobús que, gracias a que habíamos quedado pronto, aún podía pillar. Me despedí de las chicas, que iban a compartir un taxi, y subí hasta la parada del metro de Colón, junto a la que esperé el 37 que, en menos de media horita, me dejaría cerca de casa.

Cuando subí, me senté relativamente cerca del conductor (como mi madre me aconsejaba que hiciera siempre) y saqué el móvil del bolso, con intención de ponerme un poco de música en los auriculares, pero antes decidí echar un vistazo a los mensajes de Raquel.

> Hola, morenaza. Me he encontrado a tu jefa tomando un vino con su novio. ¿Cómo se llamaba? ¿Pipo? ¿Pocholo? ¿Pelayo? Con alguno he debido acertar. Le he dicho que te veo muy estresada y que terminará por matarte..., luego me he arrepentido. Me da miedo que te castigue por mi insolencia. Ya debes estar suficientemente cabreada conmigo por «facilitarle» la dirección de tu oficina a Leo. ¿Nos tomamos algo mañana? Te invito a un vino para compensar.

Saqué la lengua con desgana mientras mi conciencia se materializaba en mi cabeza como la voz de la monjita que me daba clase de religión en el cole, reprobándome estar cogiéndole un poco de (injustificada) manía. Era maja. Tenía buenas intenciones. Siempre me había cuidado y defendido. Pero salía con Leo. Se acostaba con Leo. Besaba a Leo. Y eso no me ayudaba precisamente a olvidar su existencia.

Me prometí contestarle más tarde o al día siguiente, cuando se me hubiera pasado la llamarada de adolescencia emocional, y, mientras tanto, me puse a curiosear en redes sociales.

Fue en Facebook donde lo vi primero. Al principio me asusté un poco, por si curioseando (como había estado los días anteriores al «mensaje de la muerte») le había dado a seguir sin querer. Luego me di cuenta de que no era su cuenta. Pero era su foto. La de Leo.

¿Por qué una compañera mía de posgrado estaba compartiendo una foto de Leo? No. Estaba compartiendo una publicación de la página de Facebook de otro usuario en la que aparecía Leo. Entré en esta. Leí el nombre del grupo. Leí el pie de foto. La boca se me abrió como un buzón de correos.

—¡Me cago en mi vida! —grité al volver a leerlo y asimilar lo que ponía.

Noté algunos ojos puestos en mí y me encogí en mi asiento.

El grupo era una especie de página donde se colgaban fotos de tíos de buen ver y en esa publicación hacían referencia a algo que parecía estar volviéndose viral en Instagram: «Mr. Literatura del año». Era el pie de foto, pero no se quedaba ahí:

Si pensabas que nada podía amenizar una clase sobre
Literatura es que no conoces a este profesor madrileño.
No nos extraña que sus clases tengan récord de asistencia.
Si quieres ver más, te animamos a que le eches un vistazo
a su perfil de Instagram @sexpeareteacher.

Cerré la aplicación y fui hacia Instagram tan rápido y tan brusco que no sé cómo no hinqué los dedos dentro de la pantalla. Busqué el perfil, y… sorpresa: 110.000 seguidores. Parpadeé. ¿¿¿¿110K???? ¿Se había abierto un perfil con sus fotos dando clase para que sus alumnas babearan?

Él junto a la pizarra con una camisa azul por dentro de un pantalón vaquero desgastado y cinturón marrón. Él con una camisa a cuadros apoyado en la mesa, con los brazos cruzados. Él con un polo negro encendiendo un proyector.

Entré en la última y leí el pie de foto: «Interesante "temario". Like si tú también has hecho "zoom". #PaqueteEducativo #PaqueteLiterario #ProfesorBuenorro #AsíSí #MenudosVaqueritosProfe».

No. No era su perfil. Dudaba que Leo tuviera perfil en alguna red social que no fuera Facebook, donde no es que fuera muy activo tampoco. Ese perfil… lo habían creado sus alumnas y probablemente… no tenía ni idea.

¡¡¿110K de seguidores?!!!

Me tapé la boca, consternada, y sofoqué un amago de carcajada. Sí. Por dentro me estaba meando de la risa…, pero era una risa nerviosa y algo amarga.

Miré a mi alrededor y al ver que estábamos pasando Atocha, solicité parada y me apeé antes de llegar a la mía sin saber si necesitaba respirar un poco de aire fresco, pasear o mantener una conversación con alguien al respecto sin que el resto de los viajeros me escuchara.

Mientras caminaba, no pude evitar la tentación de cotillear unas cuantas fotos más. Había bastantes y en cada una, Leo llevaba un outfit diferente. En ninguna miraba a cámara y todas parecían haberse hecho a escondidas, además de compartir algún que otro hashtag como #PaqueteLiterario. Por el amor de Dios.

Empecé a agobiarme poco a poco. Al principio me había parecido vagamente gracioso, pero… no lo era. Leo no tenía ni idea de que 110.000 personas veían diariamente sus fotos y leían en los textos que las acompañaban cosas como: «¿A quién le importa la Generación Beat? ¡Que se quite algo!».

«Que se joda», dijo mi yo maligno. «Hala…, esto en realidad es horrible», respondió mi niña buena interior. «No lo es. Es un castigo del cosmos. Justicia divina». «Alguien debería avisarle».

Ni siquiera fui consciente de llegar a casa, pero cuando me di cuenta, había dejado el bolso en el perchero de la entrada y me disponía a dejarme caer en el microsofá del salón. Tenía el labio inflamado de tanto mordérmelo, dudando entre callarme como una p(uta)rostituta o descolgar el teléfono y avisarle de que era el mito erótico del momento.

Intenté convencerme de que no era cosa mía y que no se me había perdido nada en el asunto, pero… me acordé de que una vez alguien cogió una foto de Jimena de su Instagram para crear un perfil de Tinder falso, y que un compañero de trabajo le había avisado: «Hay una tal Selma McTetis en Tinder con tu foto, colega». Yo hubiera muerto de vergüenza antes de soltarlo así frente a la máquina de café y recuerdo haberle dicho a Jime que, si hubiera estado en el pellejo de su compañero, le hubiese dejado un anónimo en el teclado del ordenador con un post-it. Pero…

Me preparé un vaso de leche. Me comí dos galletas Príncipe con doble chocolate. Después un par de uñas. Al final, antes de verme a mí misma mascando la almohada, decidí hacer lo que debía. Maldito colegio de monjas.

—¿Sí? —contestó.

—Perdona las horas, ¿te he pillado durmiendo?

—No, qué va. Sabes que me acuesto tarde. ¿Qué pasa?

Me froté la cara y me senté en mi cama.

—Raquel, necesito que llames a Leo y que le digas que alguno de sus alumnos ha creado un perfil en Instagram con fotos suyas dando clase, y… se está haciendo viral.

—Eh…, espera, espera…, ¿cómo?

—Sí. He encontrado un link al perfil en Facebook. Está en todas partes. No me extrañaría que fuera Trending Topic mañana. Lo llaman «el profesor cachondo» y «Mister Literatura del año».

—Pero… ¿han suplantado su identidad o…?

—No, no. Debe ser un grupo de alumnas. —Suspiré—. Los textos de las fotos son en plan «Quien fuera libro de Shakespeare para que me pusiera las manos encima» y los hashtag son… porno duro. La cuenta es @sexpeareteacher.

—Mierda. Y… ¿qué se puede hacer?

Me sorprendió un poco su pregunta. Era influencer, debería estar al día de cómo gestionar una crisis en redes, ¿no?

—Tiene que contactar con Instagram y denunciar la cuenta por suplantación de la identidad o algo así. Que explique que están usando fotos suyas sin su consentimiento. De todas formas, esto tiene mucha pinta de convertirse en una bola de nieve. En dos días lo tenemos en el telediario.

Se quedó callada. Estaba buscándolo en Instagram, cosa que me quedó clara cuando ahogó una exclamación.

—Me cago en…

—Ya, sí.

Apoyé la frente en la mano y el codo en mi rodilla.

—Le aviso, pero… ¿estás segura de que no quieres decírselo tú?

Imaginé la cara que se le quedaría al ver mi nombre en la pantalla, en su sonrisa de superioridad derretida cuando empezase a hablar. Sería humillante y…, no me malinterpretes, me apetecía bastante darle «su merecido». Pero… no.

—Es mejor que seas tú quien le llame, Raquel. Nosotros no…, nuestra última conversación no fue amable.

—Es que… —Suspiró—. Es que hace ya unos días que no sé nada de él y me da un poco de apuro llamarle con esto.

Leo Sáez en todo su esplendor. Su naturaleza haciendo acto de presencia. Con todos sus santos cojones, Leo debía haber pasado página después de un par de revolcones. ¿Era lo que solía hacer, no? Cuando no tenía relaciones largas, picar de una flor, luego de otra y más tarde de la de más allá. Incluso cuando salíamos juntos solía salir por patas cuando la cosa se ponía seria.

—Bueno… —Raquel interrumpió mis pensamientos—, pensaba llamarle un día de estos así que da lo mismo. Le doy un toque mañana.

—Ya. Genial. Pero… se acuesta tarde. Llámale mejor ahora.

Cuando colgué, sentí dos cosas muy diferentes chocando con fuerza en mi pecho. Un discurso absurdo entre las dos Macarenas que cohabitaban en silencio: la que odiaba y la que… no. «Eso te pasa por mojabragas, maldito cabrón asqueroso». «No quiero que nadie te desee tanto como yo».

28. «Toxic», cover Alex & Sierra
Pelillos a la mar

Jimena se quedó unos segundos mirando la pantalla de mi móvil para después devolvérmelo haciendo una mueca.

—Si es que no se puede estar tan bueno y ser profesor.

—No es que no me apetezca demonizarlo y arrancarle la piel a tiras…, simbólicamente, pero esto no es culpa suya. —Me apoyé en la pared del edificio de su oficina con un gesto de fastidio.

—No. No lo es. Es que últimamente estamos todos un poquito necesitados de cosquillitas en los bajos, y lo suyo es una provocación estética… de la que no es responsable. Sabes que no es mi tipo pero…, joder, con la camisa blanca.

—Lo sé —gruñí sin poder evitar lanzar una miradita a la pantalla y localizar la foto a la que se refería.

—Debe de ser jodido ver en esa plenitud lo que ya no…

—No termines la frase —pedí.

Puso morritos de pato y me miró con una sonrisa después.

—Hiciste bien en avisarle. Ya tienes cubierta tu buena acción del año. Piensa alguna fechoría para compensar.

—Siendo sincera, lo hice pensando en mí. No me apetece encontrarme fotos suyas por todas partes. Es el equivalente fotográfico a una mina antipersonas. Si se hace viral, me da un derrame.

Me miró con el ceño fruncido y creí que iba a decirme algo profundo, algo como que no podía obsesionarme con ello, ni con él ni con olvidarlo y fingir que no existía, pero se pasó un dedito por encima de su labio superior y luego me señaló a mí.

—Tienes bigotillo —dijo.

—Tengo pelusilla rubia.

—Maca…, rubias, rubias, lo que se dice rubias, no somos ninguna de las dos.

—Y tú deberías depilarte las cejas, que parecen dos sobacos de mono.

Pensé que iba a calzarme una hostia bien dada y merecida, pero asintió.

—¿Quedada para adecentarnos?

—¿En tu casa? —pregunté.

—En la mía no cabemos. ¿Qué hay de la tuya?

—¿En la mía? Ni lo sueñes. Aún no se me ha olvidado la última vez. Encontré unas bragas tuyas detrás del microondas.

—Qué noche. —Subió repetidas veces las cejas y no pude evitar reírme—. ¿Vamos a la de Adri?

—Vale. Ahora le escribo —dije resuelta—. ¿Cuándo puedes?

—Pues antes del viernes tiene que ser: hoy o mañana.

—Genial. —Cogí el móvil y empecé a escribir en nuestro grupo para que Adri pudiera organizarse—. Si no puede ser en la suya, qué remedio, iremos a la mía. Pero tienes que prometerme que no te comportarás como esos monos del zoo que tiran caca.

—Caca. Qué palabra más moñas. Di mierda.

—Mierda —gruñí.

—Alegra esa cara —me pidió dándome un codazo—. Has hecho bien en avisarle.

—Ya. Como si valiera de algo; vamos a tener fotos del profesor cachondo hasta en la sopa.

—Y eso…, para que me aclare…, ¿por qué te molesta tanto?

Le lancé una mirada poco amable.

—No quiero verlo ni en pintura. Es mi archienemigo.

—¿No ibas a ignorarlo?

—Pues por eso —eché balones fuera—. ¿Cuándo vas a ver a tu amante bandido?

—El viernes. —Sonrió—. Me tiene molida, el cabrón. Pero valdrá la pena cuando nazca nuestro primer hijo, al que llamaremos Santiago.

—Mira que eres morbosa, joder. —Me enderecé, le di un beso y guardé el móvil en el bolso—. Vuelvo al trabajo. Tengo que recoger millón y medio de blusas y zapatos de la tintorería, y Pipa no se va a creer que haya pillado tanto tráfico. Para una vez que me paga el taxi…

Me lanzó un beso y después se apoyó otra vez en la pared.

—Yo voy a seguir aquí, fumándome un pitillo mental. Tengo que planear mi estrategia para la sesión de masaje. A lo mejor le digo que me duele la vagina…

—Eso no suena a plan infalible —dije antes de desaparecer entre la gente que andaba por la calle Luchana a esas horas.

Llegué a la oficina con la blusa pegada a la espalda. Hacía un calor digno de agosto en la calle y además subía más cargada que una mula. Me recibió el frescor característico de las casas con muros gruesos y suspiré con alivio a su cobijo y al silencio. Sin entretenerme demasiado, me puse manos a la obra a ordenar los zapatos en sus respectivas cajas marcadas con una polaroid de cada par y dejé los vestidos en las fundas de plástico colgando del burro de metal. Cuando me giré hacia la parte de la oficina donde teníamos las mesas, me encontré a Pipa mirándome divertida y me pegué el susto del siglo.

—¡¡¡¡Ahhhhh!!!! —grité.

—Ay, por Dios, Maca, no grites, que es de chonis.

—Casi me matas de un susto —dije cogiéndome el pecho.

—Perdona. Es que estabas tan graciosa toda concentrada… ¿Han quedado bien?

—Sí, sí. Fenomenal.

—¿Se fue la mancha de huevo de mis Manolos rojos?

—Sí. Y la de pintalabios del vestido de Dolce.

—¡¡Qué bien!! —Aplaudió.

La miré con desconfianza.

—Estás muy contenta, ¿no?

—Sí. —Me enseñó sus perfectos dientes blanqueados, y a punto estuve de necesitar gafas de sol…, no, gafas de soldador, mejor dicho—. Mucho.

—¿Alguna buena noticia que compartir?

—No. Bueno…, de trabajo, no.

—Ahm.

Me quedé cortada. No sería yo la que insistiera más.

—¿No vas a preguntarme? —me animó.

—No querría que te sintieras presionada a decirme que…

—¿Presionada? Macarena, yo solo cuento lo que me apetece. Y esto solo te lo puedo contar porque… eres la única que lo sabe y porque tenemos un contrato de confidencialidad.

—En realidad ese contrato de confidencialidad es más bien… moral. Yo no he firmado nada, lo sabes, ¿verdad? Pero te guardo los secretos porque… es lo que hace alguien normal cuando le dices «no se lo cuentes a nadie».

—Ya, ya. Y porque tengo abogados que te dejarían pelada si abrieras la boca.

Me dejé caer en el chester de terciopelo color rosa con un suspiro.

—Cuéntame.

—Eduardo. —Y sus manos dibujaron lo que me imagino que para ella era una estela de purpurina.

Levanté una ceja.

—¿Qué Eduardo?

—¡¡El italiano, boba!! Va a pasar por Madrid a finales de semana y quiere verme.

—Ah, qué bien. —Fingí una sonrisa.

—Pero tienes que ayudarme, Maca. Esto es… una locura, lo sé. Pero es que nunca he hecho estas cosas, ¿sabes? Siempre he sido la típica chica buena que no se mete en líos y él es tan… animal, tiene tanta pasión en las manos… ¿Me dejarás ser mala esta vez?

—¿Yo? —Me señalé—. Por mí cero problema.

—Es que tienes que cubrirme. Le diré a todo el mundo que estoy contigo…, que hemos montado una fiesta de pijamas en un hotel mono.

—¿Y se lo creerán? —Fruncí el ceño.

—Sí. Porque será verdad. ¿Qué te parecería pasar una noche con tus amigas en la suite bonita de un hotel?

La miré de reojo, como si me estuviera ofreciendo un cepo y temiera terminar sin una mano.

—¿Cuándo?

—¿Mañana? —suplicó con las palmas de las manos unidas.

—¡¡¿Mañana?!! —exclamé.

—¡Todo pagado! ¡¡Incluso la cena!!

—¿Dónde está el truco? —Entrecerré los ojos.

—En ningún sitio. Me sirves de coartada.

Y como soy idiota, añadí:

—Pero te puedo servir de coartada sin que me invites a una suite.

—Así será más real, porque yo estaré en el mismo hotel y nadie podrá sospechar nada. ¿¿Qué te parece??

—Ehm… —Jimena se iba a poner como loca.

—Por favor. Por favor. Por favor. Te doy el viernes libre. Y te doy trapos. Te dejo elegir lo que quieras de entre todo lo que me ha llegado de regalo y que no me gusta. ¡¡Tráete a tus amigas!! ¡¡Que elijan lo que quieran!! Mañana no vendré a la oficina en todo el día…, que se pasen y cojan lo que quieran, de verdad. De todo ese rincón —señaló una reproducción del Kilimanjaro hecho con cajas—, lo que les guste, es suyo. Y tuyo.

Abrí los ojos de par en par. Por el amor de Dios… pero ¿qué le estaba pasando a Pipa? Ese se tío debía de tenerla como un martillo neumático.

Al entrar en casa, Adri notaba los pies tan hinchados que los zapatos iban a estallarle en cualquier momento. Había tenido el típico turno eterno de no poder parar ni un segundo para sentarse y estaba molida. Lo único que le apetecía era darse una ducha, ponerse el pijama y echar un vistazo a una revista mientras tomaba un vino.

Dejó las llaves sobre el aparador y sacó su móvil del bolso antes de colgarlo en el armario de la entrada. Tenía dos wasaps: uno mío y otro de Julia.

> Queridas «Antes muertas que sin birra»… NOTICIÓN. (No, no tiene nada que ver con el hecho de que mi deleznable ex sea adorado por más de cien mil almas hambrientas de su carne). Pipa se ha vuelto loca por razones que no puedo desvelar (pero tienen rabo) y nos invita a una fiesta de pijamas (para nosotras, ella no se junta con chusma) en la suite de un hotel aún por determinar. ¡Ya no hay que pelearse por decidir en qué casa quedar para adecentarnos! Algo me dice que soy yo la que va a reservarlo todo así que, si tenéis preferencias, soy toda oídos. Lo malo: es mañana. Lo bueno: es todo gratis. Y… ¡¡NOS DA TODO LO QUE LE HAN MANDADO LAS MARCAS EN EL ÚLTIMO MES!! Después de esto…, nenas, no esperéis regalo de Navidad por mi parte. Pd: Como digáis que no, me encuentran colgada de

la lámpara de un hotel de cinco estrellas con la bandolera de un bolso de marca.

Pd2: A partir de ahora podéis llamarme Ama del universo.

Adri sonrió y dio un par de saltitos.

—¡Hola! —dijo en voz alta.

—¡Hola, amor! —respondió Julián desde el despacho—. ¿Qué tal el día?

—Un infierno hasta ahora. Voy a darme una ducha y luego te amplío la información, pero… mañana tengo fiesta de pijamas en un hotel con las chicas. Invita la jefa de Maca.

—Eso suena a cuento chino. ¿Me engañas? —preguntó él con sorna.

—Uy, sí, con todo el banquillo del Real Madrid. Ahora te lo cuento bien. Voy a la ducha.

—¿Ni un beso antes?

—¡Es que me suda todo! ¿Tú sabes el calor que hace por la calle? Menos mal que hoy no tenías clínica. Es infernal.

Se desnudó cruzando hacia su dormitorio y, de paso, fue abriendo las ventanas. Solo podía pensar en servirse una copita y ponerse a comer pistachos como una energúmena en la tumbona que quedaba frente al ventanal del salón.

Antes de meterse en la ducha recordó que tenía otro mensaje… de Julia.

Hola, Adri, ¿qué tal el día? Espero que todo genial.
Te escribo porque este fin de semana, si os apetece,
podríamos hacer una cenita de acercamiento.
Ya me dices. Besos.

¿Cena de acercamiento? ¿Qué narices significaba eso? ¿Para conocerse más? Porque… Julia le había encantado. Le había parecido guapa, divertida, simpática, coqueta y limpia (lo que era importante para lo que quería emprender con ella, claro), pero… no podía evitar cierto recelo. Le daba miedo, aunque no quisiera confesarlo, que Julián pensase lo mismo que ella y se quedara completamente prendado de esa chica. Pero… era maja. ¿Por qué tenía que pensar que la historia iba a terminar así de mal? Por culpa de la agorera de Jimena, seguro.

Se dijo a sí misma que lo pensaría un poco antes de contestarle y cuando ya estaba bajo el chorro de agua templada, con el pelo pegado a la cabeza y la piel de gallina, Julián abrió la cortina y ella se tapó las vergüenzas con los brazos.

—¡¡Julián!! —se quejó gritando y con los ojos cerrados.

—Por Dios, Adri, que eres mi mujer. Hazme sitio.

—¡¡No!! ¡Odio las duchas compartidas! ¡¡Tu pelo rasca!!

Julián la ignoró y se metió a su lado completamente desnudo y con cierto apéndice suyo a pleno rendimiento.

—¡Ni se te ocurra! —le advirtió ella—. Solo quiero tumbarme a comer pistachos. No entra en mis planes comerme TU pistacho.

—Sería una novedad —se burló él—. Es que… ven. Ven que te haga una escuchita.

—¡¡Julián!! ¡Que se me pega tu pelo al cuerpo!

—Ven que te diga una cosita.

La arrinconó contra la pared mientras ella emitía un sonidito estridente de queja y agarrándola, acercó su boca al oído.

—Estaba pensando en tu regalo y me he puesto como una moto. No puedo dejar de pensar en ello. Y quiero…, quiero hacerlo. Ya.

Adri se volvió hacia él con sorpresa.

—¿Estás seguro?

—Más que seguro. —Cogió la mano de su mujer y la colocó en su polla.

—Si te soy sincera, creí que te echarías atrás en el último momento.

—Yo opino lo mismo de ti.

—No voy a echarme atrás.

—Vamos a hacerlo ya. Este fin de semana. Reservaré —puso su mano envolviendo la de Adri y la movió encima de su erección— una habitación en un hotel. Y follaremos los tres.

—¿Este fin de semana? —preguntó ella con un hilo de voz.

—Te estás acojonando.

—No. Claro que no.

—Pues llámala. Yo preparo el resto. No sabes lo cerdo que me pongo solo de pensarlo. ¿Tú no?

—Sí —asintió Adri.

La giró de espaldas, se agachó y, sin más calentamiento, la penetró de golpe.

—Duele, Julián.

—¿Paro o te gusta?

Adri se quedó sin saber muy bien qué responder. ¿Le gustaba? Quizá. Él volvió a empujar.

—¿La tocarás, Adri? Me muero de ganas de ver cómo la tocas. Cómo te lame. Cómo me la chupáis entre las dos.

Cosquilleo… naciendo de los dedos de sus pies y navegando a gran velocidad por sus nervios hasta estallar con pequeñas explosiones entre las piernas.

—¿Qué más?

—Quiero follarte mientras te lame. Quiero follármela mientras la lames. Quiero mirar mientras os frotáis.

Adri se notó más húmeda y las penetraciones pasaron de ser estocadas brutales que le escocían a algo suave, solo placentero, sexual… ¿Qué era? ¿Eran las palabras lo que surtían ese efecto?

—Sí, sigue. Sigue hablando.

—Quiero pasarme la noche jodiendo con las dos. Quiero que te comas esas tetas que tiene y que te….

Julián dijo algo más. Algo de las lenguas enredándose húmedas de saliva con su polla en medio, algo de meter dos dedos dentro de cada una mientras gemían como gatas…, pero ella ya lo oyó todo desde lejos mientras se corría. Y cuando terminó, esperó con la mejilla apoyada en las baldosas de la ducha pensando que ya quedaba menos para estar tumbada comiendo pistachos.

Después, con el pelo húmedo y un pijama de verano, empujada por el subidón de un orgasmo como no recordaba haberlo tenido, escribió a Julia su «primer mensaje atrevido».

Querida Julia; nos acabas de dar, sin saberlo,
el mejor polvo de nuestro matrimonio hasta el momento.
Si fantasear contigo es bueno, no queremos pensar cómo
será hacerlo realidad. ¿Qué te parece el viernes por
la noche? Nosotros nos ocupamos de todo.

Un minuto después, Julia escribiendo.
Me muero de ganas.

29. «Last friday night (T.G.I.F)», Katy Perry
Tarde de chicas

Las chicas entraron en la «oficina» pisándose y dándose codazos, como señoras el primer día de rebajas.

—¡¡Calma, por favor!!

—¡¡Dame un Orfidal!! ¡¡Me va a dar algo!! —gritaba Jimena fuera de sí.

Tiraron de cualquier manera las bolsas donde llevaban la muda para aquella noche y se abalanzaron sobre la montaña de cajas, cayendo una encima de la otra y apartándose la cabeza con la mano abierta la una a la otra.

—¡¡Por el amor de Dios!! ¡¡Sois dos animales!! ¡Yo elijo primero, que para algo la aguanto todo el año! Estaos quietas un segundo…, ¡he traído una sorpresa!

Fui hacia la nevera que normalmente teníamos llena de Cola Zero y botellitas de agua Fiji y saqué una botella fría de cava que había comprado por la mañana. Las chicas gritaron de emoción y aplaudieron, y yo bailoteé con la botella en la mano. Era el jueves más feliz en años.

—Tregua mientras sirvo —les pedí.

Las dos se sentaron en el suelo, frente a las cajas parcialmente aplastadas por su peso, como dos niñas el día de Navidad, esperando el visto bueno para abrir sus regalos.

—¿Cómo os habéis escaqueado del curro tan pronto?
—les pregunté.

—Yo tenía turno de mañana. —Sonrió Adri—. Suerte la mía.

—Yo he dicho que me piraba antes.

Me eché a reír y Jimena se encogió de hombros.

—Creo que tu jefe te tiene miedo —concluí.

—Creo que sí. ¿Podemos abrir las cajas ya?

—Las abrimos todas, extendemos lo que contengan y lo repartimos por consenso.

—¡¡Es el mejor día de mi vida!! —gritó Jimena.

—¿Qué banda sonora sería la perfecta para una tarde como esta? —pregunté en voz alta.

—Sin duda alguna: ¡¡Katy Perry!! —contestó Adriana.

Después de un tecleteo nervioso, empezó a sonar «Teenager dream» desde mi ordenador. Les pasé a cada una un vaso de plástico con el líquido burbujeante y brindamos «por nosotras» con nuestro particular brindis. Después, cada una se concentró en un paquete.

—Nos merecíamos una tarde de «compras» —suspiró Adriana mientras sacaba un camisón de satén negro de entre papel de seda.

—Es genial que tu jefa sea una loca bipolar —añadió Jimena—. A ver si encuentro algún trapito para mi cita de mañana con Samuel.

—Así dicho parece que tengáis una cita de verdad.

—Casi es una cita —respondió—. Lo tengo a punto.

—Sí, a punto de nieve —se burló Adriana—. Yo también tengo una cita importante mañana.

—¿Con tu suegra?

—Ja, ja, ja —ironizó—. Mañana es el día D.

—¿Día «D» de trío? —siguió preguntando una Jimena malota.

Se removió inquieta y con una sonrisa de oreja a oreja asintió.

—Estoy nerviosa. Tenéis que hacerme la cera. Decidme que os habéis acordado de traer una buena cantidad.

—He traído cuatro cajas de bandas de cera fría. —Jimena apartó una blusa demasiado colorida para ella de malas maneras y me señaló después—. Para el mostacho de Maca necesitaremos tres, pero creo que dará.

Me bebí mi vaso de cava y le tiré encima las gotitas que quedaron dentro.

—¡Guarra!

—¿Os imagináis que mañana triunfamos las tres? —deseó Jimena, ilusionada.

—Yo no —sentencié—. Yo por no tener, no tengo ni plan.

—Llama a Coque —propuso Adri.

—Ñama a Ñoque —la imitó Jimena—. Qué gran idea.

—Puede que lo haga —«Por qué no», pensé.

—Pues prepárate para una noche de pasión desenfrenada con la mugre de su casa. Un día de estos coges una fiebre tifoidea —aseguró Jimena—. Oye, ¿a esta tía todo se lo mandan rosa?

Media hora después el suelo de la oficina parecía la sección de oportunidades de alguna boutique cara pero caótica. En un rincón, junto a la puerta, yacían un montón de cajas vacías y nosotras, de pie, estudiábamos los tesoros con ojo clínico para decidir qué sería para cada una de nosotras. Todos los zapatos eran de la talla 38, pero la mitad a Jime le parecían demasiado brillantes o ñoños, así que la dejamos escoger un par de pares, y me quedé el resto, porque Adri calzaba un número menos. Para el resto no hubo discusiones, sino un reparto equitativo de ropa, complementos, lencería y maquillaje: Jimena se quedó con todo lo que era negro, los labiales oscuros y un millón de paletas de sombras de ojos que quedaban genial con sus ojos verdes; Adriana con vestidos coloridos (azul con escote halter de gasa, un camisero largo multicolor y uno color menta), unos vaqueros mom que a Jimena y a mí no nos sentaban bien, unos bolsitos de mano que parecían conjuntar con su ropa y pintalabios rosados y rubores de mejillas con un tono similar. Yo fui la más beneficiada del reparto: un par de jerséis y camisetas, dos vestidos preciosos, una bandolera de piel en acabado dorado, el maquillaje que mis amigas no quisieron, dos blusas y varios vaqueros que me abrochaban regulín, pero que confiaba en poder ceder sentándome varias horas en la postura del indio con ellos puestos. Después, con el botín repartido en bolsas con el logotipo de la línea de zapatos que Pipa había sacado para una conocida marca, pusimos rumbo a su hotel preferido, donde la adúltera (sin juzgarla, Dios me salve) de mi jefa estaría ya dándole trabajo al colchón: el Santo Mauro.

No era el hotel que yo hubiera elegido de tener la oportunidad, pero es que a Pipa le encantaban sus salones de mullidas alfombras y los jardines que lo rodeaban. Había reservado para ella una de las suites más lujosas, mientras que nosotras nos alojaríamos en una junior con dos camitas individuales y una cama supletoria. Ambas habitaciones se cargaban a la tarjeta de crédito de «empresa» de Pipa, pero en facturas separadas. Todo estaba bien programado y pensado para que ni siquiera nos cruzáramos con ella. Ya me había avisado de que pedirían el desayuno en la habitación y se levantarían tarde (con *late check out* incluido). Nosotras, por el contrario, bajaríamos al salón a desayunar y después Adriana y Jimena se marcharían a trabajar... mientras yo remolonearía un poco más hasta que se hiciera la hora de dejar la habitación.

En cuanto llegamos, sacamos la botella de vino que Jimena había traído consigo y abrimos, en un acto de soberana rebeldía, unos tarros de almendras y otros aperitivos del minibar; no quise mirar cuánto costaba cada uno. Era nuestro día.

Y tras repasar de nuevo todo lo que Pipa «nos había regalado», nos pusimos manos a la obra con la sesión de belleza.

Adriana se desnudó casi por completo para que Jimena la depilara y yo me sentí hasta cohibida por tanta piel blanca y en porreta. Su *partner in crime*, sin embargo, parecía sentirse muy cómoda en su papel.

—Nací para depilar —dijo Jime muy concentrada—. Es mi profesión frustrada.

—¿Quién cuidaría de las historias de fantasmas por ti?

—Eso es lo único que me reconforta —soltó ufana antes de tirar de una banda con fuerza y apretar con el dorso del papel la zona irritada—. ¿A que no duele?

—¡¡Me cago en tu santa madre y en toda tu familia, hija de la grandísima puta!! —gritó Adriana con los ojos llorosos.

Y yo me santigüé antes de ir a por la botella de vino para que sirviera de paliativo, porque no sé desde cuándo Adri no se depilaba, pero Jimena iba a tener trabajo para rato.

—Adri… —le dijo en el segundo tirón—. Esto va todo fuera. Los tríos con pelo son antihigiénicos. Quítate el tanguilla.

—Ni en mis peores pesadillas —confesé mirando a otra parte.

Llamadme remilgada, pero decidí alejarme un poco. Hay zonas de mis amigas que no quiero ver.

Me acerqué a mi bolso, ahora que las chicas andaban ocupadas, y eché un vistazo a Instagram. El perfil de Leo seguía operativo y había sumado un par de miles de seguidores más. Repasé un par de fotos con el morro torcido. Puto tío bueno sin alma ni corazón. ¿Sucedería siempre de aquel modo? Corría la leyenda de que una vez una mujer se encontró con un tiarrón, y este no fue un capullo integral. O quizá solo era un problema de mi ex (cuyo nombre no quería ni pronunciar), que cuando estuvo desarrollándose en el vientre materno fue bendecido con unos buenos atributos masculinos pero ni pizca de empatía.

Si Raquel se lo había dicho ya…, ¿por qué seguía abierta su puñetera página llena de fotos cachondísimas? Como esa en la que lo habían pillado humedeciéndose los labios. Por el amor de todos los dioses de la mitología nórdica. ¿Por qué cojones no había hecho nada al respecto? A lo mejor hasta le había hecho gracia. Ya lo imaginaba, ufano, entrando en clase con una sonrisa suficiente en la boca, haciéndole ojitos a su club de fans de estudiantes salidorras.

—Yo estaría acojonada —escuché decir a Jimena.

—¿Por cómo le vas a dejar la zona? —pregunté mientras me acercaba.

—No. Por tener que interactuar físicamente con una chica.

—Lo has dicho tan elegantemente que estoy empezando a creer en las posesiones.

—¿Habéis hablado de lo que queréis y no queréis hacer? —le preguntó Jimena, intentando desviar la atención de la zona ya inflamada de su entrepierna.

—Ya os dije que voy sin prejuicios.

—Y sin pelo vas a ir —le aseguró Jime.

—No puedo creerme que vayas a hacerlo —susurré mientras me sentaba junto a la puerta.

—Pues, si os digo la verdad…, tengo ganas. Desde que lo planteé…, creo que ha habido una mejora en mi vida sexual. Ayer…, ¡madre mía!, nos pusimos a fantasear en voz alta y tuve el mejor orgasmo de mi vida.

—Adri… —susurró Jimena—. Si llegas allí y no lo ves claro, no pasará nada. Te echas atrás y todos tan amigos.

—Lo sé, lo sé.

—¿Y si va muy bien? —le pregunté—. ¿Te planteas incorporarlo a vuestra rutina?

—No —dijo muy segura—. Esto es un hecho puntual. No todos los días son días de aniversario —bromeó—. Convertir esto en una rutina terminaría haciéndolo aburrido, ¿no?

—¿Tú harías un trío? —me preguntó Jimena después de dar otro tirón.

—¿Yo? Con desconocidos quizá. Con mi pareja no.

—¿Y eso? —se interesó Adriana.

—Soy muy celosa.

—Siempre dices lo mismo, pero… nunca te definiría con la palabra «celosa».

—No la viste con Leo —terció Jimena—. Se volvía loca a la mínima.

—Montaba pollos —confesé—. Feos y lamentables. De esos que te degradan sin darte cuenta. Los celos, vengan de la parte que vengan, no son muestra de amor. Son… miedo e inseguridad. Y convierten al otro o en un esclavo o en alguien que no es.

Con Leo siempre fui celosa. Muy celosa. Para mí fue uno de los defectos de nuestra relación: nunca me sentí lo suficientemente segura como para dejar de temer. Con Coque, sin embargo…, podía sentirme temerosa y algo juzgada pero nunca celosa. Aunque no supiera qué hacía o con quién estaba la mayor parte del tiempo, aunque no sabía qué quería exactamente de lo nuestro, aunque no…, ¿por qué? ¿Por qué no me mataban los celos con Coque, si era uno de esos hombres que puede dártelo todo excepto lo que tú realmente quieres de él?

Las dos se quedaron calladas y el sonido de otra banda de cera despegándose de la piel a toda velocidad resonó en la habitación.

—¿Mejor? —susurró Jimena.

—Mejor…, ya ni siento la zona. Creo que he perdido la sensibilidad de mi piel de cintura hacia abajo.

—¿Por qué con Coque no soy celosa? —solté a bote pronto, mientras me sentaba en el suelo de la habitación, con la espalda pegada al marco de la puerta del baño.

—Uhmm —murmuraron las dos.

—Porque has crecido, eres una mujer más segura, te has dado cuenta de lo que no quieres sentir… —empezó a decir Adriana.

—No. De eso nada. No le digas eso o terminará más confundida. Maca, Coque no te pone celosa porque aunque te gusta, me consta, no te importa lo suficiente.

—Los celos no van en la parte positiva de la balanza, ¿recuerdas? —le pregunté inclinando mi cabeza hacia el vano de la puerta.

—Claro que no. Los celos apestan. Lo que quiero decir es que no estás enamorada, estás resignada. Y como te has resignado a tener de esa relación lo que él te da…, ¿dónde caben los celos?

Me froté el cuero cabelludo y suspiré. Últimamente no entendía nada de mis sentimientos hacia Coque.

—Hay amores que no salen ni con agua caliente —musitó una Jimena que de pronto sonaba mucho más trascendental, pero que seguía concentrada en su trabajo mecánico—. Quizá es la edad con que los vivimos o la intensidad…, quizá la persona por la que sentimos ese amor. Pero así somos. No hay nada que nos parezca más atrayente que una historia imperfecta porque creemos que podremos arreglarla.

—¿Y eso qué tiene que ver con Coque? —pregunté.

—Nada. Estaba hablando de Leo.

Adriana se quejó con un hilito de voz y las tres compartimos un suspiro.

—¿Se sabe algo del perfil en Instagram? —preguntó la pelirroja.

—Que sigue abierto —respondí.

—Seguro que te sabes las fotos de memoria —se burló Jimena.

—Como si entrara de vez en cuando para mirar. Te recuerdo que no me apetece verlo ni en pintura —mentí.

—Eres muy buena persona, Maca. Yo me habría abierto un perfil falso para dejarle comentarios ofensivos del tipo: «En realidad la tiene como un cacahuete. Todo lo que veis es el bulto de un calcetín de deporte» —siguió Jimena, dando ideas.

Me eché a reír.

—Quizá lo haga. Pero ya que estamos, mejor no decir mentiras, no vaya a ser que se haya acostado con un par de alumnas y sepan ya que de cacahuete nada, que es más bien una mazorca de maíz. Con la verdad bastaría. Si contara lo que fue capaz de hacer, no follaba ni pagando.

—Qué manera más efectiva de olvidar —rumió Jimena.

—¿Vas a dar tu opinión de todo lo que diga? —me quejé.

—Puede que sí.

Escuché su risa y la imaginé guiñándole el ojo a Adri.

—Antes de que pierda el conocimiento —musitó esta entre tirón y tirón—, una pregunta peregrina. El hecho de que haya un perfil en una red social que está petándolo con fotos de tu ex…, ¿no te hace sentir celosa?

¿Celosa? Estaba que arañaba. Todas aquellas veinteañeras de piel luminosa y pechos erguidos, modernas, risueñas, a las que no les importaba que él fuera un cabrón sin alma siempre y cuando se las montara bien fuerte, agarrándolas del pelo. Y él sabía hacerlo…, vaya que si sabía hacerlo. Como aquella vez en el baño del bar donde íbamos a jugar al billar…, ¿cómo se llamaba? ¿Duncan? Algo así. Dios…, menudo meneo me dio. Estuve días notando su ausencia dentro de mí y un cosquilleo en mi cuero cabelludo.

Levanté la mirada; las dos estaban pasmadas con los ojos puestos en mí.

—¿En qué coño estás pensando con esa cara de pirada? —consultó Jimena.

—En nada. En que me da igual.

—¿Qué te da igual? —insistió.

—Que se las folle a todas. Ojalá se levante una mañana y se encuentre con que la chorra se le ha caído y que no hay ninguna posibilidad de volver a cosérsela.

Adri silbó y Jimena se tocó la sien mientras musitaba «cucu». Yo… hice lo único que supe hacer en ese momento: me levanté para rellenar las copas y acercar las almendras.

—¿Por qué no haremos estas cosas más a menudo? —se preguntó Jimena.

—Pero sin mutilación cutánea, por favor —suplicó Adri.

—Porque somos pobres —respondí—. Seguro que todas las quedadas de Pipa son así.

—Pero con putos de lujo.

—Si regala un bolso de un showroom porque le da asco pensar en toda la gente que lo haya tocado…, ¿te la imaginas con un tío de alquiler?

Serví las copas de mis amigas hasta arriba y mastiqué con cierta pereza unas cuantas almendras mientras vagaba por la habitación, tan elegante y luminosa. Fuera empezaba a caer el sol, pero todo seguía reluciente, como cualquier tarde de finales de abril. Me acerqué de nuevo al baño cuando escuché que Adriana pedía la hidratante con la voz cascada de quien ha gruñido mucho.

Le di una copa a cada una, y me apoyé en la bancada, de espaldas al espejo.

—Dios…, esto es zona cero —se quejó a media voz Adriana, mientras se untaba crema Nivea de tarro azul en las ingles.

—¿Cuál es tu táctica para mañana? —pregunté a Jimena.

—Lo he estado pensando. —Ella cogió su copa con los dedos pegajosos de cera y miró al vacío con una sonrisa—. Y creo que mañana voy a saco.

—Define a saco.

—Conmigo no cuentes para sacarte del calabozo mañana, reina, que estaré en un trío —contestó Adriana.

—Esta es la conversación más absurda que hemos tenido nunca —me quejé.

—Voy a ir a saco: pasando de insinuaciones. Voy a ser clarísima: «Sueño contigo, ¿qué me has dado? Sin tu cariño no me habría enamorado».

—Eso es parte de una letra de Camela —contestó Adriana.

—Es verdad. Todas las buenas frases están pilladas —respondió Jimena—. Pues iré a lo fácil: «Me encantas, ¿te gusto? Genial: casémonos».

—Si mencionas el matrimonio y no te saca en volandas por la ventana…, es tu hombre.

—Ya le he pedido la mano y se lo tomó muy bien. —Se rio—. Mañana es el día, reinas mías. Y ahora ven aquí, Maca…, tengo que solucionar tu «Frida-Style».

Me acerqué con cara de resignación y ella, rápida y mortal, me pegó sobre el labio superior una banda de cera fría a la que le dio un tirón enseguida.

—¡¡Por Tutatis!! Pero ¡¡si parece un torrezno!! —dijo al mirar el resultado.

Yo no pude responder. Estaba untando una cantidad demencial de crema en la piel escocida.

30. «Mil calles llevan hacia ti», La Guardia

Noche de viernes en el infierno

Vimos un maratón de *Crepúsculo*. Lo que nos aguantó el cuerpo. Algunas partes nos las sabíamos de memoria y otras ni las escuchamos, quejándonos de que Edward Cullen no le diese un buen meneo a Bella Swan, como el que necesitábamos nosotras, por cierto. Después nos quedamos hablando hasta tarde. Vamos…, lo que se supone que haces en una fiesta de pijamas que se precie. Hablar de penes, de esa persona a la que odias, de algunos miedos y de si el esmalte de uñas de Opi es mejor que el de Essie.

Sin embargo, aunque la noche fue genial, la mañana fue aún mejor, no porque lo fuera en sí misma, sino por la sensación que nos dejó: calidez, grupo e independencia. Jimena y Adriana se levantaron antes para darse una ducha y arreglarse y, cuando estuvieron listas, me despertaron para el desayuno. Quizá debí darme una ducha rápida como ellas, pero no me apeteció. Quería disfrutar al máximo del soborno de mi jefa a cambio de mi silencio, así que me coloqué unas mallas y una sudadera que concentraron las miradas de todos los trajeados y mujeres con tacón de aguja que paseaban por el salón del bufé a esas horas.

Comimos huevos revueltos, bacon, tostadas, yogur con fruta fresca y un bollito caliente y lo regamos todo con una buena cantidad de café y de conversación sobre nuestros trabajos. A Jimena le apasiona el suyo y era inspirador verla emocionada por la jornada, a pesar de no haber dormido mucho. A Adriana le pasaba lo mismo, también sentía pasión por lo que hacía, aunque hubiera terminado allí por rebote, y solía decir que vendía «sueños», aunque nosotras siempre contestábamos fingiendo arcadas…, yo la que más. Su trabajo me ponía la piel de gallina, la verdad.

De las tres, aquí la menda era la oveja negra. No me desagradaba mi trabajo, pero no sentía demasiada pasión por él. Era buena haciendo lo que hacía y me sabía resolutiva, pero me desagradaban las maneras de mi jefa, la frivolidad que manejaba (ella en concreto, no por su profesión) y su forma de hacer funcionar todo un negocio gigantesco a base de sonrisas y el trabajo de otros…, pero ningún curro es perfecto, ¿no?

Nos sentimos mujeres de bien. Era guay desayunar juntas y hablar de «negocios», y prometimos hacer aquello de vez en cuando, pero en el futuro, cuando tuviéramos una vida un poco más ordenada.

—Habrá un momento en el que seremos señoras de éxito y esto será nuestro pan de cada día —dijo Jimena muy convencida.

—Pues como no herede la cadena de tiendas, ya me dirás tú cómo voy a llegar yo a ser una señora de éxito —respondió Adriana enfurruñada.

—¿No has aprendido nada de Melanie Griffith en *Armas de mujer?* ¡Somos capaces de alcanzar cualquier sueño!

Nos despedimos en el hall con un abrazo y la sensación de que teníamos mucha suerte de tenernos. Después lo celebré durmiendo otro rato. Soy una mujer sumamente metafísica, como ves.

Con el día libre por delante pensé en darme un par de mimos. Quizá ir de compras y hacerme la manicura, pero eché un vistazo a mi cuenta corriente y decidí que no estaba el horno para bollos y que tenía que priorizar. Hice un trueque conmigo misma, eso sí: le escribiría un mensaje a Coque proponiéndole cenar fuera (nada de sushi pagado de mi bolsillo y engullido a toda prisa en el salón de su casa) y tomar algo después. Si aceptaba, me haría la manicura. Total, con los trapitos «heredados» de mi jefa, tenía suficiente.

Para variar, Coque tardó tanto en contestar que cuando lo hizo, yo ya me había pintado las uñas en casa, mientras veía en la tele el reality de las Kardashian. Kourney iba a darle otra oportunidad a Scott, y casi me desgañité diciéndole que eso eran ganas de perder el tiempo. Pero… sorpresa, a Coque le pareció un buen plan:

> Así presumo de chorba. Cuando reserves, mándame la dirección y la hora.

Claro, Coque, no vaya a ser que tengas el detalle de encargarte tú de algo que no sea un cunnilingus por primera vez en tu vida.

Pensé en todos los sitios que conocía para ir a cenar, pero no se me ocurrió ninguno digno de una «cita». Ninguno que no me costara el sueldo, claro. ¿Y si nos tomamos unas hamburguesas en la plaza de San Ildefonso? No. Para una vez que conseguía que Coque saliera de su piso para una cita, iríamos a algún sitio chulo. Y colgaría un par de fotos en mi Instagram con la esperanza de que Raquel lo ojease delante del capullo de Leo.

Eh, eh, eh…, ¿de dónde salía aquel pensamiento?

Cuando después de media hora, seguía sin tener ni idea de dónde reservar, me la jugué a la carta de los remordimientos de Pipa y, con mi recién estrenada caradura con ella, decidí llamarla. Contestó algo acojonada (supongo que esperaba que la chantajeara abiertamente con vender a una web de cotilleos todo lo que sabía) y al tercer tono:

—Dime, Maca.

—Hola, Pipa, perdona que te moleste. Es que tengo una cita esta noche y no se me ocurre dónde reservar.

Bufó.

—Si ese tío no se ha tomado la molestia de reservar mesa él, ¿qué sentido tiene esa cita?

Puse los ojos en blanco.

—¿Se te ocurre algún sitio que no sea demasiado caro?

—A ver… —Suspiró—. Si quieres una cosa baratita pero pintona, se me ocurre el Bar Galleta. No sé si tendrán mesa, pero llama de mi parte y pide el favor de que te despejen una reserva. A mí siempre me hacen hueco.

—Gracias, Pipa.

—De nada, pero…, la próxima vez, intenta preguntarme cuando nos veamos en la ofi y no fuera de horario laboral.

¡¡Serás zorra!!

—Claro que sí, Pipa. Ah, por cierto, ayer nos lo pasamos genial. Esperamos que tú disfrutaras también. Ya sabes. Encantadas de servirte de coartada cuando quieras.

Colgué. Pero ojo, no colgué en un alarde de chulería. Lo hice porque me asustó lo que pudiera contestar a mi atrevimiento.

Me puse unos vaqueros pitillo negros, un jersey fino del mismo color, de los que me habían tocado en el reparto de cosas de Pipa, y unos de los zapatos maravillosos que mi jefa, no sé por qué, no quiso ni abrir; probablemente porque no tenían un tacón diabólicamente alto. Eran unos stilettos de piel vuelta de color negro. Cuando me miré en el espejo, a pesar de que creí que parecería que iba de luto, me gustó mi look. Lo rematé con un moño bajo con la raya en medio, rímel en las pestañas y en los labios, por supuesto, mi pintalabios preferido. Mi único pintalabios: Ruby Woo de MAC. Y… preparada para la cita más desastrosa de la historia, queridas.

31. «Maria», Blondie
¿Por... fin?

Jimena tenía un secreto. Por mucho que diera otra impresión, estaba sumamente arrepentida de haberle metido mano a Samuel en su última sesión. Nuestros comentarios la hicieron pensar y se los llevó a la cama. Terminó pensando que quizá le había hecho sentir un saco de carne. Samuel le gustaba porque estaba muy bueno, claro. Era un hombretón: alto, grande, rudo, con barba, pelo desgreñado..., de los que no se preocupan demasiado por la moda y escuchan canciones que nada tienen que ver con lo que se lleva. Pero no le gustaba solamente por eso. Le gustaba a rabiar porque estaba convencida de que había una chispa de Santi en él. Una pequeña chispa vital que no sabía explicar pero en la que creía. No sabía por qué pero cuando, en el estudio de tatuajes, pasó por su lado, pensó en Santi. Le vino a la cabeza con una intensidad con la que hacía mucho tiempo que no aparecía. Y para Jimena eso era ya más que suficiente.

Pero... ¿y si se había sentido ofendido? Si alguien en su trabajo, por muy mono que fuera (y ella sabía que, bueno, no podía desfilar para Chanel en la semana de la moda, pero era mona), le tocara el culo, se sentiría una mierda. Fatal. Como si abusaran de su confianza y violaran su espacio vital. Y reaccionaría con menos educación de la que había esgrimido Samuel cuando ella le tocó el muslo. Pero... ¿es que se le iba la olla? Sí. Seguramente un poco.

De modo que, aunque vistiese el asunto de broma y demás…, estaba preocupada. Porque se había extralimitado, no se sentía a gusto y no sabía muy bien si podría encauzar el tema o qué se encontraría cuando volvieran a verse. Cuando te acuerdas de algo y te mueres de vergüenza… es que tendrías que habértelo ahorrado.

Me imagino la cara con la que se presentó en casa de Samuel. Era la reina de las caras angelicales. Tiene unos ojos grandes y verdes que le dan un aspecto aniñado y casi puro, aunque acabe de decir la barbaridad más grande del mundo, y esos ojos fueron lo primero que vio Samuel cuando abrió la puerta, aunque el rellano seguía siendo un lugar oscuro que daba acceso a una casa no demasiado luminosa.

Sin embargo, no pareció surtir el efecto deseado, porque, por primera vez, Samuel la miró de arriba abajo en una pausa muy fría antes de dejarla pasar. Sus zapatillas Vans rechinaron sobre el suelo en un chillido plástico muy desagradable y se paró en el pasillo. Él, con el pomo de la puerta aún en la mano, seguía mirándola.

—Perdón —le dijo.

—¿Por qué?

—Las zapatillas rechinan.

Samuel frunció el ceño un poco más de lo habitual y le señaló la habitación de trabajo, donde Jimena se dirigió dócil sin mediar palabra. Sin embargo, al entrar, no se concentró en desvestirse rápidamente. Se apoyó en la camilla, colocó las manos en el regazo y le pidió que esperase un segundo. Desde el equipo de música se escapaban, a poco volumen, las notas de «Maria», de Blondie.

—¿Qué pasa? —preguntó él sin demasiada ceremonia.

—Yo…, ehm…, quería pedirte perdón por lo del otro día. Estuvo fuera de lugar y entendería que no quisieras tenerme como clienta nunca más.

Samuel entrecerró los ojos.

—¿Lo dices por lo de tocarme… la pierna?

—Confesaré que tenía la esperanza de haberte tocado el pene —dijo en broma pero fingiendo estar muy seria.

—Si eso fuera mi pene, moriría de una embolia si se me pusiera duro.

Le mantuvo la mirada muy seria, un poco consternada, y a su «Santi reencarnado» se le escapó una risa por la nariz cuando cruzó los brazos sobre el pecho.

—A ver, Jimena…, ¿tú eres capaz de prometer que no volverás a hacerlo?

—Debería decir que sí, pero voy a ser completamente sincera, Samuel: no estoy segura.

—¿De qué no estás segura?

—De no volver a intentarlo. Esos pantalones de trabajo te quedan muy bien.

Él se frotó la cara tratando de ahuyentar la sonrisa que se le dibujaba en la boca.

—Tú no estás bien de la cabeza.

Vale. Habían llegado a un punto sensible en su conversación. Ella podía seguir haciendo bromas, mencionando su culito o algo así, pero también tenía pie para confesar lo que sentía. Lo primero la dejaría de tarada, pero mantendría ocultas sus intenciones románticas que, si lo pensaba, la sonrojaban hasta la muerte. La segunda no le daría la oportunidad de recular, pero quizá le abriría alguna puerta.

—Estoy un poquito loca por ti —decidió confesar y se encogió de hombros, con el corazón en la garganta.

—¿Loca por mí? Pero si no me conoces…

—Pero tengo ojos. —Se los señaló—. Grandes, por cierto y con buena visión nocturna.

Samuel se pasó la mano por el pelo un poco incómodo.

—Aclárame una cosa…, ¿a ti te ha interesado alguna vez verme como profesional?

—La respuesta es un poco ofensiva.

—Da igual. Lo soportaré. Soy fuerte. ¿Te he interesado como profesional?

—No mucho —le confesó.

—Y vienes a decirme que, como no crees que puedas refrenar las ganas de tocarme porque los pantalones me quedan muy bien, es preferible que no vuelvas como clienta.

—Exacto.

—Bien. Entonces… ¿no puedes controlarte?

—A duras penas. —Hizo una mueca—. Y debo confesar que creo que es la ocasión en la que más directa estoy siendo con el tema.

—Agradezco tu sinceridad. Entonces es una despedida, entiendo.

—Bueno…, podemos… tener una cita.

Samuel levantó las cejas sorprendido.

—¿Me estás pidiendo una cita?

—Sí —asintió—. A riesgo de que me dé un derrame en los próximos segundos.

—Necesito que me aclares una cosa —le dijo él poniéndose de pronto serio—. Esta actitud tuya como de niña demente… es solo una postura, ¿verdad?

—Mmm…, sí. Pero te aviso que no soy mucho mejor en realidad.

—Prueba.

—¿Cómo? —le preguntó ella extrañada.

—Prueba a ser tú misma un momento y contéstame una cosa…, ¿qué quieres, Jimena?

—Una cita —respondió resuelta—. Tomarnos una cerveza, hablar, que me digas si soy tu tipo…

—No eres mi tipo. Para nada —pero lo dijo con una sonrisa.

—Bueno, pues tomarnos una cerveza, hablar…

Samuel se quedó mirándola lo que le pareció una eternidad hasta que abrió la puerta y se la señaló con un movimiento de cabeza. Ahí terminaba la aventura, suponía.

—Bueno, fue bonito mientras duró. Me voy. Pero que sepas que siento haberte toqueteado el otro día y que me apunto el hecho de que estés mucho más comunicativo como un tanto personal. Me voy a casa, a castigarme mentalmente por ser una demente.

Samuel se rio con contención y la acompañó a la puerta. Jimena iba arrastrando los pies y se volvió, melodramática, para mirarlo por última vez cuando llegó al final del oscuro pasillo. En el fondo iba a echar de menos muchas cosas: la ilusión de la cita, el brillo de eso que le recordaba a Santi en sus ojos, el olor a aceite de masaje y velas, el tacto de sus manos fuertes deslizándose en su espalda.

—Adiós. —Y reprimió un puchero, la muy peliculera.

—¿Mañana? —preguntó él.

—¿Cómo?

—Que si te llamo para tomar esa cerveza mañana.

Jimena abrió los ojos como dos platos hondos y sonrió.

—Pensaba que me estabas echando de tu casa.

—Te estoy echando de mi casa. —Sonrió—. Tengo otro cliente en cincuenta minutos y…

—Pero ¿vas a llamarme?

—Sí. ¿Por qué no?

—Bueno, «por qué no» no es precisamente comparable a «siento un irrefrenable interés por ti», pero me sirve.

Samuel volvió a esbozar una sonrisa y a mesarse el pelo.

—Estás loca.

—Aún no has visto nada.

—Y te vendes fatal.

—Yo creo que no. —Sonrió pícara—. Has accedido a quedar conmigo.

—Pero solo por tus bragas de lazos.

—Creía que no te iba la lencería fina.

—Y no me va.

—¿Y qué te va?

—Si tú supieras…

Samuel abrió la puerta, invitándola a salir, pero ella se quedó mirándolo. «Si tú supieras…». Pues quería saberlo. Y quería saber, de paso, cómo debía despedirse. ¿Un abrazo? ¿Un apretón de manos? ¿Un beso?

—Adiós a nuestra relación «comercial» —le dijo para ganar tiempo.

—Me temo que sí; tendrás que buscarte otro fisio que te quite la contractura del culo —se burló él.

—Será complicado. He escuchado por ahí que eso está «fuera de carta».

—Lo dicho: estás loca de atar.

—Hasta… ¿mañana?

—Hasta mañana.

No se movió. Mierda. Quería hacer algo. Una salida triunfal. Cualquier cosa que la dejase en buen lugar, pero no se le ocurría nada. Y allí estaba, de pie, parada en el quicio de la puerta sin dar el paso que la sacaría del piso, delante de un Samuel que esperaba para cerrar.

—Me voy —repitió.

—Adiós.

Dio un pasito.

—Me estoy yendo.

—Ya lo veo.

Mierda. Aquello no era lo que comúnmente se conoce como «salida triunfal». Tenía que hacer algo. «¡¡Rápido, piensa!!». Y, para no variar, la respuesta fue no pensar en absoluto.

Jimena se lanzó hacia Samuel casi de un salto y, agarrando su cara para atinar a la primera, estrelló sus labios contra los de él. Lo pilló por sorpresa, claro, y aprovechándose de ello, Jimena alargó el beso, apretando sus bocas y acariciando con la yema de su pulgar la barba que crecía un poco desaliñada en sus mejillas. Pensaba que él reaccionaría cogiéndola en brazos, comiéndole la boca con avaricia y prometiéndole la luna, pero no hubo más que silencio y quietud. No estaba muy fina Jimena aquella semana con las predicciones. Al no obtener la respuesta que esperaba, se separó unos centímetros, aún de puntillas, y humedeció sus labios.

—Adiós —le dijo.

Se dio la vuelta decidida, dispuesta a largarse lo más rápido posible…, tan rápido que superara la barrera del sonido y perdiera la memoria, pero la mano de Samuel cerró violentamente la puerta frente a ella. Casi no se atrevía a girarse. ¿Había llegado el momento en el que se cabrearía y le pediría que no volviera a tomarse esas confianzas con él jamás? ¿Había tensado demasiado la cuerda?

Jimena ya preparaba su discurso de disculpa cuando Samuel la cogió de un brazo y la obligó a girarse con rudeza. Entreabrió sus labios para hablar, pero lo único que salió de ellos fue un suspiro. No sabía por qué se comportaba así con él, pero lo hacía. Sentía una suerte de arrebato, como si estuviera segura de que era ÉL y no quisiera esperar que el tiempo hiciese su trabajo. Compartir aquello con él a modo de disculpa era demasiado loco incluso para ella, así que esperó a que Samuel le diera pie, pero, en lugar de eso, precipitó su boca contra la suya sin mediar palabra. Y sin saber cómo habían llegado hasta allí, sus brazos rodeaban al otro por completo, los labios resbalaban unos contra otros y las lenguas salieron tímidamente a bailar un vals.

No pidió permiso para levantarla en volandas, y aunque Jimena tuvo que sujetarse con una mano en su espalda ancha y la otra entre los mechones de su pelo para no caer, estaba encantada. Era como lo imaginó. Exactamente como lo imaginó… o incluso mejor. El beso se volvía violento y no podía evitar gemir suavemente dentro de su boca, lo que parecía enfurecerlo aún más. Todo lenguas, saliva y un sabor al que ella, aun en la celeridad del momento, sabía que terminaría enganchándose.

Su espalda chocó contra una pared y después contra otra y pronto se dio cuenta de que se movían. No solo sus labios y sus lenguas…, Samuel la estaba llevando hacia el dormitorio cuya puerta atravesó de un empujón. La dejó en la cama, sentada y alucinada, y se quedó de pie frente a ella mientras jadeaba.

—¿Era esto lo que querías? —le preguntó con voz baja y grave.

—Sí.

Samuel tiró de la camiseta de su uniforme hacia arriba, y Jimena dibujó una cara de completa tribulación cuando le vio el pecho fuerte y salpicado de vello.

—Dios…, ¡qué bueno estás! —exclamó.

La empujó hacia atrás y la obligó a callarse con sus propios labios y lengua. No hubo queja, solo las manos de Jimena apretando sus nalgas mientras él le quitaba la blusa y desarmaba su cinturón.

—¿Justo hoy te pones pantalones?

—Creía que venía a despedirme.

—Si hubieras venido con vestido —se acercó a susurrarle en el oído—, ni siquiera te hubiera desnudado. Te lo habría hecho en la puerta, contra una pared, con las bragas colgando de un tobillo.

—¡Joder!

Las bocas volvieron a unirse en un sonido húmedo y caliente que la hizo suspirar, y Samuel respondió clavando los dedos en el sujetador que intentaba quitar a tirones, como si hubiera olvidado de pronto lo fácilmente que podía deshacerse de él. Jimena se quitó la blusa del todo. Él peleó con los pantalones de los dos, que golpearon la pared antes de caer al suelo. El sujetador fue lo siguiente, y los labios de él atraparon los pezones cuando aún no había caído sobre el resto de la ropa desperdigada en la habitación. Jimena miró jadeando cómo pellizcaba sus pechos con la boca, cómo lamía la superficie dura del pezón y cómo intentaba abarcar la mayor cantidad de piel entre sus labios.

—Dios… —gimió sujetándose de pronto sobre sus dos manos sobre ella—. Eres tan suave…

Bajó la cadera y se hizo sitio agarrando un muslo y colocándoselo alrededor de la cintura. Después se movió arriba y abajo mostrándole lo excitado que estaba; duro, a punto, demandante. Miraron hacia abajo, hacia la ropa interior, y gimieron a la vez con el siguiente roce. Él la tocó por encima de las bragas, curioso, buscando con el pulgar y después volvió a balancear sus caderas. Una mancha húmeda apareció en la ropa interior de Jimena.

—Te humedeces —susurró él como en trance.

—Vas a matarme.

—Eres… pequeña. —Sonrió él mirándola a la cara.

Un mechón de su pelo cosquilleó en la frente de Jimena y se echó a reír.

—¿Pequeña?

—Minúscula.

—Tú eres muy grande.

La boca de él se pegó a su cuello y lamió hasta el lóbulo de su oreja sin dejar de mecerse. Jimena se estaba volviendo loca.

—Ponte un condón y fóllame —le pidió.

Samuel sostuvo su peso sobre los dos brazos y frunció el ceño.

—No tengo condones.

—¿No tienes cond…? Busca a ver.

—No tengo —le aseguró él sin poder dejar de moverse.

—¿Es que eras célibe hasta hace cinco minutos?

—La última vez que estuve aquí con alguien fue con mi ex. No me hacían falta —respondió parando en seco y muy serio—. ¿Algún dato más?

—Sí —asintió ella—. Que yo tampoco llevo condones. Y…, Dios, no me creo que vaya a decir esto —refunfuñó—, sin condón no voy a hacerlo.

—¿Eso es un problema para ti?

—Pues… sí —afirmó notando cómo enrojecían sus mejillas.

—Ay…, Jimena… —sonrió con condescendencia—, no sabes las ganas que tenía de hacer esto…

Samuel bajó hasta su monte de Venus, bajó sus braguitas (esta vez sin lazos y de un corriente color carne) y le abrió los muslos.

Recorrió con la lengua el interior del muslo y la miró interrogante, en un gesto entre curioso y altivo, como pidiéndole permiso y dejándole claro que, con condones o sin ellos, iban a pasar un buen rato. Jimena solo pudo arquearse porque la visión era jodidamente sexual y no iba a pararle por nada del mundo.

Agarró su pelo cuando sintió que separaba sus labios con el dedo índice y corazón y movió la cadera impaciente.

—Ve diciéndome… —susurró él.

Sintió la calidez húmeda de la lengua recorriendo la parte más sensible de su piel y gimió hasta que la voz se le quebró. Él volvió a hacerlo y ella siguió premiándole con gemidos.

—Hazlo lento —le pidió—. Así… lento.

Los siguientes diez minutos Jimena no vio nada que no fuera el techo de la habitación; en realidad… no vio nada en absoluto porque los ojos se le cerraban de placer y no podía concentrarse en nada que no fuera el orgasmo que buscaba y que encontró en los dedos de Samuel. Primero deslizó uno y después otro…, para rematarla los movió a la vez, dentro y fuera, con la lengua ocupada en seguir lamiendo. Y era increíble y volátil, pesado y pasajero, inolvidable y húmedo…, todo a la vez. Hasta que sintió una explosión dentro de ella, los muslos le temblaron, agarró las sábanas arrugadas con fuerza y gritó de alivio a la vez que, por primera vez en su vida, empapaba la cama, sus piernas y la mano de Samuel. ¿Qué acababa de pasar? Se quedó muy quieta mientras él subía por su estómago con la boca mojada, dejando un rastro húmedo sobre la piel hasta dejar los ojos a la altura de los suyos. A Jimena le ardía la cara de vergüenza. ¿Acababa de… correrse? Pero… de correrse de verdad. Físicamente. Húmeda. Salpicando hasta la ropa de cama.

—¿Qué… ha sido eso? —preguntó muerta de vergüenza.

—Un orgasmo.

—Yo nunca…

Se quedaron en silencio. Nunca se había corrido así. Nunca había… ¿eyaculado? Por el amor de Dios. Era una chica. No podía eyacular. Samuel se echó a reír y tumbándose en la cama a su lado la miró interrogante.

—¿Nunca te habías corrido?

Acto seguido la besó. Notó en sus labios el sabor de su propio sexo y también el hambre de quien ha visto comer, pero no ha tenido la oportunidad de probar bocado. La mano de Samuel la sujetó de la nuca y empujó hacia él y hacia abajo. Era el momento de responder.

Reponiéndose de la sorpresa y la vergüenza, Jimena se incorporó mientras él se bajaba la ropa interior. Su polla salió como un resorte, golpeando su vientre. Era grande, gruesa, y estaba muy dura. Se humedeció los labios, nerviosa, y acercó la boca a la punta.

—¿Ahora te pones tímida? —Sonrió él con socarronería.

—Nunca me había pasado.

—¿El qué?

—Eh…, pues… correrme así.

—¿Puedes dejar de pensar en eso? Solo quiero tu boca alrededor de mi polla. Lo demás me importa muy poco.

No fue romántico, pero infundió tranquilidad a una Jimena que lo único que quería era borrar el recuerdo de las sábanas salpicadas de su orgasmo. ¿Le habría pasado con más chicas? ¿Estaría acostumbrado? ¿O estaba cachondo y no entraba en sus planes pararse a pensar en ello?

Abrió la boca y notó la cabeza de su polla deslizándose pegada al paladar hasta dar casi en su garganta y provocarle una arcada. La sacó, gimió y volvió a engullirla. Samuel cerró los ojos y exhaló profundamente por la boca con los dedos enredados en su pelo.

—Así. Rápido…

Jimena movió la cabeza y la lengua, y una respiración profunda que rozaba el gruñido respondió desde los labios de Samuel. Colocó la mano en la base y la agitó. Sobraba espacio para que su boca se moviera arriba y abajo hasta que la barbilla chocaba con el puño. Siguió, dejando que los ojos se le cerraran y después parpadearan en busca de la expresión de placer de él, que acompañaba los movimientos con la palma en su cabeza.

—Más rápido —le pidió.

Escuchaba el sonido de su boca inundada de saliva succionar y envolver, y la respiración de Samuel que se aceleraba al compás de sus movimientos. Perdió la noción del tiempo, concentrada en el tacto de la piel suave sobre su lengua y el susurro de la mamada, hasta que le dolió la mandíbula. Aceleró su mano y colocó la boca de manera que sus labios acariciaran la punta mientras lo masturbaba. El puño de él se cernió alrededor del de ella y la apremió mientras se tensaba y empujaba hacia el fondo. Un sabor salado le invadió el paladar y supo que estaba a punto.

—Me corro —le avisó sin soltar su mano ni su cabeza.

En mitad de un trance sexual, como si los sonidos y los movimientos repetitivos fueran hipnóticos, siguió lamiendo hasta que él respondió tensándose, apoyándose en los codos y estrellando su orgasmo contra su pecho con gruñidos casi mudos que quedaron atrapados detrás de sus labios cerrados.

Samuel se desmoronó por completo sobre la cama con la respiración fatigada, y Jimena hizo lo mismo a su lado. La habitación se llenó de pronto de un silencio casi insoportable, pero se sorprendió al descubrir que no se sentía incómoda. Volvió la cabeza hacia él y se encontró con la mirada de Samuel.

—Ha sido un desastre. —Sonrió ella.

—¿Qué? ¿Por qué?

—No llevaba la ropa interior conjuntada.

—Ni siquiera me he percatado de que llevaras ropa interior —se burló él.

—Me he… corrido.

—Entraba en los planes.

—¿Así? Parecía el riego automático del jardín de mis padres.

—¡Dios! —Samuel se tapó la cabeza con la almohada y se echó a reír.

—Y después lo de los condones. ¿Qué clase de tío no tiene condones en la mesita de noche?

Él soltó el cojín y la miró con gesto perezoso.

—Yo.

—Eso ya lo sé.

—¿Qué clase de tía no lleva un condón en la cartera?

—¡¡¡Prácticamente ninguna!!! —se burló ella—. Por el amor del cosmos, Samuel. No tienes ni idea sobre mujeres.

—En eso tienes razón. Ni idea.

Y pareció callarse «ni ganas de averiguarlo». Jimena suspiró, se acomodó en una cama que olía a lavanda y vio cómo Samuel estiraba la mano hasta la mesita de noche para alcanzar unos kleenex del cajón para ella y echar un vistazo al despertador.

—Buff. Tengo que darme una ducha. —Se frotó la cara—. Tengo una cita en quince minutos.

Jimena se quedó esperando a que la invitase a darse una ducha, pero él se levantó sin decir nada, se colocó los calzoncillos y salió de la habitación para volver en unos segundos recogiendo la ropa de Jimena a su paso.

—Ya siento las prisas —le dijo a modo de disculpa.

—No te preocupes. No ha sido algo… premeditado.

—Algo me dice que tú alguna pensada le habías dado.

—Espero que eso sea una broma y que no estés insinuando que he querido «cazarte».

—Más bien «follarme».

Jimena se colocó la ropa interior, se puso en pie y le dio un beso en los labios.

—Pues ni eso.

Se vistió, mientras Samuel recogía su uniforme e intentaba alisar las arrugas con la mano, y esperó pacientemente junto a la puerta para que él la acompañara hasta la salida.

Se despidieron al final del pasillo, en la oscuridad.

—Hasta mañana —le dijo ella cuando ya abría la puerta.

—¿Mañana? —frunció el ceño él.

—Sí…, mañana íbamos a quedar a tomar una cerveza.

—Ah, ya, ya. Perdona. Se me había ido la olla.

—¿Me llamas tú?

—Te llamo yo.

Jimena se puso de puntillas y le dio un beso en los labios.

—Hasta mañana entonces.

Cuando bajó las escaleras del viejo edificio, tenía una sensación extraña y contradictoria calentándole el estómago: triunfo, porque había conseguido saborear su boca, porque estaba más segura que nunca de que era ÉL, y miedo, porque tenía la sensación de que Samuel no iba a hacer esa llamada.

32. «Style», Taylor Swift
Cosas que nunca cambian

Estaba prácticamente segura de que Coque me haría esperar en la puerta, así que anduve con calma desde la parada de metro de Gran Vía hasta el restaurante, casi paseando y cruzándome con bandadas de gente que, aquella noche, no me daban envidia porque… yo también tenía plan.

Cuando ya estaba llegando, me sorprendió comprobar que Coque ya estaba allí. No es que fuera muy presumido, pero creo que se había esforzado un mínimo en arreglarse y me hizo ilusión. Llevaba una camisa estampada de manga corta, muy hipster, y unos vaqueros pitillo. El pelo, como siempre un poco alborotado, pero era parte de su encanto.

—¡Cuqui! —exclamó cuando me planté delante de él—. ¡Qué despliegue! Pareces…, pareces una…

—No digas «pilingui cara».

Fingió cerrarse la boca con una cremallera, y no pude más que reírme. Bueno. Coque no tenía el don de la palabra… A decir verdad, aparte de su cara de niño mono, su sentido del humor y su polla, no se esforzaba con mucho más.

—¿Entramos? —le pregunté después de un beso ambiguo en la comisura de los labios.

—Espero que el garito este no sea muy caro. Llevo encima treinta pavos.

—La humanidad ha avanzado mucho, cielo; se puede pagar telemáticamente con una cosa llamada tarjeta que, seguro, tu banco te habrá hecho llegar.

—Paso de bancos. Guardo mi dinero en casa.

Me volví hacia él mientras abría la puerta.

—¿Qué dices? ¿En el colchón? ¿Como las viejas?

—En el colchón no. En un sitio secreto que no te diré, cuqui. A ver si tienes las manos largas.

Sonreí con cierta expresión de circunstancias al metre que, sin duda, había escuchado parte de la conversación.

—Tenemos una reserva para dos a nombre de Macarena Bartual.

El chirrido de una silla en el suelo se agarró molesto a mi oído.

—Claro, acompáñenme.

Miré a Coque y me alzó las cejas, haciéndome morritos.

—Qué culazo tienes —susurró.

Premio anual al don de la palabra y de la seducción sofisticada para… ¡Coque Segarra!

El encargado de la sala se apartó para dejarnos ver la mesa y, en cuanto lo hizo, di un brinco y me llevé la mano al pecho:

—Me cago en mi puta madre.

Pelo revuelto, jersey oscuro dejando a la vista el valle de su garganta e insinuando el vello de su pecho. Leo.

Me di la vuelta justo después de leer en sus labios la misma expresión que había salido de mi boca hacía unas décimas de segundo y choqué tontamente con el pecho de Coque.

—¿Qué haces? —preguntó.

—Sal, sal, sal —supliqué mientras intentaba empujarle.

—¿Qué pasa?

—Mi ex.

Coque hizo una mueca justo en el momento en el que escuché a Raquel decir mi nombre. Sin escapatoria.

—¡Muévete! —exigí a Coque.

—Te están saludando.

Pero… ¿qué era aquello? Un *déjà vu* digno de una película de terror, sin duda. Un bucle espacio temporal perverso conmigo en el centro. ¿Y si me había muerto y estaba viviendo mi propio infierno personal?

Me volví con una sonrisa falsa en los labios.

—¡Raquel! —la saludé.

—¡Morenaza! ¿Qué tal? —Se levantó y me dio dos besos.

—Aquí estamos.

Leo arrugó el labio cuando lo miré, en un claro saludo al más puro estilo: «Te odio», que le respondí llamándolo de todo por ondas cerebrales. Ojalá le llegase. Fui muy creativa con los insultos.

—¡No me digas que venís a cenar! —Raquel tiró de mi muñeca con cariño para llamar mi atención y que apartase mi mirada «rayo destructor» de su cita.

—Pues sí, veníamos a cenar pero…

—¿Pero? —Coque ya se había sentado y estaba ojeando la carta.

Este tío… ¿era tonto? ¿Me odiaba? ¿Se la mordí alguna vez sin darme cuenta y se estaba vengando?

—¿Se conocen? ¡Qué casualidad! ¿Quieren juntar las mesas?

Leo y yo miramos al metre con la misma expresión. Ninguno de los dos consiguió arrancarle la cabeza con la mirada.

—Eh… —Raquel miró alrededor—. ¡Claro! ¿Cómo vamos a cenar codo con codo como cuatro desconocidos?

—Yo no os conozco de nada —musitó Coque. Le di una patada y el muy gilipollas se quejó—. ¡Au! ¡Cuqui!

—¿Cuqui? —Leo, en el asiento de al lado, levantó las cejas mientras esbozaba una sonrisa de superioridad.

Arrastré la silla para sentarme casi con un gruñido.

—¿Estás segura de esto? —le susurré a Raquel.

—Como tres amigos normales, ¿recuerdas?

—¿Y recuerdas lo que yo te contesté?

Le lancé una mirada significativa con las cejas levantadas con la que quise dejar claro que la hacía directamente responsable de cualquier cosa que pasase y después suspiré. Momento de ser educada.

—¿Qué tal, Leo?

—Aquí, de cena «romántica». —Y a lo de romántica le dio una entonación de lo más irónica.

Raquel negó con la cabeza hacia mí y yo me coloqué la servilleta en el regazo con los dedos clavados en la tela, imaginando que hincaba los pulgares en la garganta de Leo mientras lo ahogaba.

—Soy Coque. —Le dio la mano a Leo—. Y tú su ex, ¿no?

—Coque, cállate —pedí en un gruñido.

—Su ex, sí. Y gran amigo de la infancia.

Crucé una mirada de advertencia con él que desvié pronto hacia la carta para que nadie más pudiera cazarla.

—¿Habéis pedido ya? —pregunté.

—No. Estábamos a punto, pero os esperamos. Echad un vistazo.

—¿Recomendáis algo? —consultó Coque tan normal.

—Las berenjenas rebozadas con galleta y parmesano son un clásico aquí —respondió Raquel con amabilidad—. Oye, Coque, tú y yo coincidimos una vez en un cóctel, ¿te acuerdas?

—En un cumpleaños de Pipa —concreté yo con los ojos puestos en la carta.

—¿El día que conocí a Maca?

—¡Justo! —Sonrió Raquel con su maravillosa dentadura.

—Imposible que me acuerde. Ese día llevaba una mierda como un piano. Lo raro es que no me cagara encima.

Levanté la mirada suavemente hacia Leo, que me miraba con una sonrisa maligna.

—Encantador —adiviné en su boca.

—Tu puta madre —susurré de vuelta.

—¿Qué queréis beber? Nosotros habíamos pedido una botella de vino blanco.

—Venga. —Se encogió de hombros Coque, que seguía estudiando la carta—. Que rule el vino.

«Como no te comportes, te arranco la polla y la tiro en el estanque del Retiro», pensé mientras miraba a Leo directamente a los ojos. «Me lo voy a pasar teta», pareció que contestaba.

La botella de vino llegó en un buen momento y en cuanto las copas estuvieron llenas e hicimos un vago brindis por la noche, me bebí de un trago todo el contenido ante la atenta mirada de Raquel, que no daba crédito. Ella misma me sirvió un poco más, y yo volví a bebérmelo cuando no miraba nadie, antes de darle el cambiazo a la copa de Coque. Iba a necesitar apoyo moral.

El mal rollo debió ser tan evidente que un camarero se aventuró a romper la tensión, preguntándonos si ya sabíamos qué queríamos cenar. Lo teníamos clarísimo…, los platos a pedir y las ganas de que terminara el suplicio. Unas berenjenas rebozadas y unas croquetas para compartir. Como plato principal, Raquel escogió la ensalada de quinoa, salmón y espinacas; Coque los tacos de carne mechada y Leo y yo el risotto de boletus. Además de ir vestidos casi igual, hasta coincidíamos en la cena. Gracias a Dios, a nadie se le ocurrió mencionarlo.

Cuando el camarero se fue, nos miramos deseando que alguien rompiera el hielo. Maldita sea, fue él.

—Entonces… ¿es tu novio? —preguntó Leo, que sabía perfectamente la alergia que un tío (como él) puede sufrir ante la respuesta.

—Es mi amigo de polvos mágicos —respondí a media voz.

Coque me miró sorprendido.

—La Cuqui se ha tragado un camionero hoy —carraspeó—. Somos amigos. Íntimos.

—Ah, amigos íntimos. Qué bien que hayas superado tu obsesión por el compromiso. Me alegro mucho por ti.

Me vi a mí misma levantándome, cogiendo la botella de vino de la cubitera por el cuello, estampándola contra la mesa y clavándole el casco resultante en el corazón.

—Tuve un novio de mierda que me quitó las ganas de seguir buscando nada que me atara. Es mejor volar libre. ¿No era eso lo que decías tú?

—Vaya cena nos espera… —susurró Raquel que, bajo la mesa, me daba palmaditas en el muslo.

—¿Yo? —se señaló falsamente contrariado—. No. Lo que yo te decía es que tus continuos ataques de celos me asfixiaban. Es diferente.

Cuando me guiñó un ojo, tuve que agarrarme a la mesa para no levantarme y abofetearlo.

—Leo… —escuché decir a Raquel en un tono suplicante.

Él cogió su mano por encima de la mesa y asintió, como si aceptara la reprimenda.

—Somos unos maleducados, lo siento. —Sonreí—. Dejemos de hablar del pasado. Lo pasado, pasado está, ¿no?

—Claro que sí.

Acto seguido, miró a Raquel. Y la miró bien mirada, por si el hecho de que estuvieran haciendo manitas no fuera suficiente. No sé si me entiendes. Fue como si en una sola ojeada pudiera expresar lo mucho que le gustaba su nueva pareja y lo poco que le importaba mi existencia. Me repuse. Y lo hice con una sonrisa porque… conozco a Leo. Estaba bastante más preocupado por mi presencia que colado por ella.

—¿A qué te dedicas, Coque? —preguntó Raquel, intentando llevar la conversación hacia un puerto pacífico.

—Diseñé junto a un colega una aplicación que hace comparativas entre empresas de mensajería y sirve como puente entre ellas y los clientes. Es un rollo, pero la verdad es que funciona muy bien.

—El próximo Steve Jobs de la mensajería, ¿no? —bromeé con él.

—Así es. Aquí delante lo tienes.

Los dos nos sonreímos ampliamente, y me lanzó un beso con esa desvergüenza que siempre me hizo tanta gracia.

—Suena bien —dijo Leo.

Su voz interrumpió el momento.

—Para que luego digan que no hay emprendedores en este país —recalqué.

—Lo que pasa es que nos lo ponen muy difícil. Construyes un proyecto desde cero y parece que todo son problemas. —Coque hizo un mohín. «Así, Coque, muy bien, demuéstrales que también puedes ser más majo que las pesetas»—. Tú eres bloguera, como Pipa, ¿verdad?

—Como Pipa no. —Hice una mueca simpática—. Como Pipa solo hay una y demos gracias.

—No la mojes, no vaya a ser que se multiplique —apuntó Raquel.

Todos soltamos una carcajada. La de Leo, claro, mucho más zalamera que las demás. Patán asqueroso y pegajoso.

—¿Y tú? Perdona, no recuerdo tu nombre —preguntó Coque.

—Leo.

—Eso…, ah…, ¿y Leo viene de Leonardo o de Leónidas?

Me coloqué el puño en la boca para no reírme y Leo paseó la lengua por las muelas antes de contestar.

—De Leopoldo. Herencia familiar. Pero soy Leo a secas.

—¿Te has cambiado el nombre? —le pregunté sirviéndole más vino a Coque… para mí.

—Oficialmente no. Imagínate la reacción de mi padre si lo hiciera.

Sonreí sin mirarlo. Siempre adoré a su padre, pero era un tipo tradicional que seguramente pensaría que «Leo» a secas era una modernez. Cuando levanté la vista, Leo también sonreía con mucho comedimiento, mirándome a mí. ¿Estaría acordándose de aquel día que su padre nos pilló besándonos en el ascensor? Aún podía escucharle: «Pareja, un poquito de recato, por favor. Si llego a ser la señora Consuelo, la matáis de una subida de tensión».

La magia de los recuerdos dulces duró lo mismo que tardamos en pestañear. Leo carraspeó:

—Pero vamos, que no hay nadie que me llame Leopoldo.

—Lo entiendo. Es un marrón de nombre —asintió Coque.

—¿Y lo de Coque…? —preguntó en respuesta Leo con condescendencia.

—Comparto nombre con mi padre. A mí me llaman Coque y a él Jorge. Así sabemos a cuál de los dos está gritando mi madre.

Todos nos reímos…, menos Leo. Clavé la mirada en él con una expresión de suficiencia. «¿Ves, cielo? No me haces falta», quise decirle.

—¿Y a qué te dedicas, Leo?

—Soy profesor de literatura en la universidad.

—En una privada —puntualicé.

Él siempre soñó con una cátedra en la pública y yo sabía que aquello iba a dolerle. Puedo ser una mala puta resentida cuando quiero.

—Suena… importante.

—Ahora también es modelo de Instagram —me descubrí diciendo—. Cuéntanos, ¿qué tal llevas la fama?

Coque lo miró de reojo preguntándose por qué narices era famoso, pero él mismo se lo explicó:

—Un grupo de alumnos creó un perfil en Instagram con fotos mías. —Chasqueó la lengua contra el paladar—. Estamos en trámites para que lo eliminen. Por alguna extraña razón, está costando. Menos mal que Raquel me avisó en cuanto lo vio.

Raquel y yo cruzamos una mirada. O sea… ¿ni siquiera le había mencionado el hecho de que había sido yo quien había localizado el perfil? ¿Me importaba que no lo hubiera hecho?

—Pero es un perfil… ¿con fotos en pelotas? —escuché decir a Coque.

El vino que me estaba bebiendo amenazó con salírseme de la nariz.

—No. —Leo sonrió—. Eso me habría costado el trabajo, creo…

¿No tendría yo ninguna foto suya con el tema al aire? Por mandársela por privado a las administradoras del perfil.

Raquel preguntó:

—¿Y habéis averiguado ya quién ha sido?

—No. Qué va. Y ¿sabes qué? No quiero. Si sé el nombre de los implicados, les va a ser muy complicado aprobar y quiero ser justo.

—Pero ¿pillaste a una alumna haciéndote fotos, no?

—Sí. Pero como te digo… tampoco quiero interponer ninguna denuncia. No he querido ni dar un ultimátum en clase por no darle más publicidad. ¿Has visto el perfil, Macarena?

—Sí.

—¿Y qué opinas? —Lo miré confusa y él se apresuró a aclarar—. Como experta en redes sociales.

—Bueno, tu novia también lo es. —Señalé a Raquel con un movimiento de cabeza.

Palabra «novia» encima de la mesa, campeón. A ver cómo sales de esta ahora.

—Pero me interesa tu opinión.

Ignorando la terminología problemática, ¿eh?

—Pues que es una putada. Por mucho que cierren este perfil, probablemente varias páginas web tendrán «acceso» a esas fotografías. Internet tiene memoria y es complicado borrársela. Vas a estar en los rankings de profesores sexis durante mucho tiempo…

¿Profesores sexis? ¡¡Macarena!! ¡Ahora es cuando le tenías que decir que es carne de meme!

—Ni tan mal —musitó Coque, que parecía muy concentrado en su copa.

—Como dice tu novio…, ni tan mal.

—Te vibra el móvil —me avisó Raquel con cara de circunstancias.

Solté mi copa, que ya estaba a medio camino de mi boca, y saqué el teléfono pidiendo disculpas. Tenía una notificación de WhatsApp del grupo «Antes muertas que sin birras». Era de Jimena. ¡Su no cita con el fisio!

Me quiero morir. Bajaré a los infiernos con toda seguridad, donde estarán poniendo La Barbacoa y Mocedades en bucle y donde servirán el flan de piña de tu madre, Maca. Pero me lo merezco, porque he acabado en la cama de Samuel. Un desastre: me he lanzado yo, llevaba el sujetador negro y las bragas beige (¡¡¡bragas beige!!). Lo admito: no iba preparada para el éxito de mi plan. Él tampoco: no tenía condones. Hemos tenido que arreglarnos con lo que Dios nos dio, aparte de gónadas: lo que vienen siendo la boca y las manos. Y mi cuerpo ha hecho una cosa extrañísima que no me atrevo a poner por escrito y que tengo que preguntaros en persona si os ha pasado. 🐋

Se supone que me llama mañana para tomar unas cervezas, pero… de pronto estoy segura de dos cosas muy contradictorias y no sé qué hacer: es el hombre de mi vida y me voy a casar con él con un vestido negro de plumeti, y… no va a llamarme mañana. Adri, abandona tu trío. Maca, deja de masturbarte. Sacadme a beber lejía.

Miré a la mesa. En aquel momento Coque les estaba contando que uno de sus colegas tenía el proyecto de abrir un local de perritos calientes 24 horas por Huertas. No habían llegado los platos, pero estarían a punto. No había riesgo de que aquello terminase en algún tema que precisase mi vigilancia, así que me concentré en responder.

Nada me haría más feliz que salir con vosotras a beber lejía, pero resulta que quedé con Coque y en una carambola del destino perpetrada por Satanás, he terminado cenando con él, Raquel y Leo. Mi propia versión del infierno. Si de postre me sirven el flan de piña de mi madre, te llamo y te nos unes. Una lástima: no puedo ayudarte. Estoy ocupada luchando contra las voces de mi cabeza que piden que apuñale a mi ex con una cuchara, para que sufra más. Pero… si ese tío no te llama es idiota. Seguro que ha ido mejor de lo que crees. Ellos nunca se fijan en si llevas la ropa interior conjuntada. El *squirting*, que es lo que me imagino que has hecho, suele ponerles cachondos. No te preocupes, Jimena. Jimena, la novia de la muerte, puede con eso y más. Si has conseguido que tu plan de seducción acabe en la cama y no contigo denunciada por acoso, no hay nada que pueda resistírsete.

Levanté la mirada del móvil y me encontré con que la silla de Coque estaba vacía. Fruncí el ceño y miré alrededor sobresaltada. ¿Se había cansado de la situación y había huido a tierras cálidas donde pasar el gélido invierno de aquella cena? ¿Aprovechando que mandaba un mensaje? Está feo en una cita…, pero ¿era aquello una cita al fin y al cabo?

—Ha salido a fumar con Raquel.

Seguí la estela de la voz hasta sus labios. Leo miraba entretenido el móvil y cuando levantó los ojos lo hizo con una mueca.

—Tu novio es…

—Deja de llamarlo «tu novio». Sabes de sobra que no lo es.

—Es verdad. Es el tío que te folla mejor que yo.

Tragué saliva. Recordaba haberle dicho aquello en nuestra última discusión.

—El mismo.

—Si buscas traerme problemas diciendo delante de Raquel que es mi novia, llegas varias conversaciones tarde. —Apartó el móvil y se acomodó en su silla para mirarme.

—No te busco problemas, Leo. Ojalá sientes la cabeza de una vez y, a poder ser, te ofrezcan una cátedra en Kuala Lumpur.

—¿Dónde conociste a ese tío, Maca? ¿En unos coches de choque? —Hizo una mueca—. Es de todo menos tu tipo.

—¿Celoso?

—¿Yo? Para nada. Ojalá sientes la cabeza de una vez y te vayas a vivir con el príncipe azul al reino de la puesta de sol y los arcoíris.

—No sé por qué dices eso. Nunca he tenido problemas con el compromiso.

—Yo sí —asintió—. Si preveo que lo que voy a hacer me va a hacer infeliz, corro en dirección opuesta.

Menuda patada al hígado me dio con aquella respuesta.

—Por eso mismo estoy con Coque. Ya sé lo que no quiero.

—Y… ¿él es lo que quieres? Porque tiene la aplicación de Tinder instalada en el teléfono.

Levanté las cejas sorprendida y Leo asintió mientras colocaba los cubiertos en paralelo y equidistantes.

—Qué ojo, Maca.

¿Coque tenía la app de Tinder en el móvil? Y, sobre todo…, ¿cómo era posible que en un año y medio eso no me hubiera llamado la atención? Me repuse tragando saliva. Los problemas hay que atacarlos de uno en uno.

—A lo mejor no te has planteado la posibilidad de que eso sea justamente lo que quiero ahora: un tío que me folle bien. Punto.

—¿Y el amor?

—No creo en el amor. ¿Sabes dónde me dejé yo la credulidad? Colgando del fondo del armario de la habitación de invitados de casa de mis padres.

Leo, que sabía perfectamente a qué me estaba refiriendo, encajó el golpe pero tuvo la decencia de mostrarse mínimamente afectado antes de volver a clavar sus ojos en los míos. Sus preciosos ojos color miel. Aparté la mirada, pero esta fue deslizándose por su cara hasta las mejillas donde, algo rala y clara, se apreciaba una barba de probablemente casi una semana. Desde allí, caída libre hasta su cuello esbelto y su pecho bien formado que se hinchaba bajo la ropa en cada inhalación.

—Mírame —susurró.

Subí la mirada, pero no por ser obediente, sino para demostrarle que podía hacerlo. Tragué.

—Deja de joderme —dije en el mismo tono.

—Eso es lo que te gustaría a ti, que te jodiese.

—No pongas tus fantasías en mi boca.

—En tu boca pondría otra cosa.

Abrí los ojos sorprendida y él se mordió el labio, como si se le hubiera escapado. No pude evitar hacer lo mismo; deslizar mi labio pintado entre mis dientes y la lengua sobre estos después.

—En mi boca no vas a poner nada —contesté despacio—. Así que por mí, puedes seguir cascándotela pensando en ello cuantas veces quieras.

—No tengo necesidad de tocarme pensando en ti, ¿lo sabes, no?

Sonreí.

—Yo no sé nada. A mí me interesa mi vida. Quién me mete la lengua en la boca, quién hace que me corra y el nombre de quién grito en la cama. Lo demás…, me la suda. Como tú. Que me la sudas desde hace mucho.

—Ah, sí, para ti estoy muerto, ¿no?

—Muerto no. Olvidado. Tanto, que ni siquiera entiendo qué te ven las tías porque eres un cretino engreído y egoísta.

—Que te follen —añadió.

—Claro que sí. Esta noche. Esta noche Coque va a follarme y a ponerme cosas en la boca. Pero no te pongas triste…, creo que Raquel está dispuesta a ser tu funda para la polla. —Me humedecí los labios—. Si me disculpas, voy al baño, donde no tenga que soportar mirarte a la cara.

Me temblaban las piernas cuando me levanté, pero creo que supe disimularlo bien. No tuve ni que preguntar por el baño. El local no era lo suficientemente grande como para que las puertas de este pasaran desapercibidas en un primer golpe de vista. A través de la cristalera de la entrada vi a Raquel y a Coque hablando mientras daban las últimas caladas de su pitillo. Entrarían en cuestión de segundos, así que me deslicé rápidamente dentro. Después la boca les sabría a tabaco y vino, mientras que los labios húmedos de Leo… ¿a qué sabrían? A lo de siempre. A esa mezcla entre su olor, y… perdí un segundo en mirarme en el espejo y reprenderme por lo encendidas que tenía las mejillas.

No me había dado tiempo aún a cerrar la puerta del cubículo cuando alguien entró con fuerza y me llevó hasta la pared contraria. La puerta chocó contra su marco para rebotar y encajar con un chasquido al que no le siguió el del pestillo. Perfume nuevo, misma piel. Por muchas manos, lenguas, bocas que se hubieran deslizado sobre ella, esa piel solo tenía memoria para mí, y a él le pasaba lo mismo con la mía. Los ojos de Leo parecían casi negros cuando mi espalda chocó con fuerza contra los azulejos del baño, y me sujetó la cara.

—No te aguanto —jadeó.

—Qué asco me das —respondí.

Le aguanté la mirada con chulería hasta que recibí la embestida de sus labios con los ojos cerrados. No fue por romanticismo, sino como resultado de la onda expansiva que provocaba en mí. El calor, la rabia, el deseo, el hormigueo que no se podía aliviar ni siquiera apretando con fuerza los muslos…, solo con el chocar de su boca contra la mía. Cuando abrimos la boca para dejar que las lenguas se encontraran, cada sensación se multiplicó por mil.

Casi nos comimos enteros en aquel beso, con dientes, ira, saliva y sexo. Creí que me ahogaba. Creí que me moría, pero cuando apretó la cintura contra mi cuerpo, y sentí su polla dura pegada a mi vientre, me di cuenta de que sentía todo lo contrario. Vida. Sangre corriendo enloquecida por doquier. Hormigueo. Ganas.

—Un minuto —me dijo con la voz grave y entrecortada—. Tenemos un minuto.

—Vete a tomar por culo.

Sujetó mis dos manos contra la pared y metió su lengua en mi boca…, ojo, no a la fuerza. Así éramos nosotros. Nos mandábamos a tomar por culo justo antes de lamernos y frotarnos, cachondos perdidos. Un minuto. En un minuto no podría hacer nada que me aliviara, ni darle un bofetón ni correrme contra su muslo. Pero gemí. Gemí de gusto, como nunca deberíamos hacer con ese ex que nos trae locas y lo sabe. Y como respuesta, él mordió mi barbilla, lamió mi cuello y cuando llegó a mi oreja, susurró:

—Eso que sientes, Macarena, solo lo sientes conmigo.

—Y una mierda —respondí.

Empujé la cadera hacia delante y me froté contra el bulto de su entrepierna.

—¿Y esto? —le pregunté—. ¿Te la ponen tan dura otras, gilipollas?

Soltó una de mis manos para colar la suya por debajo del pantalón y apretar mi nalga izquierda entre sus dedos. Se me escapó otro gemido, pero lo amortiguó su cuello, que estaba recorriendo con mi lengua.

—Te odio —susurré.

—¿Te he dejado lo suficientemente húmeda como para que disfrutes con él o te ayudo un poco más?

Su mano libre desabrochó mi pantalón y se aventuró por debajo de mis bragas hasta encontrar ESE punto. Ese. El que solo parecía conocer él. El latigazo de placer me obligó a echar la cabeza hacia atrás hasta golpearme con la pared de nuevo. Con los dedos de la mano que me había dejado libre, desabroché su cinturón y tiré hasta abrir su bragueta; la polla le palpitaba cuando la cogí.

—Puedo hacer que te corras en dos sacudidas —le amenacé.

—Hazlo y te meteré dos dedos dentro.

Intenté agarrarla por debajo de su ropa interior de algodón, pero me levantó del suelo, haciendo que soltara su polla y le rodeara con las dos piernas alrededor de la cintura para no caer. Sus ojos y mis ojos quedaron a la misma altura.

—No me toques los cojones, Macarena —susurró.

Lamió mis labios despacio y los abrí para dejar que lo hiciera con mi lengua, húmedo y sucio. Dios…, qué bien sabía.

—¿Tienes miedo a correrte en la ropa interior que te va a quitar otra? —lo provoqué.

—¿Quieres que pruebe contigo? No tendría ni que mover los dedos. Solo con metértelos, susurrar que imagines que son mi polla y decirte que me mires, te tendría aullando de gusto. Pero… ¿sabes qué, canija? Que voy a soltarte y a salir de aquí. Seguro que quieres arreglarte el pintalabios y volver a la mesa para fingir que esto no ha pasado. Pero ha pasado, y esta noche los dos vamos a follar como animales con el otro, sin remordimientos, porque lo haremos con otras personas.

La puerta se cerró en el mismo momento en el que sentí que mis pies tocaban el suelo. Qué vergüenza cuando el espejo me devolvió la mirada turbia de una Macarena cachonda, húmeda, con el pintalabios corrido y… que admitía la derrota. Pero que no cantase victoria. Ninguna guerra se gana con una sola batalla.

33. «Woman», Harry Styles
Cuando tres NO son multitud

Adriana se bebió casi de un trago la copa de vino. Julián la miraba un tanto sorprendido. Desde que habían salido de casa andaba acelerada, se reía nerviosamente por todo y no respondía si se le preguntaba algo. Estaba… ida. Enferma de nervios, es lo que estaba. Iba a hacer un trío. Iba en serio. Se había materializado de pronto. No es que se hubiera marcado un farol y se le fuera de las manos. Ella lo planteó de verdad, pero ahora que había llegado el momento, no terminaba de verse en la situación. Se lo imaginó de mil maneras diferentes y las mil parecían una mala producción porno. Tenía que relajarse y le pareció que el vino era una buena forma.

Habían pensado quedar con Julia en el hall del hotel Double Tree, donde habían reservado una habitación, pero a Adriana le pareció demasiado directo. Necesitaba romper el hielo antes y le propuso a su marido empezar con una cena.

—Y pedir vino. Mucho vino —terminó.

Y así estaban, en Banzai, un restaurante japonés a quince minutos del hotel, bebiéndose una copa de vino en la barra mientras esperaban que Julia llegara.

—¿Y si no viene? —le preguntó Julián mirando hacia la puerta—. ¿Y si nos deja plantados?

—Vendrá.

—¿Y si no viene?

—Oye… —Adri lo miró con cara de pocos amigos y la copa casi vacía en la mano—. Al final voy a pensar que pasar una noche en un hotel de lujo con tu mujer no te parece suficiente buen plan.

—Comparado con un trío…

Adri le lanzó un manotazo.

—Eres idiota.

—Era una broma.

Pero ella sabía que no lo era. A Julián le apetecía mucho y a ella, aunque estuviera muerta de nervios, le parecía excitante, no lo podía negar. Debajo de uno de los vestidos que le tocó en el reparto de la ropa de Pipa, llevaba otro de los regalos que se había llevado: un conjunto de ropa interior negro que nunca en la vida se hubiera comprado y que tampoco se imaginó llevando. Era atrevido, descocado y dejaba poco a la imaginación. Sentía que las bragas se le incrustaban en muchas zonas donde no deberían, pero también había notado un subidón al verse con ese conjunto puesto frente al espejo. Estaba sexi. Por primera vez en mucho tiempo… se sintió sexi.

La puerta del restaurante se abrió y una chica ataviada con un vestido negro entró tímida. Llevaba un bolso grande y el pelo color rosa pálido suelto y algo ondulado; los ojos maquillados en negro y los labios en un rojo muy vivo. Era Julia.

—Aquí está —dijeron Julián y ella a la vez.

Se levantaron de la barra y Julia sonrió mientras se colocaba un mechón detrás de la oreja. A pesar de ir arreglada, a Adri le pareció mucho más joven que cuando la vio en la terraza de la plaza del Dos de Mayo. Quizá fuera el rubor que le cubría las mejillas.

—Hola —les dijo con un hilo de voz.

—Hola, Julia. Soy Julián.

Julián se adelantó para darle dos besos y Adri esperó pacientemente para saludarla en silencio. La saliva prácticamente ni le pasaba por la garganta.

—La mesa ya estará preparada. ¿Quieres que vayamos pasando? —le propuso a su invitada Julián.

—Claro.

Pidieron una botella de vino blanco frío y estudiaron la carta en un silencio un poco tenso que a Adri le revolvió el estómago. No estaba segura de poder cenar.

—¿Te gusta el sushi? —escuchó que le preguntaba su marido a Julia.

—Sí. El de anguila y cosas raras no, pero...

—Pediremos algo normal. No hay que pasarse de innovador.

Adri le dirigió una mirada cargada de intención y a Julián le entró la risa. Ella se contagió.

—Perdona..., estamos un poco nerviosos —se disculpó ella.

—Yo también. Es... la primera vez que hago esto.

—¿Te apetece? Si no te apetece... —empezó a decir Adri, pero Julia posó suavemente su mano sobre la de ella y sonrió.

—Vamos a tomarnos unas copas de vino antes. Quizá todo ruede con más facilidad después.

Charlaron. Adriana no sería capaz de recordar de qué, pero charlaron y es posible que hasta animadamente. Se notaba que a Julián, Julia le parecía muy atractiva. Parecía relajado y seguro de sí mismo; había activado su papel de seductor. Cuando lo conoció, esa seguridad y su sonrisa de medio lado la cautivaron. Era alto y tenía un atractivo especial. Moreno, ojos azules, algo pálido pero de físico cuidado. Adri a veces se quejaba de que sentía que su marido era mucho más coqueto que ella, pero lo cierto es que sabía sacarse partido, era ingenioso, simpático y muy culto y aquella noche, con una camisa blanca y unos vaqueros, estaba imponente. Hasta un par de chicas que cenaban en una mesa cercana habían estado mirándolo y haciendo escuchitas. Era de esos hombres que sin ser terriblemente guapo, tenía un halo de *sex-appeal* que le acompañaba siempre, hasta recién levantado…

Julia pareció relajarse también conforme los platos fueron llegando, la conversación discurriendo y las copas vaciándose. La única que no terminaba de sentirse cómoda era Adri. No dejaba de imaginarse escenas tórridas casposas y mal planteadas. Ni siquiera se veía en ellas. Ni a Julia. Veía a Julián con dos tías recauchutadas, de enormes melones brillantes, besándose falsamente y gimiendo como animales heridos. Eso no era lo que quería y estaba segura de que si sucedía así, no tardaría en salir huyendo de la elegante habitación de hotel en la que ya habían dejado sus cosas.

En un momento dado, mientras Julián y Julia decidían si otra botella de vino sería o no demasiado, Adriana se disculpó para ir al baño. Necesitaba airearse, refrescarse. Iba maquillada y no podría lavarse la cara, pero un poco de agua fría en la nuca le iría bien.

Cuando entró, agradeció que no hubiera nadie allí dentro y se apoyó en la bancada salpicada de agua para mirarse en el espejo. Tenía preguntas que hacerse: «¿Estás segura? ¿Estás haciendo esto por el motivo equivocado? ¿Es una de esas decisiones que nunca dejarás de echarte en cara a ti misma?».

No encontraba respuesta. Solo un rostro asustado en el reflejo, con enormes ojos claros, que le suplicaba que la sacara de aquella situación. Estaba a punto de salir y pedirle a su marido que la llevara a casa cuando la puerta se abrió, y Julia entró en el baño con una mirada de disculpa.

—Perdona…, no sabía si querrías un minuto a solas, pero he sentido la necesidad de venir a preguntarte si estás bien.

—Sí —mintió—. Estoy bien.

—Llevas toda la cena bastante ausente. ¿Estoy haciendo algo mal? ¿Te estoy haciendo sentir incómoda?

—No. No es eso. Es solo que estoy un poco nerviosa. No puedo evitar pensar en el motivo de que estemos aquí cenando y…

—Ya. —Julia limpió con un poco de papel la bancada y después se subió de un salto para quedarse allí sentada, con las piernas colgando—. ¿Te has arrepentido?

—No. O… sí. Es que… intento imaginármelo y todo lo que se me ocurre es terrible y vergonzoso y…

—¿Sucio?

—Sí —asintió.

—¿Has estado viendo porno?

La pregunta la dejó un poco fuera de juego, pero asintió.

—Ya —respondió Julia—. ¿Puedo darte mi opinión?

—Claro.

—Es un error. Intentar imaginar cómo será o pensar que será como en el porno. Creo que… tenemos que quitarnos de la cabeza cualquier idea preconcebida e ir viendo. No tiene por qué parecerse en nada a eso… o sí. Tiene que ser como nos apetezca. Pero si te has arrepentido, no pasa nada.

Adri se apoyó en el muro que separaba las dos puertas de los urinarios y se quedó mirándola sin saber qué responder. Al final lo hizo con otra pregunta.

—¿A ti te sigue apeteciendo?

—¿Sinceramente? Sí. Tu marido está… muy bueno. —Las dos sonrieron—. Y tú estás muy guapa.

—Gracias. Tú también.

—¿No tienes curiosidad?

Asintió.

—Pero también me da un poco de miedo terminar haciendo cosas que no me apetecen —resolvió menos tímida.

—Por eso no te preocupes. Es el hombre con el que te casaste, la persona que más te quiere, ¿no? Pues ya está. No lo permitirá. Y por mí no te preocupes. Soy más bien… pasiva. Nunca daría un paso sin ver que estás receptiva.

Lo pensó durante unos segundos. No podía evitar que, a pesar del miedo, algo palpitara intensamente bajo la ropa interior de marca. Quizá era por el alcohol del vino o porque imaginando cómo sería compartir cama con una tercera persona le había parecido muy emocionante, pero en el fondo no quería no hacerlo. Quería dejarse llevar, descubrir su «yo» sexual. Y disfrutar. Mucho. Como una loca.

—Vale —terminó diciendo—. Volvamos a la mesa.

—Oye, Adri… —Julia la paró—. ¿Has pensado si tú y yo vamos a… interactuar?

—Pues…

—Lo digo porque…, bueno…, a mí me gustaría probarlo. Pero solo si tú quieres. No quiero…, ya sabes, que te sientas obligada ni nada.

—Creí que eras más bien pasiva —le contestó con una sonrisa.

—Lo soy. Lo que pasa es que no quiero quedarme con las ganas. Es mejor controlar las expectativas.

Adriana no contestó. Tiró de su muñeca para que bajara y la arrastró fuera del baño con una sonrisa. Cuando volvieron a la mesa, estaba mucho más relajada y hasta Julián pareció quitarse un peso de encima a pesar de su postura de seguridad.

De postre pidieron unos combinados y se rieron en susurros comentando que todos habían cometido el error de investigar un poco en alguna página de vídeos porno. Después de las risas, vinieron las miradas cómplices y después… ciertas prisas.

Pagó Julián con evidente celeridad y propuso que tomaran la última en el hotel. Para cuando se levantó, no podía disimular cuánto le excitaba la situación…, tenía la bragueta de lo más tirante.

Subieron los tres en el ascensor sin que nadie les pidiera ninguna explicación. En las recepciones de los hoteles tienen que estar curados de espanto. No les sorprendió que dos chicas muy risueñas y un tipo encantado de la vida subieran juntos en el ascensor.

Una vez en la habitación, Julián llamó a recepción y pidió un poco de hielo. En cuanto se lo llevaron, abrió el minibar y sirvió un poco de whisky para él, un ron con cola para Julia y un vodka con limón para Adriana.

Se sentaron en el sofá sin pensar demasiado en qué lugar ocupaba cada uno. Adri se colocó en medio de los dos. Julián estaba contándole a Julia qué música les gustaba y ella buscaba alguno de los grupos que mencionaba en su perfil de Spotify en el móvil, pero no tardó en confesarles que había hecho una lista de canciones para aquella noche. Lo dijo sin levantar la mirada de la pantalla y muy colorada.

—Deberías poner esa lista —la animó Adri.

—Pero me da un poco de vergüenza.

—No. Ponla —pidió también Julián.

Y Julia la puso. Y con las primeras notas de la primera canción, los tres intercambiaron miradas que venían a decir: ha llegado la hora.

Julián deslizó la mano por el muslo de su mujer sin dejar de mirar a Julia, como en una invitación. La mano no llegó hasta sus bragas, pero la calentó casi más que si lo hubiera hecho. La boca de su marido comenzó a mordisquearle el cuello hasta hacer que se irguieran sus pezones y cerrara los ojos. Aún con los ojos cerrados, percibió cómo Julia se levantaba de su asiento y se arrodillaba enfrente de los dos, apoyando una mano en cada una de sus piernas y deslizándola después hacia arriba.

—Quiero participar —susurró.

Julián le hizo un hueco y ella se sentó entre los dos. Olía a jabón y a maquillaje. Su pelo a algún champú fresco con aroma casi aniñado. ¿Cómo sería ver esos labios esponjosos fundirse con otra boca? Adriana se volvió hacia ella y la animó a acercarse más a él.

—Tócalo —le pidió—. O bésalo.

Julia se giró hacia Julián y Adriana fue quien se levantó esta vez para ponerse al otro lado de su marido. Le besó el cuello, sabiendo que Julia haría lo mismo. Le acarició la pierna hasta llegar al paquete, que estaba duro y presionaba la bragueta del pantalón. Desarmó el cinturón y notó otra mano ayudándola…, una pequeña y suave. Cuando abrió los ojos, Julián y Julia se besaban y sus lenguas se enredaban.

El corazón se le aceleró hasta retumbar en su pecho cuando se dio cuenta de que le gustaba. Le gustaba ver la lengua húmeda y pequeña de Julia recorriendo esos labios que durante tanto tiempo fueron solo para ella.

—Madre mía —gimió Julián cuando el beso terminó.

—¿Vamos a la cama? —dijo Adri.

Los tres se arrodillaron sobre el colchón mientras se quitaban la ropa unos a otros. Había manos por todas partes y el cuello de la camisa de Julián quedó perdida de pintalabios. Fue el primero en desnudarse por completo, con la polla dura y preparada. Ellas jugaron un poco más. Julia le quitó el sujetador a Adriana, y esta a continuación hizo lo mismo. Cuando estuvieron solamente con las braguitas, arrodilladas y cada una con una pierna de Julián entre las suyas, se acercaron.

—Sí —gimió él—. ¿Por qué no os besáis?

Julia giró un poco la cara para encajar la boca sobre la de Adriana, y esta se asustó un poco, pero las manitas de su invitada le acariciaron las mejillas, relajándola. El beso fue suave al principio. Unos labios jugosos apretándose sobre los suyos y que fueron entreabriéndose despacio para dejar espacio a una lengua juguetona. Las manos de Julián se habían repartido el trabajo para colmar de atenciones el sexo de las dos, que emitieron un gemido bajo y meloso.

Él fue quien le quitó las braguitas a Julia y Julia la que se las quitó a Adriana. Y los tres desnudos retozaron unos minutos, repartiendo besos de una a otra boca. De la de Julián a la de Julia, de la de Julia a la de Adriana y de la de Adriana a la de Julián de nuevo.

No notó el cambio de unas manos por otras, pero pronto eran las de Julia las que recorrían los perfiles de su cuerpo, colmándose con sus pechos y avanzando curiosas hacia su entrepierna.

—Qué raro. —Rio bajito—. Qué raro es tocar a otra mujer.

—¿Te gusta? —le preguntó Julián.

—¿Te gusta a ti verlo?

—Sí.

—Pues más me gusta a mí hacerlo.

Adriana no participaba en el juego verbal. No sería capaz de emitir ni un sonido que no fuera un gemido en aquel momento. Así que cuando Julián empujó su cabeza con suavidad hacia su erección pidiéndole sin palabras una mamada, acudió deprisa, con ganas de tener una excusa para no hablar. Y Julia la siguió.

Sentir otra lengua recorriendo a su marido era extraño. No se sintió celosa, no se sintió molesta…, solo excitada. Cuando la punta de las dos lengua se cruzaba era… plácido, húmedo, y faltaban palabras en el diccionario para describirlo. Seguramente su marido tampoco las hubiera encontrado en aquel momento estando, como estaba…, rozando el éxtasis.

—Si ves que vas a correrte —le pidió Julia—, avísanos y pararemos.

—No te preocupes. Me he tomado una viagra con la cena.

A Adri ni le sorprendió ni le dejó de sorprender. No estaba en situación de juzgar nada. Estaba... flotando. Le pareció, solamente, útil.

El juego de lenguas sobre la polla de Julián subió un grado la temperatura de todos y las ganas de seguir probando cosas. Como si lo tuvieran ensayado, como si fuera una coreografía aprendida, Julián colocó a Julia de rodillas frente a él, entre las piernas de Adriana, y con besos en sus hombros y en su espalda, no tardó en penetrarla. El gemido de alivio reverberó en las paredes de la habitación justo antes de que ella se acercara al sexo de Adri y hundiera la boca entre sus pliegues. Su primer instinto fue cerrar las piernas, pero Julia sujetó sus muslos con suavidad y levantó la cara interrogante, con el labio inferior húmedo entre sus dientes.

—¿Puedo?

—Sí —respondió con un hilo de voz Adriana.

Miró al techo con el segundo roce de su lengua, pero bajó los ojos pronto. Julián empujaba dentro de Julia con las manos clavadas en sus caderas y la mirada fija en su mujer.

—Te quiero —le dijo sin voz.

Ella sonrió y, acto seguido, acarició el pelo de Julia, que lamía entre sus piernas como si no fuera la primera vez que lo hacía. Los dedos se unieron al juego y en menos de nada, Adriana temía correrse la primera. Una mujer estaba lamiéndola, tocándola, abriéndola. Y se sentía bien. Estaba tan cachonda que hubiera hecho cualquier cosa.

Cambiaron. Esta vez fue Adriana la que recibió los empellones frenéticos de Julián y Julia la que se tumbó en la cama con las piernas abiertas, invitándola a hacer lo mismo que ella le había hecho instantes antes. Los gemidos de Julián seguían rebotando en todas las superficies de la habitación y se escuchaba, como coro, un leve chapoteo. Era ahora o nunca.

Se acercó al sexo de Julia con cierta inseguridad. Era como el suyo, pensó, no podía ser tan difícil. Se acomodó, lo tocó, dejando que sus dedos resbalaran hacia el clítoris y después acercó la boca. Era suave, muy suave. Estaba hinchada por la excitación y mojada, pero nada de esto le pareció desagradable. Solo dejó que su lengua la acariciara como a ella le gustaba que lo hicieran. Julia la agarró del pelo con un gemido hondo y le pidió más. Escuchó a Julián excitadísimo decirle cuánto le gustaba y hundió los dedos dentro de ella en una sensación que le pareció rarísima y excitante a la vez. Y siguió lamiendo con golpes cortos, con lametazos largos, jugando con sus dedos a la vez, llevándola hasta el límite, hasta que notó que temblaba, que sus muslos se tensaban y decidió pararlo allí. Se movió hacia arriba, haciendo que Julián lo hiciera con ella para no salir de su interior, y besó sus pechos, succionó sus pezones con suavidad y terminó en su boca, con un beso largo, muy húmedo y hondo.

—Me encanta —respondió esta cuando terminó—. No quiero que la noche se acabe.

Julián salió de dentro de Adriana y se fundió con las dos, repartiendo besos, lenguas, manos y acariciando a su mujer más allá de ciertos límites que había impuesto la rutina entre los dos. Pero aquella noche todo era posible. Después, se tumbó, colocó a Julia sobre él, boca arriba y Adriana les ayudó con la mano a encajar. Y allí estaba, viendo a unos centímetros de sus ojos, cómo la polla de su marido penetraba a otra chica con un cuerpo precioso, con la piel de porcelana, y cómo esta se retorcía de placer, con los pezones erguidos y la boca entreabierta. Y… a pesar de lo extraño de su emoción repentina, pensó que no podía ser más feliz. Y volvió a hundir la lengua allí, entre sus muslos.

La primera en correrse fue Julia. No tardó en dejarse llevar, protagonista de tantas atenciones. Gimió suave, después gruñó y se tensó y cuando quedó desmadejada sobre Julián, Adriana la levantó, se colocó donde ella había estado e intercam-

biaron las posiciones después de besarse en los labios con dul-
zura y sabor a sexo en la boca.

La siguiente fue Adriana, claro. Con Julián dentro de ella
golpeando un punto sensible de su interior una y otra vez, no
tardó en estallar gracias a la lengua de Julia, que lamía despacio,
con una pereza casi más erótica que el frenetismo anterior. Se
dejó llevar, gritando de gusto, pidiendo que no pararan, ardiendo. Y cuando todo se apagó, cuando la luz roja brillante que no
le dejó ver nada más se esfumó, decidió que su marido merecía
un final de película.

Así que el tercero y último en correrse fue Julián, en sus
bocas, en las dos. Entre besos, las últimas caricias y gemidos.
Como en el final apoteósico de una noche de fuegos artificiales.
Como en los últimos *frames* de la mejor película porno del mundo. Y cuando todo cesó, cuando lo único que quedaron fueron las
respiraciones cansadas, Adriana supo que aquel sería, siempre, el
mejor regalo que se hicieron los dos. No sé si siguió pensando
lo mismo cuando la cosa se complicó. Pero… no nos adelantemos.
Aún quedaba mucho por descubrir hasta entonces.

34. «Silhouette», Aquilo
La piedra en el camino

Para cuando nos sirvieron los cafés, yo ya había asumido dos cosas importantes: que era un bastardo hijo de la gran puta y que nunca nadie me sacaría de mis casillas como conseguía hacerlo ella. Una cosa no era atenuante de la otra, pero cada una tenía condicionantes.

Era un bastardo cabrón que sabía leer en sus labios el espacio libre que quedaba entre el odio y los recuerdos. Sabía medir la temperatura de su boca. Sabía usar todo lo que conocía de ella para mi ventaja.

Ella me sacaba de mis casillas como nadie más, porque a pesar de lo complicada que me hacía la existencia SIEMPRE, seguía teniendo todas esas cosas que tanto quise un día. Y era sexi. Piel limpia, pintalabios fuerte, ojos decididos. Qué coño. No era sexi, era insoportablemente preciosa.

¿La culpa de lo que pasó en el baño fue mía? Posiblemente. Cuando la vi levantarse y andar hacia allá moviendo el culo, podría haber partido la mesa en dos... a cabezazos o pollazos, porque..., Dios, qué excitante era ver cómo se humedecían sus labios con cada insulto y ofensa, como un perro babeando antes de dar la dentellada.

En el pasado discutimos mucho y muy fuerte... tal y como follábamos. A Macarena le gustaba duro. Solíamos turnarnos la batuta; a veces me suplicaba jadeante que la cogiera del pelo, que le susurrara cosas sucias mientras me corría, y otras me obligaba a ver cómo jugaba con mi orgasmo, acercándolo, parándolo, alejándolo...

hasta que me daba permiso para correrme, y yo obedecía. Macarena y yo en la cama éramos imparables. Como discutiendo. Por eso creo que siempre nos excitó un poco pelear.

Nadie habría dicho que la dejé con los ojos cerrados, jadeando y el pintalabios corrido por la barbilla. Venía impoluta. Ventajas de que nunca se maquillara mucho más que los labios. Supongo que con un poco de papel y agua había conseguido solucionarlo, como yo había hecho con mi pañuelo de tela. Pero... ¿qué hizo con su actitud? Porque aunque me daba por ganador de la batalla, vino sonriendo. Una sonrisa cruel y decidida que me hizo darme cuenta de que iba a ser una guerra por desgaste.

Así que cuando llegaron los cafés, efectivamente, yo ya tenía asumidas muchas cosas.

A ninguno le quedó ganas de proponer ir a tomar una copa después. Pagamos a escote (hice una broma a media voz sobre su ausencia de canalillo, que ella respondió con un gesto que solo vi yo y que me recordó que nunca le hizo falta para que me corriera entre sus tetas) y nos despedimos en la puerta. Lo admito..., ver cómo ese idiota de Coque la agarraba por la cintura mientras se alejaban, me puso de una mala hostia que borró todo rastro del dolor de pelotas que me había dejado nuestro encuentro.

Qué bonito hablo, ¿eh? Claro, doctor en literatura machacado por su primer amor.

Raquel estaba mosqueada y no tardó en verbalizarlo cuando nos quedamos solos, aunque yo ya lo tenía bastante claro. Y eso que no sabía de la misa la mitad...

—Tienes toda la razón —admití manso—. He sido un gilipollas.

—¿Un gilipollas? Te estás quedando corto, Leo. ¿Qué coño ha sido eso? ¡No tengo ninguna necesidad de aguantar situaciones como esta y menos de alguien como tú!

Arqueé las cejas y me apoyé en la pared en ese recoveco de la calle donde Raquel había decidido que íbamos a hablar del asunto.

—¿Qué quieres decir exactamente con «alguien como tú»?

—¿Qué me prometiste, Leo? Que lo pasaríamos bien. Si estuve de acuerdo con este tipo de relación entre los dos fue porque me pareció honesta. Tú me gustas, ya lo sabes, pero si sé de tu propia boca que no quieres nada más que una compañera con la que follar, beber vino bueno y reírte, joder, ¡venga! No seré yo la que intente cambiarte. Pero... ¿esto? ¿Dónde está lo de pasarlo bien? ¿Dónde te has dejado la honestidad esta noche?

Agaché la mirada y metí las manos en los bolsillos.

—Lo sé. Lo siento. No sé qué decirte.

—¿Qué coño pasa con Macarena, joder? ¿Qué coño os hicisteis para estar tan escocidos?

Cogí aire y lo sostuve en el pecho.

Estaba mentalmente preparado para lo que pudiera sentir desde el momento en el que me la crucé en la plaza de Santa Bárbara. Conocía los peligros y los rescoldos de lo que quedaba. Estaba concienciado con que me pondría cachondo, que la recordaría montándome, tan pequeña y tan decidida, gruñendo, tomando cuanto quería de mí. Estaba seguro de que me cabrearía al ver lo buena que seguía siendo y lo imposible que era hacer encajar sus piezas con las mías. Es posible que incluso lo pagara con ella. Pero... ¿por qué cojones no podía evitar la fuerza gravitacional de Macarena? Por la chispa. Por lo único para lo que no estaba preparado y contra lo que no tenía armas con las que luchar. El deseo inconsciente de volver a sentir el chispazo que solo ella podía hacerme sentir.

La chispa no es el aleteo de unas mariposas. Ni siquiera una corriente sexual. La chispa que Macarena provocaba en mí eran las ganas de vivir, de ser mejor. Sin más. En un segundo, en un chispazo, era consciente de todo mi cuerpo, de los sueños que abandoné pero seguía codiciando, de las inercias que servían de motor, de los errores, los aciertos, la piel y hasta cada pestaña. Macarena era la luz. Y solo cuando ella me miraba, yo era.

Seamos sinceros..., uno puede enamorarse muchas veces en la vida. ¿Qué futuro de mierda le esperaba si no a la pobre Jimena, que se enamoró como una niña a los quince años y que no tuvo la oportunidad de aprender en su propia piel cómo ese amor podía esfumarse con el tiempo? El amor viene y va. Las personas vienen y van. Hasta que de vez en cuando la chispa perdura. Y eso, ESO es lo complicado. Que un amor dure SIEMPRE, que no se vaya, que se quede ardiendo dentro sin importar cuánto tiempo pase. Yo me enamoré de Macarena cuando tenía catorce años, aunque siempre supe que sentía por ella algo más que cariño, desde que tengo memoria. Pero a los catorce, cuando ella solo tenía doce, me invadió la acojonante certeza de que pasaría la vida o con ella o pensando en ella. Y me asusté. Y ese miedo me acompañó durante casi veinte años. El miedo me hizo destrozarle la vida y partir la mía por la mitad.

Si alguien me lo pregunta…, no, no volví a enamorarme, pero no es porque solo haya un amor para cada uno, señalado y reservado. Es porque me enamoré, y a la primera la chispa fue fuerte y duradera, los cimientos seguros y el mundo se rindió a nuestros pies. Pero éramos demasiado jóvenes y no entendíamos nada de lo que es en realidad el amor. El amor no tiene que ver con manos deslizándose por piel desnuda y sudada, celos, discusiones que terminan con un beso apasionado, portazos, amenazas, soledades, reencuentros, cerrar los ojos al besar o seguir sintiendo que el cuerpo se convierte en algo efervescente si ella se recoge el pelo otra vez así, como te gusta. El amor no tiene que ver con nada de esto y a la vez está compuesto por todas estas pequeñas cosas y un millón de teselas más, un entramado de pequeños momentos, gestos, olores, sabores. Pero el amor, en mi humilde experiencia, es tenacidad, honestidad, compartir y un trabajo diario a jornada completa. Y ahí, en lo fundamental, Macarena y yo no funcionábamos.

—¡Te estoy hablando!

Cogí la muñeca de Raquel y la acerqué a mí para mirarla de frente y volver a ser honesto.

—¿Qué quieres saber?

—¿Qué ha pasado ahí dentro? —preguntó con las cejas arqueadas.

—Que nos odiamos, Raquel, ya te lo he dicho.

—Pero ¿por qué?

—Por haberlo destrozado.

Acto seguido apoyé la frente en su hombro a la espera de que diera dos pasos hacia atrás y terminara por largarse, pero no lo hizo. Por el contrario, lanzó sus brazos a mi alrededor y las uñas de su mano izquierda se deslizaron por mi cuello hasta el pelo, provocando un siseo en mi lengua. Era una caricia mitad sensual, mitad de cariño, que no entendí. Quizá no era el único que no se aclaraba una mierda.

—Me voy a ir a mi casa —me dijo—. Estoy cabreada y no quiero que me convenzas de nada esta noche.

—No podría hacerlo aunque quisiera —me burlé a media voz—. He metido la pata hasta el fondo.

Se alejó un paso y la miré. «Joder, Leo, eres idiota. Qué guapa es». Pestañeé y vi los labios rojos de Macarena. Bufé.

—Siento haberte jodido la noche comportándome como un crío con mi ex.

—Te lo perdonaré. Me gustan las flores. Y los cunnilingus.

Arqueé las cejas y se echó a reír.

—Deja que te acompañe a casa por lo menos —le pedí.

—No, Leo. Estoy hecha un lío. Déjame pensar un poco. Yo te llamaré.

—Vale.

Volvió a dar otro paso, pero tiré de su muñeca, que aún sostenía, y la acerqué hasta darle un beso en los labios lento pero inocente que le robó lo que fuera a decir antes de marcharse. Miró mis labios, luego mis ojos y después mis labios de nuevo.

—Si te has cansado, no te culpo —le susurré—, pero despidámonos con un beso.

Se marchó tocándose los labios. Y yo a casa palpándome el pecho, donde me faltaba el aire.

Ella, saltando en las verbenas del pueblo, cantándome a gritos «Corazón de mimbre», de Marea. Ella, abofeteándome en el coche, besándome después y subiéndose a mi regazo con la falda a la altura de la cintura. Ella, corriendo delante de mí entre los naranjos que rodeaban el chalé de sus abuelos, donde tantas veces pasamos los fines de semana toda la pandilla. Y no escatimé en detalles. El brillo anaranjado en su pelo con la puesta de sol en Moraira. Sus labios húmedos y gruesos, su lengua humedeciéndolos…, después de nuestro primer beso. El sonido de un gemido de dolor cuando empujé dentro de ella por primera vez. El olor de su piel por la mañana.

Una herida solo cicatriza bien cuando está limpia y la mía estaba llena de recuerdos que la ensuciaban. Era cuestión de tiempo que mordiera el polvo.

35. «Sexual», NEIKED

El agrio, dulce, amargo y salado sabor del sexo

Adriana se despertó tarde. Quizá fue porque las espesas cortinas del hotel no dejaban que entrara ni un rayo de sol o quizá porque nunca había estado más agotada como después del maratón sexual de la noche anterior, porque… después de lo bien que les salió el primer asalto… ¿cómo no iban a hacerlo otra vez? Y otra. Cuando se tumbó en la enorme cama *king size* recién duchada y segura de que se había acabado la función, eran las cinco de la mañana. Se merecía aquellas horas de sueño.

Julián había solicitado, por si acaso, el servicio de *late check out* y les había venido genial para dormir hasta tarde. No abrieron el ojo hasta que las manecillas del reloj no marcaron las dos de la tarde.

Ella fue la primera. Se movió entre las suaves sábanas, esbozó una sonrisa de felicidad y abrió los ojos. A su lado, Julián dormía desnudo, pero un pedacito de sábana le tapaba la entrepierna.

Adri se incorporó un poco para intentar averiguar si Julia seguía dormida, pero no la encontró al otro lado de Julián. Se levantó confusa y miró dentro del cuarto de baño, pero tampoco había nadie. En un momento de pánico, se montó una película de ciencia ficción e imaginó que les había robado pero, después de alcanzar su bolso, comprobó que todo seguía allí dentro y la cartera de Julián descansaba sobre la mesa donde estaba la televisión, con todas las tarjetas y un par de billetes de veinte. No. Julia no era una ladrona.

¿Se había ido? ¿Sin avisarles? ¿Sin esperar a que le preguntaran si quería salir a comer con ellos? Abrió las cortinas.

—Julián… —dijo con voz suave acercándose a la cama—. Julián…

—¿Mmm?

—Julia se ha ido.

—Mmm.

Lo zarandeó suavemente y algo se deslizó sobre las sábanas a su lado. Era un papel manuscrito.

Queridos Adriana y Julián:
Esta noche ha sido perfecta. Gracias por compartir esta primera vez conmigo. Espero que seáis muy felices y, aunque supongo que no pensáis introducir esto en vuestra rutina…, si algún día queréis repetir, estaré encantada.
Besos,
Julia

Adriana sonrió.

—Nos ha dejado una nota, cariño.

—¿Mñññ? —preguntó Julián más allá que acá, con la mejilla aún pegada en la almohada.

—Qué maja.

—Mucho.

Miró a su marido y este esbozó una sonrisa antes de agarrarla por la cintura y tirarla sobre él.

—Y tú eres la mujer más loca, inconsciente y cerda del mundo… y tengo mucha suerte de tenerte.

Trató de levantarse para ir al baño, pero él la retuvo negando con la cabeza.

—Déjame ir al baño —se quejó.

—Después. Primero tengo que follarte a saco.

Y lo hizo. Aunque pensó que habría tenido suficiente con la noche anterior, aunque creyó que estaría dolorido, aunque estaban servidos de sobra…, pero a ella también le apetecía. Y fue tan fantástico que tuvo que gritar cuando se corrió, y ese grito hizo que pudiera decirse a sí misma: «Bien hecho». A veces la idea más loca es la solución, ¿no?

Sería sexual. Habría un despertar en ella después de aquella noche. Y ya nadie se reiría de ella por su libido mustio ni tendría que preocuparse por si Julián estaba o no satisfecho. Porque sería una corredora de maratones sexuales y aspiraría todos los días a medalla olímpica. Si hubiera podido besarse a sí misma, lo habría hecho. Era… ¿el inicio de una era?

Jimena había perdido completamente la fe en que Samuel llamara cuando… lo hizo. Era la primera vez que hablaban por teléfono. La primera llamada para concertar una cita como fisioterapeuta no contaba.

—Ey —saludó él cuando ella contestó al quinto tono, tiempo que necesitó para respirar profundamente y meterse en el papel de chica a la que no le afectaba su llamada—. ¿Qué haces?

—Poca cosa. Limpiar —mintió.

—Ya. Oye… —le escuchó carraspear—, ¿te sigue apeteciendo que nos veamos hoy?

—Eh…, bueno, vale. ¿Qué propones?

¿Un paseo por el Madrid de los Austrias? ¿Boda en Las Vegas? ¿Masaje con final feliz? ¿Parapente?

—Pues… ¿vamos a bebernos unas cervezas? Si quieres paso a recogerte. ¿Dónde vives?

—Cerca de Ópera.

—Me viene bien —le escuchó decir—. Dime la calle y el número.

Jimena le recitó la dirección mecánicamente y cuando iba a preguntarle a qué hora quedaban, él la interrumpió para decir:

—Te veo en veinte minutos.

¡¡¡Veinte minutos!!!

Después de una lucha dialéctica consiguió ganar diez minutos más, pero él parecía muy ansioso por verla y no quiso pedir otra prórroga. Se metió en la ducha cuando el agua aún no salía caliente, pero le dio igual. Total, ¿no dicen que el agua fría es buena para tensar la piel? Se cronometró. Tardó exactamente cuatro minutos y treinta y siete segundos en enjabonarse el cuerpo y el pelo y enjuagarse, y tres más en pasarse la cuchilla por las piernas y las ingles, así, a ojo de buen cubero, por si había suerte después de tomar algo.

Se secó el pelo a medias, lo justo para que no se le encrespara, y después eligió a toda prisa un modelito. Se puso un vestido, claro. Después de la «queja» de Samuel del día anterior, quería provocarlo un poco. Escogió un vestido muy poco propio de ella: rojo, con pequeños lunares blancos. Se colocó unas Converse blancas bajas y se maquilló a toda prisa con lo básico: una BB Cream, un poco de colorete, un poco de eyeliner y rímel en las pestañas.

Le sobraron veinte segundos para escribir en el grupo de WhatsApp... antes de que llamara al timbre:

¡¡Está de camino a recogerme!!

—Ya bajo —le dijo a través del telefonillo.

—Déjame subir un segundo.

Crisis. No, no. CRISIS. Miró a su alrededor. Tenía la casa hecha un desastre (como siempre) y no quería que Samuel, que dentro de lo que ella había visto con sus propios ojos, era un tío bastante apañado con la casa, viera aquel caos de migas, polvo y ropa sucia.

—¿Es estrictamente necesario?

—Sí.

—Vale. Cuarto piso. Sube por las escaleras; el ascensor está estropeado —le mintió para ganar tiempo.

Corrió por todo el piso (es decir, dio tres pasos en una dirección y cinco hacia la otra) recogiendo piezas de ropa, zapatos, calcetines, bragas y alguna camiseta vieja y roída de las que usaba de pijama. Lo metió todo debajo de esa cama que no usaba nunca. Cogió un poco de papel de váter, se lo enrolló alrededor de la mano y repasó las superficies a la vista del cuarto de baño. Después, sacudió la funda del sofá, dejó caer las migas al suelo y las barrio con el pie hasta debajo del mueble.

El timbre sonó cuando intentaba llevar vasos sucios al armario/cocina. Los dejó en la pila, corrió la puerta del armario y abrió la puerta.

—¡Hola! —Sonrió—. ¿Necesitas ir al baño?

—¿Qué? —Samuel dibujó una mueca—. No.

—Ah…, uhm…, pasa.

Le dejó pasar mientras se devanaba los sesos tratando de averiguar por qué narices había insistido entonces en subir a su piso. ¿Quería ver dónde vivía? ¿Conocerla un poco más a través de su hábitat? ¿Estudiar su situación económica a juzgar por su piso?

—Perdona el desastre…

—¿No estabas limpiando? —le preguntó él con media sonrisa.

—Soy lenta.

Cerró y antes de que pudiera invitarlo a sentarse en el sofá, Samuel la arrinconó contra la puerta.

—Vestido —le gruñó con voz sexual mientras acariciaba el muslo de Jimena por debajo de la tela.

—Yo, Jane. Tú, Tarzán —respondió.

La mano de Samuel llegó a la gomita de su ropa interior y tiró hacia abajo sin ningún tipo de protocolo.

—¿Lo que tienes es un calentón? —le preguntó ella sorprendida—. ¿Por eso tanta prisa en subir?

—Estoy cachondo desde que te fuiste de mi casa. La culpa es tuya.

Las braguitas cayeron al suelo y ella las apartó de una patada, hacia un lado. Él sacó de su bolsillo dos condones, se los enseñó a Jimena y dejó uno en el aparador antes de darle el otro.

—Pónmelo.

—¿Qué?

—Ponme el condón antes de que te folle sin él.

—Te gusta mandar, ¿eh? —quiso bromear Jimena.

La boca de Samuel la calló cuando se abalanzó sobre sus labios y la besó. Pero la besó… fuerte. Reclamando lengua, saliva y ganas. Se calentó al instante.

—No crees en los preliminares, ¿verdad?

—Llevo de preliminares desde la mamada de ayer. Han sido los preliminares más largos de la historia.

La cargó sobre su cadera mientras la besaba y deambuló con ella encima hasta encontrar la primera superficie horizontal: el sofá. A Jimena no le gustaba mucho la idea de chingar allí, en el mismo sitio donde recibía las visitas, comía, dormía, veía películas, trabajaba y llamaba a su madre por teléfono, pero sucumbió cuando la dejó sobre el brazo del mueble, se desabrochó el pantalón y lo bajó lo suficiente como para que volviera a saltar, como un fleje, su amiga: la enorme polla de Samuel.

—La tienes enorme —le dijo en medio de un viaje psicotrópico inducido por la visión de su desnudez.

—Pónmelo.

Jimena abrió el condón con la boca (escena rodada por un especialista, por favor, no lo intente en su casa) y después lo desenrolló con dificultad sobre la erección de este. Abrió las piernas esperando que se lanzara sobre ella y la embistiera, pero Samuel le dio la vuelta, la colocó de espaldas, la arqueó hacia atrás y la penetró.

A Jimena se le escapó de entre los labios el aire que estaba reteniendo, un gemido, un gruñido y hasta un par de versos del Padre nuestro. Él volvió a empujar y ella gritó.

—¿Paro? —le preguntó él como respuesta al chillido.

—Como pares te mato. No dejes de follarme hasta que me desmaye en el sofá.

Fue lo último que dijo. Al menos lo último que dijo con sentido. Todo lo demás que salió de su boca fue ininteligible durante un rato, mientras ella ponía los ojos en blanco, miraba hacia la pared junto a la que estaba colocado el sofá y se reía mentalmente del gusto que le estaba dando cada viaje que emprendían las caderas de Samuel.

Se corrió diez minutos después y, por primera vez en su vida, no tuvo que tocarse para conseguirlo. El orgasmo fue violento: apareció de golpe, la hizo gritar y se fue sin despedirse en décimas de segundo, dejándola hecha polvo y para el arrastre. Pero, aunque se desmoronó sobre los mullidos cojines de su sitio preferido en el mundo, las manos firmes de Samuel recolocaron sus caderas y siguió embistiendo cinco minutos más antes de dejarse ir con un gemido que, seguramente, hizo volar a la vez a todas las aves de la Comunidad de Madrid.

Jimena cayó hacia delante, en el sofá, desmadejada, cuando él salió de su interior y se apartó. Giró y se tumbó sobre su espalda con una sonrisa satisfecha para ver cómo Samuel jadeaba y se quitaba el condón; después le hizo un nudo y le preguntó con un gesto dónde podía tirarlo.

—Hay un cubo de basura en el baño. Es más seguro que el de la cocina.

—¿Tienes cocina aquí? —le preguntó sorprendido.

—Está detrás de esa puerta corredera.

—Pinta mal. —Sonrió Samuel.

Reapareció instantes después sin el condón y abrochándose el pantalón.

—Joder —bufó—. Ha estado genial.

—Venías muy a tono, ¿no?

—Sí. —Se rio—. Pero tampoco ha parecido que te importase demasiado.

—Hombre, la próxima vez, si eso saluda al entrar.

—¿Al entrar dónde? ¿A casa o en ti?

Jimena se retorció sin poder evitarlo, cachonda de nuevo. No sabía qué tenía Samuel que la volvía tan loca.

—Hoy no ha habido incidentes —le dijo.

—Ayer tampoco —insistió él.

—¿Una cervecita?

Él hizo una mueca.

—Tengo un marrón de cena de la que no me puedo escaquear. Iba a llamarte antes, pero he trabajado también hoy y después me di una ducha y me quedé un poco traspuesto y ya…, ¿dejamos la cerveza para otro día?

—No te preocupes. —Jimena escondió su decepción—. Otro día.

Samuel se peinó con la mano, mirándola, y ella le mantuvo la mirada, tumbada, con el vestido algo levantado y sin bragas. Se sentía usada. Se sentía muy usada. Empezaba a abrirse paso por su torrente sanguíneo una oleada de resquemor hacia Samuel y odio hacia sí misma. No le había gustado. Bueno…, físicamente le había gustado mucho, pero… lo siguiente no. Esa manera de ir al grano, de unir los puntos hasta llegar al camino de sus bragas, de follarla en el sofá a lo bestia y marcharse corriendo después.

—Que te vaya bonito —le dijo con un tono frío y tenso como el acero.

—Sé lo que parece. Pero no pienses demasiado mal de mí, ¿vale?

Jimena asintió con desgana. Él se acercó al sofá y se agachó hasta que sus caras estaban solo a un par de centímetros.

—Llámame esta semana —le dijo en un susurro—. Saldremos a cenar y me curraré los preliminares.

—Sí. Ya te llamaré…

Se dijo a sí misma que no iba a hacerlo. Ya estaba bien. Santi nunca habría hecho eso. Nunca se iría de su casa inmediatamente después de montarla como un animal, sin haber mediado una frase entera y coherente. Ese no era Santi. No lo era. Y no iba a llamarle.

Samuel la besó en los labios y se levantó. Fue hacia la salida, pero volvió y se agachó de nuevo a su lado para besarla dos, tres, cuatro veces más y después mirarla directamente a los ojos.

—No soy un mal tío —le dijo—. Pero tengo temas que solucionar.

—¿Con alguien?

—Conmigo. No me acuesto con nadie más, de verdad. Ni siquiera soy de esos tíos que van diciendo que no quieren nada serio. Es que… no entiendo nada de lo que me está pasando contigo.

—¿Y tenías que comportarte así para demostrarlo? Bastaba una charla —le respondió ella humillada—. Nadie te ha pedido matrimonio.

—En realidad… me lo pediste hace tiempo.

Le mantuvo la mirada y, poco a poco, no pudieron evitar esbozar una sonrisa.

—Me tengo que ir —le dijo él—. Pero me voy sintiéndome una mierda.

—Pero bien follado.

—Ni siquiera. Te he follado yo. Si te hubiera dejado a ti, otro gallo cantaría.

—Más alto, más fuerte y más entonado.

Samuel sonrió y volvió a besar a Jimena.

—Llámame, por favor —le pidió.

La puerta se cerró unos segundos después y Jime se quedó allí tendida, preguntándose qué narices acababa de pasar y planteándose si no sería mejor dejarlo estar, dejar pasar ese tren y dejar de buscar a Santi en miradas, gestos y rasgos físicos. ¿Se estaba haciendo daño a sí misma? ¿Iba a meterse en una relación destructiva y tóxica con un tío que no quería nada de ella que no fuera un agujero caliente en el que descargar de vez en cuando? Santi no era así. Santi estaba completamente enamorado de ella…, llegó a pensar que más que ella de él. La adoraba y malcriaba y…

Su móvil sonó en el recibidor y se levantó a cogerlo, dispuesta a enfrentarse al tercer grado que le aplicaríamos desde WhatsApp. Vio el condón que había traído de sobra Samuel y se sintió otra vez sucia y… un poco cachonda. El cuerpo humano es, a veces, un despropósito. Cogió el móvil y vio que el mensaje era suyo. De Samuel:

Me he dejado en tu casa un montón de ganas de repetir, pero siendo civilizado, lo prometo. Por favor, déjalas ahí hasta que vuelva. Y llámame o lo haré yo.

36. «The cure», Lady Gaga
Hablar sobre la herida no la cura

Cuando me fui del restaurante lo hice con el firme propósito de ir a chingarme a Coque. Pero chingármelo a lo bestia. Como si Leo pudiera verme y yo hacerle un corte de manga mientras me lo montaba. Pero... no pude. Y me esforcé, que conste.

En el ascensor, mientras lo besaba para quitarme de la boca el sabor a Leo y justo cuando me planteaba la idea de meterle mano al paquete, se me ocurrió pensar por qué Coque, el mismo que me estaba tocando el culo con ahínco, no me había pedido explicaciones por el mal rato en el restaurante. Yo lo habría hecho. Me hubiera cabreado mucho, la verdad, y no por una cuestión de celos. Me hubiera enfadado porque ¿por qué cojones me tendría que comer yo semejante percal? Así que me separé de su boca y me acordé, además, de lo de la aplicación para ligar en su móvil.

—Coque, ¿lo normal no sería que estuvieras mosqueado por lo violenta que ha sido la cena?

—¿Yo? ¿Por qué? A mí tus ex me la pelan. Ese tío es un estirado resentido.

Arqueé las cejas.

—¿Tienes la aplicación de Tinder en el móvil?

Esperaba una respuesta rápida, pero se quedó un poco parado.

—Bueno, Maca, tú y yo no hemos hablado nunca de exclusividad y…

Apoyé la frente en una de las paredes del cubículo que, en aquel momento, llegó al piso de Coque.

—Cuqui, sal. Vamos a hablar.

Me volví para mirarlo y vi algo en su expresión que no conocía…, ¿arrepentimiento? ¿Coque queriendo hablar? ¿Qué coño le pasaba al mundo?

—Me voy a casa, Coque. No porque tengas perfil en Tinder y yo sea idiota y me acabe de enterar. Me voy porque…, porque… venía con la motivación equivocada.

—Ven. —Salió y tendió la mano hacia mí—. Ven a mi habitación y lo hablamos.

—Da igual. —Sonreí como pude—. No es tu culpa. No hablamos de exclusividad. No me preocupé por averiguar qué pasaba de verdad entre nosotros por miedo a que no me gustase la respuesta.

—Tú me gustas, Maca. De verdad. Sé que he dicho muchas veces eso de que no quiero novias, que son una convención social y eso, pero… he estado pensando… estos días. Quizá está llegándome el momento de sentar la cabeza, de dejarme de tantas mierdas y de otras tías. Las demás tías, al fin y al cabo, son rollos de una noche, pero tú siempre estás aquí. Eres la única constante en mi vida.

¿Qué cojones…? ¿¿«He estado pensando», «estos días», «sentar la cabeza»?? ¿Cómo es posible que la única manera de hacer reaccionar a los hombres sea ignorándolos? Pero de verdad. Debía ser sincera conmigo misma y aceptar que, desde que Leo se había cruzado en el camino, el nombre de Coque se me había ido olvidando poco a poco. Con lo mucho que deseé en el pasado escucharle decir aquello… ¿por qué justo en aquel momento, cuando ya no surtía efecto?

Cogí su mano, le di un apretón y después le obligué a dar un paso hacia atrás mientras pulsaba el botón de la planta baja.

—Buenas noches, Coque.

De camino a casa, y con un dos por ciento de batería en el móvil, me arriesgué a mandarle un wasap a Raquel pidiéndole disculpas por el lamentable espectáculo de la cena. Mentalmente supliqué perdón por haberme morreado con su cita en el baño, claro, pero solo mentalmente. Me pregunté si estaría con él, si Leo habría sido capaz de cumplir su amenaza y follar con Raquel pensando en mí, en nuestro beso, en habernos metido mano y lo cerca que estuvimos, pero su contestación me demostró que no.

> Ha sido la peor cena de la historia de la humanidad y ahora mismo te arrastraría de los pelos por Gran Vía. Tía, esto no se le hace a una amiga. Ha sido terrible. Pero… siendo justa, me avisaste y yo hice oídos sordos. Además, hace tiempo que me prometí a mí misma que nunca me pelearía con alguien a quien aprecio por un tío.
> Pd: por si tienes curiosidad, lo he mandado a casa con un «ya te llamaré». Avisadme cuando hayáis solucionado esto para hacerle esa llamada.

Me acosté boca abajo, sin desmaquillar, sin desnudarme. Simplemente me dejé caer sobre la cama y pedí a todos los dioses de todas las religiones del mundo dormirme en el acto y perder la consciencia. Alguno debió oírme. Seguramente Baco, dios del vino y propiciador del éxtasis sexual.

Me desperté a las ocho de la mañana; fui al baño, me desmaquillé, me desnudé y me metí en bragas bajo la sábana otra vez. Dos minutos más tarde bajé la persiana y me acurruqué de nuevo. Eran las cuatro de la tarde cuando volví oficialmente de entre los muertos. Creo que nunca había dormido tantas horas seguidas. A decir verdad, es posible que en toda la semana no sumara más de veinte horas de sueño y ahora… me jodía dieciséis casi del tirón.

Me di una ducha, me tomé un café y enchufé el móvil… La cadena de mensajes en el grupo «Antes muerta que sin birra» se había descontrolado, así como las llamadas perdidas a mi teléfono. Creo que temían que Leo y yo hubiéramos terminado matándonos.

En mi casa en cuanto podáis.

No tuve que decir más.

Jimena llegó la primera y venía con un vestidito rojo, Converse blancas y andares raros. En cuanto se sentó en mi sofá, prometió no ensuciar mucho y me explicó por qué parecía que acababa de bajarse del caballo.

—Me han montado como a una yegua. Y la tiene del tamaño de un purasangre adulto.

Me senté en el pequeño puf de mimbre que decoraba un rincón de mi pequeño salón, y sobre el que solía dejar las revistas del mes que Pipa ya se había leído, y me froté la cara.

—En serio te lo digo…, ¿podemos tener una conversación normal en esta pandilla?

—Pues espera a que venga la que ha comido chirla.

—Dios…, se me había olvidado.

—Tía, ¿qué pasó ayer?

—¿Qué pasó ayer? Qué no pasó. Faltó que apareciera por allí Pipa para que la caída en cadena de toda mi vida se completara de manera circular.

—¿Me pones un agua, un refresco, un té, un chupito de sake o un cubo de aguarrás? Creo que tengo que meter el hocico en algo —me pidió.

Estaba preparando en mi cocina de Pin y Pon una bandeja con unos vasos chatos, unos refrescos, ganchitos y aceitunas, cuando llamé su atención.

—Jime…, ¿te acuerdas cuando dejamos de fumar y juramos que no íbamos a tener jamás una recaída?

—Sí. Nos escupimos en la mano y después nos dimos un apretón. Fue asqueroso.

—Bien, pues… ¿no tendrás un pitillo?

Se asomó por el pedazo de murete que separaba el saloncito de la cocina y me miró con sus enormes ojos fuera de sus órbitas.

—¿Vas en serio?

—Completamente.

—No tengo, pero tengo ganas de fumar desde el verano de 2015.

—¿Compramos un paquete?

Éramos dos exadictas convenciéndonos la una a la otra de que una recaída, pequeñita, no tendría importancia y que, en aquel caso, estaba completamente justificada. Y en ese mismo momento la pobre Adriana llamó al timbre, y la mandamos a comprar tabaco, pero volvió con dos pitillos sueltos que pidió a dos personas diferentes en la calle.

La primera calada la dimos junto a la ventana y las dos pusimos la misma cara: una que decía «no lo recordaba así». Después tosimos. Dimos otra calada. A Jimena le dio una arcada. Yo di otra calada y tosí hasta que se me cayó la baba.

—A lo mejor solo echábamos de menos tenerlo en la mano —dijo Jimena haciendo gárgaras con la bebida.

—¿Qué se supone que os ha pasado? —preguntó Adriana alucinada.

—A mí me han montado como a una yegua —repitió Jimena.

—No digas lo del purasangre, por favor —la paré—. Me estoy imaginando al chaval con un badajo como el de la campana de la Almudena.

—Pues eso. Ya lo ha dicho ella. Pero primero vamos a hablar de lo de Maca. Después nos cuentas lo de tu trío cochino y ya luego desnudo mi alma.

Las dos me miraron con los vasos de refresco light burbujeante en la mano. Por primera vez en mucho tiempo, el frío del cristal empañado en mis dedos no me calmó, ni me inspiró ningún tipo de felicidad.

—Fue como una pesadilla. Llegamos al restaurante, Raquel y Leo estaban allí, y el metre decidió juntar las mesas.

—Dios. —Adri se tapó la cara con las manos.

—Nos pasamos la primera parte de la cena lanzándonos pullitas. Era como un campo de batalla en la Edad Media. Las lanzas silbaban en el aire, lo juro.

—Pero rollo, ¿qué? ¿Rollo «eres un hijo de puta que me jodió la vida»?

—No. Todo velado, en plan sonrisa en la boca. Raquel flipaba y Coque estaba allí como quien está en pleno viaje de ácido: a su rollo. Pero eso no fue lo peor.

—¿Os pegasteis? Dime que le tiraste una copa de vino a la cara como en las películas —pidió Jimena emocionada.

—No. Peor. Cuando te contesté el mensaje estaba tan concentrada que no me di cuenta de que Raquel y Coque salieron a fumar. —Le di una calada a mi pitillo sin tragarme el humo y tosí. Dios. Por eso lo dejé. Qué asco—. Y cuando nos vimos solos dimos rienda suelta a lo poco que nos habíamos contenido. Insultos, acusaciones, «tu novio tiene Tinder»...

—¿¡Coque tiene Tinder!? —exclamó Adriana.

—Lo que me faltaba. Ese tío es idiota.

—Escuchadme…, es lo de menos. La cosa siguió calentita en plan «que te follen», «lo que te gustaría es que te follara yo»… y fue subiendo de tono hasta que…

Les tocó el turno de taparse la cara a las dos, y yo paré la narración para apagar el cigarrillo dentro de la maceta que tenía junto a la ventana y dar un trago a mi refresco.

—Me fui al servicio en plan salida triunfal, toda contenta por haber sido la última en contestar, y él… aprovechó cuando volvieron de fumar los otros dos para fingir que iba al baño un segundo y… entró en el mío como una locomotora. No sé cómo no nos pusimos a follar.

Cogieron aire exageradamente y después se llenaron la boca de aceitunas y cacahuetes.

—Me besó. Yo me dejé. Empezamos a meternos mano mientras nos decíamos lo mucho que nos odiábamos y lo amenacé con hacer que se corriera encima. —Bebí otro poco y aparté la mirada—. Soy una psicópata, por Dios.

—¡¡Sigue, mujer!! ¡Ahora no pares! —me animó Jimena.

—Ganó él. Me lamió entera la boca y me dijo que para que yo me corriera no necesitaba casi ni tocarme, con meterme dos dedos y susurrarme que imaginase su polla dentro le bastaría, pero que íbamos a dejarlo ahí y que…

—¡¿Qué?! —gritaron las dos.

—Que los dos follaríamos como animales con nuestras citas pensando en el otro. Y salió tan campante.

Se miraron entre ellas. Jimena se metió otro puñado de aceitunas en la boca. Di gracias a que fueran sin hueso o hubiera muerto ahogada.

—Os juro que me fui de allí dispuesta a chingarme a Coque en plan venganza, pero… lo vi tan tranquilo, me acordé de lo del Tinder y le dije que hasta aquí habíamos llegado. ¡¿Y no va el tío y me dice que se está cansando de ir de cama en cama y que está pensando en sentar la cabeza conmigo?!

—Los tíos son la polla —se quejó Jimena chuperreteándose los dedos—. ¿De qué son estas aceitunas? Están de muerte.

—Ya te digo —respondió la pelirroja comiéndose otras dos.

—Gazpachas. Luego repiten. Así que… me largué, le mandé un mensaje a Raquel pidiéndole perdón por el numerito…

—¿Se enteró de los morreos en el baño?

—No, no. Nosotros fingimos el resto de la noche que no había pasado nada.

—¡¡Yo alucino!! ¡Qué sangre fría!

—Somos lo puto peor.

Nos quedamos en silencio unos instantes que aproveché para llenarme la boca de cacahuetes. Acababa de darme cuenta de que, excepto el café que me tomé antes de meterme en la ducha, no llevaba nada en el cuerpo desde la noche anterior. Y estaba anocheciendo ya.

—¿Y Raquel? —preguntó Adri.

—Bien. Me dijo que tenía ganas de tirarme del pelo, pero que no se iba a pelear con una amiga por un tío. Le ha dado largas hasta que «solucionemos esto».

—¿Y lo piensas solucionar? —me interrogó Jimena.

—¿Solucionar? De eso nada. Me toca contraatacar.

—Ay, madre. —Las dos se llevaron las manos a la cabeza.

—Eso va a terminar fatal, Maca. ¿Qué habíamos dicho de las venganzas? Acuérdate del Conde de Montecristo —insistió Adriana.

—Lo siento, chicas, esto no tiene discusión. Así no me quedo. Aunque termine fatal. Con esto dentro no me quedo.

—¿Y qué vas a hacer?

—Aún no lo sé. Es posible que cuando se me ocurra tampoco os lo cuente, que conste. A lo mejor lo cuento ya a cosa hecha, cuando solo podáis decirme: «Te lo dije».

—Tú verás —añadió Jimena con un tono de advertencia.

—Arg. ¡¡Qué asco le tengo!! —gruñí.

Como no dijeron nada, eché un vistazo y me encontré con dos caras de circunstancias.

—¿Qué? —añadí.

—No es asco, Maca, mi niña. —Adri me cogió la mano.

—¿Y qué es?

—Es amor.

Miré a Jimena que chasqueó la lengua contra el paladar.

—Maca, lo que os pasó es fuerte. No volvisteis a veros después. A su madre, que te adora, aún le cuesta saludarte cuando vas a Valencia. Ni siquiera le dijo que vivías aquí cuando él debió decirle que volvía a España y que se instalaba en Madrid. Tu hermano no le habla desde hace tres años. Estáis dolidos. Aún no os habéis perdonado.

—Él no tiene por qué perdonarme. Yo no hice nada.

—No, pero eres la viva imagen de lo que pudo ser y no fue. No busques venganza porque no te va a aliviar. Lo único que te va a aliviar es que él te pida perdón y perdonarlo. Pero… no puedes obligarlo.

Levanté la mirada al techo y tragué con dificultad. Un puñado de lágrimas me llenaron los ojos y las espanté sin parpadear, dejando que volvieran a su sitio. Me lo dije hacía ya mucho tiempo: no iba a volver a llorar por Leo. Ya era hora de cumplir mi palabra.

—Maca… —gimoteó Adri acariciándome la mano.

—No, no. Nada de daros lástima. Yo ahora quiero que me contéis vosotras. Menudo viernes noche nos marcamos ayer.

—Ya lo dije yo: estaba claro que íbamos a triunfar todas.

Las tres nos echamos a reír.

—¿Qué tal fue? —le pregunté a Adri deseosa de cambiar de tema—. ¿Fue como lo imaginaste?

—No. —Negó con la cabeza y su pelo naranja, corto y ondulado se movió con ella—. Fue mejor.

—¡¡Ay, Dios!! ¡¡Ahora yo también quiero un trío!! —gritó Jimena.

—Cállate, tú tienes bastante ya con tu purasangre. Cuenta, Adri.

—Pues… fue…, no sé explicarlo. Fue… suave. Muy excitante. Muy húmedo. Ella olía…, olía superdulce y tenía la piel… —Movió los dedos, como si le cosquilleasen al recordarlos deslizándose sobre Julia—. No sé. Con ella genial y Julián estuvo magnífico.

—No esperábamos menos de un acróbata del Circo del Sol sexual —me burlé cariñosamente.

—¿Y cómo es comerse un coño? —preguntó Jimena.

—Anda que… —Me reí.

—Perdón, ¿cómo es hacer un cunnilingus? ¿Mejor? —Me miró con la comisura de los labios del color del caldo de las aceitunas.

—Pues es mejor de lo que creía. Igual… deberíais probarlo.

—Eres una valiente, tía —le dije—. Te arriesgaste pero, mira, porque sabías que era lo que querías.

—¿Y Julián? ¿Tiene la misma sensación de triunfo que tú? —preguntó Jimena.

—Sí. Y ya hemos notado mejora. Lo juro. Estoy más… juguetona. Esta mañana ha sido gloriosa en el hotel. Jime, ahora no vas a poder decirme que tengo el mismo instinto sexual que una uva pasa.

—Sí podré, pero ya no tendré razón. —Sonrió esta.

—¿Y tú qué?

—¿Yo? Pues que no sé qué hacer. El tío dice que no es de los que van por la vida esquivando las relaciones serias, pero que no entiende nada de lo que le pasa conmigo.

—Pero ¿fue bien? ¿Qué fue ese icono que mandaste? ¿Una ballena?

—Hice *squirting*. —Puso cara de circunstancias—. Pero en plan riego automático. Fue superraro. Aunque ahora que lo pienso…, quitando eso y lo de mis bragas color carne, el tío sabe lo que se hace.

—¿Y qué problema hay entonces?

—Pues que me he sentido una mierda cuando, hace nada, se ha abrochado el pantalón después de montarme en mi sofá como un perro y casi se ha ido con el condón puesto. Sinceramente, me ha dicho que no es lo que parece y tal, que tiene que solucionar rollos personales pendientes y eso, pero… no sé si llamarle. Santi no haría eso.

No quisimos ahondar en el tema del amante muerto porque por experiencia sabíamos que no iba a recapacitar. Jimena estaba completamente segura de que Santi, desde el más allá, le mandaba señales para que encontrase a su media naranja y no envejeciera sola penando una muerte adolescente; no sería yo la que le dijera lo contrario. En el fondo nosotras también queríamos que fuese verdad y que encontrara por fin alguien con quien estar tranquila. Santi había pasado a convertirse en el nombre que Jimena había puesto a todo lo que no terminaba de encajar en su vida.

—Dale una segunda oportunidad —propuso Adriana—. Si vuelve a comportarse como un idiota, puerta para siempre.

—Es que… ¿sabéis qué me ha dado por pensar? ¿Y si es uno de esos chicos? De esos a los que una chica les hizo verdadero daño. Ha hecho mención un par de veces a una relación pasada y me da que era bastante estable. ¿Y si está hecho polvo, si no se fía de las mujeres, si está autoprotegiéndose porque piensa que le voy a hacer daño?

Hice una mueca.

—Jime… —empecé a decir.

—Ya sé que me vas a decir que eso es una leyenda urbana, pero no lo es. Me dijo, en una de nuestras primeras sesiones, que tenía pinta de ser una de esas chicas que te complica la vida.

—¿Tú?

—Sí, ya ves, tía. Media vida pensando que me ven cara de mosquita muerta y ahora resulta que soy una *femme fatale*. Y yo sin saberlo.

—Puede que esté dolido —cambié mi discurso interior para no hacerla sentir peor, pero sin darle demasiadas alas—. Pregúntaselo. La experiencia me dice que es mejor preguntar las cosas abiertamente.

—Claro…, como es tan comunicativo. Seguro que me abre su corazón de par en par y me cuenta todos sus traumas infantiles de paso —respondió sarcástica.

—Ay, Jime, hija —se quejó la nueva Adriana, ejemplo de relajación y sonrisas—. Esas cosas hay que ganárselas.

¿Era verdad eso? ¿Había que hacer méritos para conseguir respuestas sinceras? No. No creía en ello. O no quería creerlo. Lo que tenía en mente, desde luego, no pasaba por ganarme nada, pero iba a arrancarle a Leo, si no la disculpa que me debía o la razón por la que me hizo lo que hizo… al menos unos cuantos días malos.

37. «Curse me good», The Heavy

La venganza de la Condesa de Montecristo en versión Valencia

Si el lunes hubiera tenido un buen día, quizá mis ansias de venganza se hubieran visto mermadas, pero Pipa tuvo a bien castigarme con un montón de trabajos de los que más pereza me daban (limpiar los armarios donde guardábamos lo que seleccionábamos para las sesiones de fotos, hacerle fotos porque sí, llenar la nevera de cosas sanas, pijas y de moda y buscar un bikini «joya» que no fuera choni). Y todo me lo mandó haciendo gala de una nada sutil indiferencia. Estaba claro que le iba a durar poco tiempo la gratitud por haberle hecho de coartada. En algún momento del fin de semana debió llegar a la conclusión de que con haberme recomendado el Bar Galleta y financiándome la noche de chicas en el hotel, había saldado su deuda. De todas formas, si la cosa se ponía fea, era su palabra contra la mía y estaba claro que la gente que importaba la iba a creer a ella; yo no sería más que la ayudante despechada y celosa.

Mi educada y silenciosa hostilidad no sirvió de escudo contra lo mucho que me dio por saco aquel día, de modo que fui calentándome. Y fui calentándome por dentro contra el que yo creía culpable de todos mis males. ¿O no era verdad que desde que Leo se había cruzado en mi camino todo había ido de mal en peor? Cuando terminó la jornada ya era el causante hasta de mi fracaso con Coque. Porque… era un fracaso, ¿no? No quería pararme a pensarlo demasiado por si, al final, me contestaba a mí misma con un «quizá cuando acabe todo esto vuelvo a llamarle».

¿Y qué pasó? Que me fui a casa. ¿Y qué pasó en casa? Que no había nadie que me distrajera y no había nada interesante en la tele. ¿Entonces? Me hice una sopa. ¿Y? Me quemé la lengua. Y me cabreé más. Y urdí mi plan de venganza para el día siguiente. Macarena buscando justicia y otras formas de complicarse la existencia y llamar a la mala suerte.

Los martes Pipa solía tener la agenda cargada de cosas chachis. Odia los martes. En eso estamos de acuerdo, aunque la diferencia entre las dos radicaba en que yo me dedicaba a organizar su horario de manera que no tuviera que enfrentarse a nada demasiado duro y ella…, ella me hacía dura la vida en general.

Así que me vino al pelo. La recibí en el despacho impecablemente arreglada y con tacón, lo cual parecía ponerla de buen humor. Supongo que así pensaba que no afeaba su oficina con mi presencia. Además, coloqué un frappuccino desnatado y sin nata sobre la mesa (la pregunta de si escupí dentro tendrá que hacérmela un juez en presencia de mi abogado) y le sonreí mucho mientras le explicaba su agenda. Sí, señor. Se la tenía que explicar yo, aunque tenía en todos los dispositivos móviles una aplicación donde se le actualizaban todas las citas que yo iba cerrándole, necesitaba una copia impresa y que yo se la fuera cantando todas las mañanas, no porque no comprendiera per se lo que veía, sino como una demostración de poder.

—Dentro de media hora tienes manicura y pedicura… Me he tomado la libertad de pedirles diez minutos extra de masaje en manos y pies. Últimamente te veo muy estresada. Ya he pedido el Cabify para que te recoja en la puerta, por cierto. Otro coche te llevará desde el local de manipedo, ejem, perdón, manipedi, hasta el centro de estética. Hemos cerrado la colaboración por quinientos euros más el valor del tratamiento. Ellas mismas te harán una foto que me mandarán para que después la retoque yo. No tienes que encargarte de nada; tengo ya preparada la publicación. ¿Qué más? Ah, sí. Después tienes comida con tu madre. Se acercará ella al barrio. Tenéis mesa en el restaurante preferido de tu madre. —Me miró como si no tuviera por qué saber cuál era y yo se lo aclaré—. El Paraguas. A las dos y media. Tu maquilladora se acercará al salón de estética para maquillarte antes de ir a la comida, y otro coche te llevará hasta allí.

—¿Qué más? —preguntó repipi, sin decir ni mú sobre mi programación.

—Mañana es el cumpleaños de tu madre —le dije—. Pero, claro, seguro que lo tienes controlado y le has comprado un regalo.

—Al regalo no me ha dado tiempo —fingió.

—No te preocupes. —Le pasé un sobre—. Te he preparado esto por si acaso. Es un vale para spa y masaje en ese hotel que le encanta. Te cabe en el bolso de mano. Y esta tarde, he decidido despejártela. ¿Qué mejor que irte de compras con tu madre para celebrar su día? Mañana le llegarán flores a casa.

Asintió, mirándome de reojo para no premiarme ni siquiera con una expresión de gratitud, pero yo seguí hablando:

—Si no te importa, he pensado que puedo pasarme por tu piso hoy para echarle un vistazo a lo que me comentaste de tu armario, a ver si doy con una solución de almacenamiento para el vestidor. Tengo la copia de tus llaves. Si te parece bien…

—¿Tienes todo lo demás cubierto?

—Está programado el post de hoy y el de pasado mañana. He actualizado redes mientras desayunaba y pasado un par de presupuestos que faltaban por terminar. Está todo a cero.

—Estupendo.

Cogió su frappuccino, sorbió y me miró fijamente, no sé si sospechando o intentando mediante pestañeos hacerme llegar una frase de ánimo que era físicamente incapaz de decir, del tipo: «¡Buen trabajo! Qué suerte tengo de tenerte».

—Esta tarde no habrá nadie en casa. Pásate cuando quieras.

Perfecto. Mi plan seguía sobre ruedas.

Lo de pasarme por su casa era solo una coartada; ella nunca sabría cuánto tiempo estuve allí «pensando en soluciones organizativas para su vestidor». Creería que había invertido mi tarde en hacer planos, tomar notas y echar algunas fotos, cuando la verdad es que iba a hacer acto de presencia, dejar alguna pista que delatara mi asistencia allí y marcharme a hacer el mal en la tierra, o sea: fastidiar a Leo en lo que creía que más le importaba, su trabajo.

Siguiendo el plan, a las dos salí de nuestra elegante oficina, comí en una sushishop cercana que me encanta y donde nunca tenía tiempo de ir entre semana y me marché a casa de Pipa para dejar un señuelo y poder salir pitando a la universidad y llegar a hora de «clase». Mis búsquedas de información pueden llegar a ser muy fructuosas cuando estoy cabreada.

Pipa tenía un *pomerania* minúsculo llamado Glitter que me encantaba. Si hubiera sido mío, le hubiera puesto un nombre como Sansón o Hulk y seríamos superfelices, pero ella tampoco es que lo adorara con todo su corazón. Había sido un regalo de su padre y de cachorro era una bolita de pelo adorable, pero cuando creció un poco y se cargó un par de Manolos…, dejó de hacerle tanta gracia.

Cuando me pasaba por su casa (dícese para regar las plantas, recoger algún pedido que estaba esperando, darle indicaciones a la nueva empleada del hogar o a abrirle la puerta al fontanero), Glitter siempre salía despedido a saludarme, y yo buscaba en la cocina alguna chuche para agradecerle el despliegue de mimos y saltos de alegría, pero aquel día, cuando entré, no vino a mi encuentro.

—Qué raro —me dije en voz baja.

El maravilloso piso de Pipa tenía techos altísimos, tres dormitorios, uno de ellos reconvertido en vestidor, y un pequeño despacho, además de un salón blanco y luminoso donde nunca había un elemento fuera de su sitio. Era una casa de revista de decoración donde no creo que nadie se hubiera sentado nunca en el sofá.

Crucé el salón y el sonido de mis tacones fue absorbido por la jugosa alfombra que cubría buena parte del suelo de parqué.

—¿Glitter? —llamé—. ¿Dónde estás? ¿Sansón?

Tampoco respondió a su nombre imaginario, así que me aventuré hacia el dormitorio, a través del que se accedía al vestidor.

Escuché algo y me paré, conteniendo la respiración. Era una especie de quejido suave, un jadeo imperceptible y algo lamentoso. Salí disparada cuando se me ocurrió pensar que el perro podía estar malherido. ¿Y si se le habían caído encima cajas de zapatos mal apiladas? Unos botines de Pipa podían pesar como un chiquillo de siete años. ¿Y si se había tragado algo y se estaba ahogando? ¡Por Dios, que no se me muriera! ¡Era lo único de Pipa que me daba unas migajas de felicidad!

Empujé la puerta del dormitorio y me lo encontré justo a mis pies. Sentadito, tan tranquilo, con la lengua fuera, y los ojos clavados en la escena que tenía delante y donde yo después tampoco pude dejar de mirar. Sentado en el borde de la cama Pelayo, el novio de Pipa, gemía con los ojos cerrados y la mano inmersa en los mechones de pelo de la persona que, arrodillada entre sus piernas, se la estaba comiendo. Juro que me quedé tan congelada que no pude ni parpadear. Eso que tenía delante… ¿era Pelayo siendo infiel a Pipa en su propio dormitorio? Ah, y un dato. Quien le comía la polla era un tío.

Me di la vuelta en el acto y eché a andar en la dirección contraria, hacia la salida. Pelayo solo se dio cuenta de mi presencia cuando percibió el movimiento y ya… no pudo hacer mucho.

—¡¡¡Eh!!! ¡¡Oye!! —gritó, porque seguramente no se acordaba ni de mi nombre, aunque habíamos coincidido muchas veces en el año que llevaba saliendo con Pipa.

—¡¡No he visto nada!! ¡¡No quiero problemas!! ¡¡No diré nada!! ¡¡Déjame salir de aquí!!

Y esa fue mi elaborada respuesta. Toda una declaración de principios de sinceridad.

Cuando llegué a la calle no sabía ni a qué había ido hasta allá ni adónde tenía pensado ir. Después de vagar por la calle con los ojos fuera de las órbitas me acordé. Sí. Hacerle la vida imposible a Leo.

Al cruzar los muros de entrada, el edificio me pareció impresionante. Céntrico, señorial, rodeado de verde…, era un buen sitio para estudiar… y para trabajar. En el tiempo que había pasado en Madrid nunca me había fijado en él y, ahora que lo veía, era tan majestuoso que a punto estuvo de que se me olvidara la estampa de porno gay en el dormitorio de Pipa. Pero no, no se me olvidó del todo.

Me mezclé entre los grupos de estudiantes que andaban arriba y abajo y me deslicé por los pasillos, preguntando aquí y allá, como una más, hasta dar con su aula. Y allí me quedé, mirando la puerta mientras los alumnos entraban. Cuando tracé aquel plan, me pareció buenísima idea ir hasta allí con el único fin de molestarle, pero ahora que acababa de llegar, no estaba segura. No sabía si lo que había visto en casa de mi jefa tendría algo que ver en mi desconcentración, pero… en realidad no tenía ningún plan. La idea era ir hasta allí, colarme en su clase y hacer preguntas molestas durante toda la hora hasta que sufriera algún tipo de brote psicótico y lo tuvieran que internar en una clínica mental con muy poco glamour. Pero… ¿me iba a atrever yo a levantar la mano y darle por culo? ¿A quién quería engañar? A mí lo que se me daba bien era ver los toros desde la barrera.

En esas estaba cuando escuché lo más parecido a un resoplido animal que una boca humana podrá emitir jamás. Y lo escuché junto a mi oído, como si tuviera a un rinoceronte a punto de embestirme y empalarme detrás de mí. Me volví y los ojos de Leo me atravesaron.

—¿Se puede saber qué coño haces aquí?

Una alumna que se disponía a entrar en ese preciso momento se dejó los ojos allí, completamente alucinada.

—¡Oh! Qué agradable sorpresa —conseguí sonreír con chulería y retintín. A lo mejor no tenía ni que entrar en clase. Igual con dos minutos allí, en el pasillo, conseguía joderle el feng shui de todo el día.

—No me jodas, Macarena —gruñó—. ¿Precisamente hoy?

—¿Cómo es lo que me dijiste el otro día? Eso es lo que te gustaría a ti, que te jodiese.

Se acercó con una sonrisa falsa dibujada en los labios y se quedó a escasos milímetros de mi piel para susurrar:

—Vete a la mierda.

Tragué saliva mientras él se enderezaba. Empezaba a sentirme bastante estúpida.

—¿Crees que he venido a verte o qué? —improvisé—. He venido a pedir información sobre…, ehm…, un posgrado.

Leo arqueó la comisura derecha de su labio con seguridad. Dios. Qué lamentable.

—¿Ah, sí?

—Sí.

—¿Cuál?

—Eso me gustaría a mí saber —carraspeé y desvié la mirada hacia los pasillos—. No es que sea asunto tuyo, pero no estoy muy feliz con mi trabajo. No me vendría mal ampliar formación.

—Ya…, secretaría está en el piso de abajo, al fondo y a la derecha. Que vaya bien la búsqueda aunque… —arrugó la nariz—, no puedo decir que me alegre la visita.

Se dirigió hacia su clase y yo di dos pasos detrás de él. Se volvió y me miró con extrañeza.

—¿¡Qué quieres?! —se quejó.

—Nada. Es que ahora que te he visto…, me ha apetecido ir de oyente a tu clase.

—Como no te vayas ahora mismo, llamo a seguridad. O a la policía. Y le digo a todo el mundo que mi pobre exnovia ha perdido la cabeza, está obsesionada conmigo y no deja de acosarme.

—Claro. Muy buena publicidad para el profesor serio que quieres ser. El revuelo irá que ni pintado con tu perfil de Instagram… ¿cómo era «sexpeareteacher»?

—Macarena…, a veces sueño con que te quedas muda.

—Y yo con que se te cae el pene y no hay manera médica de volver a unirlo a tu cuerpo.

Dio otro paso. Yo también.

—Te lo repito, no entres.

—¿Dónde prefieres que me siente, en la primera o en la última fila?

—En la última del vagón de metro de vuelta a tu madriguera.

—Qué tímido eres. Me sentaré en la primera. No quiero perderme nada.

Todos los alumnos nos miraban cuando entramos. No voy a negarlo: me sentí cohibida. Me sentía como una gallina entrando en un corral lleno de zorros. Leo también parecía visiblemente incómodo. Me senté, como prometí, en la primera fila, en el primer asiento junto a la puerta.

—¿En serio, Macarena? ¿No piensas irte? —susurró inclinándose en mi pupitre.

—No. Voy a ver si aprendo algo de literatura. Ya es hora de que me enseñes algo que valga la pena.

Un escalofrío de placer maligno me recorrió la espalda al verlo tan agobiado, andando hacia su mesa.

—Esta te la devuelvo —masculló antes de dirigirse a la clase—. Buenas tardes. Por favor, ¿puede alguien abrir las ventanas? Gracias. Ehm…

Se apoyó frente a la mesa y se pasó la mano por la boca y el mentón, evitando mirarme.

—¿Quién es esta? —escuché en un murmullo.

—Estaba discutiendo con él en la puerta.

—Será su hermana.

—O su novia.

—¿Su novia? ¿Has visto la diferencia de tamaños? No creo que sea físicamente posible que dos personas así se apareen entre ellas.

Me dieron ganas de girarme y explicar muy gráficamente todas las formas que Leo y yo habíamos encontrado placenteras para aparearnos en el pasado. Respiré hondo. Me estaba perdiendo la introducción del tema de la clase.

—… por lo que seguimos en un repaso de los temas que empujan al ser humano y alimentan sus sueños, preocupaciones y que son objeto, además, de todas sus artes. Hemos hablado de la muerte —me miró de reojo, no sé si porque no pudo evitarlo, porque quería vigilarme o lanzarme una maldición gitana—, de la solidaridad y preocupación social, de los recovecos de la mente, de la familia…, ¿qué nos falta?

Cruzó los brazos sobre el pecho y repasó la clase en silencio para terminar con un rápido barrido en mi dirección.

—¿Nadie dice nada?

Miré alrededor. Todos intentaban desaparecer. Levanté la mano.

—Alguien a quien vaya a examinar, por favor —respondió a mi gesto sin mirarme—. A ver, por allí, por la última fila.

—Eh…, ¿el amor? —dijo una vocecita.

—Exacto. El amor y el sexo. La pasión. El pecado. La tradición. La perpetuación del apellido. El ideal romántico del alma gemela. La búsqueda de algo que, permitidme avisaros…, no existe.

La risa se me escapó de los labios y él me lanzó una mirada. Por eso había dicho «¿Precisamente hoy?». Había ido el día que menos le apetecía que yo pudiera escuchar su discurso.

—Como viene siendo costumbre, esto no es un repaso cronológico de la historia de la literatura. Aquí hemos venido a desgranar sus temas y analizar los vínculos que los unen a cada corriente cinematográfica y cómo inciden en el desarrollo de su lenguaje y la evolución de las formas de discurso.

Había que admitir que el tío hablaba bien. Asentí para mí misma. Sonaba…, sonaba serio, adulto, fiable y profesional. Nada que ver con el exnovio cabrón que me decía «no sé» si le preguntaba sobre cómo se imaginaba su vida a los treinta. Apoyé la barbilla en el puño y seguí escuchándole hablar sin poder evitar repasarlo con la mirada: aquellos vaqueritos oscuritos, la camisa vaquera…, ay, el tobillito al aire. Los zapatos bonitos, no demasiado clásicos, pero elegantes, en color marrón, como el cinturón. Subí por su cuello. ¿Se estaba dejando el pelo un poco más largo? Uhm…, estaba guapo. ¿Le habría dicho a Raquel cuánto le gustaba que le tiraran de los mechones cuando follaba? ¿Se lo habría susurrado al oído de alguna de las tías con las que se acostó después de mí?

—Decía Oscar Wilde, «los libros que el mundo considera inmorales son los que le muestran su propia vergüenza». Literatura y pecado, tentación, moral y sexo han ido de la mano. ¿Y qué hay del cine? ¿Se os ocurre algún ejemplo que pueda, de alguna manera, incluirse en este punto?

Levanté la mano, ya por molestar.

—Por favor, alguien que esté matriculado, insisto —repitió—. ¿Nadie?

—¿*Crepúsculo*? —dijo la vocecita tímida de una estudiante.

Creí que tendríamos que atender a Leo con un carro de paradas. Cogió aire, se sentó sobre la mesa y se apretó las sienes.

—Veamos…, *Crepúsculo* habla de un amor aparentemente imposible entre una humana y un vampiro que no quiere acostarse con ella antes del matrimonio por si aún puede salvar moralmente un pedazo de su alma…, ¿correcto?

—La has visto, ¿eh? —bromeó un alumno.

—Fue una cita muy interesante. —Le guiñó un ojo.

La clase estalló en carcajadas y él sonrió.

—Está bien. *Crepúsculo*. Lo damos por buena. Y diré más…, ya que estamos hablando de esto, dejadme deciros que nadie tiene derecho a haceros sentir mal por los títulos de los libros que leéis. Si te gusta *Crepúsculo*, reina —sonrió a su alumna, que estaba a punto de alcanzar el Nirvana—, dilo. Lee. Lee lo que te apetezca, déjate seducir por títulos diferentes, ve probando. Y no dejes que nadie te convenza de que hay géneros menores. —Me dieron ganas de levantarme y aplaudir, pero no. Estaba allí para molestarle, así que levanté la mano otra vez. Leo me ignoró—. ¿Algún ejemplo más? Algún título que hable del amor, del pecado, de la tentación, de la carga moral del sexo…, y que se haya adaptado al cine.

El cri cri de un grillo imaginario llenó el aula. Nada.

—Venga. Esperaba un poco más de participación hablando de amor y sexo. No es posible que estuvierais más activos el día que hablamos de la enfermedad mental en la literatura y el cine.

«Enfermedad mental la tuya, chato, que eres un psicópata», pensé. Una vocecita añadió: «Y la mía, que me ha hecho colarme en tu clase para martirizar tu alma inmortal».

—*Rojo y negro*, de Stendhal —dije en voz alta.

Leo se cogió el puente de la nariz.

—Llevada al cine por…

—Claude Autant-Lara. —¿Cómo me acordé? Ni idea. Me vino Dios a ver.

Leo me la puso cuando yo tenía diecisiete años; no era lo que yo esperaba de aquella noche, la verdad. Lo único que me apetecía si mis padres no estaban en casa y mi novio me ofrecía «ver una película» era que nos magreáramos, no ver un clásico basado en una obra de Stendhal.

—¿La has visto? —me pinchó.

—Sí. Un verdadero coñazo.

La clase al completo contuvo una carcajada.

—Echar margaritas a los cerdos —contestó concisamente en un murmullo que no creo que alcanzara a los oídos sentados en la segunda fila.

—Ya…, la verdad, es que el tío que me obligó a verla era un puerco.

Otra carcajada. Madre mía. Me estaba viniendo arriba.

—¿Algún otro ejemplo? —preguntó Leo a la clase, tratando de ignorarme.

—*Lolita*, de Vladimir Nabokov. Llevada al cine por Kubrick —respondí.

Puso los ojos en blanco.

—Qué bien, has venido habladora. Y, dime…, ¿también te pareció un coñazo?

—No, esta no. Pero me la hizo ver el mismo cerdo, así que no guardo buenos recuerdos.

—Sobre su gusto por las mujeres no puedo hablar, pero al menos debo decir que ese chico tenía un gusto impecable con el cine.

—Oh, sí, era un erudito —respondí con sorna.

—¿Podemos hablar fuera un segundo? —consultó levantando las cejas en una súplica que me supo a gloria.

—No querría interrumpir tu clase. Por favor, sigue.

Arqueó las cejas en un gesto que leí como una plegaria. Me estaba pasando y lo sabía, pero... poco se habla de lo mucho que engancha hacerle el mal a tu ex.

—Ya me callo.

—¿Te vas a callar de verdad? —me preguntó muy serio.

—Estás pidiendo participación y yo estoy participando.

—A ti te estoy pidiendo silencio. ¿Vas a callarte?

—No puedo prometer nada. —Me encogí de hombros.

Dio dos pasos hacia mí, mordiéndose los labios.

—Sal. —Levantó las cejas tanto que casi se le fundieron con el pelo. Después señaló con la cabeza la puerta—. Ya.

—Solo estoy... —intenté defenderme.

—¡¡Ya!!

El grito nos dejó a todos con la boca abierta. Asentí con cara de indignación y recogí mi bolso y la chaqueta vaquera que había cogido por la mañana de casa y con la que tenía que cargar ahora que volvía a hacer calor.

—Qué falta de tacto y de educ... —me fui diciendo.

Leo abrió la puerta, yo salí y él lo hizo conmigo. Allí, en el pasillo desierto, Leo me miró como si le estuviera costando un mundo verbalizar todo lo que pensaba sobre mí en aquel momento.

—Eres lo puto peor —gruñó—. Te lo digo de verdad. Eres lo puto peor que me ha pasado en toda mi jodida vida. ¿Ahora te presentas en mi curro? ¿Tú te has chalado? —Se frotó la cara—. Estas cosas se hacen en privado, Macarena, no en el puto puesto de trabajo.

—¿Qué cosas?

—Lo que has venido a hacer. Esta provocación infantil. La puta venganza, Macarena. La puta venganza. ¿Quieres vengarte? Con dos cojones. —Metió la mano en el bolsillo de su pantalón vaquero y sacó un manojo de llaves—. Sube a mi despacho. Ahora iré.

Cerró la puerta de la clase en mi cara y le escuché disculparse.

—Vais a tener que perdonar esta interrupción. Os pido disculpas. Los estudiantes de doctorado a veces están sometidos a mucha presión y está visto que esta chica no sabe cómo llevarla. Sigamos… —Dio una palmada y su voz fue alejándose.

Miré las llaves. Miré la puerta cerrada. Me acordé del novio de Pipa dale que te pego al cucurucho. Saqué el móvil. Imaginé las respuestas de las chicas. Volví a meterlo en el bolso y… subí en busca del despacho del doctor Leo Sáez.

Estaba al final del pasillo. Me costó unos diez minutos largos encontrarlo. Después, me acerqué a una máquina de bebida que había visto por el camino y me compré una botella de agua; tenía la garganta seca. La placa en la puerta del despacho solo tenía su nombre, con lo que al menos tenía la seguridad de que Leo no compartía despacho y al entrar no iba a tener que dar explicaciones.

Era un espacio bastante reducido y cargado de libros. Había libros por todas partes. Estaba segura de que en su casa también. Me molestó darme cuenta de que me ponía enferma no saber cómo era su piso en Madrid, y también que Raquel hubiera pasado tiempo allí. Con él.

Me dejé caer con desgana en una silla que había frente a la mesa del profesor y estudié la habitación. Aparte de los libros, no había mucho más digno de mención. Los muebles eran funcionales y me jugaba una mano a que eran iguales en todos los despachos. No tenía ni un marco con una fotografía personal…, quizá por celo de su vida privada o quizá porque la verdad sobre Leo es que su trabajo era lo que más le apasionaba en el mundo. Me lo imaginaba besando una foto enmarcada de Proust todas las mañanas.

Dios. Me llevé las manos a la cabeza. Pero ¿qué me estaba pasando? ¿Por qué mierdas me metía yo en movidas que me venían grandes? No estaba hecha para hacer el mal. Cuando bajara al infierno, encima, Satanás se reiría de mí. ¿Con qué propósito estaba allí? Bueno, sí, molestarle. Reto conseguido. Pero... ¿para qué? Pensé que encontraría algún tipo de placer al hacerlo y ahora solo estaba avergonzada por el numerito en clase y agobiada porque había visto como un tío le comía el pirulo al novio de mi jefa.

La puerta se abrió cuando aún no había ni bajado las manos de vuelta a mi regazo. Sumémosle a la vergüenza y el agobio, la desazón de ver a Leo completamente desencajado. Desde donde estaba sentada podía ver cómo le palpitaba la vena del cuello.

—Nunca. En la vida. Vuelvas. A hacer. Esto —y lo dijo respirando agitadamente en cada pausa.

¿Arrepentirme y pedir perdón o crecerme y justificar aquel acto terrorista a pequeña escala?

—Entraste en el cuarto de baño y me violaste la jodida boca con mi chico sentado fuera y tu novia sirviendo vino —escupí con rabia.

—¿Te violé la boca? —Dio la vuelta a la mesa y se dejó caer en la silla—. ¿Te violé la boca? ¡¡¡Anda ya!!! Pero ¿a quién quieres engañar!? ¡Me recibiste con la boca abierta como un jodido mero!

—¡Eso es mentira! —me mentí a mí misma.

—Pero ¡¡si gemiste como una gata cuando te metí la lengua!!

—No controlo las reacciones naturales de mi cuerpo y no me avergüenza ser una mujer sexual y...

—¡No me vengas con estos discursos, Macarena! ¡No estoy intentando que te avergüences de tu ser sexual! Te estoy diciendo que eres una niñata insoportable que ya no sabe qué hacer para llamar mi atención. Pero hay límites, ¿sabes?

—¿Para llamar tu atención? ¡¡Mi vida era una balsa de aceite hasta que tuviste el tino de cruzarte, saco de mierda!!

—¿Saco de mierda? —Me miró sorprendido—. No voy a seguir con esto. Paso de la rueda de insultos y todas estas cosas que te gustan tanto. Has terminado por engancharte al drama. Pero déjame decirte una cosa antes de que te pires y no vuelva a verte jamás: ¿tu vida era una balsa de aceite? JA. ¿Con el tío que follaba por Tinder y cuando se aburría te daba un toque? Una balsa de mierda, eso es lo que era.

Cogí un bote de clips de la mesa y se lo tiré encima. Ni parpadeó.

—Muy bien. Muy maduro.

—¡¡Te vuelvo a repetir que no tienes ni idea de lo que quiero ahora!! ¿Y si yo estaba a gusto con Coque tal y como estábamos?

—¿Es que ya no estáis? —añadió repipi.

—A ti tres cojones te importa.

—Dos —me dijo despacio—. Tengo dos.

—Lo sé de sobra.

—Claro. Se me olvidaba la cantidad de veces que has estado arrodillada entre mis piernas.

Parpadeé. Me acordé del novio de Pipa. Después de la polla de Leo dura en mi boca.

—Deja de sexualizar esta conversación —exigí con un hilo de voz.

—No. —Se humedeció los labios y se acomodó en la silla—. No voy a hacerlo. ¿Sabes por qué? Porque creo que ese es el problema.

—Ese no es el problema.

—El sexo nunca ha sido el problema..., pero quizá eso suponga un conflicto para ti ahora.

—No tengo ni la más remota idea de lo que estás insinuando.

—Discutir te pone cachonda —afirmó—. Te conozco. Ahora mismo sé, sin temor a equivocarme, que estás mojada. Y frustrada.

—Y tú empalmado.

Asintió.

—Desde que te he visto sentada en el puto pupitre. Quiero callarte a pollazos.

Hostias. Eso no me lo esperaba.

—Quiero meterte los dedos tan hondo que no sepas ni donde estás y susurrarte al oído todas esas cosas que quieres oír pero nadie te ha dicho en tres años.

La madre que me pa…

—Pero ¿qué coño dices? ¡Cállate!

—No me da la gana. —Apoyó los codos en el respaldo de su silla y se quedó mirándome fijamente—. Vienes a mi puesto de trabajo a dar por saco y… ¿no puedo decir lo que me apetezca?

—¡Claro que no!

—Pues vete. No te ofenderá tanto cuando sigues aquí sentada.

Moví las piernas incómoda. Estaba empapada. Puto Leo de los cojones. Lo mataría de una mamada. Cogí el bolso, lo coloqué en el regazo y le aguanté la mirada.

—Me voy.

—Venga, vete. O… puedes quedarte.

—Sí. Sentadita en tu regazo.

—No estaría mal.

Me levanté. Quería matarlo. Y darle mi ropa interior. Qué putada.

Fui hacia la puerta decidida, pero Leo habló:

—Mira, Maca. Somos dos personas adultas. Admitamos lo que nos apetece y ya está. —Y de pronto sonó burlón, despreocupado y con ese punto de chulería que…, lo admito (oh, vergüenza, ven a mí), me ponía un poquitín.

—A mí no me apetece nada.

—¿No? —Arqueó las cejas—. ¿No te apetece quitarte las bragas, subirte a la mesa con las piernas abiertas y que te folle fuerte mientras te tiro del pelo?

—¿Fantasías sexuales pendientes que no has podido satisfacer con tus alumnas? No, gracias.

—¿Qué alumnas, Maca? Sabes de sobra que esto solo me lo haces tú.

Una de mis rodillas manifestó una clara intención de ir en su dirección. El resto del cuerpo se mantuvo firme. Aproveché esa firmeza para volverme del todo, coger el pomo de la puerta y salir.

El pasillo estaba a una temperatura ostensiblemente más baja. Quizá fuimos nosotros los que subimos la del despacho. Como aquella vez que acampamos y mi hermano me robó la manta. Leo y yo nos dedicamos a buscar calor de otra manera. Grité tanto que Antonio, mi hermano, estuvo dos días sin dirigirnos la palabra.

A sus alumnas podría parecerles que mi cuerpo no tenía un tamaño adecuado para él, pero Leo lo desmintió cada vez que me puso una mano encima. Como aquella primera vez que me tocó las tetas, con un gruñido de deseo, en el rellano de mi casa. Sus manos encajaron perfectamente sobre mis pequeños pechos. Jimena me dijo el día siguiente que era una fresca por haberme dejado tocar. Lo que no le conté fue que «no me dejé tocar»…, fui yo la que le pedí que lo hiciera. Dios. Su polla. La primera vez que hizo que me corriera pensé que me estaba volviendo loca. Aquello no me parecía normal. Y no lo era. Tardé años y tres noches casquivanas en darme cuenta de que lo que me pasaba con Leo… solo me pasaba con Leo.

Apreté los muslos. ¿Por qué no me iba? ¿Qué hacía allí plantada? ¿Qué estaría pensando él? ¿Estaría acordándose de algo? ¿Cuál sería ese recuerdo recurrente que lo hacía endurecer? Para mí era el movimiento de sus caderas al terminar y lo espesa que se volvía su voz susurrando guarradas en mi oído.

Ay…, miré el pasillo. Moví inquieta las piernas, chocando una con la otra. Miré atrás. La puerta cerrada. Profesor Leo Sáez. Doctor en literatura. ¡Joder!

Entré de golpe, dejé el bolso en la silla en la que había estado sentada y me acerqué a él, que me sonrió con sinceridad.

—Un poquito de honestidad no viene mal de vez en cuando, ¿eh, canija?

—Para que conste: sigo odiándote a muerte. Pero tienes que resarcirme por lo del viernes. Me lo merezco y lo vas a hacer.

Me senté en sus rodillas, de manera que mis piernas colgasen entre las suyas que estaban abiertas. Su boca se acercó a mí, pero me aparté.

—Sin besos —pedí.

—Vale, Pretty Woman.

—En el cuello, sí. En la boca, no.

Su boca abierta me mordió el cuello, irguiendo mis pezones.

—Putos yonquis. —Suspiré—. Somos unos yonquis. Qué pena damos.

—Calla, que te voy a quitar la pena.

Me desabrochó los pantalones y metió la mano dentro de la ropa interior. Yo hice lo mismo. Un suspiro de alivio llenó el despacho cuando me acarició como lo haría con un instrumento al que quisiera arrancarle unas notas.

—La puerta no tiene pestillo.

—Aquí no viene nunca nadie. —Se quitó de encima el problema.

—Vamos a darnos prisa, no vaya a ser que tu club de fans quiera echarte unas fotitos en el despacho.

Amasó mis tetas con la mano libre y lamió mi cuello, donde noté que sonreía canalla.

—¿Te hace gracia?

—No puedo evitarlo. Hasta en odiarte hay fuerzas que se equilibran. Levántate y bájate el pantalón.

—¿Tienes condones?

—No. —Negó con la cabeza—. ¿Por qué voy a tener condones en el despacho? Además, tú sigues tomándote la píldora.

—¿Y tú qué sabrás?

—Lo sé. —Su lengua me recorrió la oreja y me estremecí.

—O follo con condón o no follo —me reafirmé.

—No me extraña. Tu novio tiene pinta de estar a punto de perderla por gonorrea.

—Eres gilipollas. —Le tiré del pelo y mordí su cuello—. ¿Y en la cartera? ¿No llevas un condón en la cartera?

Se tensó.

—No. No llevo.

—Déjame ver.

—No llevo, Maca.

—Pues olvídate de follar. A saber dónde has metido el pito estos tres años.

—Lo mismo digo a la inversa.

Noté dos dedos tratando de moverse dentro del reducido espacio que dejaba mi pantalón vaquero y me acomodé para facilitarle el trabajo. Le agarré la polla antes de que pudiera metérmelos y cuando lo hizo, se la apreté.

—Te dije que solo necesito dos sacudidas —susurré con la nariz pegada a su mandíbula.

—Y yo ni siquiera tengo que mover los dedos.

Los recolocó y mi cuerpo palpitó a su alrededor con placer, volviéndome los ojos del revés. Qué llena estaba, qué a punto ya… Leo, que sabía lo que me hacía sentir y conocía bien mi cuerpo, se acercó a mi oreja y apoyó los labios sobre esta.

—Imagínate que son mi polla, Maca. Imagínate que voy a correrme dentro de ti. Te encantaba…, te encantaba sentir cómo te llenaba y que luego resbalara por tus muslos.

—No vale… —gemí.

—¿Los quieres más adentro?

—Muévelos.

—No, canija. No voy a moverlos. Vas a hacerlo tú. Mónta-me. Fóllame la mano.

Lo hice con timidez. Un bamboleo rápido. Joder. Qué gus-to. Repetí, el placer se desperdigó por mi cuerpo y volví a hacer-lo. Moví mi cadera hacia delante y hacia atrás todo lo que pude. Después moví la mano rápido sobre su polla dura, acariciando la punta con el pulgar de paso.

—Joder… —se quejó, alargando la erre final.

—¿Te vas?

—Tú primero.

Me moví en su regazo y moví la mano de manera acompa-sada. Leo gimió quejumbroso y yo también lo hice. Maldijimos.

—Estás a punto —susurró—. Lo noto. Estás a punto. Y vas a correrte en silencio, mordiéndome como siempre que no puedes gritar.

Solo tuvo que arquearlos una vez. Solo una vez. Y el suelo de la habitación desapareció, exploté por completo sin dejar de mí más que un rastro de voz y tuve que morderle el cuello para aca-llar el grito de alivio que nació en mi garganta. Sacudí la mano. Una, dos, tres veces. Leo se tensó, gruñó y pronto un líquido es-peso y caliente manchó mi palma. Me moví despacio. Él sacó los dedos. Jadeamos.

Momento de paz.

—Dios… —Suspiró con los ojos cerrados—. Estás loca.

—Y tú eres un jodido impresentable.

—Estás completamente chalada. —Echó la cabeza ha-cia atrás—. Pero dime que esto es una tregua.

Asentí.

—Bandera blanca. —Me levanté y me miré la mano, lle-na de semen.

—¿Quieres un kleenex o te lo llevas de recuerdo?

Jodido idiota de los cojones, no conseguía ser civilizado ni dos putos minutos.

—¿Sabes qué? Que la tregua empieza cuando cierre la puerta. Hasta ese momento, he venido a joderte el día.

Apoyé la mano en su camisa y me limpié sobre la tela impoluta. Leo se echó hacia atrás demasiado tarde.

—¡¡Serás hija de puta, cabrona!! ¡¡Tengo dos clases más esta tarde!!

—Tendrás que limpiártelo rápido, cielo. Las manchas de semen salen muy mal. Que se lo digan a Mónica Lewinsky.

Cuando cerré la puerta, la voz de Leo seguía llegando a mis oídos, pero a mí me daba igual. Seguía teniendo muchos problemas, incluso más de los que tenía cuando salí de casa por la mañana. No me gustaba mi trabajo, odiaba a mi jefa, mi ex cabrón vivía en la ciudad y habíamos iniciado una especie de guerra que no tenía pinta de estar a punto de acogerse a una tregua, había visto al novio de Pipa manteniendo sexo oral con otro tío y todo era un jodido desastre. Pero…, joder, qué gusto me daba todo con Leo. Hasta lo malo.

38. «Cuando brille el sol», La Guardia

Amantes eventuales de camino a enamorarse

A Jimena el orgullo le había impedido llamar a Samuel a pesar de la charla que habíamos tenido. Se dijo a sí misma que aquel encoñamiento místico podría pasársele un poco si se obligaba a pensar en otras cosas, como en el trabajo. Y con los preparativos para la Feria del Libro de Madrid, le fue fácil tener con qué mantenerse ocupada. Su editorial era pequeña, pero tendría una caseta en El Retiro, en la que le tocaría ponerse en el papel de librera durante unos fines de semana, y había mucho que organizar: un par de firmas de los autores punteros, cálculos junto a los comerciales sobre la cantidad de ejemplares que les haría falta movilizar, remanentes…

Ocupada estuvo, pero técnicamente no sirvió de nada porque, a pesar de adelantar mucho trabajo, Samuel estuvo paseándose por su cabeza a menudo, como Pedro por su casa, como si su pensamiento fuera territorio conquistado y una extensión del pedazo de mundo que era de su propiedad.

El miércoles, sin embargo, aunque ella seguía en sus trece, recibió un mensaje que hizo inclinarse la balanza hacia lo que le apetecía…

¿No vas a llamarme?

Samuel no añadía nada más, pero no hacía falta. Cuatro palabras bastaban para que todo lo que Jimena quería e imaginaba montara una rebelión, tomara el control de sus dedos y contestase.

También puedes llamarme tú.

Samuel tardó cincuenta minutos exactos en contestar…, más o menos lo que duraba una de sus sesiones de trabajo.

No. Tienes que llamarme tú.
Es un acto simbólico de perdón por ser un gilipollas.

Y la sonrisa que a Jimena se le dibujó hizo el resto.

Le llamó en la pausa de la comida. Fue una llamada corta y pragmática. «¿Qué tal?». «Bien, lo de siempre». «¿Te apetece quedar?». «Claro; dime dónde y cuándo y allí estaré». «¿Tendrás tiempo de cenar o voy quitándome las bragas?». «Creo que podré mantener la bragueta cerrada el tiempo suficiente como para poder cenar tranquilos». «Pues en mi casa, ¿esta noche, a las diez?». «Genial; llevo ¿vino?».

Le dio tiempo a adecentar la casa antes de que llegase. Y también a pedir sushi a domicilio, darse una ducha, probarse cinco modelitos, obligarse a colgarlo todo en sus perchas de nuevo y decantarse por el primero de todos: vaqueros negros pitillo y camiseta del mismo color. Descalza. Si quería echarle un polvo e irse, al menos tendría que luchar contra los jeans más ceñidos que tenía, con los que ella misma se peleaba cada vez que quería bajarlos.

Fue puntual. Jimena le abrió la puerta y se marchó al interior de su apartamento para encender un par de velas, no por romanticismo, sino porque le gustaba la oscuridad, pero necesitaba un par de focos de luz tenue para poder moverse con comodidad.

—¿Hola? —saludó él antes de cerrar la puerta.

Ella se asomó con expresión cauta. No se le olvidaba que la última vez que se habían visto, él fue un capullo.

—¿Qué tal?

—Bien. Cansado. ¿Y tú?

—Bien. Lo mismo.

—Vale. Pues vamos a ser breves.

Samuel dejó una botella de vino en la repisa del pequeño espacio que hacía de recibidor y se echó mano al cinturón. Jimena no pudo ni reaccionar porque una bocanada de odio hacia el género masculino le calcinó los pensamientos, pero antes de que lo empujara hacia la salida de nuevo, él levantó las manos en señal de paz con una sonrisa.

—Es broma.

—¿Sí? Me ha costado darme cuenta. Como no tenía ni pizca de gracia…

Samuel sonrió, cogió la botella de nuevo y se la tendió.

—Una ofrenda de paz. No sabía qué íbamos a cenar, pero no entiendo de vinos blancos, así que traje un tinto.

—¿De tintos sí que entiendes?

—Un poco. Este es suave y afrutado. Un buen vino pero sin pretensiones. Del valle del Loira. Creo que te gustará.

—He pedido sushi para cenar.

—Pues vamos a abrirlo antes de que llegue la cena porque se da de bofetadas con el pescado crudo.

Jimena apartó la cortina de la cocina y cogió un par de vasos chatos que Samuel recibió con una mueca.

—¿Qué?

—¿No tienes copas?

—No te tenía por un purista.

—Por un decantador ni pregunto, ¿no?

—¿Un qué?

—Es una especie de jarra para que el vino respire antes de…, da igual. —Le cogió los dos vasos.

—No. Espera. Creo que en el altillo tengo un par de copas.

—Deja. Yo te las alcanzo.

No tuvo ni que ponerse de puntillas. Agarró las copas por la base, les dio un agua, las secó y después se las tendió.

—Solo necesito un abridor y dejo de molestarte. Después el alcohol me hará mucho más agradable.

—¿No lleva rosca? —preguntó Jimena.

—¿Rosca? —contestó él horrorizado.

—Es broma.

Y sacó de un cajón un abridor con forma de forzudo. Puedes imaginar qué parte de su cuerpo servía como sacacorchos…

Se sentaron en el sofá que Jimena no había aspirado, pero que al menos había sacudido un poco. Ni rastro de risketos esta vez. Samuel abrió la botella, pero en lugar de servir inmediatamente, lo dejó respirar un poco.

—Siempre imaginé que serías de los que bebían cerveza directamente de la lata y después la aplastaban contra el pecho mientras eructaban.

Samuel arqueó las cejas.

—¿Conoces a muchos tíos así?

—No, la verdad. Pero es que no pareces de esos tíos que saben de vino y beben en copas de cristal bueno.

—¿Y qué parezco?

—Un rancio. —Jimena sonrió—. ¿Sirves o le cantamos algo al vino para que se sienta cómodo?

—Eres una tarada.

Pero Samuel sirvió.

La cena llegó cuando ya habían vaciado media botella. Jimena no entendía de vinos, pero sabía que memorizaría el nombre que aparecía en la etiqueta de aquella botella: Sancerre. Tenía un sabor suave, pero que permanecía en la boca con constancia. Afrutado…, al olerlo le recordó vagamente a los frutos rojos.

Mientras Jimena vaciaba las bolsas y organizaba las bandejas de sushi que acababan de llegar, Samuel despejó la mesa.

—Deberíamos terminar el vino antes de cenar —le dijo.

—Olvídate de que cene si me bebo una botella de vino —comentó ella distraída, mientras se recogía el pelo en un moño—. Entonces sería yo quien me lanzaría a tu pantalón como una loca y te echaría después para comerme todo el sushi y dormir como un lirón. Aunque… no suena mal…, trae ese vino.

Samuel apartó la botella, levantándola hasta donde ella no alcanzaba, y negó con la cabeza.

—¿No querías conversación? Pues tengámosla. Seamos personas, no amantes.

—¿Los amantes no hablan?

—No. —Sonrió—. Los amantes joden, comen, beben, se besan, fuman y vuelven a joder.

Joden. Con él encima y sus uñas hundidas en la espalda, las rodillas clavadas en sus costados y los dientes rechinando. Comen, con las manos, sin necesidad de cubiertos. Beben vino en copas buenas, hablando sobre la tierra en la que crecieron los viñedos que lo parieron, pero pensando en follar sobre ella. Se besan, con lengua, ávidos, mordiendo, gimiendo, tirando del pelo, sin importar si los dientes terminan por abrir heridas en los labios y el vino se mezcla con sangre al tragar. Fuman un cigarrillo a medias, probablemente liado a mano y hecho con un tabaco húmedo y aromático que huele a dulce y crea una nube de humo blanco. Y vuelven a joder…, hasta que no pueden más, hasta que tienen ganas de hacerse daño y se tiran del pelo con tal de alargar el clímax y que este no los precipite tan pronto a lo oscuro.

—Dejé de fumar hace dos años —fue lo único que acertó a decir Jimena después.

Cenaron con las manos. Jimena pasaba de palillos y de tenedores cuando comía sushi. Le gustaba mancharse las yemas de los dedos con salsa de soja y lamerlos después, coger un poco de jengibre y dejarlo sobre su lengua para limpiarla de sabores antes de probar otro trozo y notar la textura algo pegajosa del arroz. Samuel la imitó. Cenaron con las manos y con evidente prisa, porque por muy civilizados que fingieran ser, eran amantes…, ¿no?

Samuel le preguntó por su trabajo. Se sorprendió al comprender que él no sabía ni siquiera a qué se dedicaba. Había follado con él, había tenido su boca entre las piernas y… ni siquiera sabía dónde trabajaba. Pero la tranquilizó comprobar que, al menos, parecía interesado. Hablaron sobre su época de universitarios, sobre cómo se decidieron por sus profesiones, sobre qué les gustaba leer, sobre qué hacían en su tiempo libre… Una charla que tendrías con alguien a quien acabas de conocer, que te cae bien, pero con el que no intimas. Un retrato robot de sus vidas, eso hicieron. Ella quiso contarle más…, quiso incluso decirle que le recordaba a su gran amor y cómo lo perdió, pero Samuel, aunque mucho más amable que de costumbre y hasta juguetón, era una puerta blindada que Jimena sabía que no iba a poder abrir si él no le daba la llave. Y hay ciertos episodios de tu vida que, por más que frivolices para poder sobrellevarlos, marcan un antes y un después y abren una herida que no cicatriza del todo jamás.

Recogieron juntos, metiendo las pocas sobras en bolsas para tirar. No hay nada que repugne más a Jimena que el sushi endurecido por las horas en la nevera…, y él parecía estar de acuerdo.

Rescataron el vino entonces. Y las copas. Se volvieron a acomodar en el sofá, pero esta vez mucho más cerca. Las intenciones eran tan claras que a Jimena le avergonzaba imaginarse dando el primer paso. Aunque sabía que fue ella la que se abalanzó sobre él en el primer beso. Podía tomar la delantera ante la incertidumbre, pero cuando las cosas estaban tan claras, cuando era tan evidente que lo que seguiría sería sexo, desnudez y orgasmo, se quedaba muy cortada.

—Cuéntame…, ¿quién te enseñó todo lo que sabes sobre vino? —quiso romper el hielo ella, mientras mareaba el contenido de la copa.

Pero Samuel le quitó la copa de la mano, la dejó en la mesa y la acercó. Era evidente que para él la situación era mucho menos violenta.

—La misma persona que me enseñó a joder.

Coño. Jimena…, reponte. Reponte ya.

—¿Y qué hubiera pensado de lo que pasó el otro día en este sofá?

—Lo hubiera calificado de mediocre, sin duda. —Sonrió él mientras la colocaba a horcajadas sobre él—. Pero hoy voy a hacerlo mejor.

—¿Cómo?

—Lento. Hasta que creas que te estás volviendo loca.

—Te gusta ir al grano, ¿no?

—¿Para qué darle vueltas? —Arqueó una ceja—. Desnúdate.

—Desnúdame tú.

—Ah. No. —Y la sonrisa que dibujó entonces rozó lo perverso—. Vas a hacerlo tú. Mientras te miro. Pero llévame a tu cama.

Samuel se descalzó antes de tumbarse sobre la cama de Jimena, que había cambiado las sábanas aquella misma tarde. Se tumbó y observó. Ella sintió que no tenía más salida que desnudarse de modo que, sin saber por qué, lo hizo lentamente, dejando que él repasase con los ojos cada detalle de su ropa interior negra de encaje y lazadas antes de que se la quitara y se mostrara sin pudor desnuda delante de él.

Samuel tardó en desnudarse. Primero la tendió en la cama y completamente vestido, repartió besos, mordiscos y lametazos aquí y allá, hasta que a Jimena le temblaron las piernas. Después, solo se quitó la camiseta verde oscura, se desabrochó el cinturón y el pantalón y se colocó un condón que llevaba en el bolsillo del mismo.

—Desnúdate —pidió Jimena.

—No. No te lo has ganado.

—¿Quieres que me lo gane?

—Claro. Después de que te folle con los pantalones puestos puedes ganártelo, princesa.

Jimena ya estaba empapada cuando él la penetró. El sonido de colisión se acompañó de un chapoteo suave, un gemido en la boca de ella y la respiración áspera de Samuel.

—¿Era lo que querías? —le preguntó amasando sus pequeños pechos con manos firmes y duras—. ¿Eh? ¿Era esto lo que querías cuando me ronroneabas como una gata?

—Sí.

Los músculos y tendones se tensaron bajo la piel cuando él bamboleó sus caderas con fuerza y lentitud, como si quisiera clavársele más hondo.

—Voy a follarte fuerte. Grita cuando no puedas más.

Jimena pensaba que, como en las películas, en la vida real un polvo fiero y iracundo no podía durar más de unos minutos. Cinco a lo sumo; gruñendo, mordiendo, agarrando, tirando y empujando hasta que el estallido entre las pieles doliera. Samuel le mostró que no estaba en lo cierto y que sabía cómo controlar el ritmo y la cadencia de movimientos para que se encontraran continuamente sobre la estrecha línea que separa el placer del orgasmo. Y dolía. Dolía mucho que tuviera sus manos agarradas y que no la dejase acariciarse para llegar; dolía lo duras que eran sus penetraciones, pero por alguna razón, Jimena no quería que parara. Y le fallaba la voz de tanto pedirle que no lo hiciera, de pedirle que hiciera más fuerza con sus dedos alrededor de sus muñecas y de desear que el cinturón siguiera golpeándola con el vaivén de las caderas de Samuel. La tela áspera y dura de sus vaqueros estaba irritando la piel suave de la cara interna de sus muslos, pero no podía enloquecerla más. ¿Qué más daba que ella «no se hubiera ganado» que él se desnudase del todo? No quería. Quería que siguiera montándola durante toda la noche de aquella manera, usándose el uno al otro, sin importar los detalles que se supone que convierten el sexo en amor.

Cuando se corrió, el alivio fue casi doloroso. Él soltó una de sus manos, mientras susurraba en su oído que quería que se tocara para él, que se corriera y le empapara la ropa. Y ella obedeció hasta que no quedó una gota de su excitación por compartir…, obedeció hasta que el orgasmo se esfumó y tocarse le dolía. Hasta que él paró, salió de ella, se quitó el condón y terminó sobre su pubis, en sus muslos, y salpicó su estómago de semen.

Cuando se tiró cansado sobre la cama, Jimena controlaba a duras penas su aliento para no seguir gimiendo y que los ojos no se le pusieran en blanco. Aquello era un polvo, sí, señor. Con diferencia, el mejor en años. Alcanzó unos pañuelos de papel de la mesita de noche, se limpió y volvió a echarlos usados de cualquier manera junto a la lamparita. Se giró hacia él con una sonrisa satisfecha que Samuel respondió con el mismo gesto.

—¿Me quitas el suspenso del otro día? —preguntó él con las cejas arqueadas.

—Tendrás que seguir insistiendo si quieres matrícula de honor. He hecho la media y ahora solo tienes un aprobado.

—Me parece justo.

Besó su hombro y se incorporó para alcanzar la camiseta, ponérsela y volver a tumbarse a su lado.

—¿Quieres más vino? —le ofreció ella.

—Gracias, pero me tengo que ir.

Jimena levantó las cejas sorprendida y él siguió hablando.

—No inmediatamente. No ahora mismo.

—Puedes quedarte a dormir —le ofreció—. Mañana tengo que madrugar. Te despertaré temprano.

Samuel acarició su estómago de arriba abajo con la mirada perdida en su piel.

—No voy a quedarme a dormir, Jimena.

—Pero…

—Yo… prefiero ser claro. No quiero que intimemos demasiado. Al menos… no tan rápido. Antes necesito saber qué coño me está pasando contigo porque si un día al despertar me doy cuenta de que ha sido algo pasajero para ti o para mí…, no habrá víctimas ni verdugo.

—¿Es porque alguien te hizo…?

—Eso da igual. —Desvió los ojos hasta su mirada—. Pero… no quiero hacerte daño. No tiene nada que ver con el compromiso. No es eso. No le tengo miedo. Es que… aún estoy encajando algunas piezas. Tú me gustas pero hay muchas cosas que no entiendo así que… no hablemos de futuro. A cambio, seremos sinceros y libres, no pediremos explicaciones, nos correremos, beberemos vino y…

—Yo no quiero ser una parada más en tu tour de camas.

Él sonrió.

—¿Tour de camas? A duras penas me apaño para plantearme esto contigo. Créeme…, no habrá nadie más. Y si te cansas…, tendré que irme. Por gilipollas. Pero por ahora… —las yemas de sus dedos viajaron hacia abajo, hacia la entrepierna húmeda de Jimena—, puedo darte más. ¿Quieres?

Cuando la penetró con dos dedos y la besó en la boca, Jimena supo que sí quería más. Y él también. Lo que le preocupaba no era su postura ni su discurso, era la seguridad de que derribaría todas aquellas barreras, que él terminaría por cederle gustoso las llaves con las que abrirle por completo y, entonces, lo que perseguía a Samuel terminaría por afectarle a ella. Y lo sabían los dos.

39. «Rehab», Amy Winehouse
Te mataría, no sé si a besos o a tortas

Qué miércoles pasé… No se lo deseo a nadie. ¡A nadie! Bueno, no. A Leo sí. A Leo eso y unos buenos retortijones.

Cuando me senté en mi mesa, deseé con fuerza que Pipa hubiera decidido pasar el cumpleaños de su madre junto a esta, pero no. A Pipa solo le importan los sentimientos de Pipa, así que vino a trabajar sin acordarse de que su santa progenitora cumplía años. Podía estar tranquila. Le llegaría un ramo con una nota de su parte antes del mediodía.

Al verla llegar no pude reprimir una cascada de recuerdos: su novio sentado con las piernas abiertas y un mozalbete sin camiseta chupa que te chupa entre ellas. Es algo que nadie quiere ver hacer al novio de su jefa. Si hubieran sido dos desconocidos lo más probable es que hubiera aplaudido o silbado. Se me da bien silbar con dos dedos. Me enseñaron mi padre y mi hermano.

Intenté sonreírle, pero me quedó raro, porque ella respondió con una mueca.

—¿Qué cara pones, Maca?

—Ninguna. Buenos días.

—¡Ah! Ya sé lo que pasa. ¿Decidiste hacerme caso y ponerte botox en las arruguitas de expresión? Lo de la parálisis parcial es normal. En dos meses sonreirás como una persona. Ahora… ensáyalo en el espejo. Pareces una hiena.

«Y tú vives con un tío al que le gustan los penes». Me mordí la lengua.

—¿Qué tal mi vestidor? ¿Cómo lo viste?

«Mal y a lo lejos. Me lo tapaba el amante de tu novio, chupando nabo». Me froté los ojos.

—He pensado un par de cosas que pueden ayudarte con la organización. —Cosas que llevaban pensadas mucho tiempo, claro, pero que guardaba para un momento como aquel—. Las perchas de madera son un problema; ocupan mucho espacio. Creo, además, que vas a tener que deshacerte de todo lo que no te pongas. Con la ropa de los cajones probaremos otro estilo de organización.

—Bien. Puedes aprovechar para reorganizarlo cuando Pelayo y yo estemos en París el mes que viene.

¿Tenía que nombrármelo en aquel preciso instante? Y lo peor… ¿por qué me estaba sintiendo tan mal por ella? Pero si era una zorra insoportable.

Cogí el móvil disimuladamente y lo metí en mi bolsillo.

—¿Quieres un café?

—El café envejece. Mejor un té verde.

Me puse de espaldas en la trastienda y mientras calentaba el agua y la cafetera, mandé un mensaje a mis chicas.

> Socorro. Sé una cosa sobre Pipa que no debería
> saber y que ella no tiene ni idea. Creo que moralmente
> debería decírselo. Vive engañada. Sé que es una
> persona horrible, pero… ¿no merece saber la verdad?

Me mordí las uñas a la espera de contestación. Jimena fue la primera en contestar.

> Mala idea. Los tiranos siempre la toman con
> el mensajero. Imagina que tu oficina es Corea

del Norte…, ¿quieres de verdad llevar malas
noticias a la Kim Jong-un española?

Miré hacia su mesa. Se estaba mirando en el reflejo del ordenador apagado. Tenía razón. El móvil volvió a sonar.

Quizá ese paso, ser sincera a pesar de las
consecuencias que esto pueda tener hacia tu propia
persona, le abra los ojos y se dé cuenta por fin de
que eres alguien en quien confiar de verdad.
Haz lo que te salga del corazón.

Por supuesto, esa había sido Adriana.

Ni caso. Pero… ¿qué es lo que sabes?
¿Es sustancioso? Cuéntamelo.
Te guardaré el secreto.

Lo del secreto, claro está, fue de Jimena.

Ni de coña.

Cerré el grupo y me metí el teléfono en el bolsillo. Cogí la taza de café para mí y el té para ella y lo llevé hasta nuestras mesas.

Pipa estudiaba el estado de las puntas de su pelo con el interés de un científico concentrado en un microscopio. Y yo la miraba imbuida en un trance malo malísimo en el que se mezclaban imágenes del secreto de Pelayo, lo moralmente reprochable de mi silencio y… algo sobre mi secretito también. Que no se nos olvide que la venganza absurda de la tarde anterior había sabido a gloria en su momento pero ahora, pasado el fragor de la batalla, me sentía de lo más estúpida.

La rubia levantó sus ojos hacia mí y yo me concentré rápido en la pantalla de mi ordenador, con mi conocida capacidad nula de disimulo.

—Oye. Tú… —me llamó. Como no me giré a la primera (como si hubiera mucha más gente en la oficina), insistió—: Macarena.

—¿Sí?

—¿Qué te pasa?

—¿A mí? —Me señalé el pecho—. Nada.

—Me estás mirando rarísimo.

—Nooo —negué exageradamente.

—Sí —asintió—. ¿Es mi maquillaje? ¿Te parece *too much*?

Miré confusa su tez impecable, la sombra color beige en sus párpados y el eyeliner perfecto sobre sus pestañas kilométricas. ¿En qué mundo paralelo el maquillaje discreto y elegante qué llevaba era *too much*?

—El maquillaje está genial. Estás muy guapa.

Pipa pestañeó y sonrió. Ah, vale. Quería que la agasajara con halagos. Lo normal. En realidad no sospechaba… ¿o sí?

Una sensación de nervios en el estómago me empujó a seguir hablando.

—Oye, Pipa…, ¿qué tal con Pelayo?

—¿Con Pelayo? Bien, como siempre. Si el hecho de que Pelayo sea un pelín aburrido tiene algo bueno, es que no hay sorpresas.

La madre que me parió.

—Y… ¿puedo preguntarte por… Eduardo?

—¿Eduardo? —La cara se le iluminó aún más que con los halagos—. Pues me escribió anoche y estuvimos hablando durante horas. Menos mal que vivimos en distintos países. Es de esos tíos…

—¿Qué tíos? —pregunté intrigada.

—De esos de los que cualquiera podría enamorarse sin hacer preguntas.

—¿Y eso es malo?

—Malísimo —aclaró severa—. Lo peor. Una mujer siempre debe hacerse preguntas.

Me sorprendió, no lo negaré. No esperaba algo así de Pipa, la mujer más preocupada por estar guapa sobre la faz de la tierra. Era una reflexión cuanto menos interesante.

—A veces uno cede al amor sin hacerse ninguna, ¿no? —contesté con un hilillo de voz.

—Sí, pero esa es la diferencia entre la emoción y la inteligencia emocional. —Pipa se apoyó en la mesa y me miró fijamente—. Un par de noches locas con un tío salvaje de otro país es… una mala idea. Enamorarse de alguien que te convierte en una persona imposible de controlar, el fin. Una siempre debe ser consciente y responsable de sus actos, Maca. Ni el amor es una excusa suficientemente sólida.

—El amor lo puede todo… —Vi cómo me miraba y me arrepentí de la ñoñería—. ¿No?

—No —negó—. El amor no paga, el amor no encumbra, el amor no…

—Pero… tú quieres a Pelayo, ¿no?

Pipa sonrió con condescendencia antes de erguirse de nuevo.

—Ay, Maca…, ¿sabes lo que pasa con las chicas que siguen creyendo en el amor? En el amor como un cuento de Disney, quiero decir, en el amor romántico y las mariposas en el estómago…, que se marchitan, porque antes o después la vida se encarga de demostrarles que la magia no existe.

El corazón empezó a bombearme en el pecho con fuerza, sin saber muy bien por qué aquellas palabras me estaban afectando tanto. Pipa no estaba hablando de mí. Ni siquiera sabía la mayor parte de pormenores de mi vida sentimental. Ni siquiera yo los sabía, narices. Estaba hablando con ella en aquellos términos para intentar decidir si quería o no decirle lo de Pelayo. ¿Qué sentido tenía coger sus palabras y aplicármelas? Ninguno. Ganas de preocuparme por nada. Tragué saliva y me obligué a hablar.

—Entonces, ¿tú no crees en el amor? ¿No estás…, ehm…, enamorada de Pelayo?

—No he dicho eso. —Pestañeó—. Es solo que… he aprendido lo que es el amor en realidad y la importancia que tiene en la vida. Pelayo puede ser un poco aburrido pero… es él. Es el definitivo.

El timbre me salvó del impulso de santiguarme. Me levanté y contesté a través del interfono.

—¿Sí?

—Interflora. Un envío para Macarena Bartual.

Abrí con una presión extraña en el pecho y me volví hacia Pipa. ¿Me habría equivocado y me habría mandado a mí misma las flores que quería enviar a la madre de mi jefa? Dios…, que no fuera eso. Que no fuera eso.

—¿Quién es?

—Ehm…, flores.

«Si te has enviado el ramo a ti misma, no pasa nada. Disimulas. Le dices que es de un ligue. Vas al ordenador andando despacito y pides otras para su madre. El crimen perfecto».

Abrí la puerta justo en el momento en el que se abría la del ascensor. Cuando vi lo que transportaba el repartidor no me dio un infarto porque, por lo menos, gozo de una buena salud coronaria. El pobre, con cara de circunstancias, preguntó si yo era Macarena Bartual.

—Sí.

—Mis condolencias. Firme aquí.

No sé ni qué puse en la firma. Mi nombre, mi DNI, mi grupo sanguíneo o mi contraseña del banco, vete tú a saber. Después, con manos temblorosas, tuve que hacerme cargo del presente: la corona funeraria más lúgubre de la historia: verde oscuro, morado, negro y, como detalle supongo que de buena voluntad, algo de blanco. Si Pipa la veía le iba a dar un parraque. ¡Qué cojones! Me estaba dando a mí. ¿Qué mierda era aquella?

—¿Te han mandado flores, Macarenita? —voceó alegre Pipa.

Ay, Dios.

—Eh…

No tenía escapatoria. No cabía por la ventana y no podía abandonarla en el rellano. Entré con la corona de flores y me quedé mirando a mi jefa con la única expresión perpleja que pude recomponer.

—Pero ¡¡qué es eso!! —gritó despavorida—. ¡¡Flores de muerto!!

Las planté junto al sofá color rosa palo y me alejé un paso para verlas. Un escalofrío me recorrió la espalda. Sobre las flores, una banda morada rezaba: «Tu dignidad no te olvida». Me tapé la cara.

—¿Se te ha muerto alguien, Maca? ¿Es por eso que estás tan rara? —preguntó Pipa parapetada detrás de una chaqueta para no ver las flores.

Me acerqué de nuevo al ver brillar el plástico que contenía la tarjeta y la arranqué de malas maneras. Dentro del sobrecito, con una impersonal letra a ordenador, ponía:

Estimada Macarena:
Mi más sincero pésame por tu fuerza de voluntad perdida. No te vengas abajo. Os pasa a muchas.
Con todo mi cariño,
Leo
Pd: Que te follen. D.E.P

—¡¡Hijo de la gran puta!!

40. «Stole the show», Kygo
Sin héroes pero con muchos villanos

Jimena y Adri torcieron la cabeza, como dos perritos, frente a la corona de flores que reinaba en medio de mi salón. Yo, que no podía ni mirarla, estaba de espaldas, de cara a la pared.

—Hay que admitir que es una forma de lo más original de dar por culo a alguien —musitó Adriana.

—Tía. —Jimena se volvió hacia mí—. ¿Cómo te trajiste esto a casa?

—Pues pasando vergüenza en un taxi. —Me di un cabezazo contra la pared.

—¿Por qué no la dejaste en el despacho?

—Porque Pipa me amenazó con matarme con su zapato. Se lo quitó y todo.

—¿Y en la basura?

Me llevé la mano a la garganta.

—Me daba mal cuerpo.

—Pero… ¿qué cojones le hiciste?

Adriana también se giró hacia mí. Por el rabillo del ojo las vi a las dos con los brazos cruzados bajo el pecho.

—Pues nada. El martes fui de oyente a su clase. —Y me quedé ahí.

Jimena suspiró, pero para Adri no fue suficiente información y siguió pinchando:

—¿Por ir de oyente a su clase te manda una corona de flores mortuoria?

—Funeraria —apuntó Jime.

—Lo que sea. Aquí hay algo que no está claro.

—¡Hay muerto encerrado! —Jimena soltó el chascarrillo, pero ninguna se rio, y cruzó los brazos enfurruñada otra vez.

—Discutimos en su despacho después. Le sentó muy mal que apareciera en su puesto de trabajo.

—Bueno, vale, pero él te morreó en el baño de un restaurante con vuestras citas sentadas a la mesa.

—Mñe —respondí.

—Nos estás ocultando información.

Emití un sonido parecido a un quejido de protesta que sonó más débil de lo que supuse y me dejó con el culo al aire.

—Escupe —insistieron las dos.

—Le hice una paja y me limpié la mano en su camisa —musité.

—¡¡¡La madre que te ha parido!! —gritó Jimena.

Cuando me giré con cara de remordimientos, Adriana no podía disimular la risa, mientras que Jimena resoplaba.

—¿Puedes dejar de hacer el canelo? —se quejó esta—. Tu venganza está resultando un plan de odio hacia ti misma. ¿Qué ganas con esto?

—Algo se llevaría por la paja.

Las carcajadas de Adri resonaron por todo mi salón.

—Dios, necesito un chupito —supliqué.

—¡Ni chupitos ni nada!

Cuanto más indignada parecía Jimena, más se reía Adri. Por mi parte, no sabía si reír o llorar.

—Algo me llevé, sí.

—¿Y valió la pena? —me preguntó Jime muy seria—. Sé sincera contigo misma… ¿Valió la pena? ¡Estás dando pasos hacia atrás a toda pastilla, Maca! ¿Es que no lo ves? ¡Estás a un paso de volver a caer!

—¡No es verdad! —rezongué—. Fue una muestra de odio, no de amor.

—Claro, está visto que masturbar a alguien en su puesto de trabajo es del uno al diez, siendo el uno un poco de odio y el diez odio acérrimo, un doce.

Me senté en el brazo del sofá y resoplé.

—Acepto que esto no está saliendo como esperaba.

—¿Y cómo esperabas que saliera?

—No lo sé. Pero con una corona de flores, no.

Adri contuvo la risa. Jimena también. Hasta yo tuve que comedirme para no soltar una carcajada.

—Acaba con esto, en serio. Te lo digo de verdad. Va a terminar mal. Da por zanjado este plan absurdo de venganza porque no sirves para el mal.

—Termina ya con esta escalada de violencia —se burló Adri.

Le enseñé el dedo corazón y ella sonrió desvergonzada.

—Maca, mírame —insistió Jimena con los brazos en jarras—. Repite conmigo: no voy a devolver el golpe. Con la corona termina todo.

—No voy a devolver el golpe. Con la corona termina todo.

Ella se dio por satisfecha y yo, con los dedos de las dos manos cruzados, también.

Si hubiera sabido dónde vivía, le hubiera prendido fuego a una bolsa de caca frente a su puerta antes de llamar al timbre, pero no era una opción, así que tuve que devanarme los sesos. Después de desechar la posibilidad de mandarle una caja de heces (¿sabías que existe una empresa a la que puedes contratarle ese servicio por Internet?), cedí a un clásico de los nuevos tiempos: hater digital.

El perfil con sus fotos de Instagram seguía abierto, así que me creé una cuenta con el nombre @teodioamuerte, puse como foto de perfil una de un perrillo muy gracioso enseñando los dientes y me paseé por cada una de sus fotos dejando un comentario: «Se rellena los calzoncillos con calcetines de deporte», «Me pegó ladillas», «Conozco a este tipo…, le mola que le hagan caca en el pecho». Sin límite ni medida. Me vine muy pero que muy arriba. Después, no contenta con ello, creé otro perfil al que puse un nombre inventado más real, con una foto de un paisaje, y me recreé más todavía: los dos perfiles falsos entraron en una apasionada conversación dándose la razón el uno al otro. No sé si alguien se lo iba a creer, pero me lo pasé teta.

Recibí un aviso unas horas más tarde. Corto, conciso. Un mensaje situado justo debajo del que me mandó en mi viaje a Milán, pero que contrarrestaba con este por su parquedad. Solo necesitó una palabra:

Para.

Respondí rápido.

¿O qué?

O… tú verás.

Me pasé la amenaza por el arco del triunfo. ¿Qué podía hacerme? Me azotó la amarga seguridad de que con lo que me hizo, ya había cubierto el cupo.

Diría que valió la pena, pero Instagram decidió cerrar el perfil y a la mañana siguiente de mi fechoría ya no estaba disponible. Por una parte me fastidió, pero también me sentí sumamente agradecida. Me lo habría pasado genial dejando esos comentarios, pero… me dejaban en muy mal lugar. Era una pérdida de tiempo. Estaba comportándome como una cría. Y es lo que pareció decirme Leo en su siguiente paso. ¿Quién esperaba que él se quedara quieto? Porque yo no. A decir verdad… es posible que estuviera impaciente por averiguar cuál sería su siguiente movimiento.

Mi página de Facebook se volvió loca de actividad a la mañana siguiente a mi intervención como hater… por su culpa. Cuando entré para averiguar qué pasaba, me encontré con que me había etiquetado en una foto del año 2003. Dieciséis años tenía. Y además de un corte de pelo terrible (flequillo de dos dedos), un maquillaje del mal (raya del ojo por dentro bastante corrida) y un outfit del infierno (top ombliguero, shorts con medias y calentadores), en la foto llevaba una melopea como un piano muy poco disimulable. Estaba sentada en el suelo, con un ojo cerrado, el otro abierto, un vaso de plástico medio vacío en la mano derecha y mi pequeña y desolada teta en la izquierda. Me la hizo mi hermano con nuestra primera cámara digital (compartida) una noche de fiestas del pueblo en la que me dejaron salir con ellos (y vomité en la jardinera de entrada a casa de vuelta). No es la foto que quieres que vean todos tus contactos, sobre todo cuando utilizas las redes sociales como trabajo la mayor parte del día. Era como colgar una fotocopia de mi culo en mi cuenta de LinkedIn. O peor. ¿Por qué no tendría activada yo la opción de revisar cualquier publicación en la que me etiquetasen antes de que fuera publicada?

Bastó con borrarla, es verdad, pero ya la habían visto casi todos mis contactos. De mis quinientos contactos en Facebook, trescientos veinte le habían dado «Me gusta» y sesenta habían comentado: «Madre mía, Macarena». Creo que lo que peor me sentó fue el pie de foto: «Parece hoy mismo. Hay personas para las que los años no pasan».

Me cabreé tanto que ni pensé cómo corresponder. Me quedé bloqueada. Hay que ser muy ruin para sacar del «cajón» una foto así, no solo por lo mal que me dejaba la estampa, sino por todos los recuerdos que iban desprendiéndose de cada uno de los detalles. El anillo de plata que brillaba en mi mano derecha, su primer regalo. Aquel top que le encantaba intentar quitarme. La imagen mental que conservaba de sus diecinueve años…, espléndidos.

La noche fue… toledana. Vi casi todas las horas pasar de largo en el reloj hasta que salió el sol y decidí salir de la cama y hacer algo de provecho en lugar de regodearme en recuerdos que no me dejarían volver a dormir jamás si no los espantaba.

A las doce y media del mediodía pedí a través de la página web de Telepizza quince «Cuatro quesos» (la detesta) a su nombre para entregar en la secretaría de su universidad. Pago contra reembolso. Con dos cojones. Pensé que aquí acababa la rueda, con una lamentable interpretación de la broma pesada por mi parte. No era una venganza digna, pero no se me ocurrió otra cosa. Pero a él sí.

No puedo culparle. Bueno, sí que puedo, es solo una manera de hablar. Lo que quiero decir es que hizo lo que mejor sabe hacer: ser encantador. Y rebasó una línea que yo creía sagrada: la familia.

No sé cómo pasó exactamente, pero me lo imagino. Llamó a su madre fingiendo ser buen hijo y preguntándole qué tal. Después dejó caer que me había visto por Madrid y salpicó la historia con detalles así como quien no quiere la cosa, que desencadenaron el apocalipsis.

Cuando sonó el teléfono de mi casa a las once de la noche, supe que era mi madre, pero no tenía ni idea de la que me esperaba:

—¡Hola, mamá!

—¿Hola, mamá? Este fin de semana vamos tu padre y yo a verte. Se acabó.

Arqueé una ceja.

—¿Qué pasa?

—Eso digo yo. ¿Qué pasa? ¿Qué es eso de que andas por Madrid con mala pinta, con gente rara?

—¿Yo? Con Jimena y Adri.

—¿Ah, sí? ¿Con Jimena y Adri? Por eso hace cuatro meses que no vienes a vernos, ¿no? Porque no tienes nada que ocultar.

—¿Yooo? —repetí tontamente, sin entender nada—. No voy porque tengo muchísimo trabajo, mamá. Pipa no me deja ni a sol ni a sombra.

—Dime la verdad, Macarena. ¿Estás enganchada a alguna droga?

—¿Qué dices, mamá?

—Lo que oyes. ¿Te drogas? ¿O el problema es solo con la bebida?

Estaba flipando en colores.

—Mamá, bebo una cervecita de vez en cuando —minimicé—, pero eso no es tener un problema con el alcohol. Lo consumo de manera responsable y… lúdica. —Me sentí tan idiota—… ¿Se puede saber qué te pasa? ¿Te han ajustado la medicación de algo? Porque creo que algo no te ha sentado bien.

—Macarena, de verdad te lo digo. Me vas a matar de un disgusto. Dinos la verdad…, ¿estás embarazada?

—Pero ¡¡¿de dónde te sacas toda esa mierda?!!

—¡¡Acaba de bajar Rosi a casa desencajada!! Dice que Leo te vio por Madrid paseando con muy mala pinta, cogiendo colillas del suelo, y que estabas visiblemente borracha…, ¿lo de la tripa es porque estás embarazada o por el alcohol?

En un rincón seguía la corona de flores que empezaba a mustiarse y que no había tenido desvergüenza suficiente para bajar y dejar junto al contenedor de la comunidad. Los ojos se me fueron hasta allí sin poder evitarlo. Puto Leo.

—Yo lo mato.

Me pellizqué el puente de la nariz y respiré hondo.

—Yo estoy muy preocupada… No, no me mires así, José Manuel —se dirigió a mi padre—, por la Virgen de la Macarena te lo pido que no me mires así, que no estoy exagerando.

—Mamá. No es verdad. No tengo ningún problema con el alcohol, no me drogo y no estoy embarazada. El puto Leo de los cojones es mi único obstáculo en la vida. ¿Entendido?

—Pero ¿por qué iba él a…?

—Porque es un cabrón.

—Prepara el sofá cama, Macarena, que yo hasta que no te vea no me quedo tranquila.

Cuando colgué el teléfono, le mandé un mensaje a Raquel pidiéndole la dirección de Leo. Pensé que no me la daría. Pensé que el Cosmos actuaría en su favor. Pero Raquel me la dio y además añadió:

Espero que lo arregléis pronto.

Sí. A hostias.

Casi fundí el timbre. Sería medianoche cuando llegué a su maldito piso. Y si llamé con insistencia y furibunda fue porque preocupar a mi madre era pasarse. La corona de flores pocha se me había desmoronado en el salón, rellano y escaleras al intentar tirarla. Encima Leo vivía en una zona que me encantaba, muy cerca de la plaza de Ruiz Giménez.

Abrió sin mediar palabra. Pensé que me gritaría por el interfono que me fuera o llamaría a la policía, pero nada. Ni un grito, ni un insulto ni nada de nada.

Cuando salí del ascensor en el cuarto piso, me esperaba apoyado en el marco de la puerta, en pijama. Pantalones a cuadros y camiseta blanca. Por si alguien se lo pregunta, que no creo, pero por si acaso…, se notaba que no llevaba ropa interior.

—Me he pasado —dijo.

Me acerqué a la puerta con intención de pegarle un revés, pero cuando lo tuve frente a mí solo pude añadir:

—Te has pasado tres pueblos.

Se hizo a un lado y me dejó entrar. Su piso era un *loft* pequeño, cuadrado, cuya única puerta era la del baño. Ni siquiera el armario tenía puerta. Lo demás, era completamente funcional con un toque muy masculino y me atrevería a decir elegante. Una cocina concisa pero correcta, un banco de madera alto con dos taburetes de estilo nórdico delante, una estantería modular separando esta estancia del «salón» donde reinaban un sillón de piel de una plaza y una mesita baja hecha con un pedazo de madera viejo y barnizado. Tras un biombo se adivinaba una cama de matrimonio con las sábanas arrugadas.

Miré a mi alrededor hasta encontrarlo de nuevo, dejado caer en un taburete.

—¿Te pongo algo de beber? —me preguntó.

—¿Qué tienes?

—Whisky.

—Pues whisky.

Sacó de un armario dos vasos de los tradicionales, bajos y gruesos, colocó un hielo en cada uno y vertió dentro un dedo de líquido ambarino. Me pasó un vaso y se sentó de nuevo frente a mí.

—¿Mi madre, Leo?

—No se me ocurrió nada más creativo.

—¿Lo de la corona de flores no te pareció suficiente?

—¿Qué tal se te quedó el cuerpo después de escribir bajo una foto mía que me gusta que me caguen en el pecho?

Contuve una carcajada y él levantó las cejas mientras se acercaba el vaso a los labios. Le parpadeó un ojo al dar un trago. Debía estar fuerte. Le imité y noté cómo el fuego bajaba por mi esófago, pero sin dar muestra de flaqueza.

—¿Te lo rebajo con agua? —ofreció.

—No.

—Pues el mío, sí.

Se levantó y se echó un poco de agua en el vaso. Le dio otro trago, y la mueca que apareció en su boca fue un poco más suave.

—Esto es otra cosa.

—¿Por qué tienes whisky si no te gusta?

—Me lo regalaron. Es lo único fuerte que tengo en casa.

—He venido a matarte. Despídete de todo lo que aprecies en la vida —le dije—. Por tu culpa mi madre cree que soy una yonqui alcohólica probablemente embarazada.

Apretó un labio contra el otro.

—Creí que con la foto pararías —comentó.

—La foto fue una putada. La llamadita a tu mamá, pasarse de rosca.

—Me has arrebatado la poca vergüenza que me quedaba —sentenció—. Es culpa tuya. Es lo que pasa cuando mandas quince pizzas de queso al puesto de trabajo de alguien. Es lo que ocurre cuando llevas a un hombre al límite.

—¿Qué límite ni qué…? —no acabé la frase. Apreté el puño delante de él, en una especie de amenaza sorda.

—Hemos demostrado que tenemos formas muy curiosas de hacernos la puñeta. —Mareó el contenido de su vaso con los ojos fijos en él—. Tienes muy mala hostia.

—Tu detalle de la corona, sin embargo, fue precioso.

—¿Tus comentarios de Instagram?

—¿Qué más te da? Ya han cerrado la cuenta. Además…, ¿cómo lo sabes?

—Abrí una fantasma para vigilar la actividad de esta.

Hice una mueca.

—Llama a tu madre y dile que todo era mentira.

—Mañana por la mañana.

—Como no la llames, te mato. Tengo a mis padres este fin de semana en casa por tu culpa. Y mi piso es muy pequeño.

—¿Más que el mío?

Miré alrededor.

—No. Es lo que tiene ser un snob y buscar zonas tan guachis, que luego vives en madrigueras.

—Cuando le da la luz natural no está tan mal. —Se llevó el vaso a los labios y se los mojó de nuevo.

—Llámala mañana o te juro que… —le amenacé.

—Mañana. Prometido.

—Dile que estás rabioso porque me has visto feliz y muy guapa.

Puso los ojos en blanco.

—Lo que tú digas.

—Esto tiene que parar —sentencié.

—Estoy de acuerdo. Lo de la camisa fue muy desagradable —me dijo—. Tuve que quitármela en el cuarto de baño, lavar la mancha y secarla con el secamanos.

—Pobrecito. —Le di un trago a la bebida. Joder, qué fuerte estaba.

—No tienes que bebértelo. Vas a terminar como una cuba. Aunque… puedo hacerte una foto después y mandársela a tus padres como prueba.

—Ja. Ja. Ja. Me mondo.

—Esto es infantil. —Suspiró—. Mira que habíamos hecho el gilipollas veces, pero… nos hemos coronado.

—Y que lo digas, pero hasta que no te vea ondear una bandera blanca, no me fío.

Se levantó, abrió un cajón de la cocina, sacó una servilleta y la ondeó. Comedí una sonrisa. Él también.

Después me froté la cara.

—Tenemos que dejarnos en paz —asumí en voz alta—. Ya está. Ya nos hemos demostrado todo lo que sabemos hacer. Y nada es bueno.

—Lo del despacho no estuvo mal —murmuró—. Lo de antes de que te limpiaras…, ya sabes.

—Tú ya me entiendes. —Me quedé mirándolo—. Porque me entiendes, ¿verdad?

—Te entiendo. Pero… —se pasó la mano por el pelo, dejándoselo desordenado y de punta— me da rabia, Maca.

—A mí tampoco me ha hecho gracia este despliegue de…, ¿de qué? Es que no sé ponerle ni nombre.

—No es eso. —Negó con la cabeza—. Me da rabia haber terminado así. Hemos crecido juntos. Tenemos buenos recuerdos con el otro. ¿Por qué nos empeñamos en llevarlo todo hacia el mismo lado? Al malo.

—Porque terminamos fatal, Leo. —Coloqué la palma de la mano sobre la mesa—. Y lo que pasó no tiene marcha atrás.

Se entretuvo jugueteando con el vaso y, después de unos minutos de silencio, levantó los ojos hacia mí. Los tenía tristes. Y lo entendía. Si yo hubiera estado en su pellejo…, no hubiera remontado. Prefería mi papel, el de damnificada. Era más… fácil. Aunque el suyo tenía salida. Solo tenía que decirlo.

«Venga…, dilo, Leo. Di que lo sientes. Di que sientes lo que hiciste, que eres consciente de que partiste mi vida en dos, que no volveré a ser la de antes de aquello. Dilo. Solo tienes que empujar con la lengua lo que estás pensando. Te conozco. Lo estás pensando. Ni siquiera tienes que decirme por qué lo hiciste, ni admitir que eres un cobarde. Solo di lo siento».

Chasqueó la lengua contra el paladar y suspiró hondo.

—Me jode seguir sintiendo la sacudida cada vez que te veo. Me jode. No lo puedo evitar —confesó.

—¿Qué sacudida?

—Me vuelves del revés. Ya lo sabes, no te hagas la sorprendida.

—Lo único que sé es que… —nos miramos— tenemos que dejarlo estar.

—¿No te jode?

—A rabiar. Yo no fui quien la cagó. A lo mejor es por eso que te sientes peor.

—No lances mierda —refunfuñó—. Lo hecho, hecho está.

Ese era Leo. Nunca tendría mi disculpa. Nunca. Me levanté.

—Me voy.

No sé movió mientras me acercaba hasta la puerta de su casa. Siguió allí, con el vaso, con la mirada extraviada en los años que perdimos.

—¿Tregua? —pregunté al abrir la puerta.

—Tregua.

Fui a cruzar el umbral, pero su voz me detuvo.

—Quizá… podrías quedarte a dormir.

Me volví hacia él. No me miraba. Su voz sonaba tan pesada que las palabras terminaron cayendo por el suelo y rebotando contra los muebles. Cuando cerré la puerta, lo hice con suavidad. No cabían más portazos en lo nuestro.

41. «Hurts», Emeli Sandé
Duele

Jimena le dio con su pie a la pata de una cama de la que Samuel casi se salía. Era demasiado grande para aquella casa en general. Ella no se había dado por aludida sobre su pequeñez hasta que él no empezó a rondar por allí con asiduidad. Y ahora que estaba tendido sobre las sábanas, los muebles del dormitorio parecían los de un crío. Y él un adulto al que le ha vencido el cansancio en una exposición de Ikea.

—Sam… —lo llamó. Había empezado a llamarle Sam hacía unos días y a él parecía no importarle demasiado—. Te estás durmiendo.

—Habla con propiedad…, estaba dormido.

—Venga. —Tiró un poco de la sábana—. Mañana entro una hora antes al curro y necesito dormir.

Samuel se estiró en la cama y se levantó completamente desnudo frente a Jimena que, pese al atracón de sexo duro de hacía un rato, se mordió el labio con deseo.

—¡Mujer! —se quejó él alcanzando la ropa interior—. Me vas a matar.

—¿Por qué?

—Porque no me das tregua. Me has tenido una hora entre los muslos y ni me alimentas como Dios manda ni me das un respiro.

—Eras tú quien dijo que nunca te quedarías a dormir —se excusó ella tirando de las sábanas con su camisón ya colocado, haciéndose la desinteresada—. ¿Y qué es eso de que no te alimento como Dios manda?

—¿Qué hemos cenado? ¿Una pasta inmunda de legumbres con pepino?

—Sandwichitos de pepino con humus, desagradecido. Además, ¿qué obligación tengo yo de alimentarte? Eres adulto. ¡Aliméntate tú!

—No comes comida de verdad.

—Perdóneme usted. Para nuestra próxima cena pediré el día libre y te asaré dos jabalís. —Acto seguido le levantó el dedo corazón de su mano derecha—. Esto de acompañamiento.

Samuel se echó a reír a carcajadas y se acercó para darle un beso.

—Me voy.

Cuando sus labios se juntaron una, dos, tres veces, Jimena no pudo evitar sonreír por muchos motivos. El primero, le encantaba ponerse de puntillas para besarle. Recordaba una foto de sus padres, en la luna de miel, en aquella misma postura y no conocía una pareja más feliz que ellos. Aunque, bueno…, muchas cosas distaban entre ellos. Si su madre supiera que mantenía ese tipo de relación con Samuel, hubiera puesto el grito en el cielo. Era muy clásica…, de las que quería que su hija se casara por la iglesia con un vestido con tres metros de cola.

El segundo motivo era menos obvio. Y es que Jimena no es que siguiera un plan matemáticamente trazado, pero le iba bien con Samuel aplicando religiosamente las normas que él había esbozado aquella noche una semana atrás. Y le iba bien porque notaba que había ido aflojando… y abriéndose. El hecho de que ella dijera: «Me parece bien», hizo, paradójicamente, que fuese él quien se relajara y dejara que… todo siguiera su curso. Y dudaba que no fuera sensible a lo mucho que había cambiado el clima entre ellos. Se veían casi todos los días, follaban, se besaban, bebían, comían, follaban, reían, susurraban, murmuraban…

Olía bien… Aquello que estaban cocinando… olía muy bien.

—¿Nos vemos mañana? —preguntó ella.

—Mañana no puedo —respondió Samuel cruzándose sobre el pecho la bandolera de su cartera de piel envejecida.

—¿Mucho curro? Mira que tienes que aprovecharte de mí ahora. Pronto estaré pringada con la Feria del Libro y solo querré dormir.

—Eh…, no. No es eso. He quedado.

Jimena se mordió el labio con ansiedad, mientras fingía estar ocupada moviendo objetos de sitio por la habitación.

—Vale. Pues… ya me llamas.

Escuchó unos pasos y miró a sus espaldas con miedo… para encontrarse a Samuel sonriéndole mucho más cerca.

—¿Qué? —le preguntó.

—¿Preocupada?

—¿Yo?

—Sí, tú, mujer.

—Para nada.

—He quedado con mis colegas de la universidad.

—Shhh. —Le tapó la boca dando un salto y se encaramó a él—. No me des explicaciones. Libres, ¿te acuerdas?

Samuel le mordió la palma de la mano y ella la apartó de golpe.

—¿Me lo recuerdas a mí o a ti misma?

—Yo no voy a dártelas cuando haya quedado, ¿sabes?

—Y yo no te las pediré. —Se inclinó y la besó en los labios—. Solo quería dejar claro que, aunque seamos libres, no estoy ampliando…, ¿cómo lo llamaste?, mi tour de camas. —Jimena gruñó y él le dio una palmada en el trasero que la hizo trastabillar—. Te llamo mañana, cuando vaya a volver a casa.

—No hace falta.

—Claro que no hace falta. Pero lo haré porque quiero hacerlo…, esa es la clave, ¿no?

Sí. Del amor. Eso fue lo que pensó Jimena. Pero se calló.

Cuando el día siguiente Adriana propuso vernos, yo salía del trabajo a toda prisa: quería llegar a mi casa antes que mis padres, a los que agasajaría con un aperitivo en el salón. Estaba triste, de pronto faltaban cosas en mi vida, y hasta… echaba de menos las putadas de Leo…, pero no podía compartir estos sentimientos con Adri y Jimena si no quería una charlita. Y tenía que tranquilizar a mis padres para desmentir los rumores de mi mala vida…, ejem.

Creí que se verían ellas dos y que después, cuando viera alguna foto en Instagram o me lo contaran, me arrepentiría de haber decidido ser buena hija. Pero Jimena también declinó el plan.

> He medio quedado con Samuel. Lo tengo blandito, blandito…

Y Adriana contestó:

> A puntito de caramelo.

Yo, que debo ser más cínica, sentí una punzada de miedo por Jimena, quizá porque dos chicas que se crían como nosotras, como dos hermanas, sienten un tipo de conexión inexplicable que las hace capaces de vaticinar cuando la vida va a torcerse.

Jimena se quedó en casa el viernes, esperando que Samuel la llamase mientras adelantaba algo de trabajo que se había llevado a casa. Se metió de lleno en la edición de un libro sobre objetos malditos (todo en el trabajo de Jimena parecía tener una inclinación especial por las maldiciones) y cuando se dio cuenta, era tarde. Sinceramente pensó que Samuel la llamaría antes. Miró el teléfono, por si se le había olvidado ponerlo en sonido y se le había pasado por alto una llamada o un mensaje, pero no había nada. Arrugó la nariz con el aparato entre las manos y pensó si sería una buena idea hacer una llamadita para comprobar si todo iba bien, pero… terminó por dejar el móvil donde estaba. A lo mejor era pronto aún. O a lo mejor Samuel, simplemente, se había venido arriba y estaba borracho y divirtiéndose con sus amigos. Eran amantes, ¿no? Ese tipo de llamadas estaba de más… aún.

Al final se acostó a las tres, cansada de leer, corregir y esperar.

Al despertar, lo primero que hizo fue mirar el teléfono. Sin noticias de Samuel. Y ahí ya… empezó a preocuparse.

Lo primero que se le ocurrió, mientras diluía el Cola Cao en un tazón de leche y aplastaba con la cuchara los grumitos contra la cerámica, fue que le había podido pasar algo. ¿Y si se había caído a las vías del tren justo cuando estaba a punto de pasar? ¿Y si alguien lo había atacado? ¿Y si se había desnucado en su casa después de una caída tonta?

Sí. Lo sé. Pero es Jimena, y digamos que tiene agravantes para justificar su tendencia al drama y al pensamiento fatalista.

Cuando, presa del pánico, cogió el teléfono para llamarle, se le ocurrió que… quizá había otro motivo plausible. ¿Y si… había ligado? Se imaginaba a Samuel apoyado en la barra de un bar, con sus amigos, cruzando miradas de pronto con una chica misteriosa que no tardaría en acercarse para pedir una copa a su lado. Él le preguntaría si iba mucho por allí, si estudiaba o trabajaba…

Por Dios, Jimena. Renueva un poco tus paranoias, que ya huelen.

La tercera posibilidad (y la más posible, sospechó) es que aún estuviera durmiendo. Cuando nosotras nos reencontrábamos con la pandilla de antaño, se nos solía ir la mano con los brindis y terminábamos levantándonos a mediodía, muertas de sed, con un dolor de cabeza brutal y antojo de Doritos y pizza con mucho queso. ¿Por qué no podía pasarle a él?

Esperó. La tercera opción. La tercera opción era la buena. Ni muerte ni orgasmos en la boca de otra. Estaba dormido.

A las seis de la tarde, después de obligarse a hacer limpieza para mantenerse ocupada, darse una ducha y ordenar la ropa del armario por colores (tarea fácil para una persona medio gótica que casi siempre viste de negro), terminó por convencerse de que la tercera opción quedaba deshabilitada. No había nadie que durmiera tanto, por el amor de Dios. O estaba muerto o había problemas en el horizonte. Y no tenía ganas de enterarse por el periódico si era lo primero.

Cogió decidida el teléfono y marcó su número, pero nadie lo cogió. El corazón se le desbocó y volvió a llamar. Esta vez, alguien desvió la llamada al buzón de voz. ¿Y si era algún familiar que se había hecho cargo del teléfono después de un terrible accidente?

Lo siento, no es cosa mía, es Jimena.

Abrió WhatsApp…, la última conexión había sido a las dos y media de la mañana. Decidió que, si no cogía sus llamadas, solo le quedaba una opción: escribirle un mensaje.

Sam, estoy un poco preocupada por tu integridad física. Temo que bebieras un lote adulterado de tequila y ahora estés debatiéndote entre la vida y la muerte con la cabeza metida en el váter. Da señales de vida. Una pequeña. Sin dar explicaciones, que conste. Solo quiero saber que mi amante sigue vivo. No sabes lo complicado que es encontrar un pene de tu tamaño.

Cuando lo envió, se dio un cabezazo contra la mesa de centro del salón. Pero ¿qué mierda de mensaje era ese?

No recibió respuesta, pero la tranquilizó (un poco) ver los dos tics azules junto al mensaje. Al menos sabía que lo había leído. Tenía que calmarse y dejar de suponer que a todo el mundo le aguardaba la guadaña al salir de casa.

Pero no se calmó. Claro que no. Abrió de nuevo WhatsApp y fue a «Antes muerta que sin birra».

Jimena:
Chicas…, Samuel no da señales de vida desde el jueves. Quedó en llamarme ayer. Y nada. ¿Debería ir a su casa para asegurarme de que está bien?

Adriana:
Estará de resaca. La última vez que salí a lo bestia me pasé el día siguiente entero sentada en la taza del váter. Desde entonces no bebo calimocho.

Macarena:
Ilustrador, Adri. Gracias por la imagen mental. Jime…, le habrá surgido algo, estará cansado, de resaca, tendrá trabajo o familia a la que ver. No vayas. Ya te llamará.

Jimena:
No lo entendéis. No quedó en llamarme por compromiso. Me dijo que lo haría porque quería.

Macarena:
Jime…, ¿quién entiende a los tíos? Ellos piensan lo mismo de nosotras. No te devanes los sesos, anda.

Adriana:

«Devanarse los sesos» es una expresión muy elaborada que
nunca te había escuchado usar. ¿Has estado leyendo?

Macarena:

Vete a cagar. ¿Es suficientemente elaborada esta?

Jimena:

Todo esto me huele mal. No sé. Tengo una corazonada.

Adriana:

No te rayes.

Macarena

No te rayes.

Una notificación le avisó de que acababa de llegarle un mensaje de otro contacto y fue con dedos trémulos, esperando que fuera Samuel, pero era yo.

No te obsesiones, Jimena. No pienses en negro. No ha
pasado nada. No va a volver a pasarte.

Ni siquiera quiso contestar. Cerró la aplicación con un suspiro y fue al baño. No se miró al espejo antes de sacar del armario su bolsa de maquillaje y aplicarse en un par de brochazos un poco de colorete.

La calle La Palma estaba a rebosar de vida y Jimena la salteaba como podía, metiéndose a grandes zancadas entre grupos que charlaban apoyados en las puertas de los locales. Todo el mundo reía y bromeaba y ella deseaba con todas sus fuerzas que, cuando volviera hacia casa y se cruzara con gente en esa situación, sonriera también y se sintiera tonta por tanta alarma. No podía dejar de pensar en todas las cosas horribles que le podían haber pasado a Samuel.

Llamó con insistencia al telefonillo desde el principio. Un pitido desagradable tras otro, amenazando con fundir el timbre. Cuando ya pensaba avisar a los bomberos o algo así, alguien descolgó.

—¿Quién?

—Sam. Soy Jimena.

Silencio.

—Jime…, no es buen momento.

—Pero…

—Ya te llamaré.

Una chica que esperaba junto al portal le lanzó una mirada de lástima que a Jimena le repateó. No. Ella no estaba mendigando atención. No era una loca que llamaba a casa de un ligue porque este no contestaba el teléfono…, ¿verdad?

—¿Me abres un segundo?

—Jimena, ya me pondré en contacto contigo.

Y sonó tan tenso y frío que ella no tardó en estallar.

—Te estoy diciendo que me abras, joder. ¿Por qué tipo de loca me tomas? A mí no me vengas con mierdas.

La puerta se abrió y la chica le lanzó otra mirada que esta vez parecía decir «suerte».

Samuel esperaba en la puerta de su piso en penumbra, despeinado y con mala cara. Pero no era cara de resaca. Era cara de…

—Me he llevado un susto de muerte —le reprendió Jimena.

—¿Por qué?

—No sé. No sabía nada de ti. Me puse a pensar y… me preocupé.

—Estoy bien. Solo tengo resaca.

Ella se quedó callada mirándolo y negó suave en la cabeza.

—¿Me dejas pasar?

—No tengo el día…, vamos a dejarlo para otro rato.

—¿Otro rato?

—Sí, otro rato. ¿Qué pasa, Jimena? —preguntó Samuel tenso.

—Eso mismo digo yo.

—No pasa nada. Ayer me lié y… estoy cansado. Esta semana tengo mucho trabajo y quiero descansar.

—Y una mierda.

—Jimena… —respondió en un tono «no estoy para estas mierdas ahora».

—Que no —negó—. Que a ti te pasa algo.

—Vete a casa, de verdad.

—Voy a seguir insistiendo hasta que me lo cuentes.

—No te voy a contar nada, Jimena. Vete a casa.

Él hizo amago de cerrar la puerta, pero ella la paró con la mano.

—Pero ¡¿qué hostias te pasó anoche?!

—¿Todo esto es porque no te he llamado?

—No. ¡Claro que no! ¿Por quién me tomas?

Samuel se mordió el labio superior con impaciencia, moviéndose inquieto, como si quisiera controlar lo que estaba a punto de decir pero las palabras se le desbordaron por la boca.

—No te tomo por nadie porque no te conozco. Y tú a mí tampoco. No supongas que porque follemos de vez en cuando tenemos una conexión de mierda que te dice cuándo estoy mal, ¿vale? Si me ha pasado algo o no, sinceramente, no es de tu incumbencia.

Ella dio un paso hacia atrás y pestañeó sorprendida y dolida.

—Además… —siguió diciendo él—. ¿A qué clase de loca se le ocurre venir hasta aquí y llamar hasta fundirme el timbre?

¿Es que no te has dado cuenta de que no quería hablar contigo? Te hubiera cogido el teléfono. Te hubiera contestado el mensaje. ¿No crees?

—¿Me acabas de llamar loca?

Samuel apoyó la frente en el marco de la puerta con un suspiro.

—Dime, ¿me has llamado loca? ¿Es lo que crees que soy? ¿Una loca? ¡¡He venido porque pensaba que te había pasado algo!!

—¡¿Y por qué me tenía que pasar algo?!

—La última vez que un tío quedó en llamarme, y no lo hizo, fue porque estaba muerto.

Samuel separó la frente del marco de la puerta y le lanzó una mirada, intentando, imagino, averiguar si estaba diciendo la verdad, pero un montón de recuerdos, sabores amargos y decepciones se abrió paso dentro de Jimena. Se sintió ridícula y asustada; ridícula porque era verdad, ¿qué clase de loca se presentaba en casa del tío con el que follaba? Eran amantes, nada más. Y asustada porque…, porque otra vez estaba allí, presa de un miedo que no podía controlar. Presa del pánico que le paralizaba cada vez que alguien se volvía importante. Mierda. Se había colado. Se había colado pero bien. Y él no era Santi…, Santi no estaba allí.

Antes de que él pudiera decir algo, víctima de la vergüenza y el miedo, ella sentenció la conversación:

—Sinceros y libres, Samuel. No ruines y deshonestos. No me llames más. En serio, no me llames más.

Cuando volvió hacia el metro, con la cabeza gacha y abrazándose a sí misma a pesar del calor que se respiraba en la calle, viajó al otoño del 2003. El móvil que no sonaba. Los mensajes que no respondía nadie. El teléfono fijo en el que nadie contestaba.

La puerta de su habitación cerrada y el radiocasete en funcionamiento para tratar de disimular su enfado. El timbre. La voz de su madre sonando alarmada en el pasillo. Pasos. El rumor de un «Dios mío» al que le siguió un «No puede ser». La música que cesa en el equipo. La voz de su mejor amiga, débil, trémula. Ella asomándose y encontrando a su familia junto a mí, en el rellano. Caras de consternación.

—Mamá…, ¿qué ha pasado?

Un frenazo que no llegó a tiempo. Un golpe seco. Un fundido a negro. Y una vida marcada por completo.

42. «Carreteras infinitas», Sidonie
Lo estás haciendo bien

—¿Sí?

—Maca… —La voz de Jimena contuvo la respiración, y me levanté de la mesa donde estaba tomando algo con mis padres al adivinar que estaba llorando.

—¿Qué pasa?

—¿Dónde estás?

—Pero… ¿qué pasa? Dime dónde estás tú y salgo para allá.

—Maca… —Sollozó—. Soy idiota.

Miré a mis padres con las cejas arqueadas. Me preguntaban qué pasaba y contesté vocalizando: «Jimena».

—¿Por qué dices eso?

—Porque sí. Porque… lo soy.

—¿Dónde estás?

—Dando una vuelta.

—Jime, estoy con mis padres, pero… ¿quieres venir?

—¿Tus padres?

Resoplé.

—Largo de contar. El cabrón de Leo hizo creer a Rosi que me había visto medio yonqui por Madrid y le faltó tiempo para bajar a contárselo a mi madre. Están aquí comprobando que aún soy una persona medio normal.

—Joder, van a pensar que soy una tarada. No les digas que estoy llorando. —Sorbió los mocos.

—Jime, por Dios. Te conocen de toda la vida. ¿Por qué no vienes?

—No, no, estás con tus padres. Ya hablamos luego.

Fui a rechistar, pero colgó. Dios. El ataque del amante muerto en todo su esplendor. Sabía cuando era de verdad. Pasaba poco, pero cuando pasaba…

Me acerqué a la mesa y con cara de disculpa me puse a recoger mi bolso.

—¿Dónde vas? —preguntó mi madre.

—A buscar a Jimena.

—¿Y eso?

—Le ha pasado algo. Ehm… —Rebusqué dentro del bolso y les pasé las llaves—. Lo siento, de verdad. Tomad las llaves de casa. Cenad por ahí. Volveré pronto.

—Pero… ¿por qué no le dices que venga?

Me froté la frente nerviosa.

—Es por lo de Santi. —Suspiré—. Ella de vez en cuando… se pone mal.

—Pobre —suspiró su padre.

—Volveré pronto, ¿vale?

Mi madre puso los ojos en blanco, poco de acuerdo, pero me hizo un movimiento de mano, como dejándome ir.

Cogí el móvil y marqué su número, pero me colgó después de dos tonos. Le escribí un wasap.

¿Dónde estás? Salgo a buscarte ahora mismo.

Ni siquiera contestó. O el recuerdo de Santi la había golpeado fuerte o… lo de Samuel no había salido bien y estaba muerta de vergüenza.

Fui directamente a su casa. Me costó un trasbordo y media hora larga, pero eso no fue lo malo. Lo malo fue que, si estaba en casa, no quiso abrirme. Insistí como una loca hasta que una vecina me dijo por el telefonillo que dejase de molestar.

—Cada vez que llamas, tiembla todo el puto edificio, joder. Tengo un bebé durmiendo.

—¿Puede abrirme, por favor?

No me abrió, claro. Pero me senté en el portal a esperar. Y volví a llamar pasado un rato, pero esta vez en intervalos de educada cortesía. Jimena no abría.

No me preocupé por su integridad física. Jimena sabía cómo cuidar de sí misma. Me preocupé por lo que noté en su voz, lo que le goteaba de las palabras. Tristeza. Decepción. Soledad. Recuerdos…, y esa parte la entendía bien.

Mientras dudaba si llamar a Adriana y preguntarle si sabía algo de Jimena, alguien llegó al portal, abrió, y yo pude colarme y subir hasta su piso donde tampoco me abrió nadie.

Si no llamé a Adri fue porque… dudé que entendiese todo aquello de golpe. Estaba habituada a que Jimena destruyera cualquier atisbo de relación en nombre del recuerdo de Santi, pero creo que no sabía hasta dónde calaba su pena. Yo tampoco, pero viví con ella la pérdida y quizá conmigo podría sentirse más segura desenterrando a la Jimena de dieciséis años, desolada, perdida y enfrentándose por primera vez a la idea de la muerte.

Jimena llegó cuando ya había perdido la noción del tiempo. Le había mandado al menos quince wasaps, pero había apagado el móvil. Sin embargo, cuando apareció su cabecita por la escalera, supe que estaba segura de dónde me encontraría.

Me puse en pie en cuanto la vi y ella se arrastró hasta mí con pasos cansados. Tenía los ojos rojos y los labios irritados porque siempre que llora intenta comedir las lágrimas mordiéndoselos con saña.

—Jime… —musité.

Abrió la puerta y entró sin molestarse en cerrar, y yo lo tomé como una invitación. Cerré con cuidado y me abrí paso por la oscuridad del piso, cuyas persianas estaban cerradas para aislarlo del calor. Jimena se había sentado en el sofá y abrazaba sus rodillas contra el pecho.

—¿Qué ha pasado?

—Dios…, estoy muerta de vergüenza.

—Soy yo…, venga. —Acaricié su rodilla.

—Maca, sé sincera…, ¿crees que estoy loca?

—No. Claro que no.

—Todo esto de Santi…, de mis corazonadas, de creer que me manda señales…, ¿me hace ser una loca?

—Te hace especial. No estás loca. Eres… más mística que los demás. Crees en cosas que no puedes ver, pero… ¿quiénes somos nosotros para juzgar si estás o no en lo cierto? Si me dijeras que Rihanna es reptiliana… pues ya dudaría un poco más.

Me miró de reojo y se secó unas lágrimas con el dorso de la mano.

—Me ha llamado loca. —Apoyó la mejilla en sus rodillas—. Y justamente me he sentido como una loca. ¿Por qué…?

—Calma, Jimena…

Se dejó caer de lado, hacia mí. Olía a colonia de bebés y a pelo limpio…, a mi Jimena. La rodeé con el brazo embargada por la ternura.

—¿Me haces un té?

—Claro.

La besé en la coronilla y me levanté para calentar unas tazas de agua en un cazo. Jimena no tiene microondas. No, no cree que sus ondas pueden ayudar a la CIA a adivinarnos el pensamiento…, es que no le cabe en la cocina.

Veinte minutos más tarde, entre lágrimas y sorbos de té con limón que había enfriado y servido con hielo, Jimena me lo había contado todo. Y no sabía qué decirle. Que el tío era un gilipollas, por supuesto, porque es eso lo que se espera de las mejores amigas cuando un hombre nos hace llorar. Pero… había algo más. Algo que me sentía con la necesidad de explicarle porque… me recordaba un poco a algo que ya había vivido.

—Jime… —me animé cuando dejó de llorar—. Es un imbécil pero…

—Oh, Dios. —Volvió a encoger las piernas sobre el sofá y a esconder la cabeza entre las rodillas—. Vas a justificarlo.

—No. No. Ha sido un desagradable. Ha sido cruel. Y zafio. Pero…

—¿Zafio?

—He estado leyendo más, pero no se lo cuentes a Adriana —bromeé, haciendo referencia a nuestro wasap de aquella misma tarde—. Lo que quiero decir es que ¿te acuerdas de aquella vez que me enteré de que Leo se había liado con una chica tres días después de que lo dejáramos? Cuando íbamos a la universidad. ¿Te acuerdas?

—Buff. Sí. Querías matarlo. Tuve que darte un Lorazepan para dormir.

—Sigo preguntándome por qué tienes todas esas pastillas en el neceser.

—Me las da mi madre…, pero de una a una. Nunca me deja tener más de dos. —Sonrió.

—¿Sabes qué hice?

—¿Qué?

—Me escondí en mi habitación y cuando vino a darme explicaciones y a pedirme perdón, le monté un espectáculo digno de Las Vegas. —Sonreí con tristeza—. Le dije que no era capaz de querer a nadie, que no merecía que nadie lo quisiera y que no volviera a llamarme.

—Es que… Leo con veintidós años era un capullo integral.

—El mismo que ahora. —Sonreí—. Pero sí era capaz de amar, sí merecía que alguien lo quisiera y lo único que yo quería es que siguiera llamándome, insistiendo…

Jimena dibujó una mueca, como un mohín.

—Es un imbécil, lo sé, pero solo quiero que pienses que lo que ha dicho ni es cierto ni lo siente. El animal herido da dentelladas a quien le acerque la mano.

Suspiró y se echó hacia atrás en el sofá.

—Bueno. —Se encogió de hombros y me miró con un gesto mucho más resignado que cuando llegó.

—No es un cuento de Disney, pero no tiene por qué tener mal final.

—¿Lo mío con Samuel?

—Tu vida. —Agarré su rodilla y le di un apretón—. ¿Fajitas y frozen margaritas en La Venganza de Malinche?

—No tengo un duro. —Hizo un mohín—. Pero me encantaría.

—Vale, pues… ¿sigues teniendo la batidora de vaso?

—Murió mientras intentaba triturar calabaza cruda.

No pude evitar lanzarle una mirada de extrañeza.

—Vale. Voy a llamar a Adri y a convocar una reunión de urgencia para comer fajitas hasta hartarnos.

—Y nachos.

—Y nachos. Bajo un momento a comprar.

—No. —Cogió mi muñeca para que no me moviera—. Que lo compre ella. Tú… no te vayas.

Sonreí y alcancé el teléfono móvil.

Adri, ¿te rompo mucho la noche si te pido, por favor, que vengas al piso de Jimena? Crisis. Y ya abusando de tu confianza y de lo buena persona que eres…,

¿puedes comprar pollo, pimientos, cebolla,
tortillas de trigo, nachos, queso y guacamole?

Respondió en unos segundos:

No me rompes nada. ¿Para qué están las
hermanas de birra? Se te ha olvidado
pedirme el sazonador de fajitas, los frijoles
y unas Coronitas, pero tranquila... controlo.

Y aquella noche, fieles a nuestras creencias, brindamos con birra por las penas, que pobres, suficiente tienen con ser tan amargas. Nosotras creemos que la tristeza es como alguien a quien nunca nadie sonríe. Así que brindamos por ellas, por los chicos que no nos comprendían, los que se sumían en su mierda sin preocuparse por la de los demás, los que nos hacían sentir raras. Y no nos emborrachamos, claro, porque a las penas hay que apagarlas, pero el alcohol las alimenta.

Cuando volví a casa, mis padres no parecían molestos por mi ausencia. Mi madre ni siquiera me olió en busca de aliento etílico. Solo me hicieron hueco en el sofá para terminar de ver una película en la tele y me dieron palmaditas en la espalda.

—¿Qué? —les pregunté.

—Lo estás haciendo bien.

—¿Os quedáis más tranquilos ya o pensáis que he salido en busca de un pico de caballo?

—A la familia hay que cuidarla. —Sonrió mi madre—. Papá tiene razón. No nos tienes a nosotros aquí, pero... lo estás haciendo bien.

No pude evitar preguntarme si aquello era verdad.

43. «Private emotions», Ricky Martin & Meja
Sincerarse hacia dentro

No voy a atreverme a decir que la sinceridad está sobrevalorada, pero creo que guardar secretos está infravalorado. Creo a pies juntillas en ello. Hay palabras que es mejor no pronunciar, muchas veces porque llevan adheridas demasiadas cosas malas y, haciendo un balance, si no sirven para nada…, ¿para qué van a ser dichas? Mi madre solía repetirme durante mi adolescencia que si lo que estaba pensando no tenía como fin algo bueno, me lo callara. Por eso mis discusiones con Antonio eran sordas, porque lo teníamos tan aprehendido que… preferíamos darnos tortas.

Sin embargo, cuando digo que hay secretos que es mejor guardar, no me refiero solo a cosas que pueden hacer mucho daño a un tercero sin procurarle nada bueno, sino a aquellas cosas de nosotros mismos que no tenemos por qué compartir. Tenemos derecho a acotar una parcela dentro en la que no dejemos entrar a nadie. Y allí, cuidadas con esmero, esconder muchas emociones que podemos mantener ocultas hasta que nos sintamos preparados o… hasta que nos plazca.

Digo esto porque, sinceramente, entiendo los motivos por los que Adriana no dijo nada.

El frenetismo sexual que había derivado de su encuentro a tres había ido apagándose poco a poco; nada que no esperara.

Es normal que los días siguientes a su trío tanto Julián como ella anduvieran como animales en celo. El recuerdo, las nuevas sensaciones, los tabús superados… pueden excitar tanto como las caricias más evidentes. Nos lo había contado, por supuesto. Nos había mantenido al día, cosa más bien rara en ella, de los avances. Para alguien a quien el sexo le parece más una obligación marital que una necesidad, tener encuentros regulares era… un gran paso. Y cuando digo encuentros regulares me refiero a… sexo no eventual y con ganas.

Entonces… ¿dónde estaba el problema? ¿Qué era lo que callaba? Cierta… pena. Desilusión. Había estado muy emocionada con el trío y ahora sentía que, aunque su vida sexual se había reanimado, carecía de un horizonte sexual por descubrir. Le apenaba pensar que, a partir de ahora, solo estarían ellos dos y algún juguete sexual comprado con mucha motivación, pero que le dejaba con sensación apática después del primer uso. Tampoco es que quisiera ser la cabeza de una revolución que les lanzara a clubs de intercambio de parejas u orgías. Tenía claro que eso no era para ella. Pero… echaba demasiado a menudo mano a los recuerdos de la noche del trío para ponerse a tono y suponía que eso era… un problema.

Un problema que la asustaba mucho. Un problema que la avergonzaba porque cualquiera que la escuchara hablar sobre él podía sacar conclusiones que a ella le parecían equivocadas, aunque en sus momentos de reflexión también hubiera llegado a ellas. Aunque solo rozándolas. No se sentía libre para hablar de ello con nosotras no porque temiera lo que pensáramos de ella, aclaro…, sino porque le aterrorizaba lo que podía significar y el momento en el que no pudiera obviar la evidencia. Podía hacerse la tonta a solas, pero no con dos pares de ojos mirándola. A eso me refiero. Si no lo entiendes…, puede que te falte toda la información que yo tengo ahora. Pero no puedo desvelártela de golpe, claro.

Aquella mañana de lunes Julián y ella hicieron el amor antes de ir al trabajo. Fue ella quien lo buscó después de despertarse de un sueño muy tórrido. Se colocó encima de él y se meció entre las manos de su marido hasta que los dos se corrieron. Después, se dieron una ducha y él se marchó a trabajar. Ella se quedó, con el pelo envuelto en una toalla y el uniforme ya colocado, tomando un café junto a la ventana. Pensando.

El día fue tranquilo. Solo tuvo un par de pruebas de novias que estaban nerviosas por la cercanía del gran día pero ilusionadas. Novias de las fáciles, de las que lo ven todo bien, que se miran en el espejo desde todos los ángulos posibles con cierto rubor en las mejillas y una sonrisita de emoción.

Hasta el mediodía, momento en el que tenía agendada una novia que iba a probarse vestidos por primera vez y que apareció acompañada de sus tres mejores amigas. Adriana sonrió al verlas y se contagió de su algarabía.

Una de ellas lucía bajo un traje gris un bonito y redondeado embarazo; otra, una melena color caramelo preciosa y cuidada; y la tercera, unos labios rojos como el infierno y unos tacones vertiginosos. La novia estaba bastante nerviosa.

—Es mi segunda boda —le dijo con cierta culpabilidad en la voz.

—Qué bien. —Sonrió ella—. Así ya sabes lo que NO quieres. Será más fácil esta vez.

—¿Con el vestido o con el novio? —respondió con una sonrisa la de los labios rojos, sacando del bolso una petaca cubierta de purpurina, que ofreció a las demás.

—Con los dos, por supuesto.

Todas se echaron a reír.

La novia quería algo ligero, discreto, largo y con escote en la espalda.

—Algo sexi —dijo de nuevo la de los labios rojos.

—Algo elegante —añadió la rubia.

—Algo cómodo —aclaró la embarazada.

Adriana miró a la novia y esta sonrió mirando hacia sus amigas.

—Si tienes algo que nos satisfaga a las cuatro, será un milagro.

Buscó junto a ellas en el catálogo algunos modelos que pudieran aunar todas las características; mientras tanto, las cuatro chicas conversaban.

—Esmérate con la elección de este…, porque esta boda es la definitiva —le advertía la más pijita.

—Más le vale. Si sigue casándose me voy a quedar si un chavo. Entre el regalo, el modelito…, las bodas son muy caras y aquí una ya tiene dos hijos, chata.

—Este es el definitivo. ¿Cómo no va a serlo? Es perfecto. Y tiene el rabo perfecto —sentenció la morena de labios rojos.

La novia, callada, se ruborizaba y se reía a partes iguales, dando vueltas en su dedo a un anillo vintage de compromiso precioso.

—Una no puede casarse con alguien solo por sus atributos masculinos —respondió la rubia de nuevo, algo airada.

—¿Cómo que no? ¿Y qué quieres, que se muera de pena con otro picha flácida como el primero?

Siguieron hablando, opinando. El primero no era un error por su pene, aclaró la novia, era un error porque nunca la quiso tanto como parecía. Lo duro se lo daba a otra, entendió Adriana, y para ella solo quedaban los restos y los «estoy muy cansado». Fue recogiendo información en cada comentario, en los que las hacían estallar en carcajadas y los que las dejaban algo meditabundas. Eran cuatro chicas que estaban muy al día de lo que acontecía en las camas de las demás, lo bueno, lo malo, lo rutinario, lo «raro», lo excepcional. Y a pesar de que la novia encontró lo que buscaba y que estaba increíble con un vestido de tirante casi invisible con la espalda al aire, Adriana se quedó con una sensación extraña en el cuerpo. Una punzada de… ¿remordimiento? ¿Soledad? ¿Aislamiento? O… ¿incomprensión?

Salió sin prisas del trabajo. Se compró una napolitana de jamón y queso en La Mallorquina, en la Puerta del Sol y paseó un rato bajo el sol recalcitrante, que le dejaba su piel pálida enrojecida y que traería, seguro, un montón de pecas nuevas a esta. Iba pensando en llamarnos, en confesar algunos miedos como habíamos hecho Jimena y yo unas noches antes, cuando se le ocurrió que… en realidad le apetecía compartirlo primero con otra persona. Alguien que no iba a juzgarla. Alguien que…, de alguna manera, estaba implicada.

Sacó el móvil del bolso y escribió un mensaje breve a Julia, muerta de vergüenza.

> Estoy por el centro, aburrida y sin nada que hacer.
> ¿Te apetece tomar algo o te parece demasiado raro?
> No me contestes si crees que este mensaje está de más.

Cuatro o cinco escaparates después, Julia contestó:

> No es raro. Me apetece mucho. Salgo del
> trabajo en una hora…, ¿me esperas?

Se vieron en una cafetería preciosa en la calle Costanilla de los Ángeles, donde un chico muy guapo dibujaba en un cuaderno junto al ventanal en el que se leía el nombre del local.

Se saludaron con dos besos y una sonrisa avergonzada. La última vez que se vieron, las dos estaban desnudas y… se implicaron bastante en el desnudo de la otra.

—Qué raro es todo. —Se tapó la cara Adriana en un arrebato.

—Qué va. —Julia le apartó con suavidad las manos y se rio—. Somos mujeres adultas. O eso les hemos hecho creer a los demás.

Pidieron una limonada con hierbabuena y se sentaron en una mesita, acomodadas en dos sillones mullidos pero viejos, de esos de los que se escapa de vez en cuando alguna pluma del relleno.

La conversación inicial versó sobre el tema más aséptico que encontraron: el trabajo. Los animalitos. Julia estaba tratando un gatito enfermo al que no terminaba de diagnosticar y estaba ofuscada.

—Qué trabajo tan bonito tienes —le dijo Adriana conmovida.

—Sí. Es precioso. Pero sufro mucho también, ¿sabes? A veces la gente no entiende por qué me disgusto tanto por la enfermedad del animal de otra persona.

—Porque la gente es idiota —sentenció Adriana.

—¡Oye! ¿Y qué me dices de tu trabajo? ¡También es precioso!

—Mis amigas fingen arcadas cuando les digo que vendo sueños.

Julia se echó a reír a carcajadas.

—Es que es un poco empalagoso.

—Lo sé. Me encanta.

Ambas sonrieron y Adriana suspiró antes de contarle, como si tal cosa, la visita de las cuatro amigas que había atendido: sus grititos, las risas, las bromas y las confesiones.

—Por lo que he ido cogiendo de la conversación el novio debió ser un hueso… y es un semental. Creo que una de ellas era la ex o algo así.

—Vaya por Dios. —Sonrió Julia.

—¿Tú se lo contarías a una amiga? Si te hubieras acostado con su novio antes de que lo fuera…, ¿se lo contarías?

—Creo que sí. —Sorbió de su pajita de colores y asintió—. Sería peor que se enterara de otra forma.

—Tú…, ¿se lo cuentas todo a tus amigas?

—Uhm…, supongo. No sé. ¿Te refieres a algo en concreto?

Julia arqueó su fina ceja, estudiando el gesto de Adriana, que empezaba a arrepentirse de haber sacado el tema.

—A cosas que no sabes si quieres… decirte a ti misma.

—¡Ah! No. Eso no se lo cuento a nadie a menos que esté implicado.

Jodida Julia, qué lista era.

—¿Estás agobiada por lo que hicimos? —le preguntó en tono confidente.

—No. —Negó Adri con la cabeza—. Me agobia que… mi vida… en pareja no mejore después de eso.

—¿Cómo? —Se apartó su pelo rosa detrás de las orejas y se inclinó hacia ella—. ¿Lo hiciste para mejorar tu…?

—No es como suena. No lo hice por él. Lo hice por mí.

Se volvió a recostar en el respaldo del sillón y se quedó mirándola pensativa.

—¿Temes que tus amigas te juzguen por ello?

—Un poco. Pero me da más miedo que me hagan comprender que…, que el problema soy yo, que tengo la misma apetencia sexual que una lechuga.

—No tienes la misma apetencia sexual que una lechuga —le aseguró Julia—. ¿Cuántos años lleváis Julián y tú? Es normal que el sexo se apague un poco con el tiempo.

—Es que yo nunca he sido muy… sexual.

—¿Y eso te agobia?

—Un poco. Quiero ser… normal.

Julia volvió a arquear las cejas, esta vez junto a una sonrisa muy comedida.

—¿Normal? Adriana, por Dios…, ¿qué es normal en esta vida?

—No sé…, lo habitual.

—Lo habitual es poco original.

Adri jugueteó con su anillo de casada y Julia tiró de uno de sus dedos, llamando su atención.

—Ey…, tus amigas no te juzgarían y dudo mucho que crean que eres un bicho raro. No lo eres, así que háblalo con ellas con libertad y con la seguridad de que cualquier cosa que sientas es perfectamente normal.

—Ya…

—De todas formas, si con ellas no te sientes lo suficientemente cómoda para abordar un tema tan íntimo y desnudarte a ese nivel…, llámame. Total…, yo ya te he visto desnuda.

La pelirroja levantó la mirada de su anillo y se encontró con los enormes ojos de Julia, que la miraban con una sonrisa en la boca pintada de fucsia. Sonrió también.

44. «If you can't say no», Lenny Kravitz
¿Y si no sé decir que no?

Seguía sin saber qué hacer. Ni qué pensar. No sabía si quería sentarme delante de Pipa, cogerle las manos y decirle: «Querida, tu novio es gay». Tampoco tenía claro si, en el caso de decírselo, lo haría con la motivación adecuada. ¿Hacerle un favor al abrirle los ojos o disfrutar del momento de apuntar a una parte de su vida que no era «perfecta»? Me sentía mal. Y no podía hablarlo con nadie porque no quería desvelar a una tercera persona aquel secreto.

Tampoco sabía cómo sentirme sobre mi última conversación con Leo. Una tregua sonaba bien, pero después de unos días empecé a echar de menos esa excusa macabra que la venganza me proporcionaba para poder interactuar con él. Además, su última frase me rondaba la cabeza con asiduidad. «Quizá podías quedarte a dormir». ¿Qué hubiera pasado si lo hubiera hecho?

Era una tontería pararse a soñar con los «¿y si…?» porque nosotros… toda nuestra historia vieja y pasada era un enorme incógnita. ¿Qué hubiera pasado si él no hubiera hecho lo que hizo? Si no hubiera llamado por teléfono para decirme: «Sube un segundo a mi casa, tenemos que hablar». Si lo que pensaba que era y sería mi vida no se hubiera descascarillado hasta resultar irreconocible. No hubiera decidido cambiarlo todo. No habría dejado mi trabajo, no me habría matriculado en un posgrado en Madrid, no habría hecho las maletas, buscado un piso compartido y dicho adiós a todo. Jimena no me habría seguido. Yo no trabajaría con Pipa, Jime no habría terminado en su editorial y no hubiéramos conocido a Adri. Todo hubiera sido diferente, peor en muchos casos, mejor en otros.

Pipa estaba repasando el programa de redes que le había preparado para el siguiente mes, con sus gafas de atrezo colocadas y el pelo recogido en una coleta ondulada. No podía evitar tener los ojos clavados en el movimiento de su bolígrafo rojo que no dejaba de hacer anotaciones que no servirían de nada, que me harían perder tiempo y de las que renegaría ella misma después. Se iba a París con su chico en unas semanas, y queríamos dejarlo todo cerrado para que la maquinaria del postureo siguiera funcionando en su ausencia. Y yo me preguntaba si no debería decirle lo que sabía ya y evitarle la vergüenza de haber pasado lo que ella suponía un fin de semana romántico con alguien que en realidad, si la quería, no era como pareja…, ¿verdad?

Pero no era solamente eso lo que me preocupaba. Me preocupaba… estar haciendo las cosas bien para mí. Tenía el trabajo con el que soñaban muchas chicas, pero… no lo disfrutaba. Ni un poco. Quizá si hubiera trabajado con Raquel en lugar de con Pipa tendría una concepción muy diferente de mi curro, pero… Raquel no me necesitaba, lo hacía todo sola, era válida, inteligente, resolutiva… Todo lo contrario a Pipa. ¿Por qué no peleaba un poco más, al menos, para sentirme bien?

El teléfono móvil, que había olvidado poner en silencio, emitió un par de pitiditos sobre la mesa, y Pipa levantó los ojos hacia mí.

—Normal que este programa esté manga por hombro, Macarena. Si no dejas el teléfono móvil ni a sol ni a sombra. —Suspiró—. A ver si nos concentramos.

Miré la pantalla mientras ella volvía a poner en funcionamiento su boli rojo. Era Coque:

> ¿Qué tal, Cuqui? ¿Te trata bien la vida o voy
> y la pongo firme?

Puse los ojos en blanco. Tócate las narices. Año y medio loquita por su atención y nada. Eso sí, lo mandaba (de buenas maneras) a freír porras una noche y de pronto le interesaba cómo me trataba la vida. Aun así, le respondí:

> Todo bien. Gracias por preguntar.
> Que tengas buena semana.

Dejé el teléfono sobre la mesa y volvió a vibrar. Contuve las ganas de tirarlo por la ventana. Y menos mal, porque en esta ocasión, el mensaje era de Adri.

> ¿Nos vemos esta tarde?

—¿Quieres un té, Pipa?
—Por favor.

Pero sonó a «ya era hora». Cogí el teléfono y me marché a «la trastienda», donde puse a calentar el agua y me dispuse a contestar.

> ¿Pasa algo?

> Adriana escribiendo…
> ¿No puede una tener ganas de
> ver a sus amigas?

Jimena escribiendo…

Yo sigo de bajona. No me iría mal salir un rato.

Macarena escribiendo…

No sé cómo tendré el día. Tengo que soltar
el móvil. Pipa está un poquito tocapelotas hoy.
Quedad y, si llego a tiempo, me uno.

Dejé disimuladamente el teléfono sobre mi mesa antes de llevarle su taza de té. Pipa levantó la mirada hacia mí.

—Macarena…, este programa no tiene sentido. Le faltan días. Semanas enteras —gruñó—. ¿Qué se supone que haces en ese horario en el que tendrías que estar trabajando? ¿Mensajearte?

Ni me inmuté. Cogí las hojas grapadas y le di la vuelta a la primera para mostrarle que estaban impresas a dos caras. Ahí estaban todos esos días que ella no encontraba. No había sabido ni darle la vuelta a la hoja.

—Ah. Vale. —Ni lo siento ni nada—. ¿Le has puesto algo al té?

—Una cucharada de panela.

—Bien. Pero a partir de ahora los quiero sin nada. Y busca las sandalias que llevó Olivia Palermo en su sesión de fotos de *Vogue USA*, pídelas a la tienda en mi número y ve a recogerlas cuando te avisen de que han llegado.

Mi trabajo era fascinante. FASCINANTE.

A las sandalias de Olivia Palermo le siguió un vestido de Kendall Jenner, el bolso de otra *it girl* española, y me tuvo buscando durante horas unos vaqueros de talle alto y campana que pudiera ponerse con unas sandalias de cuña y una blusa vaporosa.

Antes de irse dejó caer sobre mi mesa el programa de redes y me miró con reproche.

—Mándamelo al mail cuando lo hayas corregido.

«A tu novio le comen la polla en tu dormitorio», pensé. Me mordí el labio.

—No sé dónde tienes la cabeza últimamente —añadió.

«En la visión de tu novio adúltero y gay».

—Al final, voy a tener que contratar una becaria o algo. Y su sueldo saldrá del tuyo.

Parpadeé con pereza.

—Necesito la tranquilidad de saber que cuando salgo a hacer cosas importantes, tú estarás haciendo tu trabajo, no mirando el móvil.

Dejé de prestarle atención en ese momento, pero siguió hablando. Adoctrinándome. Dándome una charlita moral sobre mi vago compromiso con el proyecto que era ella misma. Me fui de allí con la cabeza y ni siquiera hice amago de contestar. Estaba llegando a mi límite. Odio el enfrentamiento (con todos excepto con Leo, estaba visto) y por eso no le respondí todo lo que pensaba sobre la mierda que me estaba soltando, pero estaba colmando mi vaso siempre a punto de desbordarse y supongo que se dio cuenta. No la escuchaba, pero la oía, y me dio la sensación de que cortaba abruptamente su charlita para estudiar mi cara. Cuando vio mi expresión, se marchó. Seamos sinceras, ella era el ama del cotarro, pero si yo la dejaba plantada sin formar a alguien que me sustituyera, le esperaban semanas complicadas y lo sabía.

¿Lo peor? El lugar mental en el que me había refugiado durante su perorata. La calidez del pecho de Leo, desnudo, con las piernas enredadas en las mías y la yema de sus dedos acariciando mi espalda. Un recuerdo precioso, bañado con la luz dorada de un atardecer lejos de casa.

De todas las influencers de España, de todas las bloggers, *it girls* y chicas que se dedican a la comunicación de moda y *lifestyle*, ¿por qué tuve que terminar yo con Pipa, la única tan inútil?

Salí de la oficina a las ocho de la tarde, cansada como una burra. Me retoqué el pintalabios rojo en el ascensor y consulté el móvil. Las chicas habían quedado a las siete en la Cafetería Santander para tomar un par de cervezas, de modo que aún llegaría a tiempo a tomarme una.

Se quedaron algo pasmadas al verme entrar. Supongo que mi cara era un poema, pero de esos en los que ni rima nada ni emociona una mierda. Hicieron una mueca y pidieron una cerveza para mí.

—Vaya carita traes —dijo con tacto Adri.

—¿Qué se supone que hace una chica cuando se da cuenta de que su vida es un desastre?

Me senté en la silla y dejé el bolso en la de al lado.

—¿Pipa? —preguntó Jimena.

—Se ha pasado la mañana diciéndome que soy un desastre. Y os juro que no lo soy. Lo soy con mis facturas y la declaración de la renta, pero…, ¡narices!, que en el trabajo soy buena —me quejé.

—Tienes que pararle los pies.

—Sí, claro. Como si eso fuera posible.

El teléfono empezó a vibrar dentro del bolso y puse los ojos en blanco.

—No se lo cojas —exigió Adri.

Ignoré la vibración y esta cesó. Me presioné las sienes y una cerveza helada apareció delante de mí.

—En serio, Maca, cuesta mucho pero tienes que plantarle cara. Como en Milán, pero sin venirte abajo.

—Es que me cuesta horrores…

El móvil empezó a vibrar de nuevo y me cagué en todas las frutas del bosque al alcanzarlo. Pero no contesté de inmediato, porque no era Pipa…, era Leo.

—¿Pero…?

Las dos se callaron, como si no quisieran decir nada que condicionara la decisión de cogerlo o no. Deslicé el dedo sobre la pantalla y me lo coloqué en la oreja.

—Hola.

—Hola, Maca. ¿Llamo en mal momento?

—No, no. Dime.

—Esto..., ¿eres tú la que está sentada dentro de la..., eh..., Cafetería Santander?

Miré a mi alrededor.

—Sí.

—Me había parecido...

Nos quedamos callados.

—¿Estás por aquí? —pregunté.

—No. Es que he desarrollado un superpoder y te veo desde mi casa. —Se rio—. Estoy pasando ahora mismo por la puerta.

Me quedé mirando a mis amigas como una boba, sin saber qué decirle. El silencio duró mucho más de lo que tocaba, hasta que ellas me hicieron un gesto para que espabilara.

—Pasa si quieres. Estoy con Jimena. Seguro que se alegra de verte.

Adriana y Jimena miraron inmediatamente a mi espalda y escuché la puerta cerrarse. Cosquilleo en mi nuca. Se pusieron de pie y yo colgué.

—No me lo puedo creer. ¡Estás igual! —exclamó Jimena, lanzándose hacia él.

Los vi darse un abrazo y sonreí sin poder evitarlo. Aquella imagen era... casa.

—Jimena, ¡qué guapa estás! ¿Has crecido?

Ella le dio un puñetazo, riéndose.

—Ella es Adri. —La señalé y se dieron dos besos.

—Encantado, Adriana, soy Leo.

—El innombrable —musitó con una sonrisilla.

—Adri... —me quejé.

—Ahm, no suena mal. Creía que me conocerías como «ese cabrón».

Las dos se rieron sonrojadas y yo volví a sentarme. No quería mirarlo demasiado. Estaba horriblemente guapo.

—¿Quieres una cerveza?

—Ehm…, ¿no molesto?

—No, no —se apresuró a decir Adri víctima de su eterna buena educación—. Para nada.

—Venga pues… —Se giró hacia la barra, llamando la atención del camarero—. ¿Me pones una caña?

—¿Caña o doble?

Leo miró nuestras copas y las señaló.

—Doble.

Se sentó a mi lado y Jimena y Adri se sentaron en sus sillas, sonriéndole como colegialas.

—¿Qué haces por aquí? —preguntó Jime.

—Pues… vivo aquí cerca. Vengo de la universidad. ¿Y vosotras?

—Poniéndonos al día.

Silencio.

—Ehm…, Maca nos estaba diciendo que está harta de su jefa.

—Ya. La tal Pipa, ¿no? Su fama la precede.

Apoyó el codo en el respaldo de la silla y se apartó el pelo de la frente. ¿Era cosa mía o estaba increíble? Llevaba un polo azul marino y unos chinos del mismo color. Miré hacia abajo…, tobillito al aire. Es que le quedaban taaaaan bien.

—Es un poco tirana, pero bueno —añadí.

—Le estábamos diciendo que debería pararle los pies. Es una abusona de colegio. La típica guay de las películas americanas.

—Maca es mucha Maca. —Sonrió de lado él—. Sabrá hacerlo.

—No te creas —musité.

—Entonces… —carraspeó y cuando llegó su cerveza, le dio las gracias al camarero—. ¿Quedáis habitualmente para poneros al día?

—Siempre que podemos. —Sonrió Adri.

—Hoy parecía que era Adri —le expliqué— la que necesitaba la reunión. ¿No nos tenías que contar algo?

—¿Yo? —fingió extrañeza—. Para nada. Solo…, eh…, quería veros. Podíamos planear algo para este fin de semana: una cenita, una salida de chicas, salir a bailar…

—¡¡Sí!! —exclamó Jimena emocionada—. ¡¡Ay!! ¡Di que sí, Maca, por Dios! ¡Una salida de chicas! ¡Eso me quita la depre seguro! ¡¡¡Antes de la Feria del Libro de Madrid, por fi!!!

—¿Estás depre, Jimena? ¿Se te han estropeado los VHS de *La familia Adams?* —se burló Leo.

—¡¡Calla!! ¡¡Maca!! ¡Di que sí! ¡¡Necesito salir, cenar, bailar y tontear con algún chico mono!! ¡Y tú también!

—Suena bien. —Leo levantó las cejas significativamente y me miró—. No te hagas la dura. Salir, cenar, bailar, tontear con algún chico mono…

¿Por qué parecía que aquello le molestaba?

—Sí, sí. Por mí bien —carraspeé—. Me apetece mucho.

—Genial, pues… ¿el finde que viene? Este no, que es fin de mes. —Jimena hizo una mueca—. El que viene, que ya habremos cobrado.

Jimena bailoteó sobre su silla, emitiendo un sonidito parecido a un «tiritititi» que nos hizo reír.

—Y este fin de semana, ¿haces algo? —me preguntó Leo, como quien no quiere la cosa.

Adriana y Jimena se removieron incómodas.

—Algo haré.

—Ya. Oye, me han dado en el trabajo unas entradas para el teatro y he pensado que, quizá, podríamos ir juntos y celebrar nuestra tregua.

—No sé si es buena idea. —Arrugué una servilleta, sin mirarlo—. Quizá deberías decírselo a Raquel.

—Ya. —Se rio, aunque no pareció que la propuesta le hiciera mucha gracia—. El caso es que quedó en llamarme ella, ¿sabes? Después de… lo de la cena…, los cuatro.

—Es una tregua, Leo. —Me atreví a sonreírle—. Pero no creo que consigamos ser buenos amigos.

De reojo vi que las chicas se planteaban seriamente fingir su propia muerte para no tener que enfrentarse a aquella conversación. Creo que Leo también se dio cuenta, porque cambió de tono.

—Míranos…, ¡¿quién lo iba a decir?! Aquí estamos los dos, tomándonos una cerveza tan tranquilos.

—Sí. Y después de la corona funeraria la cosa no pintaba bien —añadió Jimena.

—La mandé pensando en ti. —Le guiñó un ojo—. A ti te hubiera encantado.

—La verdad es que sí. Estoy pensando en mandársela a un tío que me ha plantado.

—¿Te han plantado? Eso no puede ser. —Negó con la cabeza—. ¿No lo habrás entendido mal?

—Si te lo cuento…, ¿me das tu versión masculina?

Que Leo se sentase a tomar una cerveza con nosotras ya era raro, pero si creí que el hecho de que terminara invitándome al teatro había alcanzado cuotas de extrañeza sin parangón, me equivocaba. Nada como ver a Jimena contando con pelos y señales todo lo que le había pasado con Samuel y a Leo… ¡escuchándola! Concentrado, además. E implicado, diciéndole, como traté de explicarle yo, que ese chico estaba herido e intentaba protegerse a sí mismo.

—Yo creía que los tíos teníais un pensamiento mucho más práctico y que me dirías algo como: pasa de él, no le gustas.

—Hay tíos y tíos, de la misma manera que hay tías y tías. No es cuestión de géneros. La diferencia está en si te repones o no cuando te rompen el corazón.

La mirada que me echó no pasó desapercibida para nadie de la mesa, pero la ignoré. Yo jamás le rompí el corazón. Fue él quien se comió el mío y lo escupió a mis pies.

Me enfurruñé. Supongo que no tenía el día y además estaba inconscientemente enfadada conmigo misma por haberle dejado acercarse de nuevo a mí. Después de todo…, nunca creí que volveríamos a estar sentados ni siquiera en la misma habitación, si esta no era la sala de un juzgado que intentaba dictar sentencia sobre un intento de asesinato por mi parte.

Las chicas tenían hambre. Yo no. Decliné el plan de ir a cenar algo a un tailandés que quedaba cerca y, después de pagar, me dispuse a marcharme a casa con la cabeza hecha un bombo. Leo, por supuesto, tampoco se sumó al plan, y Jimena y Adriana se prepararon para irse.

—¿Hacia dónde va él? —susurró Jimena en mi oído aprovechando que Adri se despedía de Leo.

—Hacia el otro lado. No tienes de qué preocuparte.

—¿Que no tengo de qué preocuparme? Claro, y te ofrece acompañarlo al teatro porque… ¿por qué? Resístete…, eres fuerte. Él no es para ti.

Le gruñí.

—Qué buena amiga eres —sentencié con sorna.

—Mejor de lo que crees. Demuéstrate que puedes con esto. Quítale el poder que le diste un día.

Adri se plantó a mi lado y me dio un beso mientras Jimena se lanzaba a despedirse de Leo.

—Oye… —le dije, reteniéndola del codo—. ¿Tú estás bien de verdad?

—Claro. —Sonrió risueña—. Me apetece un montón esa salida de chicas. Tengo un vestido de Pipa aún por estrenar.

—Ya, ya, pero… ¿estás bien? ¿Hay algo que…?

Me dio otro beso, sonrió y negó con la cabeza.

—Deja de preocuparte tanto. Te saldrán canas. ¡Adiós!

—Adiós. Un placer.

Leo y yo nos quedamos en la acera viéndolas alejarse y después nos volvimos el uno frente al otro para despedirnos.

—Tú vas para allá, ¿no? —Señalé su dirección.

—¿Y tú?

—Me bajo a Tribunal para coger la línea uno.

—Te acompaño.

—No —dije de pronto. Su expresión cambió, una nube le enturbió la sonrisa—. Quiero decir que no hace falta. Son dos calles.

—Ya lo sé, pero… déjame que te acompañe.

—De verdad que…

Echó a andar en la dirección que yo debía seguir y me resigné. Era de ideas fijas.

Durante unos metros caminamos en paralelo sin mirarnos ni hablar, pero en el paso de peatones, Leo inició una conversación.

—¿Qué vas a hacer con tu jefa?

—Nada. —Me encogí de hombros—. No puedo hacer nada. Las personas somos como somos y no podemos cambiar a la gente, por mucho que queramos.

Lo admito. Lo dije también por él.

—Sé cuánto te cuesta enfrentarte a este tipo de discusiones pero…

—No sabes nada, Leo. Tú conoces a la Macarena de hace muchos años.

—¿No decías que la gente no cambia?

Le lancé una mirada malhumorada.

—Oye… —Me cogió del codo y me paró en mitad de un pedacito peatonal de la calle de San Mateo que daba a Mejía Lequerica—. Habíamos firmado una tregua.

—Una tregua significa un alto el fuego, no que los dos bandos se den un besito de reconciliación, ya te lo he dicho.

—Nadie ha pedido un beso.

Los ojos de Leo fueron hasta mis labios. Los míos no pudieron evitar recorrer el camino hasta los suyos.

—Cuéntamelo —susurró.

—¿Qué quieres que te cuente?

—Sé cuando te callas algo, pero nunca consigo adivinar el qué.

Me froté la frente en una especie de tic nervioso.

—No es nada. Son cosas de curro. No siempre puedo contárselo todo a las chicas y me pone enferma no poder pedir opinión.

—¿Te la puedo dar yo?

—¿Tú? —Arqueé las cejas.

—Yo. Además de hacer putadas, sé escuchar. Deberías ver la paciencia que tengo en las tutorías.

Se me escapó una sonrisa.

—Las debes poner malas con esos pantaloncitos —bromeé para quitarme el peso de lo mala que me ponía a mí—. Juegas sucio.

—Bah. No me vengas con esas. ¿Qué pasa?

Lo miré. Sus ojos color miel brillaban con un color ambarino bajo la luz de las farolas naranjas.

—Sé algo —me animé a compartir—. Algo que mi jefa no sabe, pero que considero que tendría que saber. Es algo personal, que no me incumbe, pero que he visto. No sé si debería decírselo…

—¿Temes una represalia?

—Es como hablar con un delegado del gobierno —me quejé—. ¿Temes una represalia? ¡Por Dios!

—Eh. —Siguió sosteniéndome del codo—. ¿Qué quieres hacer tú?

—Quedarme tranquila.

—Pues díselo. Ya está.

—¿Y si se lo estoy diciendo porque en el fondo soy mala persona? ¿Y si lo hago para disfrutar viéndola sufrir?

—Macarena Bartual es de todo menos una sádica. —Sonrió—. Díselo, Maca. Tú sabes guardar muy bien los secretos, pero te reconcomen.

—Gracias por el consejo —masculló irónica—. Y ahora… ¿podemos reanudar el paso? Tengo hambre.

Volvimos a caminar en paralelo, a un par de palmos de distancia.

—¿Por qué no te fuiste con ellas a cenar?

—Porque me apetece estar sola —rugí.

—Maca…, ¿te molesta verme?

Esta vez la que se paró fui yo.

—¿En qué sentido? —quise aclarar.

—En cualquier sentido.

—No.

—¿No te molesta verme?

«Me molesta verte, olerte, tenerte cerca. Me molesta pensar en tu pecho como en un lugar seguro cuando nunca lo fue. Me molesta la cantidad de promesas por cumplir que quedaron pendientes. Me molesta hasta la piel cuando estás cerca».

—No —sentencié.

—¿Nada?

—Joder, qué pesado eres —me quejé con mal humor—. Nada.

—Entonces, ¿por qué no vienes al teatro conmigo?

Eché a andar de nuevo.

—¿Lo haces para fastidiar, Leo?

—¿No dices que no te molesta verme?

—Y no me molesta. No me importas tanto.

—¿Y por qué no me lo creo?

—Eso es problema tuyo, no mío.

Seguimos andando en silencio. ¿Para qué narices me acompañaba? Estaba dando una vuelta de cojones.

La boca del metro se adivinaba al final de la calle, rodeada de gente, como siempre. Cualquier día, casi a cualquier hora, ese punto de la calle Fuencarral se llenaba de personas esperando citas, amigos, parejas… y yo, más que nunca, necesitaba fundirme entre la masa de caras desconocidas hasta llegar al refugio de mi sofá. No tenía el día.

—Sé por qué estás molesta —le escuché decir.

Me giré.

—Hombre…, si no sabes cuál es el problema entre nosotros es que tienes una capacidad de pasar página envidiable. Aunque me consta que la tienes…

—No me refiero a eso —aclaró—. Estás molesta porque el otro día te dije que podías quedarte a dormir.

—Eso no me molesta.

—¿Entonces?

—Eso me confunde. —Me paré y él lo hizo conmigo.

—¿Sigues viendo a ese tío? —preguntó.

—¿Y eso por qué te importa?

—No sé por qué me importa, pero lo hace. ¿Lo sigues viendo?

—¿Sigues viendo a Raquel?

—Ya sabes que no.

Los dedos de la mano derecha de Leo se enredaron en los mechones de mi pelo que caían sobre el hombro. Miró los cabellos, después mis labios entreabiertos, mis pupilas dilatadas… Me dio rabia pensar que en aquel momento yo parecería con total seguridad un neón gigante donde brillaba la palabra «Bésame», de modo que lo apagué dando un paso hacia atrás.

—No hace falta que me acompañes hasta la boca del metro. Puedes subir por esa calle de allí y sales a Sagasta. Desde allí supongo que ya sabes llegar a tu casa.

—Desde aquí también —puntualizó.

—Fenomenal. Pues nada, que te vaya bien.

Inicié con paso firme mi carrera hasta el metro, pero Leo volvió a sujetarme, esta vez de la mano. Cerré los ojos cuando se acercó a mí por la espalda.

—Pasaré a recogerte —susurró en mi cuello—. Al principio será incómodo y raro, pero después se nos olvidará cuánto nos odiamos.

—Suena a problemas.

Tiró suavemente de mí para que me diera la vuelta.

—Las malas ideas siempre fueron nuestras preferidas —dijo con los ojos clavados en mi boca.

—¿Por qué insistes?

—Porque desde que no puedo hacerte la vida imposible no tengo excusa para saber de ti. Y me estoy subiendo por las paredes.

Mierda.

—No voy a decirte que sí —respondí con la boca y garganta secas.

—No hace falta. Solo… no digas que no.

Me solté y él me dejó ir. Si hubiera seguido andando sin volver la cabeza, hubiera sido capaz de dejar un «no» en el aire, pero la posibilidad se esfumó en cuanto lo vi allí plantado, con las manos hundidas en los bolsillos y los ojos prendidos en mi pelo. Así que me marché sin decir nada, ni un no que no sentía ni un sí que me mataba tener sostenido en la garganta. El orgullo…, qué veneno.

45. «With or without you», U2
Si tuviéramos solución

Hay cosas a las que por más que intentes allanarles el terreno, siempre suenan precipitadas. Como los sentimientos. En las películas parece tan fácil encontrar el momento para decir «Te quiero»... Quizá lo es. Quizá siempre es el momento de decirlo. Pero ¿qué pasa con todas aquellas cosas que van más allá de un «Te quiero»? Porque no es el súmmum. No es la cúspide del amor. Es el comienzo. Es solo el primer escalón en el camino para aprender y asumir lo que estás a punto de vivir por amor. Lo devastador que es dejarse a su merced. Lo confuso de no encontrar en el espejo más que la imagen de un hombre que jamás creíste ser. Lo aterrador..., porque el amor asusta. Y más asusta cuanto más grande es. Así que, siguiendo esta regla, yo estaba aterrorizado. Lo peor no es decir «Te quiero». Es decir «Lo siento», sobre todo cuando sabes que es lo único que falta para cerrar una historia.

Me enamoré de Macarena hace tantos años que era difícil acordarme del momento exacto. Las partículas del tiempo se deshacían en sus pestañas si intentaba rescatar los recuerdos concretos de entonces. Una vez, un compañero de instituto me dijo que mi novia era muy guapa... en un sentido plano.

—No es especial. Es guapa..., como todas las guapas a las que estamos acostumbrados a ver por la calle.

Le di una patada a la silla en la que estaba sentado sin tener ni que levantarme de la mía y lo derribé. De un puntapié. Lo que me molestó no fue que pensase que Macarena tenía una belleza anodina. Lo que me molestó fue que dijera que no era especial. Lo era. La única. Pero eso era algo que aprendí con la experiencia. ¿Qué pasa cuando no existe la posibilidad porque de tantas intentonas no queda nada que reconstruir?

Ella nunca supo nada de este encontronazo. No soy de esos chicos que alardean de ello. Quizá ese fuera el problema, que siempre la quise con sordina, sin grandes muestras. Me quejaba de sus celos sabiendo que escucharme decir todo lo que me hacía sentir la calmaría. Nunca lo dije. Sus celos me molestaban tanto como alimentaban mi ego. Ojo con el ego…, puede destrozarte la vida.

No recuerdo el momento exacto en que asumí que Macarena haría conmigo lo que quisiera, pero sé que lo hice pronto. Era, es, será… mi talón de Aquiles. Y había llegado el momento de ponerle freno a la sinrazón, a lo desbocado; darle un sentido, ponerle a lo nuestro el bozal que quizá haría que a los demás les diera menos miedo. Era el momento. Lo había alargado tres años en los que preferí dejarlo todo en el aire que pedirle perdón, porque eso no haría más que cerrarlo dejando la herida limpia. Con la herida limpia ella podría olvidarme. Y yo a ella. Y me moriría por dentro. Algo de nosotros moriría, estaba seguro.

Toda una vida. Dieciséis años de idas y venidas. Veintinueve desde el día que mi madre la colocó en mis brazos, recién nacida, para sacarnos juntos una foto. Una historia de amor inconclusa que duele y sangra. Y por fin…, por fin íbamos a cerrar el círculo…, ¿verdad?

No. No quería llevarla al teatro, lidiar con la nube de hostilidad que la acompañaba siempre que me miraba y tratar de sacar conversación a toda costa. Tampoco me apetecía, si conseguía derribar la barrera y volvía a mirarme como en la cena, como en mi aula, como en mi casa…, dejarla de vuelta en su portal sabiendo que no podríamos besarnos, ni querernos nunca más. Teníamos que solucionarlo, cerrarlo, aniquilar cualquier posibilidad de que volviéramos a repetirlo porque… ella no era feliz y a mí simplemente me mataba saber que saldría, cenaría, bailaría y tontearía con un niño mono sin que pudiera hacer nada para remediarlo. Y yo sabía quién era el culpable. La persona que la llamó para decirle «Sube a mi casa un segundo, tenemos que hablar»; la misma que hizo las maletas a toda prisa, aceptó una beca de doctorado a la que quería decir que no y perdió en la despedida a su novia, sus planes, y hasta a su mejor amigo. Yo. Echaba de menos a Antonio, pero... ¿qué tío no le retira la palabra al cabrón que ha destrozado a su hermana?

¿Qué haces cuando la quieres tanto que la odias? ¿Qué haces cuando eres demasiado cobarde para quererla como se merece o dejarla marchar? El gilipollas, como yo.

Por ella y por mí; aquello debía terminar. Un saco de algo sucio y sin nombre se había abierto dentro de mi pecho cuando la vi con aquel chico que no la merecía (aunque la mereciera más que yo) y llevaba goteándome dentro desde entonces. El saco, por cierto, fui llenándolo con culpa y remordimientos desde el día que me marché hasta que volví a verla.

Y es que, como tantas veces le dije, solo cuando me miraba, yo era.

46. «My immortal», Evanescence
Adiós, miedo

Miércoles. Los lunes son muy putos, permíteme decírtelo, por si no lo has notado, pero los miércoles están infravalorados. Ríete de los lunes si tienes que enfrentarte a un miércoles peleón. Los malos miércoles son amigos de los despertadores, de la comida calentada dentro de un tupper de plástico al que es imposible quitarle del todo las manchas de tomate frito. Se llevan bien con la migraña, los sobacos malolientes en el metro y con las canciones como «Tractor amarillo». Los miércoles insípidos, sin plan después del trabajo, sin nada que ver en la tele, sin amigos en casa, sin un mancebo... no son buenos. Son el mal. Y si has mandado a tomar por el culo a tu amante, del que es posible (solo posible) que empezaras a estar un poco enamorada..., peor. Así que prefiero no imaginar la cara con la que Jimena llegó a trabajar el miércoles, después de nuestra charla en la Cafetería Santander.

En cuanto se sentó en su escritorio sintió que, además, se había equivocado con el modelito que había escogido aquella mañana. El aire acondicionado de la oficina funcionaba ya a esas alturas a todo trapo hasta convertir su planta en algo parecido a la edad del hielo, y aunque se había acordado de coger una camisa de manga larga a cuadros negros y verdes que colocarse encima de la camiseta gris oscura de tirantes..., los pantalones vaqueros negros cortos... eran muy cortos. Se le estaba congelando hasta una zona que solía tener siempre a buen recaudo.

Después de tomarse dos chocolates calientes de la máquina para intentar entrar en calor, se dio cuenta de que no conseguiría concentrarse si seguía a aquella temperatura, de modo que deslizó su silla por el pasillo hasta llegar a la mesa de su jefe.

—Si cojo el portátil del departamento y me voy a trabajar al bar de abajo..., ¿me despides? —le preguntó.

Su jefe, bastante acostumbrado a Jimena en toda la rotundidad de su existencia, apenas parpadeó.

—No, pero me supondría un problema que cundiera el ejemplo y todos tus compañeros decidieran hacer lo mismo. A mí me da igual dónde trabajéis mientras lo hagáis, pero no hay suficientes equipos. Y a lo mejor..., solo a lo mejor, si se pasa el director por aquí y no ve ni Dios en su mesa, al que despiden es a mí.

—Ya. —Miró alrededor—. ¿Tienes una manta?

Su jefe se pasó la lengua por el interior de la mejilla, buscando paciencia.

—No. ¿Y tú, pantalones largos?

—En casa. ¿Puedo ir a cambiarme?

Su jefe dejó la nuca en la parte alta del respaldo de su silla y suspiró.

—Jimena, vas a insistir mucho con este tema, ¿verdad?

—Bastante. Voy a perder los dedos. —Le enseñó los delgados deditos de su mano, que tenía tirando a azul.

—¿Qué hora es?

—Las once y media.

—Bájate a las doce a almorzar algo al bar y entras en calor.

—¿Te traigo algo?

—Una porra.

Lo mejor de aquella pequeña editorial es que todos estaban un poco chalados, como Jimena.

A las doce y veinte, después de una tediosa llamada para aclarar punto por punto un contrato con el agente de uno de sus autores, Jimena bajó al bar, con la carne de las piernas de gallina y arrebujada en la fina tela de su camisa.

Pidió un café con leche muy caliente y un sándwich de jamón y queso.

—¿Te queda una porra?

—¿Te la pongo de postre? —bromeó el camarero, al que ya conocía.

—Guárdamela para mi jefe.

—¡Marchando una porra envuelta en papel de aluminio para el jefe de Jimena!

Jime sonrió y se marchó hacia la mesa junto a la ventana, donde acababa de levantarse una pareja de jubilados. Por el rabillo del ojo le pareció que alguien más se levantaba de su asiento y sorteó las banquetas de la barra con prisa por llegar la primera. Esa mesa era la más codiciada del bar y en aquel mismo momento un rayito de sol entraba a través de la ventana, y ella necesitaba descongelarse.

Se sentó y, dos segundos después, otra persona lo hizo delante de ella, en la silla que quedaba libre. Iba a gritar que ella había visto la mesa primero, pero se dio cuenta de que conocía esa cara, ese pelo revuelto, esos ojos en cierta forma severos, esa barba descuidada y las manos nervudas que acababa de apoyar en la mesa.

—¿Qué haces aquí? —le preguntó a bocajarro.

Era, por supuesto, Samuel.

—Quería hablar contigo. Me dijiste que no volviera a llamarte y se me ocurrió que…

—Te dije que no volvieras a llamarme porque no quería hablar contigo. Y ahora tampoco. Esto es mi curro —le dijo seria—. No quiero numeritos aquí.

Él miró a su alrededor y arqueó la ceja.

—Esto es un bar, Jimena, no tu curro.

—Paso casi más horas aquí que en la oficina. Si digo que es mi curro, asientes y te callas.

Samuel se mordió el labio superior y apartó la mirada.

—¿Podemos hablar? Dos minutos.

—Mira, Samuel, estoy destemplada, cansada y con mucho que hacer. Solo quiero beberme un café con leche caliente y comerme un sándwich.

—Vale.

Jimena esperó a que se fuera, pero Samuel no se movió. Se acomodó en la silla, mirándola, y dejó caer sus manos hacia el regazo.

—¿Qué haces?

—Esperaré.

—¿Aquí?

—Sí.

—No —negó ella—. Aquí no.

—Pues allí. —Señaló una mesa vacía, donde solo quedaba de su presencia la taza de café a medio tomar que había dejado antes de salir corriendo detrás de ella.

—Tengo que volver al trabajo.

—Pero en algún momento tendrás que salir.

—¿Es que tú no tienes trabajo?

—Hoy no.

Samuel se levantó y Jimena gruñó con los ojos puestos en la ventana.

—Estaré allí. Si te apetece, pásate al terminar.

—¿Y si no me paso?

—¿A qué hora cierra el bar?

—Ni idea. De madrugada.

—Pues entonces me quedan muchas horas por delante.

Lo vio marcharse por el rabillo del ojo, pero se obligó a no mirar. Cuando el café con leche y el sándwich llegaron a su mesa ya no le apetecían nada, pero aun así se lo terminó todo porque estaba segura de que Samuel la observaba. No quería demostrarle que verlo le quitaba hasta el apetito.

Subió y se sentó en su escritorio mucho antes de lo que su jefe esperaba. Cuando lo vio mirándola con extrañeza, ella se sintió obligada a dar una explicación:

—No me gustaba el ambiente.

Y a él aquello le pareció normal porque… es un tipo que contrató a mi mejor amiga, de modo que su concepto de la normalidad debe estar ciertamente alterado.

Jimena siguió trabajando, pero a medias. Tenía la cabeza puesta en la conversación que querría tener con Samuel si el orgullo no se lo impidiera. En eso, en interrogarse a sí misma para saber el porcentaje de posibilidades que existía de que volviera a entrar en la cafetería de abajo en busca de Samuel y en lo mucho que le apetecía discutir estos temas con nosotras.

Cogió el móvil de debajo de un montón de papeles y escribió en nuestro grupo.

Zanahoria, Maca… ¿estáis?

En aquel mismo momento, Pipa acababa de encontrar una nueva manera de maltratarme y yo estaba demasiado preocupada escogiendo nuevas fotos para su web de entre un book de doscientas. Ni vi el móvil iluminarse.

Adriana tardó un poquito en contestarle, pero después de unos minutos, el móvil le avisó de su respuesta.

Por favor, Jimena, no me llames zanahoria. Ser una niña
pelirroja en un colegio lleno de psicópatas en potencia
no es fácil. Me quedan traumas. ¿Qué te pasa?

Jimena:

He bajado a desayunar y me he encontrado
con Samuel. Me estaba esperando en
el bar. Quiere hablar.

Adriana:

¿Cómo ha averiguado dónde curras? Qué mal rollo...

Jimena:

Adri, trabajo en una editorial, no en el Ministerio del
Tiempo. La dirección es pública. Con tener acceso a
Google... Pero esa no es la cuestión. La cuestión es
que no quiero hablar con él.

Adriana:

Si no quieres hablar con él..., ¿dónde está el problema?
Lo ignoras y ya está.

Jimena:

El problema es que quiero hablar con él.

Adriana:

No soy psiquiatra, pero estoy segura de que lo que
sufres se llama síndrome de personalidad múltiple.
¿Quieres que le pregunte a Julián?

Jimena chasqueó la lengua y siguió moviendo sus dedos
ágiles sobre el teclado digital del teléfono:

Me puede el orgullo. Para mí es impensable que entre,
me siente y le escuche justificarse porque… me siento
estúpida y dolida. Pero…

Adriana:

¿Pero…?

Jimena:

¿Y si me arrepiento?

Adriana:

A ver…, ¿cuánto te ha dicho que esperará?

Jimena:

Hasta que cierre el bar.

Adriana:

Pues es muy fácil. Piénsalo. Termina tu jornada
sin decirle nada. Si después sigues teniendo
miedo de arrepentirte, entra en la dichosa cafetería.
Si esa explicación que quiere darte vale
la pena, habrá esperado.

Jimena se conocía bien. Estaba en lo cierto cuando dijo
que era impensable que lo dejase todo para volver a la cafetería
en busca de Samuel. Al contrario, decidió seguir en la oficina,
unos pisos más arriba, con la sensación de estar equivocándo-
se…, como ya sabía que haría. El orgullo a veces nos sale muy
caro. Sin embargo, había algo romántico en el consejo de Adriana
que le servía de escudo. Pasarían las horas, comería su tupper,
tomaría un café en la máquina, volvería al trabajo y después…
entraría de nuevo en la cafetería a enfrentarse y asumir lo que
se encontrara. Si no estaba…, lo olvidaría. A lo mejor no aquella

misma noche, pero terminaría olvidándolo, ¿no? Si seguía allí…, valdría la pena escucharlo.

¿Un castigo? Quizá. Pero necesitaba una estratagema para sortear su orgullo.

Eran las seis y once minutos cuando Jimena volvió a entrar en la cafetería que ocupaba el bajo del edificio donde se encontraba su oficina. En la barra, dos ancianos bebían una copita de orujo y hablaban sin mirarse. Dos chicas vestidas de oficina brindaban con cerveza, mientras se reían desde una mesa. Los camareros hablaban aburridos. El sol no se colaba ni por las ventanas, perezoso. Y en la mesa del fondo, Samuel arrugaba servilletas en su puño, con la mirada perdida.

Se sentó delante de él tratando de controlar la emoción de que se encontrara todavía allí, y él sonrió con tristeza.

—Me lo merezco —le dijo.

—¿Lo dices por la hora? —Samuel asintió—. Bueno, es que no soy de esas chicas que lo dejan todo por un tío.

—¿Podemos ir a otra parte? Estoy harto de este sitio.

—Querías decirme algo, ¿no? Es el momento. Y el lugar.

Samuel resopló y deslizó los dedos entre los mechones de su pelo, sujetándose la cabeza.

—Soy un tío muy cerrado, Jimena.

—No recuerdo haberte preguntado si lo eres.

—Me cuesta… formular lo que quiero contarte. Ni siquiera sé cuánto quiero contarte.

Jimena le sostuvo la mirada cuando este levantó la cabeza y la miró.

—Tuve una relación complicada. En realidad… —se frotó las sienes—, fue mi única relación. Hasta ese momento, yo había sido de esos chicos que… saltan de cama en cama. No quería novias. Mi madre solía burlarse de mí y me decía que tenía el listón tan bajo que me gustaban todas. Y me gustaban, no voy a negártelo. Encontraba en todas las chicas algo que me volvía loco, pero… me cansaba muy pronto. Hasta que…, bueno…, pues… me enamoré.

—¿Y?

A Jimena la historia le estaba aburriendo, esa es la verdad. Chico que va de flor en flor, chico que se enamora, a chico le rompen el corazón, chico se vuelve un cabrón. ¿Ese era el resumen? Esa película ya la había visto…

—Lo que pasó fue que me rompió los esquemas y me tuve que aceptar de nuevo. Reconstruirme. Querer a esa persona me obligaba a hacerme preguntas que jamás pensé que me plantearía. Me armé desde cero. Me costó años asumir que era amor…, años que se lo hice pasar… mal. Pero terminé entendiendo que somos más complicados de lo que suponemos y que no nos educan para sentir.

—Déjame adivinar…

—No podrías aunque quisieras. —Se rio seco—. La historia no es esa. La historia es que nos quisimos como dos locos, durante años. Vivimos juntos. Hicimos planes. Cambié todo mi mundo y lo hice pivotar a su alrededor, porque… nadie me apoyó cuando decidí emprender esa relación, ¿entiendes? Por querer a esta persona me quedé solo y se convirtió en todo lo que tenía. Después… se nos rompió. Dejamos de querernos. Y cuando se suponía que yo sabía quién era, tuve que aceptar que no tenía ni idea porque al romper… lo que se suponía que debía buscar para mí, no me satisfacía.

—No me estoy enterando de nada.

Samuel se sujetó el puente de la nariz con dos dedos y suspiró.

—No quiero contarte más de lo nuestro. No por mí, que conste. Por ti, porque creo que no me entenderías. Al menos no ahora. El caso es que nos encontramos la otra noche. Nosotros dos y todos los amigos que perdí cuando rompimos, porque eran más suyos que míos y se quedaron en el bando lógico cuando todo se acabó. Y me sentí…, no sé explicarlo, Jimena. Me sentí muy solo y un fracasado que, a mi edad, aún no ha conseguido ni conocerse a sí mismo. Pensé en ti. Pensé en lo que tenemos…, lo que teníamos tú y yo…, y no entendí nada. De mí.

Jimena arqueó una ceja.

—Como yo ahora mismo —le dijo—. Porque no estoy entendiendo ni palabra.

—Jimena, tuve una relación complicada, nos reencontramos, no me entendí y… después me porté como un gilipollas contigo porque el ser humano es así y cuando se encuentra mal, vomita mierda.

—Si esa relación te marcó tanto, si aún no la has superado, ¿por qué querías hablar conmigo? ¿Para justificarte?

—Yo sí he superado esa historia. Jimena, no te ofendas pero es que no entiendo qué me pasa contigo. No eres…, no eres lo que creí que estaba buscando. Pero llevo días como un loco porque… te echo de menos.

Bueno, Jimena ya sabía que Samuel tenía todas las papeletas para colarse por ella. No me preguntes cómo, pero lo sabía. Sabía que hasta la persona más solitaria del mundo derriba las barreras. Así que asintió, pidió al camarero una cerveza con un gesto y se introdujo a sí misma en la ecuación, volviéndose hacia él de nuevo.

—¿Y qué se supone que tengo que hacer yo ahora?

Samuel se humedeció los labios y no contestó. Era una pregunta difícil y con muchos puntos ciegos, pero la hizo porque quería que él se esforzase. Y Samuel, cuando finalmente habló, dijo justo lo único que le iba a dar una oportunidad.

—Contarme tu historia.

Cuando la cerveza llegó a la mesa, era ella la que no sabía qué decir, hasta dónde contar o si él comprendería por qué un chico con el que salió a los dieciséis marcó tantísimo su vida.

—Yo no tengo historia —rezongó.

—Claro que la tienes. Todos tenemos nuestra historia.

—Sigo sin entender la tuya…

Samuel se mesó el pelo de nuevo, apartando la mirada.

—Jimena, te lo contaré. Te daré la información que te falta, pero ahora no. Dame unos días. Hasta que sienta al menos que me has perdonado esta mierda. Ahora solo… cuéntame todo lo que quieras de ti.

—¿Para qué?

—Para entenderte, para saber por qué eres tan excéntrica y… por qué lo he echado tanto de menos estos días.

Jimena suspiró. Había llegado el momento, ¿no?

—Podría contarte que estoy obsesionada con la muerte porque mi primer amor murió cuando tenía dieciséis años o que nunca estoy satisfecha de verdad con nada, que me canso de casi todo el mundo excepto de mis dos mejores amigas y que creo que mi exnovio muerto me manda señales desde el Más Allá para que encuentre mi camino, pero mejor voy a decirte que sé lo que va a pasar entre nosotros si seguimos viéndonos.

—¿Sí? —Samuel esbozó una sonrisa pequeñita—. Cuéntamelo.

—Que vamos a enamorarnos, Samuel. Si eso te da miedo, es mejor que salgas corriendo ya. No sé qué quiero en muchas facetas de mi vida, pero sé que un cobarde no.

Él apartó un mechón de su frente, se apoyó en el respaldo de su asiento y apartó la mirada.

—¿Y si no pasa? —le preguntó con un hilo de voz—. ¿Y si no te enamoras, si te cansas, si no llegas nunca a entender de qué estoy hecho?

—Eso, querido Samuel, no es algo que nosotros podamos decidir. Vamos a enamorarnos, pero porque está escrito.

47. «Counting stars», One Republic

A veces me siento tan bien haciendo
lo que está mal…

Adriana andaba rápido hacia casa. Tenía que quitarse el uniforme, ponerse un vestido mono (de los que no dejaban resquicio para que su suegra pudiera opinar sobre lo «moderna» que era) y salir corriendo hacia su guarida…, porque lo de su suegra no podía llamarse hogar.

Era el cumpleaños de su suegro; le daba la sensación de que casi todas las semanas había algo que celebrar en esa maldita familia que la hacía sentir como si intentase respirar bajo el agua, pero aun así se las había ingeniado para tener listo el regalo en casa y hacer una tarta. ¿Cuándo? No estaba demasiado segura. Había sido la semana oficial de cambio de temporada en el armario y en el trabajo, con lo que había armado zafarrancho de combate en casa y había echado horas extra en el trabajo, por no hablar de las horas que había invertido en adorar al Dios de la ropa planchada. Lo único que le apetecía era ponerse hasta el culo de margaritas y nachos, como nos había escrito aquella misma mañana en el grupo, pero no tenía más cojones que responder. No le había podido tocar una familia política sin ganas de rollos, como la suya propia, no…

No consiguió asiento en el metro, pero no fue aquel el motivo por el que tenía un nudito en el estómago y había pasado media mañana demasiado pendiente del móvil. El motivo era

Julia. Le había mandado un mensaje después que a nosotras, pero aún no había contestado.

> Qué asco de miércoles, pelirrosa. Espero que
> el tuyo te sonría un poco más. ¡Un beso!

¿Por qué había leído el mensaje, pero no le había respondido? ¿Le habría parecido fuera de lugar? Pero ¡si llevaban escribiéndose a diario desde que quedaron a tomar café! Por más que leía y volvía a leer el mensaje, no le parecía que hubiera nada en él que pudiera ser reprochable. Pero estaba preocupada. No podía negárselo.

Al salir de la boca de metro y volver a tener cobertura, el móvil le sonó en el bolsillo, pero al consultarlo comprobó que no era Julia. Era Julián, que la había llamado cinco veces. Puso los ojos en blanco y marcó rellamada.

—¿Dónde estás? —preguntó nervioso Julián.

—Saliendo del metro. En diez minutos estoy allí.

—No encuentro la tarjeta de felicitación de mi padre.

—Está en el mismo sitio que el regalo: en el armario de la entrada. Te lo dije esta mañana.

—Ven rápido. Llegamos tarde.

Adriana miró el reloj y bufó.

—Julián, quedan aún cuarenta minutos y tu madre vive a dos manzanas de casa…

—Ya, pero quiero pasar a comprar pastas.

—Pero ¡¡si he hecho una tarta!!

—¿Y si no les gusta?

Adriana colgó. No solía hacerlo, pero ese tipo de llamadas la enervaban. Su marido era un hombre magnífico: era atento, un trapecista sexual, disfrutón, divertido, responsable y con un montón de cosas en común con ella, pero tenía un defecto que la ponía enferma…, era un enmadrado. No de los que defiende que su madre es la mejor del mundo mundial, sino de los que consideraban que a una madre hay que atenderla la primera, incluso por encima de tu mujer. Julián aún no había entendido que a veces no es posible ser buen hijo y buen marido a la vez.

El teléfono volvió a vibrar en el bolsillo exterior de su bolso y Adriana gruñó en voz alta, llamando la atención de un par de transeúntes, antes de contestar.

—¿Y ahora qué cojones pasa? —gritó.

No escuchó respuesta. Y Julián no era de los que no respondían ante un berrido, era de los que contestaba aún más alto. Se separó el teléfono de la oreja y consultó el número. Era un número desconocido muy largo, la típica extensión interna de teléfono de empresa.

—¿Sí? —volvió a responder, esta vez mucho más dulce.

—¿Te pillo mal?

Un alivio se instaló de improvisto en su pecho y se paró en la calle, haciendo que el hombre que caminaba tras ella se tropezase con su espalda. Pero le daba igual. Julia no estaba molesta por su mensaje. Aunque… tampoco sonaba feliz.

—No, no. Qué va…, es que voy de camino a casa. Hoy es el cumpleaños de mi suegro, y Julián me ha llamado doscientas veces para nada. Es de esos.

—Ya…

—Esto… —Se mordió una uña, descascarillando el esmalte rojo, que tendría que repasar otra vez por encima de lo ya pintado—. Julia, ¿estás bien?

Como respuesta, solo un sollozo.

—¡Ey! ¿Qué pasa? ¿Qué ha pasado?

—Nada, nada —se apresuró a aclarar Julia, con la voz tomada por el llanto—. Si sé que es una tontería y tú vas con prisas y…

—Tú no te preocupes por eso. ¿Qué te ha pasado?

—¿Te acuerdas de aquel gatito que estábamos intentando diagnosticar?

—Sí. —Asintió físicamente, aunque ella no pudiera verla.

—Lo he tenido que sacrificar hace un rato. Y no puedo dejar de llorar. —La voz le falló al final de la frase y Adriana escuchó cómo balbuceaba disculpas entre lágrimas.

—No tienes por qué pedir perdón. Y no es una tontería. Es normal que estés disgustada.

—No sabía a quién llamar. —Lloró—. Es que… me dio la sensación de que me entendías cuando te lo conté, ¿sabes? Que…, que te lo podía contar a ti y que tú no me juzgarías por estar llorando por el gato de otra persona.

—Claro que no. Llora —la animó—. Es muy sano. No te quedes con la pena dentro. ¿Quieres hablar?

—Pero tienes prisa…

—Tú por eso no te preocupes. ¿Dónde estás?

—En la clínica.

Adriana ni lo pensó.

—¿Me mandas la dirección? Estoy allí en un rato.

—Pero, Adri, tú tienes cosas que hacer…

—Nada importante, de verdad.

—Pero…

—Dame la dirección —le pidió de nuevo.

Julia le dio la dirección de su piso. Estaba a punto de salir del trabajo y necesitaba airearse, y a ella le pareció bien. Antes de meter la calle en el GPS de su móvil, marcó el teléfono de Julián.

—Qué mala hostia te gastas, Adrianita —se quejó su marido al responder—. Y qué manía tienes de colgarme.

—No te he colgado —le mintió—. Es que me ha saltado una llamada de la tienda. Tengo que volver. Ha habido un problema con unas devoluciones a fábrica.

—¡Joder, Adri! ¡¿Y el cumpleaños de mi padre?! ¿No hay nadie más que pueda hacerlo?

—Yo firmé los albaranes —se inventó sobre la marcha—. Tengo que ir.

—Joder… —le escuchó maldecir—. Pues nada. No vengas.

—Iré en cuanto termine.

—Ya, sí.

—¡¡Que sí, hostias, Julián!! ¡¡Que me estás poniendo de los nervios!!

El señor del puesto de flores de la plaza se la quedó mirando y ella cerró los ojos.

—El regalo y la tarjeta están en el armario de la entrada —repitió con calma—. La tarta, en la nevera. Llévatela en el recipiente en el que está, no la cambies. Se te puede caer. Ahora le escribo un mensaje a tus padres para disculparme. Iré en cuanto pueda.

—Vale.

—El regalo de tu padre es un juego de petanca nuevo. Se estuvo quejando hace poco de que el suyo estaba hecho polvo. Por eso pesa tanto. Que no te sorprenda al abrirlo o sabrá que no te has encargado tú.

Y se lo dijo por eso y para remarcar que, después de todas las molestias que se había tomado, podía permitirse el lujo de faltar un rato a la maldita celebración. Acto seguido, Julián gruñó un agradecimiento y colgó. Y ella volvió a sonreír deshaciendo el camino hacia el andén del metro.

Al abrirle la puerta, un olor a velas aromáticas y tabaco la golpeó en la cara. Julia, con los ojos enrojecidos e hinchados, se disculpó por el desorden antes incluso de que ella pusiera un pie dentro.

—Una de mis compañeras de piso fuma bastante y todo huele a colillas —suspiró.

—¿Están en casa? —preguntó Adriana tímidamente. Le daba apuro encontrarse con ellas y que quisieran saber de qué se conocían y… no supieran qué contestar.

—No, qué va, Carol trabaja en un restaurante y termina a las tantas y María está pasando unos días en casa de sus padres. Pasa al salón.

El salón estaba lleno de velas prendidas, probablemente en un intento por mitigar el olor a tabaco del ambiente. Era un piso un poco viejo, pero con una decoración que en algunos rincones se pasaba de moderna. Cuando la pilló mirando la cabeza de un maniquí que colgaba en un rincón, Julia sonrió.

—Carol pensó que era buena idea.

Adriana pestañeó repetidamente, dejando claro que no estaba tan segura. Después ambas se sentaron en el sofá y se miraron.

—¿Estás mejor?

—Un poco. Venir paseando me ha venido bien.

—He traído… —Adri rebuscó en su bolso y sacó una bolsita de plástico— chuches. No lo solucionan todo, pero después de un atracón de azúcar yo suelo sentirme mejor.

Julia sonrió tímida.

—Perdona por haberte abordado así a las bravas, pero es que no sabía a quién llamar.

—Has hecho bien. —Le sonrió—. Soy buena escuchando. ¿Me lo quieres contar?

—No sé. Ha sido triste.

—Me imagino. —Le cogió la mano y le dio un apretón afectuoso.

—¿No se enfadará Julián por haberle dejado plantado?

—Le he dicho que tenía un marrón de trabajo y que me pasaría más tarde. Créeme…, no voy a perderme nada interesante.

Julia sonrió, pero el gesto se le volvió sombrío después de unos segundos.

—¿No quieres que sepa que estás conmigo?

Adriana no supo qué contestar y se encogió de hombros. Julia asintió, comprendiéndola y se levantó.

—¿Te apetece algo de beber? Creo que voy a abrir una botella de vino.

—Nunca digo que no a una copa de vino.

A las ocho y media de la tarde salió del piso de Julia presurosa por no perderse, al menos, el momento en que su suegro soplara las velas. Además de las prisas, estaba inquieta. Le parecía que invertir el tiempo en hacer sentir mejor a alguien en lugar de estar lidiando con sus suegros, había sido un acierto: había dejado a Julia mucho más tranquila y acudía al cumpleaños de mejor humor. Pero... ¿y el miedo? ¿Cómo manejaba el miedo? Un miedo pequeño, irracional y molesto que se había asentado en su pecho. Quizá despertó en ella mucho antes de que lo sintiera galopándole dentro. Quizá fue creciendo hasta que no pudo obviarlo por más tiempo. ¿Quién sabe? De lo que estaba segura era de que había deparado en él cuando, hablando un poco de todo, habían terminado hablando de sexo. No confesó que su vida sexual volvía a ser tan poco satisfactoria para ella como antes de su trío, pero no hizo falta para sentirse un poco incómoda. Lo que le inquietaba no era eso, que Julia le hubiera confesado que tenía un follamigo recurrente ni que le contara alguna que otra situación hilarante en la cama entre ellos..., lo que la había hecho sentirse violenta había sido algo que Julia había dejado a entender al final de la conversación: no le importaría volver a repetir con ella y su marido. Y ante eso, la verdad, no sabía cómo sentirse. De ahí el miedo. El miedo de que a ella no le importaría tampoco, que estaría bien volver a verse los tres...; el miedo a necesitarlo para tener una vida sexual interesante; el miedo a la seguridad de que Julián estaría entusiasmado con la idea si lo supiera.

De camino a casa de sus suegros convirtió el miedo en una bolita pequeña, manejable y se lo tragó. Se dijo que se preocuparía por ello cuando tuviera tiempo. Y no dijo nada, claro. Nada de nada. Cuando entró, hizo aparición en la fiesta, con el uniforme de trabajo, mascando chicle para disimular el hecho de que se había bebido unas copitas y fingiendo estar muy cansada, se calló. Besó a Julián, felicitó a su suegro y pasó el resto de la velada, como siempre, capeando el temporal. En aquel momento no se dio cuenta…, aún tardaría en verlo claro, pero a Adriana lo que le molestaba era la piel falsa que se había colocado encima de quien era en realidad para tapar los miedos que no le permitían ser libre.

48. «On your side», The Veronicas
Lo más lejos, a vuestro lado

Sentadas en unos sillones desparejados junto a una pared de ladrillo a la vista, las tres dábamos vueltas a nuestros cafés.

—¿Y entonces? ¿Qué tal con Samuel? —pregunté a Jimena.

—Menuda reconciliación. —Nos guiñó el ojo—. Follamos en el ascensor. ¿Lo habéis hecho alguna vez? Pensaba que nos precipitábamos al vacío. ¡¡Qué meneos!

—Me refería a lo vuestro en un aspecto mucho más amplio, pero está bien saberlo.

—Creo que bien. No sé lo que somos, pero espero que no dejemos de serlo. La mayoría de las veces no sé por dónde va a salir y me gusta, la verdad. Me hace estar… alerta. Pero hay algo en él que… me inquieta.

—¿Algo que viene del más allá? —consulté.

—No. No tiene que ver con Santi. Tiene que ver con él. Con lo que calla, con eso que dice que aún no quiere contarme sobre él.

—¿Qué piensas que es? —intercedió Adriana.

—Algo con su ex. Quizá algo que hizo por ella y que no le hace sentir cómodo ahora que ha pasado el tiempo. Se me han ocurrido un par de ideas descabelladas, pero admito que me preocupa que sea algo de lo que no pueda reponerme.

—¿Como qué?

—¿Y si perdió los nervios alguna vez con ella? ¿Y si tiene algún episodio violento en su pasado? ¿Y si…?

—Deja los «y sis» para gente como yo —le pedí—. Tú estás por encima de estas cosas.

—Tienes razón. —Suspiró—. Cuando quiera contármelo, ya me enfrentaré a ello.

—Amén.

—Pero… ¿y si hizo algo realmente malo? —Frunció el ceño.

—Seguramente no va por ahí —aseguró Adriana—. Por lo que cuentas que te dijo, tiene más pinta de ser algo que en su momento le avergonzó, que luego aceptó y que teme que tú juzgues. Si quieres mi opinión, pinta algo… sexual.

—¿Como qué? —preguntó Jimena interesada.

—A lo mejor le gusta…, no sé…, vestirse de mujer —solté, de pronto.

Me lanzó una mirada muy locuaz al escuchar mis carcajadas, y yo me callé por miedo a que me estampara el café en la cabeza.

—Sí, con medias de seda y las piernas sin depilar. No os hacéis a la idea de la cantidad de pelo que tiene…

—¿Tiene pelo en la espalda? —Adriana y yo arrugamos la nariz.

—No. —Perdió la mirada por la cafetería—. En la espalda no. En el culo tampoco. Tiene el culo como una manzana de caramelo. Pero en el pecho, en las piernas… y mejor no os hablo de… —Señaló su propio pubis—. Si algún día se queda calvo, creo que puede hacerse un trasplante de pelo.

—Qué asco. —Me reí tapándome la cara—. Pero… ¿no se lo recorta?

—Ah, sí. Va siempre muy… arregladito —puntualizó—. Es… extrañamente cuidadoso con ciertas cosas para la pinta que tiene. Es un… bon vivant. Entiende de vino, se recorta los pelos, utiliza hilo dental…, ¡¡hilo dental!! ¿Conocéis a alguien que lo use en realidad? Creía que eso era una leyenda urbana.

Adriana y yo nos miramos confusas y rebuscando en mi bolso, saqué mi kit dental y le enseñé la bobina de hilo dental.

—Dios…, sois más raros que un perro verde… —Puso los ojos en blanco—. Lo que quería decir es que pone mucho mimo en ciertas cuestiones sobre su aspecto y, sin embargo, luego puede ponerse camisetas con agujeros en los sobacos. El otro día llevaba una que era una performance artística. ¡Ah! Y hace yoga.

Adri y yo volvimos a hacer una mueca.

—Él solito —aclaró—. En su salón. Extiende una esterilla y se pone a hacer cosas raras. Hay una postura que se llama «perro mirando al suelo» o algo así. ¿Tengo que preocuparme?

—No —dije—. Creo que no.

—La verdad es que tiene su punto… —siguió hablando, sin mirarnos—, tiene sus ventajas. Es muy elástico. Y haciendo el saludo al sol con sus pantaloncitos de algodón y sin camiseta…, me pone perra mirando al suelo.

—El sexo ya sabemos que bien, Jimena, no te recrees. No se come delante de los pobres —la pinché.

—El sexo… —Suspiró—. ¡Ay, el sexo! Creo que nunca había tenido tan buen sexo con nadie. En serio.

—¿Por algo en concreto? —quiso saber Adriana, mucho más interesada por el tema que de costumbre.

—Porque es muy bueno en la cama —aseguró entre risas, como si fuese evidente—. Y un gran comedor de… marisco. Le encanta el marisco. A todas horas. Como aperitivo, comida, merienda, cena…

—Te hemos entendido, Jimena. —Puso los ojos en blanco Adriana.

—Pero es un tío… natural. Está cómodo con todo. Es una sensación extraña. Podemos pasarnos cuarenta minutos empujando como animales hasta mover la cama de su sitio, decirnos barbaridades y hasta pegarnos, pero cuando nos corremos…, estoy en calma. No me avergüenzo. Disfruto de todo. Del coqueteo previo, de los preliminares, del sexo brutal, de los olores, los sonidos, los sabores… y de la manera de limpiarme su semen al final.

Dejé el café con leche condensada en la mesa y me esforcé por bloquear la imagen de mi cabeza.

—Qué romántico —tercié.

—¿Verdad?

Jimena es la única mujer que conozco a la que le puede parecer romántico que su amante le limpie amorosamente el semen de encima.

—Habrá que hacer presentación en sociedad —le propuse, pero Jimena negó con un dedito y una sonrisa de oreja a oreja.

—¿Cómo que no? —terció Adri emocionada.

—De eso nada. El chorbo no se merece, aún, la tortura milenaria de vuestra evaluación. ¿Y tú? —le preguntó a Adri.

—¿Yo? ¿Qué?

—Que qué te cuentas.

—Nada. ¿Yo? —Se señaló el pecho—. Nada. Absolutamente NA-DA.

Nos tocó el turno a Jimena y a mí de mirarnos con extrañeza.

—¿Estás segura?

—Segurísima. Nada que contar. Todo aburrido. Como siempre. Sin novedades al frente. Anodina.

—Uy, zanahoria… —bromeó Jimena—, tú escondes algo.

—¿Yo?

—Sí. Tú. —La señalé—. ¿Qué pasa?

—¿Pensando en unirte a un grupo de swingers para probar qué tal el gang bang? —preguntó Jimena.

—No he entendido ni una palabra de lo que has dicho —contestó arqueando sus cejas cobrizas.

—¿Qué pasa? —insistí.

Adriana se mordió la uña y sacó de entre sus dientes un pedacito de esmalte.

—Prometedme que no vais a juzgarme. Ni a coger nada de lo que voy a contaros a la tremenda.

—¿¡Estás embarazada!? —gritó despavorida Jimena—. Por Dios, dime que no. ¡¡Aún no, por favor!! ¡Aún no he madurado! ¡Tenéis que cuidar de mí!

—Cállate, imbécil. —Cerró los ojos y se revolvió su media melena naranja—. He estado quedando con Julia.

¿Julia? ¿Qué Julia? Creo que Jimena y yo pensamos exactamente lo mismo.

—La chica del trío —terminó aclarándonos, ante nuestro confuso silencio—. Como amigas.

—Pero… ¿con Julián?

—No. —Negó con la cabeza enérgicamente y dejó su café en la mesa—. Solas. Hemos ido a tomar un café, nos mensajeamos y fui a su casa el otro día a tomar un vino.

—Uy, uy, uy… —murmuró Jimena.

—¡¡Ves!! Por eso no quería contároslo. Porque ibais a sacar conclusiones equivocadas.

—Yo no he abierto la boca. —Fingí poner una pinza sobre mis labios.

—¿Qué quieres decir con ese «uy, uy, uy»? ¿Eh? —interrogó nerviosa a Jimena.

—Nada, nada. Tú sabrás.

—¡¡No tires la piedra y escondas la mano!!

—No tiro nada. —Negó con la cabeza mientras se recogía el pelo en una coleta—. Nada de nada. Eres mayorcita para sacar conclusiones propias.

—¿Qué se supone que quiere decir eso?

Desde donde estaba sentada podía ver palpitar en su cuello una vena. Le faltaba el aire.

—Pero, Adri…, tranquila —le pedí, frotando su espalda—. Lo que tenga que decir Jimena será solo una opinión.

—Pues que la diga. —Se giró hacia ella—. Venga, Jimena. Dilo. Venga.

—Ay, Adri, por Dios…, hay que explicártelo todo. —Suspiró—. Dime una cosa…, ¿te ha ofrecido volver a follar los tres?

La pelirroja se quedó un poco parada, como si no fuera aquello lo que esperaba escuchar y, por otra parte, le sorprendiera lo certera que había sido la pregunta.

—No lo ha ofrecido. Solo ha dejado abierta la posibilidad.

Jimena dio una palmada y se incorporó, acercándose a nosotras.

—Esa tía…, escúchame bien, Adri, porque esto es importante. Esa tía… quiere…, qué fuerte, qué fuerte…, si es que no me equivoco, ya verás. Tengo un ojo…

—¡¡Quieres decirlo ya!! —gritó la implicada.

Varios clientes se giraron hacia nosotras, y yo me escondí escurriéndome por el asiento para que el respaldo del sillón me engullera.

—Esa tía quiere a tu marido. Te lo quiere birlar. —Hizo el gesto universal de robar antes de sentenciar—: A la saca.

La cara de Adri pasó del rojo encendido a la palidez.

—¿Qué dices?

—Julián es mucho tío. Y esa Julita una listilla.

—Por Dios, Jimena, qué machista y antigua eres —me quejé—. Ni caso.

Adri se llevó las uñas a la boca de nuevo, preocupada.

—¿Tú lo crees también? —me preguntó.

—No. Aunque no te voy a negar que yo no podría ser amiga de la tía con la que hiciera un trío. A esa mejor no volver a verla.

—Porque la machista y antigua eres tú, celosa del carajo —se quejó Jimena, que me la tenía guardada.

—Cállate, cafre. ¿No ves que la estás agobiando?

—Que se agobie, que se agobie, que ha metido el zorro en el gallinero. Escabechina —aseguró antes de mirar la hora en su móvil—. ¿Qué hora es? ¡Uy! ¡Yo me largo! He quedado con mi yeti metrosexual disfrazado de leñador.

Me cogí la cabeza entre las manos. Jimena a veces necesitaba un valium.

Ella recogió su bolso, repartió besos y en menos de un minuto, se había largado sin pagar y sin tranquilizar a una Adriana a la que la sangre parecía haberle abandonado el cuerpo.

Me quedé mirándola.

—Adri…, ni caso, en serio.

—No, si yo sé que no… —pero lo dijo poco convencida.

Levantó los ojos de su regazo y los fijó en mi cara. Abrió la boca para hablar, pero no dijo nada, solo balbuceó. Se despeinó con los dedos de nuevo y suspiró.

—¿Pasa algo?

—Es que…

—Si pasa algo, cualquier cosa, puedes contármelo.

Suspiró.

—Maca… —murmuró.

—¿Qué?

Las palabras, las dudas y el miedo que días antes había tragado se expandieron en su garganta haciendo que ni la saliva pudiera pasar. Se quedó todo allí, atascado. Negó con la cabeza, respiró hondo y dibujó una sonrisa que no consiguió engañarme.

—Esta tía es tonta. —Se rio.

—Un poco. Pero tenemos que quererla como es.

—Bueno… —fingió reponerse—, quería preguntarte una cosa. Y juro que queda entre nosotras…, ¿vas a aceptar la invitación al teatro? Porque decías que no con una cara de querer decir que sí… ¿Crees que quiere ir para recuperarte?

Alcé las cejas. No voy a mentir, yo también había pensado en ello. Quizá había fantaseado un poco…, no pude evitarlo, aunque supiera la verdad.

—No, Adri. Leo no quiere recuperarme —añadí triste.

—¿Por qué? A ver…, sé que lo que os pasó es fuerte y que tú lo has odiado mucho estos años por ello, pero… ¿os dais cuenta de cómo os miráis? Nunca te había visto esos ojillos. —Levantó las cejas—. Y él…, madre mía, Maca, cómo te mira…

Sonreí con nostalgia.

—Lo sé —asumí sin mirarla—. Pero la razón por la que Leo no quiere recuperarme y yo no quiero que lo haga es que… es imposible. Lo intentamos y no funcionó. Lo intentamos tanto que lo rompimos. Nos hemos roto el uno para el otro.

Cogí mi vaso de café y ella no añadió nada más que un golpecito afectuoso en la rodilla.

—Lo siento, Maca. No quería…

—Ya lo sé. No te preocupes. Pero…, oye…

—¿Sí? —Cogió su café y le dio un trago.

—Cualquier cosa…, cualquiera que te pase por la cabeza y quieras compartir…, estoy aquí.

Adri asintió. Un silencio nos sobrevoló. Uno que decía muchas cosas sin decir nada. Me quedó claro que, fuera lo que fuera lo que callaba, lo hacía no por miedo a que la juzgáramos, sino por miedo a juzgarse ella misma. Aún no sabíamos la cantidad de cosas que tendríamos que aprender en los siguientes meses sobre los vacíos en nuestro interior que habíamos llenado con excusas.

49. «Big girls don't cry», Fergie
El derrumbe

Deberíamos aprender que las cosas jamás llegan cuando las deseamos. Podríamos refugiarnos en la creencia de que lo hacen cuando las necesitamos, pero tampoco creo que sea exactamente así. Las cosas están ahí fuera, y nosotros las perseguimos como niños con una red, intentando atrapar mariposas... o pompas de jabón. Unas veces se posan en nuestras manos para que podamos admirarlas. Otras... se van y tenemos que aprender a sonreír cuando las vemos volar lejos.

Creo que, con todo, en aquel momento yo ya había asumido, al menos, que los deseos no son verdades y que no podía dictar el ritmo al que sucedían las cosas. Lo que quiero decir es que...

Por si mi vida no fuera lo suficientemente surrealista, Coque me mandó un mensaje queriendo ser... ¿romántico? ¿Poético? ¿Sincero? Vete tú a saber. Llevaba viéndome con él año y medio y seguía sin tener ni la menor idea de cómo funcionaba su cabeza. Que aquel mensaje llegaba tarde para mí, estaba claro; antes un mensaje suyo se celebraba en mi estómago con efervescencia y aplausos, pero tenía que ser sincera y aceptar que ya no me hacían ilusión, por más que se estuviera esforzando. Entre otras cosas, me decía que no se había dado cuenta de cuánto «molaba» estar conmigo hasta que le di calabazas.

No sé si estaré a tiempo de invitarte a salir como Dios
manda algún día. Te mereces algo más que llevarte las
pelusas de debajo de mi cama pegadas a las suelas
del zapato.

Pensé en ignorar su mensaje; total, ¿para qué? Pero luego me dije a mí misma que yo no era así y por todas las veces que me fastidió no recibir respuesta a los míos, hice el esfuerzo. Dicen que el cosmos acaba recompensando este tipo de esfuerzos:

Coque, estuvo bien mientras duró, pero se nos pasó
el tiempo de hacer el tonto por Madrid, como si fuéramos
dos críos. Tengo que salir a buscar lo que quiero, pero
sin rencores. Siempre serás el chico más divertido con el
que pasé, jamás, un viernes noche.

Me costó hacerlo, lo admito. Sentí la tentación de darle unas mínimas esperanzas para que no se marchase del todo, pero…, ¿a quién quería engañar? Coque no era lo que yo quería. Nunca lo fue. Coque era una proyección de lo que pude haber tenido. Otra mala elección. Sabiéndolo… ¿qué sentido tenía alargarlo?

Ni las chicas ni la soledad ni una copa de vino. Ni siquiera esa canción que te reconcome y conmueve. No hay nada que consiga sacar de una la astilla que quedó más honda, más que mamá o papá. Papá nunca fue de hablar mucho por teléfono… Paradójicamente, se pasó media vida trabajando para una empresa de telefonía, hasta que se jubiló. Sabía, como sabemos todas las hijas, que mi padre se olvidaría de su animadversión hacia el teléfono si yo le necesitaba, pero en aquella ocasión era mi madre quien debía responder a mis ansiedades, aunque luego se lo contasen todo. A pesar de lo mucho que necesitaba yo a Jimena y Adriana y del tiempo y cariño que invertíamos en nuestra pequeña familia creada en Madrid. Con una familia se nace y otra se hace. Pero mamá es mamá y a veces es lo único que necesitas. La palabra de mamá, la dureza de su sinceridad y la calidez de su mimo. Eso me hacía falta.

—Mami… —rezongué en cuanto la escuché descolgar.

—¿Qué pasa?

—Nada…

—Algo pasa.

—¿No puedo llamar para ver cómo estáis?

—Claro que sí, pero es que cuentas con la desventaja de que soy tu madre, te parí y te conozco… y a ti te pasa algo.

¿Para qué darle más vueltas?

—Voy a contarte una cosa, pero no quiero que pongas el grito en el cielo. Te llamo para que me calmes, no para que me pongas más nerviosa.

—¿Qué has hecho? —se preguntó asustada.

—Nada. Es solo que…, bueno, tú sabes que Leo está en Madrid, ¿verdad?

—Virgen de la Macarena… —la escuché rezar a media voz.

—Ya lo sé. —Apoyé la frente en mi puño.

—Dime que no estás pensando…

—No estoy pensando, mamá, ese es el problema.

—¿Ha pasado algo entre vosotros?

—Lo de hacernos la vida imposible ya te lo imaginas, ¿no?

—Parecéis chiquillos, Maca —se quejó—. Y creo que ya te quedó claro que esas cosas no terminan nunca bien. ¿Qué es lo que pasa?

—Que lo odio. —Cerré los ojos—. Lo odio tanto que creo que aún lo quiero.

Mamá suspiró.

—Maca… —se quejó.

—Ya lo sé, mamá. ¿Por qué crees que te llamo?

—¿Y él…?

—Él me ronda, pero no sé qué quiere.

—Pero… ¿desde cuándo volvéis a hablaros?

—Es una historia muy larga.

—Pensaba que no querías volver a verlo y…, no sé, Macarena. Llevas dos años esquivándolo hasta en Navidades.

—Tres años —puntualicé.

—¿Ya hace tres años? Cómo pasa el tiempo.

—No vayas a decirme que se me está pasando el arroz, por favor.

—¿Cómo te voy a decir eso? Menuda tontería. Tú haz con tu vida lo que te haga feliz…, menos tomar drogas o salir con delincuentes. Ni de medio pelo, Maca, ¿eh? Que puede parecerte muy emocionante pero luego la vida se complica.

Sonreí.

—¿Saliste con El Vaquilla de joven, mami?

Le entró la risa, pero la contuvo pronto. Otro de esos suspiros de mamá cruzó la línea telefónica.

—Maca…, te lo digo en serio. ¿No aprendiste nada?

—A hostias aprendí.

—Sabes cuánto lo quiero, se crio en casa con vosotros…, lo he visto crecer, fue el mejor amigo de Antonio, fue tu novio. He tenido que hacer de tripas corazón y fingir que no ha pasado para no estropear la relación con sus padres, pero a mí no se me olvida. Y tú tampoco deberías olvidarlo. Hay muchos hombres en el mundo…, muchos con los que puedes ser feliz. No te encabezones con el único con el que sabes seguro que no puedes serlo.

—No estoy pensando en volver con él —aclaré.

—¿Entonces?

—Estoy pensando en perdonarlo.

—Quizá es lo que tienes que hacer. Perdonarlo y seguir adelante.

—Pero es más fácil odiarlo, mamá. Si le perdono se habrá acabado.

—Se acabó el día que decidió marcharse. Piénsalo bien y quiérete lo suficiente como para curarte ya de esos recuerdos. Creo que no tengo que decir nada más.

Contuve las ganas de llorar mordiéndome el labio hasta hacerme daño. Recorrí mentalmente el pasillo de la casa de mis padres, crucé el salón y abrí la puerta de la habitación de invitados. No pude hacer lo mismo con las del armario, ni siquiera mentalmente.

Se acabó el día que decidió marcharse. Se acabó el día que cerré el armario de la habitación de invitados por última vez. Debía grabármelo a fuego en la cabeza. Y en el pecho.

Ojalá mamá hubiera podido avisarme de que, en la vida, todo suele precipitarse a la vez, estemos o no preparados.

El viernes llegué a nuestra oficina temprano, como siempre y cuál fue mi sorpresa al encontrar a Pipa ya allí. Parecía un poco desencajada. No lucía su clásica buena cara y apenas se había maquillado; aun así estaba guapísima. Quizá más, porque parecía… vulnerable.

—Buenos días —le dije echándole un vistazo al reloj—. Qué madrugadora. Apenas son las ocho y cuarto.

—Ya lo sé. Tú también llegas pronto —respondió.

—Los viernes siempre llego un poco antes.

Dejé el bolso en un cestito junto a mi mesa y encendí mi ordenador. Me fijé que había un par de pañuelos de papel arrugados junto a su ratón. ¿Había estado llorando?

—¿Quieres un té? —le ofrecí.

—He intentado hacérmelo yo pero… —Negó con la cabeza—. Mi madre va a tener razón y con tanto malcriarme me hizo una inútil. No entiendo cómo funciona el hervidor de agua.

No quise hacer leña del árbol caído añadiendo que podía haber calentado agua directamente en el microondas…

—No te preocupes. Yo te lo preparo. ¿Verde?

—Lo que prefieras.

Me metí en la trastienda y puse en marcha el hervidor y la cafetera. Preparé con mimo una infusión de té negro con sabor a «cookies» de The Tea Shop, mi café americano y un platito de galletas. Se lo acerqué con cuidado. Recuerda, el animal herido lanza dentelladas.

—Toma. Es dulce, así que no le añadí nada.

—Huele bien —dijo como en trance.

—¿Quieres una galleta?

Creí que la rechazaría, pero la cogió y se la llevó a los labios.

—¿Estás bien? —le pregunté.

—Sí. No te preocupes.

—Pipa… —Me agaché junto a su mesa—. Sé que no somos amigas pero…

Levantó la mirada y suspiró.

—¿Sabes lo peor, Maca? Que no somos amigas, pero eres la única persona a la que le puedo contar esto.

Acerqué mi silla y me senté con las dos manos alrededor de la taza.

—Cuéntamelo.

—Es por Eduardo.

—¿El italiano?

—Sí —asintió.

Malditos tíos, pensé. Mierda. ¿Estaba empatizando con Pipa?

—¿Qué pasa con él?

—Que… se ha enamorado de mí.

Eso no me lo esperaba. Pestañeé. ¿Alguien más se imaginaba que la historia iba por unos derroteros completamente diferentes? Algo como que el chico se había cansado de ella y había dejado de contestarle los mensajes picantones. Pues no. A Pipa esas cosas no le pasaban. Eso me ocurría a mí, que construía toda mi vida alrededor de una promesa pronunciada por Leo y después se me venía todo abajo.

Me repuse.

—Ya…, y temes herir sus sentimientos.

Me miró… como solía mirarme ella, como si hubiera sufrido algún accidente del tipo «rodar por las escaleras de cabeza» y tuviera que repetirme las cosas muchas veces.

—No, Maca. No es que tema herir sus sentimientos, es que temo herir los míos.

¿Mande? Que alguien me lo explique.

—No te entiendo —me atreví a decir.

—Estoy colgada como una niña. —Se tapó los ojos avergonzada—. Me gusta él, me gusta su voz, sus manos, su forma de liar los cigarrillos y hasta lo sucias que le quedan las uñas después de pasarse el día tatuando. Me gusta la manera en que me besa, como si se fuera a ahogar si no lo hace. Dios…, me he enamorado.

—Y… ¿dónde está el problema? —le pregunté—. Él te quiere y tú a él.

—Maca, ¿de qué jodido cuento de Disney te has escapado? —me recriminó con menos dureza de la que pensaba, casi con una sonrisa triste—. Eso es lo que me jode de ti. Que sigues creyendo en los finales felices y te vas dando hostias en la vida sin aprender.

Pipa diciendo «joder» y «hostia». Se acercaba el fin del mundo, estaba claro.

—Pero…

—Estoy con Pelayo. Vivo con Pelayo. Voy a casarme con Pelayo.

—¿Vas a casarte con él? —Fruncí el ceño. Era la primera noticia que tenía sobre el asunto.

—Sí. Íbamos a anunciarlo después de París, como si me lo hubiera pedido allí. Ya teníamos pensadas las fotos bajo la Torre Eiffel. —Suspiró—. Bueno, las seguimos teniendo pensadas. Lo incluiremos en el programa de redes sociales de junio. Esto no ha cambiado nada.

—Claro que sí. Esto lo cambia todo. No puedes casarte con alguien a quien no quieres.

Se acercó la taza a los labios y bebió.

—Sí puedo y voy a hacerlo. Pelayo es quien me conviene. Con él, tendré la vida que me merezco. Y con Eduardo… ¿qué? ¿Vivir en un pisito enano en la zona fea de Milán y pasearme encima de una moto desvencijada? No soy tan hippy.

Ni tanto ni una pizca, Pipa, querida. Pero no se lo dije. No era momento.

—Mira, Pipa, de verdad que estoy haciendo un esfuerzo por comprenderte pero…

—A ver. —Levantó la cara con dignidad hacia mí—. Tengo dos opciones: casarme con Pelayo, comprar el piso de la calle Lagasca con él y tener hijos preciosos o irme a Milán a vivir con un tío que ni siquiera tiene su propio estudio de tatuajes y pasarme la vida debatiéndome entre lo loca que estoy por él y lo mucho que le culpo por no darme lo que creo que merezco.

Puntualización número uno: ¿y la posibilidad de quedarse sola para aclararse o para buscar la felicidad por sí misma? ¿Y conseguirse la vida que creía merecer con su propio trabajo? Pero ¡si ganaba una pasta! Supongo que nunca es suficiente si eres Pipa de Segovia y Salvatierra.

—Pipa, yo tengo algo que decirte. —Hice de tripas corazón—. No te lo he dicho antes porque temía hacerte daño.

—Dime que no te has acostado con Eduardo.

—¿Yo? ¡No! Pero… ¿cómo iba yo…? Da igual. No es eso. Es que… ¿te acuerdas del día que fui a tu casa para echarle un vistazo a los armarios?

—Sí. ¿Qué pasa?

—Pues que… cuando abrí me extrañó que Glitter no viniera a recibirme.

—No fue a recibirte porque es un perro del infierno que come zapatos de marca —sentenció.

—Qué va. Es adorable. Lo que quiero decir es que, como no lo veía por ninguna parte, decidí ir a buscarlo y escuché una especie de gimoteo en tu dormitorio. Entré y… vi a Pelayo con…

—Con un tío —terminó de decir con una expresión que no se traducía en ninguna emoción.

—Eh…, sí —asentí con firmeza—. Estaba con un tío… entre las piernas.

—Ya. Es su amigo Rodrigo.

—Creo que no me estás entendiendo.

—Macarena. —Sonrió—. Te estoy entendiendo perfectamente. Pelayo se acuesta con Rodrigo desde hace años.

Creo que si en aquel momento me hubieran pinchado, no me hubieran sacado ni una gota de sangre.

—Pero… ¿lo sabes?

—Claro. Desde que lo conozco.

—¿Cómo puedes…? No es un reproche, que conste, es solo un intento de entenderte…

—Cómo puedo… ¿qué?

—¿Cómo puedes vivir con alguien a quien no quieres?

—Está todo bien. —Se encogió de hombros—. Es como tiene que ser. Él tiene su dormitorio. Yo el mío. Representamos bien el papel y nos hacemos compañía.

—¿Y el amor?

—El amor, el amor…, Macarena. —Puso cara de asco—. ¿Es que aún no te has dado cuenta de que el amor solo sirve para debilitar? El sexo y el dinero. Esas son las dos cosas que mueven el mundo.

—Pero ¿tú no…? Con él, con Pelayo, quiero decir. ¿Él y tú tenéis… sexo?

—No. Bueno…, alguna vez. Teníamos que comprobar si era físicamente posible que en el futuro… tuviéramos hijos sin tener que recurrir a la inseminación artificial. Pero normalmente no nos acostamos. Él se acuesta con Rodrigo y yo hago lo que puedo.

—¿Quieres decir que Eduardo no es el primero?

—¿El primero? —Levantó las cejas—. Es el primero con el que te tengo que dar explicaciones, Maca. Normalmente soy mucho más discreta pero con él…, fue verlo y me voló la cabeza.

Parpadeé intentando ordenar pensamientos.

—Lo de Pelayo y yo es un acuerdo mutuo. Es… como mi mejor amigo. A mis padres les encanta, a los suyos les encanto yo. Y tendremos una vida maravillosa porque nadie se enterará de esto. Si sus padres supieran que es gay… —Puso los ojos en blanco—. Desheredado es decir poco.

Dios mío de mi vida. Hay gente ahí fuera muy retorcida.

—Pipa. —me atreví a cogerle la mano—. A la mierda la herencia. A la mierda el piso en Lagasca. Solo vivimos una vez. ¿Qué sentido tiene no estar con alguien de quien estás enamorada y que te quiere también?

Apartó la mano con suavidad. Algo en su expresión me dijo que, a pesar de mis buenas intenciones, mis consejos le servían de bien poco. El león no quiere que el ratón le diga qué podría hacerle feliz. Menuda osadía la mía.

—Maca, entiendo que no comprendas mi concepto de la felicidad; yo tampoco entiendo el tuyo. Deberías pararte a pensar que, quizá, lo que vale para ti, no vale para mí.

—Pero... —intenté justificarme.

—Mira, voy a ser muy sincera contigo y, aunque no me lo has pedido, te voy a dar un consejo: deja de intentar arreglar la vida de los demás y empieza a ordenar y entender un poquito la tuya.

—No tengo queja de mi vida —me defendí como una tonta.

—¿No? —Levantó las cejas con una sonrisa malévola—. Tú misma me lo dijiste una vez: desde que tu ex te dejó no levantas cabeza. ¡Tu vida es un desastre!

—No lo es.

—Claro que sí, Maca. Haz un poco de balance. ¿Qué tienes? ¿Qué has alcanzado en la vida? ¿Qué...? ¡Si ni siquiera has sido capaz de olvidarle a él!

—Eso no es justo.

—¿Y la vida sí lo es? ¿Tanto te cuesta entenderme? Pues voy a ahorrarte años de terapia: a tu ex le pasó lo mismo que te estoy contando cuando te dejó tirada.

Me tembló la barbilla. ¿Cuándo habíamos pasado a hablar de mí? ¿Cómo me había convertido yo en la diana de su rabia y frustración?

—No te entiendo.

—Tú, Macarena, la persona que tanto lo quería y a la que él también quería, ibas a arrebatarle sus propios sueños y ambiciones. Te dejó porque eras un lastre. Cuando alguien quiere como tú entiendes el amor, ese amor se lo come absolutamente todo. Y después, con los años, solo queda la rabia de saber que aun así el amor no compensó. No hubiera sido suficiente, y él lo sabía.

Abrí la boca para contestar, pero no supe qué decirle.

—Sí, querida. Te dejó porque no quería odiarte toda la vida por haberle robado sus sueños. ¡Sorpresa!

Yo... ¿había sido un lastre? ¿Mi amor? ¿Los años? ¿Las canciones? ¿Los recuerdos? ¿Los primeros besos? ¿La pasión?

Me levanté de golpe, haciendo que la porcelana de su taza chocara con la del platito, y me llevé la mano al pecho porque pensé que me ahogaba. Quise tranquilizarme pero solo pude dejar caer los puños en paralelo al cuerpo y clavarme las uñas en la palma.

Lo supe hace tiempo. Toda aquella información que Pipa me robó, fingiendo querer ser mi amiga cuando nos conocimos, era poder en sus manos. Ella funcionaba de esta manera: conocer a alguien no la hacía sentirse cerca de esa persona, sino poderosa, capaz de resolver cualquier situación así…, devolviendo el golpe. Lo único que había intentado era hacerle sentir bien, hacerle ver que no estaba sola, que alguien comprendería que lo dejase todo…, ¿y qué hacía ella? Dar la vuelta al espejo, empaquetar toda su pena y convertirla en un arma arrojadiza. ¿Se sentía débil? Me atacaba. ¿Necesitaba una inyección de seguridad? Me humillaba. ¿Se daba cuenta de lo inútil que era? Convertía mi trabajo en un infierno. Lo aguanté todo, pero… con Leo no. Soporté carros y carretas, acumulé la frustración, me tragué la necesidad de sentir que me apreciaba de alguna manera y seguí adelante, quizá por cobardía, lo sé…, pero ahí estaba su lengua, envenenando el único espacio que quedaba sin Leo. Y no lo soporté. La gota que colmó el vaso.

—No entiendo. —Cerré los ojos y me corregí—. No entendía por qué eras así. Por qué se respira tanta amargura a tu lado. Lo tienes todo, ¿sabes? Pero quieres más. Tanto, que te vas a quedar sin nada. Dudo mucho que entiendas lo que es querer, ese es tu problema. El motivo por el que Leo me dejó, por cierto, no es de tu incumbencia. Sin que sirva de precedente, Pipa: que te follen. Cómete una mierda. Vete a tomar por el culo. Tu novio te puede enseñar cómo va el asunto.

Me giré, cogí el bolso y me fui hacia la puerta con dignidad.

—El lunes a las nueve de la mañana te quiero aquí —dijo Pipa sin rastro de emoción en la voz—. Olvidaré que has dicho eso. Y tú olvidarás lo que sabes si no quieres que te meta por ese culo paleto que tienes una demanda que te parta por la mitad. Y ahora… cierra la puerta con cuidado.

Di un portazo que hizo vibrar las ventanas de todo el edificio.

50. «Mrs. Potato Head», Melanie Martinez
Ponte la máscara, corre,
no vayas a arriesgarte a ser feliz

Adri había discutido con Julián por la mañana, antes de ir a trabajar, pero no nos había contado nada porque «ni siquiera recordaba cómo había empezado el cruce de reproches» con su marido. Pero déjame decirte una cosa…, esa era la excusa que ella se ponía para no compartirlo con nadie más. La verdad es que el tema principal había sido Julia.

Fue un comentario que su marido dejó caer, sin importancia. Puede que no estuviera bien dicho, que fuese desafortunado, pero no creo que Julián lo hubiera hecho con mala intención. Estaban tomándose un café en la cocina, comentando algo de unos compañeros de trabajo, cuando dijo que debería pasarles el teléfono de Julia para que les alegrara las noches y dejaran de estar tan amargados.

Podría haber pasado desapercibido, pero no lo hizo porque el nombre de Julia brillaba demasiado. Podría haber reaccionado mal por varios motivos; que sospechase que su marido tenía ganas de volver a meterse en la cama con una mujer que no era ella, por ejemplo, o por la aparición así, sorprendente, del nombre de la tercera en discordia. Pero lo que le molestó no fue eso, fue que el trasfondo de su comentario no dijese nada bueno de Julia.

Lo acusó de ser un machista, de tratar a alguien que le había cedido su intimidad como a una prostituta, de ser un insensible, un obseso del sexo, alguien con la única preocupación de satisfacer sus necesidades sin pararse a pensar en las de su mujer.

—A ti te da igual que yo no sea feliz si consigues bajarme las bragas.

No sabía por qué había dicho aquello. Siempre pensó que era feliz. Aunque supiera que, al cien por cien, no lo era. Estalló, pero sin entenderlo.

Jimena le había dicho que tenía una cita romántica con Samuel aquella noche y se olía que la oferta del teatro traería cola entre Leo y yo, de modo que se quedó quietecita y no lanzó ningún mensaje al grupo sobre su discusión. Se fue a trabajar de mal humor pero fingiendo estar bien, se compró un frappuccino con mucha nata antes de entrar en la tienda y quedó con Julia en verse aquella tarde. Qué buena excusa la de suponer que nosotras tendríamos cosas que hacer.

Pero lo importante no fue lo que pasó aquella mañana. Mientras ella trabajaba y yo miraba el techo de mi habitación; mientras Jimena fingía estar muy ocupada, pero miraba el catálogo de una conocida firma de ropa interior por si algo le convencía para su noche romántica, el mundo siguió girando como siempre.

Se vieron cerca de casa de Julia pero en lugar de subir directamente, pusieron rumbo al chino del barrio para hacerse con unas botellas de tinto de verano frías y algo para picar; así podrían acomodarse en el balcón a ver pasar a la gente, charlar y beber algo fresquito.

Adri estaba contenta de verla, como siempre, pero no podía quitarse de la cabeza la discusión con Julián y se le notaba. No había sido nada grave, pero ella, por más que se lo negara, sabía por qué le preocupaba.

Bajaban por la cuesta que llevaba a la tienda calladas cuando Julia le dio un empujoncito amistoso.

—¿Qué pasa?

—Nada. —Le sonrió.

—¿Seguro?

—Seguro. Solo estoy cansada.

—Vaya… ¿quieres que vayamos a tu casa mejor? —Julia se paró en la calle y Adri tiró de ella para seguir andando.

—Qué va. Dentro de un rato estará por allí Julián. Paso. —Puso los ojos en blanco.

—A mí no me molesta.

—Oye, si quieres ir a mi casa para verlo, no tienes que buscar excusas. Dilo y ya está —respondió Adriana a la defensiva.

Julia se apartó de ella de inmediato, sorprendida por tanta hostilidad, y Adri se mordió el labio arrepentida.

—Joder. Lo siento. —Se frotó la cara—. Es que… discutí con él esta mañana.

—Y… ¿por qué discutisteis? Si se puede preguntar…

Se lanzaron un par de miradas significativas. Adri no quería decirle que ella había sido el tema principal de la disputa, pero creo que a Julia le quedó bastante claro.

—Vaya… —musitó Julia.

—Bueno, ha sido algo sin importancia. Cosas que pasan cuando una está casada.

—Algún día te preguntaré por qué te casaste tan joven.

—Algún día te contestaré que en su día me pareció buena idea.

—¿Ahora no?

Adri suspiró. No lo sabía, así que se encogió de hombros.

—Supongo que las relaciones pasan por altibajos. Hoy hemos discutido…, ya está.

—¿Cómo es él? Contigo, me refiero.

Aquella pregunta la incomodó. Se acordó de Jimena asegurando que Julia quería «birlarle» el marido y se preguntó si no estaría tratando de sonsacarle información con la que después intentar seducirlo. Ese supuesto la hizo sentir incómoda, pero no por lo evidente...

—Es un tío muy práctico, pero siempre me ha tratado muy bien. Es un buen chico, muy centrado; siempre ha sabido lo que quiere de la vida. Y con él me siento segura.

—No suena muy romántico.

—No todo en la vida tiene que serlo.

—¿Lo es a veces? Romántico, me refiero.

Se miraron mientras caminaban despacio.

—Supongo. ¿A qué tipo de romanticismo te refieres?

—A si te sorprende con una cena en casa, si te regala unas entradas para ver en el cine esa película en versión original de la que tanto has hablado, aunque sea poca cosa. Si sientes que te comprende, aunque no tengas que decirle lo que te preocupa.

Adri parpadeó muy rápido e intentó tragar saliva, pero tenía la garganta seca.

—A veces me compra ropa interior, pero no suele acertar con la talla. Ya sabes cómo son los hombres.

—Ya. —Julia suspiró—. Aunque creo que no es una cuestión de hombres o mujeres, sino de... detalle. Atención. Mimo.

Dieron unos cuantos pasos más en silencio y sortearon a un par de parejas acarameladas que las hicieron sonreír.

—No recuerdo la última vez que me sentí así —susurró Julia.

—¿Cómo?

—Tan a gusto. Sin necesidad de parecer otra persona.

Cruzaron una mirada y, mientras andaban, Adri juraría que los dedos de Julia rozaron los suyos voluntariamente.

—No creas que todas esas parejas son lo que parecen. Cada una tiene sus propios problemas. Nunca es tan perfecto como parece.

Julia arqueó una ceja y sonrió.

—No lo decía por esas parejas. Lo decía por… nosotras. —Se encogió de hombros—. Ya sabes.

No. Adri no sabía, pero aun así asintió.

—¿Sabe Julián que estás aquí conmigo? —volvió a consultar.

—No.

—¿Y vas a decírselo?

—¿Necesita saberlo?

—No sé, dímelo tú.

¿Y ella qué sabía? Ni siquiera estaba segura del motivo por el que la había llamado. En un primer momento pensó que lo había hecho por despecho hacia Julián, pero ella no pensaba así. Ella hacía las cosas por un impulso natural, porque quería y le nacía. ¿Entonces?

—Estoy hecha un lío —confesó Adri en un bufido—. Y lo peor es que no tengo ni idea de por qué.

Julia bajó la mirada y dibujó un gesto de decepción. Adri paró, ella también. A su alrededor, la gente desconocida se movía sin pararse a mirar a los demás. Es lo que tienen las grandes ciudades; cualquier rincón es bueno para fundirse en el anonimato de la misma manera que en cualquier calle puedes sentirte muy solo rodeado de gente. Corría una brisa agradable que ayudaba a que el paseo no fuera asfixiante bajo el sol de un mes de mayo muy avanzado, pero ella notaba que la cara le ardía. A decir verdad, tenía el corazón desbocado y notaba sudores fríos recorriéndole la espalda, como cuando se daba cuenta de que su madre la pillaría en una mentira o al dar la vuelta a un examen que intuía que iba a suspender. Estaba aterrorizada.

—¿Por qué pones esa cara? —se atrevió a preguntarle.

—Por nada. Solo… que no me gusta saber…, bueno, que vas a esconderle a tu marido que estás aquí y que… ni siquiera sabes por qué.

—No me avergüenzo de nuestra amistad.

—Ya. Pues suena a lo contrario.

—De verdad que no, Julia. —Se acercó a ella—. Quizá es por…, porque estuvimos los tres juntos en la cama y no sé si él entendería que siga viéndote.

—Yo creo que no es por eso.

—¿Entonces?

—No soy yo la que tiene que responder a esa pregunta. Suficiente tengo yo con responder las mías.

Julia echó a andar de nuevo y Adri la siguió, arrastrando los pies. ¿Las suyas? ¿Julia también se hacía preguntas? ¿Estaría confundida como ella? Siempre le pareció que lo tenía todo muy claro, aunque ciertos detalles le siguieran pareciendo incoherentes. Julia parecía natural, lanzada, como quien tiene muy claro lo que quiere, pero luego le decía que no le importaría repetir con Julián y con ella, y… no le encajaba. Y no le gustaba. No era lo que quería que dijera.

—No sé si quiero un helado —musitó Julia jugueteando con un mechón de pelo rosa claro, intentando sonar despreocupada.

La cogió por el codo, decidida.

—No hagas eso.

—¿El qué?

—Cambiar de tema así.

—¿Y qué quieres que añada a tu «confusión»? —le respondió de pronto airada.

—No entiendo nada y parece que a ti te molesta. Necesito que me expliques…, necesito que me digas…

Julia resopló y se revolvió el pelo.

—¿Necesitas que te diga lo que te pasa, Adri? No soy tú. No puedo adivinar lo que te pasa. Con saber cómo me siento yo, voy más que cumplida.

—¿Y lo sabes?

—A ratos y mal. A mí esto también me da miedo. Sé que estás acojonada y te juro que yo también lo estoy pero…

—¿Acojonada? ¿De qué me estás hablando?

Julia se acercó un paso. Adriana dio uno hacia atrás, pero ella la atrapó por la camiseta. La saliva se le escurrió garganta abajo cuando se dio cuenta de que estaban bajo el cobijo de un discreto portal.

—Necesito que dejes de hacerte la tonta —le dijo Julia con las cejas arqueadas—. Necesito que des un do de pecho porque sola no puedo.

—Es que no sé de qué estás hablando, Julia.

—¿De qué te estoy hablando? De que me muero por darte un beso desde la tarde en la cafetería y creo que tú a mí también.

No pudo decir que no, pero tampoco que sí. Se había reprimido mucho como para permitirse admitirlo. Pero quería. Ahora que la tenía frente a ella, quería. La vio inclinarse. «Sí, por favor. No, por Dios». Cerró los ojos. Tragó saliva. Los labios de Julia se posaron sobre los suyos y, como aquella noche, le sorprendió lo suaves y mullidos que eran. Y aunque no era posible, saboreó las fresas… cuando acercó la lengua al punto donde sus dos bocas se unían. No abrió los ojos, solo la boca, como Julia. Los besos que valen la pena se dan con los ojos cerrados porque no hay miedo de que otro aparezca en el telón de fondo de nuestra imaginación.

Las manos pequeñas de Julia le acariciaron el pelo y ella hizo lo mismo. Dieron otro paso hacia atrás, hasta que su espalda chocó contra un muro, y se apretaron la una contra la otra. Los pechos pegados, las caderas buscándose, las manos recorriendo brazos, cintura, cuello, pelo…, nunca, jamás, había sentido aquello. Ni aquella noche, ni en los primeros besos de la adolescencia, ni en el sexo frenético con Julián. A Adriana aquello, por más que durara, siempre le parecería corto.

Julia se separó y cuando abrió los ojos la vio sonreír y el estómago le dio un vuelco. Sus deditos trémulos le apartaron un mechón de la frente.

—Me encanta tu pelo. Nunca te lo había dicho —susurró Julia.

—Y a mí el tuyo.

—Pienso mucho en ti.

—Y yo en ti.

—No somos amigas, Adri, ¿lo sabes?

—¿No? —preguntó temerosa.

—No. No pienso en mis amigas a todas horas, cuando me despierto, cuando trabajo, cuando como y cuando me acuesto. Y sobre todo… no quiero dormir con ellas, no quiero apretarme a sus cuerpos y no… quiero tocarlas.

—¿Y a mí…?

—A ti sí. ¿Puedo volver a besarte?

Tragó saliva segura de estar a punto de decir que no, pero asintió. Y el beso fue aún más apasionado que el anterior. Dios…, ¿desde cuándo besar con lengua era tan placentero? Abrazó a Julia por la cintura hasta que sus ombligos estuvieron pegados y se atrevió a bajar las manos hasta su culo. Una llama ardió entre sus piernas y algo le tembló por dentro alimentado por el roce de las manos de Julia subiendo por dentro de la camiseta en dirección a sus pechos. Caliente. Cachonda. Salvaje. Se asustó y se apartó. Miró alrededor. Nadie conocido por la calle.

—Vale… —susurró Julia—. Vale. Poco a poco.

Sonrió de nuevo y Adri lo hizo con ella como una reacción que no podía controlar. Julia cogió su mano, jugueteó con los dedos y los trenzó con los suyos.

—Vamos a mi casa, Adri. No aguanto más.

A Adri le sorprendió la naturalidad con la que pasaba todo entre ellas. Si no fuera por el miedo, si no fuera por las decisiones que tomó con su vida hacía muchos años… hasta estaría ilusionada.

En cuanto entró en el dormitorio y recibió el primer beso con nerviosismo, el bolso se le escurrió de entre los dedos, pero le dio igual. Necesitaba las manos para deslizarlas por encima de la ropa de Julia, para sentir su piel suave. Dios…, ¿qué estaba haciendo?

—¿Has cerrado la puerta? —le preguntó intranquila por si alguien pudiera descubrirlas.

—Deja de preocuparte. Quiero tenerte pegada a mi piel. Quiero quitarte la ropa despacio. Me muero por hacerlo. No puedo pensar en otra cosa.

Y eso fue justo lo que ella hizo: no pensar.

Nunca unos labios la recorrieron con aquellas ganas. Nunca. Jamás unos dedos curiosearon tanto en cada rincón placentero de su piel. No se había sentido tan húmeda con ningún hombre.

El pelo de Julia se deslizaba suave entre sus dedos mientras su lengua hacía lo mismo sobre su pecho. Las piernas se enredaban y las caderas se buscaban. Las manos no tardaron en encontrar el calor de la otra y se vieron pronto desnudas, de rodillas sobre el colchón, acariciándose como les gustaba hacerlo en soledad en su propio cuerpo.

Bocas. Bocas húmedas que se abrían, que dejaban caminos sobre la piel que brillaban bajo el reflejo de cualquier luz. Bocas que visitaban lugares en los que ya estuvieron, pero con el alivio de hacerlo a solas, sin ojos que las vigilaran mientras se creían parte del juego. Sabores que resultaban dulces, muy dulces. Frotándose como nunca lo habían hecho. Sexo como nunca habían pensado que pudiera hacerse. Alargándolo hasta la demencia. Hasta tirar un poco más del hilo del límite. Corriéndose con vergüenza, mirándose a los ojos, con los dedos de la otra hundidos en el interior.

Siempre lo supo, pensó. Siempre supo que si lo que a otras les llenaba de emoción a ella no le importaba era porque se estaba negando algo. Julián, el sexo, las citas, el matrimonio. Decir «Te quiero» cuando no sabría diferenciar ese te quiero al que sentía por sus amigos. Educar a unos hijos haciéndoles creer que mamá y papá estaban enamorados y explicarles, cuando crecieran, lo de las abejas y las flores, no iba con ella. Ella se había puesto un disfraz y había jugado a cumplir las reglas, pero sentía que lo había llevado demasiado lejos. Ahora, al quitárselo, se sentía desnuda. No era ella con la piel de Adriana la heterosexual, ni con el desnudo de Adriana la lesbiana. Lesbiana. Le gustaban las mujeres.

Miró a su lado cómo los párpados de Julia se volvían cada vez más pesados. Le gustaban las mujeres como ella. Por eso a veces notaba que Julián las miraba…, porque ella también lo hacía. Solía pensar que lo hacía por compararse, pero lo cierto es que sentía un cosquilleo cuando lo hacía. Y… ¿en qué pensaba cuando se masturbaba? ¿En qué? «Sé sincera, Adriana».

El peso de la fina sábana se volvió insoportable. El calor. La ausencia de brisa. El peso de su pecho. ¿Qué había hecho? ¿Qué estaba haciendo, diciéndose? ¿Qué iba a hacer? Acababa de hacer el amor con… ¿Julia? ¿Le había dicho ella que sentía lo mismo? Y… ¿ahora qué? Su vida, sus padres, su marido, su casa, su trabajo, su futuro…, ¿qué iba a hacer con todo aquello ahora que había dado el paso?

Le alegró comprobar que Julia estaba dormida cuando recuperó la ropa y se vistió en silencio, aunque cualquier alivio se esfumó con las prisas y la huida. Qué ilusa fue al pensar que alejándose de aquel colchón, podría borrar la verdad.

Tristeza. Se sintió cobarde, asustada. ¿Qué era ese nido de emociones instalado en su estómago? ¿Era amor? El amor le dio tanto miedo que no volvió a mirar atrás cuando reanudó sus pasos.

No se atrevió a mandarle el mensaje hasta que no estaba bajando hacia el andén del metro, para que no pudiera seguirla.

Lo siento. Eres increíble y me haces sentir como si tuviera veinte años de nuevo, pero no los tengo. Tomé mis decisiones y ahora tengo que vivir en consonancia. No me llames, no me escribas. Esto se acaba hoy.

Se sintió aliviada cuando cayó en la cuenta de que Julia no sabía dónde vivía, lo que no pudo evitar que la lágrima que había estado sosteniendo en sus ojos resbalara por las mejillas.

51. «Sorry seems to be the hardest word», Blue & Elton John

Solo dilo...

Pensé que lo del teatro era el típico órdago de Leo. Te lanzaba un plan, medía tu interés y si veía que era plausible que cayeras, lo ejecutaba. Si no, no. Nunca creí que las entradas existieran ni que encontrase la forma de averiguar dónde estaba mi casa, pero... vivir para ver.

Serían las ocho y media de la tarde cuando me llamó al móvil. Yo no estaba para hostias después de mi discusión con Pipa, así que enterré el móvil debajo del cojín del sofá e intenté asfixiarlo como en las películas para que se callase. Y lo conseguí. Pero el truco no fue tan efectivo con el telefonillo de casa.

—¿Qué quieres? —respondí con malas pulgas cuando me cansé de su insistencia.

—La obra empieza dentro de una hora y no es precisamente en el centro.

¿La obra? Obra la que íbamos a montar si bajaba y lo estrangulaba en la calle.

—Leo, vete a casa.

Colgué el telefonillo y volví al salón, a dar cuenta del bol de palomitas para microondas que llenaba la estancia con olor a mantequilla.

Volvió a sonar el timbre. Cerré los ojos.

—Si lo ignoras, no existe —me dije a media voz.

Paró. Me sorprendió mi poder mental y probé a mandarle flacidez de rabo durante el resto de su vida a través de mis ondas cerebrales. Eso y una almorrana muy incómoda a Pipa. Ninguna de las dos cosas llegó a su destinatario porque, evidentemente, yo carecía de ningún poder mental y Leo estaba llamando de nuevo.

—¿Puedes irte de una vez? —le pedí, casi supliqué—. No tengo el día.

—No dijiste que no —terció.

—Pues te lo digo ahora. No.

—Baja y dímelo. O déjame subir. No pararé de llamar hasta que no te vea.

Colgué. Él volvió a llamar. Probé a dejar el telefonillo descolgado, pero siguió sonando. Conozco a Leo, es un tío de ideas fijas, de modo que me puse unas zapatillas, me arreglé un mínimo el pelo y bajé al portal. Cuando vi mi reflejo en el espejo del ascensor, me sentí desnuda sin mi pintalabios rojo pero aquello no era una cita; era el enésimo «deja de tocarme unas pelotas que no tengo» entre Leo y yo. Porque físicamente yo no tenía pelotas y él, aunque fisiológicamente no era el caso, había demostrado no tenerlas en el pasado.

Encontré a Leo en la calle, apoyado en el lateral de un coche enorme, negro y brillante que claramente no era suyo. Llevaba un pantalón vaquero desgastado, una camisa blanca de sport y el pelo como siempre, entre peinado y desordenado.

—No —le dije en cuanto me vio.

—¿Qué te pasa? —Cruzó los brazos sobre el pecho.

—Nada. Ya te dije que no quería ir al teatro contigo. A decir verdad, ni me interesa demasiado el teatro ni me interesas tú —mentí—, así que haznos un favor a los dos y devuelve ese coche a quien quiera que te lo haya prestado. Y, por cierto…, qué vergüenza. Como si fueses a impresionarme con un cochazo.

—Es el único que me han podido dejar. Además, tiene buen maletero, de modo que pensé que además de nosotros, cabrían todas nuestras mierdas del pasado, el ego, la rabia y las bombas lapa emocionales que arrastramos desde los quince años.

Chasqueé la lengua y miré al suelo.

—Leo, no es el día para insistir.

—Mira, no voy a ir a ver esa obra solo, de modo que... ¿por qué no vamos a tomarnos algo y me cuentas qué te pasa?

Miré al cielo, que se oscurecía poco a poco.

—Porque no quiero verte ni hablar contigo ni contarte nada. ¿Sabes desde cuándo? Desde hace tres años. ¿Sabes por qué? Porque...

—Sé muy bien por qué —me cortó—. ¿Qué te ha pasado? ¿Es por lo de tu trabajo?

—¡Dios! —rugí. Me pasé la mano por el pelo, di una vuelta sobre mí misma y volví a entrar en el portal, dejándolo allí, apoyado en su coche.

El móvil empezó a vibrar en el mismo momento en el que volví a entrar en casa.

—¿Es que estás sordo? —grité.

—Acabo de aparcar el coche justo en la puerta. No iremos a ninguna parte, pero baja.

—¿Para qué?

—Porque tienes mala cara y me he quedado preocupado.

—¿Sí? Es una ocasión de puta madre para llamar a tu madre y decirle que estoy hecha una mierda. No pierdas la oportunidad.

—Baja. Tú necesitas hablar y yo que me hables. No diré nada más.

Colgó. Lo peor es que colgó. ¿Por qué no me decidí por la opción de mandarle heces por correo postal? Así al menos me hubiera dejado en paz, ¿no?

El teléfono emitió un pitido corto y cuando miré la pantalla descubrí un mensaje suyo:

Por favor.

Entré en el coche con cara de pocos amigos, mirando al frente y cerré con un poco más de fuerza de la necesaria.

—Gracias —dijo.

El asiento de cuero me acogió con suavidad. Era cómodo, olía a nuevo y al perfume de Leo, que ya no me parecía familiar. El coche era una pasada.

—¿Qué marca es esta? —Señalé el símbolo del volante para romper el hielo.

—Lexus. Tengo compañeros con mucha pasta.

—¿Cuánto cuesta este coche?

—Unos cincuenta mil euros.

—¿Me quieres decir que alguien es capaz de gastarse cincuenta mil euros en un coche? Después tendrán que vivir en él, no me jodas.

—Ay, Macarena. —Se rio—. ¿Vivir en él? Mejor no preguntes cuántos metros tienen sus casas.

—Estoy de los pijos hasta mi culo paleto.

Me lanzó una mirada de incomprensión.

—¿Qué?

—No me hagas caso.

—¿Quieres hablar aquí?

—No quiero hablar, Leo. —Cerré los ojos y me froté la frente en mi ya clásico tic—. Ni aquí ni en Papúa Nueva Guinea.

—Vale. Ehm… —dudó, mirando alrededor, y se pasó la mano por la boca—. ¿Y un paseo? Por aprovechar que me lo han prestado. Recuerdo que siempre te quedabas muy callada en los viajes en coche y que decías que te relajaba.

—¿Me vas a dejar en paz si digo que sí?

—Probablemente.

—Pues dale.

Leo conduciendo era una tortura que había olvidado. Seguramente, por mi bien, mi cerebro había borrado todos los recuerdos en los que él estaba sentado al volante. Me cago en la fruta de temporada. Si Pipa hubiera sabido lo que producía en mí, seguramente me hubiera puesto grabaciones de él conduciendo mientras sujetaba mis párpados como en *La naranja mecánica*.

Suave. Seguro. Fiable. Con una mano siempre sobre el volante y la otra viajando de su muslo al cambio de marchas. Sus piernas moviéndose sutilmente cuando pisaba el embrague, el freno o el acelerador. Mirando el espejo retrovisor…

—¿Es por Pipa?

El silencio que se había instalado en el coche se rompió y cayó hecho añicos sobre nosotros.

—A veces me pregunto por qué narices tuve que venir a Madrid. —Suspiré—. Trajo cosas buenas, pero… ¿qué hago con las malas? A algunas les han crecido piernas y han aprendido a perseguirme.

—Una vez hecho no se puede deshacer. ¿Para qué insistir en lo malo?

—Pues porque las cosas no son así. Callándolas no desaparecen. Solo se quedan dentro, se encallan en el hueso y ya no hay Dios que las saque.

—Ya… Aclárame una cosa, ¿ahora hablas de Madrid o de nosotros?

—De nosotros, Leo. Siempre hablo de nosotros.

Me apoyé en la ventanilla, con la mirada perdida.

—Siento haber forzado esto, pero necesitaba hablar contigo —murmuró.

—Soy toda oídos.

—Así no, Maca. Hagámoslo bien al menos una vez.

Chasqueé la lengua contra el paladar y me froté la frente.

—Siempre haces eso cuando estás nerviosa. —No lo miré, pero deduje por el tono que sonreía—. Te frotas como si te picase todo el cuerpo. Tu madre odia que lo hagas.

—Dice que parece que tenga pulgas. También odia esto que nos empeñamos en tener entre nosotros, Leo. Quizá debería hacerle caso.

—Me encantaría decirte lo contrario, Maca, pero tu madre tiene razón. Lo que hay entre nosotros… de poco sirve.

—¿Has venido a eso? ¿A aclararme que lo nuestro es imposible? Ahórratelo, por favor. Después de lo que me hiciste, me ofende que creas que voy a lanzarme en tus brazos a la mínima. Que estés siendo civilizado no te hace mejor. Que nos hayamos hecho un par de pajas no cambia nada.

—No he venido a eso.

—¿Entonces? ¿Qué es lo que nos pasa? —le dije—. ¿Por qué siempre hacemos lo mismo?

—Porque se nos encalló en el hueso.

Me volví hacia él y me sonrió triste.

—¿Sabes cuánto te quise?

—Calla. —Aparté la mirada.

—No. Escúchame…, ¿sabes cuánto te quise? ¿Te lo demostré alguna vez?

—Supongo que a tu manera, pero déjalo. No quiero hablar de…

—Eres la única mujer capaz de hacerme perder la cabeza, pero para mí eso nunca fue bueno. La vida no es como las películas, Macarena. No me gusta sentir que me haces perder el control. Siempre te quiero demasiado, te odio demasiado o espero demasiado y en el exceso nos diluimos. Somos dos amigos que llevan tanto tiempo enamorados que el amor se les ha podrido en el pecho.

Suspiré.

—Olvídalo. Déjalo correr. Un día se nos olvidará y ya está.

—¿Es esta la vida que quieres?

—Claro que no —escupí—. Yo quería alquilar una casa con parcela en las afueras de Valencia, tener perro y dos hijos contigo, pero te fuiste, me dejaste tirada y ahora no tengo ni idea de qué es lo que quiero. Tengo un curro de mierda con una tirana a la que no consigo pararle los pies, vivo sola, no consigo tener una relación profunda con nadie y en lo único que me diluyo es en la rabia que me da perder el tiempo pensando en lo que fuimos y lo que me hiciste.

—Ya. —Se humedeció los labios—. Lo asumo. Esto te lo he hecho yo.

—Dime una cosa...

Me volví hacia él. Me dolió en el primer golpe de vista, como aquella noche en la plaza de Santa Bárbara que parecía tan lejana. En sus ojos se reflejaba el brillo de las farolas que alumbraban las ramas de los árboles que teníamos sobre nuestras cabezas, abrazando la avenida que recorríamos. Recordé una noche de verbena, años atrás, cuando éramos unos críos. Bailamos y cantamos bajo unas luces que creaban en su pelo un brillo similar.

—¿Te fuiste por miedo a que la vida conmigo te robara lo que querías? ¿Fue por eso, porque no querías odiarme por no alcanzar tus metas profesionales?

Frunció el ceño y sus labios se apretaron el uno contra el otro en un silencio que se hizo eterno. Dejó la mano en el cambio de marchas y sin mirarme respondió:

—No.

—Puedes decirme la verdad.

—Y voy a decírtela: me fui por cobarde.

—No tienes que dulcificarlo —conseguí decir.

—No estoy dulcificándolo. Me fui porque me daba pánico arrastrarte a una relación de mierda como la que tuvimos desde el principio: nos queremos, nos peleamos, nos odiamos, nos perdonamos y... vuelta a empezar.

—Me dejaste por mi bien, ¿no? —respondí con sarcasmo—. Muchas gracias, Leo.

—Te dejé porque te quería tanto que estaba completamente acojonado.

—¿Te presioné? Para dar el paso…, ¿te presioné?

—Un poco —asintió—. Pero tomé las decisiones que tomé porque quise. En realidad… porque quise hacerte feliz y pensé que aquello lo haría, que lo arreglaría.

Vi sus dedos agarrar con fuerza el cambio de marchas y aparté la mirada. Su rabia, su miedo, sus explicaciones…, ya no debían hacerme sentir nada.

—Te largaste —le recriminé—. ¿Sabes cómo me sentí?

—Me lo imagino.

—¿Valió la pena? —Arqueé las cejas—. La libertad ¿valió perder los planes, lo que teníamos y hasta a tu mejor amigo?

La expresión se le ensombreció un poco más cuando mencioné a mi hermano. El día que se largó, tres años atrás, fue la última ocasión en la que hablaron. Antonio corrió detrás de él para intentar disuadirlo, aunque nadie se lo había pedido. El resultado fue una relación rota y sin arreglo, dos familias a las que les quedaban por delante muchos esfuerzos por mantener en pie, al menos los escombros de lo que fueron, y dos mejores amigos que no volvieron a hablarse.

Leo tragó saliva.

—Por supuesto que no, pero nunca creí que fuera a compensar.

—¿Pensaste en mí? —pregunté.

—No quería.

—No te he preguntado si querías.

—Macarena… —Parpadeó despacio, cansado—. Ya lo sabes. No he dejado de pensar en ti ni un día desde que cumplí los quince años.

Tragué saliva.

—¿Conseguiste ser feliz?

—No. O a ratos. No sé. Nada como cuando tú y yo lo éramos.

—Lo éramos durante tan poco tiempo que solo recuerdo fogonazos.

—A mí también me pasa. Me da la sensación de que fuimos canciones… Todo lo que tuvimos, lo que sentimos…, está en un puñado de canciones. Y lo que sentíamos duraba lo mismo que estas…, minutos.

Como toda pareja, tuvimos las nuestras, pero no creo que se refiriera a aquello. Él quería decir que toda nuestra historia cabía en una banda sonora bien seleccionada que hablase por nosotros y por los recuerdos. Tuve un momento de flaqueza, lo reconozco y, aunque estaba enfadada, apoyé la mejilla en la ventanilla, queriendo que fuese su pecho, y cerré los ojos.

—Tres años sin vernos. —Suspiró—. Y volvemos a estar aquí, hablando de nosotros.

—Es la última vez —me prometí—. Tiene que serlo. No aguantaré otra intentona.

—Ni yo. Podemos hacerlo. Aunque me mate pensar que aquí termina todo, Macarena.

—Tienes que decirlo —le pedí.

—¿Y si no sé decir lo que quieres escuchar?

—Sí sabes, Leo. Solo tienes que decirlo.

Vi su pecho hincharse para coger aire y contenerlo dentro durante unos segundos. Solo tenía que decir «perdón», «lo siento», «perdóname»; cualquier fórmula hubiera servido. Por supuesto que yo podía perdonarle sin que me lo pidiera; sería lo lógico. Pero no quería. Si íbamos a dejar atrás por fin lo que fuimos, era justo que ambos hiciéramos aquel esfuerzo. Él por aceptar, yo por perdonar. Lo vi luchar contra las barreras, sé que lo intentó, pero creo que consideró que eran demasiado altas: muchos años, mucho silencio, muchos kilómetros de huida.

Negó con la cabeza, se pasó la mano por la boca y volvió a agarrar el volante.

—Da la vuelta, Leo. Quiero que me dejes en casa.

No discutió. Por primera vez en mucho tiempo, Leo solo obedeció.

Leo no podía pedir perdón. Le era mucho más fácil hablar de cuánto fuimos, de quienes estuvimos a punto de ser, que decir lo siento. Así éramos.

Nos mantuvimos en silencio hasta que dio la vuelta a la manzana que habíamos recorrido y vi acercarse de nuevo mi portal. La pena se me agarrotó en la garganta y me di cuenta, por primera vez en el día, que todo lo que me pasaba podía resumirse en una palabra de tres letras: Leo. Ni siquiera hubiera saltado con Pipa si no lo hubiera mencionado a él. Tenía que dejarlo ir, por mí.

—Dilo —supliqué—. Solo dilo, aunque no lo sientas.

—¿De verdad servirá de algo?

—Entonces qué, ¿crees que era esto lo que nos faltaba? ¿Una charla dentro de un coche? —le pregunté.

—No. Claro que no. Esto se lo hemos robado al tiempo.

El brillo mortecino pero cálido de una puesta de sol entre naranjos; los cientos de primeros besos; los gritos y las últimas palabras siempre saltando de una boca a otra; la competición de indiferencia que siempre creímos que ganaba el otro. Los recuerdos, las canciones, lo que quisimos para nosotros mismos y los sueños que nunca se harían realidad porque, en lugar de dormidos, los ideamos medio despiertos, medio muertos. Todo se me atragantó. Vino a mi garganta de pronto como una nube que, deslizándose hacia mi paladar, lo revistió de palabras por decir; algunas de odio, otras de amor. Me mordí la lengua, claro.

—Buenas noches —le dije.

—Buenas noches.

Bajé del coche, entré en el portal y corrí escaleras arriba. Cuando llegué a mi casa ya tenía las mejillas empapadas y la respiración superficial, cargada de sollozos. No pude evitar acercarme a la ventana para comprobar que, como ya sabía, el coche seguía allí, parado en doble fila. Lo estuvo durante más de media hora, que debió de ser el tiempo que Leo necesitó para dilucidar que, no, no podría decir «Lo siento». Pero no se fue sin despedirse. Justo antes de que el coche cobrara vida de nuevo y se pusiera en movimiento, recibí un mensaje en el móvil:

> ¿A quién queremos engañar, Macarena? No puedo decirlo porque no soy capaz de asumir que en el momento en el que me perdones, empezarás de cero. ¿Qué va a ser de mí sin ti, canija, si solo cuando tú me miras, soy?

Qué poco necesitan los recuerdos para joderte la existencia, ¿verdad?

52. «How deep is your love», The Bros. Landreth cover

Pedir verdades que no queremos escuchar

Jimena llevaba una botella de vino que le había costado una pasta y un par de braguitas nuevas baratas pero pintonas que había lavado en el baño del trabajo a mediodía, después de comprarlas, para poder llevarlas puestas a su cita con Samuel.

Estaba ilusionada. Las últimas «citas» habían sido… perfectas. Viniendo de Jimena, eso quería decir que no había pensado en mensajes del Más Allá, no había comparado con su primer amor a un hombre adulto (como venía haciendo desde los dieciséis con todas sus relaciones), se lo había pasado bien, el sexo había sido fantástico y cada vez se sentía más cómoda y en sintonía. Resumiendo, que Jimena se estaba enamorando, vaya. Y creo que puedo decir que esta vez, de verdad.

No sé si te ha pasado alguna vez esto de saber que «es de verdad». En mi caso no cuenta porque lo supe siempre y solo he estado enamorada en una ocasión (que me duró media vida), pero Jimena había tenido un par de simulacros de amor verdadero que ahora veía que nunca pasaron de ser algo superficial. No todos los cosquilleos en el estómago son amor; no todas las mariposas nacen por alguien que vale la pena. A veces son solo hijas de la ilusión de verse capaz de seguir queriendo.

Pero esta vez era diferente. Samuel ni siquiera era todo cuanto un día quiso porque no era nada a lo que ya estuviera familiarizada. Todo era nuevo y le daba la sensación de que para él también. Sabía que había salido de una relación relativamente larga que lo había dejado hecho un lío, pero estaba segura de que, cuando se besaban después del sexo y se sonreían, él tenía la misma sensación que ella: «Estoy haciendo las cosas bien». E iban a enamorarse. Eso lo sabía hasta el Papa de Roma.

Samuel le abrió la puerta con una sonrisa tímida y un beso. La casa, como siempre, oscura (como a ella le gustaba), olía fenomenal y se respiraba un ambiente fresco.

—He comprado vino *güeno* —le dijo con una sonrisa—. Y llevo unas bragas demenciales sin culo.

—¿Qué tal el día? El mío bien —bromeó Samuel.

—Huele genial.

—Este vino tiene buena pinta.

—Estaba entre el brick clásico de «Casón histórico» y esta botella. Al final he decidido innovar. —Cerró la puerta detrás de ella y lo siguió a la cocina—. ¿Qué hay en el horno?

—Carne. Hace años que no cocino. No esperes demasiado.

—Si me quedo con hambre te pego un *bocao*.

Samuel sonrió, se apoyó en la encimera y se revolvió el pelo, nervioso.

—¿Qué pasa?

—Nada, es que…

—¿Te ha metido mano alguna clienta?

—Una, hace unas semanas. Luego me dijo que nos íbamos a enamorar y me supo mal contradecirla. Estoy siguiéndole el rollo desde entonces.

—¡Será buscona!

Los dos se rieron, pero él no pareció relajarse; al contrario, se volvió en busca de unas copas de vino y un decantador para mantenerse ocupado.

—¿Va todo bien?

—Sí, sí. Es que…

—Deja de decir «es que». ¿Qué pasa?

—Tenemos que hablar.

Jimena no es muy de tópicos, pero hasta ella sabe que esa frase no suele traer consigo nada bueno, con lo que se puso tensa y dejó de bromear. Asintió, aunque él estuviera de espaldas y no la viera, quizá porque necesitaba reafirmarse, decirse a sí misma que no pasaba nada, que «Tenemos que hablar» no tenía por qué venir seguido de un drama. Carraspeó.

—Tú dirás.

—Ve al salón. Voy enseguida con el vino.

Lo vio regular la temperatura del horno y lo dejó buscando en los cajones un abridor.

No tardó demasiado, pero a Jimena le dio tiempo a pensar en bastantes variables que siguieran a ese «Tenemos que hablar». Quizá iba a decirle que le había dado vueltas y que había terminado por darse cuenta de que no estaba preparado para nada serio; a lo mejor se sentía presionado o había vuelto a hablar con su ex. ¿Y si estaba montándose castillos en el aire, pensando en amor verdadero, cuando para él era solamente la «chica puente»? La chica que hace que te des cuenta de que sigues enamorado de tu anterior pareja o que da paso a la siguiente y definitiva.

Cuando Samuel le pasó la copa de vino, dejó el decantador en la mesa y se sentó, Jimena ya no tenía hambre, solo una sensación de peso y presión en la boca del estómago que la empujó a hablar deprisa.

—Sam, digo muchas tonterías. No te tomes mis comentarios al pie de la letra. No quiero presionarte ni que creas que espero de ti…

—No. No es eso. —La paró con una sonrisa y un gesto—. En realidad… hablas muy claro y eso me gusta. Creo que fue lo que hizo que me fijara en ti. Aprecio mucho tu sinceridad y creo que es…, bueno, es motivador saber a qué atenerme contigo. No me van los juegos.

—Cuando te digo que quiero que te cases conmigo estoy de broma —aclaró.

—No es verdad. —Sonrió él—. Quieres casarte conmigo vestida de negro.

Jimena se sintió avergonzada y bebió un sorbito de vino.

—En realidad, he estado dándole vueltas a lo que me dijiste.

—Si estaba borracha o recién follada, es mejor que lo olvides.

—Nunca te he visto borracha, aunque supongo que serás muy divertida. Me refiero a eso de que vamos a enamorarnos.

—Ajá…, ¿y?

—Creo que… —carraspeó y se acomodó en el sofá con un suspiro hondo tras el que cerró los ojos un instante—…, creo que tienes razón. Aunque no lo entienda y no sepa cómo es posible que lo tenga tan claro a estas alturas, estoy seguro de que esto va a ser importante.

—¿«Tenemos que hablar» es tu forma de introducir una declaración de amor? —Jimena levantó las cejas, sorprendida.

—No. —Samuel se frotó la cara y miró al techo—. Es que no es justo.

—Lo sé. Soy arrebatadora y te he robado el corazón. No es justo.

Samuel se rio sin mirarla, casi en silencio.

—Ay, Dios…, déjame hablar, por favor. Esto me cuesta un poco y… —Pasó nervioso un dedo sobre una de sus cejas—. Lo que no es justo es que no te dé toda la información antes de que ocurra. No quiero que esto vaya a más, yo te lo cuente todo sobre mí y sientas que de alguna manera te he engañado.

—Vuelves a decir cosas que no entiendo.

Jimena dejó la copa en la mesa por miedo a romperla; estaba clavando los dedos en su cristal, casi abrazándola.

—Antes de que esto vaya a más, quiero contarte lo que no sabes sobre mí. Después tú decides.

—Yo decido... ¿sobre qué?

—Quizá no quieras seguir adelante conmigo. Quizá no entiendas nada. Quizá... esto haga que cambies de opinión sobre mí.

—¿Has matado a alguien?

—No. —Se rio—. Pero...

—A lo mejor no quiero saberlo.

—A lo mejor, pero esto es lo que soy y necesito hablarlo, no porque suponga un problema para mí, sino por si lo es para ti.

—¿De qué estás hablando?

—De que todos somos muy modernos hasta que nos toca a nosotros lidiar con un prejuicio que ni siquiera sabíamos que teníamos. Sé que eres una chica abierta de miras y que entiendes la realidad con todos sus condicionantes, pero a veces tenemos implantado en la cabeza un modelo muy tradicional de entender el amor.

—Samuel, deja de darle vueltas. No comprendo una palabra de lo que dices.

—Es sobre mi relación anterior.

—Vale. —Jimena asintió y unió sus manos en el regazo—. Algo que crees que debes contarme antes de que esto se vuelva más serio.

—Exacto.

—Solo dilo. Ya está.

—Vale. —Respiró hondo—. Tú me gustas mucho. Hacía mucho tiempo que ninguna mujer me hacía sentir como tú. A decir verdad, hace años que asumí que ninguna mujer me iba a hacer sentir así.

—¿Por qué?

—Me enamoré con veintitrés años de alguien que hizo que se vinieran abajo todas las certezas que tenía sobre mí, sobre las cosas que me gustaban y las que no. Era alguien mayor, que ya se había aceptado y que... —Se pasó los dedos por el pelo agradecido—. No sé cómo decírtelo.

—No le des más vuelta. No me voy a asustar, Samuel.

—Le cogió una mano—. ¿Estuviste con alguien que te sacaba muchos años? ¡Me parece bien! ¿Por qué iba a hacerme cambiar de opinión sobre ti? Es una tontería. Tú eres quien eres cuando estás conmigo. Quién fueras con la persona con la que estabas antes, no es cosa mía.

Samuel la miró fijamente y Jimena supo que, aunque no lo dijera, la estaba poniendo en duda, como si no la creyera. Le dio un apretón en las manos y sonrió.

—Vamos, Sam, creo que estás montándote un drama que no existe.

—Para mí no existe. Para ti… —Movió la cabeza—. Ya veremos.

—¿Te sacaba muchos años? —le preguntó—. ¿Te enrollaste con tu niñera de la infancia o algo así?

—Me sacaba diez años y, durante siete, fue el hombre de mi vida.

Jimena pestañeó.

—Ehm…

—El hombre de mi vida, Jimena —recalcó.

—Creo que me he perdido.

—Conocí a Luis en unas prácticas y enseguida me cayó bien. Empezamos a quedar, al principio para tomar una cerveza, ver un partido, salir por la noche. Me di cuenta pronto de que no le gustaban las mujeres, no es que yo pensase que acababa de encontrar un nuevo compañero de andanzas. Sabía que era gay, pero… ¿a mí qué más me daba? —Se frotó las sienes—. La relación se fue volviendo más íntima; yo me encontraba muy cómodo con él. Quiero decir…, me sentía mucho más comprendido con él que con mis amigos, le contaba lo que me preocupaba, lo que quería de la vida… Luis era…, es, un tipo increíble. Me enseñó mucho, maduré mucho a su lado. Un día, después de tomarnos unas cervezas, me pidió que le acompañase a casa, no recuerdo ni con qué excusa. Me besó en el ascensor. Me quedé loco. Sabía que no le gustaban las mujeres, pero no tenía ni idea de que le gustase yo.

Jimena bajó la mirada.

—Al principio lo rechacé… y lo rechacé con vehemencia. Casi con violencia. Supongo que estaba borracho y alucinado. Insistió y lo hizo porque estaba convencido de que sentía algo por él. Fue muy educado, no quería sobrepasarse, me dijo, pero creía que yo estaba reprimiendo sentimientos hacia él que eran recíprocos. Volví a rechazarlo, pero, cuando ya me iba, volvió a besarme y… el segundo beso me gustó. Y no me lo quité de la cabeza. Me acosté con él tres días más tarde.

—Entonces —Jimena se aclaró la voz para sonar más segura y despreocupada—, me estás diciendo que eres… bisexual.

—No. —Negó—. Pasé siete años con Luis. Me peleé con mi familia, que nunca me entendió. Dejé de ver a mis amigos porque no soportaba sus bromitas sobre lo que me gustaba y lo que no. Fui feliz con él hasta que dejamos de serlo, pero… no me gustan los hombres.

Jime arqueó sus cejas.

—Vamos a ver, Samuel…

—No me gustan los hombres, Jimena —le aseguró—. Me enamoré de él, punto. Como persona. Me enamoré tanto que no sentí ninguna barrera física una vez superado mi propio prejuicio. Y cuando rompimos, creí que si volvía a colgarme de alguien, sería de un tío, pero no.

—¿Lo has intentado? Quiero decir… después de él, ¿hubo otros?

Samuel se pasó el dedo por los labios y asintió.

—Salí un par de noches. Lo intenté. Ya sabes…, me apetecía un revolcón, pero no pasé de un par de besos porque de pronto no me ponía.

—¿Y las tías?

—Jime —le pidió atención, muy serio—, con las tías ni lo intenté. Pensaba que era gay, ¿me entiendes?

—No. No te entiendo. Me estás diciendo que fuiste gay durante siete años, pero ahora eres hetero. Perdóname, creía que la orientación sexual no es algo que cambie de un día al otro.

—Si buscas un término, el correcto es pansexual. U omnisexual. No es que esté muy familiarizado con esto tampoco, Jimena. Estoy aprendiendo sobre la marcha, pero lo cierto es que para mí el amor no es una cuestión de género: ni hombres ni mujeres, solo personas. Me pasó con Luis. Sentí un fogonazo que me hizo polvo y lo aposté todo por él y no me arrepiento. Ahora me sucede contigo. Estaba amargado, me sentía solo, no sabía qué me excitaba ni si volvería a sentirme con alguien como con Luis, pero contigo… volví a encajar.

Jimena se dio cuenta de que seguía sosteniendo una mano de Samuel, pero ya sin fuerza, como si necesitara toda su energía para entender lo que este le estaba contando. ¿Pansexual? Esos nuevos conceptos de sexualidad le resultaban cargantes; siempre había pensado que muchas personas se escondían en ellos para no aceptar su homosexualidad, pero… ¿y si la vida era más complicada de lo que ella creía? ¿Por qué tenía que poner en duda a los demás y no a su propio criterio?

—Hay cosas que no entiendo —le dijo.

—Pregúntamelas.

—¿Y el sexo? No es lo mismo. No se parece en nada…

—¿En nada? —Samuel arqueó las cejas—. Es exactamente idéntico. Cambian los cuerpos, pero lo demás sigue siendo atracción, pulsión sexual, placer…

—Pero, tú lo has dicho, los cuerpos cambian.

—Ya. —Él esbozo una sonrisa—. ¿No te extrañó que me sintiera tan fascinado siempre por lo pequeña y suave que eres? ¿No me viste perdido la primera vez? Llevaba muchos años sin tocar a una mujer.

—Pero el sexo es como ir en bicicleta, ¿no? —respondió irónicamente.

—No. Lo que pasa es que el motor es el mismo. Tú me gustas, Jimena, me gusta pasar tiempo contigo, hablar de la vida, de vino, de la muerte, de libros; me gusta acostarme contigo, meterme dentro de ti y ver cómo puedo darte placer mientras encuentro el mío. Me gustas, como me gustó Luis en su momento.

Nunca utilizaría la palabra «anticuada» para definir a Jimena. Ella lo entendía todo casi mejor que el resto. Era una persona que dejó atrás muchas barreras mentales cuando decidió que iba a creer en el Más Allá, en las señales, en el alma. Una vez, hacía muchos años, me dijo que no entendía cómo no habían legalizado el matrimonio homosexual mucho antes: «Si solo son dos almas que quieren hacer oficial lo que sienten». Y ahora, esa misma persona no sabía cómo sentirse. Porque antes de ella, fue Luis; no sabía si sería capaz de borrar el recuerdo del «hombre de su vida» al que ella consideraba que era el hombre de la suya.

—¿Qué estás pensando? ¿Que estoy loco? —le preguntó Samuel soltándole la mano para coger la copa de vino.

—No es eso. Es que… no te juzgo, que conste, pero hay cosas que no termino de entender.

—Ya…, oye, ¿te acuerdas cuando me contaste lo de Santi?

—Sí —asintió sin mirarlo.

—Cuando me dijiste que durante años nadie pudo compararse a él y que pensabas que te mandaba señales.

—Claro.

—Pues creo que lo que te pasa es que ahora te sientes exactamente igual que yo en ese momento.

—No compares —se le escapó.

—Claro que comparo. Tú crees que tienes que competir con el recuerdo del amor de un hombre y yo siento que tengo que superar el de un muerto que has idealizado.

«Un muerto que has idealizado». «Un muerto». Santi no era «un muerto»; era el suyo. Su pena, su pérdida, su bofetada vital. ¿Quién se creía Samuel para frivolizar con aquello, con comparar su duelo con lo que ella entendía como una indefinición sexual?

—No me gusta tu tono —le advirtió.

—¿Mi tono? Lo que no te gusta es tener que asumir lo que te estoy contando.

—Estás comparando mi pena con…

—Con la mía.

—¿No estuviste tan enamorado? ¿Qué pena hay en ello?

—Mi pena es tener que enfrentarme constantemente a gente con demasiados prejuicios. Pensaba que en eso no éramos muy distintos, pero ya veo que me equivocaba.

Jimena se levantó y cogió el bolso.

—Te vas, ¿no? —Samuel ni siquiera soltó la copa de vino.

—Una cosa es intentar hacer que entienda tu pasado y otra muy diferente juzgarme de esta manera.

—No busques excusas, Jimena. —Se reclinó en el sofá y suspiró—. Pones tierra de por medio porque tu prejuicio es más grande que eso que decías que íbamos a sentir. Estaba entre las posibilidades que barajé cuando pensé en decírtelo, no es que esté muy sorprendido. Aunque… esperaba más de ti.

En el fondo, Jimena también esperaba más de sí misma, pero huyó con prisas para no tener que aceptarlo.

Escapó de allí con paso firme, pero el pecho henchido de duda. Bajó a galope por las escaleras, respirando profundamente, convenciéndose a sí misma de que no eran prejuicios los que la empujaban hacia su casa, pero no terminaba de creerse. Estaba indignada… consigo misma. Quería entender. Mejor aún, quería no hacerse preguntas. Pero no podía.

Salió del portal sin mirar y chocó con fuerza con alguien que tuvo que sujetarse a la pared para no caer. Algo negro con ruedas salió despedido hasta rebotar contra la pared del edificio e ir a parar al otro lado de la calle.

—Lo siento —dijo pasando de largo.

—No te preocupes. Todo tiene solución, menos la muerte.

Jimena siguió andando, pero tuvo que pararse cuando se dio cuenta de que había chocado contra un chico castaño, de unos dieciséis años, vestido con unos pantalones anchos y subido a un monopatín negro con ruedas naranjas. «Todo tiene solución, menos la muerte».

Se llevó la mano hacia el pecho cuando, al volverse, no logró encontrarlo ni siquiera a lo lejos.

53. «No goodbyes», Dua Lipa

Finjamos que no hay «adiós» por una noche

Siempre me gustó conducir. Me gustaba deslizarme sobre el asfalto sin prisas, sobre todo cuando el camino era el fin en sí mismo y no una necesidad. Me gustaba apoyar la mano izquierda en el volante y la derecha en el cambio de marchas aunque, ya lo sé, mi profesor de autoescuela siempre dijo que ambas debían estar colocadas como las agujas de reloj, marcando las dos menos diez, en el volante. Me encantaba bajar las ventanillas, hasta cuando hacía un poco de frío. Adoraba dejar que el viento me espabilara y agitara el pelo de Macarena hasta que todo el habitáculo oliera a ella, y yo tuviera que soltar la palanca de cambios un segundo para acariciar su muslo. Hasta la acción de conducir estaba unida a ella. Incluso los recuerdos del Volkswagen Golf de finales de los ochenta que heredé de mi padre cuando cumplí la mayoría de edad, donde peleé con ella, grité, la besé, le prometí que no volvería a hacerle llorar, le mentí e hicimos tantas veces el amor, desesperados por unos minutos de intimidad. Todo cuando fui, soy y seré, siempre, estará hundido en su tierra; mis raíces le pertenecen.

No sé si era exactamente esto en lo que pensaba mientras me alejaba en el coche, pero sé que era en ella. Como siempre. Estaba enfermo de canciones, de recuerdos y de posibilidades perdidas.

Paré en cuanto vi un hueco, aparqué y me quedé allí, en la oscuridad, sin saber qué hacer. Nunca me he sentido tan solo como en aquel momento. No podía llamar a nadie, no tenía a nadie a quien decirle lo vacío que me dejaba llenarme de remordimientos. A ella. Solo a ella. Pero no era lo que quería escuchar. Probé con explicarle el porqué pero, pasado tanto tiempo, entiendo que no le sirviera de nada.

Miré el móvil, pero no había contestado. ¿Qué esperaba? Aquel mensaje había sido ruin. Llenaba de palabras los últimos coletazos de quienes fuimos por miedo a que lo único que quedaba en realidad por decir cortara de raíz el nudo. Ese nudo éramos nosotros y prefería el problema al vacío.

¿Y si lo escribía? Escribir siempre fue más fácil que mirarla a los ojos y abrirme en canal. Una nota dentro de su mochila del instituto con un «Te quiero» escrito a toda prisa; unas margaritas compradas con mi paga semanal y una tarjeta escrita bajo la atenta mirada de la florista para decirle cuánto la añoraba; un mensaje de texto con el que justificarme. Siendo sincero, no entiendo cómo pudo quererme si lo único que tuve que decirle siempre fue «Lo siento».

Bien lo decía su hermano: «La quieres, tío, pero no sabes hacerlo y eso va a terminar por volverla loca». No la volví loca, pero le partí la vida en dos.

Me froté la cara. No podía volver a escudarme en un texto escrito a toda prisa para evitar verme en la expresión decepcionada de sus ojos hondos. Tenía treinta y dos años, no diecisiete.

—No te reconozco, Leo, me esfuerzo, te lo juro, pero no te reconozco. —Sollozaba mi madre, tres años atrás, mientras me veía hacer la maleta—. ¿Por qué te vas? ¿Por qué haces esto?

—Porque es un niñato —respondió mi padre, al que nunca había visto tan enfadado—. ¿Te crees que vas a poder escapar de esto? Te va a perseguir toda la vida.

¿Por qué no les escuché?

Seguía sosteniendo el teléfono en las manos, pero la pantalla se había bloqueado. Deslicé el dedo sobre la pantalla y pulsé la fecha de su cumpleaños para desbloquearla. Cerré los ojos, cogí aire y empecé a escribir. Mandé el mensaje sin darme la oportunidad de arrepentirme.

Antes de que sigas con tu vida, necesito enseñarte algo.
No borrará lo que hice, pero lo necesito. Voy a volver.
Por favor, ábreme la puerta.

Macarena estaba apoyada en la puerta de su casa con los ojos hinchados, vestida con un pantalón corto y una camiseta vieja. Descalza. Con
el pelo recogido. Sin pintalabios. El pecho se me hinchó de orgullo al
pensar que, pese a todo, ella seguía pudiendo mostrarse tal y como
era frente a mí. No había necesidad de artificio. Solo los dos.

—¿Ahora qué? —me preguntó. Estaba cansada. Cansada de mí.

—Déjame pasar. No volveré a molestarte después de esto.

Su casa olía a limpio, verano, ella y palomitas de maíz y todo estaba en su sitio. Un pisito pequeño, ordenado y de revista. No me extrañó.
Siempre supe que hubiera hecho de cualquier casa un hogar con solo
cruzar el umbral. Quizá por eso no me sentía en casa en ningún sitio;
yo siempre estaba de paso desde que no me quedé junto a ella.

Cerré la puerta. Macarena respiró hondo.

Paré frente a ella, eché mano al bolsillo trasero de mi pantalón
y saqué la cartera desgastada y de piel marrón.

La miré desde allí arriba, desde mi metro noventa, tan pequeña, y volví a fijar los ojos en la cartera, que abrí delante de sus ojos.

—¿Vas a pagarme una indemnización por el tiempo que perdí
contigo, Leo?

No respondí; solo metí un dedo bajo uno de los compartimen-
tos y deslicé lo que escondía. Lo cogí, lo giré y se lo enseñé sin poder
evitar la máscara de pena, desidia y decepción que cubría mi cara;
por mí, que conste, por lo que hice con la persona a la que más quise
en mi vida. Lo que saqué no era otra cosa que una foto de carné envejecida y un poco arrugada que aún me sorprendía que se mantuvie-
ra en tan buenas condiciones. En ella, una versión de ella misma muchísimo más joven sonreía a la cámara. Aquella fotografía tenía

quince años. Se la hizo para la ficha de la piscina municipal en la que tuvo que nadar durante dos años debido a un problema de espalda. En cuanto salió de la ranura del fotomatón, la cogí y exigí, con la chulería propia de los diecisiete, mi copia.

—¿Y para qué la quieres tú? —me increpó sonriendo.

—Para llevarte siempre en la cartera.

—Ah, pero... ¿tú sabes lo que significa siempre?

—Siempre significa el tiempo que voy a estar enamorado de ti.

Llevábamos saliendo juntos seis meses. Fue la primera vez que le dije que la quería... y ni siquiera se lo dije.

Despegué los ojos de la fotografía a duras penas, herido de nostalgia y lástima de mí mismo, y la miré a ella. Tenía la cabeza gacha y su pecho subía y bajaba con rapidez. Estaba conteniendo las lágrimas. Cuando acercó la yema de los dedos a aquella instantánea, me dije que era el momento:

—Tengo que dejarte marchar. Te he robado muchos años y no estoy orgulloso de ello ni de la necesidad enfermiza de ti que me empujó a hacerlo. No puedo decirte que me alegraré cuando seas feliz con otro, pero deberé hacerlo. Ahora todo se me hace muy cuesta arriba, canija. Prometo no volver a molestarte. Prometo no inmiscuirme en tu vida. Prometo desaparecer si eso es lo que quieres. A cambio te voy a pedir una cosa..., aunque no me lo merezca: acuérdate también de lo bueno, de cuando te regalé el anillo, de cuando nos besamos por primera vez... Todas nuestras primeras veces. No te olvides de los libros que leímos juntos, de las películas que te obligué a ver y de las veces que te quejaste por ello. Pero..., admítelo, tienes una cultura cinematográfica envidiable —escuché una risa sorda escapar de sus labios y deduje que, entre las lágrimas, también quedaba un poco de esperanza—. Recuerda que siempre supe hacerte sentir, que éramos los mejores en la cama y lo mucho que te gustaba morderme la barbilla de camino a besarme, después de correrte. No te pido que borres lo malo, pero al menos... deja que conviva con lo que sí hicimos bien.

Macarena levantó la mirada hacia mí y me dejó ver su cara empapada en lágrimas. El estómago se me encogió en una náusea que contuve con los labios apretados. «Otra vez. La has hecho llorar otra vez».

—No llores —le pedí.

—Tengo pena. —Se agarró la camiseta y la arrugó en su puño a la altura del pecho—. Por nosotros, Leo, por estos… —Señaló la foto—. Estarían tan enfadados si supieran lo que hicimos con lo mucho que se quisieron…

—Lo sé. —Tragué el nudo en la garganta.

—Leo… —Sollozó—. Leo…

No lo pensé. No podía pensar en nada que no fuera «no llores». Maldita generación de hombres que crecimos creyendo que no debíamos llorar. Así que, como no podía permitirme llorar mi duelo por quienes fuimos, decidí despedirme de ello, quemarlo, dejarlo lo más arriba que mi cuerpo me permitiera.

Macarena no se resistió cuando la atraje hacia mí y la levanté para que llegase a mis labios. No pataleó, no me abofeteó, porque la había dejado demasiado débil como para hacerlo. Así que el beso no me supo a triunfo, pero al menos tampoco a angustia y vacío. Sus labios estaban salados por las lágrimas y me temo que me temblaban las manos. Menudo galán de película…

Saboreé su boca, su lengua, deslicé mis dedos entre los mechones recogidos de su pelo con una mano mientras el otro brazo rodeaba su cintura y ella… se puso de puntillas.

La cartera y la foto se me cayeron de las manos, y dimos un par de pasos por el salón al que se accedía directamente desde la puerta, sin saber adónde íbamos. A la mierda, está claro, pero como no encontré ninguna superficie en la que apoyarla, la cargué en mis brazos, como aquella noche en el baño de un restaurante de Madrid. Macarena me rodeó las caderas con las piernas y permitió que sus dedos se enredaran entre los mechones de mi pelo. Y aquel beso, por fin, valió la pena.

Abrí los ojos un segundo, solo uno, para localizar una mesa redonda, no muy grande, junto a una ventana y di los tres pasos que me separaban de esta para dejarla sobre su superficie. La cortina de color amarillo pálido ondeaba con la brisa que barría la calle y dejaba entrar, con ella, el sonido del Madrid nocturno, pero lo acallamos con más besos. Besos desesperados. Dios, nunca he besado así. Ni lo hice en el pasado ni lo haré en el futuro porque no creo que nunca me sienta tan desgraciado.

A riesgo de que me cruzara la cara de un bofetón, tiré de su camiseta hacia arriba y, qué sorpresa, cuando levantó los brazos para facilitarme que se la quitara. No hubo bofetón, solo la visión de su cuerpo menudo, de sus pequeños pechos desnudos y de su pezón oscuro duro.

Macarena imitó mi movimiento, obligándome a apartarme de su boca para que la camiseta blanca pudiera salir por mi cabeza, pero volví a besarla después. Con avaricia. Con mucha lengua. Con años perdidos.

A pesar de lo que la escena podría parecer a cualquiera que la viera, aquello no era sexo cabreado e inconsciente, no quería que folláramos por la pena. Quería, pero no solo por follar ni por la pena, de modo que la paré cuando sentí que sus manos hábiles me estaban desabrochando el pantalón.

—No. —Negué sin abrir los ojos—. Así no.

—¿Qué quieres?

—Dámelo como se merece.

—¿Qué tengo que darte, Leo? —me preguntó confusa, con sus cejas arqueadas.

—Lo que te quede mío, lo que sigas sintiendo por mí. Vamos a usarlo esta noche, pero bien, como se merecen quienes fuimos cuando aún éramos inocentes.

Me tapó la boca y apoyó la frente sobre su mano, agotada. No quería escuchar ni una palabra más, pero estaba de acuerdo conmigo, porque señaló la puerta de su habitación. No tocó el suelo en el camino. La llevé en brazos, como habría hecho en nuestra casa si no hubiera sido un cobarde de mierda tres años atrás.

Cuando la tendí sobre la cama, solo le quedaban puestas las braguitas. Unas braguitas de algodón de color rosa nada reseñables;

Macarena nunca usaba lencería fina, pero ¿qué más dio siempre? El mejor regalo del mundo envuelto en hojas del periódico de ayer, sigue siendo el mejor regalo del mundo.

Me desabroché el pantalón con prisas y manos temblorosas, completamente aterrorizado por la idea de que se arrepintiera de lo que estábamos haciendo y me echara de allí, pero no lo hizo. Tiró de mí cuando aún llevaba los calzoncillos y al sentir que me tendía sobre ella, soltó un suspiro de alivio.

Besé su cuello, recorrí sus hombros con la boca y cuando llegué a sus pechos, ni siquiera los lamí…, solo respiré profundo entre ellos, aspirando su olor. Casa. Hogar. Tenía la sensación de estar a punto de exiliarme de donde dejé mis raíces y quería hacerme con todos los recuerdos posibles, para tragarlos y fingir que los olvidaba al salir por la puerta para no volver.

Cuando aventuré mi mano estómago abajo y la colé bajo su ropa interior, Macarena gimió suave en mi boca. Se humedecía con facilidad bajo mis dedos. Desde la primera vez que la toqué. Fue la primera mujer que desnudé, aunque aún éramos unos niños. Quería que también fuera la última, aunque lo hiciéramos cuando fuéramos ya unos ancianos, pero eso ya no ocurriría jamás.

Qué nervioso estaba. Dios mío. Ni aquella primera vez temblé tanto. Me había dado cuenta de que quererla era como ir abriendo una herida cada día y dejar que sangrara para que jamás pudiera cicatrizar, pero aquella noche sería como unos puntos de sutura. Tenía miedo de no saber aprovecharla para curarme.

Deslizó las uñas sobre mis nalgas cuando me quitó la ropa interior, con las piernas enredadas en mi cintura y cadera. La metí sin condón, encima de ella. No dijo nada. Yo tampoco. Me daba igual. Y a ella, al parecer, también. Susurró en mi oído que adoraba sentirme dentro, pero no lo dijo así, claro. Lo dijo en un gemido en el que cabían todas las palabras del mundo. Apretó los pies contra mi trasero y me agarré a las sábanas para seguir empujando con la cara hundida en su cuello.

—Mírame… —gimió—. Mírame, Leo.

Apoyé mi peso sobre las palmas de mis manos, a los dos lados de su cabeza, y me humedecí los labios mientras la miraba.

—Dios… —me quejé con un hilo de voz—. ¿Por qué lo hice? ¿Por qué me fui?

Empujó mis hombros hacia ella y volvimos a fundir nuestras bocas, la una en la otra. Cerré los ojos y decidí que, hasta que terminara, imaginaría que era una vez más, una más, sin riesgo de ser la última y que no dejaría que la pena me la robara.

Llevé mis caderas de atrás a adelante una, dos, tres veces con fuerza, y ella se retorció debajo de mi cuerpo, con la yema de sus pequeños dedos clavada en mi espalda.

—Qué grande eres —solía decirme con una mirada juguetona en el pasado, cuando me colocaba entre sus muslos, encima de ella.

—Lo parezco, pero estoy hecho a tu medida.

Me mordí con fuerza el labio inferior, intentando espantar el recuerdo.

—No pares —pidió con voz quejumbrosa—. Hasta que te corras…, no pares.

Iba a preguntarle si tomaba la píldora pero a mí tres cojones me importaba en aquel momento. Pero por si alguien se lo pregunta, sí, la tomaba. Ni siquiera me planteé que lo hubiera hecho con uno, con dos o con muchos de aquella manera. De algún modo sabía que Macarena guardaba aquello para nosotros.

Macarena solía necesitar acariciarse para llegar al orgasmo, de modo que cuando sentí el cosquilleo que presagiaba el mío, sostuve mi peso con los brazos de nuevo, dejándole espacio para que lo hiciera, pero no se movió. Me quedé unos segundos perdido en la visión de mi polla entrando en ella, abriéndola, resbalando hacia su interior, pero me obligué a despegar la mirada.

—Vamos, tócate —le pedí con un susurro.

—Aún no. —Cerró los ojos—. Hazlo durar, Leo. Hazlo durar hoy más que nunca.

La entendí. No hablaba de sexo. En cuanto terminara…, terminaríamos. Así que me esforcé por cumplir sus deseos al menos por una vez.

Pasaron minutos. Cuartos de hora. No sé. Perdí la noción del tiempo ralentizando y acelerando mis penetraciones para que nunca hubiera sentido más placer, pero no pudiéramos corrernos. Por minutos se me olvidaba que estábamos haciendo el amor y la abrazaba, quieto dentro de ella. Para compensar, después se lo hacía duro, firme y como sabía que le gustaba. Hasta que empezó a ser doloroso.

Sus dedos se colaron entre nosotros y frotó la yema del dedo corazón sobre su clítoris; sus músculos me atraparon en su interior como respuesta. Gruñí con los dientes apretados y los ojos fijos en su cuerpo. Sus ojos cerrados, boca entreabierta, la lengua que los humedecía de tanto en tanto, el pezón endurecido, su ombligo, el vello de su sexo, los dedos deslizándose rápido…, y se corrió. Se corrió en un estallido que hizo que abriera los ojos, cerrase la boca y hundiese aún más la mano entre los dos. No paré de penetrarla con fuerza, haciendo restallar la piel en cada empellón, escuchando cómo llamaba al orgasmo con un quejido y lo despedía con una bocanada de aire gemido, pero lo hice con los dientes clavados en mi labio para que el dolor distrajera mi propio orgasmo. Pero cuando terminó…, con el sonido de su voz reverberando en mis oídos y derritiéndose en la habitación, me corrí. Dios. Me corrí como nunca. Sentí que me desmayaba, que me vaciaba, que me dejaba por completo dentro de ella. Me arqueé, gruñí y me dejé ir hasta que no quedó nada más de mí por dar… NADA.

Y entonces pasó.

La miré. Me miró. No hizo falta más.

En el centro de mi pecho una presión dificultó mi respiración, ya agitada por el esfuerzo del sexo. Quise pedirle que no me mirara, gritarle, apartar los ojos, clavarme las uñas en la palma de la mano hasta hacerme sangrar, pero estaba paralizado. Nuestros pechos se hinchaban en busca de aire, pegándose en el proceso; estoy seguro de que podía escuchar el latir de mi corazón. Estaba desbocado. ¿Iba a morirme? Dios, ¿iba a morirme? Tuve intención de bajar de encima de ella, pero solo pude salir de su interior y ceder a la tentación de abrazarme a su cuerpo y apoyar la sien en su pecho.

La primera barrera en caer fue el orgullo. La segunda, la autocomplacencia. La justificación de mis errores, les siguió. Y en la polvareda provocada, hablé:

—Macarena, no dejes que nadie te quiera menos de lo que te mereces. Cuando llegue, cuando sepas que es él, no pienses en mí ni en él, piensa en ti. Que te lo dé todo. Todo, mi amor..., lo que yo no te supe dar.

Sus dedos se arrastraron por mi pelo y cerré los ojos antes de que aumentaran mis ganas de echarme a llorar. Contuve el aliento, pegué la boca a su piel y me apreté más a ella. Nada sirvió. Recordé su vestido verde, la sonrisa pintada de rojo; recordé el momento en el que le jodí la autoestima, el futuro y la memoria. Recordé que fui un hijo de puta.

La presión, las barreras, el tiempo, los pecados y sus lágrimas me apretaron la garganta como un puño y tuve que incorporarme a coger aire. Y abrí los ojos. Y la vi. Y...

—Lo siento —me escuché decir.

Macarena parpadeó.

—Perdóname —añadí—. Dios mío, ¿qué hice? ¿Qué te hice? Perdóname, Macarena. Perdóname. ¿Por qué me fui? ¿Por qué? Te quiero, perdóname, mi amor. Perdóname.

Y todo el aire que salió de sus pulmones en el suspiro de alivio entró en mi pecho e instaló la pena.

—Ya estamos preparados —susurró.

—No. —Pegué la frente a la suya y volví a decir que no sobre su boca.

—Ya podemos seguir, Leo. Ya te he perdonado.

Epílogo
«Diamonds», Rihanna

Conversación de WhatsApp «Antes muertas que sin birra».

Jimena:
Chicas, ¿estáis ahí?

Adriana:
Iba a escribiros ahora mismo.

Jimena:
Necesito hablar con alguien. Me estoy volviendo loca.

Adriana:
Necesito salir de casa. Me estoy volviendo loca.

Jimena:
¿Me estás haciendo burla?

Adriana:
No, idiota. Lo he escrito antes de
que apareciera tu mensaje.

Jimena:

Necesito veros, de verdad. Anoche...,
anoche Samuel me dijo algo y...

Escribiendo, escribiendo, escribiendo.

Pausa.

Jimena:

Mejor os lo cuento en persona.

Adriana:

No me dejes así.

Jimena:

Sobre lo que me escondía de su anterior relación.
No puedo decir más por aquí. Necesito contároslo
mientras os veo la cara. Vuestra reacción es importante.

Adriana:

¿Dentro de hora y media en la Santander?

Jimena:

Hecho.
Maca..., ¿estás?

Adriana:

Espera, voy a llamarla desde el fijo.

Jimena:

El mundo está loco, Adri, te lo juro. Yo no entiendo nada.

Adriana:

Maca no me coge.

Jimena:

Espera, lo intento yo.

…

No, tampoco me coge.

Igual está dormida. Maca, si lees esto, hemos quedado a la una y media en la Cafetería Santander. Necesito contaros algo.

Y un pincho de tortilla de patata poco cuajada.

Eso también lo necesito.

Por cierto…, Adri, ¿tú no me vas a adelantar nada de lo que te pasa a ti?

Adriana:

¿A mí? A mí nada.

Jimena:

¿Y por qué te estás volviendo loca en casa?

Adriana escribiendo…

Pausa

Adriana escribiendo…

Pausa

Jimena:

Adri, deja de escribir y borrar que me estás asustando.

Adriana:

No me pasa nada. Me apetece mucho una cerveza bien fría. Aquí hace mucho calor.

Jimena:

Mira que eres rarita. Te veo en un rato. Voy a ducharme.

Jimena:

Ya estoy aquí. ¿Has llegado? ¿Estás dentro?

Adriana:

Llegando. Entra y pide dos cervezas.
Estoy en dos minutos.

Macarena:

Chicas, como os habréis imaginado, no puedo ir. Estoy
llegando a Valencia, a ver a mis padres. Ellos están bien,
no os asustéis, pero ayer fue un día…, buff. ¿Cómo os lo
explico? Creo que me despedí de mi trabajo por la mañana
y por la noche…, por la noche cerré lo de Leo de verdad.
Necesito esconderme unos días y de paso recordarme por
qué me fui a Madrid. Os llamo al volver.

Leo llevaba sentado en el sillón tres horas, pero había perdido la
noción del tiempo. Se había dejado caer en él nada más volver de
mi casa, sin ánimo de darse una ducha, echar una cabezada o
simplemente moverse. El único movimiento que hizo fue el de
sacar el móvil del bolsillo, pero ahí se había quedado…, soste-
niéndolo con la mirada perdida y el recuerdo de la noche anterior
proyectándose en bucle en su cerebro. Parpadeó y volvió los ojos
hacia la pantalla. Como otras muchas veces, se debatió entre lo
que quería y lo que debía pero esta vez, a diferencia de las demás,
se decantó por el deber. No podía escribirme, no podía decirme
cuánto me añoraba ahora que habíamos cerrado para siempre lo
que fuimos; quería, pero no debía. Así que abrió WhatsApp, tragó y, quizá resultado de la soledad y del esfuerzo de obligarse
a hacerme el bien con su silencio, decidió escribir otro mensaje.

Sé que no me porté bien, pero nunca tuve intención de hacerte daño. Te lo digo ahora que todo se ha solucionado. Llámame cuando quieras, Raquel. Ya estoy libre de recuerdos.

Le dio a enviar sin darse tiempo para meditarlo y después tiró el móvil sobre la cama, lejos de él, para hundir después la cara entre sus manos. ¿Qué hostias le había pasado a su vida?

Se levantó, cogió el móvil y mandó a la mierda el deber por última vez. Escribió otro mensaje, claro, pero ese, de verdad, sería el final.

Mi madre abrió la puerta de casa sorprendida, pero cambió la expresión cuando vio mis ojos hinchados, mi pelo recogido de cualquier modo y la manera en la que me abrazaba a mí misma. Echó un vistazo a mi maleta de mano.

—Pero… ¿qué haces aquí? ¿Cómo no llamas para avisar? ¡Papá hubiera ido a recogerte a la estación! ¿Qué ha pasado?

—Nada —respondí con una sonrisa forzada—. Tenía ganas de veros.

Me lancé hacia ella, pero el abrazo duró poco; solo lo justo para no hacerme llorar.

—Llamo a tu hermano y que venga con Ana, ¿te apetece? A ver si no han comido ya.

—Claro. Ellos comen tarde. Solo son las dos menos cuarto.

—Papá está en el salón. Ve a saludarlo. Está quedándose sordo como una tapia y no te habrá escuchado ni entrar.

—¡Como para no escuchar los gritos que pegas! —respondió mi padre desde allí.

Se me escapó una risa antes de dejar la maleta en mi habitación e ir hacia allá. Papá estaba sentado en un butacón más viejo que el hambre con un libro en el regazo.

—¿Qué pasa, perla?

—¡Nada! Quería daros una sorpresa. —Sonreí.

—Uhm. No lo tengo yo tan claro.

—Que sí, bobo. Oye…, ahora salgo y nos tomamos una cervecita, ¿vale? Creo que me dejé un libro de la carrera que necesito en la habitación de invitados.

—Voy a ir sacando las cervezas.

—Gracias, papi.

Lo vi salir del salón antes de mover ni una pestaña. Después me precipité hacia el interior de la habitación y cerré a mis espaldas. Frente a mí, la puerta de un armario de madera, de los buenos, de los que duran toda la vida, pero antes no eran tan caros. Acerqué la mano al picaporte y vi que me temblaba. Tragué saliva y de un tirón lo abrí. Había mucha ropa vieja y de invierno guardada allí, pero atisbé a ver su funda. Blanca. Con pequeños lunares de color beige. Volví a tragar, pero no tenía ni saliva.

Lo descolgué y me senté en el suelo con la funda en el regazo y bajé poco a poco, con cuidado, la cremallera. La tela empezó a emerger y paré para acariciarla con los ojos cerrados. Suave. Fina.

Respiré hondo y abrí la funda de un tirón. Después lo saqué y lo extendí sobre mis rodillas. La seda resbaló durante segundos entre mis dedos hasta que me atreví a mirarlo en toda su extensión, no solo como el pedazo de tejido que se deslizaba en mis manos, sino como toda la pieza. Como lo que era: mi vestido de novia.

Recordé, como en una película muda, las lágrimas de mi madre y de su madre cuando me lo probé en la tienda, por última vez.

—Mi niña —lloró Rosi—, estás preciosa. Leo va a volverse loco cuando te vea.

Nunca me vio con él. Cuatro meses antes de la boda me llamó y me pidió que subiera un momento a casa de sus padres.

A veces se nos escapaba decir «mi casa» aún, pero nuestra casa ya era otra…, el pequeño pareado a las afueras al que ya habíamos dado una señal para su alquiler.

Subí sin más. Lo saludé con un beso en los labios y le conté que me habían llamado los del salón para decirme que en una semana teníamos que hacer el siguiente pago. Él no respondió. Se apoyó en el viejo escritorio de su dormitorio de niño y evitó mi mirada.

—¿Qué pasa?

—No lo tengo claro —le escuché decir.

—¿Cómo?

—No…, no lo tengo claro, Maca. No estoy seguro. No quiero hacerlo.

Diez días más tarde cogió un avión. Había aceptado la beca de investigación para el doctorado que me juró que había rechazado hacía un mes. Otra cosa que tampoco hizo.

Volví al aquí, al ahora. Tragué la rabia, el odio y la pena, y me puse en pie para colgarlo de la manilla de la puerta del altillo, fuera de su funda. Me senté frente a él, en el suelo, para mirarlo bien. Su seda natural, el frontal, sencillo y con caída y la espalda abierta, rematada con la misma blonda de encaje que decoraba el final de las vaporosas mangas semitransparentes. El vestido que escogí para casarme con Leo en un jardín precioso en un pueblecito de playa cercano a Valencia capital. A mí me llevaría hasta la iglesia un coche de época. Llevaría el pelo en un recogido bajo, con una peineta dorada con formas florales y que seguro que mi madre guardaba en aquel mismo armario. Como los anillos, mi ropa interior blanca, el camisón que su madre me regaló para el viaje de novios y los pendientes de mi abuela que iba a llevar. A cuatro meses de nuestra boda, yo ya lo tenía todo preparado y él, miedo. Él tenía miedo.

Cerré los ojos, tragué el nudo. Recordé sus ojos brillando cuando, de rodillas, deslizó el anillo de pedida en mi dedo. Recordé la ilusión, los besos mientras nos reíamos y repetíamos sin parar «Nos casamos».

—Me ha costado, canija, pero ahora sí que no te dejo escapar.

Noté la lágrima caerme sobre la mano, pero me la limpié con dignidad justo en el mismo momento en el que mi madre entraba en la habitación con cara de saber qué iba a encontrarse. La miré con cara de culpabilidad, aún sentada en el suelo, y sollocé una disculpa.

—Macarena…, ¿por qué te haces esto?

—Porque lo he perdonado, mamá, y necesito recordarme por qué no puedo quererlo más.

Mamá me abrazó. Después me abrazó papá. Más tarde, revisé el móvil para encontrar su mensaje:

Por favor, prométeme que recordarás también lo bueno. Pero ve, descuelga ese vestido y grábate a fuego por qué hoy te he despedido en la estación sin besarte ni decirte «Te quiero», aunque te quiera y nunca pueda despedirme del todo de ti. Démonos tiempo. Seremos amigos. Solo amigos. Te lo debo.

¿Lo seríamos? Quizá. El futuro estaba por escribir, pero al menos habíamos dicho adiós al pasado por fin, dejándonos a nosotros encerrados en lo que siempre fuimos…, un puñado de canciones.

Agradecimientos

Gracias a ti, que estás leyendo esto, pude escribir esta historia. Y las anteriores. Gracias a ti, que confiaste tu tiempo, lo más preciado del mundo, en mis páginas, yo pude seguir soñando personajes, tramas, finales…, y es por ello que, esta vez, quiero empezar agradeciéndotelo. Si llegaste a este libro por casualidad, GRACIAS. Si leíste los anteriores y quisiste seguir leyéndome, GRACIAS. Si seguiste la recomendación de alguien, GRACIAS.

Tú, la familia coqueta, las personas que me acompañáis cada día a través de las redes sociales, las que acudís a las firmas, las que me sonreís y contáis por qué os emocionó más o menos uno de mis libros, sois el motor y la gasolina que alimenta este sueño de escribir. Mi más sincero agradecimiento. A vuestros pies.

Como siempre, agradecer a Óscar, el amor de mi vida, mi marido, mi mejor amigo y mi compañero desde hace más de catorce años, la comprensión, el cariño, los mimos, la ilusión, el respeto, las carcajadas y la admiración que leo en sus ojos. Sin él, tampoco habría podido cumplir este sueño. Por muchos años más, por la promesa de bañarnos en todos los mares del mundo, por las noches en el sofá y las risas antes de meternos en la cama… Por esta vida que construimos juntos y que sostenemos a base de sonrisas… GRACIAS.

No puedo olvidarme de mamá, papá, Lorena y María. A mamá por ser tan artista, por cantarme copla mientras cocina, por los besos y los arrumacos. A papá por los «perla», por aconsejarme, por las sobremesas y la confianza. Por ser dos padres de bandera: GRACIAS.

A Lorena, por lo aprendido, por el ejemplo, por la sonrisa, los recuerdos, las tardes estudiando, de compras, las charlas cigarrito en mano… y por darme dos sobrinos que son luz y magia: GRACIAS.

A María, por crecer a mi lado, seguir comprendiendo mis idioteces y confiándome las suyas. Por los FaceTime sin sentido y a deshoras, los viajes, los planes y quererme incondicionalmente: GRACIAS.

A la familia de Penguin Random House, gracias por todo. Por las horas, la ilusión, el apoyo, la magia. Dirección, equipo comercial, editorial, marketing, comunicación, diseño, digital… Sois la leche. Gonzalo, Mónica, Iñaki, Núria, Patxi, David, Ana, María, Carlos, Paco, Daniel, Vega, Juan, Miriam, Jose, Mar, Leticia, Eva, Martas… GRACIAS.

Y… Ana, te quiero. Qué bonito que Valeria hiciera que nos cruzáramos en la vida.

Y a la familia de autores de la casa que estamos deseando vernos para brindar con una cerveza, también GRACIAS. Mención especial a Sara, claro, con la que fue cosa del destino.

Y por supuesto, a él, que me anima, empodera, comprende, discute, acompaña y da alas. La persona gracias a la cual los días son más especiales, los viajes más cortos (o al menos más amenos) y los miedos dan menos miedo: Jose. Gracias por estar a mi lado y convertir los «y si» en aventuras y los «no sé si…» en oportunidades. Gracias, simplemente, por ser tú.

Este libro se terminó de imprimir
en el mes de noviembre de 2018